Die verband en samehang tussen Etienne Leroux se eerste drie romans is nie in die vyftiger- en sestigerjare reeds raakgesien nie; die sikliese aard is eers later bevestig en die drie romans is in 1986 die eerste keer in een band gepubliseer as *Die eerste siklus*.

Die eerste lewe van Colet is 'n ontwikkelingsroman in kroniekvorm; die leser beleef die seun Colet se groei van kind tot jong volwassene tussen 1921 tot ongeveer 1942, met as fokus sy seksuele ontwaking. *Hilaria* volg daarop en vertel die verhaal van Colet ná sy terugkeer van die oorlog. *Die mugu* is 'n satiriese reisverhaal: die dooltog van Gysbrecht Edelhart deur die strate van Kaapstad.

Elize Botha het na hierdie romans verwys as die eerste siklus in die groter "siklus-in-wording wat Etienne Leroux se werk in wese is", en wys daarop dat dit reeds die patroon vestig van mitiese parallelle wat in Leroux se latere romans so sterk voorkom.

J.C. Kannemeyer sluit 'n bespreking van *Die mugu* af met die woorde: "Met hierdie figuur van die 'outsider' . . . die problematiek van orde en chaos en die verbinding van objektiewe en subjektiewe werklikheid . . . het Leroux sy eintlike métier gevind."

Deur dieselfde skrywer:

Etienne Leroux

Die eerste siklus

DIE EERSTE LEWE VAN COLET

HILARIA

DIE MUGU

HUMAN & ROUSSEAU

KAAPSTAD

Foto op voorplat:
"Heel laaste, laaste foto van jongman
met veel belofte. Ons het almal een van Anne Fischer.
Die drama van lig, skaduwee, profiel en oë na benede gerig."
Hilaria (p. 194 in hierdie uitgawe)

Eerste uitgawes:
Die eerste lewe van Colet, Uitgeverij Culemborg, 1955
Hilaria, Uitgeverij Culemborg, 1957
Die mugu, HAUM, 1959

Eerste uitgawe van *Die eerste siklus* deur HAUM-Literêr Uitgewers in 1986.
Die teks wat vir hierdie uitgawe gebruik is, is met die uitsondering
van 'n klein aantal korreksies (meestal spel-en setfoute),
dié van die 1988-herdruk van *Die eerste siklus* (HAUM).

Kopiereg © in 1955, 1957 en 1959 deur S. P. le Roux
Tweede uitgawe in 2012 deur Human & Rousseau,
'n druknaam van NB-Uitgewers
Heerengracht 40, Kaapstad
Foto's van skrywer op band:
Voor: Anne Fischer
Agter: Helise le Roux
Bandontwerp en tipografie deur Chérie Collins
Geset in 10 op 12 pt Meridien
Gedruk en gebind deur Paarl Media Paarl
Jan van Riebeeck Rylaan 15, Paarl, Suid-Afrika

ISBN   978-0-7981-5627-1
Epub: 978-0-7981-5884-8

Inhoud

DIE EERSTE LEWE VAN COLET

Alle karakters wat in hierdie boek voorkom, is denkbeeldig.

Sy naam is Colet van Velden.

Hy is gebore op 18 Februarie 1921 in die dorp Van Velden, wat deur sy oupa aangelê is.

Die dooplegtigheid is waargeneem deur eerwaarde Olivier, en die dogtertjie wat hom ingedra het, se naam was Mariet Jooste.

Die doopouers voor die kansel was Theuns en Suzanne van Velden.

Die grootoupa het nog gelewe, maar was te swak om die diens by te woon.

Die teks was Psalm 119 vers 9.

Die dooppartytjie, na die diens, het op die grasperk in die tuin van die familiewoning plaasgevind.

Die funksie is bygewoon deur al die familiebetrekkinge.

Dit was 'n stil, wolkelose dag.

HOOFSTUK I

'n Paar jaar na Colet se geboorte het Theuns en Suzanne van Velden Kaap
toe getrek en in 'n huis in Tamboerskloof gaan woon. Daar was twee slaap-
kamers, 'n eetkamer, 'n sitkamer, 'n badkamer en 'n kombuis, met 'n be-
diendekamer in die agterplaas. As die Van Veldens die dag weg was, het
die bediende, Sara, hom na haar kamer geneem en op die bed gaan lê
terwyl hy op die vloer met blokkies rondspeel. Telkens het van die Kaapse
bruinmense daar aangekom en met haar gepraat. Uit hulle gesprekke het
hy beelde en woorde ingeneem wat, tesame met die indrukke van sy ouers
se geselskap, hom ingelei het in 'n verwikkelde en wye wêreld. Die on-
bekendheid van die lewe het hom in staat gestel om, sonder rede of pla-
sing van tyd en plek, alles met mekaar in versoening te bring. Alhoewel
dit gelyk het asof hy met sy speelgoed besig was, het hy gedurig geluister
na die gesprekke van die mense om hom en sodoende 'n insig gekry in
dinge wat, soos uit 'n vreemde, onontdekte wêreld, net in grepies aan hom
geopenbaar is, om dan onvoltooid en in 'n waas te verdwyn. Dit was nie
alleen beperk tot wat hy gehoor het nie, maar het ook losstaande situasies
ingesluit wat opgedoem het soos voorwerpe in 'n donker kamer waarin 'n
lig telkemale flits.

So het hy byvoorbeeld fragmentariese indrukke oorgehou van 'n klomp
mense in die eetkamer, die geklink van eetgerei, water in 'n ronde bak
waar duisende kleure in een kolletjie saamgevat is, 'n oomblik van stilte,
sy ma wat skielik hard lag en die effens geboë kop van sy vader, asof hy
op die vloer na iets soek. Dan weer die bediende in die kamer met haar
bruin bene op die stoel terwyl sy agteroor op die bed lê; en die man in die
deur met sy pet skuins oor sy oë – die skaduwee van sy figuur en die smal
strepie lig deur die deur. En die skril draailag van die bediende, voordat sy
uitroep: "Aai, my ghiets . . .!" En die see by die dokke waarnatoe sy hom
geneem het as hulle in die park moes gaan stap; die vuil kaaiwater en die

11

skulpe vasgesuig teen die groen houtpilare, die verroeste skepe en die reuk van vis en riool; die uitroepe van die matrose en woorde soos "bitch", "bloody", "bastard". Maar veral die geruis van die see en haar antwoord op sy vraag: "Hoekom dreun die see so?" – "Dis die gehuil van verlore siele, en luister . . ." as sy die skulp teen sy oor druk: "dit is die gekerm van stout kinders in die hel" – en daardie fyn gesuis, soos die see, uit die mooi skulp met die skurwe rande en die soutreuk.

Daar was ontelbare flitsherinnerings aan snaakse blomme en motors, wolke oor die berg, gladde politoer op vloere, geverfde tuinhekkies en geroeste sink, smal gangetjies tussen geboue, bruin lapwerk teen die mure, groen mos in die voue, seuntjies en dogtertjies deur die skrefies in die heining, die breë blare van bome en geluide in die nag. Verbandloos en losstaande – maar beelde wat later, dwarsdeur sy lewe, weer sou opdoem om daarmee 'n verlange by hom op te wek na onbepaalde dinge en onplaasbare tydperke.

En soms, in die nag, as sy ouers weg is en die rumoer van die stad van vér kom, op die mat in die lamplig van die kamer – stories van die stad: die Slamaaiers wat mense betoor en goël sodat jy geeste sien, naalde deur hulle lippe en velle, tamboere en swaaiende slange. "En, luister na die mishoring . . ." 'n Newelagtige, dralende geluid van die see, wat die kamer vul en leef in swart oë en opgehewe hande . . . En bedags, deur die mis: "Sien jy daa-aa-aar . . .!" (Hy word opgelig, bo-oor die seemuur.) "Dis Robbeneiland. Melaatses woon daar. Hulle bene en arms val af . . . As jy loop in die nag en die dienders kry jou, dan boei hulle jou en vat jou soontoe. Dan kom jy nooit weer terug nie. Jou familie weet nie waar jy is nie – jy's weg as hulle opstaan. Stil nou! As jy huil, kom die dienders en hulle boei jou . . ."

En, in die oggend as Sara kom om hom aan te trek, is hy al lank reeds wakker en lê en luister na die vishorings. Deur die vensters 'n grepie van die straat, opgehelder deur die son. Die kloppete-klop van perdepote op teer en daardie opgewekte en tog treurige, blikkerige geblaas deur die vishorings. Eers op die hoek van die straat, dan voor die huis. Stemme, glinsterende vis – en weg is die karretjie. En vér om die draai, deur die strate, verlore in die doolhowe – die uitgelate en tog weemoedige bliktrompet.

Alle reëls was beperk tot fisieke dinge: jy moet nou gaan slaap; dis etenstyd; hoekom is jy so vuil? en hou op met die gekerm.

Eendag het Suzanne met hom geraas oor iets onnets en daardeur onherroeplik sy saamgestelde wêreld geskei. Hy het een van die woorde gebruik wat hy by die dokke gehoor het. Sy het hom eenkant toe geroep en gevra: "Waar het jy daardie woord gehoor, Colet?"

"By Sara, Mammie. By die see." Opgewekte, trippelende beweginkies. "Doee-ee-eer, by die see. Skulpe. As mens dit by jou oor bring, hoor jy kinders huil . . ."

"Het Sara jou see toe geneem?"

"Ja."

"En daardie . . . lelike woord?"

Hy sê dit weer.

"Kyk, Colet." Haar arm om hom. Haar gesig digby syne. "Dis sonde. Kyk, soet, gehoorsame kinders sê nie sulke goed nie. Dis lelik. Sonde."

Betekenisloos en tog onverbiddellik soos "gaan slaap nou, etenstyd, opstaan . . ." Reddeloos, onverstaanbaar en tog 'n bevel wat gehoorsaam moet word. Al die lekker, mooi dinge – verkeerd, sonde. Ferme oë, dreigende hande.

Eendag het hy die woord weer gebruik en 'n pak gekry. As hulle weer see toe gaan, moet hy haar vertel. Ook Theuns het met hom gepraat, hom op sy skoot getel en hom sy "grootman" genoem. "Daardie dinge . . ." (met 'n stem vol veragting) ". . . daardie dinge is sleg en baie, baie verkeerd. Lelik: soos spoeg op die vloer of vuilmaak in jou broek."

Terwyl sy ouers eendag weg was, het Sara hom voorgekry en gedreig met 'n bruin hand wat taai kan klap en rooi strepe kan laat lê, as hy weer vertel, sulke woorde voor sy ouers gebruik en die see en die dokke en die smal gangetjies tussen die huise noem.

Toe kom die besef van die twee lewens: die blink sitkamerlewe met die albasters en blokkies en soentjies en mooi maniere en eet en slaap – skoon en vol inspanning; versigtige woorde en geborselde hare, sersjebroekies en syhemde en vier mure en afgemete grasperke; mooi, soet, pappa se kind, en sagte, wit hande. En daarnaas: sonde, donker, hel . . . en 'n ruisende see; en die groen seegras en die gefluit van die mishoring tot agter in jou hart; die wye, geheimsinnige wêreld daarbuite en die skepe wat kolossaal en wiegend dobber op die grafkelder van verlore siele, en die wydheid en onpeilbaarheid en onverklaarbaarheid van heerlike dinge wat verborge en verbode moet bly; en daardie weevolle eggo hier in jou binneste wat jou oë laat dof word van trane en jou bors laat brand in golwende aanslae soos branders . . .

Kort hierna het die Bybelonderrig begin: 'n Kinderbybel vol prentjies van Christus en sy dissipels en die wondere van die Nuwe Testament. Elke aand is vir hom 'n stukkie voorgelees, verklaar en vergelykings getref met die praktiese lewe. Goed en reg is nie wat hy tot dusver aangeneem het as húlle bevele en húlle lewe nie, maar die voorskrifte van Iemand wat veel sterker as hulle is. Iemand met hulle oë en hulle lewe, wat orals kan sien: selfs tot by die kaaiwaters en in Sara se kamer as hulle weg is; Iemand wat nooit daardie woorde gebruik nie, wat gehoorsame kinders liefhet en hou van sindelikheid – 'n gedurige assosiasie met alles wat inspanning vereis; 'n gedurige keer-keer-keer en so-so-so!

Maar baiekeer, as hy alleen was, het hy die Bybel geneem en lank na die prentjies gekyk – veral na die beeld van Christus met die lang baard, die doringkroon op die hoof en die omgekeerde oë in eindelose pyn na bó gehef. Dan het Hy meteens anders gelyk: soms soos die gesig van die matroos by die kaai, soms soos die man by Sara se kamer. Daar is dit 'n aangrypende gesig, só anders en vér verwyderd van die wêreld waarin sy ouers leef, en só deel van sy eie wêreld van spookagtige beelde en geheimsinnige gebeure. Omdat Christus orals is, het Hy ook (soos Colet) twee lewens: Hy straf in die sitkamer met die strawwe van sy ouers en by Sara straf Hy met Sara se hand; 'n harde, alsiende tiran wat met geweld in twee wêrelde heers. Nou is Hy deel van die mishorings en daardie basgeluid van die skepe wat blaas; dan is Hy weer skoon en netjies en kleurloos en gesteld op die regte dinge. Hy is iets wat terughou en trek en elke ervaring met huiwering toets en dan skielik, oorstelpend meegee. Hy is die sinnebeeld van al die onverstaanbare dinge, en Hy is onontkombaar – selfs in die donkerste hoekie, selfs as Colet sy kop onder die komberse steek en alles uitsluit en die warmte van sy eie asem ruik, selfs in die paniekerige, koue verlatenheid as hy sy gesig in die badwater steek en sy asem ophou . . .

Na sy sesde verjaarsdag is hy skool toe: die groot laerskool twee strate onderkant die huis; die klipgebou met die honderde vensters en die swart dak en die klipmure en die groot vierkant in die middel. Theuns en Suzanne het saamgegaan en hom voor hulle uit by die prinsipale se deur ingestoot. Die nuwe boeksakkie met die heerlike leergeur en al die gespetjies sorgvuldig vasgemaak, ligklappend op sy rug as hy stap. Hy het die indruk gekry van 'n wit kamer en oop vensters, vars blomme en gekleurde prente. Die prinsipale het van haar lessenaar opgestaan en met 'n lang, ruisende rok tot by hom gekom, neergebuk op haar knieë en met 'n lang voorvinger op sy ken getik. Sy het nie dieselfde geur as Suzanne nie: daardie geur van poeier, lipverf, naelpolitoer en "Scottish Delight" wat van haar kom en heerlik, oorstelpend in haar kamer hang. Sy ruik soos die badkamer en die seep in die bakkies – sindelik, soos Christus en daardie goeie, geordende lewe wat bestaan uit gereeld bad, afdroog met skoon handdoeke, hare borsel en gaan slaap.

Hy het 'n indruk oorgehou van haar grys oë en punterige, uitstaande tande, en van haar maer vingers wat gedurig sy wange gestreel het terwyl sy met Suzanne gepraat het. Toe sy ouers die gang afstap, voel hy hoe die trane na sy oë kom en bedwing hy sy snikke met moeite totdat hy dit nie meer kan hou nie en opeens in trane uitbars.

"Huil ons! Huil ons tog nie!" roep die prinsipale uit, en haar oë word meteens onvriendelik. "A nee a! Ons is mos 'n grootman nou . . .!"

En sy knyp hom speel-speel aan die ribbes.

Daardie gevoel van verlatenheid, toe hy Suzanne-hulle sien wegloop het, het hom nooit verlaat nie. Hy hoef maar net die kenmerkende geur van 'n klaskamer teë te kom, of die presies-gemete vensters te sien, dan het die vrees hom weer beetgepak. Daar was iets kouds en vyandigs in die harde bankies met die ysterpote, die groefies waarin die griffels in 'n ry langs mekaar lê, die inkkolle op die vloer, die harde, verbeeldinglose swart van die esels, die ingekleurde kaarte teen die mure en die warboel van kleure. Dit is 'n derde, aparte lewe hierdie. Die ander twee, hoe verskillend ook al van mekaar, het dit met mekaar gemeen gehad dat hy self die uitgangspunt daarvan was; maar hierdie is 'n kollektiewe ervaring. Die ontdekking dat O en S gelyk is aan OS, 'n dier, helder ingekleur in die nuwe skoolboekie, moet dieselfde betekenis hê vir almal. Daar is geen geleentheid vir afwyking nie. Die assosiasie van ruim landskappe, die geur van omgeploegde lande en die lui son op die velde het geen betekenis nie. Slegs die simbole beteken iets. As jy nie weet wat dit is nie, is jy agter, of lui, of (vreeslike gedagte) dom.

Sy reuksin was altyd oorheersend. Dit was meer as 'n fisiese sensasie, dit was 'n sleutel tot die verskillende fases; asof hy gedurig 'n ander kamer ingaan met ander wette vasgelê in die geur daarvan. Die reuk van klei: dan is dit die lekker periode wanneer jy met onbeholpe hande gekleurde klei vorm tot een taai en klewerige misbaksel na die ander; die geur van kryt: melerig en poeierig – en dis die onverstaanbare simbole van kennis waarsonder mens vergaan; die soet geur van brood in papier: en dis speeltyd, sonder beskerming oorgegee aan wreder en onverbiddeliker reëls gestel deur gespierde seuntjies met wit hare en wrede oë, die ammoniakreuk van kleinhuisies: 'n donker, verbode uitvlugting, en tog aantreklik soos die systraatjies. Geur op geur, sleutels en deure na kamers wat die oneindigheid instrek; gedurig nuwe nuanses; 'n herhalende, sinnelike ontdekking van die lewe.

Elke dag was 'n dag van aanpassings in hierdie nuwe wêreld. Die speel-

terrein, presies in twee verdeel vir die seuns eenkant en die meisies ander-
kant, was die toetsveld. Hier oordeel hulle jou na jou behendigheid met
albasters, jou vermoë om by iemand verby te spring sonder dat hy jou raak
as julle hasie speel, jou kennis van vloekwoorde en handigheid met die
vuis. Binne die vierkant het die swakkes eenkant op die grenslyne rondge-
huiwer terwyl die ingewydes in die middel speel. Colet het begin met 'n
trippens-pakkie albasters en het een smokie na die ander verloor deur die
lompheid van sy té lang vingers – dit kos sterk, gespierde en beweeglike
middelvingers om die albasters met 'n hefbeweging uit die kring te skiet.
Dis net ouvrouens wat met die duim skiet of uitrol. Die eerste dag toe hy
hasie gespeel het, het hy vier van die ander span laat verbykom sonder
om eens aan hulle te raak, sodat hulle 'n ander een in sy plek moes sit. En
die seunsbendes – groepe van ses, met wagwoorde en duistere doelstel-
lings – was nooit heeltemal verstaanbaar nie: hy kon nie presies uitvind tot
watter groep hy behoort nie en het dikwels belangrike geheime verklap.
Deur 'n proses van uitskakeling het hy spoedig op die rand van die speel-
terrein beland tussen 'n bont versameling verstotelinge: seuns met puisies
en lomp lywe, 'n paar gebreklikes en heel kleintjies wat skaars nog kon
praat. Een van hulle, Willem Louw, het sy beste maat geword. Sy gevoel
teenoor Willem was 'n eienaardige samestelling van betowering en afsku;
soms het die ru verbeeldingloosheid, vuilheid en taaierige afstootlikheid
van die seun dieselfde reaksie by hom gewek as 'n gebreklike persoon: 'n
onbewuste wrewel wat gepaard gaan met 'n kwellende meegevoel. Die lap
op sy broek, die hondjieagtige toenadering en die geel-groen spanjoel-oë
het hom soms só ontstem dat hy partykeer uit sy pad gegaan het om hom
te vermy. Dan weer, as hulle eers aan die gesels geraak het en saam dinge
ervaar het, en saam die skyf geword het van die ander seuns, wat nou en
dan die ouvrouens langs die kant kom pla het, het hy hom in so 'n mate
aangetrokke gevoel tot Willem dat hy heeltemal verlore en verlate was
wanneer Willem nie op skool is nie. Daarbenewens was daar ook baie dinge
wat hy van Willem geleer het: 'n onbekende waardering vir gewone, klein
dingetjies – tuisgemaakte speelgoed soos houtrewolwertjies, tolletjies met
rekkies daarom wat vanself loop as mens dit opgewen het, swaarde gesny
uit appelkissies, en beeste bestaande uit plakkies met stokkies gesteek deur
die sagte punte vir jukke. As daar enige geskil tussen hulle was, het Colet
se beslissings getel. Willem se onselfsugtigheid was 'n perfekte instrument
om Colet se natuurlike teruggetrokkenheid teen te gaan en hom 'n kans
te gee om van sy eie, ingewikkelde wêreld te ontvlug. Terwyl die ander
seuns dan speel, het hulle teen die muur van die skool gesit en gesels in

stadige sinne en met langsame, oordrewe gebare. Colet se maer, asketiese gesig en groot oë, soms opgewek en soms donker van gedagtes, oorverfynd in sy hele houding en voorkoms – teenoor die blas, ongesonde kleur van die ander een: grof, sterk en lomp gebou, lafhartig en swak, met vuil neusgate en groen vlekke om die mond. Hulle gesprekke het gegaan oor die eenvoudigste, mees onbeduidende dingetjies, alledaags en meisieagtig. Nie onpersoonlike stories van avonture en kattekwaad nie, maar aanmerkings oor die onderwysers wat kwaai is, klagtes oor die ruheid van die ander seuns, oor potlode en watter boek die helderste gekleurd is.

Colet en Willem het drie jaar lank maats gebly, en toe mekaar ontgroei. Willem se lompheid het stadigaan verdwyn namate hy ouer geword het. Hy het eendag 'n geveg met 'n seun gewen, wat heelwat groter as hy was, en in die aansien wat daarop gevolg het, die moontlikhede van sy liggaamskrag besef. Hy het 'n oortuigde bullebak geword en by een van die bendes aangesluit. Een van sy talle slagoffers daarna was Colet self. Hierdie onverwagte frontverandering van sy eertydse vriend het sy natuurlike skuheid vir mense vererger. Hy het gevoel dat hy niemand meer kon vertrou nie, dat die hele wêreld teen hom gekant is. Later, toe hy met verloop van tyd ander seuns leer ken het, het hy nogtans in homself iets in reserwe gehou sodat hy nooit heeltemal deel van enige groep geword het nie. Dit was nogal veelseggend dat in later jare niemand hom juis as 'n tydgenoot kon onthou nie. Hy self het 'n onkeerbare afsku oorgehou teenoor die jare op die laerskool. Al sy herinnerings was gevestig op die tye tussenin en die Kaap self. Later het hy met 'n gevoel van verbasing by die skool verbygery sonder om 'n enkele insident uit sy vroeëre skooljare in herinnering te roep behalwe vae herinnerings aan Willem en aan seunsbendes.

Sy gedagtes het die neiging getoon om vas te kleef aan sekere gebeurtenisse, daar te bly haak en alle ervarings daarnatoe te herlei. Die speletjie in die agterplaas byvoorbeeld. Hy het rewolwertjies gemaak uit die plankies van die kissies in die vuilgoedblikke. Dan het hy dit in sy lyfband gesteek en soos 'n speurder tussen die oorhangende takke by die heining weggekruip, meteens uitgespring en na 'n denkbeeldige vyand geskiet. "Boem-boem!" skreeu hy dan en verplaas homself dadelik in die rol van die skurk en val stadig teen die grond neer. Die gladde takke van die lukwartboom in die hoek van die erf was sy geliefkoosde plek. Vanaf die tweede mik kon hy in die teerstraat sien en ook in die erf langsaan. Van daar het hy sy rewolwer gerig op vyande in motors en op fietse, en na 'n rukkie die speletjie heeltemal vergeet en oorgegaan tot wye verbeeldingsvlugte in verband met die mense buitekant. Die manewales van die seuns op hulle fietse is in sy gedagtes herskep, met homself as hooffiguur. Dan doen hy al hulle toertjies na, net oneindig beter, tot die grootste verbasing van almal. Partykeer, as hulle hom in die boom sien, ry hulle nader en roep hom na die straat toe, maar dan kruip hy tussen die takke weg en maak asof hy hulle nie sien nie. Ander kere het hy weer van bo uit die blare neergekyk op die erf langsaan. 'n Meisietjie het elke dag op 'n sekere tyd gespeel op die grasperk onder die skaduwee van 'n akkerboom. Sy het met 'n klomp poppe gespeel terwyl 'n witmeisie 'n entjie daarvandaan gesit en brei het. In sy verbeelding was sy die gevange prinses in 'n kasteel. Hy het alreeds die kamer gesien waar sy opgesluit word – die een in die anderkantste hoek waar die son nooit kom nie. Soms het hy planne gemaak om haar te gaan red, maar hy het nooit die moed gehad om eens haar aandag te trek nie. Eendag, toe hy 'n bietjie vroeër gekom het, het hy gesien dat hulle haar na die plek dra waar sy elke dag sit, haar swaaiende bene gewikkel in 'n ystertoestel. Haar fisieke gebrek het meteens al die romantiek van die speletjie verbreek en hy het nie weer in haar belang gestel nie.

Maar die Kaap, die groot, rokende stad langs die see, was eintlik die bron van alle betowering. Elke gebou en elke hoekie het 'n aantrekkingskrag van sy eie gehad. Dit was nie soseer die alledaagse dinge, die groot geboue en die motors wat hom getref het nie, maar 'n klein venstertjie wat oopgaan in 'n systraatjie, 'n besondere klip in die muur by die punt, die bottelstukke op die hoë bruin mure by die breekwatertronk, 'n mosbevlekte steen teen 'n gebou, die verdraaide skoorstene bokant die dakke, die mis in die aand wat deur 'n straatjie in die agterbuurt kronkel, die toppe van die dennebome teen Leeukop en die ronde klippe langs Kampsbaai. Hy self het dit nooit alleen buite die tuin van hulle huis gewaag nie. Daarvoor het Suzanne ook gesorg in haar vrees vir die motors wat hom mag omry. Maar Sara, gedurende hulle wandelinkies in die park, het gedurig verbode uitstappies gesteel na gevaarliker plekke waar sy haar ghietses ontmoet het. Hy het alle ondervindings en dinge wat hy gesien het soos 'n spons opgevang en in sy binneste verwerk tot iets baie belangriks en onmisbaars. In sy gedurige fluktuasie tussen die twee wêrelde, die toelaatbare en die ontoelaatbare, is die eienskappe van elkeen buite verhouding verhewig: die een was vol beskerming en veeleisende, dodende reëls, die ander een vol onsekerheid en gevaar, maar wyd soos sy gedagtes, en asemberowend in diepte en moontlikhede. Hy het natuurlik vroeg al geleer dat die verbeeldingrykste en interessantste ondervindings (so kenmerkend van die ander, verbode wêreld) afgekeur is deur Theuns-hulle. As hy daaraan toegegee het, selfs in sy gedagtes, het die verbode-gevoel hom só oormeester dat hy heeltemal ontrou gevoel het teenoor hulle. Veral as hulle die dag baie goed vir hom was, het hy nie met sy rewolwers gespeel of gekyk na die skoorstene en die tuin langsaan nie. Maar dan het hy so leeg en uitgeput gevoel dat hy met 'n sterker drang weer begin belang stel het en met groter gretigheid geluister het na Sara se stories.

Hierdie tweestryd het toegeneem namate hy ouer geword het. Die maatstawwe wat in elkeen van sy wêrelde gegeld het, was onverbiddelik en hy het elke nuanse daarvan aangevoel. Hy het homself ook met elkeen versoen as hy daarin is, met die gevolg dat hy nooit 'n waardeoordeel daaroor kon uitspreek nie. As Theuns en Suzanne hom wys op die verkeerde sy van die ander lewe, dan verstaan hy dit volkome en begryp hulle veroordeling daarvan; as hy weer saam met Sara is, of alleen tussen die vreemde dinge, dan lyk Theuns en Suzanne, met alles waarvoor húlle staan, vér verwyderd en selfs belaglik.

Maar daar was ook tye dat hy die twee wêrelde nie presies kon onderskei nie, omdat hulle soms so inmekaar gevloei het. Juis daarom het die herinnering aan sekere gebeurtenisse of beelde, alhoewel op sigself nie juis besonders nie, tog 'n sleutel geword wat die weg na elkeen vir sy gedagtes oopgemaak het. Hy hoef byvoorbeeld maar net te dink aan systraatjies, dan is hy in een wêreld; of aan badkamers, dan is hy weer in die ander een. Vandaar die belangrikheid van diegene wat nuwe ervarings ingelei het, soos die beeld van Mariet byvoorbeeld.

Hy was omtrent nege jaar oud toe Mariet Jooste by hulle kom kuier het. Mariet was toe sestien – vol rondings en opgewekte lagbuie. Sy was saam met haar ouers vir 'n vakansie in die Kaap en hulle het 'n pligsbesoekie by die Van Veldens afgelê. Aangesien daar 'n gebrek aan kamers was, het Suzanne besluit dat Mariet en Colet maar in die kinderkamer moes slaap. Colet is, soos gewoonlik, vroeg bed toe gestuur en het gelê en lees uit *Coral Island*, wat Theuns die week vantevore vir hom gekoop het. Van waar hy gelê het, kon hy die gepraat van die grootmense in die sitkamer hoor. Later is die stemme verdeel in verskillende rigtings en het hier en daar 'n deur in die huis geklap. Toe verskyn Mariet in sy kamer.

"En toe," sê sy, "slaap jy nog nie? Ek het gedink dat kinders teen hierdie tyd al lankal slaap."

"Ek het gelê en lees. Ek lees elke aand."

Hy wys na die boek wat op die bedkassie lê.

"Ek lees graag."

Sy stap nader en tel die boek op.

"*Coral Island*." Sy blaai daarin. "Ek het dit jare gelede gelees. Dis goed, nè?"

"Ja," sê hy.

As sy digby sy bed staan, kan hy die plooi van haar rok sien, en 'n deel van haar been waar dit teen die ledekant druk. Hy lê na haar en kyk en volg elke beweging as sy op die voetenent gaan sit.

Sy hou die boek in haar hand, dan sê sy: "Ek het jou ingedra, weet jy?"

"Ek hoor so," sê hy.

"Jy was 'n baie klein babatjie."

Hy sit regop in die bed.

"Ek is volgende maand tien. Die agtiende Februarie. Ek is al in standerd drie."

Mariet gaan teen die muur lê met haar hande agter haar kop. Die bloese span styf oor haar lyf en die ronding van haar borste vou syagtig uit onder die sagte materiaal.

'n Onbekende gevoel oormeester Colet. Hy kan dit nie heeltemal tuisbring nie. In sy gedagtes neem dit die plek in van daardie verbode-gevoel. Daar is iets gemeenskapliks met Sara en die see en sy gedagtes as hy alleen is – 'n tintelende, gespanne gevoel wat deur sy hele lyf gaan; 'n gewaarwording in sy bors, binnekant waar al sy gedagtes gelokaliseer is, en ook in sy ledemate.

Mariet se lui oë kyk na die meubels in die kamer.

"Is dit jou kamer?" vra sy.

"Ja," sê hy.

'n Oomblikkie stilte.

"Dis lekker om op skool te wees. Ek bedoel, as mens net begin skoolgaan."

Sy merk dadelik sy reaksie op.

"Ek bedoel, in die primêre skool. Dis nie lekker in die sekondêre skool nie. Daar is te veel werk. Speel julle met klei?"

Colet se oë rek verontwaardig.

"Ons het al lankal daarmee opgehou. In sub B al. Ons doen verdeelsomme en proporsies. Dis moeilik."

Hy soek na iets.

"Ons maak grassade bymekaar, dan steek ons dit vas op tekenpapier met al die name daarby." Hy wag 'n rukkie. "Myne is teen die muur opgehang. Dit was die beste in die klas. Die meeste grassoorte. Met ál die name."

"Oeeeeee!" sê sy. "Jy is slim, nè?"

Sy staan op en stap na die spieëltafel. Sy tel haar handsak op en sit dit op die stoel neer. Dan maak sy dit oop en haal 'n rubbersakkie daaruit. Colet volg al haar bewegings. Die voorwerpe is bekend, want hy het hulle al by Suzanne gesien, maar hierdie keer wek hulle 'n ander gevoel by hom op. Die geur is dieselfde: poeier en naellak en 'n mengsel van eksotiese geure – maar die assosiasies is wyer en nuwer. Dis Suzanne en alles wat daarmee gepaard gaan en iets van sy eie, veranderlike wêreld daarby. Dis Suzanne en die verbode, eie dinge tegelykertyd – en saam is dit vreemd, amper ondenkbaar gewaag – onheilspellend gewaag en vól – 'n hele same-vatting van Suzanne en Sara: 'n onverstaanbare, oorstelpende oorgang tussen die verbode en toelaatbare.

Mariet is besig om haar hare te kam. Hy volg die lang hale, die ritme daarvan. Sy het intussen haar baadjie uitgetrek. Van waar hy lê, sien hy die lang, wit arms, die egalige wit bewegings en hoor hy die ruising van die wit bloese – 'n wit prentjie in die wit lig, wat met elke haal dieper in sy bewussyn gegrif word.

Toe staan Mariet op.

"'n Man," sê sy, "kyk weg as 'n dame aantrek. Hy kyk na die muur."

Colet se gesig brand vuurrooi, maar hy roer nie.

"Toe nou," sê sy, "kyk na die muur, jong."

Hy draai verward om. Hy hoor die bewegings agter sy rug, die geklater van haar voetstappe op die plankvloer, die skielike, sagte geskuifel as sy kaalvoet is, die geritsel van haar klere – en dan sien hy haar beeld in die spieël uit die hoek van sy oog . . .

Toe skakel sy die lig af. Hy hoor die gekraak van die bed as sy gaan lê. Die donker sak in duisende kleure op hom toe: eers helderrooi nabeelde en dan 'n malende draaiing van pers en blou en groen teen sy ooglede. Dis asof hy self deur die kleure in die kamer rondsweef. As hy haar stem hoor, kom dit ontliggaamd – aangedryf deur die kleure.

"Nag, Colet," sê sy. "Lekker slaap."

Hy verbeel hom dat hy opstaan en na haar bed toe gaan. Hy raak aan haar. Net aan haar arm. Aan die kant van die bed. Dit sal sag wees – soos Su-zanne s'n. 'n Onuithoudbare drang: net om aan haar te raak; met die punte van sy vingers aan haar koel, wit arms in die donker, gekleurde kamer . . .

Toe hy die volgende oggend wakker word, was Mariet alreeds op.

"Jy is 'n laatslaper," sê sy. "Slaap jy altyd so laat?"

Die kleur van die oggendlig deur die toegetrekte gordyne is grys. As hy dit oopmaak, word die kamer helder en koud. Die mure se geblomde patrone lyk verlate en verbleik. Teen die dak kan hy die swart vlieëstippels sien en die watervlekke in fantastiese figure. Van die strate kom die eerste geskal van die vishorings. Heeltemal verkeerd – en raserig. Soos die mure en die lelike lig . . .

Dieselfde aand is sy weg.

'n Week daarna sê Suzanne vir hom met rooi, betraande oë: "Colet, jy onthou natuurlik vir Mariet. Sy was mos verlede week by ons. Natuurlik onthou jy nog vir haar. Kyk, Colet, die liewe Heer het haar weggeneem . . ."

Omdat hy haar nie heeltemal verstaan het nie, het dit nie 'n bepaalde gevoel by hom opgewek nie. Maar toe hy later vir Theuns aan die tafel hoor sê: "Foei tog, so 'n jong dogter, om nou al dood te gaan . . . so jonk nog . . ." het hy vir die eerste maal die betekenis daarvan besef. Die gedagte aan haar, net voordat die lig doodgegaan het, het nooit verdwyn nie en hy het haar gedurig weer verwag, en selfs heel later in sy lewe, kon hy nie glo dat sy dood is en opgehou het om te bestaan nie. Hy het aangehou om aan haar te lê en dink in die aande; allerhande bygedagtes: herlewings van wat in die kamer gebeur het, en dan uitbouings daarvan totdat hy aan die slaap geraak het. Die dooie meisie het 'n groter krag in sy lewe geword as baie ander lewende dinge: dit het die eerste skemering van die sekswêreld aangedui. Haar beeld, die vae beloftes wat hy in sy verbeelding daarom gehang het, het 'n standaard geword – 'n voorbeeld waarna al sy gedagtes van daardie aand herlei is. Terselfdertyd het sy ook 'n groter neiging in hom gewek tot meisies wat ouer as hy is. Soms, as hy na die onderwyseresse in die klas gekyk het, het hy iets van Mariet in hulle gevind, soms in Suzanne se vriendinne en selfs (heel onbewus) ook in die aanrakings van Suzanne.

Hoe ouer hy geword het, en hoe meer dinge hy gesien het, des te liewer het hy die Kaap gekry. Eendag het hy en sy ouers met die kabelspoor gery na die kruin van Tafelberg. Die miswolke het net oor die kranse gekom en tuimelend afgesak na die stad vér onder langs die see. Toe hy versigtig langs die skeure afkyk na die oneindigheid onder hom, het hy 'n wydheid binne-in homself gevoel en 'n aandoening ondervind van vrees en vreugde wat herhalend na mekaar gekom het. Hulle het ook tussen die dennebome bokant Houtbaai gekampeer en dennebolle opgetel wat op die gladde mat van dennenaalde gelê het. Toe hulle die pitjies oopkap en eet, kon hy die aarde proe waaruit die bome groei. Op 'n dag het hulle tee gedrink in die kafee by die pier terwyl die branders teen die pilare klots, en hy het vir die res van sy lewe 'n herinnering saamgedra van 'n toneeltjie waar hy en sy ouers bokant rumoerige waters sit terwyl 'n orkes op die agtergrond speel, alhoewel hy later vergeet het waar dit was. Maar veral die wit sand op die Kaapse Vlakte het vir hom 'n besondere betekenis gehad. Om die bome en plante te sien groei op die wit, was 'n wonderwerk. Daarna, sodra hy proteas sien, of heide of speserye ruik in die lug, dan het hy altyd 'n beeld gekry van wit sand – fyn en korrelrig van bo, warm en klam onder die oppervlakte; oneindig verlate en weemoedig waar dit duine vorm, vol groeikrag en lewe as dit bedek is deur suurvygies en akasias.

Omdat hy geen sorge gehad het nie, was niks vir hom lelik wat vir die grootmense hinderlik was nie. Selfs die geroeste sink was mooi. Selfs die water in die rioolpyp wat gorrel en dan drup-drup gaan staan en 'n wit afsaksel nalaat. Selfs die ingeduikte vuilgoedblik in die agterplaas, die blare op die werf as dit afval in die herfs, die mosagtige aanpaksels teen die mure in die reënseisoen, die rook wat sekere aande skielik laag oor die huise hang en die aanhoudende gedrup van water teen die bome se stamme in die nag.

Maar in sy hart het hy gevoel dat dit nie lank so sal bly nie. Miskien het die besef van die veranderlikheid van dinge gekom met die dood van Mariet, of met die einde van sy vriendskap met Willem, of, heel vroeër, met die besef dat sekere dinge, wat mooi en lekker is, nie altyd reg is nie. Hy het gevoel dat daar een of ander tyd 'n einde sal kom aan alles. Toe Sara eendag skielik teruggestuur is na Van Velden toe, het die eerste tekens al gekom. 'n Maand later het Suzanne hom vertel dat hulle weer gaan boer en dat hulle dus nie meer langer in die Kaap sal bly nie. Toe het Colet besef dat dinge nie meer dieselfde sal wees nie en dat hy 'n ander tydperk ingaan.

Sy laaste indrukke was van die huurmotor voor hulle huis, die stasieklok wat halfvyf gewys het, 'n paar seuntjies wat staan en kyk het na die minia-tuur-lokomotief se wieletjies wat vinnig draai nadat hulle 'n tiekie in die gleufie gegooi het, die brouery se smal venstertjies uit die treinvensters – en Theuns se woorde: "Dit sal lekker wees om weer te boer."

HOOFSTUK II

Van Veldensvlei is omtrent tien myl van die dorp af: 'n mooi uitgelegde familieplaas. Voordat hy Kaap toe gegaan het, het Theuns dit verhuur aan een van sy neefs. Die lewe in die Kaap het 'n bietjie té nou vir hom begin word en hy het besluit om boerdery maar weer 'n kans te gee. Dit was tekenend van sy swerwende gees – 'n eienskap van die Van Veldens. Sy hele lewe is gekenmerk deur veranderings van beroep. Gelukkig het 'n natuurlike sakesin meegebring dat hy altyd welgesteld was. En, nog gelukkiger, dat hy vasgekleef het aan die tradisie dat die Van Veldens, ten spyte van rondswerwinge, nooit van die familieplaas vervreem nie.

Sara was alreeds op die plaas toe hulle daar aankom en sy het weer, soos in die Kaap, vir Colet gesorg. Maar toe hy eendag weer 'n vloekwoord in Suzanne se teenwoordigheid gebruik het, het sy Theuns eenkant geroep en gesê: "Jy weet, Theuns, Colet begin allerhande lelike dinge aanleer. Mens moet versigtig wees wat jy voor hom sê. Daarom dink ek . . . Sara is al lankal by ons, maar dink jy nie dis die beste dat ons haar maar laat gaan nie? Daar is inrigtings waar mens witmeisies kan kry om kinders op te pas en ook huis te hou. Hulle sê dit kos nie veel nie. Regtig – ons moet aan so iets dink. Kyk, mens kan nie 'n kind in hierdie stadium aan 'n bediende oorlaat nie. Hulle leer soms slegte gewoontes aan . . ."

Theuns het ingestem en Sara is dienooreenkomstig na die strooise teruggestuur met 'n arm vol ou klere en 'n belofte om haar weer in diens te neem sodra daar ekstra werk is. Sy het heeltemal weemoedig van Colet afskeid geneem – 'n gevoel wat hy, aan sy kant, ook met 'n groot vertoon van aandoening beantwoord het. 'n Maand later is Sara met een van die plaasvolk getroud en het, behalwe haar vroeë kinders (wat in die sorg van haar ma was), 'n hele streep kleingoed met eentonige reëlmatigheid gekry. In die begin het sy kort-kort vir Colet besoek as sy na die huis gegaan het om iets te bedel.

Nadat haar man na 'n naburige plaas vertrek het, het die besoeke minder geword en mettertyd heeltemal opgehou. In Colet se gedagtes het sy verander tot 'n legende – altans totdat 'n vet vrou tien jaar later by die Van Veldens aangekom het "om die kleinbaas te sien" en hy in die lywige vrou voor hom geen sweem van die vroeëre Sara kon herken wat so 'n groot aandeel in sy vorming gehad het nie.

Die wit diensmeisie is gehuur na 'n persoonlike onderhoud met die huismoeder. Haar naam was Maria Groenewald en sy was die tiende kind van baie arm ouers. Sy was omtrent ses jaar oud toe sy na die inrigting gegaan het en het die stempel van die plek in haar houding, handelswyse en gedagtes saamgedra. Sy is deur die huismoeder beskryf as 'n vrolike, nette, lewenslustige meisie, fluks van geaardheid, gelowig, beskeie en op haar plek. Haar verpligtinge sou wees om die huishouding te bestuur (onder sorg van Suzanne), toesig te hou oor Colet se klere en algemene welsyn, en om diens te doen as 'n soort faktotum. Sy sou elke Sondag vry kry, asook elke tweede Saterdagmiddag. Na 'n bietjie verstaanbare senuweeagtigheid in die begin en nadat 'n paar gewoontes wat Suzanne nie aangestaan het nie, afgeleer is, het sy spoedig heeltemal tuis gevoel en 'n volslae deel uitgemaak van die huisgesin.

Die naaste skool was op die dorp. Alhoewel die inwoners hulle beroem het op die goeie eksamenuitslae wat elke jaar behaal is (volgens getalle bereken), was die skooltjie maar klein en swakkerig ingerig. Suzanne het onmiddellik gevoel dat dit nie wenslik sou wees om Colet vanaf 'n groot Kaapse skool na so 'n plek te stuur nie. Die kinders sou heel moontlik 'n slegte invloed op hom uitoefen weens hulle klaarblyklike onverfyndheid, en bowendien sou dit ook beteken dat hy elke oggend tien myl moes ry om daar te kom. Om hom op die dorp te laat loseer, sou ook onwenslik wees, aangesien Suzanne gevoel het dat 'n kind in sy vormingsjare die teenwoordigheid van sy ouers baie nodig het. Suzanne het met 'n paar van haar welgestelde vriendinne uit die omgewing gesels en die moontlikheid bespreek van 'n goewernante wat by haar sou kon inwoon, om dan ook aan hulle kinders onderwys te gee. Toe sy drie gewerf het, het sy met Theuns gepraat en het hulle 'n advertensie in een van die Kaapse dagblaaie geplaas. Ene mej. Du Toit het 'n maand daarna geappliseer, haar akademiese kwalifikasies aangegee as B.A. S.O.D., en talle getuigskrifte oor vlytigheid, Christelikheid en algemene voortreflikheid ingesluit.

Die dag toe hulle haar op die stasie gaan haal het, was Colet, uitgevat in 'n nuwe syhempie en 'n vlootblou sajetbroekie, ook daar. Die trein was 'n kwartier laat en hulle moes op die perron wag. Theuns het op en neer gestap, met Colet in 'n drafstappie ál langs hom. Hulle het na die goedere-loods gekyk totdat die trein ingekom en die groot wiele stoomfluitend oor die spore geknars het met lang, suisende hale van die dryfarms. Theuns het tussen die vreemde mense rondbeweeg en skielik stilgestaan by 'n jong dametjie van omtrent drie-en-twintig jaar.

Colet het volgens die gesprekke by die huis 'n oujongnooi verwag soos juffrou De Lange van standerd twee in die Kaapse skool. Toe die mooi nooientjie met die swart hare en blou oë ewe plegtig haar hande uitsteek en met hom begin praat, het dit sy vooropgestelde idees só omvergegooi dat hy nog skamer en lomper as gewoonlik geword het.

"O! Is dít die grootman!" sê sy. "Ek dink ons gaan baie goed met mekaar oor die weg kom."

Toe draai sy om en begin opgewek met Theuns gesels en die hele pad terug het sy haar nie verder aan Colet gesteur nie.

Colet het self probeer aandag trek deur oorspronklike opmerkings te maak, totdat sy haar ongemerk na hom gedraai en in sy oor gefluister het: "In grootmense se geselskap word kinders gesien, maar nie gehoor nie." Van daardie oomblik af het hy haar gehaat en elke keer as hy en Maria alleen bymekaar was, van haar geskinder.

In die huis is dinge so gereël dat Maria en Colet in die een buitekamer geslaap het, en die juffrou in die kamer langsaan, met 'n stoepdeur wat in dieselfde portaal uitgaan. 'n Klein ontbytkamertjie aan die ander kant van die huis is ingerig om as skoolvertrek te dien. Die drie buurkinders het elke môre om agtuur opgedaag: Kosie van Niekerk, heelwat jonger as Colet, Agnes en Joan van Heerden – 'n jaar of wat ouer. Elkeen van hulle was in 'n ander standerd en het dus niks met mekaar gemeen gehad wat lesse betref nie, behalwe sekere periodes wanneer lesse van 'n algemene aard gegee is. Die nuwigheid het binne 'n paar maande verdwyn en spoedig het die skoolure, studietye in die aand en vasgestelde slaaptye alles oorheers. Saterdagmiddae en Sondae het van die kinders op die ander plase by hom kom speel as hulle ouers by Theuns-hulle gekuier het. Die speel-plekke was gewoonlik agter die huis by die hoenderhokke, langs die rivier op die gras onder die wilgerbome en in die tuin. Die speletjies was altyd dieselfde: wegkruipertjie of blikaspaai, poppe as daar meisietjies was, klei-ossies en tolwaentjies, en dokter – wanneer Colet dan met 'n nagemaakte gehoorpyp elkeen ondersoek en allerhande gekleurde medisyne maak van blomsap gepers deur 'n stukkie lap. Somtyds in die aand, wanneer daar mense gekom het met kinders, het hulle almal in die kinderkamer vergader en hulle speletjies aangepas by die omgewing.

Colet se uitkyk op die lewe het na 'n paar jaar heelwat verander. Die aura van geheimsinnigheid wat sy verbeeldingslewe in die Kaap gekenmerk het, het heeltemal verdwyn. Die huislike atmosfeer, die oorbekendheid van die omgewing met die landskappe wat altyd dieselfde bly, die warm son wat tot elke hoekie deurdring en alles bak tot 'n vaal eendersheid, het die romantiek van onbekende dinge verdryf. Daar was geen onmiddellike onsekerheid nie, sodat hy verval het in 'n stugge alledaagsheid in harmonie met sy omgewing. Die afwesigheid van kompetisie het hom 'n valse selfvertroue gegee wat oorgegaan het in botte astrantheid. 'n Vae ontevredenheid het hom in verset gebring teen alles, maar hy kon nie besluit wat hy juis in die plek daarvan wou hê nie. Hy het ook al hoe minder met ander kinders gespeel.

Na die koms van Mariet het 'n mooi vrou ander gevoelens by hom gewek. Veral ouer meisies. Dié van sy eie ouderdom het hy as laf en vervelig beskou. Maar daar was iets omtrent 'n volwasse vrou wat hom altyd rusteloos en sprakeloos gelaat het. As van Suzanne se jonger vriendinne by die huis kom kuier het, was hy altyd in die geselskap teenwoordig en het elke glimlag en gebaar onthou. As hulle hom soms nader trek en liefkoos, het hy onthuts en hom terselfdertyd tot hulle aangetrokke gevoel. Wanneer hy hom dan losruk, soos alle seuntjies, lag Suzanne net en sê: "Is dit nie snaaks hoe seuntjies liefkosings haat nie!" Hy kon dan die goedkeuring in haar stem merk en het onder die indruk daarvan gekom dat, wat sulke dinge betref, mens jou daarteen moet verset.

Sy houding teenoor Maria was heeltemal seksloos. Alhoewel sy ook onder die volwassenes geressorteer het, was sy 'n bediende soos Sara – behalwe net dat sy minder streng teenoor hom was en meer van 'n maat en 'n vertroueling. Sy het hom elke aand om agtuur na die badkamer gestuur en dan gesorg dat hy bed toe gaan. Sy self het gewoonlik 'n paar uur later gaan slaap en dan baie saggies ingekom om hom nie wakker te maak nie. Colet was teen daardie tyd gewoonlik nog nie aan die slaap nie, maar hy het haar altyd onder die indruk laat verkeer dat sy hom wakker maak as sy die kamer binnekom. Dit was 'n gereelde speletjie, wat hulle met alle erns elke aand herhaal het. Terwyl sy haar klere uittrek, lê hy dan met haar en gesels. Sy het 'n besondere manier gehad van haar te ontklee: sy het eers die nagrok oor haar kop gegooi, en dan deur 'n reeks eienaardige bewegings gegaan totdat al haar dagklere op die vloer gelê het en sy gereed vir die bed was. Terwyl sy dan voor die spieëlkas sit, besig om haar hare te kam, het Colet aanhoudend gesels en vrae gevra oor wat gedurende die dag gebeur het. Nadat die lig afgeskakel was, het hy soms by haar gaan lê en dan het hulle tot laat in die aand gepraat met fluisterstemme. Eenkeer, toe hulle Suzanne in die rigting van die kamer hoor kom het, het Maria hom teruggejaag na sy bed toe. Colet het dadelik gemaak asof hy slaap – nie soseer omdat hy gevoel het dat hy iets verkeerds gedoen het nie, maar omdat hy tog vaagweg gevoel het dat so iets nie betaamlik is nie.

Hulle gesprekke het gewoonlik gegaan oor Maria se dae in die wees-huis. Hy het naderhand die huismoeder so intiem leer ken dat dit was asof hy self daar gebly het. Die weeshuisreëls, die klokke wat gedurig vir elke werkprogram lui, die jaarlikse piekniek by die rivier, Sanna, Siena, Lulu en Johanna (haar maats met al hulle eienaardighede), die onregverdig-heid van die juffrouens wat altyd in blou aangetrek was, die slegte kos en die geringste plesiertjies en avonture, was deel van sy eie lewe as sy hom daarvan vertel. Al die boeke wat sy gelees het van Fanny Eden en Sita, is in die donker gevoelvol in haar fyn, bewoë stemmetjie aan hom oorgedra. Dit was heeltemal 'n ander, onbekende wêreld, glad nie so vol misterie soos Sara s'n nie, maar vol weemoed en verlange, en met 'n aantrekkingskrag van sy eie. Hy kon nooit genoeg daarna luister nie, en Maria het week na week dieselfde stories oorvertel en in haar geringe verbeelding klein va-riasies uitgedink – en dit dan as nuwe ondervindings voorgehou in haar relaas van 'n onbewoë klein bestaan in 'n weeshuis.

Maria het nie van die juffrou gehou nie. In die stilligheid het sy haar juffrou Snip voor Colet genoem, en dan wou hy hom so doodlag daaroor. Hulle het al twee 'n behae daarin geskep om op al haar eienaardighede te let en dit dan vir mekaar oor te vertel in die aand. "Het jy al opgelet hoe blou haar naels is? Hulle sê dis 'n teken van iemand wat nie heeltemal . . . wit bloed het nie . . ." "Sy sê nou die dag vir my, verbeel jou, asof ek haar bediende is, sy sê vir my sommer: 'Maria, bring my wasgoed kamer toe!' Ek sê toe niks nie. Ek vat net die wasgoed en gooi dit op haar bed neer." . . . "En weet jy, Colet, sy hou nie van jou nie. Sy sê Kosie is baie slimmer as jy. Sy sê jy is nie so slim as wat hulle dink jy is nie . . ."

Maar tog in die laatnag, net voordat hy aan die slaap raak en Mariet weer vol en prikkelend in sy gedagtes was, het hy aan juffrou Du Toit ge-dink en, ten spyte van sy renons in haar, haar soms in allerhande situasies voorgestel wat sy hart vinniger laat klop, en 'n brandende gevoel in sy bors laat ontstaan het.

Theuns en Suzanne het intussen heelwat meer tyd gehad om uit te gaan en vriende te besoek. Hulle het stadigaan verdwyn uit die intieme ritueel van Colet se lewe. Die tye wanneer hy by hulle was, het ook een-vormig geraak en deel geword van 'n ordelike sisteem. In die oggend as hy wakker word, het Suzanne hom kom groet en 'n rukkie later het hy môre gaan sê vir Theuns en vir 'n tydjie in sy arm gelê op die bed. In die aand het Theuns en Suzanne na die spens gegaan om te kyk of hy al sy kos opgeëet het, en dan opmerkings gemaak oor sy benerige voorkoms. Net voordat hy gaan slaap, is hy toegelaat om vir 'n rukkie in die sitkamer op die rusbank te sit terwyl hulle oor alledaagse, onbekende dinge gesels. Wanneer daar gaste gekom het, is hy ingeroep en ten toon gestel terwyl hulle met oordrewe vermaak elke stamelende sin volg en hardop lag oor 'n grappie wat hy sou gemaak het. Die tyd wat hulle van die huis af weggebly het, het ook al hoe langer begin word.

Intussen het Colet ongemerk groter geword sonder dat daar 'n verandering in die ritueel gekom het. Omdat hy 'n enigste kind was, het hy 'n Peter Pan in hulle oë gebly. Hulle het gevoel dat alles mooi gereël is, dat hy in veilige hande gelaat word – geborge in sy Never-Never Land.

Eenkeer het hulle vir 'n hele week weggegaan. Hulle het hom gedurende die skoolure gaan groet en die hoop uitgespreek dat almal soet sou bly terwyl hulle weg is. Toe die skool verby was, het Colet in die leë huis rondgestap. Die gordyne van Theuns en Suzanne se kamer was toegetrek en dit het alreeds, nadat dit slegs 'n oggend toegestaan het, daardie reuk van 'n onbewoonde kamer gehad, behalwe dat die geur van Suzanne se skoonheidsmiddels nog soos rafels in die lug gehang het. Hy het doelloos in die kamer rondgedwaal, in die laaie gekrap en hom verlustig in die mengsel van geure wat daaruit opslaan. Daar was iets in die eksotiese walms wat herinnerings aan die Kaap meegebring het, en hy het meteens 'n knellende heimwee gevoel na daardie dae toe hy geluister het na die vishorings en Suzanne hom in haar arms geneem het. Hy het in die laaste tyd al hoe meer daarvan bewus geword dat hy werklik alleen is. Die effenheid van die lewe, wat daardie onwerklike aspek van dinge laat verdwyn het, het hom laat terugverlang na iets wat nie meer daar is nie. Nadat hy al die laaie deurgekyk het, het hy die klerekas oopgemaak en hom op sy tone uitgerek om in die heel boonste rakke te kyk. Regs in die kas het Suzanne se rokke gehang. As hy sy kop daarin steek, kon hy dit sag en welriekend teen sy gesig voel. In die rakke langsaan het haar handsakke in 'n bonte hoop opmekaar gelê met veelkleurige serpe tussenin geprop. Elke rafeltjie, elke dingetjie wat hy optel, het 'n besondere betekenis. Die dinge wat hy dikwels bedags in die huis sien rondlê het – miskien 'n baadjie wat Suzanne op 'n stoel neergesit het of 'n hoed wat sy afgehaal het – het hier in die hangkas heeltemal 'n ander aansien. Dis asof daar 'n voorkoms van verganklikheid aan alles vaskleef; asof Suzanne, wat die dinge elke dag dra, nie meer daar is nie; asof dit alreeds met 'n eienaardige, muwwe, ontbindende reuk vergaan.

Die gedagte daaraan raak meteens só oorstelpend, dat hy die kas onmiddellik toemaak en op die bed gaan lê.

Die heerlike, sagte dubbelbed. Terwyl hy daarop lê en heen en weer rol, gaan die deur meteens oop en kom Maria met verkwikkende, babbelende beweginkies die kamer binne.

"En toe!" sê sy, terwyl sy op die voetenent van die bed gaan sit en hom aan die been gryp. "Wat maak jy hier so alleen?"

"Ek het niks anders gehad om te doen nie," sê hy.

Sy wieg op en neer en kyk met wakker oë in die kamer rond.

"As die kat weg is, is die muis baas," sê sy. Sy lê meteens agteroor met haar kop op sy voete terwyl sy haar bene heen en weer swaai. "Ek dink ons gaan 'n lekker tyd hê." 'n Oomblikkie stilte. "Ons sal laat kan lê en gesels in die aand. Dit wil sê as juffrou Snip haar nie groot hou noudat jou mammie-hulle weg is nie." Sy sit weer regop en kyk in Colet se gesig. "Dink jy nie so nie?" Haar oë het 'n eienaardige glans, effentjies blink en lewendig.

Hy gaan ook regop sit, maar kyk nie na haar nie. Sy oë is gevestig op die deur in die verste hoek. Dit was asof hy iemand hoor aankom het, maar hy was nie seker nie. Toe hy sien dat aan die deurknop gedraai word, weet hy dadelik wie dit is.

"Wat sê jy?" vra hy. Dan sagter: "Wat van haar . . .?"

Hy weet dat sy nie bewus is van die deur wat oopgaan nie. Onmiddellik toe hy dit gevra het, voel hy jammer, maar ook darem nie spyt dat dit te laat is nie.

"Ek sê . . .!" skree Maria, "as juffrou Snip ons nie lastig val nie . . .!"

"En toe!" sê juffrou Du Toit. "Wat gaan hier aan?" Sy staan met haar hande in haar sye. "Het jy nie werk nie, Maria? Is dit nie al tyd dat jy op die ete moet let nie?"

Haar oë, twee kooltjies vuur, brand in die half-skemer op hulle.

Maria het intussen verward van die bed af opgespring en stap nou, met haar kop in die lug, by juffrou Du Toit verby. Toe sy die deur agter haar toemaak, is daar stilte vir 'n paar oomblikke. Colet kan sy eie asemhaling duidelik hoor, asook dié van die vrou voor hom. Daar gaan 'n paar minute verby voordat sy praat. Intussen sit hy op die bed en kyk na haar met groot, niksseggende oë. Dis asof sy hier in die kamer – in die allenige kamer in die groot, stil huis – al die gesag verloor het wat sy in die klas het. Hy hou sy oë nie lank op haar gerig nie, maar kyk skuins by haar verby, alhoewel hy elke beweging uit die hoek van sy oog kan sien.

"Wat doen jy in die kamer, Colet?" vra sy meteens.

"Niks nie," sê hy. "Ek het net hier ingekom en . . . rondgekyk."

Sy wil iets sê, maar bedwing haarself merkbaar, en gaan dan op die stoel langs die bed sit.

"Kyk, Colet," sê sy, "jy is mos al 'n grootman, nè? Jy weet dit is nie mooi vir 'n man . . . ek bedoel, kyk, 'n man is altyd hoflik teenoor 'n dame . . ."

Hy staan stadig van die bed af op en wag ongeduldig vir haar om verder te praat. Sy voltooi nie die sin nie, maar staan meteens op en sê met 'n opgewekte stem: "Hoe lyk dit, wil jy nie 'n entjie saam met my kom stap nie? Die son gaan netnou onder, en dis só mooi tussen die berge."

Terwyl hulle al met die veldpad langs stap, gesels sy aanhoudend oor allerhande dinge. Toe hulle by 'n mooi boom kom, gaan sy daaronder sit en wys vir hom om langs haar plaas te neem.

"Hoekom speel jy nooit met Kosie en Joan-hulle nie, Colet?" vra sy.

"Ek het nie juis lus nie," sê hy. "Hulle is so . . . so kinderagtig."

"Kyk," sê sy meteens, "mens kan te groot vir jou ouderdom wees . . ."

Dan besef sy dadelik aan sy houding dat sy alle geleentheid vir openhartigheid vernietig het deur haar woorde.

"Kyk, jongmense moet saam wees. Dis mooi as hulle saamspeel. 'n Kind moet saamspeel. Kyk hoe lekker jy altyd met die ander kinders gespeel het toe ek hier gekom het."

En dan besef sy dat sy nou finaal alles bederf het.

Terwyl hulle terugstap, dink sy aan die seun langs haar. 'n Mens moet net agter daardie astrantheid van hom kom. 'n Kind het leiding nodig op daardie ouderdom. Sy besluit ook om met sy ouers oor Maria te praat. Dis nie goed dat 'n jong meisie so intiem met 'n seun van sy ouderdom verkeer nie.

En vir Colet is die sonsondergang voor hulle, met al die kleursamestellings, 'n knellende gesig. Daar is iets in die droë opeenstapeling van malse kleure wat hom heeltemal magteloos laat voel. Alles is vreemd en onverstaanbaar. Hy voel baie alleen. Asof alles, alle intieme dingetjies, wat ander tye sy aandag afgetrek het as hy so alleen voel, in die laaste tyd verdwyn het. Hy voel sleg omdat hy Maria so in 'n strik gelei het; hy weet nie hoekom hy dit gedoen het nie. En juffrou Du Toit: hy het vir 'n paar oomblikke gevoel, toe hulle op die gras gesit het, dat hy iets vir haar wou sê wat die verdeeldheid en alleenheid in hom sou breek . . . toe sy agteroor op die gras gesit het, met haar lyf teen die boom, soos Mariet die aand op die bed . . . Maar sy lyk nou weer heeltemal anders – so alledaags en preutserig . . .

Die aand toe Maria kom slaap het, wou hy weer by haar inkruip, maar sy het hom teruggejaag na sy bed toe. Alhoewel hy oor en oor gevra het wat makeer, wou sy hom nie antwoord nie. Net voordat sy aan die slaap geraak het, het sy eenkeer gesê: "Ek sal jou onthou." 'n Rukkie later in die aand het juffrou Du Toit die kamer ingekom en die lamp omhoog gehou. Teen daardie tyd was Colet al terug in sy bed en hulle al twee aan die slaap, en nie een het geweet dat sy die kamer binnegekom het nie.

In die week toe Suzanne-hulle weg was, was daar 'n uitgelate atmosfeer in die huis. Selfs in die skool was juffrou Du Toit toegeefliker as ooit tevore. Sy was aanmerklik vriendeliker teenoor Colet buite skoolure en het uit haar pad gegaan om met hom te gesels, maar hy het 'n behae daarin geskep om haar op alle moontlike maniere te ontwyk. Maria het hom die volgende dag alreeds vergewe dat hy haar so in 'n val gelei het. Drie aande daarna het sy hom genooi om by haar te kom lê en gesels.

Die eerste tekens van die winter was al aan die kom, en dit het in die aande taamlik koud geword. Toe die lamp doodgeblaas is, het hy by die wastafeltjie verbygeklouter en in die lekker warm bed by haar ingeklim. Hulle het vir 'n rukkie styf teen mekaar gelê en rondgekriewel totdat hulle lyfhitte die koue heeltemal verdryf het. Toe begin hulle gesels.

"Het jy kêrels in die Inrigting, Maria?" vra hy.

Hy voel hoe sy skielik stil lê in die donker.

"Wel . . ." sê sy. "Eendag was ek op diens gewees by die deur. Ons kinders het almal deurdienste, een keer elke veertien dae. Dan luister ons as die klokkie lui en maak dan die deur oop en neem hulle die sitkamer in . . ." Sy bly weer stil en vroetel rond soos iemand wat dink en iets probeer oplos. Geen wonder nie, sy is besig om, na aanleiding van 'n onskuldige gebeurtenis, iets te skep met behulp van Fanny Eden.

"En toe," sê Colet, "watter soort mense? Ek bedoel, was hulle oumense? Die ma's en pa's van die kinders?"

"Nee. Hulle het nie ma's en pa's nie. Hulle ma's en pa's besoek hulle nie . . . Die gaste van die juffrouens – familie en vriende . . . en van hulle . . . kêrels."

Colet strek hom behaaglik uit en lê 'n bietjie stywer teen haar aan. Die heerlike sekuriteit van haar arms en die effens klamme, persoonlike hitte laat hom veilig en gerus voel. Daar is geen ander gedagtes nie. Dis net haar stem en beelde van daardie lewe, en stories totdat hy netnou vaak word en na sy bed toe sal moet teruggaan.

"En toe, Maria," sê hy, "wat gebeur toe?"

"Eendag," sê sy, "toe ek op deurdiens was, toe lui die klokkie en ek maak die deur oop. Toe staan daar 'n man . . ."

"Hoe oud was hy?"

"Omtrent dertig . . . jy weet, mooi en donker . . . met effentjiese grys hare . . . heeltemal ouerig al, nie té oud nie . . . net interessant, weet jy . . ."

"En lank? Was hy lank? 'n Lang, skraal man wat 'n lang skaduwee gooi . . .?"

"Ja, hy was 'n lang man, en mooi en donker en ryk. Toe neem ek hom na die sitkamer. Ek sê toe vir hom: 'Sit asseblief.' Nee . . . 'Neem plaas asseblief. Wie wil u graag . . . asseblief spreek?'" (Haar stem word fyn en hoog in 'n poging tot deftige modulasie.) "Toe glimlag hy – 'n mooi glimlag. Mooi wit tande. Ek hou van 'n mooi glimlag en mooi tande . . . en kuiltjies. Hy het kuiltjies gehad . . ."

Colet skuur sy gesig teen haar arm. 'n Lomerigheid het alreeds oor hom begin kom. "Het ek mooi tande, Maria?"

Hy voel hoe haar hand in die donker na sy gesig soek. As dit oor sy wang streel, glimlag hy in die donker. Die punte van haar vingers krap om die hoeke van sy mond.

"En kuiltjies ook. Jy het ook kuiltjies, Colet."

Hy lê 'n rukkie in stilte terwyl sy aanhou om sy gesig te streel. Dit het intussen verander van 'n speelse streling tot 'n senuweeagtige soektog van lomp vingers in die duister, ál met sy gesig langs asof sy die buitelyne wil natrek. Dit wek, saam met die lome gevoel, 'n herinnering aan iets bekends in hom. Terwyl hy daarna soek in sy gedagtes, sê hy: "En toe, Maria, wat van die lang man? Was hy jou kêrel?"

"O!" sê sy. "Ja, die man. Nee, hy sê toe vir my met 'n mooi, sagte stem: 'Ek wil graag met juffrou Van Wyk praat. Sal jy haar asseblief roep?' Ek sê toe: 'Seker, meneer' – maar net toe ek stap, toe roep hy my terug en hy sê: 'Wat is jou naam?' Ek wou eers nie my naam vir hom sê nie. Sien, hy is 'n vreemdeling, Colet. Maar toe sê ek 'Maria'. 'O!' sê hy toe. 'Dis regtig 'n mooi naam.' En toe . . . toe gesels ons." Haar sinne kom stadiger. "Toe sê hy na 'n rukkie: 'Jy hoef nie meer juffrou Van Wyk te roep nie. Ons gesels liewer met mekaar.' Maar, o Colet! Ek was bang dat juffrou Nieman daar sou aankom. Sy was op diens en sy kom altyd kyk of ons die klokkies beantwoord het. En is sy kwaai! Maar die man wil my nie laat gaan nie. Hy sê vir my: 'Geliefde, al is jy nou wel ook so . . . nederig van stand . . . liefde ken nie rykdom of armoede nie . . .' En hy gaan toe op sy knieë en hy sê . . . Colet!" Hy mompel onduidelik langs haar. Sy skud aan hom. "Colet, Colet! Slaap jy al?" Toe hy nie antwoord nie, voel sy versigtig met haar hand oor sy oë. Onder die lede kan sy die flikkering gewaar, maar dit gaan nie oop nie. Sy luister na sy gereelde asemhaling en lig hom effentjies van die bed af op om hom wakker te kry, maar verander haar plan en laat hom weer terug in haar arms lê.

"Jy moet op jou bed gaan lê," sê sy. "Sê nou maar hulle kry jou môre-oggend hier?" Maar sy sê dit meer vir haarself. Dan trek sy die seun stywer teen haar vas en woel haarself tot dig teen sy lyf. Na 'n rukkie lig sy haar kop op en bring haar lippe teen sy wang en dan stadig en voel-voel tot teenaan sy mond – en soen hom dan meteens hard, en draai dan net so skielik om met haar rug na hom toe. 'n Rukkie later raak sy aan die slaap.

Die volgende môre baie vroeg, voordat die son op was, het juffrou Du Toit die deur van die kamer oopgemaak en in die lig van die lamp in haar hand Colet se leë bed by die deur gesien, en toe haastig nader gestap en gekyk na die bed langsaan die wastafeltjie. Sy het vir 'n rukkie besluiteloos gestaan en toe saggies uitgegaan – terug na haar kamer toe.

Terwyl sy in die kamer rondstap, net voordat die son opkom, sê sy oor en oor vir haarself: "Ek het dit geweet. Ek het dit geweet." Sy is heeltemal driftig. Dis nie 'n gewone woede nie. Sy voel asof sy 'n klap in haar gesig gekry het. Soms is sy nie seker nie, soms wil sy terug na die kamer toe gaan om die twee slapende figure op die bed te sien, maar dan weerhou sy haar. In haar gedagtes herhaal sy die prentjie in die lamplig oor en oor en probeer allerhande moontlike dinge bydink. Eers dink sy daaraan om vir Suzanne te telegrafeer om terug te kom, dan besluit sy om maar te wag totdat hulle terug is, en dan dink sy weer aan 'n ander manier om dit onder Suzanne se aandag te bring. Maar by dit alles is daar tog 'n huiwering, 'n eienaardige gevoel, asof dit haar eie, persoonlike ontdekking is; asof, as sy vir Suzanne daarvan vertel, sy iets van haarself sal openbaar. Dis 'n vreemde gevoel. Sy probeer dit tuisbring. Dis asof iemand haar in die steek gelaat het, asof iemand agter haar rug haar bespot en belaglik maak . . .

Terwyl sy so dink, begin die hortjies rooi gloei in die môrelig. Sy loop na die venster toe en maak dit baie saggies oop sodat hulle haar nie in die kamer langsaan kan hoor nie. Dan kyk sy by die venster uit. As sy vér oor-leun, kan sy die buitedeur van die kinderkamer mooi sien. As sy heeltemal geen geluid veroorsaak nie, sal sy selfs die bewegings in die kamer kan hoor voordat die oggendgeluide verstorings wek. Terwyl sy so staan, in ge-spanne afwagting, voel sy vies vir haarself, maar haar nuuskierigheid is on-keerbaar. Sy voel dat sy elke geluid en elke beweging in die kamer langsaan móét hoor as hulle opstaan.

Maar terwyl sy so staan en luister, vra sy haarself af: Hoekom voel ek so? Kyk, dit is my plig om sulke dinge te ondersoek en te probeer voorkom, maar hoekom tas dit my dan so aan? In haar binneste voel sy dat dit nie net gewone pligsbesef is wat haar onverwags die laaste paar aande in die kamer laat kyk het nie. Daar was iets laags en gemeens in daardie handeling; sy het 'n behae daarin geskep en heimlik gehoop om iets te sien. En hoekom hierdie intense, koue gewaarwording – asof iets in haar losgebreek het . . .?

Toe die buitedeur oopgaan en Maria daaruit kom om die huis te begin aan kant maak, spring sy skielik terug en gaan eenkant agter die hortjies staan, van waar sy ongemerk met koue oë Maria se gang kan volg totdat sy uit die gesig verdwyn.

"Ek sal vir Suzanne vertel sodra hulle terugkom," besluit sy. "Maar ek sal vir Colet beskerm. Ek sal dit so vertel dat daar geen skuld aan hom kleef nie. Sien, hy is nog jonk. Daar is baie dinge wat hy nie besef nie."

Maar in haar hart het sy geweet dat dit nie werklik die rede was nie.

Gedurende die skoolure het sy haar so onverskillig as moontlik voorgedoen en juis daardeur Colet se fyn waarnemingsvermoë geprikkel. Sy gevoeligheid vir verandering in die atmosfeer was sterk ontwikkel vanaf die Kaapse jare toe hy sy eerste indrukke opgedoen het. Onbewus het hy klein, amper nietige dingetjies opgemerk en deur 'n trek om 'n mond, of 'n oomblik se vertroebeling van 'n oog, of 'n beweging van 'n hand, dadelik 'n emosionele verandering agtergekom. Om die waarheid te sê, hy het hom só laat lei deur sulke geringe aanduidings dat hy soms kwaad vir iemand was, of gesteld was op 'n sekere verhouding, sonder dat iets werklik konkreets gebeur het, en selfs voordat daardie persoon self bewus was van die verandering in sy gemoed. Sodoende kon juffrou Du Toit nie haar gevoel vir Colet verberg nie: dit het geblyk uit 'n blik wat slegs vir 'n paar oomblikke té lank gedraal het, 'n stem wat nie heeltemal haar gespannenheid kon verberg nie, 'n doelbewuste negering van Colet by tye, wat heeltemal onnatuurlik was. Hy het nie eens probeer om na 'n rede daarvoor te soek nie, só gewoond was hy aan redelose emosionele steurings in homself. Om die waarheid te sê: juis deur haar onverskillige houding teenoor hom het sy interessanter vir hom voorgekom en die indruk van alledaagsheid en verwaandheid van die vorige dag verdryf.

Onmiddellik nadat die skool uitgekom het, het Maria Colet eenkant toe geroep en gevra: "Colet, het juffrou Du Toit vir jou iets gesê?"

"Nee," sê hy. "Wat moet sy sê?"

In die skaduwee van die kamer, waarnatoe sy hom gewink het, kan hy net die blokkiespatroon van haar rok sien. Sy het 'n helderkleurige doek om haar kop gedraai en twee swaar oorbelle wieg heen en weer aan haar ore as sy praat. Die angs in haar stem is heeltemal in botsing met die uitdagende kleure van haar uitrusting.

"Het sy nie iets gesê van jou en my nie?"

"Nee," sê hy. "Wat kan sy sê?"

Sy houding is onverskillig, maar die eerste skemering van 'n onbekende vrees het hom alreeds begin beetpak. Hy kan dit nie presies bepaal nie, maar dit voel soos 'n bedreiging wat gepaard gaan met 'n skuldbesef soos hy destyds in die Kaap gevoel het toe Sara hom na die verbode plekke geneem het, of toe hy te veel aan daardie verkeerde dinge gedink het, en hy aan geringe dingetjies kon opmerk dat Theuns-hulle nie met hom tevrede was nie.

Maria staan intussen angstig heen en weer en wieg. Dis asof haar angs elke oomblik toeneem en monsteragtig aangroei in die skemerige kamer.

Sy gryp Colet meteens aan die arm.

"Kyk, Colet, as hulle jou vra of ons saam slaap – jy weet, in die aande saam lê en gesels, dan sê jy nee. Jy sê dit is nie so nie. Jy kan sê ons lê en gesels, maar jy sê nie wat ons gesels nie of dat ons op dieselfde bed lê nie . . ."

Hy ruk sy arm los, en stap die kamer uit. Terwyl hy uitstap sê hy: "Natuurlik nie. Hulle het niks te doen met wat ons gesels nie. Hulle het niks met ons gesels uit te waai nie."

Maar sy hart het klein geword van vrees. Sê nou maar hulle, Theuns en Suzanne-hulle, hoor dit . . . dan wil hulle weet waaroor hy gesels – dis soos om jou kaal uit te trek voor mense. Hy sal niks sê nie. Kyk, hulle het niks te doen met sulke dinge nie.

Die aand toe hulle gaan slaap, het Maria selfs voordat die lamp behoorlik gesnuit was, gesê: "Colet, jy moenie vanaand hier kom lê nie. Sy sal netnou hier wees."

Hulle het albei gelê en luister na haar voetstappe by die deur, maar dit het nie gekom nie. Nadat hy 'n rukkie wakker gebly het, het hy vaak geword en met 'n gevoel van oneindige verlatenheid aan die slaap geraak. 'n Hele rukkie later het die deur saggies oopgegaan en het juffrou Du Toit ingeloer – die lamp half toegehou deur haar hand. Maar Maria was wakker. Sy het dadelik regop in die bed gaan sit en 'n gesmoorde gil gegee.

Suzanne en Theuns-hulle het die volgende dag onverwags daar aangekom. Suzanne het dadelik die gespanne atmosfeer opgemerk en juffrou Du Toit na haar kamer toe laat kom. Sy het op die bed gaan sit en vir juffrou

Du Toit gevra om eenkant op 'n stoel plaas te neem. Terwyl hulle gesels het, het Theuns een keer die kamer ingeloer, maar sy het hom met haar vinger beduie om weer uit te gaan.

Hulle het vir 'n paar oomblikke geskerm deur hieroor en daaroor te praat en toe oorgegaan tot 'n bespreking van Colet se vordering op skool.

"Hy is heeltemal fluks. U weet, seuns van daardie ouderdom gaan deur moeilike stadiums, maar hy doen heeltemal goed. Hy het baie verbeelding."

Suzanne sit regop op die bed. Sy is 'n tipe wat nooit voor ander mense ontspan nie. Selfs as sy oor die mees alledaagse dinge gesels, lyk dit nog asof sy deelneem aan 'n baie formele gesprek.

"O, ek is bly. Hy is 'n . . . baie sensitiewe kind."

Sy hou nie vir 'n oomblik op om na juffrou Du Toit te kyk nie. Slegs 'n strak trekkie langs haar laggende oë verraai die gespannenheid van haar blik.

"Alles het seker goed gegaan toe ons weg was. Ek bedoel, in die huis en die skool, nè?"

Sy merk die verstramming in juffrou Du Toit dadelik op.

"Daar was nou nie eintlik groot moeilikhede nie, was daar?"

"Wel," sê juffrou Du Toit, "alles het goed gegaan."

Selfs in hierdie stadium het sy nog nie besluit wat om vir Suzanne te sê nie.

"Colet was nie stout nie, was hy?"

Die effense gespannenheid in haar stem ontgaan juffrou Du Toit nie. Alle moeders sal natuurlik hulle kinders in alle omstandighede verdedig. Sy voel bly oor haar besluit om Colet heeltemal te verontskuldig.

"O nee! Kyk, hy is werklik 'n interessante kind. Ek stel baie in hom belang."

Weer daardie flikkering in Suzanne se oë.

"Hy is baie aantreklik," sê sy, "ek dink hy sal eendag baie populêr wees." Sy wag so 'n rukkie, en sê dan skielik: "Veral onder dames . . ."

Vir 'n oomblik is juffrou Du Toit uit die veld geslaan. As sy praat, is haar stem effentjies té gejaagd.

"O ja. Hy is heeltemal . . . anders. Daar is 'n sensitiwiteit en 'n verfyndheid . . ." Sy soek na woorde. " 'n Soort melancholie . . ."

Suzanne se houding is stywer as ooit tevore. Juffrou Du Toit het 'n eienaardige gevoel dat sy self daadwerklik by die saak betrokke is: 'n herhaling van haar gevoel daardie aand toe sy die leë bed gesien het.

Om haarself te red, sê sy meteens (glad nie soos sy van plan was om dit te sê nie): "Kyk, mevrou, ek dink dit is my plig om u te waarsku . . . ek sou 'n bietjie let op Maria as ek u was."

Suzanne se styfheid verdwyn eensklaps. Die glimlag in haar oë (die gewoonte-glim wat tweede natuur by haar is) verdwyn heeltemal.

"Maria!" sê sy. "Wat van haar, juffrou Du Toit? Ek dink u moet openhartig met my praat."

Juffrou Du Toit kriewel onrustig in die stoel rond. Sy voel dat, hoe sy dit ook al wou stel, sy nou alles sal moet vertel . . . en terwyl sy vertel, dat sy Colet om elke draai sal moet beskerm. Toe begin sy praat, en terwyl sy praat, hou sy haar oë, sonder om terug te deins, vol op Suzanne gerig. En nadat sy 'n rukkie vertel het, en by die besondere gedeelte kom, merk sy met heldere insig skielik in Suzanne dieselfde emosies op as by haarself, dieselfde reaksies; in so 'n mate dat sy die gevoel kry dat sy in 'n spieël kyk.

Die aand toe Colet gaan slaap het, het hy dadelik die gemaakte opgewektheid gemerk. Suzanne het hom, soos in die Kaap, in haar arms geneem en liefkosend goeienag gesoen. Juffrou Du Toit het 'n neiging getoon om telkens te lag en dan 'n bietjie té lank aan te hou. Maar Theuns was stroef en het met kil oë na hom gekyk. Maria was nêrens te vinde nie. Hy het tot laat in die kamer gelê en wag dat sy moes kom slaap. Oudergewoonte kon hy nie aan die slaap raak voordat sy eers daar was nie. Toe sy nie kom nie, het hy opgestaan en sukkelend deur die donker gang gegaan. Hy het alreeds die deur oopgemaak toe dit hom byval dat sy ouers nog in die eetkamer sit. Die helder lig het hom heeltemal verblind.

Suzanne het meteens van haar stoel opgespring.

"Wat makeer, Colet?" vra sy. "Kan jy nie slaap nie?"

Die lig in sy oë, hulle onverwagte gesigte en sy uitgeputte gees het vir 'n oomblik alle rede verban, en voordat hy presies kon dink wat hy moes sê, en in sy vrees dat hy die verkeerde ding sóú sê, doen hy dit en fluister met 'n hees stem, wat hard en kras in die ore van almal klink wat luister: "Waar is Maria? Ek wag vir Maria. Ek kan nie aan die slaap raak voordat sy kom slaap nie."

Colet het eers die volgende dag na skool gehoor dat Maria weggaan. Hy het nét uit die klaskamer gekom toe hy haar twee verweerde kartonkoffers op die voorstoep sien. Terwyl hy nog daarna staan en kyk, het Suzanne en Maria by die voordeur uitgekom. Maria was aangetrek in 'n crêpe-de-chine-rok, 'n groot wit breërandhoed wat haar smal gesiggie nog kleiner laat lyk het as gewoonlik, en 'n vaal jassie wat tot teen haar nek vasgeknoop was. Hy kon haar gesig amper nie herken nie: haar oë was dof en dik geswel en wit kolle het in lelike vlekke op haar wange uitgeslaan.

Toe sy vir Colet sien, staan sy vir 'n oomblik besluiteloos en kyk na Suzanne.

"Groet vir Maria!" sê Suzanne met 'n ferm stem, haar fier houding geaksentueer deur Maria se opgebondelde voorkoms.

Hy steek sy hand na haar uit sonder om 'n woord te sê. Haar hand is klam en leweloos en koud. Toe hy aan haar raak, word hy meteens vervul met 'n gevoel van weersin, asof hy mislik is. Haar koue hand, half klam soos dié van iemand wat siek is, het die walglike aanraking van iets soos 'n padda of 'n modderdier. Haar beteuterde voorkoms werk só irriterend op hom dat hy voel asof hy kan skree. Selfs haar reuk is anders, bedompig soos 'n geslote kamer, soos iets wat vergaan, soos Suzanne se klere daardie middag toe hulle weg was.

Hy kon skaars wag om weg te loop.

Selfs toe die motor wegtrek, het hy nie eens omgekyk nie.

HOOFSTUK III

'n Verandering was geleidelik besig om in Colet plaas te vind, maar dit het vir homself eers duidelik waarneembaar geword nadat Maria weg was. Miskien was die rede daarvoor dat hy, deur hulle gedurige saamwees in die dag en geselsery in die aand, nie baie tyd alleen gehad het nie. Destyds was daar net vae aanduidings daarvan – soos byvoorbeeld die middag in die slaapkamer toe sy ouers weg was, en somtyds wanneer hy alleen gaan stap het, of gewag het vir Maria om te kom slaap.

Nou het hy dit veral goed gemerk in sy houding teenoor Suzanne.

Sy het meteens meer aandag aan hom begin bestee deur hom byvoorbeeld na haar kamer toe te roep en met hom te gesels oor wat hy gedurende die dag gedoen het. Alhoewel haar pogings om sy vertroue te herwin, baie oordrewe was, was dit tog opreg en welmenend. Maar juis om daardie rede het hy so 'n hekel daaraan gehad dat hy soms dinge gesê het nét om haar seer te maak. Hy het geen plesier daarin gevind nie, maar hy kon eenvoudig nie anders nie. As sy hom byvoorbeeld op 'n mooi manier vra om sy das reg te trek, het hy dit nie gedoen nie, maar nog skewer gepluk as tevore. Juis omdat sy so gesteld was op netheid en sindelikheid, het hy hom half gewas en het dit baie gesoebat gekos om hom skoon klere te laat aantrek. Soms het sy sokkies só sleg geruik dat die hele kamer bedompig geword het. Hy het gehou van die reuk daarvan. Hy het selfs dit tot teenaan sy gesig gebring om die soet-suur walms te ruik. 'n Ou baadjie het besondere betekenis gekry. Hy het dag na dag 'n blou tweedstuk gedra. Die moue het naderhand afgerafel, sodat sy elmboë begin uitsteek het. Die sakke daarvan was gedurig volgeprop met stukke halfgeskrewe papier waarop hy allerhande betekenislose simbole gekrap het. As die sakke naderhand té vol geraak het, kon hy dit eenvoudig nie oor sy hart kry om sekere stukke weg te gooi nie, alhoewel dit heeltemal vergaan en verkrummel was.

Hy het 'n sekere manier van sit aangekweek: sy agterlyf diep in die stoel in, sy hande op sy knieë en sy kop vooroor. Hoe hulle ook al met hom ge- praat het om regop te sit, kon hy nie van posisie verander nie. Hy het onge- maklik gevoel om op enige ander manier te sit. Hy het verdere irriterende gewoontes – irriterend ook vir homself – aangeleer. So het hy byvoorbeeld dieselfde boek oor en oor deurgelees, totdat hy naderhand omtrent elke bladsy van buite geken het. Dit was *Coral Island*, een van die boeke wat hy nog in die Kaap gehad het. Die boek het hy elke aand op dieselfde plek weggesit, en niemand is toegelaat om daaraan te raak nie. Die plekkie was 'n hoek eenkant in die hangkas tussen sy klere. Toe dit eendag daaruit ver- wyder en netjies op die tafel neergesit is, het hy in 'n onkeerbare woede uitgebars en hardop in magtelose toorn geskree.

Sekere sleutelwoorde het 'n magiese betekenis gekry. Dit was die woord- jies "en", "by", "ek", "voor" en alle voorsetsels. As sy oog op 'n selfstandige naamwoord val, het dit hom só gehinder dat hy vinnig na die voorsetsel gekyk het, voordat hy die boek dan skielik toemaak sodat die nabeeld van die woord nog in sy gees kan bly. In sy gedagtes het hy heeltemal in die verlede gelewe. Hy het aan sy heel jong jare in die Kaap 'n wyer en ruimer betekenis geheg as wat dit ooit gehad het. Die herinnerings aan die geluid van die vishorings en die geblaas van die mishorings het beelde meegebring wat ooreengestem het met sy vroeë indrukke van Sara en die verbode sy van die Kaapse lewe. Gekleur deur die verloop van tyd, het dit oneindig geheimsinnig, onwêrelds en melancholies geword. Die teenswoordige was neerdrukkend en die aanvaarding daarvan 'n toegewing aan magte wat teen hom is. Om sy verband met die verlede te behou, het hy 'n eien- aardige obsessie ontwikkel. Nadat hy hom ingedink het in die verlede en heeltemal besiel was met die gevoel wat dit meegebring het, het hy elke keer as hy aan iets dink wat die teenswoordige inhou, dit geneutraliseer deur twee keer daaraan te dink. Die "verlede-gevoel" en die "teenswoor- dige-gevoel" was twee magte wat gedurig teen mekaar gewerk het. Die teenswoordige kan alleen uit die weg geruim word deur dit skadeloos te maak, en dit het hy gedoen deur dit twee keer, onmiddellik na mekaar, te ervaar en só deur herhaling dit heeltemal tot niet en magteloos te maak.

Hy het hierdie dinge veral gedoen wanneer hy in sy teenswoordige lewe iets onaangenaams ervaar het. Die innerlike ervaring was natuurlik onbekend vir die ander huismense, maar die uiterlike simptome wat dit aangeneem het, soos sy halsstarrige voorliefde om al sy oudste klere te dra, en die gewoonte om twee keer aan 'n ding te raak en selfs in 'n sekere stadium 'n woord twee keer op 'n aparte papiertjie oor te skryf, het hulle in groot mate ontstem. Suzanne het eendag met juffrou Du Toit daaroor gepraat en sy het die klaarblyklike verklaring gegee dat hy deur 'n "stadium" gaan.

Kort nadat Maria weg is, het ook juffrou Du Toit probeer om sy vertroue te wen. Sy was heel versigtig in die begin omdat sy bevrees was dat hy haar kwalik sou neem aangesien sy die oorsaak was van Maria se vertrek. Tot haar verbasing het sy ontdek dat hy skynbaar geen merkbare gevoel teenoor die diensmeisie oorgehou het nie. Haar eie houding in verband met die hele affêre het haar nog steeds gehinder, juis omdat sy geen verklaring daarvoor kon vind nie. Sy het haar voorgeneem om natuurlik in haar verhouding teenoor hom te wees, en in die skool het dit nie moeilik gegaan nie. Maar sodra die ander kinders weg was, en sy alleen met hom was (soos nogal dikwels gebeur het, aangesien Theuns en Suzanne se wanderlust nog geensins bevredig was nie), het sy heeltemal in die diep waters beland en haarself gedurig verwyt oor haar onverstaanbare onvermoë om die natuurlike juffrou-leerling-verhouding te handhaaf. Die verandering in Colet, wat sy houding en maniere betref, het sy gouer raakgesien as Suzanne-hulle, en op haar eie manier 'n beter insig daarin gekry deur hulle gesprekke. Sy het, op 'n baie kleiner skaal en op 'n heel ander manier, die plek van Maria in sy lewe begin inneem sonder dat sy self daarvan bewus was. As Suzanne-hulle in die aande uit was, het sy en Colet by die eetkamertafel gesit en gesels totdat dit vir hom tyd was om te gaan slaap.

Die lamp het gewoonlik in die middel van die tafel gestaan en hulle stoele reg teenoor mekaar, terwyl die res van die kamer in skemerdonker gehul was. Die kol van die lig het dan, van waar Colet sit, soos 'n soeklig op haar geval en 'n onwerklike wasigheid aan haar buitelyne verleen, wat 'n droomeienskap aan die hele situasie besorg het. Sy was mooi gebou, met 'n fris, gesonde molligheid wat op middeljarige leeftyd in gesetheid sou moes oorgaan, maar wat in daardie stadium, saam met haar rooi wange en helderblou oë, 'n verbasende jeugdigheid en aangename vroulikheid aan haar voorkoms verleen het. Sy was altyd baie presies en skoon, in teenstelling met Maria se sweterige gehawendheid. Dit het geblyk uit die soort klere wat sy dra: helderkleurige, geblomde rokkies, met 'n welriekende sakdoekie altyd in haar mou gesteek, uit haar goedversorgde swart hare wat sy reguit agteroor gekam dra, styf saamgetrek in 'n gevlegte bolla agter haar kop, en uit haar fyn, mooigevormde, skuinsgedrukte handskrif. Sy het 'n gewoonte gehad om haar boeke netjies oor te trek en dan, terwyl sy les gee, dit deurentyd glad te vryf. Hierdie aanwendsel het sy oral getoon: selfs aan die eettafel met haar servet, of in die veld met die plooie van haar rok of 'n stukkie blaar wat sy ingedagte opgetel het. Van waar hy sit in die lamplig, wek sy by tye weer daardie gevoel by Colet op wat hy by Mariet gekry het; maar soms kan 'n gebaar, of 'n verbuiging in haar stem, of iets wat sy gesê het (sodra sy die onderwysereshouding inneem), weer heeltemal die beeld bederf. Die gedagte aan haar, veral wanneer hy saans lê en dink, wek soms 'n herhalende opgewondenheid by hom op sodat hy allerhande situasie bydink waarin sy en Mariet onafskeidbaar 'n eenheid vorm.

As hulle egter weer saam gesels het, het sy baie gou dié indruk verdryf, sodat hy dan dieselfde dwarsheid teenoor haar toon as teenoor Suzanne, wie se beeld deesdae telkens verbreek word as hy met haar in aanraking kom.

Van waar sy sit, laat die lamplig vir Colet ook heeltemal anders lyk as bedags op skool. Dis asof hy baie ouer voorkom, asof die lig die skaduwees in sy oë verdiep, en die holtes in sy wange die prominensie van sy wangbene verhoog. Alhoewel hy geen gebrek aan sy vel het nie, en geen ontsierende puisies toon soos Kosie byvoorbeeld en ander seuns van sy ouderdom nie, lyk dit tog asof dit té styf gespan is oor sy gesigsbene. Sy slank, maer vingers is ook verontrustend. Soms as hulle op die tafel lê, of die blaaie van 'n boek streel, kan sy haar oë nie daarvan afhou nie. Dit lyk asof hulle 'n lewe en 'n persoonlikheid van hul eie het. Dit laat haar dink aan daardie vertaling van 'n Franse storie wat sy gelees het – van 'n lelike prinses wie se vingers haar enigste tekens van koninklike bloed was, en wat 'n bestaan onafhanklik van die res van haar sintuie gevoer het. Sy lippe (dit kon sy goed sien) is 'n bietjie té vol: nie dik of afstootlik nie, maar effens klam en vol lewe, plooibaar en sensueel. Ook sy voorkop het daardie gespannenheid as hy dink, ander tye weer is die vel só los dat hy dit heeltemal kreukel as hy frons. Terwyl sy al hierdie dinge oplet, voel sy asof hy al klaar volwasse is, asof hy dinge dink en van dinge weet wat nie alleen besonder ryp vir iemand van sy ouderdom is nie, maar wat selfs haar eie ervarings oortref: nie in die hoeveelheid en wydheid daarvan nie, maar in kwaliteit en diepte.

Soms, wanneer hulle niks het om oor te gesels nie, lees hulle: Colet uit 'n ander boek, maar met *Coral Island* altyd byderhand langs hom, sodat hy nou en dan daaraan kan raak asof hy homself wil gerusstel dat dit nog daar is; juffrou Du Toit met klikkende breinaalde en 'n boek teen 'n servet gestut. Hy het al opgemerk hoe deeglik en stadig sy lees. As hy so onderlangs loer, kan hy haar oë heen en weer oor die bladsy sien beweeg – nie die senuweeagtige flitsbewegings van sy eie nie, maar stadig en deeglik met streelbewegings soos haar hande. Soms, as sy ingedagte is, hou hy self op om te lees en kyk dan onderlangs na haar terwyl sy een hand op *Coral Island* rus. Dan let hy onverstoord op al daardie klein dingetjies. Hy deel haar in fragmente op: haar voorkop en haar hare: die effentjiese plooie, die fyn, deurskynende haartjies om die slape; en dan die blou skynsel van die glad gekamde hare bo-op waarin daar hier en daar 'n draadjie losgeryg het en warrelend en deurskynend regop staan. Dan weer die kleur van haar wange, wat soms rooi gloei van inspanning en dan weer bleker word sodat die egalige rooi vervaag tot fyn, ligte aartjies wat die vel deurkruis in 'n fyn netwerk. En haar mond: nooit stil nie, polsend en vol lewe asof hy die strome van die hartsbloed kan sien wat daaraan die kleur gee. Einde-lik haar bors bo die bewegende hande en die wit tafeldoek, die vormlose prominensies ingekerker deur vouende sy, die ritmiese ruising soos die branders by die see, die wondbaarheid daarvan – so kwesbaar soos klein hasies met hulle wolvelletjies wat bewe as mense aan hulle raak, en sterf as jy hulle té lank vashou . . . En meteens, die vinniger bewegings, soos verskrikte diertjies; en, as hy opkyk, haar oë op hom sodat hy skielik op sy boek moet afkyk en maak asof hy al die tyd gelees het, en net toevallig opgekyk het.

Een aand kon hulle albei nie aan die lees kom nie. Die kamer was koud en hulle het styf teenaan die tafel gesit om so na as moontlik aan die lamp te wees en sodoende 'n deel van die hitte daarvan te kry. Suzanne en Theuns was na 'n dansparty op 'n naburige plaas en sou eers baie laat die aand te-rugkom. Elke keer as Colet hoor dat Theuns-hulle weggaan, het hy bewus geword van 'n soortgelyke atmosfeer in die huis as daardie keer net voor-dat Maria weggestuur is. Dit was asof die hele persoonlikheid van die huis verander: die kamers leër as gewoonlik en meer kenmerkend wat reuk en assosiasie betref, stemme harder, en dan weer sagter, oral groter skakering van lig en skaduwee. En, in homself daardie selfde gevoel van vryheid en vrees, dat hy op die drempel staan van 'n nuwe wêreld vol verskeidenheid en kleure soos in 'n glasprisma waarin al die kleure van die lig opgebreek word; 'n belofte aan wonderlike ervarings saam met 'n bewussyn van 'n verbode wêreld waarin jy rondsweef en heeltemal uitgelate jou oorgee aan daardie verbode dinge terwyl jy, in jou hart, weet dat jy gestraf gaan word deur Christus. Van binne kan hy dan voel hoe dinge al hoe stywer trek, en al hoe meer gespanne word, totdat die koord skielik breek. Selfs beweging is dan makliker: hy voel asof hy op al die stoele kan spring, bo-op die dak van die huis kan klim en die blou ruimtes kan induik. As hy skryf, gly sy pen oor die bladsye met koorsagtige haas en die ink vloei soos water oor gladde klippers, en sy handskrif verloor alle vorm en swenk deur en tussen die reëls en hy vergeet heeltemal om kommas en punte by te voeg en hy hou net aan en aan, sonder einde. As hy die basnote op die klavier druk, swewe die geblaas van die vragskepe in die kamer rond, en kom die mis deur die vensters en is dit die seewind wat die takke van die bome laat kraak en is die gefluit deur die sleutelgat die stemme wat roep. Selfs in juffrou Du Toit het hy na skoolure dieselfde gejaagdheid opgemerk. Elke keer as sy met hom praat, het haar stem daardie selfde lighartigheid; as sy hom vra om iets vir haar te doen, het sy nie beveel nie, maar gevra asof sy 'n antwoord verwag. En haar bewegings was prettig en opgewek soos Mariet s'n, jonk en vol lewe: 'n skielike swaai van haar lyf wat haar rokke om haar bene laat vou, 'n vrolikheid in elke gebaar.

Toe hulle styf teenaan die tafel sit, om die hitte van die lamp te kry, sê sy meteens: "Colet, hoekom gaan haal jy nie vir ons 'n kombers nie, dan sit ons lekker warm op die rusbank en gesels totdat dit slaaptyd is."

Toe hy met die swaar donskombers terugkom, was sy alreeds op die rusbank. Sy beduie vir hom om langs haar te kom sit en hulle wikkel hulself dan styf toe in die voue daarvan.

As hulle lekker warm toegewikkel is, sê sy: "En toe, Colet, hou jy van die skool? Ons skool? Is dit lekkerder as die Kaapse skool byvoorbeeld?"

Onmiddellik verdwyn die opgewektheid in hom en neem sy stem weer daardie toonlose eienskap aan.

"Dis lekker," sê hy, "ek dink dit is lekkerder as die skool in die Kaap. Maar ek hou van die Kaap . . ."

"Nee, Colet, ek bedoel . . . hou jy van die manier waarop ek skoolhou? . . . Sien . . . ek wil graag hê ons moet goeie vriende wees en ek sal daarvan hou as jy openhartig met my praat, jy weet . . . soos jy voel." Sy is magteloos teen daardie stem van Colet wat soos 'n wit muur teen haar oprys.

"Ek weet nie," sê hy, "juffrou is baie gaaf, baie goed . . ." Geen tekens van toegewing nie. Sy stem en sy oë is eenders.

"Colet, voel jy nie soms alleen op die plaas nie? Het jy nie lus om met maats te speel nie? Soos op 'n groot skool waar die seuns saam . . ." (sy soek met haar hande in die lug) ". . . boks en rugby speel en gesels en sports maak nie?"

Hy oorweeg dit. Nie spontaan nie, maar soos iemand in geselskap wat sy gedagtes wegsteek agter versigtige woorde en diep verveeld is.

"Dit sal seker lekker wees . . ." Hy sukkel om woorde te kry en skuif rond op die rusbank. "Ek sal seker eendag na so 'n plek toe gaan." In sy bewegings op die bank, terwyl hy op die kussings druk om hom reg te skuif, raak sy hand teen hare. Hy is eers nie bewus daarvan nie en kom dit eers agter as sy besig is om te praat. Hy oorweeg dit om sy hand weg te neem, en besluit dan om dit daar te laat bly en te maak asof hy nie daarvan weet nie.

Juffrou Du Toit gesels vinniger. "Jy weet, daar is baie dinge wat mens by sulke plekke leer. Jy was natuurlik in die Kaapse skool nog té jonk. Maar nou is jy ouer. Jy weet, mens ontmoet mense van orals en jy leer baie van hulle . . . wat hulle dink. Sien, dit is nie goed om heeltemal alleen te wees en altyd met jouself speel nie. Voel jy nie soms asof jy in 'n hok is nie, Colet, asof jy altyd dieselfde dinge oor en oor dink nie?"

Hy is só gesteld op sy hand wat nog bewegingloos op hare lê dat hy nie goed hoor wat sy sê nie. Net die laaste woorde: ". . . asof jy in 'n hok is . . . asof jy altyd dieselfde dinge oor en oor dink . . ." Dit wek meteens iets by hom op; daar is 'n aanduiding dat sy iets probeer uitvind omtrent homself, soos hy is . . . En met dié gedagte druk hy impulsief, sonder dat hy daaraan dink, aan haar hand. En, net toe hy dit doen, raak hy daarvan bewus, en 'n oomblikkie later, met die gevoel van iemand wat skielik in koue water afduik, dat haar hand vol lewe is en met klein beweginkies reageer op sy aanraking – soos 'n sensitiewe plek ril as daaraan geraak word.

Sy praat nog vinniger. "'n Mens moet normaal grootword. Mens moet gebalanseerd wees. Jy weet, die lewe is vol slegte dinge en vol goeie dinge, en elkeen van ons moet kies . . . elke dag." Sy voel die aanraking van die seun en ook die bewegings van haar eie hand met 'n eienaardige afsydigheid asof die ledemaat nie aan haar behoort nie. Sy voel hoe haar hand met 'n herhalende teenritme die polsing in syne beantwoord, en die polsing in swewende aanslae deur haar gaan en op haar wange, en in haar bors meevoelend saambeweeg. Haar stem en haar gedagtes is 'n ander entiteit, losstaande van hierdie kwellende en onkeerbare simptome van haar lyf.

Sy kyk direk na Colet en praat wanhopig, asof sy met haar woorde sy stil oë en haar eie bewegings wil besweer.

"As mens so alleen is soos jy, Colet, en heeldag niemand sien van jou eie ouderdom nie – nie deelneem aan normale plesier nie . . . raak jy verwronge. Jy verloor jou balans, jou besef van reg en verkeerd; jy word in besit geneem deur bose magte . . ." Dit maak nie saak of hy haar verstaan nie, die stem kom onkeerbaar en word, saam met die maling in haar gedagtes, ook wanhopiger . . . "Dis nie lekker om net die goeie te doen nie, jy moet jou staal en leer om jouself te beheer en eerlik met jouself te wees . . ."

En al haar woorde, juffrou-leerling-woorde, 'n ou samevatting van

Suzanne en Theuns se wêreld, is besig om skadeloos oor hom te gaan, hier waar die verbode en toelaatbare in sy gedagtes saamvloei soos daardie aand by Mariet in die kamer. Haar stem, slegs 'n verre skemering van die alledaagse wêreld, 'n vae agtergrond – maar, langs hom, in haar hande, daardie polsende aanduiding van die verbode – die heerlike verbode wat so langs die goeie, regte dinge bestaan. Dis asof die hele kamer en alles daarin verdwyn het, en alles in die lewe toegespits is op daardie klein wêreldjie hier langs hom in die donker skaduwees, in die nou voue van die kombers soos die sygangetjies in die Kaap. Hy is so gesteld op die lewe langs hom dat hy meteens bewus word van die geringste dingetjies: van die kombers wat hulle bene skei, van haar elmboog wat teen sy lyf druk. Terwyl hy met groot, leë oë na haar kyk, beweeg hy versigtig en gly geruisloos met minimale, klein beweginkies, wat in sy gedagtes ontsettend groot en alomvattend voorkom, in haar arms in sodat hy die sagtheid van haar bors teen sy wang voel en die vou van haar arm agter sy nek.

"En, Colet," sê sy, "ek wil met jou praat . . . en moenie kwaad word nie . . . oor Maria. Daar was niks verkeerd nie. Maria is weggestuur omdat sy nie dissipline geken het nie, omdat sy nie gebalanseerd was nie. Julle het in die aande saam . . . in die bed gelê, saam geslaap. Daar is niks verkeerd mee nie, ek bedoel om saam te slaap nie . . ." Haar stem word driftiger, soos haar bewegings, soos die angs van haar arm wat ongemerk, sonder haar toedoen, hom nader aan haar trek. "Daar is niks verkeerd mee nie. Maar, as mens groter word, word sulke dinge nie meer gedoen nie. Maria het geweet, maar sy ken nie dissipline nie . . . sy het geen beheer nie. Sy het geweet mens doen nie meer sulke dinge as jy groot is nie, en tog het sy dit gedoen . . . En sy het 'n verkeerde ding gedoen . . . sleg! . . . uit die bose, Colet, verkeerd . . . verkeerd . . .!" En haar stem jaag van verontwaardiging terwyl haar vingers krampagtig aan syne klou, en haar ander hand om sy nek, oor sy bors streel en met lang hale hom stywer teen haar druk.

Haar stem kom van vér, maar haar bewegende mond is reg bo hom. Die geheelindruk is weg, só naby aan haar is daar net losstaande dingetjies wat elkeen bydra tot daardie warm gevoel wat deur sy lyf gaan, die gespannenheid in sy lende, die wonderlike oorgawe sonder vrees vir gevolge . . . dis die plooi in haar nek digby sy oë, die reuk van haar asem as sy oor hom praat, vol, onplaasbaar en wasig teen sy voorkop . . . die heerlike klammigheid van haar hand in syne . . . Sy leef nou, soos Mariet, half in sy gedagtes en half in werklikheid.

"Colet! Colet!" hoor hy haar stem, en terselfdertyd voel hy dat sy roerloos geword het. Die besef dat iets verby is, kom saam met die bewuswording van die ongemaklikheid van sy posisie, en die stilte in die kamer. Langs hulle op die vloer lê 'n glas water wat sy met haar arm van die tafeltjie langs die rusbank afgestamp het. Hulle kyk nie na mekaar nie, maar na die vloeistof op die vloer wat met 'n silwer stroom onder die mat invloei en verder aan opduik in 'n klam kol tussen die patrone daarvan. Terwyl hulle opstaan, draai hulle hulle gesigte weg van mekaar en maak 'n grappie oor die onbeholpenheid van hulle bewegings. As Colet hom heeltemal losgewikkel het uit die kombers, maak hy asof hy eenkant toe val, asof sy voete in die voue vasgehaak het.

"Soe, Colet," sê sy. "Ek het so baie gepraat dat ek nooit die glas gesien het nie."

"My voet het vasgehaak," verduidelik hy. "Ek het amper geval."

Niks het gebeur nie. Die gloed is nog op juffrou Du Toit se wange, maar haar oë is ferm en haar stem onpersoonlik as sy hom beveel om te gaan slaap.

Die lig was skaars dood toe hy alles begin herlewe. Dit is nou anders as die ontliggaamde gedagtes aan Mariet – dis nou 'n fisieke gewaarwording, 'n oorervaring van wat in die eetkamer gebeur het, 'n direkte, sensuele toespitsing op haar liggaam tesame met 'n herhaling van die sensasies in sy eie liggaam – en 'n steeds groeiende gelokaliseerde hartstog, terselfdertyd aangenaam en pynlik en onlesbaar. Ten spyte van die koue word sy hele lyf klam van 'n onnatuurlike hitte en gloei hy soos iemand wat in 'n bad warm water geklim het en die warmte deur al sy ledemate voel trek. Tesame met alles ontdek hy ook, soos hy in die eetkamer in een stadium gevoel het, 'n verandering in 'n gedeelte van sy lyf: 'n nuwe gewaarwording, die geboorte van 'n fantastiese, allesmeesleurende sy van sy fisieke bestaan. Die muur agter sy kop is die muur wat haar kamer van syne skei. Haar bed is teenaan die muur, in werklikheid nege duim van syne af. As hy baie stil lê, kan hy haar miskien in die kamer hoor beweeg. Maar, as hy dit doen, hoor hy net die gekraak van die dak in die donker huis, en slegs nou en dan 'n geskuifel wat enigiets kan wees. Hy stel hom voor hoe sy nou besig is om haar uit te trek, al daardie sagte, vroulike kledingstukke wat hy by Suzanne en Mariet gesien het; die ruising daarvan as hulle van haar liggaam afgly, haar ledemate in die lig (die flikkerende lig), haar lui, loom bewegings in die kamer, die geritsel van sy as haar nagklere oor haar kop val na benede soos 'n waterval, die sagte, smal intieme bed waarin sy gaan lê . . . Hy dink hoe hy sal opstaan en na haar kamer sal gaan in die donker, hoe sy hom sal ontvang. Sy gedagtes brei al hoe meer uit en gaan oor dinge wat nóóit sal kan gebeur nie. Hoe meer hy dit besef, hoe heerliker word die verlange, deur die onmoontlikheid daarvan duisend maal vergroot tot 'n ondraaglike, onversadigde punt waar hy heeltemal uitgeput en afgemat voel. Een keer het hy dit oorweeg om aan die muur te klop en dadelik ook besef dat dit té gewaag sou wees. Maar hy het onmiddellik daarna aan die moontlike gevolge van sy handeling gedink, en die gevolge só vergesog gemaak dat die handeling self naderhand vergelykenderwys maklik voorgekom het. Hy het toe sy vuiste gebal en drie harde houe teen die muur geslaan. In die rasende stilte wat daarop gevolg het, het hy tevergeefs gelê en luister en toe aan die slaap geraak. Net voordat hy heeltemal weggesink het, het die beklemmende gevoel weer na bo gekom en het hy allerhande ondenkbare strawwe vir homself in die duister opgetower. Dit was 'n egte skuldgevoel, waarteenoor sy verbode gevoel van die verlede klein en nietig voorgekom het. Dít is die bose in die Bybel, dít is die uiteindelike verdoemenis . . .

Toe sy die geklop teen die muur hoor, het juffrou Du Toit onwillekeurig haar hand opgelig om dit te beantwoord en toe geweifel. Sou hy iets agtergekom het vanaand? Per slot van rekening is daar tog niks mee verkeerd dat die jong seun in haar arms was en haar hand styf vasgehou het nie; en sy het niks verkeerd gedoen nie . . . nou wel, maar net sy hand gestreel – maar dit is 'n doodgewone ding; hom effentjies teen haar gedruk; 'n heel natuurlike gebaar. En kyk, dink sy by haarself, ek het die hele tyd met hom gepraat oor hoe hy moet leef: oor die goeie dinge en oor die verkeerde dinge. Om terug te klop teen die muur, sou 'n natuurlike gebaar wees . . . Maar toe sy weer haar hand lig om dit te doen, besef sy dat dit té laat sou wees, dat dit na 'n uitnodiging van haar kant sal lyk tot 'n heel onskuldige speletjie (natuurlik), maar ook heeltemal laf en ongehoord vir 'n onderwyseres. Die gevoel in haarself is maklik verklaarbaar: sy voel natuurlik alleen en afgesonderd op die plaas, en miskien in 'n mate verveeld. Dit sal 'n goeie ding wees as sy meer uitgaan, meer mense sien . . .

Toe sy die lig doodmaak, en Colet se beeld saam met die duister op haar toesak, veg sy met al haar mag om al haar gedagtes teen te gaan, en gaan heeltemal verlore in die stryd. Dit word so onuithoudbaar dat sy naderhand haar kop in die kussings steek en bid: "O Jesus, help my . . ." En, vir die res van die nag, met Colet 'n dringende teenwoordigheid op die agtergrond, soek sy een verskoning na die ander en roep na haar Heer soos iemand wat in die donker stap en sy hand verdedigend op 'n gelukbringer hou. En, in haar verdraaide gemoed, wissel die beeld van Christus en Colet mekaar af soos goed en kwaad, soos twee note wat eindeloos herhaal word.

Die volgende dag was juffrou Du Toit baie nors en kortaf teenoor Colet. Sy het gewag vir tekens van intimiteit van sy kant, maar het hom steeds meer teruggetrokke en onpeilbaar as tevore gevind, waardeur sy aantrekkingskrag juis toegeneem het, sodat sy besluit het om voortaan alle effek wat sy moontlik op hom en hy op haar gehad het, uit te wis deur met hom te praat, sodra daar geleentheid is, oor die goeie en verkeerde dinge in die lewe.

Maar Suzanne het haar voorgespring. Soos alle verbeeldinglose mense was Suzanne se lewe beperk tot algemene ervarings. Die godsdienstige agtergrond in haar ouerhuis, tesame met die sedereëls wat vroeg al by haar ingeprent was en wortelgeskiet het soos plante in vrugbare grond, het haar aanvaarding van die lewe 'n outomatiese ervaring gemaak soos wakker word en slaap, werk en rus. Al die verkeerde en goeie dinge wat sy haar hele lewe gedoen het, het buite die sfeer van beginsels geval. Alhoewel sy al op baie jeugdige leeftyd sekere ervarings gehad het, het sy met die jare dit voordelig vergeet en nooit bewustelik enige gevolge daarvan oorgehou nie. Of sy goeie of verkeerde dinge gedoen het, het bloot afgehang van omstandighede. Selfs die feit dat sy en Theuns een aand voor hulle troue gemeenskap gehad het, na 'n dans, is só uit haar bewussyn uitgevee dat iemand wat dit ooit sou noem, heftige ontkennings van haar kant sou uitlok, sonder dat sy vir een oomblik sou voel dat sy vals is. Kort nadat sy en Theuns na die dansparty was, dié aand toe Colet en juffrou Du Toit alleen by die huis moes bly, het sy een middag vir Colet sien stap. Sy het met 'n gevoel van verbasing agtergekom, toe sy sy lang, maer figuur sien, dat hy al groot begin word en vaagweg besef dat van haar, as moeder, darem iets verwag word. Sy het haar daarmee getroos dat sy daardie verderflike affêre met Maria in die kiem gesmoor het.

Hy was natuurlik te jonk om van sulke goed te weet, maar as sy dit nie agtergekom het nie, kon dit nog baie slegte gevolge gehad het. As sy aan Maria dink, voel sy heeltemal woedend. Dat so 'n meisie, van so 'n stand, dit kon waag om met *haar* seun so intiem te verkeer! Natuurlik sou sy dit nie waag om iets verkeerds met hom te doen nie, maar dink net aan al die slegte gewoontes wat sy hom kon aangeleer het!

Toe sy Colet een middag alleen in haar kamer aantref, besluit sy om met hom te praat oor die lewe.

Colet het dadelik die spanning agtergekom en, oudergewoonte, sy natuurlike gevoel afgedraai en sy kenmerkende afsydige houding ingeneem.

"Colet," sê sy, "sit daar."

Hy gaan op die stoel sit.

"Kyk, Colet, ek wil met jou praat."

'n Oomblik van stilte terwyl sy soek na woorde en put uit eie lesse in die vérre verlede.

"Colet, jy weet mos ons het vir Maria weggestuur. Weet jy hoekom?"

"Nee."

Sy is pateties in haar erns. 'n Mooi vrou van veertig jaar, skaars ouer in haar geestelike samestelling as die kind voor haar, maar in haar deftige houding álwys en met 'n waardigheid wat haar gebrek aan diepte verdoesel.

"Maria is weggestuur, Colet, omdat sy sonde doen. 'n Vrou en 'n man se liggame is die tempel van God. Mens moet skoon en rein wees. As jy die liggaam bevlek, doen jy sonde teenoor jou Here en sal Hy jou straf."

Haar hele houding weerspieël die toorn van God. Sy is die beliggaming van alle gesag.

"Mens sondig nie alleen deur lelike en vuil dinge te doen nie, maar mens sondig ook in jou gedagtes. As jy lelike, vieslike gedagtes het, sal die Here jou straf net asof jy al daardie dinge gedoen het."

Ten spyte van sy neutrale houding, sink die woorde diep by Colet in. Alhoewel hy hom altyd doof hou vir Suzanne se teregwysings, kan hy nooit haar woorde heeltemal vergeet nie. Selfs in die verlede, toe sy met hom geraas het oor Sara se stappies na die see. Dit hoef geen rede of betekenis te hê nie, maar solank dit van haar kom, word dit deel van al daardie kettings wat kruis en dwars in hom knoop.

"Daar is dinge soos . . ." Sy wag 'n rukkie, en verstyf tot Olimpiese hoogtes. ". . . Soos . . . selfbevlekking."

Sy wag om die effek te sien, en merk met genoeë die skielike spanning in hom op. Alhoewel hy nie die woord verstaan nie, is die samestelling van simbole en die toon waarin dit gesê is, genoeg om dit te plaas as 'n samevatting van al daardie dinge wat hy so pas begin agterkom het.

"Deur sulke dinge soos selfbevlekking, vuil gedagtes, vieslike speletjies met meisietjies, beklad jy die tempel van God en sal jy gestraf word tot in lengte van dae."

Die reaksie by die kind, sy vertrekte gesig en die skame ontvlugting van sy oë, verseker haar dat sy in haar doel geslaag het. Sy voel dis onnodig om meer te sê, en sy soek nou na iets om die gesprek op 'n hoogtepunt te eindig. Dan val haar oog op die Bybel langs die bed.

"Gee 'n bietjie die Bybel aan, Colet," sê sy.

Sy lees: "Aan hulle vrugte sal julle hulle ken . . . So dra elke goeie boom goeie vrugte, maar 'n slegte boom dra slegte vrugte. Elke boom wat nie goeie vrugte dra nie, word uitgekap en in die vuur gegooi . . ." Terwyl sy lees, kyk sy tersluiks na Colet. "En dan sal Ek aan julle sê: Ek het julle nooit geken nie. Gaan weg van My, julle wat die ongeregtigheid werk! . . ."

Toe Colet stadig die kamer uitgaan, voel sy diep verlig, soos iemand wat 'n onaangename plig vervul het. Sy voel lus om hom in haar arms te neem en te soen, maar voel dat dit die uitwerking van haar woorde sal bederf. Dan dink sy meteens weer aan Maria en voel hoe die woede só van haar besit neem dat sy amper kan stik daarvan.

Juffrou Du Toit het haar praatjie met hom uitgestel vir 'n geskikte geleentheid – totdat hulle weer alleen kon wees. Maar toe die geleentheid nie spoedig daarna aangebreek het nie, het sy daarvan afgesien. Haar houding teenoor hom het vir 'n lang tyd baie gekunsteld gebly, totdat die gevaartydperk verbygegaan het, en toe het sy geleidelik haar vroeëre verhouding hervat en met vrugtelose, onbeholpe poginkies probeer om agter sy stuursheid te kom en sy vriendskap en vertroue te wen.

Colet se obsessies het allerhande subtiele variasies aangeneem en in die nagte het sy sensuele drome, en nuwe besef van goed en kwaad, in 'n aanhoudende tweestryd langs mekaar bestaan en is alleen deur die jonkheid van sy gees en sy steeds afnemende vermoë om die twee wêrelde geskei te hou, verhinder om tot 'n punt te kom.

HOOFSTUK IV

Daardie winter het dit baie gereën, daardie tipiese winterreëns wat gedurig dreig vanuit 'n seegrys hemel en dan meteens hard val, om weer net so skielik af te breek en oor te gaan in 'n trae gedrup. Op die hoogste punte van die pieke het al vroeg reeds wit vlekke uitgeslaan. Naderhand het dit heeltemal oortrek geraak met sneeu. Vroeg elke middag is in al die huise vure aangesteek wat aan die gang gehou is tot laat in die aand. Al die ou donskomberse en harige wolkomberse is uit die mottegif te voorskyn gehaal en in dik lae oor die beddens gegooi. Colet se spesiale kombers (die een wat hy ook in die Kaap gebruik het) het ook sy verskyning gemaak: 'n outydse rooi ouma-kombers met allerhande fantastiese patrone. Toe hy dit op sy bed sien, het hy 'n skok van heimwee gekry. Hy het alreeds vergeet van die bestaan daarvan. Die eerste paar aande het hy al die patrone daarop met sy vinger gevolg en elke kolletjie nagekyk om die oorsaak daarvan in sy herinnering te probeer terugroep. Dit was dieselfde kombers wat hy in sy kinderkamer in Tamboerskloof gehad het; dieselfde kombers waarop Mariet daardie aand gesit het toe sy by hulle kom kuier het. Sekere vaal merke aan die kant daarvan was waarskynlik die vlekke wat die gevolg was van sy gewoonte destyds om aan die sy-omboorsel te lê en suig. Hy het ook spoedig die ou gewoonte weer aangeleer in sy poging om die atmosfeer van daardie dae te herroep. Soms, as die kombers mooi glad gestryk oor sy bed lê, het hy die presiese plek probeer vasstel waarop sy moes gesit het. Selfs die donskombers waaronder hy en juffrou Du Toit gesit het, het ook 'n besondere betekenis gekry. Hy het sy bed altyd weer oor opgemaak as hy in die aand gaan slaap, en die twee komberse naaste aan sy lyf geplaas, met die laken bo-op. Dan was dit vir hom asof hy die twee meisies altyd saam met hom bed toe neem.

Daar was geen herhaling van die intimiteit tussen hom en juffrou Du Toit nie. Die wintervakansie, wat sy by haar eie mense deurgebring het, het die

gebeurtenis so ver laat lyk soos daardie dae in die Kaap. Sy het ook 'n ge-
woonte aangekweek om allerhande sedelessies aan hom voor te skryf. Nou
en dan het 'n geringe beweging en 'n onderlangse houding aan haar kant
weer iets verraai, maar meestal het sy die skoolverhouding laat voortbestaan
ná skoolure. Hy het naderhand 'n behae daarin geskep om onsierlikhede in
haar op te merk, soos 'n té bleek, blas gesig baie vroeg in die oggend, 'n vae
aanstootlikheid gedurende sekere tye van die maand, rooi aartjies in haar
oë as sy te veel gelees het, die waterigheid van haar neus en die gevlekte,
klam sakdoek as sy verkoue is. Sekere aande weer, as die steeds herhaalde
sensuele gedagtes hom beetpak, het selfs hierdie dinge 'n eie aantreklikheid
gekry. Maar die tweestryd het, vanaf die ontdekking van onbekende magte
in hom, al hoe hewiger geword. Hy kon nie wegkom van die gevoel dat
hy verdoem is nie. As hy hom vir 'n lang tyd onthou het van die gedagtes
waarteen Suzanne hom gewaarsku het, het hy daarna, ten spyte van 'n eed
om nooit weer aan so iets te dink nie, tot 'n oormaat van seksuele gedagte-
belewenisse oorgegaan en dan, gepaard daarmee, sy besef dat hy besig is om
verlore te gaan vergroot. Dit was nie dat hy onverskillig gestaan het teenoor
die verdoemenis wat op hom wag nie, maar die afwykings in die verkeerde
drome was so deel van daardie eie-lewe, daardie romantiese, mistérieuse,
verbode lewe, dat hy gevoel het dat hy met iets kleurloos besig was as hy
sy gedagtes beperk het tot dinge wat reg en goed en skoon was. Dit was
dan asof hy gestrem voel in sy ervaring van dinge, asof hy 'n wonderlike,
eksotiese lewe in hom doodmaak, asof hy deel word van 'n vaal, vervelige
landskap. Maar dit was 'n verbode besef in hom dat daar iets heerliks en
onvervangbaars steek in daardie verkeerde dinge; dat daar iets oneindigs
vry en gewaag is, soos by die see in die Kaap, in daardie afwykings; dat die
gevoel van aandoening wat hy gekry het toe hy na die mis op die berge
gekyk het en gelet het op die verdraaide skoorstene met hulle ongewone
patrone op die huise, iets gemeenskapliks het met hierdie verkwikkende en
tog verterende ervarings. En hy het selfs soms 'n gevoel gekry dat Christus,
as Alwetende Mag, as Iemand wat die mens verstaan en oral is, buite jou en
binne jou, dit nie heeltemal afkeur nie. Maar, as hy dan die Bybel opneem
en in koue letters al die verbode dinge sien en die strawwe wat daarop volg,
verdwyn daardie opvatting omtrent Christus en word hy vervul met 'n vrees
vir die Ewige Veroordeling weens sy ontrouheid en gebrek aan dissipline.

Die twee lewens van goed en kwaad, wat hy in die verlede in 'n mate
met mekaar kon versoen het weens die redeloosheid van alle dinge, het
nou al hoe meer geskei geraak van mekaar. Hy het nog steeds al twee
bely – maar as lewens wat volkome, onherroeplik apart is. Soms het hy

die Bybel gereeld gelees en 'n lys gemaak van al die verkeerde dinge en dit dan oor en oor opgesê soos 'n resitasie. Dan het hy hom weer oorgegee aan die ander lewe as hy té droog en leeg voel, en onmiddellik daarna weer vergiffenis afgesmeek en ou voornemens herhaal.

Suzanne-hulle het net die goeie, regte dinge raakgesien: die Bybellees en die poging tot opregtheid. Hulle het teenoor hulle vriende daarmee gespog en hom, in volle vertroue, meer vryheid gegee as in die verlede. Vir juffrou Du Toit was dit 'n aangename verrassing, maar in haar hart het sy tog effens teleurgesteld gevoel. Dis asof hy verder as ooit van haar verwyderd is: asof die nuwe wending ondeurdringbaarder en afsydiger is as sy vroeëre botheid, asof hy gebruik maak selfs van magte binne haar, haar eie gewete, om hom van haar te skei. Sy het haarself intussen oortuig dat haar belangstelling in hom bloot as opvoeder teenoor kind is, en juis daardeur hom verder weggestoot en tegelykertyd haar verlange groter gemaak.

Die winter het gou verbygegaan en die lente het besonder vroeg gekom. Allerhande somervermaaklikhede, soos pieknieks en swem in die rivier, het weer begin. Die koue wat Theuns en Suzanne by die huis gehou het, het verdwyn en hulle het al hoe meer begin uitgaan soos in die verlede. Die hitte het ook 'n merkbare oorhelling na die verbode sy van Colet se lewe gebring. Daar was iets sinliks in die hitte, wat nie alleen sy hartstogte geprikkel het nie, maar ook sy vermoë om weerstand daarteen te bied, aangetas het.

Hy het ook vir die eerste keer begin belang stel in Agnes van Heerden. Agnes was omtrent twee jaar ouer as hy. Sy was besonder slim en kon met die grootste gemak 'n hele reeks dooie gegewens in verband met plekname en opbrengste gedurende die aardrykskundeles aframmel. Sy kon met 'n opgehewe hoof en 'n paar potloodstrepe omtrent enige rekenkundeprobleem oplos. Haar handskrif was so egalig en vierkantig dat dit soms na drukskrif gelyk het wat met fyn draadjies aanmekaar geheg is tot gewone skrif. Haar netheid en varsheid is weerspieël in haar kleredrag: die blou springjurk hoog opgetrek, effens met 'n punt na agter, wat haar wit, sterk bene in al hulle frisheid en jonkheid ten toon stel; die gordel netjies geknoop om haar middel; die spierwit bloese pofferig en lugtig om haar vroeg-ontwikkelde bolyf; die vierkantige, praktiese hande en die skoon, lewendige gesig waaraan langwerpige oë en 'n breë mond 'n gesonde, aardse aansien gee. Sy en Colet het nooit veel gesels nie, omdat hulle baie min met mekaar gemeen gehad het. Hulle het soms aan gesamentlike speletjies met die ander deelgeneem, sonder dat hulle juis van mekaar as indiwidue bewus was. In die vroegsomer, nadat juffrou Du

Toit van haar vakansie af teruggekom het, het hy en Agnes weer aan so 'n speletjie deelgeneem, in die loop waarvan Colet per ongeluk teen haar vasgeloop het. Hy was aangenaam verras deur die sagtheid van haar lyf en die sensasie wat dit by hom opgewek het. Daarna het hy met meer belangstelling na haar gekyk, 'n houding wat net so spontaan van haar kant gekom het, en wat tot gevolg gehad het dat hulle daarna effens lugtig vir mekaar was, en kort-kort moes wegkyk as hulle mekaar betrap het dat hulle onderlangs na mekaar loer.

Een middag na skool het haar ouers by Colet se ouers kom kuier. Toe Agnes en Colet saam met die grootmense in die sitkamer sit, merk Suzanne hulle meteens op terwyl sy besig is om 'n riskante storie te vertel. Sy staak toe onmiddellik die gesprek en sê vir Colet: "Hoekom gaan speel jy en Agnes nie? Hoe lyk dit, het julle nie lus om in die rivier te swem nie?"

Nadat een van Suzanne se ou baaikostuums wat te klein vir haar was, aan Agnes geleen is, is die twee daar weg. Die seekoeigat tussen die riete was vol stil en roerlose water. Vinkneste het laag oor die oppervlakte in die geringe wind gewieg. Die rustige atmosfeer van die plek het die twee laat voel dat hulle heeltemal afgesonderd van die res van die wêreld was. Hulle het eers tot aan die kant van die water gestap en daaraan gevoel.

"Dis lekker koel," sê Agnes. "Dit sal lekker wees."

Hulle is nog effens skrikkerig vir mekaar en stel 'n oordrewe belang in allerhande uiterlike dingetjies.

"Dit sal die eerste keer wees dat ek ná die winter swem," sê Colet. "Ek het Januarie laas geswem."

"Ek nie," sê sy. "Ek het een keer hierdie winter geswem."

"Was dit nie koud nie?"

"Ja, dit was . . . maar ek het nie omgegee nie."

Dan kyk hulle skamerig na mekaar.

"Kyk," sê sy, "ek sal agter die riete aantrek, dan kan jy agter die populierbome gaan."

Colet was eerste uitgetrek en het sommer dadelik in die water gespring. Hy was 'n bietjie skaam vir sy maer bene en sy wit lyf. 'n Rukkie later het Agnes verskyn. Die baaikostuum was effens te groot vir haar en sy het die gordel van haar springjurk vir veiligheid om haar lyf gebind. Sy het 'n bietjie onbeholpe en vet gelyk in die kostuum, maar vir Colet was dit 'n prikkelende gesig. Sy het met haar hande voor haar bors tot teen die water gekom, eers haar voet ingesteek, skielik haar hande bo haar kop opgehef sodat hy die haartjies onder haar arms kon sien, en toe met 'n skewe valbeweging in die water geduik. Nadat sy 'n rukkie met energieke hale rondgeswem het, het sy tot naby Colet gedryf en halflyf in die water by hom gaan staan.

"Kom," sê sy. "Hoekom swem jy nie? Kan jy nie swem nie?"

"Ek kan," sê hy.

"Nou toe," sê sy, "kom ons jaag resies na die ander wal toe."

Toe hulle met plassende hale en skoppende voete deur die water worstel, raak Colet spoedig agter en verloor heeltemal sy rigting sodat hy teen haar voete vasswem en die resies onderbreek moet word.

Sy hou meteens op met swem en vee die water uit haar oë uit terwyl sy haar hare agter haar ore druk. Druppeltjies water het haar ooghare in klossies aan mekaar gekoek sodat haar oë meer as ooit amandelvormig lyk.

"Jy het teen my vasgeswem," sê sy.

"Ek is jammer," sê hy. "Ek kon jou nie sien nie. My kop was onder die water."

"Maar mens kan mos onder die water sien." Sy kyk skielik by hom verby. "Het jy nog nooit daardie speletjie gespeel nie? Mens staan wydsbeen in die water, dan duik die een onder die water in en swem tussen die ander een se bene deur."

Sy hart klop vinniger.

"Ons kan dit gerus probeer," sê hy. Hy wag so 'n oomblikkie, dan sê hy: "Kyk, staan jy wydsbeen, dan duik ek onder jou deur."

Toe hy sy oë onder die water oopmaak, sien hy die bewegende buitelyne en skuur dan taamlik hoog deur terwyl sy hande om haar knicknoppe gryp om hom die nodige beurkrag te gee. Toe hy die oppervlakte bereik, lag al twee hardop.

"Ek kon alles sien," sê hy. "Ek bedoel, die water is heeltemal helder."

"Ons het dit altyd gespeel," sê sy. "Die seuns en die meisies. Daar is ook nog baie ander speletjies. Dis groot sports."

"Ek sal nou weer staan," sê hy. "Dan duik jy."

"O, nee! Sien, 'n meisie duik nie. Dis altyd die seun."

Sy vat aan sy arm.

"Duik jy nou weer, en kyk hoe lank jy onder die water kan bly. Ek sal tel."

Hy duik weer, en toe hy by haar kom, draal hy 'n oomblik langer en hou aan haar bobeen vas; dan wag hy tot hy omtrent nie meer sy asem kan ophou nie, en staan skielik op sodat sy op sy nek sit. Toe hy halfpad bo is, gly sy voete onder hom uit en val hulle al twee onderstebo. Toe hulle weer saam bo kom, hou hulle mekaar nog vas. Hulle gesigte is naby mekaar en hulle lywe kabbel in die bewegende water telkemale teen mekaar aan. Met 'n gespook het hulle intussen naby die kant gekom. Meteens buk sy af en gryp 'n handvol modder en smeer dit deur sy hare. Hy buk ook onmiddellik af totdat hy 'n handvol sagte modder het wat met 'n slopperige geluid deur sy vingers pers. Vir 'n oomblik staan hy besluiteloos daarmee terwyl sy op hom wag. Hy het verwag dat sy sou wegkoes, maar sy staan doodstil, met 'n eienaardige glimlag op haar gesig. Skielik tree hy vorentoe en smeer die modder om haar nek en dan, asof sy hand afgegly het, voor by haar baaikostuum in. Toe spartel sy, en met die sparteling hou sy sy hand vas sodat dit in dieselfde posisie gevange bly. Hulle swaai heen en weer totdat hulle voete padgee en hulle weer in 'n deurmekaar hoop onder die water verdwyn.

Die son het intussen al hoe warmer geword. Die geringe windjie het gaan lê en 'n broeiende hitte vervul die holte in die rivier met daardie lomerige, slaperige atmosfeer. Die twee, na 'n tydjie van herhaling en afwisseling van speletjies, raak spoedig bewus daarvan en gaan dan na die kant sonder om 'n woord vir mekaar te sê. Hulle staan eers besluiteloos op die wal rond en dan stap Colet na die skaduwee van 'n oorhangende wilgerboom en gaan net bokant die modder op die droë grond lê. Langs mekaar, terwyl hulle die blare van die buigbare takke afstroop en kroontjies vir mekaar vleg, vind hulle dat hulle maklik en lekker kan gesels oor allerhande alledaagse dingetjies: die skool, juffrou Du Toit (wat vir Colet in Agnes se teenwoordigheid heeltemal 'n vreemde persoon is) en oor watter lekker dag dit is en hoe heerlik die rivier en die swemmery en alles is. 'n Rukkie daarna het sy haar klere aangetrek en het hulle nét betyds vir middagete by die huis gekom.

Agnes se ouers het besluit om die aand vir ete oor te bly. Ná ete, terwyl die grootmense in die sitkamer sit en gesels, stuur Suzanne vir Colet en Agnes na die kinderkamer met 'n hele spul boeke en 'n kers. Hulle het voor die bed op die vloer gaan sit en in die lig van die flikkerende vlam daarin geblaai. Colet, wat al heelwat gelees het en wie se smaak vroeg gevorder het tot 'n heel ryper leesstof, het 'n ongewone behae daarin geskep om saam met Agnes na die prente en advertensies te kyk. Terwyl hulle dig teen mekaar sit, hoor hy maar halfpad wat sy sê en is hy meer bewus van haar lyf teen syne as sy vooroor buk. Hy word heeltemal mislei deur haar stem en die aandag wat sy aan die boek gee en let sodoende nie op hoe deeglik bewus sy van hóm is nie.

Toe Colet eenkeer vorentoe leun om om te blaai, raak hy met sy arm aan die kers en keer dit om sodat die kamer skielik donker word, en hulle die maan en die sterre deur die oop venster kan sien. Terwyl hy rondvroetel na die blaker om die vuurhoutjies in die hande te kry, hoor hy haar sê:

"Colet, het jy al ooit sterre getel?"

"Hoe . . .?"

"Ken jy nie die speletjie nie? 'n Meisie en 'n seun kyk na die sterre, dan vra hy haar hoeveel sterre daar is, en elke keer as sy 'n ster sien . . . soen hy haar."

Colet weet wat van hom verwag word en hy probeer iets sê, maar 'n dik gevoel in sy keel en 'n gejaagdheid in sy asemhaling maak dit vir hom onmoontlik. Intussen het hy opgehou om na die vuurhoutjies te soek.

"Ek tel . . . een," sê Agnes.

Toe hy oorbuk in haar rigting, voel hy hoe hulle koppe teen mekaar stamp, en dan bring hy sy mond vorentoe en soen haar met ferm lippe. Dit laat hom dink aan die aanraking van die water in die rivier die middag. Dis so koel en sag . . .

Hy hoor sy stem asof dit iemand anders is wat praat.

"Kan jy nog sien . . . tel?" vra hy.

"Twee . . ." sê sy.

Hierdie keer gaan dit makliker en druk hy sy mond so styf teen hare dat sy tande die binnekant van sy lippe seermaak. Sy hart bons so geweldig dat hy seker is dat sy dit kan hoor. Hy voel heeltemal lighoofdig. Vir die eerste keer ervaar hy iets gewaags en nuuts sonder dat hy voel dat hy verkeerd doen. Nie soos die aand met juffrou Du Toit nie, maar asof hy 'n nuwe speletjie agtergekom het, of 'n nuwe boek gekry het, of op iets heeltemal onverwags afgekom het. Op die oomblik is dit meer die plesier van eerste ontdekking wat hom besig hou.

Eenkeer het hy so hard teen haar gedruk dat sy agteroor geval het, en hy kon in die donker voel dat sy bly lê.

"Van waar ek lê, kan ek ál die sterre sien," sê sy. "Daar is drie, vier, vyf, ses . . ."

Toe hy in die donker na haar tas, sê sy meteens: "Het jy al lepel gelê?"

Sonder om te wag, wys sy vir hom. Sy lê op haar sy en trek haar bene teen haar maag op. Dan lê hy langs haar met sy bene, agter hare, in die-selfde posisie. Op dié manier is al hulle ledemate teen mekaar, dat dit is asof hulle aan een liggaam behoort.

"Kan jy my hart hoor klop?" vra sy en bring sy hand tot op haar hart.

Naas die sagtheid van haar bors raak hy bewus van die hortende ritme van haar hart. Hulle lê vir 'n rukkie so. Die vae modderreuk is nog in haar hare saam met die gesonde liggaamsreuk. Dis asof haar jonkheid en varsheid alle ander dinge verdryf, en hy daarin op 'n eienaardige wyse iets soortgelyks in homself vind. Daar is iets van homself in haar, en, in homself ook iets van haar: iets, hier in haar, wat hy nog nooit tevore gevind het nie. Hy kan die gevoel nie tuisbring nie – hierdie gevoel van selfontdekking, suiwerheid en varsheid, sonder 'n vrees vir gevolge en selfveroordeling . . .

Dan hoor hy haar weer praat: "Rol nou om," sê sy, "dan rol ek saam."

Hy gooi sy lyf oor haar en anderkant af sodat sy weer bo-op hom kom en dan weer onder en dan weer bo is. So rol hulle saam met mekaar die hele lengte van die vloer tot teenaan die bed. Hulle lê vir 'n oomblik polsend stil in 'n man-en-vrou-posisie, en hoor dan meteens die geklop en geskuifel van voetstappe in die sitkamer. Sonder 'n woord spring hulle op en soek na die kers. Sy kry dit eerste en steek dit gou aan. Haar hande trek haastig deur haar hare. Op die vloer is Colet alreeds besig om met bewende hande deur die boek te blaai toe die deur oopgaan en Suzanne en Agnes se mammie daarin verskyn en sê: "Toe, julle twee! Genoeg gespeel! Agnes se mammie wil nou gaan. Kom dat jy die mense kan groet, Colet. Dis al lankal tyd dat jy moet gaan slaap."

Toe juffrou Du Toit die twee kinders na die rivier sien stap het met hulle baaiklere oor hulle skouers, het sy baie lus gevoel om saam te gaan. Sy het haarself daarvan oortuig dat sy dit wou doen uit blote belangstelling, die plesier van hulle jong geselskap, en die belofte aan heerlike koel waters ná die hitte van die middag. Maar Suzanne het haar so klaarblyklik in die geselskap ingesluit dat sy dit nie kon doen sonder dat dit effens vreemd en onbeskof sou voorkom nie. Terwyl sy in die sitkamer gesit het, en die vertrek al hoe bedompiger geword het van die sigaretrook, het sy gedurig haar oë gerig gehou op die paadjie na die rivier wat ál met die populierla-ning langs afslinger en dan eensklaps verdwyn agter 'n digte bos. Soms het sy aan die gesprek deelgeneem, en dan skielik alle belang verloor, en weer gekyk na die draai by die bos en telkens met 'n skokkende pyn in haar binneste die leë pad gesien. "Waarom bly hulle so lank weg?" vra sy haar telkens af. "Hulle kon al lankal klaar geswem het. Hulle lê natuurlik nou onder die bome in die skaduwee, alleen waar niemand hulle kan sien nie." En sy tower allerhande tonele op daar waar hulle alleen en afgesonderd is. Die gevoel het soms só erg geword dat sy nie kon asem kry nie, en het só duidelik geblyk uit haar houding dat Theuns van Velden eenkeer gevra het of sy nie iets makeer nie, waarop sy iets gemompel het van moegheid en afgematheid. Toe sy later in die middag die twee figure skielik om die bos sien kom, was dit met verligting en terselfdertyd irritasie.

60

Toe hulle die sitkamer inkom, het sy, van waar sy half in die donker sit, met gespitste aandag gelet op sy voorkoms. Sy het die ongewone blos op sy wange en sy nuwe opgewektheid toegeskryf aan die oefening en die son, maar kon en wou haarself nie heeltemal oortuig nie. Sy het nie probeer om haar houding te ontleed soos sy gewoonlik doen nie, want dit was te dringend. Die selfontleding en selfveragting sou later kom. Intussen was sy net besig om met haar waarnemings elke nuanse in die verhouding van die twee teenoor mekaar op te let. Selfs aan tafel het sy onderlangs op Colet gelet as Agnes iets sê. As hy dan na Agnes kyk, probeer sy haarself oortuig dat dit 'n natuurlike gebaar is om na iemand te kyk wat praat; maar dit was vir haar of hy sy blik te lank op haar gerig hou, selfs nadat sy klaar gepraat het.

Toe Suzanne ná ete die twee na Colet se kamer stuur, was dit vir haar of iemand 'n skerp instrument deur haar bors steek. Die gevoel was so dringend dat dit oorgegaan het in 'n werklike fisieke pyn. Sy het kort daarna verskonings gemaak aan die res van die geselskap en na haar kamer gegaan. Sy het nie die lig aangesteek nie, maar weer by die venster gaan staan, van waar sy die flou lig by die buitedeur van Colet se kamer kon sien. Toe het sy haarself begin verwyt en haarself so bespotlik moontlik voorgestel om van die gevoel ontslae te raak. "Ek is kinderagtig, sleg-sleg-sleg," het sy oor en oor gesê. "Verbeel jou, 'n grootmens wat so te kere gaan. Soos 'n meisietjie van sestien. Wat sal ander mense daarvan sê as hulle so iets moet hoor? Dis sonde. Dis verderflik. Dis pervers . . ." Maar die woorde kon die aandoening in haar nie uitwis nie. Toe probeer sy 'n ander metode. Kyk, dis 'n soort moederlike gevoel wat sy teenoor Colet het. In haar pogings om hom reg te lei, en 'n goeie besef van waardes in die lewe te gee, het hy 'n seun, 'n kind van haar geword. En 'n moeder is jaloers op haar kind. Was Suzanne nie jaloers nie? Sy het behoorlik vuur gespoeg toe sy gehoor het van Maria . . .

Haar oë was vir 'n oomblik van die deur af toe die lig in Colet se kamer doodgegaan het. Sy het eers gedink dat hulle terug na die eetkamer gegaan het, maar daar was geen onderbreking in die eentonige gedreun van stemme wat dof van die binnehuis af gekom het nie. Sy kom meteens tot 'n besluit en gaan op haar tone by die kamerdeur uit, ál met die gang af tot op die stoep, van waar sy baie saggies, sodat die balke nie kraak nie, tot digby Colet se kamer beweeg. Binnekant kan sy die stemme van die kinders in die duister hoor: onverstaanbare sinnetjies, oomblikke van stilte tussenin, en dan die geskuifel op die vloer. Dit was asof sy lamgeslaan was. Sy het so uitgeput gevoel dat sy teen die deur moes leun. Toe oorweldig 'n koue, verblindende woede haar. Sy was op die punt om die kamer in te gaan toe die kers skielik weer aangesteek word en die deur oopgaan. Sy het 'n vlugtige indruk gekry van Agnes wat haar hare probeer regstoot en die buitelyne van Colet se gesig oor die vlam. Toe verskyn Suzanne in die kamer, en in die gesprek wat daarop volg, kruip sy terug na haar kamer, half bevrees om alleen te wees met haarself en die begin van 'n uitbarsting in haarself wat dreig om tot 'n keerpunt te kom.

Toe Colet in die bed lê, en die lig al dood en al die mense weg was, het hy met 'n aangename gevoel van verwagting hom toegespits op sy gedagtes. As hy aan Agnes dink, dan is alles omtrent haar rein en skoon. Selfs toe hy die Bybel gelees het, voordat hy gaan slaap het, was die boodskap wat hy gekry het, een van liefde en troos. Juis op die plek waar hy dit oopgeslaan het, het hy van liefde gelees. Dit was asof eensklaps al daardie verbode dinge, selfs daardie aangename eielewe waarvan die ander nie weet nie, iets van die verlede is en geen betekenis meer het nie. Dis 'n sy van die lewe, Suzanne-hulle se lewe, hierdie – met 'n nuwe spannende, tintelende eienskap. Hy voel heeltemal onselfsugtig en skoon. Hy voel dat hy selfs vir Suzanne daarvan kan vertel en dat sy alles sal verstaan en trots op hom sal wees. Agnes is 'n onaantasbare figuur in sy gedagtes: edel, verheerlik, met die suiwerheid en goedheid van Christus. Daar is niks verkeerd met hulle fisieke aanrakings nie, alhoewel dit hulle twee se geheim is. Alhoewel dit 'n aangename herinnering op die agtergrond van sy verbeelding is, is dit eerder die verhouding tussen hulle wat tel. Hulle kan eendag trou as hy klaar geleer het, as hy terugkom van die universiteit af. Intussen kan hulle verhouding staande bly. Hoe bly sal Suzanne en Theuns-hulle nie wees nie! Hierdie gedagtes laat hom heerlik en fris voel. Daar is vrede in sy hart. Hy besluit om vaarwel te sê aan daardie verbode sy van sy lewe; en net goed en opreg te wees – om haar waardig te wees . . .

Hy was op die punt om aan die slaap te raak, toe die deur oopgaan en iemand by sy bed kom staan. Hy voel hoe 'n hand aan hom raak.

"Dis ek, Colet," hoor hy juffrou Du Toit sê. "Ek wil met jou praat."

Haar stem klink vér en vreemd en so gespanne soos iemand wat op die punt is om te skree en met moeite selfbeheersing toepas.

"Colet," sê sy, "ek weet wat vanaand in die kamer aangegaan het." 'n Oomblik stilte, dan bars sy los met 'n hees uitroep waarin veragting en veroordeling die woorde amper onherkenbaar maak.

"Skaam jy jou nie! Wat sal Suzanne, jou mammie, daarvan sê as ek haar vertel!"

Hy is so oorweldig deur die uitbarsting dat hy niks kan sê nie.

"Ek het jou nog altyd probeer beskerm, weet jy," gaan sy voort, "daardie affêre toe jy en Maria so verkeerd gedoen het. Ek was die een wat jou kant van die saak gestel het en gesê het dat jy nie weet wat aangaan nie. Maar wat doen jy nou? Jy en Agnes?"

Selfs in die donker is dit asof hy die verontwaardiging en die verskriklike veroordeling op haar gesig kan sien.

"Regtig, Colet, ek weet nie wat om te sê nie."

Hy hoor hoe sy op die bed langsaan gaan sit.

"Kyk, ek was by die deur en kon alles hoor en sien wat julle doen." Selfs in sy vrees wonder hy hoe sy kon gesien het, wát sy kon gesien het. Miskien daardie laaste oomblik toe hulle gerol het.

Dis asof sy sy gedagtes kan lees.

"Julle twee daar op die vloer. Soos twee diere. Ek sou dit nie geglo het van jou as ek dit nie self gesien het nie. En wat seker nie alles by die rivier gebeur het nie . . ."

"Daar het niks gebeur nie . . ." probeer hy met 'n fyn stemmetjie. Die gevoel van onlangs het heeltemal verdwyn. Hy voel monsteragtig en skuldig.

"Ek weet nie of ek vir Suzanne-hulle moet vertel nie," herhaal sy. "Ek voel magteloos. Ek weet nie meer wat om te doen nie. Ek voel hulpeloos . . ."

Hy kan die aandoening in haar stem hoor, en 'n oomblik later onbeheerste snikke.

"Juffrou," sê hy, "daar was niks verkeerd nie. Ek sweer daar was niks verkeerd nie . . ."

"En dan vertel jy nog 'n leuen," sê sy met 'n dik stem. "Ek het nie verwag dat jy nog boonop vir my sou lieg nie."

Sy begin weer praat. Haar stem slaan soos 'n sweep teen hom aan. Asof dit nooit wil ophou nie, totdat hy nie meer kan hou nie en self begin huil.

Sy laat hom 'n rukkie uithuil, dan sê sy met volkome selfbeheersing: "Kyk, Colet, ek mag dit nie doen nie, maar ek sal jou nog 'n kans gee. Ek sal vir niemand vertel nie, maar dan moet jy my in jou vertroue neem. Sien, ek verstaan jou beter as wat jy self besef. Daar is verkeerde dinge in jou. Slegte dinge, wat ons twee saam moet verwyder." Sy raak meteens aan hom met haar hand. "Ek wil graag jou vriendin wees. Ek stel belang in jou. Kyk, vertel my alles wat gebeur het . . ."

Hy antwoord haar nog nie en sukkel om sy snikke te beteuel.

"Toe nou," sê sy. "Alles, Colet. Vertel my alles. Ek dink ek kan jou help."

Hy weifel nog 'n rukkie en begin dan vir haar vertel van hom en Agnes. Sodra hy by sekere dinge kom, en dit wil wegpraat, dwing sy hom weer daarnatoe met 'n skokwekkende insig – asof sy alreeds alles weet. As hy dan daardie dinge beskryf, vra sy hom tot in die fynste besonderhede uit. Toe hy eindelik alles vertel het, voel hy heeltemal leeg.

Toe sy na 'n rukkie weer praat, is haar stem sag en teer. "Toe maar, Colet. Dis nie net jou skuld nie. Agnes is heeltemal te oud vir haar ouderdom. Ek dink as jy heeltemal van haar vergeet, en nie meer aandag aan haar gee nie, sal alles verbygaan. Nie dat jy onbeskof teenoor haar moet wees nie, maar hou jou op 'n afstand. Ek sal jou help."

Hy hoor hoe sy opstaan en na sy bed toe kom.

"Slaap nou maar, en vergeet alles. Ek sal jou help . . . en vir jou bid."

Toe buk sy vooroor en soen hom met brandende lippe op sy voorkop. Toe sy die deur toemaak, sê sy: "Moenie daaraan dink nie, en slaap nou . . ."

En sy laat hom met liefde in die hel wat sy vir hom geskep het.

HOOFSTUK V

Daar was nog 'n maand oor voor die lang somervakansie. Suzanne het berig ontvang dat 'n kleinneef van haar, van die Kaap, 'n jong argitek, by hulle sou kom kuier. Sy het hom lank gelede gesien en was baie in haar skik met sy voorgenome koms. Soos sy herhaaldelik vertel het, behoort hy aan die kunssinnige sy van haar familie; al die Marais's van daardie besondere sylinie het al op een of ander gebied van die kunste sekere belowende neigings getoon. Johan, die jongste spruit, 'n gesogte jongkêrel van omtrent dertig, het die meeste belofte getoon en het alreeds heelwat sukses in sy besondere rigting behaal. 'n Sekere mate van "eienaardigheid" (soos sy self met 'n begrypende glimlag meegedeel het) was natuurlik te wyte aan sy artistieke samestelling en Theuns het plegtig belowe om nie gek te skeer met sy effens verwyfde houding en belangstelling in fynere dinge, waaraan hy, Theuns, natuurlik nie gewoond is nie. "Hy sal 'n goeie maat vir Colet wees," het sy gesê. "Hy is natuurlik heelwat ouer, maar Colet sal nog baie van hom kan leer. Colet is ook sensitief – hy neig definitief na die Marais's; ek dink dit sal 'n goeie ding wees, veral noudat hy na 'n groot skool toe moet gaan."

Colet het intussen heeltemal teruggeval in sy vroeëre teruggetrokke en stuurse houding. Dit was 'n bietjie vreemd vir Suzanne, wat in die laaste tyd 'n verandering in hom opgemerk het na aanleiding van sy belangstelling in die Bybel en sy poging tot opregtheid. Sy het sy poging tot verbetering toegeskryf aan die praatjie wat sy met hom gehad het, en het gevoel dat dit miskien goed sou wees om weer so 'n geselsie met hom te hê; hierdie keer ook in verband met sy persoon, maniere en algemene voorkoms.

Sy het met juffrou Du Toit daaroor gesels.

"Ek kan Colet nie verstaan nie. Dit het vir 'n rukkie gelyk asof hy begin regkom, maar in die laaste tyd is hy weer heeltemal onmoontlik. Ek kry hom byvoorbeeld nou die dag in die slaapkamer op die bed. Hy het op sy knieë gesit en was besig om reg voor hom op die kombers te kyk sonder om 'n woord te sê. Hy het weer daardie ou baadjie met die stukkende moue aangehad, en daardie ou paar skoene wat al heeltemal uitgetrap is en waaroor ek al herhaalde kere met hom gepraat het. Toe ek vir hom vra wat hy doen, was hy net stuurs. En jy weet, juffrou, hy was darem nog nooit in die verlede onbeskof nie. Ek het hom darem goed afgeransel," voeg sy by.

Hulle het in die sitkamer gesit nadat Colet gaan slaap het.

"Dit is natuurlik 'n moeilike stadium hierdie vir 'n kind."

Juffrou Du Toit ontwyk Suzanne se oë en brei 'n bietjie vinniger, soos haar gewoonte is as sy iets interessants lees of aan iets belangriks dink.

"Ja, maar . . . ek dink nie dit is natuurlik nie. Ek het nie sulke stadiums deurgegaan nie. In my tyd het kinders natuurlik grootgeword. Jy weet, mens kan 'n kind ook bederf. Veral as jy toelaat dat hy te veel aandag aan homself gee."

Juffrou Du Toit kyk meteens na haar waar sy teen die tafel sit, op die plek waar Colet gewoonlik sit; haar gebruiklike stywe houding, haar mooi maar doellose blou oë en haar hulpelose mond. Colet is nie jou kind nie, dink sy. Nie joune of Theuns s'n nie. Maar sy sê: "Mens moet geduldig wees, mevrou. Met kinders van sy sensitiwiteit . . ."

"Hy is sensitief, is hy nie?" Dis asof Suzanne 'n spesiale betekenis aan die woord heg, asof dit 'n aanbeveling is – 'n troos in die moeilike omstandighede.

"Dit is hy definitief." Juffrou Du Toit sit haar breiwerk neer. "Kyk, ek kom elke dag met hom in aanraking op 'n besondere manier. Hy openbaar dinge, u weet, in die skool, in die omgang, wat u miskien nie raaksien nie." Sy besef onmiddellik haar fout. ". . . wat u nie die geleentheid het om te sien nie," probeer sy die situasie red.

Suzanne sit meteens regop. "Ek dink," sê sy, "ek dink 'n moeder is nader aan haar kind as . . . enigiemand anders. Sien, ek ken hom van kleins af. Ek het hom grootgemaak. Ek weet net wanneer hy seer voel, en wanneer hy gelukkig is." Dan verslap sy amper onmerkbaar. "Colet is nie gelukkig nie."

Juffrou Du Toit aarsel effens, en sê: "Miskien is hy 'n bietjie verward. U weet . . . op hierdie ouderdom is hulle vatbaar vir indrukke. Maria, byvoorbeeld, was 'n slegte invloed. En ag, daar is nog baie ander dinge . . . selfs meisies van sy eie ouderdom sal hom ook baie omkrap. Nie dat daar ooit iets verkeerd is nie, maar hy soek seunsgeselskap. Daarom is dit reg dat hy na 'n groot skool gestuur word, na 'n seunskool." Sy wag 'n oomblik, en sê dan met 'n stem waarin die skemering van hoop nie verberg word nie: "Tensy u dink dat dit beter sal wees as ek net vir hom skoolhou. U weet, selfs dogters soos Joan . . . en Agnes werk soms steurend." Haastig: "As hy eers ouer is, is alles reg . . ."

"Nee. Hy sal moet gaan. Ek dink nie Theuns kan dit bekostig om 'n onderwyseres net vir een aan te hou nie . . ."

"Dit was glad nie my bedoeling nie, mevrou – ek het maar net gedink . . . as julle hom nog graag naby julle wil hê. U weet, as 'n kind eers op kosskool is, is hy finaal uit die huis uit."

"Dis waar, ja," sê Suzanne. "Maar dit kan nou nie anders nie." By haar-self dink sy: Ek wonder hoekom sy so graag vir hom alleen wil skoolhou? Miskien hou sy baie daarvan om hier op die plaas te bly. As mens daaraan dink dat sy inwoning en alles verniet kry, is dit geen wonder nie. Die lewe in 'n stad is baie duur. Sy kan ook 'n goeie huwelik hier op die platteland doen. Hier is baie ryk jong boere. Sy kry skielik 'n plan. "Juffrou," sê sy, "hoekom doen jy nie aansoek vir 'n pos hier op De Kleinskool nie?" Sy leun oor die tafel. (De Kleinskool is 'n plaasskool 'n entjie van die Van Veldens af.) "Dan kan u by ons bly." Sy voel meteens baie vrygewig.

"Ek is seker daarvan dat Theuns dit sal verwelkom, en dit sal u niks kos nie." 'n Bietjie versigtig, nadat praktiese oorwegings weer die botoon voer: "Sien, ons gaan so baie weg. Dit sal goed wees as iemand pal in die huis bly, en die huis, jy weet, aan die gang hou."

Juffrou Du Toit sit 'n rukkie besluiteloos en knik dan oplaas toestem-mend op 'n wyse wat vir Suzanne heeltemal vreemd voorkom.

Johan Marais het 'n week daarna op die plaas aangekom. Theuns en Suzanne het hom op die stasie gaan haal. Colet het by die huis gebly en moes, na vele gesukkel van Suzanne, sy beste klere aantrek. Toe hulle die huis inkom, was Colet dadelik bewus daarvan dat Johan geheel en al anders is as iemand wat hy nog ooit gesien het. By die eerste aanblik het Johan 'n onbepaalbare gevoel by hom gewek, baie soos die gevoel wat hy kry as hy op iets vreemds afkom, wat dadelik, sonder rede, alreeds die belofte inhou van interessante verwikkelinge. Suzanne was so gaande oor sy teenwoordigheid dat sy die hele geselskap in beslag geneem het, met die gevolg dat Colet hom na hartelus kon dophou sonder om aandag na homself te trek.

Johan was 'n lang, donker kêrel. Amper soos Colet hom voorgestel het dat daardie "kêrel" van Maria in die weeshuis moes gelyk het. Maar tog was daar iets in hom wat heeltemal vreemd en onbekend was. Hy was ongetwyfeld 'n mooi man: sy oë was bruin, sy hare donker, sy figuur goed gevorm volgens al die tradisionele opvattings. Maar daar was iets in die kleur van sy oë wat anders was, asof die bruin gemeng is met die vog van die oë sodat dit gevoeliger lyk as ander mense s'n; daar was iets omtrent sy vel wat, alhoewel dit sonder enige merk of letsel was, die indruk geskep het dat iets daarmee verkeerd is – 'n onnatuurlike sagtheid en 'n neiging tot vetterigheid; ten spyte daarvan dat hy mooi gebou was, het hy tog 'n lompheid en 'n gemaaktheid in sy loop getoon wat nie heeltemal daarmee gestrook het nie.

Colet was gedurig daarvan bewus dat hy, ten spyte van die belangstellende manier waarop hy met Theuns en Suzanne gesels het, effens afgetrokke in sy houding teenoor hulle was, asof hy welvoeglikheidshalwe saamgesels terwyl hy nie werklik belang stel in wat hulle sê nie. Colet het 'n paar keer opgemerk dat hy in sy rigting kyk, en intenser in sy blik is teenoor hom as teenoor die ander mense. Toe Suzanne die aand ná ete vra of Johan sal omgee om in Colet se kamer te slaap, aangesien die ander alreeds vol was, het Colet so 'n gevoel van opwinding gekry dat hy nie aan die slaap kon raak nie. Hy het gelê en luister na die gedreun van stemme in die eetkamer totdat hy aan die langer tussenpose en aan die bewegings kon agterkom dat hulle wou gaan slaap. Toe het hy die lig in sy kamer weer aangesteek en hom gereedgemaak vir iets nuuts.

Toe Johan die kamer inkom, sê hy vir Colet: "O, ek sien jy slaap nog nie." Hy gaan op die bed langsaan sit. "Hoe oud is jy?"

"Maak dit saak?" vra Colet. Die vrypostigheid van sy antwoord is terselfdertyd 'n toets of sy indrukke van Johan reg was.

Johan glimlag. "Nee," sê hy. Dan kyk hy stip na hom asof hy in sy gesig na iets soek. "Almal vra ook seker daardie vraag. Jy weet, mens vra gewoonlik na iemand se ouderdom om vas te stel waarin hy belang stel, in watter stadium hy verkeer."

Colet hou daarvan dat hy nie probeer om eenvoudig en kinderlik in sy gesprek te wees nie.

"Toe ek jou ouderdom was," sê Johan, "het ek nie belang gestel in wat mense gedink het ek behoort in belang te stel nie." Hy glimlag effens. "Waarvan hou jy?"

"Ek weet nie," sê Colet. "Nie juis van iets besonders nie. Behalwe die Kaap. Ek is baie lief vir die Kaap en die see en die mishorings . . ."

Hy wag angstig om die effek daarvan op Johan te sien.

Johan se gesig verhelder. "Dis reg," sê hy. "Het jy al ooit die basnote op die klavier gedruk en geluister . . .?"

"Ja . . .!" Colet kan die verruklike gevoel van ontdekking nie verberg nie. "Dit klink soos die vragskepe wat blaas in die nag."

Johan staan meteens van die bed af op en gaan na die stoepdeur toe. Dit is volmaan en hy kan tot ver in die vallei af sien, tot teenaan die skaduwee van die berge. 'n Dowwe gefluit van 'n trein kom aangesweef oor die stil lug.

Hy draai om na Colet.

"Het jy geweet dat mens die liggies van die trein hier van die stoep af kan sien, as dit by 'n sekere plek om die draai kom, duskant die stasie?"

Colet het intussen van die bed af opgestaan.

"Ja," sê hy, "ek kyk baie aande daarna. Ek voel altyd baie snaaks as ek 'n trein sien. Die ligte daarvan. Ek wonder dan waarnatoe al daardie mense gaan. So saam in die waens. En wat sal gebeur as so 'n trein moet veronge-luk – hoekom dit moet gebeur, en hoekom hulle juis saam was . . ."

"Luister," sê Johan, "hoekom trek jy nie jou kamerjas aan nie, dan gaan ons 'n ent stap in die maanlig. Dis lekker warm."

Die effense gewaagdheid van die voorstel laat Colet opgewonde voel. Suzanne-hulle sal geskok wees by die gedagte om in die nag te gaan stap in 'n mens se nagklere. Dit staan amper gelyk aan sy verbode uitstappies in die Kaap – en die gevoel by hom is 'n herhaling daarvan, net op 'n ander manier: asof hy deur sy groter rypheid meer sal vind as destyds – meer as net vae, onplaasbare indrukke.

Toe hulle saggies van die stoep afklim, sê Johan: "Moenie dat Suzanne ons hoor nie. Sy is 'n vreeslike lolpot en sal miskien allerhande beswarе maak . . ."

Dis eienaardig vir Colet om iemand van Suzanne te hoor praat as 'n buitestaander, en nie as sy ma nie. Dit gee hom terselfdertyd 'n gevoel van onafhanklikheid: asof hy as 'n persoon beskou word, en nie as iemand wat slegs in verband staan met sy familie nie.

"Waarnatoe sal ons gaan?" vra Johan.

"Na die rivier," sê Colet. Die idee is skokkend. Hy was nog nooit daar vandat hy en Agnes gaan swem het nie.

Terwyl hulle met die paadjie langs stap, val die skaduwee van die po-pulierbome lank en spookagtig in die maanlig.

"Jy is nie bang nie, is jy?" vra Johan.

"Nee," sê hy.

Dit is met verbasing dat hy ontdek dat hy dit nie is nie. Die skaduwees en die ongewone lig het vanaand 'n ander uitwerking op hom – dis nie 'n onbekende, gevaarlike wêreld nie, maar een wat vol romantiek is en

pynigend mooi, soos illustrasies uit ou boeke, wat die werklike lewe oor-
tref.

"Ek is bly dat jy nie bang is nie," sê Johan. Hy swaai met sy hand asof hy
die hele omgewing omhels. "Daar is niks gevaarliks nie. Voel hoe rustig is
alles. Alles lê en slaap. Hier en daar kruip miskien 'n nagdiertjie rond, want
vir hom is dit dag – maar hy is skadeloos: hy gaan sy gang; hy het nie lus
om iemand skade aan te doen nie – seer te maak nie. Die maan is vir hom
die son." Hy buk meteens en tel iets van die grond af op. "Kyk hier," sê hy.
In sy hand lê 'n gloeiwurmpie. Die fosfor in sy stertjie gooi 'n verblindende
klein liggie in sy hand. "My hand is vir hom 'n groot wêreld – 'n kloof in 'n
berg." Dan sit hy die wurmpie neer en hulle stap verder.

Colet voel asof hy nie op die plaas is nie. Johan se teenwoordigheid het
dit verander in 'n verbeeldingryke, lieflike plek. Die warm aandlug teen
hom het 'n besondere eienskap. Anders as in die dag, is dit lug wat jy kan
vóél; dis vol en sag en liggaamlik, soos iets waaraan jy kan raak en wat 'n
eie lewe het.

Hulle kom skielik op die rivier af. Die seekoeigate in die maanlig is blink
spieëls tussen die riete. Hulle gaan onder een van die wilgerbome sit.
Johan gesels nie, maar kyk net na die water voor hulle. Sy gesig is in die
skaduwee en Colet kan nie mooi die uitdrukking daarop sien nie. Dit maak
ook nie saak nie.

"Ek het 'n rukkie gelede hier met 'n meisie geswem," sê Colet. Hier,
in die aand, is Agnes nie meer 'n persoon nie, maar net 'n deel van 'n in-
sident. En, as hy met moeite homself en haar uit die gebeurtenis haal, is dit
twee ander mense, wat hy nie ken nie.

Hy hoor hoe Johan langs hom roer. "Wie is sy?" vra hy.

"Sy is 'n meisie wat saam met my skoolgaan," sê Colet.

"Hou jy van haar?"

Colet kan aan iets in sy stem voel dat baie van sy antwoord sal afhang.

"Nee," sê hy. Hy voel instinktief dat hy die regte ding sê. "Ek haat mei-
sies . . . en vrouens." Hy weet dat dit nie waar is nie, maar terselfdertyd
is dit ook waar. Dis eenvoudig die formulering van die haat wat hy soms
teenoor hulle voel, ofskoon hy in die aande nie kan ophou om aan hulle
te dink nie. Hy haat nou werklik vir Agnes en vir juffrou Du Toit en vir
Suzanne. Maar in sy hart weet hy dat hy by tye weer aan hulle sal dink en
hulle sal begeer. Maar nie vanaand nie. Nie by Johan nie. Hy voel net dat
in hierdie wêreld, so mooi en vér van alles, en so diep in homself, hulle
nie tuishoort nie.

"Ek is bly," sê Johan. Hy leun meteens oor na Colet en raak aan sy kop. Sy sterk, lenige vingers vryf deur sy hare. Die sagtheid van sy hande is anders as dié van juffrou Du Toit – dit is kalmer en sterker, en voel ook skoner en suiwerder.

"Jy kan op jou rug lê – in my arm," sê hy.

Colet gaan in sy arm lê en sien die lug bokant hulle tussen die takke van die bome deur. Hy is bewus van Johan langs hom, en terselfdertyd ook nie. Dis 'n eienaardige, verwikkelde gevoel. Hy voel dat hy aan hom moet raak om alles te ervaar. Maar dit is nie Johan sélf nie, maar bloot sy teenwoordigheid en sy aanrakings wat van belang is – 'n instrument waarsonder hy nie die volle betekenis van die omgewing kan kry nie.

Toe Johan praat, kom hy agter dat sy eie gedagtegang weerspieël word. "Mens kan nie alleen in die veld wees nie," sê hy. "Jy moet saam met iemand wees. Dit is té oorweldigend. Jy beleef alles deur iemand. En dit kan 'n vrou jou nie gee nie. Dis net 'n man." Hy streel oor Colet se gesig met sy hand, en die beweging self het 'n towerkrag wat die werklikheid verban en iets in Colet oopmaak, sodat hy uit homself kom en 'n wye, universele gevoel ervaar. "Ek het ook in hierdie wêreld grootgeword," sê hy. "Jare gelede. Ek ken elke hoekie van hierdie wêreld. Die veld en die bossies en die rantjies. As jy lus het, kan ons môre saam uitgaan, dan bly ons die hele dag in die veld en eet ons ook sommer daar."

Hy leun meteens vooroor, sodat hy half op Colet lê.

"Dan moet jy my alles van jouself vertel . . ."

Die swaar gewig aan die een kant van sy lyf hinder nie vir Colet nie. Dis 'n deel van die pyniging en heerlikheid wat hand aan hand gaan.

Vir 'n lang ruk praat hulle nie, en Colet voel weer daardie lomerigheid oor hom kom as hy vry en gelukkig voel. Hy was half aan die slaap, toe Johan hom wakker skud en sê: "Broertjie – ons sal 'n ander aand in die veld slaap, as Suzanne-hulle weg is. Kom ons gaan liewer terug."

Terwyl hulle terugstap, dink Johan aan Peterkin en Julius. By hulle is dit net teaters en kroeë. Hy het nog nooit in iemand daardie volmaakte kombinasie teengekom soos by Colet nie: die liefde, die onpeilbare gemoed, tesame met daardie frisse jonkheid en heerlike ongereptheid.

Colet het die volgende middag aan tafel opgelet dat Johan nie van juffrou Du Toit hou nie. Niemand anders, behalwe hy, het dit raakgesien nie. Hulle was baie beleef en het uit hulle pad gegaan om vriendelik teenoor mekaar te wees. In so 'n mate dat Suzanne een keer veelseggend na Theuns gekyk en hy iets in haar oor gefluister het. Ná ete het Suzanne ook met kwalik versteekte ondeundheid gevra of juffrou Du Toit nie lus voel om die plaas vir Johan te wys nie. Die stilte wat daarop gevolg het, was baie opvallend, en die een het verleë na die ander gekyk.

"Ek weet nie," sê juffrou Du Toit met 'n gemaakte glimlag. "Mnr. Marais is 'n stedeling en hou seker nie daarvan om in die veld rond te loop nie."

"Inteendeel," sê Johan. "Ek is 'n plaasseun. Vra vir Suzanne. Ek het op 'n plaas grootgeword."

"Wel," sê Suzanne, asof alles afgehandel is, "dan pas dit net. Hy het miskien al die ou paadjies vergeet en dan kan jy vir hom wys . . ."

Terwyl Theuns lag, sê Colet meteens: "Johan het belowe om saam met my in die veld te gaan stap. Ons het besluit om in die veld te eet en sommer die hele aand daar te bly."

Die onverwagtheid van die tussenwerpsel het Suzanne skoon uit die veld geslaan. Theuns wou hom net hard aanspreek, toe Suzanne sê: "Maar hoekom gaan julle nie al drie nie?"

Juffrou Du Toit, wat intussen na Colet sit en kyk het, klap meteens haar vingers asof iets haar bygeval het.

"Ek dink dit sal beter wees as Colet en mnr. Marais gaan. Ek het baie werk om vanmiddag te doen. Dis byna die einde van die jaar en daar het so baie opgehoop." Sy kyk na Johan. "Dit is nie my vakansie nie."

Toe hulle, met padkos en al, die middag vertrek, was sy nog steeds ferm in haar besluit om nie saam te gaan nie. Terwyl hulle stap, het Johan eenkeer omgedraai, na die huis gekyk en gesê: "Hel, ek is bly. Ek het gedink ons sou nooit wegkom nie. Het jy vir juffrou Du Toit opgelet? Dink jy sy wou saamkom?" Toe Colet nie antwoord nie, sê hy weer: "Sy is 'n snaakse mens. Ek hou nie van haar nie. Sy is net soos alle vrouens. Weet jy hoekom sy nie wou saamkom nie? Sy hou nie daarvan dat ons twee saam gaan stap nie."

"Hoekom?" vra Colet.

Johan skop 'n klippie uit sy pad. "Dis moeilik om te sê. Ek self verstaan ook nie mense elke dag nie."

"Ek is bly dat sy nie saamgekom het nie," sê Colet. "Sy sou alles bederf het."

Toe hy dit sê, slaan Johan sy arm om sy lyf en sê: "Dis gaaf van jou." Toe bly hy 'n rukkie stil. "Maar, Colet, jy moet nie met Suzanne-hulle praat oor ons uitstappies nie. Selfs nie as hulle uitvra nie. Jy weet, mense, veral hulle tipe, het 'n manier om alles belaglik te maak. Hulle begryp so min dinge. Hulle maak alles so . . . gemeenplasig deur hulle handelswyse."

Colet staan vir 'n oomblikkie stil. "Dis waar," sê hy. "Jy weet, hulle dink hulle ken my, maar hulle weet niks nie. Ek vertel nooit vir hulle iets nie. Hulle verstaan nie."

Die feit dat Johan dit verstaan, en selfs daarvan gepraat het sonder dat hy, Colet, dit eers genoem het, laat hom nog meer aangetrokke voel tot hom. Dis asof hy verstaan en begryp sonder dat hy iets hoef te sê.

Hulle klim die berg agter die huis uit en kom na 'n rukkie teen 'n krans by 'n groot vetboom uit wat 'n heerlike skaduwee gooi.

"Kom ons sit hier," sê Johan.

Van waar hulle sit, kan hulle net die kloof sien. Daar is geen landerye of tekens van mense in die nabyheid nie. Colet was nog nie vantevore daar nie; die omgewing is vreemd en dit voel vir hom asof hulle nie op die plaas is nie, maar in 'n wêreld wat net vir hom en Johan geskep is. Terwyl hulle daar sit, wys Johan vir hom op allerhande dinge: die sap in die blare van die vetboom, die geur van die bossies as dit stukkend gedruk word deur hulle vingers, die skoonheid in selfs die mees ruwe, alledaagse klip, die heerlike gesuis van sonbesies in die skaduwee. Daar is kort-kort stiltes, maar hulle is nooit ongemaklik nie. As hulle begin gesels, is dit weer oor heeltemal iets anders.

Meteens vra Johan aan hom: "Lees jy jou Bybel, Colet?"

"Ja."

"Hoekom?"

Colet aarsel 'n oomblik. "Omdat mens moet. Omdat mens daarin leer wat reg en wat verkeerd is . . ."

Johan se houding het intussen verander. Sy donker oë het die kleur van die skaduwees begin kry. As hy praat, lek hy sy lippe. Colet merk vir die eerste keer op hoe rooi hulle is – amper soos 'n meisie s'n.

"Ek het dit ook gelees, maar ek voel soms as ek in die veld rondstap, of alleen is, dat ek meer hier buitekant kry as in die Bybel self. Dis presies asof die Here hier nader aan my is."

Terwyl hy dit sê, kyk hy onderlangs na Colet om te sien wat die uitwerking van hierdie afgesaagde stelling op hom gaan wees.

Die ou skuldgevoel wat 'n rukkie afwesig was, kom meteens weer te voorskyn. Maar Colet voel dat in hierdie atmosfeer alle ongeoorloofde dinge en gedagtes toegelaat word. Dis asof hy, deur 'n konvensionele ding te sê, alles sou bederf; asof sy stryd tussen goed en kwaad nie hier geopenbaar moet word nie. Hier moet hy alles sê wat by hom opkom, al daardie verkeerde, onmoontlike dinge wat hy in homself verberg.

"Ek dink," sê hy, en probeer dit in woorde uitdruk, "ek dink alle verkeerde dinge is reg."

Hy kyk ongemaklik na Johan om te sien wat sy reaksie sal wees. Johan se gesig is egter weggedraai, sodat hy niks kan bemerk nie. Toe hy sy kop terugdraai, is hy heeltemal ernstig.

"Ek weet wat jy bedoel," sê hy.

En toe sê hy iets wat Colet nie heeltemal kon verstaan nie, maar waaraan hy baie jare later weer gedink het en, deur die waarheid en insig in sy eie houding, getwyfel het of Johan dit ooit werklik gesê het en of dit nie sy eie latere formulering was nie. "Goed en kwaad is 'n moeilike begrip. Daar is soms so baie wat goed is in kwaad, so baie vryheid en warm lewe, dat mens partykeer wonder hoekom ons so onnatuurlik is om dit te veroordeel. Kyk, daar is nie kwaad in die natuur nie. Selfs Christus het dit moeilik gevind om die tollenaars en die gevalle vrouens te veroordeel." Hy bly meteens 'n rukkie stil. "Ek is nie goed nie, Colet. Daar steek baie kwaad in my. Groot kwaad. Jy sal dit miskien later agterkom. Maar ek dink nie jy sal eendag sommer veroordeel nie . . ."

Hierop kon Colet nie antwoord nie. Hy is so verruk deur die vertroue wat Johan in hom stel en sy volwasse manier van praat met hom, asof hy nie 'n kind is nie, dat hy nie na die woorde soseer luister nie, as na sy stem – die sagte kwaliteit daarvan.

Hy hoor Johan weer praat. "Kyk daar!" sê hy en wys na 'n voël wat uit die bloutes soos 'n pyl in die kloof afduik. 'n Wonderlike beweging: suiwer, skoon en vlymend. Toe die skaduwees hom insluk en hulle wag dat hy weer te voorskyn moet kom, sê Johan: "Dit was mooi, nè?"

"Ja."

"Het jy 'n eienaardige, brandende gevoel in jou bors gekry?" Hy wys met sy hand.

"Ja," sê Colet.

"Nou kyk," sê Johan, "as jy eendag ouer is, sal dit verdwyn."

Meteens vra Johan weer: "Colet, hoe oud is jy?"

"Amper vyftien."

"Jy weet, ek het ook 'n paar ander vriendjies, amper so oud soos jy, in die Kaap." Hy wag 'n rukkie. "Peterkin en Julius. Hulle kom baie vir my kuier."

"Hoe is hulle?" vra Colet. Hy voel meteens jaloers.

Johan glimlag. Hy het nie die verandering van toon in Colet se stem gemis nie. Dis asof hy daardeur aangevuur word en met groter intensiteit in Colet se gesig kyk om alle reaksies op te merk.

"Hulle is baie soos jy. Ons ken mekaar al lankal. Ons gaan baie saam uit in die Kaap – na Kloofnek, Constantia, Melkbaai. Ons gaan soms naweke by die see uitkamp, dan slaap ons sommer op die sand. In die aande lê ons en gesels . . . in mekaar se arms."

Johan merk dadelik die geskokte uitdrukking op Colet se gesig.

74

"Hulle is baie gaaf," sê hy. "Ons gesels oor dieselfde goed as ek en jy. Sal jy hulle graag wil ontmoet?"

"Ek weet nie," sê Colet. "Hulle is seker gaaf." Dis eerder met homself wat hy praat, want die skielike jaloesie bederf alles. Hy kry weer daardie perverse gevoel om seer te maak.

"Hoekom lê almal – al die seuns – in jou arms?" vra hy.

Johan lyk meteens verslae. Sy gesig het vir 'n oomblik skielik lelik geword.

"Ek het gedink jy verstaan sulke dinge. Dis niks om oor skaam te wees nie. Dis wanneer jy jou steur aan ander mense, as jy dink soos gewone mense, dat dit snaaks is. Ek het verwag dat jy heeltemal anders sou wees."

Colet voel dat die atmosfeer verander het. Hy voel jammer oor wat hy gesê het, maar hy weet nie hoe om dit ongedaan te maak nie. Eenkeer het hy lus gehad om sy arm om Johan se lyf te sit, maar die doelbewustheid van die gebaar sou alles nog verder bederf het.

Toe begin Johan skielik oor iets anders praat. Meestal oor die Kaap en sy werk, op 'n baie amusante manier, sodat Colet kort-kort uitbars van die lag. Maar nogtans het hy gevoel dat alles nie reg was nie, ook toe hulle laat die middag na die huis toe terugstap.

Juffrou Du Toit het hulle 'n ent in die pad af tegemoet geloop. Tot Colet se verbasing was Johan baie uitgelate en veel vriendeliker teenoor haar as vroeër. Hulle het hom in so 'n mate uit hulle gesprekke uitgesluit dat hy weer sy ou stuurse, stroewe houding begin aanneem het. Hy het egter eenkeer Johan se oë op hom gerig gevind, en was verras deur die verleë, amper smekende uitdrukking wat hy daarin gesien het, soos Willem se oë jare gelede in die Kaap.

Die aand ná ete, net voordat Colet gaan slaap het, het hy gehoor hoedat Suzanne vir Johan sê: "Johan, jy het darem vanaand 'n kamer van jou eie. Juffrou Du Toit was baie bedagsaam. Sy het 'n bed in die klaskamer opgemaak en sal daar gaan slaap. Jy kan haar kamer kry. Sy sê jy sal natuurlik soggens laat wil slaap en dis so hinderlik as Colet vroeg moet opstaan om betyds vir skool te wees. Ek dink dit is baie gaaf van haar." Sy stamp aan hom. "Dis nie elke dag dat 'n mooi nooi haar kamer vir 'n kêrel afgee nie, weet jy . . ."

Alleen in sy kamer het Colet weer tot laat in die aand gelê en dink. Hy het alles in oënskou geneem en daaraan gedink hoedat hy Agnes heeltemal vergeet het. Sy gevoel teenoor haar het totaal verander ná daardie gesprek met juffrou Du Toit, en hy het vir 'n tydjie gevoel dat hy nooit weer sou regkom nie. Elke dingetjie wat hulle twee saamgedoen het, het nou belaglik geword, en sy gedagtes oor haar sentimenteel en bespotlik. In so 'n mate dat hy nie eens met haar gepraat het op skool nie. En sy haat is ook oorgeplaas op juffrou Du Toit, Suzanne en alle ander vroumense. Wanneer hy in die aande weer daardie drang gevoel het, het hy bloot hulle liggame gebruik en hulle dan heeltemal opsy geskuif as iets slegs en besoedeld nadat hy 'n bevrediging op sy eie manier gekry het. Maar Johan se koms het alles verander . . . So was dit gisteraand, en 'n gedeelte van vandag, maar vanaand voel hy weer heeltemal omgekrap. Daardie twee ander kinders – Julius en Peterkin. Hy kan hom die dingetjies voorstel wat hulle vir Johan sê, en hulle agterbakse maniertjies . . .

Toe hy aan die slaap geraak het, het hy baie leeg en uitgeput gevoel en gewens dat hy vér weg was in 'n ander wêreld. Maar hy kon nie besluit of dink waar nie. Net weg van alles. Of (insiggewende gedagte) dood.

Die volgende môre het hy weer alles vergeet. En die aand het hy en Johan 'n ent gaan stap, toe almal geslaap het.

Hulle het hierdie keer 'n ander koers ingeslaan: by die ou peperboom verby, onder die swaar takke deur, verby die turksvylaning wat soos 'n ry wagte met breë hande hulle pad versper het, tot teenaan die koppie 'n entjie van die huis af. Hulle het eers nie so lekker gesels as vroeër nie, maar geleidelik het die atmosfeer weer makliker geword en het hulle in die verligte gevoel wat daarop gevolg het, nog meer intiem gesels as ooit tevore. Vir die eerste keer kon Colet presies sê wat hy dink. En daardie dinge, wat hy nog altyd vir homself moes hou en waaroor hy geen regverdiging in die verlede kon vind volgens die standaarde wat ander mense vir hom gestel het nie, kon hy nou vryelik uiter. Die waarde wat Johan daaraan geheg het, was vir hom die grootste verrassing. Hy het ontdek dat dit nie alleen heeltemal toelaatbaar is onder 'n besondere groep "fyner" mense nie, maar dat dit in werklikheid die mees verhewe gedeelte van sy samestelling is. As hy dan by Johan kla dat hy gedurig gedwarsboom voel en vermoed dat hy verkeerd doen, het Johan mooi aan hom verduidelik dat elke mens so 'n stryd voer tussen die algemeen toelaatbare en ontoelaatbare in homself en dat, veral in iemand soos hy, en Johan self, so 'n oorgevoeligheid altyd kenmerkend is. Net wat die geslagslewe betref (Colet het eenkeer probeer om vir Johan daarvan te vertel), moet 'n mens jou inhou. Daar is niks verkeerds met die geslagsgevoel nie, maar die vrou self is dit nie waardig dat soveel krag en geestelike waardes, wat ook daarby betrokke is, op haar verspil word nie. "Het jy al opgemerk," het hy eenkeer vir Colet gevra, "dat jy nie met hulle kan praat oor daardie dieper dinge nie? Hulle het miskien 'n ander aantrekkingskrag, en verskaf aangename, fisieke prikkelings wat mens laat voel dat jy werklik met iets wonderliks besig is, maar in werklikheid is dit baie vlak."

Hy het toe, een aand toe hulle weer gaan stap het, sy arm om Colet se lyf gesit, hom styf teen hom aangedruk en gesê: "Kyk mooi, Colet, kyk na die lieflike aand, voel die kalm aarde onder jou voete en die wind teen jou hare . . . Voel jy dit?" En Colet kon alles voel deur sy hele lyf en in sy hart. "En voel jy my langs jou?" – en Colet kon hom voel net soos hy die natuur voel. "Voel jy dat dit saamgaan? Jy en ek en die hele natuur?" En dit was waar, net soos hy die eerste aand agtergekom het: sonder Johan was daar niks nie; met hom alles. En toe Johan hom op sy voorkop soen, was dit nie die aanraking van 'n mens nie, maar van die natuur – deur Johan.

Colet se obsessies het die een na die ander verdwyn. Johan het gesê dat die wind teen jou lyf moet waai, en hy het sy baadjie opsy gegooi en in 'n kort broekie en 'n ligte hempie rondgestap. Die natuur is die lewe, die naaste aan die Godheid en die grootste dinge in jou hart; en alles, die geringste voorwerp in die veld, het 'n magiese betekenis gekry. Johan het ook vir hom gedigte gegee om te lees, Engels en Afrikaans, en alhoewel hy niks kon verstaan nie, het hy tog die krag daaragter gevoel. Hoe dieper hy in hierdie lewe geraak het, hoe minder eienaardig het sekere dinge in Johan geword. Hy het elke ding wat Johan doen, elke ongewone voorstel, aanvaar as deel van daardie heerlike wêreld waarin daar geen goed of kwaad is nie, maar net bewuste aanvaarding en 'n ontvanklike gemoed. Om te redeneer of dit reg of verkeerd is, verwek 'n nodelose skuldgevoel. "Mens moet leef, intens leef – elke oomblik, al verstaan jy nie – soos iemand wat dronk is . . ."

Juffrou Du Toit het elke dag gevoel dat Colet al hoe meer van haar vervreem. Sy kon hom nooit alleen te sien kry nie. Daardie aande toe hulle so lekker alleen in die huis gebly het en hy heeltemal aan haar sorg oorgelaat was, was verby en het alreeds die ontwykende aansien gehad van 'n herinnering aan diep geluk. Hy het sy belangstelling in Agnes ver- loor – daaroor is sy dankbaar – maar hy het nou verdiep geraak in dinge wat sy nie kan begryp nie, en wat 'n groter bedreiging is as enigiets anders in die verlede. Sy het dadelik gesien dat dit Johan se invloed was, maar sy kon aan niks dink om hom daarvan weg te kry nie. Alle weë was gesluit. Elke dag moes sy luister hoe Suzanne haar verheug in Johan se belangstel- ling in Colet. Net Theuns het nie daarvan gehou nie. Sy het hom een aand vir Suzanne hoor sê: "Ek hoop Colet raak nie so beneuk soos Johan nie. Wat hy nodig het, is 'n paar harde slae op die rugbyveld. Ek is bly dat hy volgende jaar na 'n groot skool toe gaan. Dit sal hom die wêreld se goed doen." Maar verder as dit het sy besware nie gegaan nie. Sy belangstelling in die geestelike sy van Colet se lewe was nooit so aktief dat hy verder sou gaan as vae stellings en 'n onbenullige gebrom nie.

Toe die skoolvakansie aanbreek en juffrou Du Toit moes weggaan, het sy die aand voor haar vertrek Colet eenkant probeer kry om hom te groet. Sy het na sy kamer gegaan terwyl die ander nog in die sitkamer gesit het, en gesê: "Colet, ek vertrek môreoggend en ek dink nie dat ons mekaar gou weer sal sien nie. Jy gaan mos volgende jaar na 'n groot skool toe . . ."

Dit was die eerste keer dat Colet daarvan hoor. Suzanne-hulle wou dit as 'n verrassing hou. Hy was so opgewonde dat hy nie eens geluister het na wat sy verder vir hom sê nie.

"Ek gaan nou op De Kleinskool skoolhou en hier by jou mammie-hulle loseer. Miskien sien ons mekaar gedurende die vakansies . . . as die vakansies nie ooreenstem nie."

Sy merk dat Colet nie luister nie, maar sy hou aan met praat, met die hoop dat sy sy aandag sal trek sonder om hom kwaai aan te spreek.

"Ek stel baie belang in jou, Colet, en ek hoop dat jy eendag baie sukses sal hê, en dat ek eendag baie trots op jou kan wees . . ." Haar stem word 'n bietjie harder in haar poging om deur die ongevoelige ringmuur te dring. "Ek hoop jy sal my nie heeltemal vergeet nie, en die dinge onthou wat ek jou probeer vertel het . . ."

"Baie dankie, juffrou," sê hy en kyk meteens na haar asof hy vir die eerste keer werklik daarvan bewus is dat sy met hom praat. "Juffrou was baie . . . goed vir my en . . ." Hy soek tevergeefs na geskikte woorde en sê dan: "Ek sal môre saam met juffrou na die stasie gaan."

Maar die volgende môre, toe Theuns en Suzanne haar wou wegneem, en hulle na Colet soek, kon hulle hom nie kry nie. Hy en Johan was op een van hulle gebruiklike uitstappies.

'n Week later is Johan ook terug Kaap toe. Die afskeid tussen hom en Colet die vorige aand het alle perke oorskry. In die aandoening van die oomblik kon Colet nie alles onthou wat hy gesê en gedoen het nie. Hy het net gevoel dat 'n deel van homself weggeneem word en hy het aan Johan vasgeklou en ewig trou gesweer aan al daardie dinge, wat hy nie heeltemal verstaan het nie, maar waarsonder hy gevoel het dat die lewe nie meer die moeite werd sou wees nie.

Toe Johan weg was, het hy die aand uit sy bed uit geklim en alleen gaan stap. Maar hy het só bang geword vir die donker en alles só vreemd gevind dat hy dadelik na sy kamer teruggegaan het. Die huis het heeltemal verlate gevoel.

Na 'n paar weke het hy nie alleen na Johan verlang nie, maar ook na juffrou Du Toit en Agnes en Maria en alles en almal wat hy geken het.

HOOFSTUK VI

Colet het alleen na die groot skool gegaan. Suzanne en Theuns het hom tot by die stasie gebring en sy koffers versigtig in die eersteklas-kompartement gepak.

"Onthou om met jou rug na die lokomotief te sit," het Suzanne oor en oor herhaal. "Dan sal die steenkool nie in jou oë waai nie. En onthou om die vensters in die aand toe te maak en net die boonste luike oop te hou sodat jy nie in 'n trek lê nie. Mens kan maklik 'n verkoue in 'n trein opdoen."

Sy het alreeds die vorige aand begin huil en moes gedurig haar neus poeier, só blink het dit geword. Toe Colet by die venster uitleun, staan sy en Theuns gearmd, half teen die trein aangeleun. Die twee het so verslae gelyk dat Colet se gemoed meteens volgeskiet het, maar hy het hom so dapper as moontlik gehou en gedurig geglimlag, totdat hy naderhand gevoel het dat sy wange seerkry.

Theuns het nog vir oulaas gesê: "Gereeld skryf, Colet, en fluks leer," toe die trein stadigaan begin beweeg. Hulle het aangehou met waai, totdat die watertenks hulle eensklaps uit die gesig geneem het. Toe Colet 'n entjie verder, deur 'n opening voordat die trein om die draai gaan, 'n laaste blik op die stasie kry, het hy hulle nog op dieselfde plek sien staan met hulle hande roerloos in die lug. Hy het gevoel hoe iets in sy keel toetrek. Daar was iets wanhopigs en verlore in daardie opgehewe hande, asof dit die laaste ankers is waarvan hy skielik weggebreek het en wat nou nutteloos en doelloos en sonder funksie meer is.

Die geklop van die wiele was 'n gedurige bevestiging van die feit dat hy nou op sy eie is. Van nou af is die lewe, sy eie lewe soos dit verder gevorm moet word, nct aan homself oorgelaat. Die besef dat daar nie meer twee lewens sal wees nie: sy eie, verborge een, en die een wat van hom verwag is, was terselfdertyd heerlik en neerdrukkend. In die verlede kon hy altyd wegvlug van sy eie wêreld na die veeleisende maar tog vriendelike, huislike lewe; net soos hy andersyds ook weer die vervelegheid van die huis-like lewe kon vryspring in sy gedagtewêreld. Maar nou is daar net één uitweg: sy eie. En toe besef hy dat die alleenheid, wat altyd gepaard gegaan het met sy verbode lewe en effens op die agtergrond gebly het, nou altyd by hom sal bly. Die gevoel is beklemtoon toe dit aand word en die ligte van die trein met dowwe flikkerings begin brand. Hy het in die kolle wat die donker skaduwees verby die venster flits, en in die eensame haltes en verlate stasietjies, 'n ooreenkoms met sy eie eensaamheid gevind. Toe die kondukteur sy kaartjie vra en hy dit nie dadelik kon kry nie, en bars beveel word om gou te maak, was daar geen krag agter hom, geen selfstandige verset teen die onregverdigheid nie, en geen selfvertroue waarop hy enige vertoon van manhaftigheid kon vestig nie. Maar ten spyte van daardie hulpelose gevoel was daar ook 'n besef van 'n heerlike gevoel van vryheid. Al sy toekomstige optredes is van nou af aan op eie rekening. Dit gee aan die nietigste voorwerp en geringste gebeurtenis 'n besondere waarde. En hy het 'n nuwe belangstelling gevind in die mense op die trein, en 'n genot in sy inpassing in die ritueel van beddegoed kry en gaan slaap en eet; en ook in sy eie gedagtes, wat nie meer skugter is nie, maar ontketend en vry.

Maar die verdwyning van die verbode lewe, teenoor die behoud van die alledaagse en onmiddellike, het terselfdertyd die misterieuse en romantiese aspek van dinge laat verdwyn, sodat hy tóg iets in die proses verloor het.

Die eerste paar dae op skool was 'n moeilike tydperk. Die klasse was onverstaanbaar en die onpersoonlike atmosfeer iets waaraan hy met moei-te gewoond geraak het. Maar hy het geleidelik aan die gang gekom, en hom met ongewone erns toegelê op sy werk. Om te slaag, en goed te slaag, het sy uiteindelike doel geword. Alle dinge het in vergelyking daarmee onbelangrik gelyk. Dit het geblyk uit die houding van die kinders en die onderwysers. Daar was geen plek vir enigiets anders nie. Self die verrigtinge buite die skoolure, soos debatsverenigings, lees, vermaak en musiek, het altyd plaasgevind teen daardie agtergrond: hoe pas dit in by die stu-dietye, is al die huiswerk alreeds gedoen, is die toneelstuk 'n metode om die voorgeskrewe boek makliker onthoubaar te maak? Daarteenoor was georganiseerde sport van die allergrootste belang. 'n Sekere groep, wat nie voldoende aandag aan alles kon gee nie, moes kies tussen die twee. Aangesien Colet geen besondere talent in hierdie laaste rigting getoon het nie, moes hy hom by die eerste groep skaar en daar homself met alle mag laat geld.

Hy het gou agtergekom dat daar nie plek vir die alleenloper was nie. Nie alleen het die onderwysers alleenlopery met allerhande siniese aanmerkings ontmoedig nie, maar die seuns het self 'n besondere vermoë gehad om die wanaangepaste se lewe ondraaglik te maak. Die verskil tussen hierdie lewe en die vertroetelde bestaan by die huis was so opvallend dat hy in sy poging om suksesvol te wees, uit sy pad gegaan het om alle bande met die verlede te verbreek. Sy herinnerings daaraan het derhalwe al dadelik vervaag, maar ook die persone daaraan verbonde het, in hierdie nuwe milieu, heeltemal anders voorgekom. Party aande het hy gelê en dink: "Ek was darem 'n eienaardige klein skepseltjie gewees. 'n Pure vroulike klein gesiggie." As hy soms aan Johan dink, het hy hom só geskaam oor wat hy alles gesê en gedoen het dat hy bewustelik van hom probeer vergeet het. Die beeld van juffrou Du Toit het ook vervaag, en hy het moeite gehad om selfs te onthou presies hoe sy gelyk het. Suzanne en Theuns het begin word soos meubelstukke: hy is geheg aan hulle en skryf gereeld vir hulle, maar verder het hulle geen besondere betekenis meer nie. Van almal, snaaks genoeg, was dit slegs Agnes aan wie hy telkemale gedink het. Op skool het jong meisies 'n besondere plek in die gedagtes van die seuns ingeneem. Hy het baie stories van sy maats gehoor oor hoe hulle met een of ander "kat" gevry het. Elkeen het 'n besondere ondervinding gehad om te vertel. Agnes was sy enigste. Hy het allerhande versinsels bygedink in sy vertellinge, en dit naderhand self geglo. Die herinnering aan haar fris skooldogterfiguur het die nodige prikkeling ingehou, en hy het heelwat ander Agnesse ontmoet met tiekie-aande en, soos al die ander seuns, lawwe dingetjies begin sê en onder allerhande voorwendsels onbeholpe soentjies gesteel en hande vasgehou in die bioskoop.

Die bioskoop het 'n belangrike plek in sy lewe ingeneem. Dit was 'n gereelde Saterdagse instelling. Hy het altyd na dieselfde skouburg gegaan, ongeag watter prent vertoon is, en saam met sy maats heel agter in die saal gesit. Hy het hom verlustig in die sagte tapyte, die harige sitplekke, die yskoue limonade, die gesoute grondboontjies, die pakkies twintig Flagsigarette en die gevoel van verwagting as die donkerte meteens toesak en alle aandag gevestig word op die flikkerende wit letters wat meteens op die doek verskyn. In die ry voor hulle het gewoonlik 'n klomp jong dogters gesit: 'n veelkleurige streep giggelende, welriekende, geverfde, gretige bondeltjies seks. As alles stil is, en almal se oë gevestig is op die ontvlugtingstonele op die doek, het hulle hulle hande stadig deur die openings tussen die stoele laat gly en aan sagte lyfies geraak wat rillend meegee en met ingewikkelde wentelings deelneem aan die spel. Gedurende pouses

het hulle uitgegaan en in die skel lig van die son groot stukke roomys ver-
slind en in groepies rondgeloer na dieselfde meisies, wat nou maak asof
hulle hulle nie meer ken nie, en hulle rûe draai op die verspotte aanmer-
kings en tog, met dieselfde draaibewegings, uitnodigings stuur en beloftes
sein vir verdere proefnemings in die donker.

Hy het ook, soos al die ander seuns, volgens sekere maatstawwe ge-
handel, gepraat en gedink: die linkerhand altyd in die broeksak, die stem
effens hard en trekkerig en deurspek met "slang"-woorde, algehele on-
verskilligheid teenoor sentimentele aandoenings en "dieper" dinge, fana-
ties getrou aan 'n kode wat terselfdertyd selfpynigend en sadisties was. Hy
het elke oggend, winter en somer, 'n koue stortbad geneem – selfs toe die
krane toegeys was en die water traag-druppend uit die nou gaatjies gekom
het. Hy het agter die swembad deelgeneem aan 'n vuisgeveg met 'n seun
wat, na noukeurige oorweging, swakker as hy was. Hulle het sulke gevegte
"rough and tumble" genoem, en het enige hou toegelaat: hoe woester, hoe
nader aan die standaard wat geverg word. Sy opponent het sterker geblyk
as wat hy voorgekom het, maar Colet het hom onverwags gepootjie en toe
op hom geval. Terwyl hy hom met sy groter gewig vasgelê het, het hy met
sy vuiste aanhoudend geslaan op 'n lip wat naderhand heeltemal opge-
swel was, totdat die ander een ingegee het. 'n Week later het hy dieselfde
ondervinding deurgemaak en in die oomblik se pyniging tóg die vreugde
gevoel van iemand wat 'n noodsaaklike inisiasie deurgaan en in die proses
tot 'n hoër sfeer toegelaat word.

Hy het ook geleer dat 'n medeskolier nooit verklik word nie. As iemand
iets verkeerds gedoen het, het die onderwyser almal gestraf sonder dat
daar ooit 'n woord gerep is oor wie die skuldige is. Aan die ander kant is
daar van elkeen verwag om dadelik te erken as hy iets verkeerds gedoen
het en sy pak te staan: die hoeveelheid houe was terselfdertyd 'n maatstaf
waarvolgens sy aansien verhoog is.

Gedurende die vakansies, wanneer Colet huis toe gegaan het, het hy sy
nuwe persoonlikheid slegs 'n kort tydjie behou. Op die plaas, as die onmid-
dellike herinnerings afgeneem het en hy blootgestel was aan Suzanne se
klein opofferinkies en deel geword het van die huisroetine, het dit vervaag
en het hy in 'n soort lugleë ruimte oorgebly. Al die ou plekke en assosia-
sies was daar, maar hy kon hom nie meer daarin terugplaas nie, sodat hy
gedurig rondgedwaal het en nooit presies geweet het wat om met homself
aan te vang nie. Juffrou Du Toit was nooit daar met vakansies nie; slegs
haar kamer het eenkant in die huis toe gestaan. Hy het een middag daarin
gegaan toe Suzanne-hulle weg was, en die deur agter hom toegemaak.

Hy het op die skoon-opgemaakte bed vir 'n rukkie gelê en kyk na die leë kas en die spieëltafeltjie, sonder om juis 'n bepaalde gevoel te kry. Nou en dan het hy tekens van haar bestaan gesien: 'n skoen eenkant langs die bed vergeet, 'n jas teen die deur en 'n ou handsak bo-op die kas. In sy gedagtes het hy beelde van haar opgetower en 'n ooreenkoms gevind met 'n paar filmsterre. Dan het hy 'n onkeerbare drang gevoel om homself aan haar te toon, nie soos sy hom eers geken het nie, maar soos hy nou is: iemand wat al grootgeword het, wat die klappe van die sweep ken – wat al van meer weet as net hand-vashou. Hy het toe skielik van die bed af opgestaan en op 'n papiertjie geskryf: "Ek was hier in die kamer. Volgende keer sien ons miskien mekaar. Dan sal die leerling wys dat hy al baie geleer het." Hy het die papiertjie sorgvuldig onder die kussing gesit en die lakens, onder die komberse, verkreukel sodat, as sy sou terugkom, sy kon weet dat iemand daar was.

Eenkeer het hy in sy kas gekrap en die gehawende oorblyfsels van *Coral Island* daar uitgehaal. Die boek het net 'n vae herinnering by hom gewek, maar was op een of ander manier in so 'n mate 'n simbool van sy vroeëre gebondenheid dat hy dit stukkend geskeur en die stukkies in die eet- kamerkaggel verbrand het. Maar toe hy later van Suzanne hoor dat sy ou kombers weggegee is aan een van die bediendes, het 'n onkeerbare gevoel van weemoed hom heeltemal oormeester.

Toe hy eendag na die rivier gestap het waar hy en Agnes geswem en waar hy en Johan die aand gelê en gesels het, het alles vreeslik klein en gering gelyk en hy het opnuut skaam gekry oor sy geselsery met Johan, sodat hy nooit weer daarnatoe gegaan het nie, en boonop alles in sy ver- moë gedoen het om alle plekke te vermy wat hom aan sy jare op die plaas herinner het.

Toe hy sy matriekjaar op skool begin het, het die moontlikheid van suk- sesvolle eksamenuitslae die belangrikste oorweging geword. Sy Afrikaans- onderwyser het in sy opstelle en in sy algemene taalkennis sekere moont- likhede gesien, en hom só aangemoedig dat hy gevoel het dat die grootste roeping in sy lewe was om die hoogste simbole in tale te kry. Noukeurig gelei in daardie rigting, het hy allerhande uitknipsels uit tydskrifte in ver- band met taalkunde gemaak, en heelwat gevorderde boeke gelees om sy algemene kennis van letterkunde en kultuurgeskiedenis te verhoog. Aangesien niemand anders in die klas ooit sulke werke gelees het nie, het dit sy gevoel van eiewaarde verhoog en hom verder aangespoor, alhoewel hy nie alles verstaan het nie en net bekend wou wees as iemand wat dit gelees het. Na aanleiding van sy sukses in hierdie rigting het hy sy opstelle so anders as moontlik begin skryf, tot groot vreugde van sy onderwyser, wat in die afwykings vae tekens van letterkundige vaardigheid gesien het.

Al hierdie dinge het ook meegebring dat hy 'n roepingsbesef ontwikkel het. Hy sou miskien eendag 'n groot skrywer kon word. En terselfdertyd het hy saam met die ander matriekseuns oorgeskakel na 'n ernstiger en voorbeeldiger bestaan. Dis asof almal in matriek heeltemal vervel het, en vaarwel kon sê aan die tradisionele patroon, en ander standaarde met die grootste gemak kon aanneem. Party van sy maats het in die eerste rugbyspan gespeel, ander het prefekte geword of leiers van hierdie of daardie verenigings, en hulle ook dienooreenkomstig in hulle houdings en maniere aangepas by die een of ander uitkyk op die lewe wat hulle ontwikkel het. Hulle het meer begin gesels oor wat hulle ná die skooljare sou doen en aktief belang gestel in wat in die wêreld gebeur. Volwassenheid het ook 'n ander betekenis gekry as wat hulle eers geken het, en hulle hele voorkoms het mens die indruk gegee van mense wat skoon gewas en skoon aangetrek is. Colet self het sy geestestoestand ontleed en dit gemeet aan regte, goeie, aanvaarde standaarde en gevind dat, afgesien van jeugherinnerings, wat van geen waarde meer is nie, hy geen besondere doel of rigting het nie, behalwe sukses met sy werk en die verdere uitbreiding van sy skryftalent. Maar dit was nie genoeg nie. Hy het iets meer gesoek; sekere geestelike inhoude waarna hy kon leef. Dit het hy toe probeer vind in godsdiens, terwyl die ander in politiek, skoolsake of die verenigingslewe belang gestel het.

Hy het by die CSV aangesluit en die weeklikse kringe baie getrou bygewoon. Daar was iets in die selfontledende aspek van godsdiens wat goed ingepas het by sy natuurlike neiging in daardie rigting. In die aande as hulle in die helder verligte kamer die Bybel lees en allerhande pamflette oor die gebed en die godsdienstige lewe voordra, en dan met onbeholpe, swaar sinne oor allerhande abstraksies bid, het hy 'n plesier daarin gevind soortgelyk aan dié van daardie dae toe hy en Johan gaan stap het; met die verskil, egter, dat hierdie vorm daarvan nie alleen toelaatbaar is nie, maar ook opheffend en kragtig, sonder 'n gevoel van onwerklikheid of 'n vermoede dat hy met iets verkeerds besig is.

Maar daar was 'n steekhoudendheid in sy samestelling wat godsdiens 'n las gemaak het. Hy het sy gedagtes noukeurig ondersoek en elke verkeerde ding soos 'n onkruid verwyder. Dit het meegebring dat hy heeltemal styf en stokkerig in sy denke geword het. Enige gedagte wat hom die geringste plesier gee, het hy sorgvuldig getoets, gewoonlik iets wêrelds daarin gevind en dit dienooreenkomstig verban. Hy het sy grootste vyande met liefde probeer bejeën en 'n behae daarin geskep om allerhande vergewende gedagtes teenoor hulle te koester wanneer hulle hom te na kom. Waar hy in die verlede daarvan ontslae sou geraak het, het sy woede nou so opgekrop, met een of ander oortreding teen hom, dat hy heeltemal 'n hoofpyn gekry het in sy poging om dit te onderdruk. Dan het hy gebid en probeer om in die gebed, deur die herhaling van sekere woorde oor en oor, die opdamming in hom te verlig. As hy soms in sy kuisheid stilletjies gevoel het dat hy wegdwaal van iets lewends en skeppends in homself, en gewonder het of dit alles die moeite werd was, het hy só skuldig gevoel dat hy twee keer so vasberade tot sy vorige insigte gekom het, en dan die smal paadjie só kleurloos gemaak dat hy met moeite kon glimlag of luister na 'n grap wat iemand hom vertel.

Eendag het hy een van George Wallace, die opwekkingsprediker, se dienste in die stad bygewoon. Die saal was vol jong mense van sy eie ouderdom en die preek was spesiaal geadverteer vir die jeug. Die gesangboekies is uitgedeel deur laggende jongmans by die deure en in die gangetjies tussen die sitplekke. Daar was iets in hulle voorkoms wat hom aan Johan laat dink het. George Wallace het op die verhoog gekom met 'n breë glimlag op sy gesig. Met opgehewe hande het hy hulle toegeroep: "Ek wil hê julle moet lag en sing. Wys vir die wêreld dat 'n Christen 'n vrolike mens is. Sing! . . ." En hulle het die een lied na die ander gesing, totdat die ekstase van George Wallace en die jongmans weerspieël is in almal. Oral waar hy kyk, het almal met laggende gesigte gesit. Die godsdienstige ekstase was eers so vreemd dat hy effens huiwerig was, totdat hy naderhand self kon voel dat hy ook besig was om in die algemene jubeling te deel. Hulle het na elke woord van die prediker geluister en hulle gemoedere volkome ingeskakel op elke boodskap. Van 'n stem, half-fluisterend en vol van 'n sagte en verskriklike veroordeling, het hulle gehoor van sekere dinge tussen mans en vrouens, en siektes wat dit meebring, en ewige skande en verderf; van die aanloklikheid van die wêreldse dinge, beskryf in helder kleure en ryklik verdoem tot ondergang; van die stryd van die jongman in 'n sondige wêreld en oor die oordeelsdag wat, volgens alle gegewens, net om die draai is – sketse van 'n vaal, bleek wêreld waar jy soek na jou naaste en hom nie vind nie; die merk van die Duiwel, wat die uiteindelike veroordeling voorspel; die spot en hoon en vervolging wat die Christen moet verdra . . . laat in die aand, onder die brandende lig. As Colet sy oë op 'n skrefie toemaak, kan hy die stralekrans om die spreker se hoof sien; en as sy oë heeltemal toe is: al die swart en die kleure van die verdoemenis. Dan skielik verander die prediker en roep hulle weer tot vreugde, en hulle lag en sing en jubel met gloeiende gesigte – swaar onder die drukking van die sondebesef en die skuldgevoel in hulle harte.

Die erns waarmee hy alles benader het, het nie alleen geblyk uit sy gedrag nie, maar ook in sy werk. Hy het alle plesier tot 'n minimum beperk en tot laat in die aande gewerk. Maar binne-in hom het sekere magte gedwing om hom af te lei van die sorgvuldig gebaande pad. Hy het allengs bewus geword van 'n onrusbarende neiging in hom om alles wat hy so sorgvuldig opgebou het, af te breek. Dit was gelyk aan daardie dwarstrekkerige gevoel van die verlede, toe hy 'n situasie kon bederf deur 'n verkeerde ding te sê of te doen, terwyl hy die hele tyd die implikasies daarvan besef het. Selfs as die godsdienstige ekstase op die hoogste was, het hy lus gekry om allerhande lasterlikhede uit te skreeu; as hy op sy voorbeeldigste was, het hy daaraan gedink om 'n lae, vuil en gemene ding te doen. Alhoewel dit nooit tot iets gelei het nie, het hy naderhand gevoel dat hy nie alleen in staat was om dit die hoof te bied nie: hy moes iemand vind aan wie hy sy vertwyfelings kon meedeel. Gedurende daardie dae het 'n rondreisende sekretaris van George Wallace by die koshuis aangekom, sy adres in die stad verskaf, en hulle meegedeel dat hy die volgende week daar sou bly om die probleme van die jongmans aan te hoor en, waar moontlik, leiding te gee. Colet het gevoel dat die sending spesiaal vir hom bedoel was, en het hom voorgeneem om hom een aand in sy kamer te besoek en sy moeilikhede met hom te bespreek. Hy het eers nie die moed gehad nie, en dit gedurig uitgestel, maar toe een aand, net voordat die man sou weggaan, sy moed bymekaargeskraap en gegaan.

Die eerste wat hy opgemerk het toe hy die deur oopmaak, was die brandende kaggel teen die muur, 'n paar kussings op die vloer en 'n heerlike leunstoel, wat alles warm en intiem daar laat uitsien het ná die strakke onpersoonlikheid van sy eie kamer met die koshuismeubels.

Toe hy aarselend in die deur bly staan, kom 'n skraal, donker kêreltjie te voorskyn uit die hoek van die vertrek.

"Kom in, vriendjie," sê hy en neem Colet aan die arm en lei hom tot in die middel van die kamer. "Ek is bly dat jy gekom het. Daar was vanaand 'n hele klomp seuns hier gewees. My werk hier was werklik geseënd: die hele week al het hulle gekom, by die dosyne."

Vir Colet is dit 'n teleurstelling. Alhoewel dit heeltemal verstaanbaar en goed was, sou hy darem verkies het dat hy die enigste een dié aand gewees het. Die ander klomp wat daar was, het dit effens die aanskyn gegee van 'n publieke byeenkoms.

Terwyl hy nog rondstaan en nie heeltemal kan besluit wat om te sê nie, sê die sekretaris terwyl hy hom aan die arm vat: "Sit op die vloer, vriendjie. Op die kussing. Ons sit almal gewoonlik op die kussings – dis so lekker warm en gesellig." Toe hulle sit, sê hy: "Noem my Daniël – al die seuns noem my Daniël. En wat is jou naam?"

"Colet."

"Nou kyk, Colet, sal ons maar begin met 'n gebed?" En sonder om te wag, slaan hy dadelik oor na 'n gebed en bid spesiaal vir die vriendjie wat ook vertroosting in 'n sondige wêreld soek. Toe hy klaar gebid het, kyk hy baie skerp na Colet, buk dan vooroor, gooi 'n stomp op die vuur en sê, terwyl hy wegkyk: "En toe, het ons 'n moeilikheid, iets op die hart?"

Colet skuif onrustig rond en klem sy hande vas in 'n poging om presies te sê wat sy moeilikheid is. Maar voordat hy nog iets kan sê, hoor hy die stem van die sekretaris wat opeens skerp geword het en die vraag uitslinger met skielike geweld: "Is jy 'n kind van die Here?"

Colet se oë is angsvol op hom gerig. "Ek . . . weet nie," sê hy.

En meteens kom die antwoord: "As jy nie weet nie, is jy nog nie 'n kind van die Here nie."

Die stem het weer sag en meewarig geword, asof hy, arme sondaar, diep bejammer word. En toe, sagter: "Wat is die moeilikheid?"

"Wel," sê Colet, "ek lees my Bybel en ek gaan gereeld kerk toe, maar . . . ek voel . . . dat alles nog nie reg is nie."

Hy kan daardie afwykende gevoel nie in woorde stel nie, maar hy dink: hy sal seker weet wat ek bedoel . . .

Die sekretaris trek die kussing onder hom geriefliker en kyk Colet forsend aan asof hy aan sy uiterlike die simptome wil agterkom. Al wat hy sien, is 'n skaam seun met 'n sensitiewe gesig en mooi oë. In die stilligheid dink hy: Wat kan dit wees? Meisies, selfbevlekking . . .? Maar hy sê: "Jy soek, nè, vriendjie? Maar jy kan nie heeltemal kry wat jy soek nie?"

Colet voel meteens dat die man begryp – soos Johan.

"Ja," sê hy. "Ek doen alles . . . ek probeer alles reg doen, maar . . . ek is nie gelukkig nie, nie tevrede nie . . . ek voel dat ek nie alles is wat ek moet wees nie – dat ek iets kortkom; iets belangriks."

'n Oomblikkie is daar stilte in die kamer. Net die geknetter van die vuur kom uit die kaggel.

"Daar is twyfel in jou gemoed, nè? Jy voel nie heeltemal gelukkig nie? Jy probeer die Here vind, maar daar is iets wat hinder."

"Ja," sê Colet.

"Nou kyk," sê hy, "bid jy gereeld?"

"Ja," sê Colet.

Die sekretaris kyk hom stip aan, dan sê hy weer soos vantevore, met 'n skielike verskerping van sy stem soos 'n dokter wat met 'n mes sny. "Doen jy nie miskien iets, in die stilligheid, waarvan niemand weet nie, wat . . . sondig is in die oë van die Here?"

Toe Colet stilbly, dink die man by homself: Dis natuurlik die moeilikheid.

"Jy weet dis sonde, nè?"

Colet kan nie heeltemal begryp wat hy bedoel nie, en skud net sy kop.

"Kom, laat ons saam bid."

Terwyl hy vir Colet bid, hou hy nie sy oë toe nie, maar kyk stip na hom. Hy vra die Here om die vriendjie uit sy besondere moeilikheid te red, sy gedagtes stil te maak en sy hand te onthou van daardie verkeerde dinge wat hy doen, waarvan niemand anders weet nie, maar wat Hy in Sy almag kan sien.

Toe hy klaar is, vra hy Colet om te bid. Maar Colet voel dat die wêreld stilstaan en dat hy geen woord kan uitkry nie. Hy het meteens 'n gevoel van afsku en haat teenoor die man voor hom gekry. Hy het nie eens probeer om deur sy gewone toepassing van beginsels die haat uit homself te verwyder nie, maar eenvoudig aangeneem dat daar geen redding is nie. Hy, Colet, sal nooit verstaan wat hom kortkom nie – en niemand sal hom verstaan nie. Daar is nie plek vir hom nie. Hy sal self alles moet regkry. Op sy eie manier. En toe hy begin bid, kom sy woorde stamelend, want hy weet nie heeltemal wat om te sê nie: hy vra net om verlossing en krag.

Toe hulle opstaan, kyk die sekretaris op sy horlosie en sê: "Sterkte, vriendjie. Ek sal vir jou bid." En hy tel eenkant van die tafel af 'n pamflet op en gee dit vir Colet. "Lees dit vanaand as jy gaan slaap."

Toe die deur oopgaan, is dit vir Colet of die barre mure en die koue, kaal gang iets skoons en eenvoudigs inhou ná die warmte en klewerigheid van die kamer. Toe hy in sy eie kamer kom en die lig aanskakel, kyk hy na die pamflet in sy hand. Daarop, in groot swart letters, lees hy: "Hoe om te bid." Hy kyk vir 'n oomblikkie daarna, en voel skielik 'n swaar, drukkende gevoel in sy bors opwel. Hy gooi dit meteens op die vloer. "Die bastard . . . die . . . bloody bastard!" Hy skeur al die vloekwoorde los – al die woorde wat hy in die laaste jare nooit gebruik het nie. Die trane loop uit sy oë en hy skreeu met 'n hees stem, wat nie verder trek as die deur nie, maar wat myle en myle teruggaan en alles in hom oopskeur. Terwyl hy op die bed lê, nadat hy tot bedaring gekom het, sê hy oor en oor vir homself: "Daar is geen uitweg nie. Ek is vervloek. Ek is bestem vir die hel. Daar is geen uitweg nie. Ek is vervloek."

In die koue lig van die volgende môre het die vorige aand vér en anders voorgekom. Die selfveroordeling het verdwyn, asook die intensiteit van die gevoel. Al wat oorgebly het, was daardie leegte in hom, groter as ooit, maar hy het dit weggesteek in sy werk en die baie ander aktiwiteite van 'n matriekseun. Daar was altyd die moontlikheid dat hy maar net in 'n sekere stadium verkeer en alles later vanself sou regkom.

Teen die einde van die jaar het die eksamen aangebreek en het die matrieks begin skryf. Colet was 'n tintelende, gespanne bol kennis en hy het gevoel, terwyl hy skryf, aan die beheerste vaart waarmee sy pen oor die papier vlieg en die geordende vloeibaarheid van sy gedagtes, dat hy baie goed doen. Die einde van die kwartaal het die skoliere vir oulaas vergader en is klasportrette geneem en formeel vaarwel aan die matrieks gesê. Colet moes die afskeidstoespraak hou. Hy het die vorige paar dae gevleuelde sinne op 'n stuk papier neergeskryf en dit uit sy kop geleer. Aan die see van gesigte het hy gesê dat almal nou aan die begin van hulle loopbane staan, aan die begin van hulle onderskeie weë, en dat die goeie invloed van die skool, die lewe daar, en die onderwysers, wat altyd hulpvaardig was, alles bygedra het om hulle te bewapen vir die stryd wat voorlê. Die brandende fakkel neem hulle nou oor en sal dit altyd getrou brandende hou, gedagtig aan die tradisies van die skool en daardie goeie dinge wat hulle daar gekry het. Toe het die prinsipaal aan die woord gekom en groot dinge in die verskiet vir almal gesien, en die hoop uitgespreek dat die lesse nooit vergeet sou word nie en dat die naam van die skool altyd in ere gehou sou word.

Daarna, onder luide hoera's, het hulle uitgemarsjeer en een vir een vir oulaas gewuif toe hulle by die deur uitgaan.

HOOFSTUK VII

Toe juffrou Du Toit na die Desemberskoolvakansie teruggekeer het, het sy net aan een ding gedink: dat sy Colet weer sou sien. Sy het sy naam gevind onder dié wat in die eersteklas geslaag het, en aan hom 'n telegram gestuur: "Baie geluk. Jy het al my verwagtings oortref," en dit na vele oor-wegings afgesluit: "Met liefde, M. du Toit." Eers nadat sy dit weggestuur het, het sy aan ander komplikasies gedink: dat Theuns en Suzanne-hulle die telegram sou lees en die woord "liefde" daar sou sien. Maar dit was te laat vir enige veranderings en sy was tegelykertyd bevrees en bly omdat sy dit ingevoeg het. Sy het besef dat die universiteite later as die skole be-gin en dat sy Colet stellig by die huis sou aantref. Hoe nader die trein aan Van Velden gekom het, hoe meer het sy bevrees geraak dat hy miskien weggegaan het vir die vakansie, maar sy wou liewers nie daaraan dink nie.

Toe die eerste bakens voor die stasie herkenbaar word, het sy haar handsakkie op die kussing reggepak, haar klere reggetrek en haar gesig begin grimeer. Sy het meer rooisel aan haar lippe gesit as gewoonlik en iets in haar oë gegooi om die dofheid en die moegheid te verwyder en dit helder te laat blink. Sy het versigtig 'n kam deur haar hare getrek en vir laas die golwe reggestoot, totdat die glans op die kruine diep skaduwees in die swart gooi en die skielike, verrassende blou van haar oë aksentueer. Sy was nog besig om die naat van haar sykouse mooi in die middel te trek, toe die trein die stasie instoom en die gesigte van die mense in oneweredige groepies by haar venster verbyflits. Toe sy by die venster uitkyk, sien sy Colet eenkant alleen staan. Sy het nie dadelik sy aandag getrek nie, maar hom dopgehou terwyl hy by die passasierswaens verbystap. Die feit dat hy na haar soek, het 'n gevoel by haar opgewek wat aan die alledaagse situa-sie 'n betekenis verleen het wat dit in werklikheid nie gehad het nie. Maar, aangevul deur haar verbeelding, het dit ongewone perke aangeneem sodat sy meteens skaam en tintelend van verwagting geword het.

Hy het baie groot geword. Dis asof hy die laaste paar jaar sy jeug heeltemal afgegooi het en nou, lank en benerig, met al die interessante tekens van adolessensie, onseker wag op volwassenheid. Sy buitengewone gesig het effens te groot vir sy lyf gelyk – asof die groter rypheid wat hy die laaste tyd gekry het, sy spore daarop gelaat het en die res van sy liggaam nie tred gehou het daarmee nie. Sy voorkop, buitengewoon hoog vir sy gesig, het alreeds tekens getoon van rimpels, soos by iemand wat gedurig frons. Sy oë is meer as ooit beklemtoon deur sy hoë wangbene wat donker skaduwees daarom gooi, sodat die helderheid en grootheid daarvan in die holtes opmerkliker voorkom. Sy mond het fermer geword, maar het nie die volheid van sy lippe weggeneem nie. As sy so na hom kyk, en eers later aan sy manier van loop, en sy lyf, sy jeug agterkom, dan kom dit as 'n skok – aangenaam weens die belofte aan wording wat dit inhou, en terselfdertyd onaangenaam omdat dit noodwendig gepaard gaan met alles wat die jeug onaantreklik maak.

Toe hy haar sien, verhelder sy gesig meteens en kom hy skamerig nader. Die skaamheid het eensklaps weer alle jeugdigheid teruggebring, en hy was vir haar vir 'n oomblik weer die Colet van ouds. Maar toe sy sy growwe stem hoor, vorm dit weer so 'n teenstelling dat sy self nie geweet het hoe om te reageer nie.

Terwyl hulle terugry, kyk hy ongemerk na die vrou langs hom. Hy was lank voor die tyd al op die stasie en het allerhande verwagtings gehad omtrent hulle herontmoeting; maar toe dit plaasgevind het, het alles só snel gebeur dat hy nou eers tot verhaal kom.

Uit die hoek van sy oog kan hy 'n gedeelte van haar rok sien waar dit oor haar been vou. Hy merk op hoe roerloos sy dit hou. Dis eienaardig hoe stil sy kan sit terwyl binne in homsélf iets kriewel sodat hy telkens iets moet doen – met sy hand oor sy gesig vryf, sy sakdoek uithaal en kort-kort van posisie verander.

In die begin sê nie een 'n woord nie. As die stilte ondraaglik word en sy praat, klink haar stem vreemd en gekunsteld; as sy vir hom glimlag, het dit 'n opsetlikheid en 'n oorvriendelikheid wat hom nog meer gespanne laat voel. Soms gee sy woorde nie heeltemal weer wat hy bedoel nie, en aan haar kant mis sy nét die punt van 'n grappie of reageer op 'n minder belangrike gedeelte van wat hy sê. Dit raak só ondraaglik dat hy lus kry om een of ander buitengewone ding te sê of te doen wat die onpersoonlike verband sal breek en met 'n towerslag meteens sal openbaar wat hy werklik voel. Kort-kort dink hy aan iets en verwerp dit dan na verdere oorweging. Intussen gaan al die bekende bakens verby en gewaar hy hoe die pad korter word en die geleenthede minder . . .

"Juffrou," sê hy meteens, "ek het vreeslik baie uitgesien na jou koms."

Sy draai haar na hom en hy let op dat haar been hierdie keer beweeg en dat die rok plooie maak.

Sy glimlag en kyk aanhoudend na hom terwyl sy wag dat hy verder moet praat.

"Ek was al van vroeg af op die stasie."

Sy sit haar hand op sy arm.

"Colet," sê sy, "ek hoop nie jy het té lank gewag nie."

Hy wil die gebaar natuurlik maak, maar dis met groot kragsinspanning dat hy sy een hand van die stuurwiel gly en haar vingers druk wat nog op sy baadjiemou rus. Sy was op die punt om haar hand weg te neem en was alreeds in die beginstadium van die handeling. Hy voel die eerste tekens van die onttrekking en ruk meteens terug. Terselfdertyd hou sy haar hand stil en laat dit dan stadig afsak na haar skoot as sy sien hoe hy na die stuurwiel gryp. Die kar het deur 'n knikkie gegaan en hy moet worstel om dit weer onder beheer te kry.

Hy is vol verleentheid en konsentreer nou op die bestuur van die motor. In sy poging om sy selfvertroue te herwin, word hy ernstig en nors.

Hulle het al twee opgehou met praat. Maar sy kyk nog steeds na hom. Dis maklik, want hy moet sy oë op die pad hou. Sy merk self dat hulle aan die einde van die rit kom en dat van al haar verwagtings – hoe vaag en onbepaald ook al – niks gekom het nie. Sy het intussen haar selfvertroue herwin. Dit word meteens vir haar duidelik dat alles op haar sal rus. Elke geringe vordering in hulle vriendskap sal bloot afhang van die wyse waarop sy hom lei. Dit laat haar ruim en selfversekerd voel. Die verset is nog daar: dit kan sy sien in sy donker, gespanne houding, sy norsheid en sy skielike swye. Maar hierdie keer is dit iets wat sy kan hanteer. Nou gee sy nie meer om nie.

Sy lig haar been, kruis dit oor die ander een en stryk haar rok glad. Sy let op dat hy vlugtig na haar kyk en dan weer voor hom op die pad let. Sy begin saggies iets sing wat sy oor die radio gehoor het en kyk by hom verby na die veld en die gesigseinder.

Die nabyheid van sy universiteitsloopbaan en die erns waarmee Theuns hom in die laaste tyd begin behandel het, het alles bygedra tot die avontuurlikheid en interessantheid van die lewe vir Colet. Omdat alles slegs tydelik was, aangesien hy een van die dae van die plaas sou weggaan, het hy alle afwykende gedagtes uit homself verdryf. Sy moeilikhede in verband met godsdiens en lewenswaardes het hy verban, en sy vertwyfelings deeglik beskou as simptome van 'n sekere stadium wat hy op skool deurge-maak het. Sy vroegste jare was natuurlik gevul met tipiese jeugprobleme en hy het elke dag al hoe meer daarvan vergeet. Selfs Sara se naam het vir 'n rukkie heeltemal vreemd geklink toe Suzanne eendag vir hom sê dat Sara, die bediende wat hom opgepas het, die kleinbaas wou sien. Hy het na die agterstoep van die kombuis gegaan en daar, eenkant op die grond, met 'n baba op haar rug vasgewoel, 'n vet vrou gesien.

"Au! Die kleinbaas! Sóé, maar jy het groot geword!" en sy lag met 'n mond waarin nog net een tand sit, totdat haar oë skrefies trek. Die draailag wek meteens 'n herinnering – 'n vae, weemoedige deurskemering, maar dit verdwyn gou weer in die teenwoordigheid van Suzanne, wat eenkant staan, en die ander bediendes wat oor die kombuisdeur loer. Colet voel dat iets van hom verwag word, maar hy weet nie presies wat nie.

"O ja, ai Sara," sê hy, "jy het my mos in die Kaap opgepas. Toe ek klein was . . ."

"Ek sien," sê 'n vreemde mond uit 'n vet gesig, "ek sien die kleinbaas het die ou meid nog nie vergeet nie."

"Nee," sê hy, "nee, ek onthou aie nog goed." En hy steek sy hand in sy sak, haal 'n tiensjielingnoot te voorskyn en prop dit in haar hand. Toe draai hy meteens sy rug na haar terwyl Suzanne vorentoe kom om met die vrou te praat.

Terwyl hy wegstap, hoor hy vir Suzanne sê: "Die kleinbaas het groot geword, nè, Sara . . .?"

Juffrou Du Toit, wat in die laaste paar jaar nie meer in sy gedagtes was nie, het skielik weer belangrik geword. Hy het al hoe meer die behoefte gevoel om haar daarvan te oortuig dat hy grootgeword het en nie meer die kind van vroeër is nie. Maar om elke draai het hy die belaglikheid van sy po-gings ingesien, en terselfdertyd weer uit sy pad gegaan om dit ongedaan te maak, en dan weer nog belangriker vir homself voorgekom. Dit was 'n duiwelse kringloop wat elke keer hewiger geword het en waarvan hy nie kon ontsnap nie. Sy was altyd baie vriendelik en opgewek in sy teenwoor-digheid en derhalwe des te meer irriterend in haar uitbundigheid en die meerderwaardigheid wat in die meegevoel geskuil het waarmee sy hom bejeën het. Dit was vir hom snaaks dat, waar hy in die verlede so 'n gebrek aan meegevoel ervaar het, hy, noudat hy dit werklik kry, dit nie kon sluk nie. Hy het partykeer gewens dat sy liewer kwaad vir hom moes wees, sodat sy ten minste daardeur erkenning kon verleen aan sy manlikheid.

Een aand, kort voordat hy moes vertrek na die universiteit, het Suzanne-hulle weer die aand uitgegaan en was hy en juffrou Du Toit alleen in die huis. Suzanne het aan tafel gesê: "Ons het mos nou 'n grootman om die huis op te pas. Theuns en ek gaan 'n bietjie by die De la Harpes kuier. Jy gee nie om om alleen te bly nie, nè, juffrou Du Toit? Ek dink Colet sal jou goed oppas." Onder die algemene gelag het Colet half vererg gevoel, ofskoon hy in die laaste tyd Suzanne se maniertjies makliker geduld het. Toe hulle wegry, het hy dit selfs gewaag om spottend te vra: "Waag Mammiehulle nie baie om my alleen te laat met so 'n mooi nooi nie?" Dit was veral grappig vir Theuns, maar Colet het verbaas opgemerk hoedat juffrou Du Toit bloos. Hy kon duidelik merk dat Suzanne nie daarvan gehou het nie, alhoewel sy in die skadukant van die binnelig in die kar gesit het sodat sy nie hulle gesigte kon raaksien nie. Colet het meteens gevoel dat, as sy juffrou Du Toit se gesig kon sien, sy baie kwaad sou gewees het.

Soos in die verlede, het hulle weer aan die tafel in die eetkamer gesit. Hy het daarop gelet dat sy besonder baie aandag aan haar voorkoms bestee het, net soos daardie dag toe hy haar op die stasie gaan haal het. Maar hierdie keer, omdat sy in die kunsmatige lig haarself groter vryheid toegelaat het by die aanwending van kleure, het sy baie mooier voorgekom: meer verrassend, en interessanter. Terwyl hy na haar kyk, wonder hy hoe oud sy is. Miskien dertig, of 'n paar jaar ouer – sy was omtrent twee-entwintig toe sy by hulle gekom het. Dit klink erg, maar hy het êrens gelees dat 'n vrou op haar mooiste is as sy dertig jaar oud is. Die gedagte aan haar ouderdom verhoog eerder haar aantrekkingskrag vir hom as om hom af te skrik. Vroue van daardie ouderdom het soveel meer insig en aanvoeling as jong meisies – en is soveel interessanter.

Terwyl hy na haar kyk, merk hy op dat sy daarvan bewus word – sonder daardie irriterende meerderwaardigheid, asof sy haar vir die eerste keer aan hom openbaar. Hy kan die glans in haar oë sien en haar wange het, ten spyte van die rooisel, onderlangs en aan die kante, 'n warm kleur gekry.

Toe sy praat, is haar stem sag en intiem, asof sy met 'n gelyke praat.

"Waaraan dink jy, Colet?"

"Ek dink sommer aan alles, juffrou," sê hy. "Aan daardie eerste keer toe ons jou op die stasie gaan haal het, en die skooljare daarna."

Sy lag begrypend. Haar hande streel weer, soos van ouds, die patroon van 'n servet.

"Dit was aangename dae. Ek dink ook soms daaraan."

"Ek onthou nog hoe . . . jy . . . juffrou gelyk het . . . daardie dag . . ." Hy plaas net die nodige nadruk op "jy" en verander dit dan traag.

Sy glimlag meteens vir hom. "Jy kan my op my naam noem, Colet. Dit klink so styf as jy sê 'juffrou'. My naam is Marie."

As hy weer praat, vermy hy haar naam doelbewus, en sê dit dan eensklaps. Dit voel vir hom asof hy heiligskennis pleeg, maar hy voel ook terselfdertyd dat die noem van haar naam baie hindernisse uit die weg ruim.

"Ek het . . . jou . . . nogal baie gemis . . . Marie. Op skool, bedoel ek. Ek het baie aan jou gedink. Een vakansie toe ek hier was, het ek toevallig na jou kamer gegaan, en toe het ek weer aan jou gedink." Net die laaste helfte van wat hy gesê het, was waar, maar dit was 'n goeie toenadering en hy kon dadelik die reaksie by haar opmerk.

"So," sê sy, "ek is bly om dit te hoor."

"En dankie vir jou telegram. Ek het dit gekry. Dit was baie gaaf gewees. Baie bedagsaam."

"En ek," sê sy, "het jou briefie in my bed gekry."

Sy dwing hom om weg te kyk toe sy dit sê, en hy besef dat sy nog gedurig die situasie beheers en miskien, vir al wat hy weet, onderlangs vir hom lag.

Toe hy nie dadelik antwoord nie, volhard sy: "Wat presies het jy daarmee bedoel, Colet? Wat wil jy vir my wys wat jy intussen geleer het?"

Hy voel dat hy die uitdaging moet aanneem. Dat hy 'n belangrike oomblik sou laat verbygaan as hy dit ontwyk. Terwyl hy praat, vryf hy met sy hand deur sy oë asof die lig hom hinder.

"Ek het bedoel . . . dat ek nou van meer dinge weet. Dinge in die algemeen, oor die lewe . . ." Maar hy voel dat dit nog nie genoeg is nie. Hy kyk meteens na haar: "Omtrent dames."

"O," sê sy, "dis interessant . . ." en sy glimlag nog, maar heelwat intenser; haar houding is dringender, asof elke woord wat hy sê, belangrik is.

"Wat het jy geleer?"

"Dat, as mens werklik . . . belang stel in iemand, en ryper geword het, wat baie dinge betref, verskil in ouderdom nie juis saak maak nie." Hy sê die laaste woorde vinniger, soos iemand wat bang is dat hy dit nie sal sê as hy langer wag nie.

Hierdie direkte aanslag kan sy nie ontwyk nie. Sy vroetel met haar hande en doen allerhande dingetjies daarmee om haar verleentheid te verberg: sy tel 'n servet op, vou dit dubbel en stryk dit plat, haar oë die heel tyd daarop gerig, asof dit 'n moeilike saak is. Maar haar hele houding, die wyse waarop sy skielik effens teruggesink het op die stoel, en 'n geringe versnelling van haar asemhaling, verhoog die indruk dat sy nie meer so maklik die situasie kan beheer nie. In haar hart het sy geweet waarheen dit alles lei, en sy het ook na elke verandering van nuanse in die gesprek uitgesien, maar dit moes onder háár leiding plaasvind. Deur sy skielike en effens lompe aanraking van die kern, het hy die geleidelike proses verloor.

Toe sy weer praat, is haar stem kortaf.

"Natuurlik maak ouderdom nie 'n verskil nie. Nie wat vriendskap betref nie."

Hy moet net nie nou van liefde praat nie, hy moet nie sy jeugdige onbeholpenheid toon nie, want dan sal hy alles bederf. Dis die enigste beskerming wat sy het, daardie beweging tussen die grense – terselfdertyd prikkelend en frustrerend. Terwyl sy so dink en wag vir hom om te praat, kom dit by haar op dat hy wel in ander opsigte ook verander het: daardie stuurse afsydigheid van vroeër, daardie ringmuur waardeur sy nooit kon dwing nie, het verdwyn. En meteens voel sy ook dat hy daardeur baie van sy aantreklikheid verloor het: daardie verbasende, botsende samestelling van jeugdige ongekunsteldheid en die gekompliseerdheid van 'n interessante gees.

"Nie net . . . vriendskap nie," sê hy met 'n gesig wat meteens vuurrooi geword het, en wat hy manmoedig, ten spyte van die onaanskoulike verleentheid daarop, nie wegdraai nie.

Dan is dit asof sy meteens kalm geword het, en alle beheer oor haarself teruggekry het. Die omstandighede is verskillend, maar die proses is dieselfde: 'n jong kind wat deur sy maniere of astrantheid homself te buite gaan.

As sy weer praat, is haar oë heeltemal onpersoonlik.

"Liefde tussen heel jonge mense en ouer mense is nie onbekend nie," sê sy, "maar dis natuurlik pervers. Nie soseer pervers nie, as 'n effense . . . moeilike stadium wat 'n jong seun byvoorbeeld deurgaan, wat op sy onderwyseres verlief raak – of 'n verspotte skooldogter op haar onderwyser."

Colet tuimel van sy hoogtes af. Hy onthou meteens die eerste dag toe hy haar gesien het, toe hulle in die motor gery en hy haar aandag probeer trek het deur slim aanmerkings en sy hom stilgemaak het met die woorde: "In grootmense se geselskap word kinders gesien, maar nie gehoor nie."

Sy merk dadelik sy verleentheid op en gesels onmiddellik oor iets anders, sodat hy tot verhaal kan kom. Terwyl hy maak asof hy baie aandagtig luister, dink hy by homself: Maar hoekom het sy vanaand spesiaal mooi aangetrek, hoekom het sy daardie uitdrukking in haar oë gehad en daardie eienaardige toon in haar stem? Hy gryp na die gerusstelling: dis bloot 'n set om haar verleentheid te verberg; sy sal netnou verander.

Intussen gesels hy saam, met 'n stem wat eintlik bars is van doelbewuste onverskilligheid en dan dink hy weer: Maar hoekom het sy my gevra om haar op haar naam te noem?

Hy praat oor sy probleme, nie om 'n oplossing te kry nie, maar om sy volwassenheid te toon: sy dieper denke. Hy vertel haar dat hy baie geïnteresseerd is in godsdiens en bespreek dan met haar allerhande probleme in verband daarmee. Maar hy raak nooit aan die kern van sy vertwyfelings nie, dis eerder 'n afsydige bespreking, erg vervelig en doelloos, maar tog gee dit die skyn van vertroebelings van 'n sensitiewe gemoed. Hy merk ook dat sy heelwat meer belang stel en ietsie van haar vroeëre houding teenoor hom herwin. Eenkeer, toe hulle albei stilbly, sê hy meteens dat dit vreeslik warm in die kamer geword het en of hulle nie liewer op die stoep moet gaan sit nie. Sy willig dadelik in en hulle stap deur die gang, halfpad verlig deur die lamp uit die eetkamer, tot op die donker stoep buite. Hulle gaan teen die traliewerk staan en leun oor die relings. Van daar kan hulle tot oor die bome sien in die rigting van die rivier, wat slegs 'n donker streep bosse in die sterlig is.

Terwyl hy langs haar staan, ruik hy die parfuum wat meteens sterk in sy rigting kom. Soms, as hy effens nader staan, of sy beweeg, dan raak net die kant van haar rok teen hom en wek die aanraking van die kledingstuk 'n spannende gevoel by hom, wat gedurig toeneem en vermeerder word deur allerhande geringe dingetjies – haar asemhaling in die donker, die geritsel van die klere teen haar lyf, die roering van 'n plank onder haar voete, wat hy terselfdertyd onder sy eie voete kan voel. Sy het onmiddellik oor die natuur begin gesels toe hulle daar aankom. Haar opmerkings is baie alledaags en sentimenteel: heeltemal anders as Johan s'n, maar die effense naïwiteit en onbeholpenheid daarvan dra alles daartoe by dat hy sy vertroue herwin, en hy voel spoedig dat die toestand weer heeltemal herstel is.

Terwyl hulle daar op die stoep staan, dink juffrou Du Toit gedurig aan die seun langs haar. Sy probeer om deur haar opmerkings 'n indruk op hom te maak. Dit het meteens noodsaaklik geword dat iets van hulle heel vroeëre verhouding herwin word. Hulle gesprekke, wat intussen al hoe makliker geword het, en deurspek is met rustige stiltes, het haar die geleentheid gegee om vryelik te dink. Die skielike herstel van daardie sensuele gevoel van 'n rukkie gelede tot iets meer aanneemliks en reg, het haar weer tot selfontleding gedwing. Wat sou die rede vir haar gevoel teenoor hom al die jare wees, vandat hy by haar skoolgegaan het en gedurende die tyd dat hy weg was? Wat skiclik, toe hy vaagweg van liefde gepraat het, onderbreek is? Sy dink aan die vrees wat aanrakings met ander jongmans altyd by haar gewek het, 'n ontsettende vrees tesame met 'n allesverterende afsku; en daardie herhaling van die vrees netnou toe Colet daardie woorde gebruik het. Sou sy werklik so koud wees, so seksloos? En tog nie. Dink maar aan daardie aand toe Colet langs haar op die rusbank gesit het, daardie opbruisende gevoel wat sy nie kon keer nie. En sy kom meteens agter dat sy nou, na al die jare, erken dat haar gevoel altyd 'n eienskap van seks gehad het. Daardie oomblikke van vertwyfeling was nie verniet nie. Sy was werklik skuldig.

Terwyl sy so dink, raak sy meteens aan hom en ondervind weer 'n herhaling van die vroeëre sensasies. Sy arm het net aan hare geraak, toe gebeur dit. Vir 'n angsvolle oomblik wag sy dat hy weer eenkant toe moet staan, maar sy arm druk al hoe stywer teen haar aan, totdat sy die spiere onder die hemp kan voel. Terwyl sy praat, met haar aandag toegespits op elke beweging aan sy kant, voel sy hoe hulle lywe dig teen mekaar kom, totdat dit lyk asof sy asemhaling ook deur haar lyf gaan. "O, Colet," sê sy by haarself toe sy die klein beweginkies aan sy kant voel, hoe hy huiwer en dan skielik weer oorneig na haar toe, en al hoe dringender sy ledemate teen haar plaas.

Toe Colet agterkom dat sy haar meteens na hom toe draai, beweeg hy vorentoe en sit sy arms om haar lyf. Hy trek haar teen hom aan en voel met sy mond in die donker. Haar hare sny deur sy soekende lippe, die aanraking van haar vel is grof – hy kan elke plooi voel met sy mond wat meteens vol waarneming en uiters sensitief geword het, maar hy huiwer, soos iemand wat bang is, om aan haar lippe te raak: dit is asof alles nie werklik gebeur nie, asof dit net in sy gedagtes plaasvind, solank hy net nie aan haar lippe raak nie. Eers toe hy die onbeheerste bewegings voel, wat met klein roerings deur haar hele lyf gaan, word hy meteens kalm – die sigbare aandoening in haar 'n volkome erkenning van sy manlikheid en meebringende 'n koue afsydigheid, wat elke reaksie van haar afgetrokke waarneem, ondersoek en annoteer. Toe hy plotseling aan haar lippe raak, is dit asof sy haar skielik oorgee, terwyl sy haar met 'n kreungeluid teen hom druk en haar mond, vol intense hitte en waansinnige bewegings, oor sy hele gesig vryf.

Sy ledemate het meteens verstyf: die onbekendheid van soveel hartstog het hom heeltemal magteloos gelaat, en hy het meteens ontsettend bevrees en hulpeloos gevoel. Sy arms het ongemerk langs haar lyf afgeval en hang doelloos aan weerskante van haar. Hy hoor haar oor en oor sê: "Ek hét jou lief, ek hét jou lief . . . hoor, ek sê dit, ek is nie bang nie, ek sê dit: ek het jou lief . . ." En hy hoor homself sê (met 'n toonlose stem): "Ek ook, Marie. Ek het jou ook lief." Maar hy voel dat hy wil wegkom, heeltemal weg. Hy kan aan die spanning op sy gesig voel, en die skielike koue daarvan, dat hy bleek geword het. Hy voel ook alleen en bang, en verlang om Suzanne en Theuns by hom te hê . . . Toe juffrou Du Toit hom meteens los, hom aan sy hand neem en voor hom die huis instap, volg hy haar soos iemand wat nie 'n eie wil het nie. Toe sy haar kamerdeur oopmaak en ingaan en in die donker vir hom wag, staan hy in 'n yskoue wêreld buitekant. Alles het stil geword, binne-in hom en buite hom, sodat hy sy eie voetstappe, toe hy verder stap, as iets onafhankliks van homself hoor. En ook sy stem, wat op haar vraag: "Waarnatoe gaan jy, Colet?" mompelend antwoord: "Ek kom nou, ek gaan gou . . . ek sal netnou terug wees."

Hy stap tot in die lig van die eetkamer, en gaan langs die tafel staan. Eenkant teen die muur kan hy die lang muurspieël sien. As hy na homself kyk, lyk hy anders en verwronge. Teen die muur kan hy die horlosie hoor tik. Nou en dan ook bewegings uit haar kamer. Toe hy hoor dat die deur oopgaan, staan hy nog 'n rukkie stil. Elke keer as hy probeer beweeg, is dit of hy nie kan nie, asof hy teen die vloer vasgenael is. Geleidelik gaan die koue, onwêreldse gevoel weg. Toe draai hy om en stap reguit na haar kamer toe. Hy draai aan die knop, maar die deur wil nie oopgaan nie. Toe hy eers saggies klop, en daarna harder, hoor hy haar stem baie dof van binnekant af kom: "Gaan weg, Colet!" En toe hy weer klop: "Asseblief, Colet!"

Hy het nog 'n rukkie besluiteloos gestaan, té bang om weer te klop en té huiwerig om weg te loop. Toe draai hy om en gaan weer na die eetkamer terug. Eenkant op die tafel lê 'n boek waaruit Suzanne vroeër in die dag gelees het. Hy tel dit op en blaai daardeur sonder om die woorde raak te sien. Sy gedagtes is so 'n warboel dat hy nie weet waaraan hy dink nie. Hy is net 'n liggaam en gedagtes wat maal en maal.

Hy het omtrent 'n halfuur lank daar gesit toe juffrou Du Toit die kamer binnekom. Toe hy opkyk, sien hy haar gehawende voorkoms. Haar rok is gekreukel en al die kleursel van haar gesig verwyder. Terwyl sy met hom praat, let hy op hoe wit sy is, soos iemand wat in die skaduwees bly.

Sy gaan op haar ou plek, reg teenoor hom, aan die tafel sit.

"Kyk, Colet," sê sy, "alles is my skuld. Ek is baie, baie jammer. Ek weet nie wat my oorgekom het nie." Sy lig meteens haar hand en sit dit op sy arm. "Ek wil hê . . . dat jy moet vergeet wat gebeur het, en nie weer daaraan dink nie."

Sy merk op dat wat sy sê, vir hom geen betekenis het nie. Maar sy voel dat sy iets vir hom moet sê, iets baie belangriks.

"Ek dink ek moet alles aan jou vertel. Dit sal moeilik wees . . . maar kyk, Colet, wat gebeur het . . . is . . ." Sy sukkel om dit uit te kry, en gaan dan voort met 'n ferm stem: "Dit is omdat ek jou werklik liefhet. Dit was altyd so. Langer as wat jy ooit kan dink. En ek wil nie hê dat jy enigiets slegs hiervan moet oorhou nie. 'n Meisie kan 'n man liefkry, al is hy ook van watter ouderdom. Jy het dit self vanaand gesê, onthou jy? Maar jy moet dit vergeet, en . . . nooit sleg van alles dink nie. Moenie dink dat daar iets verkeerds mee was nie. Kyk, ek sal myself nooit vergeef as jy so dink nie. Onthou, jy hoef nie skuldig te voel nie – of jouself te verwyt nie. Ek was heeltemal laf. 'n Vrou word soms so . . . dat sy haarself nie kan beheers nie. Somtyds."

Terwyl sy praat, swaai daar meteens 'n lig deur die voordeur by die kamer in: 'n verblindende soeklig, wat die lamp vaal en dof laat lyk, en wat 'n oomblik op die een muur draal en dan skielik verdoof word.

"Dis jou mammie-hulle," sê sy. Sy staan onmiddellik op, kom tot langs Colet asof sy nog iets wil sê en draai dan om en gaan die kamer uit.

Toe Suzanne-hulle in die huis kom, is al die ligte dood. Op pad na hulle kamer, loop sy en Theuns op hulle tone.

Die volgende môre het daar onverwagte gaste opgedaag – ou vriende, wat gekom het om 'n paar dae te bly en hulle besoek verleng het totdat Colet universiteit toe moes gaan. Hy het Marie du Toit net een keer daarna weer alleen gesien, en dit was toe almal hom op die stasie weggesien het. Die ander het langs die perron gestap en hulle twee alleen by die treinvenster gelaat.

Hulle het nie juis geweet wat om vir mekaar te sê nie. Terwyl hy nog oorweeg het of hy haar sou soen of nie, het die trein skielik 'n ruk gegee en het almal aangehardloop gekom. Toe hulle hom groet, het sy egter nader gekom en hom op die voorkop gesoen, en haar gebaar het baie betaamlik gelyk in die oë van almal.

HOOFSTUK VIII

Terwyl die trein deur die Karoo ry, luister Colet na die kloppende wiele. Sy kompartement is reg bokant die as. Die ligte geskommel en die eentonige ritme oor die voeë in die stawe wieg hom aan die slaap. Sy gedagtes het 'n lui verbandloosheid. Dinge van die verlede voel afgedaan en verby – dit verdwyn soos die wit kruise met die swart letters wat nou en dan langs die spoor verbyslinger.

Dis eienaardig dat, voor hierdie nuwe avontuur van volwassenheid, elke sekonde 'n oomblik van loswikkeling is. Dis asof hy alreeds die verandering in homself kan voel. Marie du Toit en Theuns en Suzanne is ontliggaamde skimme wat besig is om hulle los te woel van 'n patroon wat elke oomblik vaer word. Die oomblik toe slaap intree, trek hulle draderig los in sy gedagtes en hang in die lug sonder dimensies. Deur die hortjies skyn 'n liggie wat tussen sy swaar ooglede opgebreek word in allerhande kleure. In die ligkleure sien hy Marie se mondhoeke wat bewe – 'n trekking om die linkerhoek, en die rooisel op haar lippe. Hy sien Suzanne se gesig, wit en gespanne, terwyl sy afkyk na 'n handsakkie waarin slank vingers vroetel. Hy sien Theuns se elmboog op die vensterbank terwyl hy na die wiele van die trein kyk net voordat hy praat. Dit wek geen besondere gevoel by hom op nie: dit is net so ontdaan van emosionele waarde as 'n beeld van homself in die spieël vroeg in die môre terwyl hy besig is om aan te trek.

Onder die geklop van die wiele raak hy aan die slaap. Dan word hy wakker in 'n stilte. Die trein is bewegingloos. Die skaduwees in die kompartement is langer. Buitekant hoor hy meteens stemme. Hy spring op, maak die hortjies oop en sien die naam van 'n halte op 'n groot, wit bord reg voor sy venster. Hy is nog halfpad deur die slaap en sy hare hang in sy oë. Hy sien 'n groepie mense voor die kompartement langsaan. Hy kyk in die helderblou oë van 'n jong meisie wat met uitgestrekte arms iets aangee vir iemand in die trein. Dit is slegs 'n oomblik voordat sy wegkyk, maar die nabeeld bly as hy weer gaan sit. Sy hart klop vinniger: die toneel wek 'n gevoel van allerhande moontlikhede.

Teen die aand se kant gaan hy na die toiletkamertjie om sy hande te was en sy hare te kam. Die venster is net 'n smal skrefie oop. Bokant die wit glas kan hy die veld sien verbyflits. Dis asof die trein vinniger loop. Die Karoo lyk sagter in die aand – die bossies is 'n ritmiese vaal streep, die golwende, skurwe rantjies vol interessante hellings. Die bewegende landskap het 'n hipnotiese effek.

Toe hy sy gesig in die gespikkelde wit kom steek en die lou water opskep sodat dit streperig teen sy vel afloop, voel hy dat die bewegings van die trein weer verander het. As hy opkyk, sien hy die weerkaatsing van 'n enkele liggie in die boonste hoek van die spieël. Hy draai om en kyk by die venster uit met die handdoek nog in sy hande. Om 'n draai brand 'n streep liggies van 'n dorp in 'n leegte. Dit het 'n eienaardige effek: mens kan die huise sien – dis té vroeg vir die ligte – maar dit brand sonder doel of rede.

Dis eienaardig hoe alles op hierdie reis saamgevat is in 'n reeks prentjies. Daar is geen rede hoekom hy dit moet onthou nie, maar hy weet dat dit by hom sal bly. Dit gebeur altyd so voor 'n verandering: dis 'n agtergrond wat ingeskilder word sodat elke prentjie 'n dramatiese betekenis kry en 'n onafskeidbare deel word van die fase wat ingelei word.

Toe die trein stilhou, loop hy heen en weer op die perron. By een van die kraampies koop hy 'n koerant. Die opskrifte kondig die laaste oorlogsnuus met luidrugtige letters aan – die oorlog wat 'n paar maande gelede amper ongemerk vir Colet uitgebreek het. As hy weer in die kompartement kom en die nag hom toesluit in die kol van swak liggies by die hoek van die bank, begin dit 'n meer onmiddellike betekenis, ook vir homself, kry. Op een of ander wyse sal hy ook daarmee gemoeid raak. Hy raak aan die slaap terwyl hy die donkerte buite voel, en die wydheid en geheimsinnigheid van die onbekende wêreld, en die brandende vrees en afwagting om weer die Kaap te sien.

Toe hy die volgende môre wakker word, wink die vrugtebome van die Hexriviervallei in die oggendwind. 'n Rukkie later volg hy die gekleurde rotsformasies digby die venster. En later, terwyl sy hart ineenkrimp van herinnerings en die pyn waarvan Johan gepraat het in golwinge kom, sien hy die vlammende wit Bolandse huise, die ritme van die gewels, die ronding van die granietrotse en die Bolandse grond. Hoe nader hy aan die Kaap kom, des te intenser word sy herinnerings. Hy kyk by die venster uit en praat met homself: dáár is die akasias! dáár is die wit sand! dáár is die berge! en (deur die kruine) dáár is die see! Maar, as hy goed kyk, is dit nie die see nie, maar die bloutes in die vlakte.

Na 'n rukkie stomp die nuuskierigheid af en begin hy teen sy sin oplet hoe gehawend baie dinge lyk – gehawend en, op een of ander manier, kleiner. Hy veg daarteen, maar hy kan die gevoel nie wegredeneer nie. Die plekkies lyk so gering en ingehok deur die groot berge, die fabrieke so pop-agtig. Was die kuile met die swart waters altyd so vuil? Daardie verroeste begraafplaas van ou karre – dit het nie groter of kleiner geword nie, maar bly 'n onvanpastheid in die simmetriese voorstad, net soos die huisies met die skewe skoorstene waar die Bolandse bruinmense soos vlieë teen die afgeskilferde mure sit.

En waar kom die swartes vandaan op die Bolandse stasies?

Klop-klop-klop gaan die wiele van die trein op die spoor. Hier is baie lewe by die voorstedelike stasies. Die vuil kante van fabrieke met gebreek-te vensters flits verby. Dáár is Tafelberg. Dáárdie gebou is die Nasionale Hospitaal. Nog 'n stasie en honderde mense op die oorgang.

Klop-klop gaan die wiele en die lokomotief donder teen die hoë mure. Die beton werp 'n swart skaduwee, rye wit wasgoed op verroeste tralies wuif, die bastions van 'n kasteel wat kleiner geword het, doem met grou stene op – 'n flitsblik op die see, 'n loggerskip, en oplaas, 'n stomende, geleidelike, skreeuende stilstand as die hefarms stadiger beweeg en vas-steek met 'n gesuis.

Die stasieklok wys halfelf, die vuil stasieklok . . .

Die stad is skaars herkenbaar. Dis iets waarvan mens gedroom het, en nou is die droom verby en die werklikheid is só neerdrukkend.

Maar die groot universiteit teen die berg is indrukwekkend. Nie alleen die geboue en die trappe en die hoë muur met die klimop nie, maar die idee daaragter: kennis en geleerdheid en al die onverbiddelikheid wat dit vir die oningewyde inhou.

Daar is 'n denkbeeldige lyn in jou gedagtes wat jou vroegste jeugjare afskei voordat adolessensie begin; die proses het miskien al vroeër begin en word eers werklik in 'n latere stadium voltooi, soos twee kleure wat gelei-delik inmekaarsmelt, maar in herinnering is die bewuswording van die oorgang onmiddellik en is die skeiding 'n reguit lyn. As jy terugdink, kan jy sê: hiér het dit tot 'n einde gekom en hiér is iets nuuts gebore. Die treinreis na die Kaap en die herontdekking van die ou bakens was die rooi streep. Van toe af het Colet gevoel dat hy iemand anders is en dat niks meer die-selfde is nie. Hy moes van nuuts af aan versigtig en voel-voel alles leer.

Die kern van waar hy uitgegaan het, was sy kamertjie in die univer-siteitskoshuis. Net soos sy speelplekke en hulle huis in Tamboerskloof jare gelede 'n intieme deel van sy bestaan gevorm het, het hy ook hier alles innig leer ken: die geverfde sementmure, die swaar hangkaste en die geoliede hout met die effens antiseptiese reuk, die kleurlose gordyne wat soos twee sluiers weerskante van die vensters hang, die vierkantige tafeltjie met die staanlamp en die groot skerm waarop die perkamentpa-trone in 'n dansende geel te voorskyn kom as die lig brand, die asbakkie eenkant op die tafel waarin die as 'n lagie ingelegde roet gevorm het, die bed met die onegalige matras, die koerant oor die luikgat bokant die deur om die son te keer, en die patrone op die plafon . . .

Hiervandaan het hy sy lewe beplan.

Planmatigheid en presiesheid is die laaste toevlugsoord as jy onveilig voel; afwykings en toegeeflikheid kom alleen met sukses en sekerheid. Colet was so diep onder die indruk van sy vryheid en nuwe verantwoorde-likheid dat hy, soos iemand wat bang is vir die onbekende, alle moontlike voorsorg getref het. Hy het homself met dieselfde erns en aandag toegewy aan sowel nietige as belangrike dinge. Hy het sy werk gereeld en deeglik gedoen. Nie soseer uit oortuiging of behoefte nie, maar as deel van die ordentlikheid en korrektheid van sy nuwe lewe, het hy gereeld kerk toe gegaan. Hy het pligsgetrou aangesluit by alle studente-organisasies en kul-tuurverenigings. Sy vriende is eerder doelbewus as uit werklike belangstel-ling gekies. Hy het eers versigtig aan die lewe op die universiteit gevoel en toe, namate dinge bekender geraak het, op 'n kleurlose wyse daaraan be-gin deelneem, asof hy bevrees was dat enige afwyking geweldige sanksies sou meebring. En na 'n tyd het hy ook vaste grond onder die voete gekry, stewig in die groef wat hy self geskep het.

Fyngevoeligheid en oorspronklikheid moes natuurlik wyk. Met 'n mate van hooghartigheid het hy ook sy verlede as naïef en eenvoudig-onaan-genaam beskou. Die verskil tussen reg en verkeerd het meteens maklik geword. Hoe duidelik is dit nie nou nie! Marie du Toit is 'n nare herinne-ring, sielkundig te verklaar. Mens lees van haar soort in sommige boeke. Maria se klewerige hande het gedreig om hom te besmet. Hoe gelukkig dat hy destyds van haar ontslae geraak het deur die insig van Suzanne! Daar is 'n ruwe, kragdadige manlikheid in Theuns. Hy sal leer om hom beter te verstaan in die toekoms.

Asof in samewerking met sy gevoelens, het die stad homself ook onttrek. Dit was nie meer die stad met die sonlig op die dennenaalde en die vergange hoekies nie, maar 'n neutrale agtergrond. As hy na die middestad gegaan het, was sy uitstappie soos 'n Cookstoer: om al die bekende en besienswaardige plekke te besoek, asof hy na 'n museum gaan en die voorwerpe agter die glas beskou waar dit opgestop en verdroog lê sonder verlede of toekoms. Die smal gangetjies het meteens gevaarlik geword en die mense daarin platvloers en afstootlik. Die see is 'n plek om te swem; die bioskoop 'n plek om jou ledige ure in deur te bring. Die onmiddellike gevolge van die oorlog op die stad was maar nog gering – dit was eers later dat daar 'n verandering gekom het.

Die eerste nooientjie wat hy op universiteit uitgeneem het, se naam was Sylvia: 'n klein, aantreklike, bedeesde mensie. Hy het haar die eerste keer op 'n debatsvereniging ontmoet en die volgende aand na 'n kafee geneem. In die begin het dit effens moeilik gegaan om 'n gesprek te voer, maar hy het die situasie volgens sy mening gered deur filosofies te raak en allerhande spitsvondighede te verkondig. Hy het haar 'n bietjie aan die stil kant gevind, maar tog diep onder die indruk geraak van haar mooi grys oë en die onskuldige uitdrukking daarin. Hier, het hy gevoel, is 'n reine, ongerepte wese. Sy was effentjies geset, maar op 'n aantreklike, jeugdige wyse. Die finale vorming van haar liggaam op daardie kenmerkende plekke, tipies van die stadium waarin sy verkeer, het haar vars en wonbaar laat lyk en hom vervul met 'n rustige sentimentaliteit. Daar was geen besondere emosies op die spel nie, net 'n heerlike geestelike verkwikking teen 'n ondergrond van liggaamlike waardering. Hy het gevoel dat dit 'n sonde sou wees om haar selfs te soen.

Hulle het daarna baie saam uitgegaan. Eienaardig genoeg, het hulle verhouding nooit verander nie: dit het nie intiemer of onverskilliger geword nie, maar vasgesteek in 'n tussenstadium, alhoewel hulle gereeld in mekaar se geselskap was.

Hy het heelwat gelees en die keuse van sy boeke was nogal veelseggend: sy gevoel vir die heroïese is daarin weerspieël. Dit het bekende biografieë ingesluit, die Romeinse en Griekse klassieke werke, essays en populêr-wetenskaplike werke oor opgrawings en ou beskawings. Hy het gehou van Noorse legendes – van Wotan en Thor; van Wagneriaanse musiek en die indruk van ylwit sneeuvelde en hoë berge; van die Graalbestemming, die verhewenheid van die Middeleeuse opvatting van ridderlikheid, die romantiese idee van landhere, vasalle en die vertroue en sekuriteit van die ou leenverhoudings: die begrip van roeping, toegewydheid en asketisme.

Dit het alles 'n vae gevoel van grootheid en verhewenheid meegebring wat in die lug gesweef het. Dit het ook sy denke geaffekteer: dit was asof hy nie meer, soos in die verlede, dinge op 'n persoonlike manier ervaar het met daardie fyn aanvoeling waardeur hy 'n verrassende insig op sake gekry het nie. Dit het iets in hom vernietig wat hom altyd in staat gestel het om nuwe dinge te ontdek in die alledaagsheid om hom. Sy gedagtes het kernloos en swaar beweeg sodra hy probeer skryf het, in teenstelling met die gemak waarmee hy sy opgegaarde kennis in gesprekke laat uitkom het, asof dit sy eie skepping was. Binne homself het hy lomp en swaar gevoel, asof iets hom terughou, asof hy bo in die lug sweef en tevergeefs na vaste grond soek. Daar was geen werklike lyding nie, geen skerp pyn wat hom seermaak nie, maar 'n grootse dofheid, nou en dan verhelder deur verbygaande aangesigte, soos 'n lig wat deur 'n opening in 'n verre wolk kom.

Hy het dit ook fisiek aangevoel. Soms as hy saam met iemand tee drink, het die koppie swaar voorgekom, sodat hy bevrees was dat hy dit sou om- stamp. Hy het gedurig gevoel dat die geringste dingetjie hom van balans af sou gooi. Dit was asof hy op 'n gespanne tou loop en 'n diep afgrond aan weerskante voel. In geselskap het sy hande klam geword, sodat hy hulle gedurig met 'n sakdoek moes afvee. Hy het altyd 'n paar sysakdoeke gedra en 'n botteltjie eau de cologne; in die begin was die geur daarvan verfrissend en koud as dit verdamp, later het dit swaar en bedwelmend geword – soos sy gedagtes. Hy het ook 'n gier ontwikkel om te bad: sog- gens, smiddags en in die aand. Hy draai dan die water so warm as moont- lik aan en lê en sweet in die stoom, asof hy daardeur van die swaarheid in sy liggaam ontslae wil raak. Hy het nooit anders as in 'n donker pak klere rondgestap nie en allerhande kombinasies van blou probeer. Hy het die meeste van die Kaapse winters gehou, wanneer hy dan een van sy swaar jasse met 'n opgeslane kraag kon aantrek en een van sy wolserpe om sy nek kon vou. Dit het hom 'n gevoel van ingekluisterdheid en onaantasbaarheid gegee.

Sekere aande van die week het hy weer probeer skryf. Gewoonlik laat in die nag wanneer alles stil was en die kamer met die sterk lig intiemer geword het. Toe hy 'n roman voltooi het, het hy met 'n wonderlike gevoel van bereiking besluit om dit aan professor Du Hamel, die hoof van die Hollandse departement, voor te lê. Hy was nogal 'n gunsteling van die professor deur die ywer waarmee hy sy klaswerk verrig het, en hy het gevoel dat hy die aangewese persoon was om hom aan te moedig met sy onbetwyfelbare talent.

Met die manuskrip onder sy arm het hy 'n rukkie geaarsel voor die deur van die klimop-begroeide huisie. 'n Paar studente het daar verbygestap en so nuuskierig in sy rigting gekyk, dat hy die manuskrip agter sy rug weg-gesteek het. Toe hy uiteindelik klop – saggies en apologeties – hoor hy hoe iemand die gang afkom en die deur oopmaak.

Die professor se vrou is van Sweedse afkoms. Sy is omtrent vyftig en het 'n amper steriele skoongewastheid in haar voorkoms, asook 'n strakheid en 'n nougesetheid in die wyse waarop sy haar ligte hare agteroor kam en met 'n bolla agter haar kop vaspen.

"Kom in, jongeling," sê sy. "Die professor is in die tuin by sy rose. Hy snoei sy rose self. Hy het 'n groot kennis van rose." Sy glimlag met reël-matige melkwit tande. "Dit is sy stokperdjie."

Colet volg haar tot in die blink sitkamer met die erdeborde teen die mure. Die omgewing is vreemd en die gesprek heeltemal eensydig. Sy verlaat hom na 'n rukkie om die professor te gaan haal. Dan kom sy weer terug en sê: "Die professor is in die tuin. Hy vra of jy nie soontoe wil kom nie."

Colet knik instemmend en stap agter haar aan met die manuskrip onder sy arm, tot in die agterplaas waar die professor in 'n deftige kakiepak op 'n praktiese leertjie met 'n blink roossnyer die stengels afknip. Colet word bewus van sy vraende, effens bysiende oë tussen die ranke.

"Ek het 'n manuskrip gebring, professor," sê hy. "Ek sal bly wees as u dit sal nagaan."

Daar is 'n wanhopige deftigheid in sy houding in hierdie situasie wat dreig om sy selfvertroue te ondermyn.

"'n Seminaar?" vra die professor en snip-snip met die messie.

Colet verskuif tot 'n ongemaklike leunposisie teen die muur.

"Nee, professor," sê hy, "iets oorspronkliks. Ietsie waaraan ek in my vrye tyd werk."

Die lem blink in die son.

"Gedigte . . ."

Colet gaan weer regop staan.

"'n Roman," sê hy. "Ek wou graag u opinie verneem."

"'n Roman!" Hy kyk na Colet deur die V wat die twee lemme van die knipper vorm. Die woord "roman" in sy mond klink meteens bespotlik.

Die professor draai na sy vrou. "Ingrid," sê hy, "bring vir my en die jongeheer 'n koppie tee." Hy lig sy skraal gesig na die Bolandse son. "Dis só warm vandag. Gee dit vir haar." Hy wys na die manuskrip. "Ek sal dit lees sodra ek tyd het." En hy gaan aan met snoei.

Colet weet nie of die gesprek afgehandel is of nie. Terwyl hy onsekere bewegings maak, sê professor Du Hamel met sy gesig digby die rose: "Dis 'n goeie ding om te skryf. Mens raak ontslae van baie dinge in jou sisteem."

Hy hou meteens op met werk en kyk strak na Colet.

"Vind jy dit nie ook so nie?"

Colet maak 'n betekenislose gebaar.

"Dis nie te sê dat jy nie talent het nie," sê hy en gaan weer aan met snoei. "Ek vind altyd dat my studente in een of ander stadium begin skryf. Hoe anders? Hulle lees van die beste letterkunde in hulle kursus en kom in elke woord en stansa daardie waarhede agter wat in gewone dinge en in die lewe van elke mens opgeslote lê. Dan dink hulle by hulleself: dit ís mos so, ek het self so gedink voordat ek hierdie gelees het. Dan voel hul enig, en begin hulle dig en skryf." Hy loer vir Colet uit die hoek van sy oog. "Het jy al iets van Thornton Wilder gelees?"

"Ja," sê Colet. Professor Du Hamel het die vorige week juis verwys na *The Bridge of San Luis Rey*.

"Wilder het gesê dat alle groot kunswerke 'n besondere versameling van alledaagshede is."

Hy rek homself uit asof sy rug seer is van die bukkende houding.

"Ek het 'n sentimentele gevoel teenoor rose," sê hy. Hy haal iets uit Tennyson aan.

Wat 'n karakter, dink Colet. Hy begin meteens 'n renons in die man kry.

Die professor se vrou bring die tee. Hy is baie noukeurig as hy die melk presies afmeet en die kookwater bygooi om dit die regte sterkte te kry.

"Lees jy baie?" vra hy vir Colet.

"Ja, professor," sê Colet.

"Dis goed," sê hy. "Lees alles. Ek sal vir jou 'n lys boeke gee."

Hy noem 'n paar op en Colet maak asof hy dit probeer onthou deur dit hardop te herhaal. Die vrou, wat 'n entjie van hulle af staan, glimlag vriendelik en onpersoonlik in sy rigting.

"Hy is baie besig," sê sy, "maar ek sal sorg dat hy jou manuskrip lees."

Toe sy die tee wegneem, voordat hy weer begin werk, sê die professor: "Die oorlog interesseer my baie. Jy sal die wêreld nie ken as die oorlog verby is nie." Hy steek gate in die lug met die skêr. "Niks sal meer dieselfde wees nie. Het jy al van Giambattista Vico gehoor? Luister." Hy leun met sy elmboog op die leertjie en wei 'n geruime tyd oor die onderwerp uit. Dan hou hy meteens op, kyk ingedagte na die skêr, en gaan met sy werk voort.

"Ek dink ek sal nou moet gaan," sê Colet.

Die professor hoor hom nie en hy moet dit herhaal.

"Seker, seker."

Toe Colet loop, waai hy die skêr prettig in sy rigting.

Colet het die manuskrip nooit teruggekry nie en onmiddellik opgehou met skryf. Daar was 'n bietjie leedvermaak in sy swye. Hy het gevoel dat 'n ontluikende talent deur miskenning gesmoor is en dit het hom 'n mate van voldoening gegee om in die persoon van die professor die magte gesimboliseer te sien wat teen hom werk. Tog was dit nie net sy eer wat gekrenk was nie. Die skryf het vir hom baie beteken: veral wanneer hy onder die indruk van sy lompheid en die swarigheid in homself gekom het. Hy het altyd gevoel dat dit die prys vir sy talent was wat hy moes betaal. Toe dít weggeneem is, het net die verhewenheid met al sy onpraktiese aspekte oorgebly; hy het meer gelees en newelagtiger idees en ideale daarop nagebou, en sodoende al hoe stywer en meer opgeblase geword.

Maar vir Theuns en Suzanne was Colet se nuwe gedaante die verwesenliking van al hulle ideale. Met elke vakansie kon hulle die verbetering opmerk.

"Ek het nooit gedink dat hy só sou ontwikkel nie," sê Theuns vir Suzanne. "Die kêrel is so manlik . . . so férm in alles. Ek het gedink dat hy anders sou ontwikkel. Hy was so besluiteloos toe hy jonk was."

Dan glimlag Suzanne en sê: "Dit was maar net groeipyne. Ek het geweet dat daar iets in hom steek. 'n Moeder voel sulke dinge aan."

En dan spog hulle met hom voor hulle vriende, soos hulle jare gelede gedoen het toe hy nog klein was. Maar hierdie keer steek hy hulle nie in die skande nie. Hy gesels intelligent en korrek, en toon 'n verbasende kennis van belangrike dinge. Theuns het die gewoonte aangeleer om eers sy welbekende opinies uit te spreek en dan voor die ander te vra wat Colet daarvan dink. As Colet dan oorsigtelik en logies alles uiteensit, flits Theuns se oë vinnig oor die ander om op hulle reaksies te let. Soms knipoog hy voldaan in iemand se rigting as hulle na hom kyk. Andersins spreek sy hele houding van respekvolle belangstelling. Niemand laat dan na om aan Theuns en Suzanne te sê dat hulle seun bestem is vir groot dinge nie.

Colet se voorkoms het in die laaste tyd ook verander. In die verlede was daar 'n merkbare weerloosheid. Dit het destyds voorgekom asof hy hom fisiek onttrek het aan 'n situasie waarin hy ontuis gevoel het: sy skaam glimlag, sy handgebare en sy hele houding was vol huiwering. Dit was asof sy oë nie direk van een voorwerp na 'n ander gekyk het nie, maar afgewissel het van 'n dowwe afsydigheid tot 'n vlammende belangstelling wat dan weer net so skielik uitgedoof is. Dit alles het verdwyn: sy skraalheid het oorgegaan in 'n slanke manlikheid; sy gesig, ten spyte van 'n ondergrondse sensitiwiteit, het reëlmatig en streng geword, met daardie groter krag van fynbesnede gelaatstrekke wat fermheid inhou. Daar was geen uiterlike aanduiding van die lompheid en swarigheid wat hy gevoel het nie. Asof by wyse van kompensasie het hy ook heelwat sorg aan sy voorkoms bestee en het hy boonop die gelukkige gawe gehad dat enige klere aan hom pas, dat dit die vorm van sy figuur aan neem.

In 'n uitspattige oomblik, toe Colet weer teruggegaan het ná een van die lang vakansies, het Suzanne vir Theuns gesê: "Hy lyk so mooi. Hy het die gesig van 'n engel."

Colet was toe omtrent agtien, aan die einde van sy tweede jaar op universiteit.

Sy jong lewe was verby en hy het dit met 'n intense wrewel verafsku. Mag die Here gee dat hy nooit weer verander in daardie bondel afwykings nie! Hy het uit sy pad gegaan om elke ding, wat hom daaraan herinner, te vermy. Dit het nie so maklik gegaan nie: met sekere tye het die gedagtes met 'n eienaardige halsstarrigheid aangehou en hoe meer hy dan daarvan ontslae wou raak, des te sterker het dit aangedring. In die begin is dit gewek deur enkele tonele, plekke in die Kaap, 'n boek wat hy gelees het, 'n ou brief of 'n woord wat 'n besondere betekenis vir hom gehad het; later het dit vervaag en oorgegaan in 'n gevoel van onsekerheid en onrustigheid, sonder dat hy die prikkel kon onderskei. Hy het gevind dat hy die verlede die beste kon vergeet deur na iets te kyk of iets te doen wat betrekking het op sy teenswoordige bestaan.

Hy het uit sy pad gegaan om populêr te word, maar dit nooit heeltemal reggekry nie. Hy was maar alte bewus dat hy soos 'n handlanger by elke groepie aansluit en in diep water, met 'n patetiese volharding, saampraat en dinge nadoen waartoe hy geestelik nie in staat was nie. Soms was daar stiltes as hy iets bydra tot 'n gesprek, sodat hy voel dat hy uit 'n lugleë ruimte praat; ander tye was daar oorvriendelike belangstelling, wat nog erger was. Hy het nogtans volhard en sy mislukking toegeskryf aan 'n gebrek aan ondervinding en sekere eienskappe van sy jong lewe wat nog oorgebly het. Hy het ook gedink dat kennis die sleutel tot alles is, dit so kwistig as moontlik gebruik en juis daardeur sy doel verydel. Hy het eers later ontdek dat dit die laaste ding is wat tel op universiteit; dat daar 'n sinisme onder studente is wat hy nie behoorlik kon begryp nie. Nie 'n fatalistiese sinisme nie, maar 'n spottende, neerhalende jeugdige sinisme wat gedurig op soek is na pretensies. Gelukkig het die natuur hom te hulp gekom deurdat hy 'n dikvelligheid aangekweek het: nie in die gewone sin nie (daarvoor was hy te sensitief), maar in die onomstootlikheid van sy oortuigings en idees en in die gevoel dat hy 'n roeping het.

Maar tog het daar iets in hom gewerk, klein prikkeltjies wat hom tot verset aangespoor het; maar dit was gering en amper onmerkbaar, want die vernis was nog te dik. Nogtans het alles daartoe bygedra: die ontmoeting met professor Du Hamel en sy selfopgelegde swye; sy wanaanpassing, wat die gevolg was van iets versteends in hom; Suzanne en Theuns se bewondering vir hom – die irriterendste van alles: dit was asof hy in hulle goedkeuring juis die kiem van sy magteloosheid gesien het. Hy het gevoel soos iemand wat in 'n woestyn is, en gebrand deur die warm son, lui en magteloos verlang na koel skaduwees en helder waters.

Eendag, toe hy en Sylvia onder die dennebome bokant die universiteit gaan stap en hy besig was om een of ander stelling breedvoerig aan haar uit te lê, het hy meteens opgehou met praat en na haar gekyk. Daar was 'n vae glimlag op haar gesig, wat weggedraai was van hom. Sy het heeltemal ontspanne gelyk, soos iemand wat alleen is, asof daar geen werklike persoonlike verband tussen hulle is nie. Dit het 'n dieper indruk op hom gemaak as daardie ongemaklike stiltes of verontagsaming by die ander studente: hier was 'n algehele afwesigheid wat homself betref in haar aandag; in haar gedagtes was hy nie 'n persoon wat gespanne aandag vereis nie, maar iemand wat, klaar getipeer, besig was om 'n bekende en vervelige rol te speel.

Toe hy stilbly en sy na hom kyk en vir hom wag om aan te gaan met praat, merk hy op dat daar geen belangstelling by haar is in wat hy sê en 'n oorweging oor hoe sy daarop moet reageer nie, maar net 'n terloopse, onverskillige uitpluising van sy skielike stilte. Terwyl hy na haar kyk, en die dofheid weer in homself voel, probeer hy wegbreek en soek na woorde of selfs 'n gebaar om deur die mure te breek, maar iets hou hom vas en hy word vir die soveelste keer bewus van sy magteloosheid. Toe gaan hy maar aan met praat en maak asof niks gebeur het nie. Maar dit was nog een van daardie prikkels, en met verloop van tyd het die verset al hoe sterker geword.

As hy maar net iets kon vind om hom te help! Dan het hy weer besef dat dit nodeloos sou wees om hulp te soek, selfs by God, want God bring rus, en in hierdie verandering wat moet kom, kan daar nie rus wees nie; dit is ook nie 'n stryd tussen reg en verkeerd soos hy al die jare gestry het en wat hy minstens deur selfdissipline tydelik kon stil nie, want dit was nie op die spel nie. So, het hy gedink, moet 'n dier voel wat vervel. Hy het nog die geloof behou dat daar op een of ander tyd 'n verandering sal kom. As hy maar net daardie swaar omhulsel kon afskud en van nuuts af begin . . .

Hy het eers probeer om sake maar hulle gang te laat gaan en te kyk of dit nie sou weggaan as hy niks doen nie en net wag. Toe hy klein was en iemand met hom geraas het, het hy ook geheel en al passief geraak en dan gewag totdat die situasie verander, wanneer hy dan stadig en geleidelik uit sy dop kruip asof daar niks gebeur het nie. Hy het eers opgehou met werk en al sy ou vriende vermy. Hy het die hele dag in sy kamer deurgebring op die bed, met sy rug teen die muur en sy voete op 'n stoel, soos iemand wat moeg is. Soms het hy na die see gegaan en gekyk hoedat die branders teen die rotse slaan en in die kolke skuim en opdrifsels vergader wat uit die dieptes gewerp word. Hy het in die waters iets van homself gevind: iets in die eentonige blouheid daarvan en die verwoede aanslae wat oorgaan in 'n stil, magtelose kalmte.

Hy het soms ook teruggedink aan sy jong lewe, maar is elke keer gehinder deur die assosiasies wat dit gewek het, sodat hy dit onmiddellik op sy gewone manier probeer vergeet het. Daar was geen hulp nie, dit was donker om hom.

Toe gebeur daar 'n geringe dingetjie, en in die geringheid het die verandering gekom.

Nie ver van sy kamer nie het een van die studente gewoon wat in dieselfde klas as hy was. Sy naam was Gene Kemp en hulle het mekaar maar selde gesien. Eintlik was Gene 'n bietjie buite sy bereik: 'n hooghartige, onafhanklike tipe wat baie populêr onder die meisies was en 'n reputasie gehad het dat hy roekeloos, ryk en slim was – 'n kombinasie wat onder die studente al die eienskappe van voortreflikheid ingehou het. Hy was 'n kort, skraal kêreltjie met 'n interessante gesig, lui hande en 'n gemaklike, traak-my-nieagtige, spottende houding. Sy glimlag was geredelik, asof hy bewus was van sy mooi stel tande: groot en spierwit, asof dit nagemaak was. Dit het aan hom 'n gekunstelde voorkoms verleen, wat versterk is deur die effektiewe wyse waarop hy dit gebruik het, sodat dit nie net 'n glimlag was nie, maar ook 'n kommunikasiemiddel wat subtieler indrukke kon weergee. Alhoewel hy hom as 'n tipe veroordeel het, het Colet tog stilletjies bewondering en afguns jeens hom gevoel. Elke keer as hulle in mekaar se geselskap was, het hy 'n verstorende uitwerking op Colet gehad: daar was 'n afbrekende element in sy samestelling – 'n steriele afgedaanheid, 'n siniese houding teenoor alles wat goed en reg en heroïes is. Dit was juis daardie vernietigende, minagtende uitstraling in die persoonlikheid van Gene wat Colet nodig gehad het, maar juis omdat dit die mag was wat hom sou verlos, het dit hom met vrees en afguns gevul.

Eendag, terwyl hy in 'n kafee gesit het, het Gene daar ingekom en by sy tafel plaasgeneem. Nadat hulle oor algemeenhede gesels het, sê Gene meteens: "Ek sien jy neem vir klein Sylvia uit."

"Sy is baie gaaf," sê Colet. Hy sien dat daar 'n glimlag op Gene se mond begin.

"Hoekom lag jy?" vra Colet.

"Ek het net gewonder hoe sy dit regkry om oor Spinoza te gesels," sê hy. "Ek is seker jy gesels met haar oor Spinoza."

"Nie juis nie," sê Colet en probeer aan iets dink.

Toe die tee kom en Gene vir hulle inskink, sê hy: "Ek het jou al in die stilligheid opgelet. Jy is regtig 'n voorbeeldige mens." Hy rek die woord lank uit. "Ek wonder hoe 'n soort seuntjie jy was. Ek wed jy het blou broekies en matrooshempies gedra."

Colet voel dat dit veiliger is om te lag.

"Ek was goed versorg, maar ek dink darem nie dat ek heeltemal 'n klein Fauntleroy was nie."

Daarna het die gesprek makliker gevlot.

Toe hulle opstaan om te loop, sê Gene meteens: "Kyk, ek gaan môreaand dans. As jy lus het, kan jy en Sylvia saamkom."

"Dit sal gaaf wees," sê Colet. Hy was nog nie op 'n dansparty vandat hy op universiteit gekom het nie.

"Ek het 'n motor vir die naweek," sê Gene. "Mens moet die beste gebruik daarvan maak."

Colet het toe vir Sylvia saamgenooi en 'n aandpak in die stad gehuur. Gene se maat was 'n besonder gesofistikeerde brunet. Sy het net een keer deur lang wimpers na Colet geloer en toe vir die res van die rit al haar aandag aan Gene bestee. Colet en Sylvia het 'n veilige afstand van mekaar af op die agterste sitplek gesit en eenkeer met groot oë opgelet dat die brunet vir Gene soen. Hy het met 'n geweldige vaart gery en die wiele laat skreeu om die draaie. Terwyl die ligte van die stad in 'n wit streep by hulle verbygetrek het, het hy en die brunet 'n ritme gevind in die swaaiing van die kar en een van die bekende klugdeuntjies daarop gesing. Daar was 'n maniese opgewektheid in die rit wat 'n opbeurende effek op Colet gehad het, sodat hy lus gehad het om aan alles mee te doen.

Gene het die drank by die tafel bestel en Colet oorreed om ook ietsie te neem. Sylvia het sprakeloos geweier. Terwyl Gene en die brunet hulle eie gang gaan, het Colet en Sylvia nou en dan van die tafel af opgestaan en op 'n stywe en korrekte manier 'n paar keer om die saal gedans. Hulle gesprekke het om een of ander rede nie gevlot nie, sodat Sylvia eenkeer vir hom gevra het hoekom hy so stil is. Gelukkig het Gene en sy maat op daardie oomblik by die tafel aangekom, sodat hy nie nodig gehad het om haar te antwoord nie.

Toe hulle nog 'n paar drankies geniet het, sien Colet dat Gene iets in die brunet se oor fluister en sy haar skouers ophaal. 'n Rukkie later neem sy Colet aan die arm en sê: "Weet jy, ons twee het nog nie gedans nie."

Met die eerste paar draaie stamp hulle voete teen mekaar, sodat hy die ritme verloor en dit moeilik vind om dit weer te herstel. "Ek het baie lank laas gedans," sê hy.

Sy glimlag effens en kyk oor sy skouer. Na 'n rukkie, toe dit nog nie wou vlot nie, sê sy: "Kom ons gaan liewers 'n bietjie koel lug buite soek. Dis so warm hier binne." En sy loop voor hom uit sonder om op 'n ant-woord te wag.

Op die balkon buite die danssaal kyk hulle na die ligte van die stad om die baai. Colet loer stilletjies na haar en sien dat daar geen besondere uitdruk-king op haar gesig is nie. Hy merk ook, noudat hy die kans het, sekere trekke op: dis of haar grimering op 'n onverskillige, uitdagende manier aangebring is; haar gesig is effens skerp en haar mond, ruweg afgeteken in die donker-rooi, het 'n eiesinnige, bedorwe voorkoms. Daar is ook 'n selfversekerdheid wat blyk uit geringe gebaartjies, soos by iemand wat nooit 'n verdedigende houding aanneem nie. Hy voel hoe vér sy wêreld verwyderd is van hare; hy besef dat sy heel moontlik eenvoudig van denke en vlak van gees moet wees – iemand wat volgens alle reëls geen naywer by hom hoef te wek nie. Maar tog het sy, soos Gene, iets wat vir hom heeltemal vreemd is en waarin hy deur sy ingekluisterde lewe al die jare nog nooit gedeel het nie. Dan dink hy meteens daaraan dat hulle aantreklikheid, teen sy sin, juis daardie verbode aantreklikheid is wat hy destyds gevoel het teenoor die gevaarlike, onbekende dinge wat hy teëgekom het met Sara se wandelings. Terwyl hy daaraan dink, laat hy ook toe dat van sy ander jeugherinne-rings terugkom. Dis asof hy te moeg is om hulle te keer. Hy dink meteens weer aan Marie en hoe hulle 'n paar jaar gelede ook soos hier op 'n balkon gestaan het. Hy kry ook weer daardie warm gevoel, 'n sinlike gewaar-wording, en hy begin allerhande beelde vorm van hoe die meisie in sy arms is en sy toelaat dat hy haar soen en aan haar lyf voel – alhoewel hy weet dat hy nie die moed het om dit te doen nie.

Sy moes iets agtergekom het, want sy kyk meteens na hom. Deur er-varing ken sy al die tekens en wag vir hom. Sy het intussen omgedraai en glimlag half spottend, half uitnodigend. Dan, asof sy besef dat hy 'n oningewyde is, verdwyn die spottende trek en is die uitnodiging direk en skaamteloos. Sy merk die oomblik van onsekere weifeling, en kom hom

eerste tegemoet met 'n amper onmerkbare beweging. Hy neem haar on-
handig in sy arms, en hulle lippe kom skeef teen mekaar, en later beter,
soos hulle regskuif. Sy maak dit maklik vir hom en reageer soos iemand
wat hieraan gewoond is en elke beweging ken. Al sy opgekropte neigings
kom na vore en gee aan alles wat hy doen, 'n vurigheid en 'n onbekende
ongedwongenheid in die oorgawe. Dit weer het 'n effek op haar, sodat sy
self, onverwags en teen haar sin, ook opgewerk word. Dis 'n sirkelgang
en bereik 'n stadium van onberekende, primitiewe heftigheid, sodat die
twee, onbewus van hulle omgewing, alles vergeet en meegesleur word
deur hulle drifte.

En toe, in die proses, kom alles vir die eerste keer terug in Colet. Daar
is niks meer wat keer nie.

Die swarigheid in hom krummel weg en hy gee hom oor aan die yl-
hoofdige gevoel. 'n Roekeloosheid breek die skil en hy word vervul met
'n oneindige energie en vryheid. Iets van sy vroegste jare kom terug in
die hartstog: nie soos eers nie, maar vervormd en nuut. Die beelde is nie
duidelik nie, daar is 'n stramheid wat keer dat die hele prentjie verskyn –
dis dieselfde ontwykende gevoel wat jy kry as jy 'n bekende deuntjie hoor
of 'n reuk kry wat herinnerings inhou.

Maar die vryheid is daar en die swarigheid is weg.

In een stadium kyk hulle lank in mekaar se gesigte asof die aanskouing
van hulle hartstog 'n bykomstige prikkeling en plesier is. Toe verskyn Gene
meteens op die balkon en sê: "A nee a!" – Maar daar is 'n glimlag op sy
gesig. Agter hom kan Colet Sylvia se groot oë sien en hy kyk onpersoonlik
na die weersin wat hy daarin vind.

Toe hulle terugry, wil Sylvia nie 'n woord met hom praat nie, maar hy
steur hom nie daaraan nie. Hy verlustig hom in die gevoel en die besef dat
die dowwe tydperk verbygegaan het. 'n Bewussynsverwyding het plaas-
gevind, en hy het daardie fyn waarneming sonder doel of rede, wat eers so
deel van homself was, teruggekry, en daardie fyngevoeligheid wat soveel
wêrelde oopgemaak het. Hy het nog altyd iemand nodig gehad om hom in
een of ander rigting te stuur; sy hele lewe was tot dusver gekenmerk deur
uiterstes. Maar miskien is dit 'n eienskap van alle sensitiewe mense: die
golwinge is altyd groter.

Hy wonder of dit nie te laat is nie. Selfs nou is hy nie heeltemal seker
nie. Maar dan dink hy daaraan dat daar nooit werklik 'n gevaar van gemid-
deldheid was nie – die dofheid was net die heuwel wat sy jong lewe afgrens
van volwassenheid en die gesig na die bron vir die toekoms versper. Hy sal

nooit weer heeltemal oor die bult kan terugkyk nie, die tydperk tussenin bly 'n ewige versperring. Hy sal nie presies alles kan herroep nie en elke gebeurtenis van sy jeugjare sal al hoe vaer word; sekere insidente sal van groter belang wees en helder uitstaan in sy geheue, ander sal weer om een of ander rede volkome uitgewis word. Hy sal tydperke nie meer in chronologiese volgorde onthou nie en gebeurtenisse sal inmekaarvloei. Maar daar is tog iets, 'n herontdekking en 'n insig, wat voortaan by hom sal bly.

In sulke geringe dingetjies kom die keerpunt en die verandering.

En die brunet se naam? Hy het vergeet om dit vir haar te vra. Eers later, toe hy en Gene goeie vriende geword het, het hy hom eendag gevra. Toe het Gene gesê: "Haar naam is Brunhilde en sy is 'n regte klein hoer."

Maar Brunhilde, saam met Mariet, en Marie, en Maria, en Johan, en Theuns en Suzanne het in sy gedagtes gebly – nie alleen as persone nie, maar as sleutelfigure – soos bakens wat die weë aangedui het.

HOOFSTUK IX

En agter die heuwel het hy weer die Kaap ontdek. Hy het tevergeefs gesoek na wat hy jare gelede daar gelaat het, maar tog was daar 'n tydlose eienskap in die stad wat, êrens, weggesteek in sy ou, mosbedekte geboue en die blou see, in die katedrale uitgebeitel in die rotse van die berg, in die Tuine, in die wit sandduine en die rooi, klipperige grond soos fyn gekerfde glas – herinnerings bewaar; herinnerings wat nooit heeltemal terugkeer nie, maar wat net onder die drempel weggesteek lê en nou en dan opgetower word deur 'n sekere hoek van 'n straat, die lag van 'n kind, die swaai van 'n skoppelmaai in die Tamboerskloofse park hoog teen die blou, deur die wolke en die skeure van die berge – en bo alles, deur die geluid van die mishoring in die nag.

Die verandering was natuurlik in homself, maar ook die oorlog het meegehelp en nuwe ligte en skaduwees gegooi en weë geopen. Die strate is saans verdonker en twaalfuur elke dag het 'n kanon geskiet vir 'n bidpouse. Vreemde soldate en matrose het in al die kroeë en publieke plekke hulle verskyning gemaak. Die lewe het meteens intenser en terselfdertyd onverskilliger geword. Uit alle oorde het vragskepe en troepedraers gekom en in 'n geheimsinnige waas die hawe vol gelê. Op die stasies het geverfde en opgetakelde meisies verskyn, wat spoedig hand aan hand met soldate in die stad verdwyn. Verspreide gevegte het in die sitkamers van hotelle uitgebreek en 'n gees van gevaar en avontuur aan die stad verleen. Al die romantiek, die geheimsinnigheid, die besef van belangwekkende verandering was daar sonder dat die mense werklik 'n onmiddellike gevaar aangevoel het. Daar was 'n gedempte luidrugtigheid en 'n oorgawe aan die oomblik met 'n daarmee gepaardgaande gespannenheid; daar is meer gedrink as ooit tevore en Colet het bewus geword van 'n uitgelatenheid in die gemoedere van almal: die wêreld met al sy ou waardes was besig om te verander. Nuwe idees en intriges, van watter aard ook al, het oornag ontpop. Dit was asof reserwe-energie skielik te voorskyn getree het en almal vinniger en koorsagtiger geleef het onder die dwang daarvan.

Dit was op die kruin van hierdie gebeurtenisvolle tydperk dat die verandering in Colet gekom het. Heel moontlik is dit ook beïnvloed en verhaas deur die gejaagdheid en gespannenheid van die lewe om hom. Maar die aftakeling het nie so vinnig gevorder nie, en elke loswikkeling het met pyn gepaard gegaan. Met Gene langs hom en sy spottende, honende aanslae in sy ore, het dit egter onkeerbaar aangegaan. Dit het eers voorgekom in uiterlike dinge: hy het minder kerk toe gegaan, sy werk verwaarloos, meer aan plesier deelgeneem en saam met Gene en sy aanhang van mooi meisies sy dae op die baie strande deurgebring. Iemand wat té ernstig oor die lewe is, of pligsbesef toon, het hulle beskou as "bekwaam" en 'n bespotlike, verkleinerende betekenis aan die woord geheg. 'n Paar van sy eertydse kennisse wat belang gestel het in kuns en musiek, het meteens vir hom belaglik en vroulik voorgekom. Colet het uitspattiger begin aantrek en die stadige, opsetlik luie bewegings van Gene nageaap. Hy het sekere vaardighede aangeleer soos om goed te dans, die beste wyne te bestel, die keurigste eetplekke te kies en die meeste genot uit 'n meisie te kry.

Die verandering van binne het gekom met sy besluit om minder te lees, aangesien dit 'n vermorsing van tyd is: wat kan mens uit dooie woorde en onpraktiese gedagtes haal as die lewe self vol interessante ervarings is? Daar is geen groot waarhede nie: die enigste begrip kom as jy in die brandpunt van alles is en meedoen, as jy jou nooit laat vang nie, gedurig aan die beweeg is en elke oomblik van plesier uitbuit. Dit is 'n heerlike vryheid, waar goed en kwaad nie op die spel is nie. Die uitgangspunt is dat 'n nugtere, eerlike benadering van die lewe die meeste inhou. Alles moet vernietig word wat misleidend is; in die vertwyfeling van botsende idees en die heen en weer geslinger van reg of verkeerd, lê die swaar betekenisloosheid. Die aftakeling moet volkome wees, want elke stukkie wat oorbly, is die kiem van 'n gewas wat weer kan groei.

Toe die proses eers begin het, was dit onkeerbaar. Elke keer as 'n verbygaande sentimentaliteit, of 'n waardering van iets heroïes of 'n gevoel van geroepenheid by hom opkom, hoef hy maar net vir Gene te sien lag om dit te bowe te kom. Maar tog het 'n gevoel van verlange na die sekuriteit van sy opgeblasenheid, en verder terug, na die sekuriteit van sy jong bestaan, verhinder dat hy hom heeltemal oorgee aan die drang tot lewe, intens en voortvarend, soos hy dit nou leer ken het. Hierdie lewe is nou vol van die avonture van sy jeug, waarteen Theuns en Suzanne-hulle hom probeer beskerm het. Daar is gevaar, afstootlik en aantreklik, om elke draai. En daar is nie meer daardie dofheid en konserwatisme wat 'n beskermende laag kan werp nie.

Hy het 'n gewoonte aangekweek om in die aand voor ete alleen teen die berg uit te stap. Die mis wat dan die berg bedek met klam voue en die dennebome in breë walms insluk sodat net die geluide van die stad uit die misbank opkom, het hom ingekerker in 'n allenige, wit wêreld. Dan verwelkom hy die gevoel van verlatenheid en brekende verlange. Hy móés alleen wees om die pyn binne hom te voel. Die pyn waarvan Johan jare gelede vir hom vertel het. Hy het gevoel dat, solank dit bestaan, daar nog 'n reserwe is – iets wat niemand kan wegneem nie, al gebeur wat ook al.

By sulke tye dink hy terug en probeer hy oor die heuwel sien. Die beelde kom dan eers vaag en later duideliker, maar dis onsamehangend en bestaan alleen in die nuanses van pyn wat dit meebring. Hy weet dat niks ooit herhaal word nie, dat niks ooit herleef nie, maar daar is tog 'n vae, heimweewekkende verlange na iets wat nie heeltemal verlore kan wees nie. Dis dan asof iets hom van agter die heuwels roep, asof daar iets is wat hy deurgemaak het, wat die oplossing bevat. Maar dis so vaag en onduidelik soos die mis wat om hom draai, en ontasbaar en sonder vorm is.

Maar hy moet aan konkrete voorwerpe dink om die gevoel te kry: aan daardie sleutelfigure wat die hele gang van sy lewe bepaal het. In hierdie algemene vernietiging moet hulle as 'n laaste toevlugsoord behoue bly. Mariet bestaan nie meer nie. Maria het verdwyn. Dis nog net Theuns en Suzanne, Johan en Marie du Toit. In elkeen lê iets opgesluit: hulle is die laaste wat hom verbind aan die bron.

Intussen het alles voortgegaan met 'n steeds versnellende pas. Sylvia het gou agtergeraak. Haar stilheid het eentonig geword en sy was ook nie bereid om aan alles mee te doen nie. Dit het Colet nie die minste gehinder om haar te laat staan nie. Hy het Brunhilde nooit weer gesien nie – hy het soveel ander van haar soort teëgekom, hierdie keer self bedrewe en bekend met al die rituele. En tog is sy verewig in soverre hy altyd ietsie van haar gevind het in al die ander.

As hy en Gene sekere aande gaan dans, probeer hy om in die teenwoordigheid van 'n mooi meisie, met haar eienaardige samestelling van verbeeldingloosheid en aardse insig, iets te kry onder die invloed van musiek en wyn. Hy het in die wyse waarop hulle dans, en in die hipnotiese oorgawe aan die oomblik van plesier, ook by hulle 'n rustelose behoefte gevind. Daar was in die fisieke eise wat hulle stel, ook 'n strewe na harmonie, 'n intense belewing, soortgelyk aan sy eie. Baie aande, terwyl hulle langs die see lê by die kampvuur op die wit sand, met die ruising van die branders in hulle ore, met die geheimsinnige liggie daar vér in die oseaan, en die gesmoorde stemme van die paartjies in die rondte, besef hy dat hulle almal na iets soek. Vir die meisie langs hom, wat eendag sal trou en haar moet wy aan huislikheid en alledaagse verpligtings, is hierdie 'n aand van volkome oorgawe; sy het nou dieselfde behoefte as hy om alles uit die oomblik te haal. Daar is by almal 'n reaksie teen toonloosheid.

Dan dink hy: probeer hulle ook soos hy iets terugkry wat verlore geraak het? Iets wat hy jare gelede agtergekom het in die ruising van die see in die skulp, in die musiek van die branders op die ou Pier, in die assosiasies van heide en wit sand, in die verlange na 'n wêreld wat nie meer daar is nie . . .? En hy dink, terwyl hy Gene eenkant langs hom sien met die meisie in sy arms: ten spyte van die feit dat ons so verskillend is, het hy, en almal, soos ek, daardie drang. Daar is 'n vuur wat ons uitbrand. Ons deel saam in die gloed, en ons wag vir die ingewing om te kom.

Maar hy het later agtergekom dat dit nie so was nie, dat alles maar net in sy verbeelding bestaan het. Dit was op een van sy partytjies dat die besef gekom het, en daarmee die gevoel van alleenheid. Hulle was 'n vrolike groepie saam en het in een van die besondere eetplekke in die Kaap gaan eet. Die jong Italiaanse gasvrou het almal by name geken, en al die mans iets in die oor gefluister en ligte flirtasies aangeknoop. Met elke gereg het 'n bypassende wyn op die tafel verskyn, en saam met die wyn allerhande spitsvondighede. Colet was besig om vir die meisie langs hom iets te sê, terwyl sy haar hande op sy skouers sit en met 'n plooibare glimlag reageer. Toe hy 'n stelling maak met die gewone bedekte verwysings en hekelende gevatheid, en sy haar kop agteroorgooi en hardop lag, is dit meteens asof iets binnekant hom, homself onttrek van alles. Hy hoor haar lag, hy sien haar mooi mond en voel haar hand wat agter sy nek streel, maar die waarneming het alreeds daardie onpersoonlikheid wat hom meer gestemd maak op wat in homself aangaan. En hy voel: wat weet sy en almal van my? Wat weet hulle van hulleself? Wat sal gebeur as ek alle skyn laat vaar sodat ek in al my werklike eenvoudigheid en verlange blootgestel is? Asof bevrees vir die gedagte, begin hy met 'n amper waansinnige beslistheid aan alles deelneem. Terwyl hulle by die toonbank likeur saam met hulle koffie drink, gesels hy eers met die een en dan met die ander een. Hy kan dit nie verdra dat daar 'n stilte moet kom of 'n gesprek moet wees waarby hy nie betrokke is nie. Maar die gevoel bly steeds onderliggend.

Eenkeer sê hy vir die meisie langs hom (haar naam was Joan – 'n mooi brunet met slank bene): "Waarmee is ons almal besig? Wat sal gebeur as ons nie meer kan aangaan en aan alles meedoen nie?"

En as hy klaar gepraat het, voel hy alreeds die afgesaagdheid van sy vraag, en merk hy op hoe sy haar mooi glimlag afsluit, hoedat haar oë somber word, en sy haar hand na haar slaap bring.

"Weet jy, Colet, daar is werklik niks waarvoor 'n mens leef nie. Voel jy nie ook soms so nie?" Sy kyk na hom met groot, bruin oë, en slaan oor na Engels: "After all, there is nothing in life, is there?" Sy wag ernstig vir hom.

Sy behou vir 'n rukkie 'n houding van gewyde erns, en dan, asof sy voel dat 'n nodige tyd verloop het, draai sy haar om en sluit by die res van die geselskap aan met 'n skouerophaling, soos iemand wat met diep dinge besig was en met 'n wrang oorgawe terugkeer tot die ydele werklikheid.

Colet draai hom na 'n ander meisie langs hom. Sy kyk na hom met groot, blou oë waarin daar alreeds 'n glimlag skemer. Dan laat vaar hy alles en keer ook, soos Joan, terug.

Hy probeer die alleenheid wegpraat, maar dit kom steeds terug. In die dae wat voorlê, sal hy agterkom dat dit steeds sal toeneem en dat dit angswekkender word onder die grootste gedruis.

Eenkeer kyk hy na die klomp.

Kan dit wees dat alles dor en betekenisloos is – hulle toespitsing later, as hulle ouer word, op die "ernstige" dinge in die lewe, net so luidrugtig en vol redelose oorgawe as hierdie ontvlugting?

Hy luister na hulle lagbuie; hy sien hulle as 'n malse groep, al hulle gesigsuitdrukkings, uitgelate, maar tog volgens dieselfde patroon, hulle oë groot en warm in 'n mistieke vervoering, hulle bewegings strak en uitbundig, asof hulle dans op die wysie van 'n fluitspeler wat net een deuntjie ken. Hy dink daaraan dat daar iets gevaarliks is in hulle oorgawe. Hy soek na 'n oomblik van nadenke, nie berou nie maar nadenke, en besef: hy wag dat een, net vir 'n verbygaande oomblik, bewus moet word van iets.

Hy kyk na Joan. Hy sien dat sy opgehou het met lag en dat sy vir 'n oomblik alleen sit, tussen twee gesprekke. Hy merk op dat haar gesig stil geword het en haar gelaatstrekke strak en intens. Hy buig vooroor om beter te kan sien. Dan kyk sy op, gewaar hom en glimlag meteens.

"Colet," sê sy, "ek het nou net daaraan gedink. Dis vyf voor twaalf. As ons nie twaalfuur tuis is nie, word ons opgesluit."

Hy glimlag. (Dis snaaks hoe maklik hy dit regkry.) Hy sit sy arm om haar lyf en bring sy gesig teen hare.

"Wat maak dit saak?" vra hy.

Sy soen hom op die voorkop.

"Hel," sê sy, "dit sal beteken dat ons elke minuut moet inbly."

Hy dink: die fout lê by homself. Hy verwag allerhande insiggewende dinge en dan voel hy verbaas as die gewone, klaarblyklike gebeur. As mens alles in koue nugterheid beskou, is dit lagwekkend om te verwag dat sy meteens op 'n partytjie 'n alleenheid met hom moet deel.

Hy dink ook daaraan dat sy gevoel van alleenheid 'n verbygaande oomblik is.

Maar dit was nie so nie. Dit het al hoe sterker toegeneem namate hy meer gewoond geraak het aan Gene en die groep om hom. Dit het eers beperk gebly tot sommige partytjies, wanneer dit té luidrugtig geraak het en hulle lawwigheid té ooglopend. Later het dit ook voorgekom gedurende die dag en op onverwagte oomblikke. Soms as hy in die klaskamer sit en luister na die professore wat op en neer op die verhogie stap, en kyk na sy mede-studente wat in allerhande posisies luister, dan het hy die indruk gekry dat hulle daar sit sonder enige persoonlikheid: dat hulle breine groot toestelle geword het wat die gedagtes versamel, nie as lewende idees nie, maar as 'n bêreplek vir lang, mooi sinne, logies opmekaar gestapel om in die toekoms oor en oor herhaal te word: soms as deel van ander gedagtes, soms meganies vir eksamendoeleindes, soms as frases in verbygaande sinne – maar nooit omdat dit vir hulleself waarde het nie, 'n persoonlike waarde in hulle aanvaarding van die lewe nie. Maar dan het hy terselfdertyd besef dat dit in sy geval dieselfde was. Hy het 'n gewoonte gehad om allerhande figuurtjies met sy potlood op 'n skoon stuk papier te trek as hy luister: sirkels wat oor en oor herhaal word en op een punt kruis, en dan 'n loodreg streep daardeur. Nou en dan as hy opkyk, kan hy professor Du Hamel sien in sy verweerde bruin pak: 'n lang, maer figuur met 'n hoë boordjie en 'n kaal nek soos 'n aasvoël vasgevang in 'n gestyselde ring; sy eentonige stem en sy blou ogies soos seewater in 'n wit kom. Hoe word die menslike psige nie in fyn proefrepies verdeel en onder 'n vergrootglas geplaas nie! Hier is 'n magdom van kennis en insig – al die dinge wat hy voel, word beskryf en in 'n kategorie geplaas, maar dit beteken vir hom niks. Selfs al word daardie gekrap van hom op die papier herlei tot 'n moederfiksasie of iets soortgelyks – soos professor Du Hamel nou besig is om te doen met daardie mooi stories van Poe. Wat help dit as jy jou hele lewe al geworstel het met selfontledings, hoe kan dit die vrees en die alleenheid wegneem as jy self daardie eensame paadjies moet betree wat sonder 'n einde kruis en dwars slinger?

In die stilligheid het hy weer probeer skryf – 'n hopelose taak. Die woorde kon nie uitbring wat hy in sy hart voel nie. Daar was iets wat hom gedurig ontwyk het, wat die produk van sy arbeid gemeenplasig gemaak het. Hy was nog te veel met sy probleme besig om dit uit te beeld; hulle het òf oorgehel na sentimentele herinnerings aan sy jeugjare wat verby is, òf sy gedagtes het ongeryp uit sy pen gekom, sodat hy nie die produk herken het nie. Soms het hy wonderlike idees gekry, insiggewend en kristalhelder, maar hulle was te fragmentaries en het ongemerk verdwyn in 'n onbe-holpe geheel. Baiekeer het dit vir hom gevoel asof hy dinge in 'n ver-wronge spieël sien, die beelde almal skeef en onderstebo, en dan het hy in die verwrongenheid daarvan presies gevind wat hy wou sê – maar hoe om dit in woorde te stel en daaraan vorm te gee?

Partykeer het hy aan sy toekomstige loopbaan gedink – as 'n toegewing aan noodsaaklike, praktiese oorwegings. Die meeste van die studente het alreeds 'n doel voor oë gehad. "Ek gaan onderwyser word en op 'n arm man se salaris lewe. Die wêreld is so deurmekaar, oorloë en alles, dat dít ten minste 'n sekerheid bied . . ." "Ek gaan 'n dokter word op een van die plattelandse dorpies en later spesialiseer . . ." "Advokaat in Johannesburg – daar is plek vir Afrikaanssprekendes." En die meer avontuurlikes: "As jy 'n B.Sc.-graad het, kan jy in Bahrein gaan werk vir die Yankees."

Ander tye het hy weer met soldate 'n gesprek aangeknoop. Hy het by hulle 'n onwilligheid gevind om te praat. Daar was wel 'n klas wat by wyse van sensasie miskien iets sal vertel, maar dan het hy die gevoel gekry dat die stories al oor en oor vertel is en 'n dramatiese afgerondheid besit wat terselfdertyd die egtheid daarvan twyfelagtig maak. Die ander het meestal saamgepraat in breë trekke en, sodra 'n groepie van hulle bymekaar is, verval in 'n eie wêreld met besondere kommunikasiemiddels en woorde wat spesiale assosiasies vir hulleself inhou. Dan het Colet gevoel dat daar belangrike dinge plaasvind in die mense self, waarvan hy nie weet nie en wat hy nooit tweedehands sal kan opdoen nie.

Op universiteit was hy bewus van, maar heeltemal uit voeling met die omwentelings dwarsdeur die wêreld. En tog het hy die invloed daarvan op die Kaap gemerk. Hy het telkens in die Kaap nuwe hoekies en 'n vreemde aansien gevind, en gedurig met 'n gevoel van vrees rondgegaan soos ie-mand wat bedekte, gevaarlike magte agter die skerms sien. Soms het hy in die strate gestap en dan skielik gaan staan met 'n gevoel dat hy in 'n onbekende plek is en nie weet wat hy daar soek nie. Sy gedagtes is dan heeltemal helder, hy kan elke voorwerp om hom sien, elke uitdrukking op die gesigte van die mense wat by hom verbyskuur, elke geluid hoor in die kolossale, verenigde gedruis – maar hy self is nie daar nie en het geen plek in die groot opset nie. Wat doen ek hier? Hoekom is ek hier? En daar is geen antwoord in die koue verlatenheid nie. Hy het dan sommer met 'n koerantverkopertjie 'n gesprek aangeknoop in 'n poging om terug te keer tot een of ander werklikheid.

Hy het nooit geweet dat hierdie vrees wat met alleenheid kom, so ysig kan wees nie. Soms het hy in die middel van die nag wakker geword, nat van die sweet, omring deur vreesaanjaende beelde. Die besef dat hy nie kon terugkeer nie, was die ergste. Daar was niks om na terug te keer nie: elke stadium van sy lewe het 'n mate van onkunde ingehou. As hy daaraan dink hoe hy op een of ander tydstip gelukkig was, dan kom die besef dat hy sekere dinge wat hy nou weet, destyds nie besef het nie. Sover as wat hy sy beelde duidelik kan terugvoer, is daar geen hoop nie en word alles vernietig deur sy teenswoordige insig.

Op sulke oomblikke gaan sy gedagtes met oneindige heimwee terug na Mariet, en na Theuns en Suzanne toe hy besig was om op die vloer van sy kinderkamer te speel en hulle in die deur gestaan en kyk het na hom. En ook na Johan daar in die veld, toe die wit voël uit die blou lug neergeduik het. En na Maria se stories oor die weeshuisdae. En na Marie du Toit – van almal het die gedagte aan haar die meeste gebied. Daar was iets reddends in hulle verhouding. Die gevoel dat hy hulle in reserwe moet hou, het toegeneem. Op een of ander manier kan hulle hom nog help – ten spyte van alles. Die eensaamheid het onuithoudbaar geword.

Eendag het hy met die trein na die middestad gery. Die sitplekke en die gangetjies was almal vol. Hoe kenmerkend was die opgewektheid en traak-my-nieagtigheid waarmee hulle alles aanvaar het nie! Langs hom het 'n man gesit en lees uit 'n boek van Gibbs en nou en dan 'n potlood-strepie getrek by sekere paragrawe, met sy tassie netjies op die vloer en sy hoed reg in die middel daarop geplaas. As iemand teen hom val, het hy gesteurd opgekyk en dan teruggekeer na die swart letters op die vaal-wit blaaie. Oorkant hom het 'n soldaat gesit met sy groot skoene en die verbleikte kakie van sy uniform, sy ligblou ogies flikkerend van kant tot kant en nou en dan 'n glimlag wat 'n paar lang tande aan die een kant van sy mond wys. Eenkeer het hy vir Colet geknipoog toe 'n meisie teen hom val. Die voorstedelike huisies met hulle gelyke dakkies en oneweredige straatjies waar 'n enkele motor skuins teen die sypaadjie staan, het deur die venster van buurt tot buurt geflits in 'n eindelose herhaling van dieselfde tonele. Die stasie was soos altyd: 'n hopelose gedrang, 'n on-menslike onverskilligheid, 'n knetterende lewe, sonder doel of rigting. Hy loop stadig na die uitgang en merk alom die bekende tafereel: die skoen-poetsertjie om jou skoene skoon te maak; die toiletkamer met die vuil-wit teëls; die stasiekroeg met rakke-rakke bottels; die mengelmoes van mans met koerante onder hulle arms, hulle bruin reënjasse en ruwe velle en onverskillige bewegings; die bekende gesig tussen die vreemdes wat vir een oomblik ophelder en dan weer presies soos die ander word; die mei-sies van twyfelagtige herkoms met Mongoolse oë en dun bene, waarom nagemaakte nylons skeef draai en bloot daar is om die aandag op die ware te vestig; hulle lelike geel oë soos Willem Louw s'n, hulle skraal armpies en gevlekte velle, en slegte reukwater gemeng met die sweet van hulle lywe; die halfbloedvroue wat hulle gesigte wit poeier en hulle lippe pers maak onder die blou van hulle hare; die uurwyster op die stasieklok (wat jare gelede halfvyf gewys het); die menigtes ineengekrimp oor die geruite tafeldoeke in die kafee langsaan.

En dan wandel hy doelloos in die stad self.

Hy soek vergeefs na die ou Kaap met die mishorings en die trompet-geluide in die oggend en die sonskyn op die dennenaalde. Hy stap by die ou Koopmans de Wet-huis verby met die wit mure en die mooi vensters, déúr ou Groentemarkplein met die blokkiestrate en klein winkeltjies, ge-bou in die lelike dae van Victoria, maar hulle is behang met vlae en weer-klink van vreemde stemme. In die Tuine lê vreemde soldate met meisies op die banke. Die eekhorinkies is pimps. Die museum is 'n bymekaarkom-plek, die fontein se visse lyk almal dieselfde, die broeikasplante se blare is so bont soos die patrone op die rokke van die straatvrouens. Later, dink hy, sal dit miskien interessant wees as ek daaraan terugdink, maar nou is dit vreemd en onbekend.

Hy ontmoet vir Joan in Adderleystraat en hulle gaan in een van die hotelle eet. Joan vertel dat sy uit die koshuis geskop is en nou in 'n woonstel bly. Sy het *Gold Leaf* ontdek en beskou dit as 'n sigaret wat sowel 'n dame as 'n man kan rook. Sy hou nie van kreef nie, maar eet dit ter wille van deftigheid en gooi nog meer mayonnaise daaroor om die smaak te verdoesel. Sy raak effentjies aangetas deur die Wintershoek, en besluit om saam met hom na haar kamer in die stad te gaan. Sy trek die gordyne toe en skakel die radio aan. Sy soen met haar gebruiklike teg-niek en skop haar skoene uit en trek haar bene oor die leuning van die rusbank. Vir die oomblik het sy die nodige erns en die toewyding, maar verstaan nie sy teruggetrokkenheid nie. Sy wend al haar talente aan, en voel gesteurd as hy nie reageer nie. "Hou jy nie meer van my nie?" vra sy en dink aan tekortkomings in haar tegniek, sonder om vir een oomblik te dink aan wat binne-in hom aangaan. "Kom weer," sê sy alhoewel sy dit nie bedoel nie, en skryf hom af as 'n prul wat in die toekoms maar vermy kan word.

En dan weer die allenige wandeling deur die strate. 'n Paar vreemde matrose op pad.

"Sa-a-ay, pal! Were do we find some floozies in this town?"

"Really," sê Colet, "I don't know."

Die fris een met die skepe op sy arms getatoeëer, slaan sy arm om Colet.

"You wouldn't hold out on us, would you, pal?"

"Perhaps at the station . . ." sê Colet.

Die ander een, die lenige een met die rooi hare en die baie sproete, tik met 'n gebalde vuis speel-speel onder sy ken, soos 'n bokser wat skerm.

"Sa-a-ay! You mean we must pick them up for ourselves, ol' boy?"

Natuurlik skeer hulle die gek met hom, maar watter wapens het hy teen hulle?

'n Militêre polisieman kom verby, en gaan staan toe hy hulle sien. Hulle los hom. Die vette tik Colet op die skouer.

"Muh pal."

"OK?" vra die MP.

"Ja," sê Colet.

"A Heinie," sê die vette.

"Break it up, boys," sê die MP.

Hy stap alleen. Hy hoor hoe hulle lag. Die verwensing: "Natuurlik is die hele affêre belaglik, dit het geen betekenis nie." Maar die besef: hy kan hom nie by so 'n situasie aanpas nie. Dis tekenend. Daardie vrees wat hom beetgepak het, is só tekenend van sy hulpeloosheid – sy onaanpasbaarheid . . .

Toe hy by die universiteit kom, loop hy vir Gene raak. In sy kamer vertel hy hom van sy ontmoeting in die straat.

"Jy moes saamgestap het," sê Gene. "Jy sou miskien 'n lekker partytjie op die lyf geloop het. Hulle is gewoonlik vrot van die geld as hulle aan wal stap."

Dis alles so eenvoudig, dink Colet. Ek wens ek was soos hy.

Toe hulle uitmekaar gaan, sê Gene meteens: "Ek het amper vergeet – daar was 'n foonoproep vir jou. Ek het dit maar beantwoord. Hulle sal jou môremiddag weer bel."

Dit het nie 'n besondere indruk op Colet gemaak nie, sodat hy die volgende dag baie verras was toe hy Johan se naam hoor.

HOOFSTUK X

Colet het dadelik Johan se stem herken. Oor die telefoon het dit nog sagter en intiemer as vroeër geklink.

"Jou stouterd," sê hy. "Ek het gister eers gehoor dat jy al amper 'n volle drie jaar op universiteit is, en ek het nog niks van jou gehoor nie."

Colet kyk na die volgekrapte muur in die telefoonhokkie. Hy probeer tevergeefs om 'n geheelbeeld van Johan te vorm. Hy onthou net sy stem en sy oë. Die buitelyne is vaag.

"Jy weet hoe dit gaan," sê hy.

Johan se lag het dieselfde strelende effek as sy stem.

"Ek weet hoe dit gaan," sê hy, "maar dit is nie 'n verskoning nie."

Daar is 'n oomblikkie van stilte.

"Kyk, ons moet mekaar weer te sien kry. Daar is só baie waaroor ek met jou wil gesels." Johan klink opgewek. "Ek wil sien hoe jy ontwikkel het."

Colet trek 'n repie papier van die muur af en daarmee ook 'n telefoonnommer met 'n opmerking daarby. Terwyl hy praat, frommel hy dit in sy hand op en steek dit na 'n rukkie in sy sak.

"Ek sal jou ook graag wil sien, Johan," sê hy. Ten spyte van die beheerstheid van sy stem, voel hy meteens opgewonde.

"Nou kyk, hoekom kom jy nie vanmiddag oor na my flat toe nie? Ek kan jou nie kom haal nie, maar ek kan jou weer terugneem."

"Dit sal gaaf wees," sê Colet. "Wat is die adres?"

"Blue Mansions. Dis in Kampsbaai. As jy tot by die busterminus gaan en met die Kampsbaai-bus ry . . ."

Colet val hom in die rede.

"Toe maar," sê hy, "ek sal die plek kry."

Daar is 'n onduidelike gemompel aan die ander kant. Dan hoor hy weer Johan se stem. Dit klink effentjies uitspattig.

"Hier is iemand wat jou wil ontmoet," sê hy, "maar dit kan wag vir later." Nog 'n oomblikkie stilte. Dan weer die gemompel. "Tensy jy nou met daardie een wil praat."

"Ek gee nie om nie," sê Colet.

Hy druk die gehoorbuis stywer om beter te kan hoor. Dis asof die telefoon baie dof geword het.

Dan hoor hy Johan se stem meteens duidelik en helder.

"Luister . . . kom dadelik. Ek het mos vir jou die adres gegee: Blue Mansions, Kampsbaai."

Colet kan weer 'n geskuifel hoor, en dan Johan se stem, dik van die lag: "Tot netnou, dan."

Blue Mansions is 'n pretensieuse stuk barok en het skynbaar sy naam gekry van die see wat net oorkant die teerpad anderkant die hoogwatermuur teen die rotse slaan. Colet dink daaraan dat die Seepuntse see seker die blouste in die wêreld is. Die ingang van die gebou is smal en omraam deur fantasties gekrulde houtwerk. Teen die muur, op 'n groot vierkantige bord met wit kaartjies, lees hy Johan se naam. Sy woonstel is op die derde verdieping en daar is geen hyser nie. Die trap is smal en steil, en daar is 'n enkele venster waar dit 'n draai maak. By elke portaal is daar twee swaar houtdeure wat na die woonstelle lei. Johan s'n is die een regs. Hy het skaars geklop, toe Johan die deur oopmaak en hom met uitgestrekte arms verwelkom.

"Broertjie!" sê hy. "Welkom!" Hy neem Colet aan die arm en lei hom in 'n sitkamer wat met die eerste oogopslag baie smaakvol en "anders" ingerig is. Regs is 'n groot venster wat uitkyk op die see. In die lig daarvan hou hy Colet 'n entjie van hom af weg en kyk hom van kop tot tone deur.

"Pragtig," sê hy. "Broertjie, jy het 'n mooi man geword. So intens . . . daardie oë en wangbene . . . net soos ek verwag het."

Colet het al op pad soontoe besluit om hom so neutraal as moontlik te hou. Dis op die oomblik net die woord "broertjie" wat hom hinder: dit wek al daardie herinnerings aan sy vroeëre algehele oorgawe.

"Ek is bly om jou weer te sien, Johan," sê hy. "Ek het gewonder of ek jou weer sou sien."

Die beeld kom nou duidelik terug. Die ooreenkoms met die persoon voor hom is soos hy verwag het, behalwe dat hy nou ook sekere ander eienskappe opmerk. Die rondheid, die vroulike bewegings, die hinderlike sagtheid saam met die teenstellende grofheid is duideliker en meer plaasbaar; maar dit is sy manier van praat en die trek om sy oë en sy mond wat 'n selfsugtigheid aandui wat hy nooit agtergekom het nie. Die ander het

hy verwag, want hy het alreeds toegewings gemaak in sy verbeelding . . .
maar die gehardheid en gekunsteldheid is 'n verrassing. Hy het nog kans
gehad om te wonder of dit later ontwikkel het en of hy dit maar net in
daardie jare nie agtergekom het nie, toe 'n kamerdeur aan die oorkant van
die vertrek oopgaan en 'n jongman van Colet se ouderdom daaruit kom.
Hy het 'n vaal ferweelbroek aan, en 'n syagtige hemp sonder 'n kraag.

Johan draai om en, as die kêrel nader kom, neem hy hom aan die arm
sodat hy tussen hom en Colet staan, asof hy hulle terselfdertyd uitmekaar-
hou en tog ook nader aan mekaar wil trek.

"Dit is Peterkin," sê hy. "Peterkin – Colet." Daar is 'n versigtigheid in sy
stem, en sy oë neem vinnig waar.

"Hallo, Colet!" sê Peterkin. Sy stem het dieselfde sagtheid as Johan s'n
behalwe dat dit fyner en jonger klink.

"Peterkin wou jou baie graag ontmoet het," sê Johan. "Hy het al so baie
van jou gehoor dat hy nie meer kon wag nie." Hy tik Peterkin onder die
ken. "Is dit nie so nie, boetie?"

Daar kom verskeie veranderings op Peterkin se gesig – waarvan Colet
nie een kan tuisbring nie.

"Johan skinder vreeslik baie," sê Peterkin. "Hy het vir jou seker van my
ook vertel."

Hy kyk 'n oomblikkie langer na Colet, en dan is dit asof hy tot 'n besluit
kom. Hy draai om en gaan eenkant op 'n divan sit.

"Julle moet goeie vriende wees," sê Johan. "My twee beste vriende."
Dit klink nie heeltemal oortuigend nie. Hy weifel effens en lei Colet dan na
'n lekker leunstoel by die venster. "Sit hier," sê hy. "Daar is 'n wonderlike
uitsig op die see."

Die hele tyd terwyl die gesprek aan die gang is, gaan Johan uit sy pad
om die meeste aandag aan Colet te gee. Nou en dan kyk hy na Peterkin
om die effek daarvan te sien. Dis vir Colet 'n boeiende situasie, wat hom
terselfdertyd met afsku en met belangstelling vervul.

"Colet en ek het 'n heerlike tyd op die plaas gehad," sê Johan. "Ons was
heeltemal natuurkinders." Hy kyk na Colet. "Hoe gaan dit op die plaas?"

"Gaaf," sê Colet, "gaaf. Dit gaan nog goed met die familie." Hy laat die sin
opsetlik afgesaag klink en is net betyds om 'n besondere glimlag op Peterkin
se gesig te sien.

Johan draai hom na Peterkin.

"Hulle het die wonderlikste plaas," sê hy, "die mooiste rivier en die groot-
ste bome, en die stilste nagte." Hy probeer opgewek wees, maar Colet en
Peterkin kyk albei so gespanne na hom dat hy ongemaklik begin lyk.

"Colet en ek het in die nag onder die maan gestap en die wonderlike wer-king van die natuur gevoel . . . daardie alleenheid en die gevoel dat al die heidense gode om jou is. Dis heeltemal 'n ander atmosfeer as in die Boland. Jy kan gerus eendag saamkom as ons weer gaan." Hy glimlag vir Colet. "Dit wil sê as Colet-hulle ons op die plaas wil hê."

Colet dink by homself: hy hét verander; dis nie net die jare en my herinnerings nie, hy het nie meer daardie selfvertroue en sekerheid nie.

As Peterkin nog nie antwoord nie en lui en blykbaar verveeld agteroor-sit, voel Colet ongemaklik, en steek 'n sigaret aan nadat hy eers vir Peter-kin en Johan aangebied het.

"Ek het nie geweet jy rook nie, broertjie," sê Johan. Daar is afkeuring in sy stem.

"Een van die menigte slegte gewoontes wat ek aangekweek het," sê Colet.

Johan kyk vinnig na hom en wil iets sê, maar bedink homself.

"Johan," sê Peterkin, "ek het vanmiddag met Julius gepraat. Hy gaan vir die naweek na hulle plaas in Franschhoek."

Johan gryp daarna soos iemand na 'n strooitjie.

"Dis 'n wonderlike idee," sê hy. "Kyk hier, hoekom gaan ons drie nie ook saam nie!" Hy draai na Colet. Hierdie keer is sy entoesiasme eg. "Ek is seker jy sal van Julius hou. Hy is so 'n uitbundige tipe. Almal hou van hom. Ons het altyd die wonderlikste naweke by hom."

Voor Colet kan antwoord, sê Peterkin: "Ek hou niks van Julius se werk deesdae nie. Vandat hy onder Mamre se invloed is, het hy alles gelos en moet hy van voor af begin."

Johan oorweeg dit.

"Maar ek hóú van Mamre. Julius was altyd te reaksionêr. Hy kan nie beter doen as Mamre nie."

Vir die eerste keer is daar 'n flikkering van belangstelling by Peterkin.

"Maar Julius is nog nie ryp nie. Mamre is gevaarlik as iemand nog nie reg is nie. Julius moet eers leer teken. Hy moes langer by die kunsskool gebly het. Julius het verbeelding, maar hy het nie tegniek nie."

"Dink jy so? Ek wonder . . ."

Dit lyk asof Johan vir die oomblik van Colet vergeet het.

Terwyl hulle praat, let Colet op hulle. Hy sien die intimiteit en aanvoe-ling tussen hulle wat maak dat hulle niks hoef te verduidelik nie, sodat soms slegs 'n gebaar of 'n enkele woord genoeg is om 'n idee oor te dra. Hy voel heeltemal uitgesluit, maar ook bly dat dit nie nodig is dat hy op-geneem hoef te word nie. Dit kos altyd 'n mate van selfverootmoediging in die eerste stadium om deel te word, en hy is nie seker of dit die moeite werd is nie. En tog is daar iets interessants – omdat dit vreemd is en omdat dit heeltemal losgewikkel is van die gewone dinge. Hy dink ook daaraan wat Gene se reaksies sou wees en wat hy sou gesê en gedoen het. En dan kom hy tot die ontdekking dat hy nog Gene sou verkies ten spyte van sy oppervlakkigheid en sy onkunde van hierdie sy van die lewe wat hy agter sy sinisme wegsteek.

As hy merk dat Johan en Peterkin opgehou het met praat, staan hy meteens op.

Dis asof Johan agterkom dat hy Colet verwaarloos het.

"Broertjie," sê hy, "daar is nog so baie waaroor ons moet gesels."

"Miskien later," sê Colet, "maar ek het nog vanaand iets om te doen."

"Kyk," sê Johan, "ek neem jou met die kar terug. Dan kan ons op pad gesels en reëlings tref." Hy aarsel 'n bietjie. "Wag vir my hier," sê hy vir Peterkin, "ek sal nie lank wees nie."

Toe hulle loop, stap Peterkin tot by die deur en waai met 'n slap hand.

"Ek sal solank die ete maak," sê hy vir Johan.

In die motor het daar iets van hulle vroeëre intimiteit teruggekeer, maar net genoeg om Colet te laat besef dat hy Johan nie weer sal sien nie. Terwyl hulle langs die see en dan deur die stad ry, gesels Johan aanhoudend.

"Ek kan nie vir Peterkin verstaan nie. Hy wou jou só graag ontmoet het. Netnou, toe ek met jou oor die foon gepraat het, was hy heeltemal laf. En toe ek julle voorgestel het, hou hy hom só anders."

"Ek dink hy hou nie van my nie," sê Colet.

"Ek dink hy is jaloers, broertjie," sê Johan.

Hy ry taamlik vinnig, maar op De Waalpad verminder hy die spoed van die motor as die mis oor Duiwelskop stadig, met klam hale die ruite dynserig maak.

Terwyl Johan praat, merk Colet die verandering: die nuanses van toenadering wat eers versigtig is en later dringender word, en dreig om oor te gaan in platheid.

"Jy weet, Colet," sê hy, "as jy vir Peterkin beter leer ken, sal jy meer van hom hou. Hy is 'n rustelose tipe. Hy is nie soos jy, met iets van die veld en die rustigheid in hom nie." Hy draai hom en kyk na Colet, en dan weer voor hom in die pad. "En tog het julle daardie wonderlike sensitiwiteit gemeen. 'n Sagtheid binne julleself, wat julle al twee op julle eie manier probeer wegsteek. Onthou jy nog die middag toe ons gaan stap het op die plaas? Toe ek jou van Julius en Peterkin vertel het? Toe was jy ook 'n bietjie jaloers, was jy nie, broertjie?"

131

Colet voel die walging – in die herinnering wat meteens so weersinwekkend geword het. Maar op sy gesig is daar geen aanduiding nie; hy voel dat sy glimlag, vol uiterlike meegevoel en begrip, sy werklike gevoel verloën.

"As ons op die plaas in Franschhoek kuier, ek en jy en Peterkin, dan gaan ons drie weer in die aande stap; dan sal ek vir jou allerhande mooi dinge wys waarvan jy miskien al vergeet het." Hy plaas sy hand op Colet se knie en hou dit vir 'n lang ruk so. "Daar is so min mense soos ons," sê hy, "wat soos ons oor dinge voel. Is dit nie eienaardig dat ons vriendskap . . . en gevoel vir mekaar . . . behoue gebly het na al die jare nie? Dit wys net dat niks dit ooit kan wegneem nie. Nie tyd of afstand . . . of enigiets nie."

Die drukking op Colet se knie verstyf effens.

"Broertjie," hoor hy Johan sê, "jy moet tog nie verander nie. Jy moenie onverskillig raak nie. As jy onverskillig raak, sal jy nie meer die broertjie wees wat ek so liefhet en wat ek geken het nie."

Hulle ry in stilte deur die draaiende mis.

"Ek weet dat die lewe op universiteit só anders is." Johan se stem is soos van ouds – asof Colet nog baie jonk is. "Mens kan so maklik daar verander. Ek weet dat jy jou nie sal laat verlei deur allerhande ligsinnige meisies nie . . . daarvoor ken ek jou te goed. Maar ek wil nie hê dat jy soos die ander mans word wat met alles spot en hulle gehard hou nie." Hy wag 'n oomblikkie. "Jy weet," sê hy, "ek is bly dat ons mekaar weer gekry het. Ek was so bang, toe ek gehoor het dat jy al so lank hier is, dat dit te laat sou wees . . ."

Terwyl hy praat, bars die kar deur die mis. Regs teen die berghang doem die sambreelvormige dennebome op soos reusesambrele op die gras. Die bergpieke is afgryslik en vol oneindige majesteit.

Asof onder die indruk van die gesig, hou Johan meteens op met praat.

Terwyl die pyn kom, sê Colet vir homself, daar waar hy hardop in homself praat: "Die pyn is nog daar. Ek wens ek kan dit vir hom vertel, maar dit sal nie meer betekenis vir hom hê nie. Nie vir hom en vir my, soos dit eers betekenis gehad het nie." En hy moet sy oë dig knyp en dan strak voor hom kyk om die trane te keer. Maar toe hy opkyk, sien hy dat dit te laat is, en dat Johan vol misverstand na hom kyk met 'n gelukkige uitdrukking op sy gesig.

"Huil maar, broertjie," hoor hy Johan sê, "van nou af sal ek vir jou sorg."

Toe hy by die universiteit afklim, sien hy dat Gene 'n entjie daarvandaan staan en na hulle kyk. Toe die kar by die klimop om die draai verdwyn, vra Gene: "Wie is daardie homo-vriend van jou?"

"'n Kleinneef van die familie," sê Colet. Hy aarsel 'n oomblik en kom dan tot 'n besluit. "Een van die geraamtes in die familiekas. Hy het 'n woonstel in Seepunt en maak jongmans en Delftborde bymekaar."

Daar is geen skuldgevoel nie. As mens wegbreek, moet jy alles vernietig – elke klein dingetjie.

"Ek kon dit dadelik sien," sê Gene, "van ver af. Dis iets aan hulle houding. Hulle het ronde buitelyne."

"Gene," sê Colet, "as jy nie omgee nie, sal ek graag ietsie wil gaan drink. Het jy nie lus om saam te kom nie?"

Colet het doelbewus dronk geword. Daar was nie kans vir gedagtes om pos te vat nie: hy het hulle weggehou met daardie toestand van beswyming wat met 'n rooskleurige laag beskerm en net voordat die insig kom, die bewussyn uitwis.

HOOFSTUK XI

Mens besef nie alle implikasies dadelik nie; soms is dit eers na 'n tydjie dat die werklike betekenis deurdring.

Gedurende die nag het dit saggies gereën. Toe Colet die volgende môre wakker word, kon hy die mistigheid deur sy venster sien. Die grys mure met die klimop was klam; die blare het swaar gehang met druppels. Die rooi stammetjies het kruis en dwars deur die groen teen die skurwe oppervlakte gevleg. 'n Boomtop het stadig heen en weer beweeg, soos 'n metronoom in die wind: die skerp, nou punt van die sipres yl teen die lug. Die lig in die kamer, vaal en kleurloos soos die wolke, het geen skaduwee gegooi nie, maar net die voorwerpe somber laat uitstaan en die gehawendheid en wanorde vererger. Vir 'n oomblik het die gevoel wat by hom gewek is deur die neerdrukkende omstandighede, alles oorheers. Hy het eers gedink dat dit 'n herhaling van 'n onbepaalde neerslagtigheid was, totdat hy gedink het aan Johan.

Liewe Here, het hy gedink, ek sal hom nooit weer sien nie. Nog iets is uitgewis.

Uit die donker hoeke kom die angs. Dit vervul hom met 'n koue van binne en van buite. Maar dit kom nie soos eers met intensiteit nie, maar traag en hopeloos soos 'n vaalgrys mis. Hy kry 'n indruk dat dit nie hy self is wat op die bed in die skemerige kamer lê nie, maar 'n liggaam met 'n brein en gedagtes, sonder 'n verlede of 'n toekoms. Eenkeer lig hy sy hand op en swaai dit heen en weer, asof hy die koördinasies wil toets. Later, terwyl hy regop in die bed sit en na sy klere op die vloer en by die voetenent van die bed kyk, is dit asof dit aan 'n vreemde persoon behoort. Hy let op die materiaal waarvan die baadjie gemaak is, asof hy daarvan die karakter wil aflei van die persoon wat dit dra. Dit en die boeke, sonder die warmte van persoonlike eiendom en assosiasies, lyk meteens gehawend en verbleik. Toe hy opstaan en in die boeke blaai, is die handskrif vreemd en eienaardig onbeholpe . . .

Eers toe hy uit sy kamer is en tussen die ander studente beweeg, het hy homself weer gevind. Hy besef dat hy nie alles in sy gedagtes moet herleef nie, dat daar geen keer is aan wat reeds gebeur het nie. Hy het ook besef dat hy alles miskien in sy verbeelding oordryf het en dat hy té veel verwag het van sy ontmoeting met Johan, maar hy het homself goed genoeg geken om te weet dat geen argumente of voorstellings dinge in homself nou sou verander nie. Hy het besluit dat hy later weer daarop sou terugkom, dat niks in sy lewe ooit gebeur sonder bepaalde gevolge nie, en hy het ook geleer watter ondervindings die blywendste gevolge meebring. Hy kon hulle uitken, nie aan die aard van die gebeurtenisse alleen nie, maar aan die kwaliteit van die gevoelens wat hulle wek: 'n eienaardige doodsheid in hom, wat altyd 'n herlewing voorafgaan. Voorlopig moet hy net aan die toekoms dink en wegkom van alle bekende tonele en mense. Hy het besluit om nie een van sy klasse by te woon nie, dat die atmosfeer in die klas té ontnugterend sou wees. Hy het toe met 'n bus na die stad gery en van daar weer met 'n ander een na die see.

Die see was onstuimiger as gewoonlik en het wit maalkolke om die rotse gevorm. In die wasigheid agter kon hy 'n vragskip uitken. Die boonste kranse van die Apostels was toe in 'n wit wolk wat besig was om na benede te sak. Die vensters van die motors langs die sypaadjies was opgedraai en die sagte reën het reguit strepies teen die glas geteken. In die holtes op die teer was daar plek-plek swart kolle water wat in breë spatsels weerskante versprei as 'n kar daardeur ry. Nou en dan het 'n groot vragmotor rommelend aangekruie gekom en met sidderende drietonwiele oor die blink oppervlakte beweeg – die bak agter toegevou met swart koolteerseil waarop die waterdruppels in glaserige skerwe deur die voeë na benede gesypel het. Die hotelle met die groen mure en pap-hangende skerms het homperig en onreëlmatig, vlak langs mekaar tot bó teen die berg, oor die straat geleun.

Hy trek sy jas stywer om hom en slaan die kraag hoog op om, soos van ouds, nie alleen 'n beskerming te vind teen die reën nie, maar ook teen die wêreld buite hom. Hy stap al met die seemuur langs en kyk na die branders: die groot bloues wat soos berge kom en dan donderend teen die beton slaan, totdat selfs die grond onder sy voete bewe. Hy gaan meteens staan en kyk reg van voor hoe die volgende een kom: die wit skuim op die kruin wat al hoe hoër gelig word, totdat dit voel asof dit oor die muur en oor die straat tot teen die geboue gaan slaan en dan, op die angswekkendste oomblik, meteens padgee en holderstebolder ineenstort.

Mens moet jou net keer en jouself inhou, dink hy. Daar is nog baie waaraan jy kan vasklou. Wie was Johan nou eintlik? Kyk, dis so lank gelede

dat hy hom laas gesien het, hy het alleen betekenis gehad in 'n sekere sta-
dium – en in sy gedagtes. Hy en Mariet en Agnes was maar net verbygaande
invloede; hulle was maar soos daardie klein rotsies agter wat die stroom
keer en in 'n ander rigting stuur, en nie saambeweeg nie.

Hy druk teen die sementmuur met sy hande asof hy stukke daarvan wil
afkrummel. In een of ander stadium sal hy heeltemal alleen wees. Maar dit
sal nog lank wees. Dit help nie om nou alles vooruit te loop nie. Daar is nog
so baie tyd. Daar is nog Suzanne en Theuns, sonder verbeelding, maar veilig
en rustig. En daar is Marie du Toit. Hy sal haar eendag weer sien. Daar is 'n
oortuiging by hom, al weet hy nie waar sy is nie, dat hy haar weer sal sien.

Hy kyk oor die see en volg die seevoëls in hulle vlug. Onwillekeurig
dink hy weer aan Johan. Hy voel hoedat sy oë warm word en hy konsen-
treer weer op Marie, om alle gedagtes aan hom te verdryf. Sy hoef niks te
sê of te doen nie; net by hom te wees. Sy is Suzanne en Mariet en Sara en
almal ineen. Hy voel meteens geruster. Hy weet dat dit noodlottig is om
so te dink: alles so op een persoon te konsentreer, maar dit maak nie saak
nie. Al het sy ook al hóé verander, na al die jare, sal dit nie saak maak nie.

Die son bars meteens deur die wolke en hy stap al met die see langs. Hy
trek sy jas uit en voel die veerkragtigheid van sy bewegings. Ek is nie vir
groot dinge bestem nie, ek is swak en klein en bang. Wat maak dit saak? Al
wat ek wil hê, is daardie klein hoekie wat net aan my behoort. Ek het die
insig: ek sal alles kan sien, hoe dinge verbygaan sonder om self daarby be-
trokke te wees. Miskien later, baie later, kan ek iets probeer. Een of ander
tyd sal ek dinge miskien beter verstaan, en dan sal ek net soveel moed hê
as Gene en al die ander.

Hy gaan by die rotse sit en voel die sproeireën van die branders. Ons
sal vir ons 'n huis langs die see bou. Digby die water en die rotse. Naby die
Kaap, maar weg van die mense. In die oggende sal ons tee drink met die
son op ons gesigte. Ons sal lui-lui gesels en hand aan hand soek na skulpe.
Ons sal op die sand lê terwyl sy vir my lees en my gedagtes rustig en lang-
saam, soos jare gelede, weggevoer word in die blou. In die aande sal ons
luister na die gedruis as die storms opkom, en styf teen mekaar lê. Ek sal
haar van baie dinge vertel en in haar stilte en aanvoeling die vrees verdryf.
Ons sal deel word van die gewoel en dan kom ons weer terug en laat alles
vervaag in mekaar se arms . . .

So dink hy by die rotse en die see totdat dit laat word en hy met 'n groot
tevredenheid en rustigheid in sy hart terugkeer na sy kamer.

Toe hy die deur oopmaak, sien hy vir Theuns en Suzanne langs die tafel sit.

"Net betyds," sê Suzanne. "Ons wou amper loop."

Sy gee hom twee druksoene en hou nog steeds haar arm om sy lyf as Theuns hom met die hand groet.

"Ek is bly om julle te sien," sê Colet. "Hoe lank bly julle?"

"Ons het net vir die dag oorgekom," sê Theuns. "Ons slaap vanaand in die stad en vertrek weer môreoggend vroeg." Hy sit sy arm om Colet se skouer. "Ons het net kom kyk hoe dit met die student gaan en hoe dit met sy studies gesteld is."

Colet se glimlag is nie heeltemal spontaan nie. "Ek is bly dat julle gekom het. Hoe gaan dit op die plaas?"

"Heeltemal goed," sê Suzanne.

Toe sy op die bed gaan sit, moet sy eers van Colet se klere optel. Sy hou dit omhoog en begin dit dan stadig opvou. "Jou kamer is vreeslik deurmekaar," sê sy. "Kyk hulle nie na julle kamers nie?"

"Hier is nie orde nie," sê Theuns. "Geen dissipline nie. Het julle nie 'n matrone en 'n huisvader wat rondgaan nie?"

"Nee," sê Colet, "ons is veronderstel om groot genoeg te wees om op onsself te let."

Terwyl hulle praat, kyk Theuns gedurig in die kamer rond, asof hy iets van sy eie universiteitslewe wil herroep.

"Dis so baie jare gelede," sê hy. "Ek kan niks meer onthou nie."

Nadat Suzanne al die klere opgevou het, staan sy stadig op en stap na die hangkas met die bondel in haar arms. Toe sy die deur oopmaak, val 'n baadjie en 'n klomp wasgoed uit. Sy skud haar kop en lag. "Julle jong mense!" sê sy. Sy gaan weer op die bed sit. "Ek kan dit nie verstaan nie. Jy was altyd so netjies gewees, maar in die laaste tyd laat jy alles vaar."

"Ek hoop dit gaan nie met jou werk ook so nie," sê Theuns.

Colet staan ongeduldig op en loop na die venster.

Suzanne verander die onderwerp haastig. "Raai wie sien ons vandag in die stad? Juffrou Du Toit! Sy kuier glo hier."

Colet staan met sy rug na hulle gekeer toe hy dit hoor. Sy hart bons so geweldig dat hy dit nie waag om te praat nie. As hy voel dat hy weer meer beheer oor homself het, sê hy nog steeds met sy gesig weggekeer: "Ek het nie geweet nie. Het julle met haar gesels?"

"Dit was net 'n terloopse ontmoeting," sê Suzanne. "Sy het na jou verneem."

Colet draai stadig om en gaan langs Suzanne sit sodat hy nie direk na haar of Theuns hoef te kyk nie. Met verligting merk hy op dat Theuns opgestaan het en in die kamer rondstap, en nou en dan by die venster uit-kyk na die terrein buitekant. "Watter mooi uitsig het mens nie hiervandaan nie," sê hy. "Die geboue is pragtig."

"Ek dink sy het oud geword," sê Suzanne. "Ek wonder of sy nie terugver-lang na die dae op die plaas nie."

Colet voel bang om te praat. Hy het nog steeds die gevoel dat Suzanne tussen sy woorde en houding deur kan sien waaraan hy dink. Hy haal 'n pakkie sigarette uit en steek een versigtig aan. Deur die beskerming van die rook vra hy: "Woon sy in die stad?" As hy merk dat Suzanne na hom kyk, kyk hy reguit na haar. "Ek sal haar graag weer wil sien na al die jare."

Suzanne glimlag.

"Ek wonder of jy haar nog sal ken. Ek dink sy het baie verander. Sy het effentjies 'n houding . . . Maar dit sal goed wees as jy haar nooi om 'n koppie tee te geniet as jy haar sien. Dit sal 'n mooi gebaar wees. Net om te wys dat ons haar nie heeltemal vergeet het nie. Pappie was só haastig dat ons nie eintlik kans gehad het om te gesels nie, en ek wil nie hê dat sy sleg van ons moet dink nie."

Theuns het intussen teruggekom na die middel van die kamer.

"Jy kan gerus vir Mammie die universiteitsgeboue wys, Colet," sê hy. "As ons nou gaan, kan ons sommer in die stad iets gaan eet."

"Gaaf," sê Suzanne. "En vanaand gaan ons bioskoop toe. Pappie het vir ons plekke in die Plaza bespreek."

As hulle na hom kyk, glim hulle oë van verwagting. Theuns om weer die ou geboue te sien en 'n bietjie in die stad by sy vriende met sy seun te spog, en Suzanne om weer na 'n groot bioskoop te gaan.

"Dit wil sê," sê Theuns met 'n rare glimlag, "as jy nie 'n afspraak het vir vanaand nie."

"Nee," sê Colet. "Dit sal baie gaaf wees."

Nadat Suzanne behoorlik onder die indruk van die setel van geleerdheid gekom het, en Theuns 'n paar onbenullige opmerkings oor sy universiteitsjare gemaak het, is hulle toe stad toe. Daar het hulle in een van die hotelle gaan eet. Gedurende die ete het hulle drankies bestel, en Theuns het met bestudeerde terloopsheid vir Colet ook gevra of hy iets wou drink – 'n bier of so iets. Colet het 'n *shandy* bestel en terselfdertyd 'n bietjie lag gekry vir homself. Daarna het hulle vriende van Suzanne en Theuns opgelaai en 'n ent langs die see gaan ry. Daar was iets in die belangstelling waarmee almal hom omtrent die universiteitslewe uitgevra en hom gespot het met nooi-ens, wat hom 'n gevoel van weemoed gegee het. Hy besef die betekenis

138

wat hy as enigste kind vir sy ouers moet hê. Andersyds weer, as hy dink aan die ideale wat hulle vir hom voorhou, dan voel hy gesteurd. Hulle het so pas by 'n teekamer aangegaan, toe iemand opmerk dat dit alreeds vyfuur is en dat hulle stad toe moet gaan. Die see langs die pad, wat met die koms van die gety weer stormagtig geword het en telkens teen die seemuur slaan en soutigheid oor die pad werp, verhoog die besef dat dinge weer buite sy bereik raak. Hy dink meteens weer aan Marie en in die naderende skemer begin alles onheilspellend lyk en kom die onderliggende gevoel van vrees weer te voorskyn.

Die aand toe hulle in die helder verligte hotel eet en hy die bonte versameling van soldate en matrose en burgerlikes sien, en die geluide van die stad deur die oop deure en vensters kom, word sy verlange na Marie al hoe groter. In die oggend was dit 'n verre gedagte – hy het nie verwag om haar in die onmiddellike toekoms te sien nie, en het haar eerder as 'n reserwe gehou. Maar nou, deur die sameloop van omstandighede, het alles plotseling op die spel gekom asof die natuur meteens en vir altyd alles wil afmaak. Miskien is dit beter so, dink hy, dit sal nie baat om uit te stel nie, dit verleng net die onsekerheid; dit is beter dat die keerpunt nou kom. Dan voel hy meteens verlig. Alles is nou hier: die enigste oorblywende skakels.

Maar die verligte gevoel duur nie lank nie. Suzanne en Theuns het hom weer soos 'n kind laat voel en sy wondbaarheid duideliker laat word. Dan dink hy weer: hulle gaan nie saam nie, Marie en Suzanne. Hy sal moet kies, soos hy al die jare geweet het dat hy moet kies. Hy kyk na Theuns en Suzanne terwyl hulle wag vir die volgende gereg, hulle oë gerig op die mense om hulle. Hulle is nie tuis nie – elke aanmerking oor die stad in oorlogstyd, elke beweging en gebaar bevestig hulle onvanpastheid. Dis asof hy alreeds alle kontak met hulle verloor het, en asof hulle, deel van 'n ander wêreld, hom nie meer ken nie. Maar hierdie keer is hy voorbereid en sal die besef nie, soos in die geval van Johan, onmerkbaar en later vernietigend kom nie. Dis asof hy alreeds in die laaste tyd soveel deurgemaak het dat hy nou, amper ongevoelig, kan toesien hoe nog iets van hom weggeneem word. Afgesien daarvan was die besef miskien van kleins af al daar, toe hy gehuil het in Suzanne se kamer, dat dit iets was wat móés kom.

Hy hoor Suzanne sê: "Liewe tog, Colet, maar jy is besonder stil vanaand." Dan bekommerd: "Voel jy sleg?"

En hy het gedink, vroeg die oggend, dat hierdie sekuriteit 'n beskerming is! Hoe hopeloos onvoldoende en pateties ongenoeglik is dit nie!

Hy glimlag. "Nee," sê hy. Dan aarsel hy 'n oomblik. "Ek is net baie moeg."

Dis beter om nou alleen te wees. "Ek dink dat ek vanaand ná bioskoop sommer dadelik huis toe sal gaan."

Toe hulle bekommerd na hom kyk, lag hy en sê: "Niks ernstigs nie, maar die eksamens begin oor drie weke en ons begin al les opsê."

"Seker maar dinge 'n bietjie gemaklik geneem gedurende die jaar, nè?" sê Theuns. Hy sit sy mes en vurk neer. "Laat ek jou 'n goeie wenk gee, Colet. As mens elke dag jou werk nagaan en dit gereeld doen, hoef jy nie so hard te werk teen die einde van die jaar nie."

Colet skud sy kop asof hy iets diepsinnigs aangehoor het. "Ek skat so," sê hy. "Mens behoort dit te doen."

Theuns begin weer eet. "Dis net 'n kwessie van gewoonte," sê hy. En dan, asof hy nog 'n lewenswaarheid vertel: "Die lewe is eenvoudig 'n reeks van gewoontes."

'n Rukkie daarna is hulle bioskoop toe. Toe hulle na die vertoning uitstap, sê Suzanne meteens: "Dáár! Ek is seker dit is sy: Marie du Toit!"

Maar toe Colet rondkyk, kan hy niemand in die gedrang uitken nie.

Op pad na die kar, sê Suzanne: "Ek wonder of sy al 'n vriend het. Sy is seker al vyf- of ses-en-dertig. Sy is nie baie jonger as ek nie."

Haar laaste woorde kom as 'n skok vir Colet, maar terselfdertyd verhoog dit sy gevoel van eiewaarde as hy daaraan dink. Hy oorweeg ook die verreikende gevolge wat dit sal meebring as Suzanne ooit sy houding teenoor Marie moet agterkom. Maar die gedagte ontstel hom nie: hy het alreeds afskeid geneem. Daar is net 'n brekende jammerte oor. Hy sal miskien hulle illusies behoue laat bly solank as wat hy kan. Maar die jammerte, verhoog deur sy aanvoeling, het niks persoonliks meer oor nie . . .

Toe hulle by die hotel kom, wou Theuns hom met die motor na die universiteit terugneem, maar Colet het daarop aangedring om sommer met 'n bus te gaan en hulle die moeite te spaar. Nadat hulle nog 'n rukkie gesels het, het Colet van hulle afskeid geneem en is hy daar weg. Theuns het hom 'n paar pond in die hand gestop en liggies op die skouer geklop. Suzanne was effens aangedaan.

Toe hy in die straat kom, hou hy nog die beeld oor van die twee in die voorportaal van die hotel: soos twee standbeelde of 'n groep in een van daardie ou skilderye – 'n konvensionele, dramatiese beeld wat heimwee wek, maar nie diep indring nie.

Noudat hy weer alleen is, gooi hy daardie persoonlikheid af wat hy onwillekeurig voor sy ouers aanneem, en keer tot homself terug. Dit is altyd 'n besondere ondervinding: daardie herlewing van homself as hy onder die huislike invloed uit is. Dis asof een soort spanning geleidelik verslap en dan stadig vervang word deur 'n ander soort gespannenheid: die besef dat alles weer net van homself afhang en dat sy volgende stap bepaal word slegs deur sy eie ingewings. Maar hierdie keer is dit meer as 'n herhalende gevoel wat telkens weer sal voorkom; hy is nou op die hoogtepunt van die gety – elke besluit en handeling het 'n finaliteit soos nog nooit tevore nie.

Hy stap deur die verdonkerde strate. Hier en daar kan hy groepies mense sien, grotesk en dreigend in die kolle van die bedekte ligte. Hy is so inge-dagte dat hy amper nie die laaste bus gehaal het nie. Maar die kondukteur het hom gesien en na hom geroep voordat hy die klokkie gelui het. Terwyl hy stampend deur die strate in die rigting van die universiteit ry, sit hy tussen al die mense sonder 'n bepaalde gedagte, maar vol van 'n opge-wondenheid wat elke oomblik toeneem. Hy dink opsetlik nie aan Marie nie, maar bêre dit vir later wanneer hy alleen in die kamer sal wees. Die donker bome in die buitewyke flits verby in 'n swart muur; die lug deur die oop venster is 'n koel hand wat oor sy gesig vee. Die pad van die bushalte na die universiteit is 'n donker tonnel en sy voetstappe weerklink op die harde teer. As hy in sy kamer op die bed gaan sit, is hy in 'n toestand van bedwelming soos iemand wat te veel gedrink het.

Hy het eers baie laat die aand aan die slaap geraak onder 'n warboel van oor en oor uitgepluisde insidente wat in sy gedagtes eentonig soos 'n draaiende wiel herhaal is.

HOOFSTUK XII

Die volgende môre kry hy 'n boodskap dat iemand hom om tienuur sou bel.

Sy het ook presies om tienuur gebel. So deel van haar persoonlikheid, het Colet gedink. Jare gelede het sy ook vertel dat stiptelikheid een van die groot deugde is.

"Hallo . . . Colet," hoor hy haar vinnige, presies-gemete stemmetjie.

"Hallo," sê hy. "Is dit jy, Marie?"

Sy lag. "Jy onthou my naam, nè?" 'n Oomblikkie stilte. "Hoe gaan dit nog met jou?"

"Gaaf," sê Colet. "Wat doen jy in die Kaap? Vakansie?"

"Ja. Ek bly in die Greenwich Hotel. Ek het lus gehad om hierdie vakansie in die Kaap deur te bring."

"Dis gaaf. Hoe lank bly jy?"

"Drie weke."

"Kyk," sê Colet, "dan moet ons mekaar regtig te sien kry . . ."

Haar stem raak meteens dof asof sy nie reguit in die gehoorbuis praat nie. "Ek het gewonder, Colet . . . het jy nie lus om vanaand by my te kom eet nie? Dan kan ons lekker gesels . . ." Haar stem word duideliker. ". . . oor die ou dae en miskien na 'n bioskoop toe gaan . . ."

Hy sê dadelik: "Dit sal gaaf wees, Marie. Kyk, ek sal taamlik vroeg kom. Omtrent vyfuur. Is dit reg?"

"Gaaf," sê sy.

Hulle wag albei vir mekaar om nog iets te sê. Toe sy nie verder praat nie, sê Colet meteens: "Tot siens, Marie. Tot vanaand dan," en hy hang die gehoorbuis op.

Onmiddellik daarna wonder hy of hy nie te kortaf geklink het nie. Dit hinder hom só dat hy lus het om haar weer te bel, maar na 'n rukkie sien hy van die plan af.

Hy het die hele dag aan haar gedink. In die begin was daar 'n onver-
staanbare onverskilligheid, maar dit het deur verskeie stadiums ontwik-
kel tot 'n gevoel van spannende afwagting. Hy het duidelik besef dat dit
maar net sy verbeelding was wat allerhande moontlikhede in verband met
hulle herontmoeting wek, en hy het homself herhaaldelik probeer oor-
tuig dat daar niks buitengewoons sou gebeur nie en dat hulle mekaar baie
doodgewoon sou vind. Maar onmiddellik daarna het selfs die gedagte aan
die mees doodgewone handeling waaraan hulle twee sou deelneem, 'n
romantiese aansien gekry. Hy het ook opgemerk dat sy hande gebewe het
toe hy die middag besig was om te skeer en aan te trek. Die sorg waarmee
hy sy hare gekam en sy das reggetrek het, was terselfdertyd lagwekkend
en ernstig. Sy hele houding en gevoel was so anders as die terloopsheid
waarmee hy en Gene gewoonlik sulke dinge benader het.

Toe hy by die hotel kom, kon hy eers nie besluit of hy na haar kamer sou
gaan of in die sitkamer sou wag nie. Toe hy egter 'n bediende in die voor-
portaal sien, vra hy hom om mej. Du Toit te laat weet dat 'n mnr. Van
Velden vir haar wag.

Hy gaan toe in een van die verste hoeke in die sitkamer sit, weg van die
besette tafeltjies, met sy gesig na die deur sodat hy haar dadelik kon sien
as sy inkom.

Om een of ander rede het hy verwag dat sy skaam-skaam sou nader
kom, maar sy het met lewendige beweginkies in die deur verskyn, vol
selfvertroue rondgekyk, haar hand effens gelig toe sy hom sien, en reguit
na die tafel toe aangekom. Hy het stadig opgestaan en toe gehuiwer toe hy
haar moes groet, maar sy het haar hand uitgesteek, syne ferm gedruk en
reg teenoor hom gaan sit.

Met haar arms op die tafel en haar kop effens skuins gedraai, kyk sy na
hom. Daar is 'n vonkeling in haar oë.

"Hierdie keer," sê sy, "kan ek regtig sê dat jy grootgeword het." Sy glim-
lag. "Dit is altyd so skokkend om iemand ná 'n lang tyd te sien en dan skielik
agter te kom dat soveel jare verbygegaan het. Mens voel dat jy oud word."

"Nee wat," sê Colet. "In elk geval, jy word by die dag mooier."

Sy sit meteens regop en lag prettig.

"Julle jongmans! Mens kan sien dat jy al taamlik nooiens uitgeneem
het. Jy vlei so maklik."

Was sy altyd so naïef? dink Colet. Dis snaaks hoe jou indrukke van
mense verander.

Hy is nog baie jonk, dink sy. Daardie gladheid, daardie onnutsige geskooldheid . . . Hoeveel jong dogters het nie 'n warm gevoel gekry as hy na hulle kyk nie?

Sy voel meteens oud.

"Hoe hou jy van die nuwe skool?" vra Colet.

Terwyl sy praat, toon hy alle uiterlike tekens van belangstelling, maar luister nie na wat sy sê nie en hou haar dop. Daar is baie meer rimpels op haar gesig. Hy kan die poeier in die voutjies sien. Haar tande is ook effens dowwer. Haar vel het nie meer daardie glans nie – dit word nou heeltemal bedek deur skoonheidsmiddels. Dit gee die indruk van iets wat baie gehanteer is en bedek word deur vernis.

Sy sit styf en regop op haar stoel, haar effekleurige pak span nou om haar lyf. Dit herinner hom aan Suzanne. Haar figuur is nie onaantreklik nie, en haar bene is nog mooi en slank. (Dit kon hy sien toe sy ingekom het.) Dis asof haar reukwater swaarder en meer eksoties is as vroeër. Sy lyk nou enige ouderdom.

Ek lyk baie jonger as sy, dink hy.

"Iets van die bar, meneer?" vra 'n witgeklede kelner en onderbreek sy gedagtes.

Sy het in die middel van 'n sin opgehou en kyk onseker na hom.

"Twee droë sjerries," sê Colet. "Amontillado-tipe."

"Ek dink ek sal dronk word," sê sy en lag prettig.

"Nee wat," sê Colet. Hy kyk met verleentheid na die kroegbediende.

"Twee amontillado's," herhaal hy en is net betyds om 'n glimlag te sien. Marie se oë is groot.

"Om te dink," sê sy, "dat jy die name van die wynsoorte ken." Sy tik met haar vingers op sy arm. "Wat sal Suzanne, jou mammie, daarvan sê?"

Toe hulle die glasies in die lug hou, klink sy hare plegtig teen syne.

Sy probeer om nie 'n gesig te trek as sy die bitter nasmaak kry nie.

Buitekant het dit intussen donker geword. 'n Straatlig by die venster het meteens aangegaan en werp sebra-skaduwees deur die blindings op die muur. Die ligte in die sitkamer, effektief weggesteek agter blou skerms, gloei in die verste hoeke en versag alles. Die vertrek het voller geword: 'n matroos met 'n donker meisie aan die tafel langsaan, 'n groepie luidrugtige soldate en lawaaierige blondines, hier en daar 'n burgercivilian – alleen en in groepies, kollektief verenig in 'n onreëlmatige gedreun van stemme wat naderhand intenser word, asof 'n dinamo gedurigdeur die stroom hoër laai.

Colet kry weer daardie gevoel van vrees en verwagting, 'n gevoel van iets agter die oomblik, aan die rand waarvan hy en die vrou voor hom ontuis en onseker ronddobber. Maar 'n rukkie later, onder die aangename, warm gevoel wat die sjerrie wek, verander iets in homself geleidelik. Dis asof hy nader aan die werklike ondertoon kom. Marie het meteens 'n ander aansien. Hy begin besef dat haar naïwiteit net oppervlakkig is – dat daar in haar dieselfde avontuurlike moontlikhede skuil as in die meisies by die soldate, dat sy dieselfde kan aanbied as hulle, en in werklikheid ook een van die gewone, alledaagse mense is wat in besondere omstandighede in 'n onrustige wêreld lewe. Dat dit slegs sy persoonlike herinnerings aan haar en die assosiasies van die plaas is wat haar laat voorkom as deel van sy eie wêreld.

Maar dit hinder hom nie. Hy dink daaraan dat, as sy te veel soos hy self moet wees, alles sou doodloop. Toe hy eenkeer opkyk en sien dat een van die matrose belangstellend in haar rigting kyk, voel hy ook 'n bietjie trots. Hy merk skielik skakerings in haar oë wat interessant is; ook iets in haarself: haar lyf, haar klere, haar selfvertroue, in al daardie kenmerkende aanduidings van haar hoër ouderdom, wat die moontlikheid inhou dat hy daar inhoude sal vind wat by homself ontbreek. In sy hart voel hy oortuig dat hy haar kan kry. Dat alles aan haar syne is om mee te maak wat hy wil. Haar stem, haar gesig, haar hare, haar hande op die tafel – effens gerimpel, met die skyn van blou aartjies daarop, die effense gesetheid, die vol-ontwikkelde liggaam – is syne. Dis nie die tipe waarmee hy op universiteit uitgaan nie; dis 'n gerypte, volwasse vrou, deel van die breë laag van die gemeenskap, deel van 'n universele wêreld bestaande uit mans en vrouens soos sy . . . Dis asof sy onrustigheid weer verdwyn, die gevoel dat hy buite dinge is, en nie kan gegryp nie – asof voor hom die kanaal is waardeur hy kan ingaan in daardie wêreld. Hoe lieflik is sy nie. Hy het elke duim van haar lief, net soos sy daar is . . .

"As jy langer na my kyk, Colet," sê sy, "sal ek bloos."

Haar glimlag is so sag soos haar oë. Sy het ongemerk haar hand, met 'n impulsiewe gebaar, op sy arm gesit.

"Ek dink jy is baie mooi, Marie," sê hy. Hy neem meteens haar hand. "Ek dink jy is die mooiste vrou wat ek nog ooit gesien het."

"Colet! Voor al die mense!" Maar haar glimlag is gelukkig, en haar lippe bewe en lyk asof hulle heeltemal sag en sensitief geraak het. Voordat sy haar hand terugtrek, druk sy syne ferm en gerusstellend – en vol belofte.

Van buite kom meteens die swewende geluid van 'n ghong: eers van veraf, dan al met die gang langs, verby die sitkamer, tot op die stoep. Dit hou meteens op na 'n paar harde en vinnige slae, sodat die geluid talmend wegsterf, en dan skielik gedemp word asof iemand 'n hand daarop geplaas het.

"Ek dink," sê hy, "ons moet maar gaan eet. Dis al sewe-uur."

Toe hulle opstaan, trek hy vir haar die stoel uit. Daar is 'n geringe glim-

lag op haar gesig as hy dit doen. Onderweg, deur die sitkamer, stap hy
'n entjie agter haar. Hy merk hoe die ander mense opkyk as hulle by die
tafeltjies verbyskuur. Sy stap regop en met vinnige passies. Die effens stroe-
we uitrusting verleen aan haar figuur 'n netheid en 'n onaantasbaarheid,
sodat hy vir 'n paar oomblikke amper nie kan glo dat sy vir hom bekom-
baar is nie. Hy dink aan sy tydperke van afsydigheid teenoor haar in die
verlede, en kan dit nie begryp nie. Hy dink: ek is werklik verlief op haar.
Ek sal haar nooit weer heeltemal kan vergeet nie. As die hooftafelbediende
hulle 'n tafel eenkant in 'n hoekie langs 'n mooi lig aanwys, sien hy die
respek waarmee hulle behandel word, die effense verskerping van sy oë
asof hy hulle verhouding nie heeltemal kan peil nie.

Toe die tafelbediende en die kelner langs hulle kom staan met die groot
spyskaarte en die aantekeningboekies, bestel Colet die verskillende geregte
en die wyn. Hy is besonder puntenerig en doen dit veral om 'n indruk op
haar te maak, en hou van die wyse waarop sy saamspeel en alles in sy
hande laat.

Terwyl hulle eet, kyk hy nou en dan na haar. Hulle houding is baie
intiem, en ook versigtig. Hy luister aandagtig na alles wat sy sê en bring 'n
hoflikheid en bedagsaamheid in sy gebare wat vleiend en terselfdertyd vol
toewyding is.

"Jy hét baie verander, weet jy, Colet," sê sy eenkeer. Met albei hande
het sy die kelkie omhoog gebring en kyk na die diep, vonkelende rooi
skynsel wat die lig aan die wyn gee. "In baie opsigte. Jy is nie alleen . . .
ryper nie, maar ek hou van jou maniere. Dis asof jy 'n gevoel van avontuur
besorg aan alles wat mens met jou saamdoen."

"Ek weet nie," sê hy. Hy drink stadig en kyk nie direk na haar nie.

"Dis die manier waarop jy gesels, en die sigaret in jou hand hou as jy
rook." Sy sit die kelkie neer. "Selfs die manier waarop jy jou wyn drink."

"Ek is bly as jy so dink," sê hy. "By jou voel ek heeltemal anders. Ek
dink ons vul mekaar nogal goed aan. Ek bedoel, jy verstaan dinge . . . 'n
situasie . . . sonder dat mens dit hoef te verduidelik."

Sy oorweeg dit ernstig.

"Ek dink ek weet wat jy bedoel."

Dis nie moeilik om 'n indruk op haar te maak nie, dink hy. Sy is 'n eien-
aardige kombinasie. Soms lyk sy so gedug, en dan is daar weer naïwiteite
in haar wat haar bekombaar maak.

"Jy weet," sê hy, "mens moet sekere oomblikke, sekere tye wanneer die
omgewing en alles inpas by jou gemoedstemming, nie verlore laat gaan nie.
Hulle hou nie lank nie. Môre, byvoorbeeld, sal alles vaal en kleurloos lyk."

"Is dit met jou so?" Haar oë het effens vertroebel.

"Soms is dit met alle mense so . . ."

"Ek weet nie," sê sy. "As ek van iemand hou, dan hou ek van hom . . . haar in alle omstandighede."

"Ek ook, as ek regtig van iemand hou. Dan het alles 'n ander aansien." Hy bly 'n oomblikkie stil. "Maar soms, weet jy, is alles skielik so kleurloos . . ." Hy aarsel weer. "Ek dink ek moet jou vertel . . . 'n Paar jaar gelede het ek heeltemal van jou vergeet . . . Nee, nie vergeet nie, maar nie aan jou gedink nie. Ek kon nie besluit hoe jy is nie – jou heeltemal peil nie."

Haar stem is baie sag. "En nou?"

"Nou," sê hy, "voel ek dat ek nie sonder jou kan klaarkom nie."

Sy bloos asof sy dit nie verwag het nie. Sy kyk nie op nie, maar hy kan sien dat sy na elke woord luister.

"Ek het dit onlangs agtergekom." Die erns waarmee hy praat, is heeltemal vreemd en pas nie by sy persoonlikheid soos hy dit onder Gene se invloed ontwikkel het nie. Hy voel dat dit nie die gewone vleiery is wat hulle op meisies toepas nie, maar hy is ook nie seker of hy werklik bedoel wat hy sê nie.

"Ek weet net," sê hy, "dat ek elke oomblik geniet om by jou te wees. Meer as wat ek ooit iets geniet het, en dat ek bang is dat dit sal verdwyn – soos alle dinge verdwyn . . ."

"Jy moet nie daaraan dink nie," sê sy.

Hy wil nog iets sê, maar weet nie presies wat nie.

Teen die einde van die ete voel al twee gemoedelik. Hy kan aan haar spraak opmerk, aan die effense onsekerheid in haar stem, dat die wyn haar aangetas het. Dit gee hom meteens 'n gevoel van teerheid teenoor haar: 'n beskermende gevoel en terselfdertyd ook 'n bevrediging, asof hy die inisiatief sal bly behou.

Hy hoor haar sê: "Ek wil nie hê dat jy so neerslagtig oor die lewe moet wees nie. Dis nie goed vir jou nie."

Die alledaagsheid van haar opmerkings hinder hom nie meer nie, dit het selfs aantreklik geword. Hy dink daaraan hoe Gene met haar sal spot, en hy voel meteens wrewelig teenoor hom.

"Ek het 'n goeie vriend op universiteit," sê hy. "Sy naam is Gene." Voordat hy kan keer, sê hy ook: "Ek het hom van ons vertel . . ."

"Colet . . .!"

Hy kan sien dat sy nie daarvan hou nie.

"Niks besonders nie. Ek het hom net vertel van jou . . . algemene dinge.

Dat jy ouer as ek is . . ." Terwyl hy dit sê, let hy haar noukeurig op, maar haar gesig is onleesbaar. "Hy het toe vir my gesê dat daar niks mee verkeerd is nie. Watter verskil maak dit nou per slot van sake wie die oudste is. Dis bloot 'n biologiese feit . . ."

Tot sy verbasing sien hy dat sy lag en aanhou met lag.

"Dis die eerste keer," sê sy, "dat iemand my 'n biologiese feit noem . . ."

"Die verskil in ouderdom, bedoel hy . . ." Colet kan nie heeltemal verstaan hoekom sy lag nie.

"Ek weet," sê sy. "Die woord 'biologies' is net snaaks." Sy lag nog steeds. "Ek sal daardie vriend . . . Gene, van jou graag wil ontmoet. Hy klink interessant."

"Ek sal hom aan jou voorstel, maar ek dink nie jy sal van hom hou nie."

"Ek weet nie," sê sy. "Ek sal hom eers wil ontmoet . . ."

Hy voel meteens jammer dat hy van Gene gepraat het. Sy tussenkoms het op een of ander wyse die intimiteit verbreek. Hy gesels toe oor die mense langsaan hulle op so 'n amusante wyse dat sy kort-kort moet lag. Toe dit gebeur, dink hy weer aan die dag toe hy en Johan teruggekeer het van hulle uitstappie in die veld en Johan die gevoel van verwydering tussen hulle op dieselfde manier oorbrug het. Hy voel ook hier dat die situasie begin verander. Hy weet nie presies hoekom nie. Met hom gaan dit altyd so: sy gevoelens, onnodig fyn ingestel, wissel gedurig en merk die geringste veranderings op en bederf alles vir hom. Dis dít wat hy netnou aan haar probeer verduidelik het toe hy van die gevoel van die oomblik gepraat het, wat hulle moes behou. Maar hy besef dat sy nie sal verstaan nie. Hy besef ook dat hy tot iets anders moet oorgaan, maar dat die tyd nog nie ryp is daarvoor nie.

Toe hulle van die tafel af opstaan, sê sy: "Ons sal moet gou maak as ons betyds vir die bioskoop wil wees."

En haar opmerking maak alles meteens makliker, omdat onmiddellike optrede vir die oomblik uitgestel is.

Onderweg in die verdonkerde straat, en in die donker saal met haar hand in syne, begin hy weer beheer oor homself kry. Nou en dan gesels hulle met gedempte stemme. Haar hand weerspieël al die gemoedsaandoenings wat die prent by haar wek. Met die nuusfilms, toe hulle die gewondes sien en die stede wat gebombardeer word, het sy eenkeer gesê: "Is dit nie vreeslik nie!" en in die gewoonheid van haar opmerking tog iets van die weersin in sy eie hart vertolk, sodat hy vir 'n oomblik weer bewus geraak het van daardie onderliggende vreesgevoel. Sy het ook in haar houding teenoor hom, die manier waarop sy in die donker na hom kyk, die held se manlikheid, dapperheid en imminent tragiese einde op hom oorgedra en, sonder dat sy dit weet, die besef van naderende onheil weer in hom opgewek.

Op pad terug na die hotel het hulle nie veel gesels nie. Daar was 'n gejaagdheid in hulle stap deur die strate wat meteens donkerder gelyk het. Op een hoek het 'n paar dronk matrose na hulle kant toe beweeg en aanmerkings gemaak, sodat sy stywer teen hom aangedruk het. Die meeste ligte in die hotel het nog gebrand, en toe hulle voor die sitkamer verbystap, kon hulle sien dat dit vol mense was wat tussen die rook deur lag en praat en sing. Aan die voet van die trappe het Colet effens geaarsel, totdat sy skielik vooruit geloop het. Sy het met springbewegings die trappe opgegaan en haastig eers regs en toe links gedraai, totdat sy by haar kamer gekom het. Toe haal sy haar sleutel uit, maak die deur oop en skakel die lig aan.

Toe die bedlig skielik aangaan, spring al die voorwerpe in die sagte gloed vorentoe, soos in 'n bioskoopprent: die strakke lyne van die ingeboude kaste, die wit wasplek in die hoek, die spieëltafel met haar hareborsel en skoonheidsmiddels daarop, die oorgetrekte bed met sommige van haar kledingstukke oor die voetenent, haar kamerjapon teen die deur. Sy buk meteens af en tel 'n kledingstuk op, hou dit sodat hy dit nie kan sien nie, en sit dit eenkant in een van die laaie. Toe sy omdraai, het Colet alreeds die kamer ingekom en die deur agter hom toegemaak. Voordat hy dit gedoen het, kon hulle nog die geluide vanuit die vol sitkamer hoor; daarna het dit skielik stil geword en was die kamer 'n intieme hoek – weg van alles, van alle gevare en mense.

Toe sy by hom kom, sit hy sy arms om haar lyf en trek haar met 'n natuurlike beweging nader sodat sy met haar gesig teen sy wang kom. Die growwe materiaal van haar rok en haar borsrok verberg haar lyf sodat hy haar nie kan voel nie, maar haar gesig teen syne, en die waai van haar bene, voel des te sagter. Haar hare is vlak by sy oë en hy kan die grys strepies daarin sien teen die sagte waas van die kamer op die agtergrond. Terwyl hy haar in sy arms hou, neem sy liefde vir haar toe – net soos sy daar is. In sy arms is sy alles: sy liefde, sy vertwyfelings en alles waarvoor hy bevrees is, maar terselfdertyd nie kan laat staan nie. Toe sy haar kop oplig en hy haar soen, leef hy net in die roerende wêreldjie van haar mond. Elke beweging is oneindig vergroot, elke roering wek 'n reaksie diep in hom, sodat hy nie asem kan kry nie. Deur haar lippe leer hy haar ken: dis 'n gevoelige sentrum wat niks wegsteek nie en alles openbaar; dit word geleidelik sagter, asof dit heeltemal wegsak en asof al die hitte van haar liggaam daarin gekonsentreer is. Sy het haar arms om sy nek gesit en vryf die agterkant van sy kop met sagte streelbewegings. Dan trek sy haar kop skielik terug en kyk in sy oë. Hy kan die rokerigheid in die blou sien – haar emosies het 'n werklike kleurverandering meegebring. 'n Gedeelte van hom let alles op, 'n ander gedeelte verswelg alles, sodat hy 'n indruk kry van 'n gedurige, ylhoofdige kom-en-gaan.

Hy wag vir haar om iets te sê, maar sy druk weer haar gesig teen syne sodat hy haar nie kan sien nie. Dan gaan hulle op die bed sit. Die ongemaklikheid van hulle posisie dwing haar om agteroor te lê, sodat haar kop op die kussing kom en syne langs hare. Hulle oë is digby mekaar. Daar is geen sweem van 'n glimlag nie. Sy kyk ernstig na hom, asof sy hom nog nooit vantevore gesien het nie. Hy voel hoedat sy met haar oë elke uitdrukking op sy gesig volg – oë wat nie 'n enkele verandering mis nie en intens en verterend weer en weer flits.

Toe praat sy vir die eerste keer. "Colet, Colet," sê sy. "My liewe, klein Colet."

Hy soen haar oë en haar voorkop. "Het jy my lief?" vra sy. En, voordat hy kan antwoord: "Ek het jou vreeslik lief. Al die jare al. Vanaf die dag toe ek jou die eerste keer gesien het." Sy hou haar kop effens weg, sodat sy mooi na hom kan kyk. "Ek voel dat ek jou kan verstaan. Dat ek die enigste een is. Ek weet net wat jy dink en hoe jy oor dinge voel. Ek dink ek is die enigste een. Ek sal weet hoe om jou te troos as jy sleg voel . . ."

Hy trek haar meteens nader en druk haar gesig met syne teen die kussing vas. Hy voel hoe haar mond oopgaan en die punt van haar tong teen sy lippe streel. As sy bewegings ernstiger raak en sy vir 'n oomblik heftig reageer, druk sy hom weer weg.

"Colet," sê sy, "weet jy, ek voel glad nie meer skuldig nie. Ek dink ons is vir mekaar bedoel. Jy en ek. Na al die jare voel ek nie meer skuldig nie." Sy trek hom nader sodat hy met sy kop op haar bors lê terwyl sy praat. "Ek het baie aande aan jou gelê en dink, daar op die plaas toe jy nog klein was. Baie aande het ek gevoel dat ek dit nie meer kan hou nie. Jy was so naby aan my en dit was asof alles teen my gaan: jou ouers, Johan, Agnes . . . en alles. Ek het gehoop dat ons mekaar weer sou sien, maar ek het nie heeltemal geweet wat om te verwag nie." Sy bly 'n oomblikkie stil. Van waar hy lê, kan Colet hulle beelde in die spieël sien: die bed, haar skoene half uitgeskop en 'n deel van haar been, die kant van sy broek en sye en arm langs die bed. "Onthou jy daardie aand op die stoep?" vra sy. "Ek het baie sleg gevoel daarna, maar dit kon nie anders nie . . ."

Terwyl sy praat, speel Colet met haar hand en streel haar vingers, druk hulle deur syne en vou hulle oop en toe. Dan lig hy sy gesig na haar arm en lek met sy tong teen haar vel en voel die ruheid daarvan duisend maal vergroot. As hy aan haar rok vat (die swaar materiaal), verlustig hy hom daarin. Eenkeer lig hy hom half orent en kyk na haar terwyl sy praat; die bewegings van haar lippe en haar oë wat half toe is, die plek waar die kraag van haar baadjie teen haar nek geskaaf en 'n rooi merk nagelaat het, 'n plekkie teen die kussing waar daar van haar lipverf afgesmeer het.

Hy was op die punt om haar weer te soen, toe iemand aan die deur klop. Toe hulle opspring, sê sy: "Wag, ek sal kyk wie dit is." As sy die deur op 'n skrefie oopmaak, staan hy eenkant toe en hoor haar sê: "Nee, dis kamer no. 48." Toe sy dit toemaak, leun sy daarteen met haar rug. "Verkeerde kamer," sê sy. "Iemand het gedink dis sy kamer."

Hulle wag totdat die voetstappe met die gang af verdwyn. Dan kyk hulle onseker vir mekaar. Colet glimlag meteens.

"Dis lastig, nè?"

Sy glimlag ook. Die hartstog het verdwyn en die gevoel wat oorbly, is maklik en vloeiend.

"Baie lastig," sê sy.

Hy staan nog 'n rukkie besluiteloos.

"Ek skat dis tyd dat ek moet gaan." Hy kyk op sy horlosie. "Dis al halfdrie."

"Sien ek jou môreaand?" vra sy.

"Dieselfde tyd," sê hy. "Dan moet daar geen onderbrekings wees nie." Hy aarsel – 'n bietjie onseker oor hoe hy hom moet uitdruk. "Dan . . . kan ons alles verder voer."

Sy bloos meteens, maar kyk reg in sy oë.

"Ja," sê sy. "Ek dink nie daar is enigiets meer wat in die pad is nie."

"Nee," sê hy.

Hy tree nader, trek haar teen hom aan en soen haar liggies op die mond.

"Sien jou weer," sê hy.

Toe hy by die deur uitstap, kyk hy terug. Op haar gesig is 'n gelukkige glimlag.

Sy waai vir hom. "Baie liefde," sê sy. "Kom vroeg."

Toe hy die deur oopmaak en die gang afstap, was alles stil in die hotel. Die bediende het 'n effense glimlag op sy gesig gehad toe hy die voordeur oopmaak, maar Colet het nie omgegee nie.

Buitekant op die stoep het hy 'n soldaat gekry. Hulle het 'n entjie saamgestap en toe sê die soldaat: "What a night. These girls will be the death of me."

Toe hulle onder 'n lamplig kom, sien Colet dat hy 'n RAF-uniform aanhet.
"That's right, old boy," sê hy en lag.
En hy voel heeltemal manhaftig en sonder vrees.

HOOFSTUK XIII

Die volgende môre het Colet nie sy klasse bygewoon nie, maar laat geslaap en toe iets in 'n kafee gaan eet. Agter die toonbank was 'n diensmeisie in 'n blou uniform besig om glase op te vrywe. Elke keer as sy een klaar het, hou sy dit teen die lig, beskou dit noukeurig, en sit dit dan eenkant neer asof sy alle belang daarin verloor het. Haar arms was baie skraal en puntig by die elmboë, haar gesig bleek en vol puisies om die mondhoeke. Nou en dan as sy na hom kyk, sien hy haar kleurlose, moeë oë en kry hy 'n teenstellende beeld van Marie – netjies en goed versorg. Hy kry 'n warm gevoel as hy aan haar dink, hier in die goedkoop kafee.

Hy stel hom voor dat sy miskien ook laat geslaap het en nou êrens in die stad in 'n teekamer sit. Miskien in die Waldorf naby die orkes. Sy is besig om haar tee met presiese, nette beweginkies te drink; haar handsakkie netjies eenkant op die tafel; haar gekleurde sakdoekie gedurig by haar mond om die klammigheid af te vee nadat sy 'n paar fyn slukkies geneem het. Hy wonder of sy aan hom dink, of sy ook, soos hy, 'n buitengewone plesier vind in doodgewone dingetjies net omdat hulle vir mekaar bestaan. Die gevoel dat sy bestaan 'n besondere betekenis vir iemand het, is 'n verkwikkende ondervinding. Vir die eerste keer sover hy kan onthou, voel hy nie meer alleen nie.

Hy rek agteroor op die stoel en drink lui-lui aan sy koffie. Die kafeemeisie het nou by twee busbestuurders gaan staan, haar bene styf teen die tafeltjie en haar hande op die oppervlakte sodat die los velletjies nou trek om die elmboog. Sy is besig om vir een iets in die oor te fluister, terwyl sy met warm oë na die ander een kyk.

Hoe lekker voel hy nie! Hierdie selfvertroue is ongekend. Daar is iets in die lewe! Alles is mooi – niks hinder hom meer nie. Daar is soveel moontlikhede, daar lê so baie dinge voor dat hy amper nie weet waar om te begin nie. Hy voel soos iemand wat lank siek was en gesond geword het en elke klein dingetjie in die lewe nou wonderlik vind. En dis alles so eenvoudig, dis alleen gode wat alleen kan leef. Hy laat sy gedagtes gaan en dink weer aan alles wat hulle twee saam kan doen, soos hy by die see gedink het . . .

Dit het meteens stil in die kafee geword. Die busbestuurders het onder groot lawaai verdwyn en na 'n paar smerige aanmerkings haar vloekend-verleë alleen by die tafel gelaat. Toe hy betaal, glimlag hy vriendelik vir die meisie en sê so duidelik en beskeie dankie dat sy meteens opkyk en haar oë onseker op hom hou.

Toe hy buitekant kom, kon hy nie besluit wat om te doen nie. Hy wou nie na sy klasse gaan nie en ook nie na die stad nie, want hy het gevoel dat hy op een of ander manier alles sou bederf as hy Marie onverwags raak-loop. Hy besluit toe om na een van sy ou plekke langs die hang van die berg te gaan waar hy gewoonlik gaan stap. Die toneel van die stad met die rook en die aanhoudende rumoer wek weer by hom daardie gevoel van ouds, maar hierdie keer is Marie onafskeidbaar 'n deel daarvan. Daar is nog die misterie en die gevoel dat hy op die drumpel staan van belangrike dinge, maar hy sien nou daarna uit. Dis 'n vreemde wêreld wat vir hom wag, maar op een of ander wyse is die rol wat hy sal speel, duidelik afge-baken, en is hy nie meer gedoem tot onsekerheid nie.

Na 'n rukkie besluit hy om nie meer aan haar te dink nie, uit vrees dat sy steeds herhalende gedagtes alles sou bederf as hy haar weer sien en, deur sy geluk té veel te beproef, die Voorsienigheid wat uitgelate geluk nie duld nie, alles sal vernietig. Hy dink toe aan homself: hoedat hy verander het, dat daar nie meer 'n skyn van sy vroeëre bestaan is nie. Sy gedurige worsteling met skuldgevoel, sy vertwyfelings en afwykings, die vrees wat hom gedurig agtervolg, die gevoel dat hy op 'n dooie punt afstuur – dit alles het verdwyn. Christus, 'n vae, onbepaalde figuur êrens verskuil in sy denke, verstaan hom heeltemal. Daar is geen kwaad in hom en Marie nie. Alles gebeur uit dringende noodsaaklikheid.

Daar is geen kwaad nie . . . En hy dink aan wat Johan vir hom jare gelede gesê het: dat daar goed in kwaad is. Hy het toe nie heeltemal geweet wat hy bedoel nie. Hy dink aan Johan en voel effens weemoedig. Hy het darem iets nagelaat, soos almal wat hy geken het iets nagelaat het. Op sigself was dit nie voldoende nie en was dit nodig dat hy van hulle moes wegbreek, maar in herinnering is hulle tog ook na aan hom – al sal hulle nooit weer deel van hom wees nie.

Toe hy by die universiteit kom, loop hy Gene raak.

"Hallo," sê Gene. "Hallo, vreemdeling. Ek het weer 'n kar vir die naweek gehuur."

Colet kry 'n skielike ingewing.

"Gene," sê hy, "leen my die kar vir die middag. Ek sal dit betyds terugbring vir vanaand. Dis baie belangrik, ou man."

Gene vernou sy oë in skyn-verbasing.

"Hoekom kry jy nie liewers 'n kamer in die hotel nie? 'n Kar is té ongemaklik."

Colet glimlag en slaan sy arm om Gene se lyf met ongewone kameraderie.

"Ek wil graag die Kaap vir iemand wys. Die rit is baie belangrik."

Gene glimlag.

"As jy 'n indruk wil maak, ou man. Enige tyd. Jy moet net betyds terug wees. Vanaand soos nooit tevore nie. Die lewe begin my verveel."

Toe Colet vir Marie bel, kry hy haar dadelik. Alles gaan voor die wind.

"Kyk, Marie," sê hy, "ek het 'n kar vir die dag gekry. Ek sal 'n mandjie volpak en dan gaan ons piekniek hou. Ek ken 'n plek by Steenbras. Daar is 'n wonderlike waterval en mens kan die see daarvandaan sien."

"Colet!" Sy klink opgewonde. "Maar dit sal wonderlik wees!"

Hy trek eers ligte sportklere aan en kry dan die sleutels van die motor by Gene.

"Geniet dit, ou man," sê Gene. "Bring haar vanaand saam."

In die stad koop Colet eetware by een van die kafees, en 'n bottel sjampanje by 'n drankhandelaar. Toe hy by die hotel kom, wag Marie reeds vir hom. Hulle soen mekaar selfbewus en loop hand aan hand na die motor. Terwyl hulle ry, sit sy styf teen hom aangedruk.

"Ek het nooit geweet dat dit só voel om verlief te wees nie," sê sy.

Colet dink meteens daaraan dat daar nooit 'n ongemaklike skaamheid tussen hulle was nie – dat alles dadelik in 'n patroon geval het.

Terwyl hulle langs die see ry anderkant Gordonsbaai en die blou waters met kalme hale op en neer wieg, sê sy weer: "Wonderlik, Colet. Is dit nie wonderlik nie! Ek voel asof ek kan huil."

Hy kyk na een van die strande om die draai, waar die branders traag en lui teen die rotse slaan.

"Ons gaan eendag langs die see woon," sê hy. "So digby die oseaan as moontlik."

"Colet!" sê sy verras. "Dink jy al daaraan?"

Hy voel teleurgesteld dat sy nie dadelik aansluit nie.

Sy merk sy swye op. "Ek is soveel ouer as jy, weet jy?" sê sy.

Dis asof sy baie meer selfvertroue gekry het.

"Dit maak nie saak nie," sê hy. "Dit het nie saak gemaak in ander omstandighede nie." Hy wonder of dit haar sou kwaad maak. Maar sy snap nie die bedekte verwysing nie.

"Dis waar," sê sy. "Dit behoort nie saak te maak nie." Sy wag 'n oomblikkie. "Maar wat sal jou ouers sê?" Tog klink sy nie bekommerd nie, en is dit eerder asof sy net luiweg saampraat.

Die kar het nou na die binneland gedraai, ál met die heideveld langs, waar die proteas en veldblommetjies met allerhande kleure tussen die wit klippers en sand uitsteek.

"Hoe pragtig is dit nie!" sê sy. "Watter mooi plek is die Kaap nie!"

Toe hulle 'n smal passie opgaan, gesels hulle nie. Om 'n draai kom hulle op 'n paar rondawels af met 'n kafeetjie aan die voorkant.

"Die waterval is net hier anderkant," sê hy. "Ons kan eers 'n koppie tee drink."

Toe hulle op een van die rustieke bankies sit, vra die bediende die bestelling vir haar en nie vir hom nie.

"Twee tees," sê Colet.

Toe hy wegstap, sê Marie: "Hy het gedink dat jy saam met my is, dat ek jou ma is."

Vir 'n oomblik is daar 'n ongemaklike stilte, dan oorbrug Colet dit met: "Hoe handig sal dit nie wees nie, ons sal altyd 'n kamer saam kan kry."

"Colet!" sê sy verontwaardig, en dan lag sy.

Toe hulle naby die waterval kom, sien hulle dat twee soldate met meisies alreeds by die piekniekplek hulle komberse oopgegooi het. Hulle stap toe maar 'n entjie verder die kloof op. Die groepie het skielik opgehou met praat en kyk na hulle twee met koue belangstelling. Een van die soldate sê iets wat hulle nie kan hoor nie en die ander lag hardop. Marie het meteens rooi geword, maar na 'n rukkie toe hulle by 'n afgeleë kol bome kom, reg onderkant die waterval, herstel sy weer en help vir Colet om die reisdeken oop te gooi en die kos uit te pak.

Nadat alles gereedgemaak is, besluit hulle om al met die stroompie langs tot by die waterval te stap. Hulle gaan eers oor 'n smal houtbruggie en staan vir 'n oomblik en kyk na die rooi water. In die middel van die seekoeigat is dit amper swart, dan word dit al hoe ligter na die kante toe waar dit verflou tot 'n ligte, deurskynende kleur. Van bo uit die kranse tuimel 'n waterval met 'n aangename, plesierige geluid. Die rooi water buig eers deur die lug voordat dit neerstort in 'n skuimende poel.

"Dit lyk soos portwyn," sê Colet.

"Ek wonder of dit ook so rooi is – so donkerrooi as mens dit in 'n glas gooi," sê Marie.

"As jy lus het, kan ons langs die kant afklim tot by die water," sê Colet.

Hy neem weer haar hand. Langs die brug is 'n smal paadjie. Waar dit doodloop, moet hulle langs die rotse afgly. Colet gaan vooruit en hou sy hande vir Marie op. Sy weifel 'n oomblik, en sit dan haar voet versigtig op 'n rotspuntjie neer. Dan gee sy mee en glip taamlik ongemaklik af, sodat haar rok bokant haar knieë opskuif en die kous, waar dit aan haar bobeen vasgemaak is, lostrek. Sy druk onmiddellik haar rok af, draai om en kyk dan weer. "Ek dink," sê sy met haar rug na Colet, "ek het my kous geskeur. Dis nie net 'n leer nie. Dis 'n yslike groot skeur."

"Hoekom trek jy dit nie uit nie?" vra Colet.

Sy kyk onseker na hom, gaan sit en trek haar kouse uit. As sy haar rok oplig om dit te doen en haar been kaal en wit ontbloot word, kyk sy skaam na hom.

Hy sien dit en probeer haar ongemaklikheid uit die weg ruim. "Jou bene lyk so mooi teen die rooi water," sê hy.

Sy kyk self daarna, steek 'n versigtige voet uit en raak met die punte van haar tone aan die water. As sy haar been heeltemal daarin steek, vervaag die buitelyne tot 'n swewende, bewegende voorwerp wat amper onherkenbaar is.

"As die visse nou kom," sê Colet, "en aan jou tone byt, sal die prentjie volkome wees."

Sy sit met haar hande agter haar op die rots en speel met haar bene in die water. Dan kyk sy na hom. Daar is 'n sedigheid in haar houding wat hom effens hinder, maar dan word dit meteens mooi.

"Ek voel asof ek . . . ons op ons wittebroodsdae is," sê sy. "Voel jy nie ook so nie?"

"Ja," sê Colet.

Hulle kyk gelyktydig na die lang sleep van die waterval teen die kranse met die poel daaronder. Die kranse is bedek met weelderige plantegroei. Dit omsoom die waterval en die poel.

"Dit lyk soos . . ." sê sy meteens, en hou dan op asof sy na 'n verge-lyking soek.

"Na wat?" vra Colet.

Hulle kyk weer daarna. Dan word hulle vervul met 'n gedagte wat gelyktydig by hulle opkom. Daar is iets wat hulle tref, maar wat hulle nie heeltemal kan peil nie. Dis asof iets by hulle opgewek is. Hulle kyk na mekaar, dan sê sy meteens: "Ek dink ons moet nou loop."

Hy help haar weer as sy die rots moet uitklim. Hy raak bewus van die ongemaklikheid van haar bewegings. Haar hoër ouderdom het meteens na vore gekom. Daar is 'n swarigheid, 'n effense onbeholpenheid en kwesbaarheid. As hy self met gemaklike hale daarteen opspring, voel hy die veerkragtigheid in homself. Bo-op gaan hulle eers 'n rukkie staan. Op haar bolip het 'n paar sweetdruppeltjies verskyn en sy vee dit met 'n klein sakdoekie af, maar dit pêrel weer, sodat sy aanhoudend die sakdoekie voor haar gesig hou. Sy het nog al die tyd haar skoene en kouse in haar hande. Sy leun teen hom terwyl sy haar voete met 'n sywaartse beweging optel en die skoene aantrek. Dan stap hulle ingehaak aan. Daar het 'n intimiteit tussen hulle ontstaan wat vroeër in die middag nie heeltemal daar was nie.

Voordat hulle van die bruggie afklim, staan hulle weer en kyk na die water en die plante. Van daar gaan hulle na die reisdeken. Terwyl sy die kos in die papierbordjies plaas, maak Colet die bottel sjampanje oop. Die grond voel klam, selfs onder die reisdekens, en hy trek sy baadjie uit en sprei dit vir haar oop. Elke beweging aan sy kant is vol beskerming teenoor haar. Van haar kant is daar 'n vertroue en 'n afhanklikheid. Dit het meteens weer in hulle gedagtes die verskil in ouderdom uitgewis.

Terwyl hulle eet, praat hulle nie baie nie. Nou en dan kyk hulle na mekaar en glimlag. Intussen hou Colet die glasies vol. Dis ook asof sy buitengewoon baie drink, en spoedig word haar bewegings luier en haar lagbuie geredeliker. Na 'n rukkie toon sy die neiging om, as sy aan hom raak, haar hand langer op hom te hou. Dan weer, as hulle na mekaar kyk en praat, hou sy soms in die middel van 'n sin meteens op terwyl haar oë op hom gerig bly. As dit gebeur, leun hy oor na haar en soen haar, oor die mandjie, saggies op die lippe. Hy voel dan hoe warm haar mond is en hoe dit oopgaan en swaar van syne afskeid neem.

Toe hulle klaar geëet het, is daar nog van die sjampanje oor en hy gooi die laaste bietjie in die glasies. As dit klaar gedrink is en hulle in 'n gemoedelike stilte sit, gaan sy meteens agteroor lê en hou haar arms oop vir Colet. Hy rol om op sy sy met sy lippe teen haar en hulle soen aanhoudend in dieselfde posisie. Hulle oë is digby mekaar, sodat hulle ooghare telkens raak. Dis 'n ingekluisterde hoekie waar hulle is, weggesteek tussen die bome en die varings. Nou en dan kan hulle die stemme hoor van die ander groepie, maar dit kom van veraf, asof deur die wind aangedra. Intussen dreun die waterval en doof alles uit sodat hulle, in die geluid daarvan, ook van die res van die wêreld afgeskei is.

Hy begin met sy hande aan haar raak en speel met haar klere. As hy haar weer soen, raak haar mond nat en vol hartstog. Sy slaan meteens haar arms styf om sy lyf en druk haar gesig hard teen syne. Hulle lê roerloos. Hy voel dat sy op hom wag. Nie net sy nie, maar alles. Die dreuning van die water het harder geword. In die gedruis voel hy die belangrikheid van die oomblik. Die gevoel dat alles op hom wagtend toegespits is, is so intens dat hy koud en magteloos lê. Na 'n rukkie, as nie een van hulle twee beweeg nie, is dit asof hulle in 'n tussenoomblik van helderheid bewus word van wat gebeur. Dan trek sy hom nog stywer teen haar aan en plaas sy hand op haar bors.

"Ek het jou baie lief," hoor hy haar sê.

Hy reageer weer en raak versigtig aan haar, asof hy haar vir die eerste keer ontdek. Met elke beweging kom sy hom tegemoet, en hy voel hoe alles in haar – elke outomatiese refleksbeweging – ongeduldig die proses verhaas. Een van haar arms is om sy nek en hy kan haar polshorlosie digby sy oor hoor tik. Elke sekonde is 'n donderende slag . . .

Dan is dit asof hy alle spontaneïteit verloor het en sy liggaam 'n ongevoelige voorwerp is wat aangedryf word deur boodskappe van sy brein. Nou moet ek só maak, nou só, nou só . . . En 'n hele reeks boodskappe word aan onbeholpe ledemate gestuur sodat elke beweging 'n vreesagtige handeling word wat naderhand met driftigheid die vrees probeer verberg.

Die rooi waters dreun en dreun: die rooi waters in die donker poel, dig begroei en verbode. Dit word harder en harder, en dringender en dringender. Dit ken geen perke meer nie. Die stroom word sterker en beur deur die rotse en skiet hoog die lug in, op en op, wagtende om op die kruin van die styging te breek en met 'n wilde, roerende geklater na benede te tuimel, na die gevaarlike, donker, swart dieptes onder.

Meteens breek iets in Colet. Alles ontspan in hom en hy rol om op sy rug. Terwyl dit stil word, kry hy 'n beeld van vlokkies skuim langs die see tussen die rotse as die gety uitgaan en die strand leeg en dood en verlate lê.

Hy hoor die asemhaling van die vrou langs hom.

"Colet! Colet!" hoor hy haar roep.

Maar daar is niks nie. Daar is net 'n dooie see en die skuim.

"Colet! Colet!"

'n Klein handjie met die krag van staal trek aan hom.

Hy draai om – 'n tevergeefse beweging. Sy ongevoelige hande, sy strakke lyf is koue voorwerpe wat alle vuur blus. Die gedruis van die water word sagter en gaan dan oor in 'n eentonige, moedelose gedreun.

Hy sien hoe haar oë wat donker was, nou lig en koud word. Hulle raak saam bewus van die ongemaklike, aanstootlike posisies wat hulle ingeneem het.

Dan gaan sy meteens regop sit en trek haar klere reg. Terwyl sy dit doen en alles van hom verberg, merk hy die blou are hoog teen haar bene op, en haar verkreukelde rok wat meteens puriteins en onverbiddelik voorkom. Toe haar gesig digby syne is, terwyl sy op haar knieë kom, ruik hy die effense suur reuk in haar asem. Dan gaan sy weer agteroor lê. Hy hou sy arms uit en sy lê met haar kop in die holte daarvan. Sy lê styf en regaf en roerloos, met haar oë toe.

"Het jy my nog lief?" vra hy.

"Natuurlik het ek jou lief," sê sy.

Hy draai sy gesig en kyk na haar. Iets kom tot sy beskerming: hy sien die ontblote rimpels onder haar ken en die ruheid van haar vel en die draderigheid van haar hare. Sy lyk oud. Sy lê gedaan en uitgeput langs hom.

"Jy gee nie om nie?" vra hy.

Sy antwoord nie, maar roer net haar kop, met haar oë nog steeds toe.

Hy praat teen die angs en alleenheid wat terugkeer.

"Ek was net moeg," sê hy. "Mens voel soms so. Jy raak moeg en dan is jy magteloos."

Sy antwoord nog steeds nie.

"Ek het jou baie lief," sê hy en voel hoedat hy homself verneder en aan haar blootstel.

"Jy moet onthou dat niks ooit verkeerd is as twee mense mekaar liefhet nie. Mens leer mekaar ken . . . op allerhande maniere."

Haar oë gaan stadig oop en sy kyk na hom.

"Niks sal gebeur nie," sê hy. Hy raak meteens opgewek, maar die opgewektheid is desperaat en hang aan 'n dun draadjie. "Vanaand gaan ons dans," sê hy. "Ek sal jou wys hoe ons hier in die Kaap partytjies gee . . . jy het geen idee nie." Sy stem word sagter en insinuerend. "Na die dans kan ons alles hervat . . ." Hy gebruik dieselfde woord as die vorige aand met 'n laaste hoop dat dit nog dieselfde uitwerking op haar en homself sal hê.

Dan glimlag sy.

"Colet," sê sy, "ek is só vaak. Kom ons slaap liewers. Voel jy nie ook vaak nie?"

Hulle lê in stilte. Hy sien hoedat sy werklik vaak word in sy arms. Net voordat sy aan die slaap raak, sit hy sy hand op haar bors, maar sy vee dit ongeduldig deur die slaap weg. As hy haar reëlmatige asemhaling hoor, trek hy sy arm onder haar kop uit en gaan eenkant teen 'n boom sit, 'n entjie van haar af.

Hy probeer hom daarvan weerhou om te dink aan wat plaasgevind het: die gedagte daaraan is so ontsettend dat hy dit nie durf waag om aan die gevolge te dink nie. Maar hy voel hoe iets swaars alreeds in hom op-werk. Om dit te besweer, sê hy vir homself: "Ek was baie moeg, dis die omgewing en die teenwoordigheid van die mense, die waters en die helder lig . . ." Daar is geen oortuiging nie, maar hy durf nie toegee nie. Maar iets het plaasgevind, iets oneindig belangriks en vernietigends.

Hy skuif digter teen die boom, sodat hy die hardheid van die stam teen sy lyf kan voel. Hy kan nie aan die toekoms dink nie. Sy gedagtes gaan te-rug na die verlede, na die bekende dinge. Hy probeer hom inleef in daardie tyd, maar kry dit nie reg nie, net nou en dan is daar 'n aanduiding van iets pynlik bekends, wat onmiddellik uitgewis word deur wat nou plaasgevind het. Hierdie magteloosheid van straks is 'n fyn draadjie wat deur sy hele jong lewe geloop het. Almal wat hy geken het, word hierdeur uitgewis – hulle is nog daar, maar die leegheid en uitgeputheid maak dat hulle ook nie meer dieselfde persone is nie. Hy kan dit nog nie volkome besef nie, maar al daardie dingetjies, wat hulle in een of ander stadium gesê en ge-doen het, word hierdeur onthef van betekenis.

Alles waaraan hy dink, is nog net in naam daar. Daar was die invloed van die natuur wat hy deur Johan gevoel het, die frisheid en die aardsheid van Agnes daar by die rivier, die droomeienskap van Mariet die aand in sy kamer, die misterie van die stad in die vishorings en die dreuning van die see, die onbekende, primitiewe wêreld deur die swart oë van Sara, die hopelose verbeeldingsvlugte van Maria, die futiliteit van die sonsonder-gang op die plaas, die geur van skoonheidsmiddels in Suzanne se kamer, die onbereikbaarheid van juffrou Du Toit en die ontnugterende ontdek-king van Marie . . . Nou *moet* hy daaraan dink! Waar het alles begin? – Hierdie onvermoë wat alles vernietig en almal en alles wat hy geken het, betekenisloos maak. Hy voel asof hy kan huil. Selfs daardie reddende dinge waaraan hy hom nog al die jare vasgeklem het, bestaan nie meer nie – noudat hy besef dat die magteloosheid in homself selfs toe al bestaan het, en dat alles, soos die lewe om hom, leeg en steriel is.

Waar het dit vandaan gekom? Van sy pogings om in godsdiens iets te vind en die wreedheid en misverstand wat hy daar gekry het? Van sy gevoel van ingekluisterdheid en dat hy altyd op die randjie van groot dinge is en dit nooit kan bereik nie? Is dit 'n fisieke weergawe van sy gevoel van onmag teenoor 'n veranderde wêreld en waardes en leefwyses wat hy nie heeltemal verstaan nie – die vrees wat dit meebring, sy gedurige ontuis-heid? Wat maak dit saak wat die rede is – die leegheid en die vrees is weer daar. En, ergste van alles, dat dit duidelik geword het op die oomblik toe hy verwag het dat hy die oplossing gevind het.

Hy dink nie in helder beelde nie, maar in 'n lang reeks flitse, soms verrassend en onthullend asof hy iets nuuts gevind het, dan weer kom die besef dat dit slegs 'n insig in homself is, maar geen oplossing nie. Niemand wat hy geken het, of ken, sal enige invloed meer op hom hê nie. Nie Johan met sy verwyfdheid nie, nie Theuns en Suzanne wat verslaaf is aan hulle konvensies nie, nie Agnes wat nou deel geword het van die groot massa nie, nie godsdiens waar 'n waarheid verlore geraak het in argaïese beelde nie, nie in die mishoring in die nag of die gefluit van vragskepe en die ruising van die see nie – nie in die vryheid van 'n jong gemoed wat alles probeer het, lê daar enige betekenis meer nie.

Hy hou sy hande voor sy oë en druk sy lyf só dig teen die boomstam dat dit hom seermaak.

Dis asof hy 'n weelderig toegedraaide pakkie oopmaak en een laag papier na die ander aftrek, ryk in kleure en verskillend van patroon, al hoe nader aan die middelpunt, en dan skielik afkom op 'n hopie skaafsels met niks binnekant nie.

Dis snaaks, dink hy, dat ek altyd verwag het dat iets groots met my sal gebeur, dat belangwekkende dinge my lewe sal bepaal en dat ek nou, deur 'n reeks kleinighede en deur die mees elementêre toets, voel dat ek op 'n dooie punt afkom.

Hy sien meteens dat die vrou 'n entjie van hom af beweeg, maar haar onrustige bewegings word weer stil en haar asemhaling kom harder en snorkend in sy rigting. Sy het haar skoene uitgeskop en dit lê met punte na mekaar toe op die reisdeken. Haar rok het weer opgetrek, hoog teen haar bene, sodat hy die knieknoppe kan sien wat skuins oor mekaar lê. Haar een hand is oor haar oë en die ander een lê uitgestrek op die klam grond. Die platheid van die toneel gee hom nuwe moed; sy lyk so bekombaar en maklik dat hy daaraan dink dat die aand nog voorlê wanneer hy alles kan herstel. En as alles herstel is, is al hierdie gevoelens nodeloos en kan hy nog iets red. Miskien kan hy deur haar nog iets kry. Haar geduld moet eindeloos wees, want haar tyd is alreeds verby. Sy hoef niks te bied nie, sy hoef net te ontvang. Dit is alles so maklik. Miskien het die Voorsienigheid juis iemand soos sy vir hom gegee, sodat hy sy swakheid kan agterkom met die geleentheid om weer te herstel.

Skielik hoor hy 'n gil. Onder die gebabbel van opgewonde stemme staan hy saggies op en kyk oor die varings heen tussen die bome deur. Die twee soldate is besig om te baklei. In die skemer onder die bome lê een op die grond terwyl die ander een oor hom staan met gebalde vuiste.

"Staan op jou . . . lafaard. Take what's coming to you . . ."

Die figuur op die grond krul rond van pyn. Hy skuif effens weg as 'n skoen wegsink in sy sy, maar hy maak geen poging om op te staan nie.

"You yellow bastard . . ."

Die twee meisies vergader om hulle, hulle gesigte rooi en opgewonde en stralend.

Dis ek wat daar lê, dink Colet. Dis die vrees dat dit ek is wat daar lê wat my so bang en onrustig laat voel.

Hy draai om en sien dat Marie wakker geword het en angstig rondkyk.

"Die twee soldate is besig om te baklei," sê Colet.

Sy frons en hou haar hande oor haar ore.

"Hoor hoe vloek hulle," sê sy.

Hulle kyk na mekaar. Sy staan op en begin die orige kos inpak met haar kenmerkende presiesheid. Sy kyk met afkeur na die bottel en gooi dit eenkant langs die varings weg. Die prop lê nog op die reisdeken en sy sit dit in die mandjie. Dan help sy Colet om die komberse op te vou.

Terwyl hulle terugstap, maak hulle of hulle die groepie onder die bome nie sien nie.

Een van die meisies hardloop na hulle toe en sê: "For God's sake, please stop them!"

Maar Marie stap aan en Colet, vol onsekerheid, volg haar sonder om te antwoord.

Toe Colet die motor aan die gang sit en versigtig 'n weg baan op die smal paadjie, sê hy styf: "Ek háát sulke dinge. Dis so vieslik. Dit bederf die hele middag."

Daar is 'n stramheid tussen hulle terwyl hulle terugry. Marie kyk eenkant by die venster uit asof sy iets besonders in die see sien.

Eenkeer sê Colet: "Marie, ek is baie jammer." Maar hy kyk nie na haar nie en bestuur die motor versigtig.

"Waaroor is jy jammer?" vra sy.

"Dat ek so 'n mislukking van alles gemaak het."

Sy sit agteroor en trek haar rok styf teen haar bene af.

"Ek weet nie van 'n mislukking nie," sê sy. "Ons het té veel sjampanje gedrink en dan doen mens allerhande . . . lelike dinge." Sy pers haar lippe saam. "Drank is 'n slegte ding."

Dit gee Colet 'n plan.

"As mens baie gedrink het," sê hy, "dan het jy nie beheer oor jouself nie. Dit maak jou magteloos en dom."

Hulle ry in stilte, dan sê sy: "Het jy gesê, vroeër vanmiddag, dat ons weer vanaand uitgaan?"

"Ja," sê Colet. "Ons gaan saam na 'n dansparty met daardie vriend van my van wie ek jou vertel het. Gene."

"Sal daar baie wees?" vra sy.

" 'n Hele klompie," sê hy. "Die gewone groep."

"Ek weet nie of ek lus het nie," sê sy. "Ek is regtig baie moeg."

Maar toe hy haar by die hotel aflaai, willig sy in en kla terselfdertyd dat sy nie 'n ordentlike aandrok het vir die geleentheid nie.

Die aand bly die ander in die motor voor die hotel agter toe Colet ingaan om haar te gaan haal. Terwyl hy wag, bestel hy 'n drankie vir homself in die sitkamer. Hy is heeltemal verras met wat in homself plaasvind: hy het nog nooit daardie stralende, amper lighoofdige gevoel ondervind nie. Dit het meteens voorgekom asof hy niemand meer nodig het nie en dat hy, afgesien van die gevolge en van wat voorlê, glad nie meer omgee wat sal gebeur nie. Iets in homself bevestig dat dit die beste benadering van die saak is: as hy té veel op die spel plaas, sal sy magteloosheid van die middag herhaal word. Hy is nog seker (hy durf nie anders dink nie) dat alles te wyte was aan sy moegheid en oorgretigheid. Terwyl hy agteroorsit en met bewuste selfvertroue 'n sigaret aansteek, vind hy homself besig om heeltemal teenstrydig met oop oë te bid: "Liewe Here, ek mag nie vanaand ingee nie. Laat hierdie gevoel wat ek nou het, behoue bly. Gee my die krag . . ."

Hy het genoeg humorsin om die snaaksheid daarvan in te sien: sy bede vir krag – so anders as die gewone. Dis amper 'n bespotting van die geloof. Maar as daar 'n God is wat besef, sal Hy verstaan.

Toe sien hy haar by die deur inkom. Sy het 'n goudlamé-rok aan, en hy besef dat dit baie duur moet gekos het en hy dink ook daaraan dat sy dit seker in die stad moes gekoop het. Hy wonder wanneer sy dit gekoop het – miskien voor die winkels gesluit het nadat hulle van die piekniek af teruggekom het.

Sy gaan 'n entjie van hom af staan asof sy dit doelbewus doen sodat hy die effek kan sien.

Voordat hy nog iets kan sê, vra sy: "Waar is die ander?"

"In die kar," sê hy en die kompliment sterf weg op sy lippe.

Dan, asof sy deur een of ander vroulike insig alles opmerk, vra sy: "Hou jy hiervan?"

"Dis deftig," sê hy. "Baie deftig – té swierig vir ons."

En dan, om alles te kroon, word sy vriendelik en simpatiek.

"Ek hou van jou aandpak. Jy lyk baie elegant."

En sy maak dit erger naïef en sonder insig: "Jy lyk so manlik in 'n aandpak. Dit pas jou so goed."

Toe hulle in die kar klim, is almal so luidrugtig dat hulle as persone nie tel nie. Hy het haar wel aan die ander voorgestel deur hulle name in die donker te noem. Onder die deurmekaarpratery en geskerts op pad, bly hy stil.

"Hoekom is jy so stil?" vra sy. Sy voel effens ontuis en wend haar noodgedwonge tot hom. "Jy is so onpersoonlik."

Hy sê iets, maar sy woorde gaan verlore in die geraas.

In die helder verligte saal, by hulle tafel eenkant in die hoek, sien hulle mekaar vir die eerste keer.

Gene knik vir hom en dan kyk hy na Marie.

"Hallo, hallo," sê hy.

Sy vind hom ongewoon en lag vir elke dingetjie wat hy sê.

'n Lenige kelner buig oor hulle tafel en gooi vonkelwyn in lang, breë kelkies. Dit maak 'n groot indruk op haar. Haar oë skitter en sy luister met ingehoue bewondering na die ironiese, spottende gevatheid van die groep. Sy kyk met romantiese verlange na die pare wat alreeds kleurryk en ritmies oor die saal beweeg. Sy sien die paartjies met hulle koppe dig bymekaar en hulle ligte, opgewekte flirtasies, die laggende lippe, en pêrels, en glimmende, nousluitende aandrokke, en geparfumeerde hare en wit, lae halse, en gedrapeerde pelse oor stoele. Sy sien die lig uit hoeke in die verte deursyfer en in duisende kleure breek op die kant van 'n bord, die boog van silwer, die ronding van gesnyde glas, en weer afgly tot teen donker skaduwees in gordyne en die voue van draperings.

Terwyl hulle dans, sê sy: "Ek geniet dit vreeslik. Dis die eerste keer dat ek op so 'n partytjie kom. Dis wonderlik."

"Ek is bly," sê Colet; en hy dink: dis presies wat sy nodig het. Dis baie eenvoudig – sy ontdek nou eers hierdie sy van die lewe en vind dit wonderlik. Sy haal iets daaruit.

Maar dit het niks met hom te doen nie.

Toe hulle by die tafels terugkom, het hier en daar 'n kol op die wit tafeldoek verskyn – nat en bruin, waar 'n enkele drankie deur 'n haastige gebaar gestort is. Die disintegrasie vind alreeds plaas. Hy wonder watter effek dit op haar sal hê.

En dan sien hy hoe sy met groot oë luister na Gene. Hy merk die onbeholpenheid van haar gebare en die oorgretigheid waarmee sy op al sy bekende benaderings reageer.

Eenkeer het die meisies die tafel verlaat.

"Kom ons poeier ons neuse," sê Gene, en hulle stap almal na die was-kamers.

Wit borshemde en swart pakke skuur in nou gangetjies bymekaar verby en onbekendes vind in mekaar ou vriende.

Iemand sê vir Colet: "That dame is a bloody teaser . . . I tell her: 'Either you want it or you don't' and she says – mark you: 'You're too heavy-handed.' My God! I was playing up to her like a blinkin' fairy . . ."

Die mans met al hulle gebare so ru en selfversekerd. Hulle gee en die vrou ontvang. Dis só eenvoudig. Hy word bewus van 'n manlikheid in elke beweging: die manier waarop hulle hulle baadjies regtrek en angstig pluk aan 'n skewe strikkie. Hy kyk na homself in 'n spieël en meteens word sy gelaatstrekke sag en fyn soos dié van Peterkin en Johan.

Net nie dit nie, dink hy. Net nie dit nie.

In die foyer sluit hy weer by die ander aan.

By die tafel het een van die mans sy arm om Marie se lyf gesit en is be-sig om iets in haar oor te fluister. Sy sien Colet en kyk stout na hom. Dan wink sy en gaan hy langs haar sit. Sy sit haar vry arm om sy lyf. Sy lag in sy gesig en druk haar voorkop teen syne en lok hom uit om te deel in die vervoering.

So maklik. Sy is so maklik. En hy dink daaraan hoe sy môre verskonin-kies sal maak. En hy wonder watter eise sy aan hom sal stel. En hy bid, met oop oë terwyl hy lag en wyn drink, dat alles suksesvol moet afloop.

Almal begin weer dans en trek met lomp hande aan mekaar. Die gesprekke word losser, die danse uitbundiger en die verwisseling van maats planloser. Dis die ou partytjies wat hy ken. Die bedekte liefkosings word ooglopender en vreemdelinge sluit by die groep aan en niemand gee juis meer om nie. Marie se beginnersoorgawe is soos sy eie, 'n tyd gelede.

Met die laaste dans word die ligte verdof en smelt die skaduwees saam. Marie kruip teen hom aan terwyl die orkeslede, met lang, slap vingers en lui oë, die saxofone in die lug hou en die sappigste sentimentaliteit daaruit haal en op die wit klawers die laaste, sussende akkoorde druk.

In 'n malende groepie is hulle daar weg.

Voor die hotel struikel Marie effens as sy uit die motor klim. As Colet die lig in haar kamer aanskakel, gaan sy dadelik op die bed lê en strek haar arms vir hom uit.

Hy knip die lig dood en gaan by haar lê.

Al die ou toenaderings volg.

En sy magteloosheid keer terug, asof alles 'n voortsetting is van die middag.

Hierdie keer is sy onverskillig. Sy neem beheer van die situasie asof hy nog 'n jong kind is en sy weer die onderwyseres. Haar hande is ongeduldig. Nou en dan sê sy iets en dan is haar stem beurtelings nors en flikflooierig. Naderhand kom daar 'n onbekende vulgariteit in haar woorde. Sy gebruik sekere liefdesterme wat mens in goedkoop boeke teëkom. Haar bewegings word dierlik en plat. Dis asof 'n vernis afgaan en sy blootgestel word in al haar primitiwiteit. Daar is 'n lompheid in haar handelinge, soos by 'n dier wat blind van pyn voortstrompel en alles in sy pad vernietig en afbreek.

Hy voel sy domheid en verslaenheid, maar hy kan niks daaraan doen nie. Hy probeer dit wegsteek, maar sy kom dit agter en verhoog haar pogings om hom te help. Hy voel asof hy teen 'n gladde muur opspartel. Al sy bewegings is sonder effek. Hy voel hoe die trane in sy oë kom; dit loop langs sy wange af en by sy mondhoeke in, sodat hy die soutigheid kan proe. Sy liggaam is 'n outomaat wat 'n bespotlike rol speel sonder ingewing. Hy bid weer tot 'n God wat alles afkeur, maar aan wie hy halsstarrig vasklou, omdat hy niks anders ken nie. In die magteloosheid van sy bewegings is sy hele lewe saamgevat. Sy worsteling is die worsteling van al die jare. Hy voel in sy mislukking die mislukking van elke dag. Niks kan hom help nie.

As sy moedeloos verstyf in afsku, dan is dit die afsku wat hy elke dag self gevoel het. Hy merk op hoe sy haar onttrek aan hom, maar hy hou aan, met die blinde moed van die moedelose. Naderhand verset sy haarself teen hom – sy probeer hom wegstoot, maar hy kom terug met sy futiele aanslae. Hy huil hardop sodat hy verstik in sy snikke oor sy magteloosheid – oor die magteloosheid van sy hele lewe. Hy noem haar naam oor en oor: "Marie! Marie!" Dit gaan oor in 'n worsteling. Hy skeur aan haar klere en huil soos 'n kind. Hulle veg in die nou hotelkamertjie, en dan, as die lig van 'n verbygaande motor deur die venster skyn, verslap hy.

Hy lê met toe oë en hoor hoe sy die lig aanskakel. Hy maak sy oë oop en draai sy kop weg.

Haar stem kom soos sweepslae: 'n herhaling van een aand jare gelede. "Colet," sê sy. "Colet!" Hy wag vir die plak. "Colet . . .!"

Hy kyk na haar. Hoe verontwaardig lyk sy nie! Hoe geregverdig! Met watter veroordeling kyk sy nie na hom nie! Haar hande is besig om 'n skeur in haar rok toe te maak. Dan, as sy die materiaal bymekaar gebring het, laat sy dit weer los. As sy nie verder praat nie, word die stilte ondraaglik.

Hy spring meteens op en loop na die deur. Daar aarsel hy 'n oomblik en kyk in die kamer terug. Hy sien hoedat sy op die bed lê met 'n bleek, verouderde gesig op die kussing na hom gedraai. Haar aandrok het alle swierigheid verloor en kom nou juis in die uitspattigheid daarvan so gekreukel en goedkoop voor. Uit die bondel vergane deftigheid loer sy vir hom met groot oë, waarin besef en afgrysing toeneem. Nie een van hulle sê iets nie. Hulle hou aan om na mekaar te kyk, verlore in 'n situasie wat 'n beslissende uitwerking op albei hulle lewens sal hê. Daar is niks wat hulle kan sê nie – niks wat ooit herstel kan word nie.

Sy begin saggies huil: groot trane kom onverwags uit die hoeke van haar oë, dam op teen haar ooghare en loop dan teen haar wange af. Daar is geen snikke nie – net 'n geruislose oorgawe. Dan kry hy meteens 'n beeld van die geveg wat hy met die seuntjies op skool gehad het: die verskrikte oë tussen die bloed, en hoe hy aangehou het met slaan op dieselfde plek, nie om te wen nie, maar om daardie verskrikking in sy oë deur fisieke geweld uit te wis.

"Jou teef!" skree hy meteens. "Jou lae, lae teef!" en hy slaan die deur toe in haar verskrikte gesig.

En, omdat die busse alreeds opgehou het met loop, moet hy na sy kamer terugstap. Vyf myl in die warm nag, met die ligte van die stad soos sterre en sy oë blind van trane.

HOOFSTUK XIV

Colet droom.

Dis 'n groen meer, omring deur berge met hoë kruine en barre rotse. Hy sink deur die water, deur 'n helder, ligbespoelde wêreld wat al hoe donkerder word. In sy versinkings na benede sien hy die lang, verdraaide halms van grasse en plante met die kleur van olywe. Hoe nader hy aan die bodem kom, hoe traer word sy bewegings, asof hy met alle mag teen hulle veg, maar ook deur iets onkeerbaars aangedryf word om tot die bron te kom. Dan verander die wêreld geleidelik: donkerpers skaduwees versper sy pad en swaaiende, slingerende modderdiere steek hulle grynsende koppe tussen koraalriwwe uit. In sy vrees kry hy ook 'n gevoel dat daar iets bekends is – iets in die kronkeling van die lywe, soos donker systraatjies in die stad; en as 'n monster uit die dieptes brul, is dit 'n treurige basgeluid, soos 'n massagekerm en vragskepe wat blaas. En dan duisende kleure, 'n reënboogwarreling van uitspattige rooi, groen, pers, geel, purper en blou. As hy daardeur is, huiwer hy op die rand van 'n rotswand wat padgee en waaronder donkerder dieptes in afgryslike afsondering wag. Daarbinne kan hy roerings gewaar – 'n warboel van lewe, half-bekend en vreesaanjaend. Soms is dit asof hy mensestemme hoor wat deurmekaar brabbel. Ook sy eie stem: eenkeer fyn en skril, en dan weer stadiger en growwer. Toe begin 'n allesomvattende vrees hom beetpak. Iets in hom dwing om hom van die wand af te stoot, maar hy klou met sy hande aan die skurwe rotse. En hy wieg heen en weer in die waters in 'n brekende besluiteloosheid.

In die beweging vorentoe word hy wakker en sien, as hy sy oë oopmaak, die son voor hom. Hy hoor die stemme van die ander in die gange en in die kamers en die geluid van die voëls in die bome. Namate hy bewus word van sy omgewing, vervaag die beelde van sy droom en hy bly oor met 'n onrustige, tintelende gevoel. As hy aan sy droom dink, skram sy gedagtes weg en wyk hulle al hoe verder in sy vrugtelose soektog. Alles om hom, die studente, die universiteit, sy werk – alles het meteens onbelangrik geword.

Toe hy aangetrek het en buitekant in die vars lug kom, kyk hy na die geboue – die presiese konstruksie en uitleg daarvan, die meisies in hulle ligte rokkies en die mans met boeke onder hulle arms – en die honderde trappe, die groepies wat in die warm sonskyn staan en gesels en die onge-wone helder uitsig oor die stad. Daar is iets uitgelate in die motors wat om die draaie snel en in die skril geskreeu van die elektriese treine. Alles is so vol lewe – selfs die kleinste grashalmpie wat in die dou skerp puntjies na die son toe draai. Alles is 'n uitnodiging tot lewe – maar dit is nie vir hom nie. Selfs in die beweging om hom sien hy die gelykmakende invloed, die steriele, sussende gemeenplasigheid wat alles op die agtergrond skuif en uitstel. Hy voel alreeds die sinsdodende invloed daarvan. Hy moet weg-kom, hom onttrek daaraan om die oplossing te vind.

Hy kies onmiddellik die bergpaadjie, die ou pad na die groen grasveld bokant die dennebome by die rotse, vér van die mense, maar ook so na aan die lewe daaronder. Voor hom is 'n ou man besig om aan die kant van die bome 'n tuintjie te skoffel. Met elke graafspit buig hy vorentoe en keer die grond om met 'n beweging wat swaar deur sy hele lyf gaan. Nou en dan rus hy en leun op sy graaf en kyk hoog na die toppe van die bome en vee met sy hand oor sy voorkop. Daar is 'n sistematiese doelloosheid in sy werk: die omgespitte grond, 'n Lilliputveldjie teen die groot berg, slegs 'n klein lappie waarop netnou een of ander gewas sal verskyn om dan weer met die koms van die volgende seisoen te verdwyn. Bewus, maar totaal onbewus van wat in die res van die wêreld aangaan, wagtende op sy twaalfuur koppie koffie en sy donker kamer in die stad as die skaduwees begin daal.

En daar vér onder in die straat: die motors. Waarnatoe gaan elkeen in sy versigtige gekruie deur die verkeer? Die groot vragmotor in die pad en die swaar bus wat skuins leun om die draai? Die rooi stoplligte wat alles in een rigting laat gaan, om netnou weer te verander en 'n ander stroom aan die gang te sit, 'n meganiese brein wat net twee gedagtes oor en oor herhaal.

En die mierstippeltjies voetgangers op die sypaadjies langs apteke en tiekiewinkels en goedkoop materiaal, wat nou blink en mooi lyk en net-nou sal verval tot lelike, ondoeltreffende vorms om onherkenbaar in ge-duikte asblikke met groot deksels te verdwyn. En die neonligte, wat nou dood is en vanaand weer sal aangaan; en die stemme, wat nou die stad vul en vannag in die donker ure in sagte fluisterings sal verdwyn. Die geweldige masjien wat met verslete, noupassende ratte dag in en dag uit draai in blink, klewerige olie; die tydskrifte op straathoeke met die helder prente waarop alreeds vlekke begin vorm; die styllose kantore met die vensters en die blindings teen die son; die knetterende tikmasjiene en die meisies met hulle handsakkies en lipstiffies en etensuurtjies en bestellinkies.

En hy self, met sy rug teen die rots, en alles en almal om hom. Die mense wat hy geken het en sy gewoontehandelinkies saam met die ander, só deel van hulle, só eentonig sy nietige handelinkies en ervarings en ontvlugtings en terugkeer na dieselfde ervarings en ontvlugtings. Johan sê: "Broertjie, voel die natuur in jou," en "Rook jy tog nie?" en Theuns en Suzanne sê: "As jy hard werk en sukses het . . .", "Hierdie pragtige geboue, dit spoor mens aan om hard te werk . . ." en "Dit gaan nog goed op die plaas . . .", ". . . die vreeslike oorlog"; en Marie du Toit lê op haar bed en haar lyf is gulsig en sy sê: "Colet, weet jy dan nie . . .!" en sy raas met hom net asof hy die matesisprobleem nie kan regkry nie en haar hande is ongeduldig en rapsend; en die klasse, die professor met die raamlose bril en die trae stem en die boeke vol feite en sy tuintjie agter die huis waar die pronkrose groei en die knipper in die son alle inspirasie wegknip; en die danse in die hotelle, die lekker musiek en dronk word, en vry langs die see, en wanneer is die volgende afspraak? En daardie donker meisie met die mooi bene en die swaaistappie en al die mooi meisies met die mooi bene en die swaaistappies wat Marie wegvee met ongeduldige hande; en teekoppies, en reëndae gevolg deur sonskyn en die regte hoeveelheid melk in die tee of suurlemoen as jy dit so verkies; en Gene sê: "Ek glo aan niks nie, en ek gee nie om nie, ek geniet die lewe en as ek klaar is, gaan ek 'n ryk vrou trou en in 'n groot stad woon en elke Saterdag gholf speel en aan die hardekwasklub behoort"; en Sondae lui die kerkklokke en mense met somber pakke klere en breërandhoede beweeg tussen die harde houtbanke en sing swaar psalms en luister na 'n geboë hoof en sagte, wit hande wat deur die lug swaai en op 'n groen kleedjie slaan; en vér terug, onplaasbaar wat ouderdom en lokaliteit betref – 'n hoenderhok in die agterplaas, die reuk van mis en die warm son op die sinkafdak, en 'n klein dogtertjie in 'n wit rok, besig om haar kleertjies uit te trek terwyl sy op 'n balk sit en twee klein dokters aan haar bene en aan haar lyf voel, en elkeen 'n gedeelte van haar liggaam kies; en verder terug, aan speletjies in 'n donker kamer met toe vensters en warm asems en bondelende massas lywe, die sweterigheid van 'n somersaand, die soet ruik van urine, die maan bo die bloekombome en wegkruipertjie tussen roosbome in 'n tuin, en die gefluister in die donker; daar is vlieërs deur die lug, en sywurms op groen blare waar die moerbeie blou-pers strepe teen die stamme van die bome gelaat het, daar is 'n trompet wat blaker in sonligstrate en 'n rubbersakkie op 'n kas en lelike muurpatrone; daar is 'n dogtertjie met haar been in 'n yster en 'n seun op 'n fiets, en die basnote sweef deur die mis, en hy word oor die seemuur gelig en sien die eiland in die verte en wit branders teen swart rotse en mense sonder arms en bene; daar is 'n glimlag, 'n glasbak met kleure, 'n hand wat wys, 'n hoof met 'n doringkroon, 'n bruin been, 'n sagte skoot, 'n warm boesem en oë wat kyk – oral: binne en buite met liefde en veroordeling . . . lettende.

Die kanon op die heuwel skiet, 'n sirene huil. Die stad word stil.

Trap-trap-trap gaan die voetstappe op die klipstraatjies in Europa; en blou uniforms en kakie-uniforms en verhongerde gesigte by puinhope; en *Gaumont British News* en vlermuisagtige bomwerpers en rook en wankelende mure onder verskroeide sink; en *African Mirror*, "everyone-is-doing-his-bit" en kissies, kissies bandeliere en ak-ak-ak gaan die masjiengewere; sien die woestyn en die konvooie, dóér, vér – daardie strepie in die sand; die hamer en die sekel en lyke wat swaai aan die galg in Kharkov. En waar is ek? Alleen teen die berg gedurende die klasure, en die naderende eksamens, en die ou man het al ses rye van sy beddinkie gespit en die sesde elektriese trein is so pas by Rondebosch-stasie verby, en hoor hoe lui die telefoon; "'n boodskap dan, M. du Toit, dat ek gebel het . . .", en Tamboerskloof, die seemuur, die systraatjies, die plaas en die stoepkamer, waar is Agnes nou? Het sy grootgeword? Hoe lyk sy? Johan sit in sy kantoor met 'n plan van 'n gebou terwyl die bediende sy kamer skoonmaak en Peterkin hom êrens in die stad aantrek om vir sy "vriend" te gaan kuier . . .

En vir die eerste keer begin daardie skoorsteen tussen die bome rook, en die son word warm bokant my kop . . .

In die dag, as die son skyn, lag ek saam en in die aand voel ek vol heimwee; en die bally Gene, kyk hoe vang hy daardie teef, Marie, met sy grappies; en foei tog, Marie, die gekleurde ligte en die sjampanje en die saxofone – dis lewe, nè? en weet jy, hulle gee jou £50 per maand as jy op Bahrein gaan werk by die oliemyne, en al die geriewe is omtrent verniet – net daar is nie vrouens nie, maar as 'n mens 'n paar jaar daar bly, het jy heelwat geld weggesit – meer as wat jy ooit in die Unie sal wegsit . . .; en kyk, Colet, jongman, ek wens ek het jou jeug – aan die begin van die lewe, groot dinge, woeker met jou talente, ou man! Jongman, sien die wêreld, kyk na Amerika: "Clang, clang, clang goes the trolly, zoom-zoom-zoom goes the bell . . ." "In the groove, you hepper, on the beam, hey bud?", maar hulle het nie net jazz nie: het jy al geluister na die Philadelphia Philharmonic? – driehonderd in die orkes, eerste viole, tweede viole, die basse – elkeen 'n spesialis; maar die skrywers vlug na Europa, arme Europa, die siek ou man . . .; maar wag, 'n federasie sal volg, die Federasie van Europa! Jy is nog jonk, man – vir 'n jongman met sy vertwyfeling lyk die lewe maar só, moenie sleg voel nie, jy verkeer in 'n sekere stadium, eendag as jy ouer is, meer van die lewe gesien het, sal jy anders dink; en kyk: twee wit duiwe gaan op 'n takkie sit en wieg op en af met die wind; hulle fladder hulle vlerke en krap met hulle bekkies tussen die vere; 'n gekraak kom uit die bos en hulle vlie weg.

Ek wens ek kan wegvlie soos die duiwe; ek wens ek kon wit vlerke kry en vlie oor die dooie rotse en die stil see na 'n blou hemel; ek wens ek kon styg tot waar die lug dun is en alles suiwer is bo-op die hoogste berge; ek wens . . .

Maar dis alleen daar; dis ysig en koud en gevaarlik; daar is vrees en angs en alleenheid; daar is vorms wat vreemd en nuut is, daar is onverstaanbare dinge, daar is 'n nuwe wêreld en ander gevare . . .

Ek wens ek is terug in die warmte; by die sagte bors en die vriendelike oë, die wit hand wat streel en keer; die warm kamertjie en die ou kombers met die patrone; die eentonige stemme en die gerusstellende, bekende geluide . . .

Maar die swarigheid verstik; die liefde bind soos kettings; die bewegings word lui en traag; die gedagtes 'n eentonige sirkelgang; die ingewings stomp gestamp teen die swart skeiding . . .

Ek is die see wat aangetier kom en magteloos terugval, met die gety in roerlose kolke en skuim.

Ek was in die Hiasint-tuin vol belofte aan herlewing en weergeboorte, maar Marie lag vir die saad wat ongemerk droog geword het.

Wat kan ek doen?

Vra dit oor en oor met die gety wat sonder rede kom en gaan; vra dit en luister na die spottende, honende antwoorde van die verraaiers. Vra vir Gene; hoekom hinder dit jou? Jy kan niks daaraan doen nie – dans, boetie, dans en soen die meisies met die bruin oë en die warm bene, en vra vir Marie, die blinde Tiresias, en hoor haar wysheid: moenie te diep dink oor dinge nie, maar ek wil alles weet wat jy dink; O, Colet, ek het jou só lief, maar ek hou nie daarvan as jy jou so baie dinge verbeel nie en moenie so *onbeholpe* wees nie, Colet; en vra vir professor Du Hamel: Oswald Spengler, Giambattista Vico en die vier stadia in die geskiedenis wat oor en oor herhaal word, maar *rose*! Dáár is iets wonderliks! en vra vir die man by die kaggel en voel hoe hy met sy priemende vingers krap in die vuilheid in jou . . .

Dink-dink-dink, soek-soek-soek – waar lê die oplossing?

Die pyn is deel van die besluiteloosheid.

Die son word meteens warm. Dis reg bokant my kop, en die ou man het alreeds twaalf beddings van sy groentetuintjie omgespit. Hy het sy graaf neergelê en spit nie meer nie. Hy gaan onder die koelte van 'n boom sit en haal sy twaalfuur uit en kyk hoe blink die fles in die son.

Hoe heerlik is die gras nie onder my voete nie! – die sagte meegee daarvan, die geluid in die sagte grond as ek loop.

Hoor die eetgerei in die eetkamer: die silwergalop op wit lakens. Luister na die stemme . . .

In die Kasteel. Lugmag, infanterie, inligtingsdiens, tenkkorps. Die werwingsoffisier met die grys hare om sy slape en die groot maag en die blink, blink knope. Naam, beroep, laaste verblyfplek, vorige dienste, ouderdom (las maar die ekstra jaar by). Die rooi eed, die blou eed. Van nou af spit en polish.

In die poskantoor. 'n Telegram aan Suzanne en Theuns.

'n Drankie in die hotel.

Terug in die kamer.

"En toe, wat gaan nou aan? Ons gaan nie meer klas toe nie, nè?" Gene, teen die venster, in 'n gemaklike posisie.

"Ek het aangesluit."

"Wat!"

Lekker om hom so uit die veld geslaan te sien.

Klere en boeke. Kan later gepak word.

Eerste skaduwees van die laatmiddag, en 'n koel luggie.

Aand, en dan die ligte – motors, kamers en strate – klein skrefies, soos diere in die nag.

Die paar pond wat Theuns hom gegee het, nog in sy beursie. Sy beste pak klere, jas, serp en hoed.

Die huurmotorbestuurder trek sy pet oor sy oë en vryf met sy hand oor sy breë ken.

"Waarnatoe?"

"Middestad. By die stasie."

Straatligte woerts-woerts verby en ook die bome. Verby die ou meul – die wit spook langs die pad. Op teen De Waalpad, verby die hospitaal. Onder lê die stad en brand met gesmoorde ligte.

"Weer 'n konvooi in die hawe."

"Uhuh."

"Hulle sê mens mag nie daaroor praat nie. Christ. Elkeen sien die bleddie konvooi, maar jy moet jou bek hou. Die strate wemel van Souties, maar dis 'n geheim."

Skuins om die draaie. Links, regs, links, regs – en flits-flits gaan die eerste huise.

"Kyk daardie vent ry met vol ligte!" 'n Dik vuis stamp op die toeter, en twee karre bly aan weerskante agter. "Ek sê altyd 'n reël is gemaak vir almal. Maar die inspectors kom na ons toe: die wit paint is nie breed genoeg oor die bumper nie; die blackout doodah is te groot; jou myle is te veel vir jou ration; blah-blah-blah!"

Die rooi Stud stop stil met stywe remme.

"Ses-en-ses."

En weg is die Stud, en die treine fluit, en binnekant in die stasie is die ligte helder.

Iets nuuts het alreeds begin. 'n Nuwe fase in sy lewe. Aanvaar alles met 'n vry gemoed – geen gewete, of kommer, of verantwoordelikheid om te versper nie. Later, heel later, kom die toets. Maar nou is jy net 'n stuk spons wat alles opvang en wegbêre.

Hoekom die stasie? Dis die uitgangspunt. Hierdie malende menigte is deel van jou nuwe wêreld. Kyk daardie Marine. Die rooi pet, die gladde gesig. Onder die stasieklok die twee hoere met die wit rokke en die blou hare. Watter een? Kyk hoe wieg hy heen en weer. Maar daar kom 'n soldaat. Stamp-stamp gaan sy blink skoene op die teer. Die een wit rok met die Marine, die ander wit rok met die kakie. Hulle hande trek los van mekaar soos 'n knoop wat oopskeur. Daardie glimlag om die pers mond . . . die swart oë wat vir die eerste keer opkyk . . .

Doelloos deur die mense. Een perron na die ander. Die harde bank onder die pilaar. Hoe ysig is die geluid van die elektriese trein. Daar bo . . . duisende voet bo teen die wande van Tafelberg, die wit spinnerak wat kruis – die dik lens, duisende watt, die sikloopsoog wat soek na denkbeeldige vliegtuie.

Nie bang wees nie, boetie. Jy weet jy moet dit hê en wil dit hê. As die paadjie doodloop, kies jy 'n ander paadjie tensy jy by die wit muur wil sit en treur.

Kyk hoe donker is die berg skielik, en hoe stil word die mense as die treine vertrek.

Terug na die ligte by die ingang, en wie is sy in die groen rok en die blou baadjie en die tiekiewinkelarmbande en pêrels?

"Onthou meneer my nie?"

"Wel . . . ek kan nie mooi onthou nie . . ."

"Maria. Onthou, meneer, Maria. Ek het by jou mammie op die plaas gebly jare gelede."

"Maria!" en "Maria, wat doen jy hier?"

"Ek is getroud. My man werk op die Spoorweë. Ons is al vier jaar getroud, maar ek hou nie van hom nie. Hy is té veel van die huis af weg. Hel, maar meneer het mooi geword."

"Jy het my altyd Colet genoem, Maria."

"Maar ek is nou skaam, meneer. Jy het so groot geword. Heeltemal 'n man."

"My liewe tyd, Maria. Na al die jare." Maar dis natuurlik nie Maria nie. Maria lê nog in die kinderkamer langs hom in die bed en dink aan die lang, skraal man wat so mooi glimlag.

"Wag jy vir iemand? Vir jou man?"

"My man is op nagdiens. Ek sien hom eers môreoggend. Dis 'n vreeslike allenige lewe."

Eers op die een voet, dan op die ander voet. Kyk die swaar borste in die nou rok en die dik middel en die kopdoek en die swaar oorbelle. Waar het jy daardie ontsettende reukwater in die hande gekry, wat ruik soos ammoniak en rose? En daardie lipverf? *Dragon's Blood* of *Gem of the East* . . .?

"Ek het al drie kinders. Al drie seuntjies. Hulle verskil 'n jaar uit mekaar uit."

Arme bloedjies.

"My man se naam is Theuns. Soos jou pappie s'n."

Arme Maria.

"Ek breek vanaand 'n bietjie los."

Hoe lyk dit met jou? sê haar oë.

Arme Maria.

"Wel, Maria. Ek hoop ek sien jou weer. Ek hoop dit gaan baie goed met jou in die toekoms."

Hoe klam is haar hand. Sy was altyd klam. Haar hele lyf.

Uit die gesig uit, agter die pilaar.

Kyk die twee matrose. Bro-o-o-otherrrr! Daardie rose en ammoniak doen sy werk.

Die laaste van die ou garde. Boetie, hulle is almal weg. Trek blou potloodstrepe deur hulle.

Waarnatoe nou? Deur die wit strepe tot anderkant die straat. Stop. Om die draai en om die hoek. Oor die straat.

Grand Hotel. Die oop tafeltjie in die verste hoek.

" 'n Kwart Grand Mousseux." 'n Besondere geleentheid. 'n Baie groot afskeid. Barnsteenborreltjies. Medium. Lig die bottel skuins, bewonder die goue papier, en lees die aanbevelings. Die laaste druppeltjie soos 'n dou-druppel heel onder. Hou die glasie hoog – die fyn glasie wat tingelingeling as mens daaraan tik.

En: "Seker, die tafel is nie beset nie." An officer and a gentleman. Twee pips. Dit beteken 'n luitenant. Hoe lank moet mens vryf voor daardie knope blink is? Hoe dapper moet jy wees om daardie parallelle strepies te kry? Hoeveel moes jy gesien het om daardie uitdrukking in jou oë te kry?

Luister na die stemme: "En ek sê vir hom dit sal die bally dag wees, die kar kos my 450 pond nuut as jy dit kan kry en waar kan jy dit kry? nie so maklik nie, en die bally ding het nuwe sleeves en pistons en alles en ek wil darem ten minste my geld terughê. O-Ka-a-a-y! maar spaarparte is in elk geval nie te kry nie . . . en ek sê vir haar jy gaan òf saam òf jy bly en sy kon toe nie anders nie, en sy ruk haar lyf asof sy die ding nie ken nie, maar toe sy weer ruk, ruk sy anders. Bo-o-o-o-y what a dame! . . . en 'n korporaal mag nie in die straat kom nie, out of bounds, en ek vang vir my 'n paar strepe en naai dit aan en stap pure Sarge by die plek in en toe ek moes betaal, het die bitch al my geld gesteel en die Madam sê roep die MP's die Sarge het nie betaal nie . . . en ek sê vir jou daardie Iti-girls is 'n warm klomp, jy kan hulle kry vir chocolate en meeste van die tyd sonder 'n bally chocolate . . . en die meid sny hom daar in Roelandstraat dat 'n GP met 'n vergrootglas hom nie aan mekaar kon naai nie."

Ek kyk, die bottel is leeg en die luitenant is weg sonder dat hy 'n woord gesê het.

Deur die oop deur. Op die straat. Oor die straat. Links. Regs. Tot by die wit streep in die middel.

"Cabby, wat sal jy my vra tot by Tamboerskloof en weer terug? Net so 'n draai?"

Klop-klop-klop-pe-te-klop. Dink daaraan. Jare en ja-a-are terug. Deur 'n oop venster. Dis vishorings en die viskar . . .

Die bally goed is vol vlooie, en ruik die mis van die perd.

Klop-klop-klop. Hier is die park. Waar is die kwaai parky?

"Stadig by daardie huis verby, cabby. Hou so 'n rukkie stil!"

Kyk die lig in die deur. Dis 'n kind wat oor die gang hardloop. Die lu-kwartboom is weg. Waar is die heining?

"Ry om die draai. By die skool verby, cabby."

Die ysterhek is nog daar, en die viswinkel oorkant.

"Ry nou met die pad op, cabby. Tot by die hoogte."

Sien die stad. Sien die berg en die bome. Sien die strate.

"Ek sal hier afklim, cabby."

Sara is nou 'n dik, vet vrou sonder 'n tand in die mond. Waar is die swart oë en die bruin bene en die ghietses om die draai by die ingang van die straatjies? Voel die mos teen die muur en ruik die nou gangetjies. Luister na die stemme wat opgehou het. Daar waar die mis is, en die ligte, is die see. In hierdie bos, regs, is 'n man vermoor. In die nag as die suidoos waai, kan mens sy stem hoor roep saam met die dennenaalde. Daardie huis met die swart rietdak – daar waar die vensters blink in die solder, goël dit in die nag. Die Slamse gooi hulle doepas en vang die spook met die bobbejaangesig en menslyf . . .

Klop-klop-klop aan jou voetstappe in die leë strate. Leun oor die tralies en kyk na die dakke van die huise. Luister mooi en hoor die kinders lag in die badkamers in die stoom van die warm water langs die loodpyp agter. Kyk na die sinkafdakke waar die steenkool in swart hope teen die muur lê. Ruik die water in die nou rioolvoortjies en die leë sardiensblikkies in die vuilgoedblikke. Maak rewolwers uit appelkissies en boem-boem-boem – daar lê die vyand om die hoek in die skaduwee van die grenadellaheining. Hoor die stem van die dogtertjies op die gras langsaan.

Maar waar is die lukwartboom . . .?

Trek jou hand deur die tralies as jy stap. Klap-klap-klap. Ruik die fish en chips in die kafee. Kyk na die lekkergoed, die sigarette, die yo-yo's, die potlode, die koeverte, die scribblers, die verfboksies, die bon-bons, die meebos, die suurvygies, die limonade (maar waar is die bottel met die albaster in sy bek?), die poppewaentjies, die motorkarretjies, die vlieër en . . . A-a-a-a-a! die comics: Tiny Tim, Comic Cuts, Tiny Tots, Tiger Tim, Boy's Own, Bessy Bunter . . . en Pearl's . . .

En op die bus, heel voor. Deur die venstertjie. Kyk die klam teer oor die blokkies: laag op laag, maar hulle hou hulle vierkantige buitelyne. Voel die groewe van die ou tremspore as die swaar rubberwiele daaroor gly.

Waarnatoe nou? Weer in die middestad, by die dowwe ligte en die hotelle. Daar is die Seepuntbus.

Na die seemuur of in die lounge?

Voel in jou hart, Colet. Daar waar Johan gesê het dat jy die drukkende pyn sal voel.

Johan, Johan, jou pansy! – jy't reg. Dit het verdwyn!

Terug na die rook, Colet, en die baie stemme, en die dun glasies met die amber vloeistof. Terug na die soldaat met die vreemde gesig.

En vorentoe, Colet – in die wildernis.

HILARIA

Alle karakters en al die gebeurtenisse is denkbeeldig.

KARAKTERS

(In lewe)
Colet: Teruggekeerde soldaat.
Thelma: Sy vrou.
Bill: Soldaatvriend van Colet.
Lila: Vriendin van Bill.
Suzanne: Moeder van Colet.
Julius Johnson: Eienaar van fabrieke wat plastiekblindings vervaardig. Werkgewer van Colet.
Cadillac Thunderbolt: Motor van Julius Johnson.
Herna: Sy vrou.
Flossy: Sy tikster.
Johny Doepels: Propaganda-spesialis in diens van Julius Johnson.
Tamboer: Maleier.
Marie du Toit: Gewese goewernante van Colet; nou onderwyseres in 'n Kaapse meisieskool.
Mamma: Eienares van die Kroegie om die draai.

(Dood)
Theuns van Velden: Vader van Colet.
Sara: Die bediende wat hom opgepas het toe hy 'n kind was.

(Outochtone skimme in die onderbewussyn)

Demeter —	*Cybele*	
	Attis	
Kore:		
Artemis	*Hecate*	*Persephone*
		Hades
Teiresias		
Zeus		
Hera		

DIE STORIE

Die voorbereiding en die hou van 'n optog om plastiekblindings te adverteer. Twee misteries, drie seisoene en 'n hergeboorte.

HOOFSTUK I
Nuwejaarsdag

Die wind waai op Bloubergstrand. Die waters is bruin by die rotse en die ou visser sê vir 'n seuntjie: "Die mossels sal vanjaar giftig wees." Colet tel 'n skulp op en staan vir 'n oomblikkie daarna en kyk, terwyl iets aan sy gedagtes trek – 'n halfvergete herinnering wat in die skulp opgesluit lê. Die herinnering word duideliker, gaan oor in ontelbare bygedagtes, maar vervaal sodra hy alles naspoor en die gebeurtenisse lokaliseer. Hy sluit by Thelma, Bill en Lila aan waar hulle vars bier drink op die stoep van die "Blue Peter", in die windjie wat steeds kouer word en skouers laat krom trek. Hy voel meteens Thelma se dun arm langs syne en dan haar vingers wat syne omklem.

"Onthou dat jy die vis kry, Colet," sê sy saggies, sodat haar lippe skaars beweeg, sonder om haar aandag van die gesprek weg te neem.

(Silwer visse in blou water. Tweeduisend lykwit gesigte loer oor die kant. Funchal onder die berg met die mistige kloof, die fort in die hawe, die rooskleur oor die eiland. "Wanna buy a pen? Wanna buy a peach? Wanna buy me?" "Tien dae," sê Bill, "dan is ons by die huis." Drie tande makeer, maak sy glimlag vulgêr. Tien dae, dan African Mirror en His Worship. Dink jy daar sal 'n orkes wees? Geen Hon. Geen Ork.)

"En, ek het vergeet, brood ook. Daar is geen brood in die huis nie." Haar aandag is nou volkome weg van die geselskap.

"Bill het nog 'n bottel Madeirawyn," sê Lila. "'n Bottel Verdelho. Hy soek na 'n gepaste geleentheid om dit te drink, maar kan nie besluit nie."

"Watter geleentheid is werklik gepas?" vra Bill. "Dis 'n moeilike besluit. Dis dieselfde as om te sê: hierdie oomblik is tot dusver die belangrikste."

Bill het twee valstande in, maar die derde gaping is nog daar omdat 'n meisie eenkeer gesê het dat die opening aan die kant van die mond

185

mooi lyk. Die twee perlemoer-voorstes is volgens 'n Amerikaanse proses.

"Maar Bill het gesê dat hy dit saam met jou sal drink, Colet." Sy glimlag vir Thelma. "Eers die glory boys, dan ons."

Lila Luna Lee. Op skool het hulle haar genoem Ellie Thrice.

Sy het die skoonheid van 'n balletdanseres: 'n swart gordyntjiekop en groot swart oë. Colet loer verby die tafel en sien die sykouse wat breed strek oor die stewige kuite.

'n Bietjie seesand word deur die wind op die tafeltjie gewaai: 'n tafeltjie met 'n geglasuurde blad waarop vier bierglase met skuimpatrone teen die blou lug weerkaats word. Aan die kant verdeel 'n asbakkie in twee. Colet voel in sy sak vir sigarette, hy haal dit saam met die skulp uit en plaas die skulp teenoor sy eie weerkaatsing terwyl hy die sigarette aanbied. Vier eerste teue verdwyn onmiddellik spoorloos met die wind; die gesprek hervat terwyl sy oë gevestig bly op die soutklammige groewe van die skulp.

– Sara se stem uit sy verdwene jeug, deur blitssnel jare verander, die presiese gevoel verlore: "As jy dit teen jou oor hou, hoor jy die gekerm van stout kinders in die hel." –

Die hele verlede, tot op die huidige oomblik, is 'n warrelende streep – 'n dowwe, alles-omvattende gedagte. As hy stilstaan in die gedagtebeweging, kom iets terug – soos 'n foto: duidelik, onpersoonlik. Colet hier; Colet daar. 'n Verdere insinking en iets skemer deur, verdwyn. (Hy het nog nooit so 'n besef van die onmiddellike gehad nie.) Hy kyk met hernieude aandag om hom en word van vooraf getref deur die omgewing – die nagemaakte skip, die ersatz-skeepsatmosfeer, die geromantiseerde plaasvervanger. Fladderende verguldsels rafel los in die wind ál om die dekligte in 'n verwaaide bydrae tot die nuwe jaar. Die balkonnetjie is vol feesvierende harlekyne.

Hy wink vir Mac, die seevaartkelner, wat nog nooit op 'n skip was nie.

Ongemerk het dit donkerder geword. Hulle kyk meteens na die see, die swart smeersel in die skemerte, en dan na mekaar. Uit die donker groei die gedruis aan en vorm 'n weemoedige agtergrond vir hulle gedagtes.

"Kom ons eet vanaand hier," sê Colet. "En daarna gaan loop ons langs die strand in die maanlig."

Twee motors skuif tussen die ander by die parkeerplek in – Transvaalse nommers, swart Cadillacs uit die goudveld. Vinsterte vul die nou openings en twee pare klim uit, welvarend en alleen. Hulle beskou mekaar, dring nader, word getrek deur die verwantskap van provinsie, raak spoedig in 'n gesprek gewikkel en kom as één groep na die balkon waar hulle tussen die ander mense verdwyn.

"Het julle haar ring gesien?" vra Thelma. "Die naaste een aan ons." Sy voel terselfdertyd aan die blink knoppie aan die vinger van haar linkerhand.

Die ligte flikker-brand – woerts! met 'n streep ál langs die balkonne.

Hoe kon sy die ring gesien het? Colet luister na die see. Dan luister hy na die gesprekke: die gerusstellende alledaagsheid daarvan. Die vrouens bespreek iets wat hulle so pas gesien het en laat hom en Bill stil-kykend na mekaar. Hy knik en hulle verlaat die tafel.

Agter om die draai, in 'n witgekalkte, teëlbedekte plek, wiegend op hulle hakke.

"Dis meer as 'n jaar," sê Bill, "en ek voel meteens vol verlange." Hy vroetel met sy hande. "Ek kan nog steeds nie aan die kantoorlewe gewoond raak nie. Raak mens ooit daaraan gewoond?"

'n Groepie mans skuif by hulle verby.

(Geboutjie vol kartetsgate; 'n plekkie soos hierdie. Die heuwels is onbekombaar soos berge. Die gesnoeide bome. Die pynlik-nette wingerde. Sneeu tussen steenkool op die stasie. 'n Fortezza wat bly staan onder 'n voltreffer, onverminkbaar bo 'n verminkte dorpie.–)

"Het jy geweet dat Diana 'n tempel daar gehad het? Ek bedoel bokant die meer van La Ricia."

Bill krap aan sy ken en voel aan sy baard.

"Daar was Vestaalse maagde, net soos in die Romeinse Forum."

"For Chrissake," sê Bill.

Hulle stoot hulle pad terug deur die menigte – 'n goedige gedrang. Die tafeltjie is leeg, Lila en Thelma weg, slegs hulle oorjasse op die stoele, warm en welriekend.

"Ek word miskien verplaas na Johannesburg," sê Bill. "J'burg, here I come!"

Colet voel die knypende sametrekking in sy binneste. Terwyl hy die waarde van Bill se aanwesigheid probeer bereken, sien hy die bruin oë, die blou baard, die ongekompliseerde manlikheid. Hy soek in homself die redes vir hulle vriendskap maar vind niks verklaarbaars nie, niks gemeenskapliks nie. Hulle sal mekaar maklik afsterf, en by herontmoeting alles hervat. Dis die beste soort verhouding, die standhoudendste.

'n Groot plakkaat waai in die wind – silwer letters wat met elke pendule-beweging 1946 ritmies-blinkend laat opdoem en verdwyn. Puntige hoedjies knik heen en weer soos in 'n storm. Hande en glasies beweeg oogverblindend. Thelma en Lila sukkel tussen die stoele deur en ontwyk spelerige hande wat van 'n jongmanstafel na hulle uitgestrek word.

– "Daar is 'n kalifavertoning in die ontspanningsaal."

– "Ek hoor Boem! en die drukkingsmeter is fyn en flenters."

"Hoor daar, Lila," sê Thelma, haar hoof skuins om die liedjie te hoor.

"Flamingo-o-o-o . . ." sing Lila saggies, haar oë half toe.

"Het ons vriende van die Cadillacs weer gesien," sê Thelma. "Diamante, pêrels en goud. Wanneer sal julle dit vir ons kan bekostig?"

"As ek geld het, gaan ek reis," sê Bill. "Na Toskane. Al die ou plekke weer besoek."

"Ek hoor dit elke dag," sê Thelma. "Oor en oor."

"Katedrale," sê Colet, "met albastepilare so suiwer dat die lig daardeur skyn. Mosaïek van lapis lazuli. Plafonne van goud. En in die aand die geur van olyfhout wat brand."

"Was julle ooit in die leër?" vra Thelma. "Dit klink soos 'n vakansiereis."

Op pad na hulle tafel in die eetkamer, fluiter sy vir Colet: "Het jy gehoor Bill gaan weg?" Terwyl hulle plaasneem, die kelner 'n swart en wit eerbiedige beweging op die agtergrond. "Is dit nie vreeslik nie? Wat gaan Lila sonder hom doen?"

Die tafeldoek is vlekkeloos, die messe en vurke blink. Colet verkrummel die harde kors van 'n bolletjie met sy linkerhand. Hy voel alreeds die bekende vae ontevredenheid, hulpeloosheid en triesterigheid. Teen die feestelike agtergrond reeds die vierkantige gebou in die stad, die roomkleur mure, die boekrak met die glasdeur, die geknetter van 'n tikmasjien, die koppie tee wat koud geword het, die bord kos in die kafee, middagskemering en 'n toegevoude lêer, die motor in die ou parkeerplek, die lang verkeerstou, die huis in Tamboerskloof met die palmboom. Thelma gee 'n stywe soentjie. Die lipverf gaan af, die voorskoot het 'n vlek, die spieëlkas se deur is oop, in die badkamer raas 'n kraan. Tam-tam-tamta-a-a-am en sewe-uurnuus. Die vervelige herontdekking van die reeds gelese kolom in die koerant. Die asbakkie is té klein en versprei as en kommer as hy dit van die leuning afstamp. Daar is 'n gloeilampie geblaas in die kombuis. 'n Deur slaan hard toe. Iets, iets brand in die kombuis. "Die sitkamerstel het ons by Stuttafords gekoop. Die Persiese tapyt is nagemaak, maar is dit nie 'n getroue weergawe nie? Hierdie Luger oor die kaggel is gebuit van 'n Duitse soldaat in Benghazi. Die afdruk teen die muur is 'n Van Gogh."

Die nette kelner gooi nog sjampanje in – sy bewegings is presies en afgemete.

188

– "Hoekom is die waterrekening so hoog hierdie maand?"

Sy sien meteens die Johannesburgers en waai prettig. Hulle kyk op, glimlag, aarsel, en glimlag weer.

Spoedig dans almal onder die balkon op die intieme dansvloertjie. Om twaalfuur daal helderkleurige ballonne op die saal neer. Slap hande tas daarna, geverfde naels steek dit stukkend. In 'n beswymende oomblik is daar geen verlede en geen toekoms nie. Gedra deur die massa, die kollektiewe uitbundigheid, gee hulle hulleself met onberekende bewegings oor aan die ritme van die orkes wat déúr almal kom.

Bill se blou baard glinster in die lig.

"Lekker, lekker, lekker . . ."

Agter, agter die ligte, verdoof deur die geraas, ruis die see. 'n Koue watermassa wat beur en meegee, herhaaldelik beur en meegee. 'n Direkte verbinding met vreemde strande. Myle diep.

Die Lido lyk asvaal en plat. Rye badhuise vergaan agter doringdraadversperrings. Dáár agter lê Griekeland. Die derde kamer van voor, in die hotel bedek met bamboesmatte, behoort aan die Aga Khan.

Lila, met 'n sluier oor haar hoof, word gesilhoeëtteer teen die sekelmaan.

"Ek het gedink dat ons nog 'n entjie langs die see gaan stap."

"Brrrrr! Colet. Dis te *koud*."

Die Citroen beweeg deur leë strate in die stad.

In die koue sitkamer smaak die Verdelho bitter-suur. Thelma voel vaak, sonder belofte. Sy wonder of sy koffie sal maak. Bill hou die leë bottel onderstebo. "Vaarwel, Verdelho!" – en vertrek met Lila.

Die dubbelbed sak af. 'n Enkele geluid kom van buite. Thelma krul sag maar vyandig teen Colet se lyf.

HOOFSTUK II
Die lange nag

'n Inkswart duisternis, 'n draaiende kolk en Sara lag sonder 'n tand in haar mond. Die mishoring blaas. Twee groot swart hande word opgehef en die mis draai deur die hande. 'n Skoppelmaai swaai deur die klowe, bo-oor die kruine tot in die blou-blou lug, en die vliegtuig beweeg blitssnel oor die Karoo, bokant spieëlende mere en groot riviere tot in 'n woestyn.

'n Stofwolk wis die horison uit. Groen pantsers met slingerende strepe smelt weg en dis meteens stil.

'n Skotse doedelsakspeler stap die duisternis tegemoet.

Bill skryf 'n brief. Sy bolyf is bruin gebrand. Tussen die rolletjies vet blink die sandkorreltjies op sy maag. Hy skeer sy blou baard in die warm water wat uit die verkoeler van 'n jeep getap is. 'n Stuka-swaweltjie skiet neer vanuit die blou en John Hudson, wat besig is om te bad, duik kop eerste in die komposhoop.

Theuns en Suzanne vertel van die plaas; hulle skrywe briewe op blou Croxley-papier na plekke met name waarvan hulle nog nooit tevore gehoor het nie. Op die hoekige koevert is twee stempels: Van Velden en Kaïro.

'n Meisie dans met 'n goue rok onder haar naeltjie vasgegespe. Sy beweeg haar nek soos 'n marionet. Haar sagte maag rol 'n uitnodiging. Jy steek die note met die middelvinger van jou regterhand agter die rekkie. Daar is mieliegruis en hoender en haar glimlag onder donker ooglede, maar Faroek se museum maak jou bang vir die dous.

Johan Goosen lê sonder 'n kop. Hy kom van Boesmanland en het gisteraand 'n volle pakkie vyftig gesteel.

Magtige leërs en sandduine. Die vallei is dynserig. 'n Lang pad met 'n teerblad trek 'n loodreg streep deur die sand na 'n dorpie in die verte. 'n Kolom rook en platdakhuise rys soos lugspieëlings op die horison. Elke tree het myle-lang gedagtes, 'n hele leeftyd van – waaraan het ek gedink? By elke dooie bees en dooie hond, by die stywe been wat oor die loopgraaf steek, is 'n trae gedagte wat vergeet word.

Daar is geen patroon nie.

Skaak met Bill voor die tent terwyl die son die lug wegbak. 'n Skaak-mat in die klein skaakspel in die groot skaakspel. Bill vryf met die agter-kant van sy hand oor sy voorkop en loer met generaal De Wet-oë oor die duine.

'n Verligte nag en vuurspuwende spooktuie. Waar is noord en waar is suid in die maling? Die nagmerriebeelde kom van alle rigtings. Jou koeëltjie fluit die onmeetlike ruimtes in op pad na 'n hersenskim. Daar is gedurig 'n onbekende man langs jou. Sy masjiengeweer stotter al sy kennis. Hy stel jou gerus en maai met sy doeltreffende sekel. Die groot lig en weg is die on-bekende man langs jou. Was dit Johnny Oberholzer? Die nuwe onbekende is net so doeltreffend.

'n Italiaanse offisier met 'n skuins petjie oor sy Donatello-hare hou sy hande omhoog. Sy oë is grys. Twee vreemde wêrelde ontmoet en weerkaats terug.

Elkeen het 'n kartondoos met vyftig sigarette. Die rook is droog en die tabak is bitter op jou tong. Maar iemand het daaraan geraak by een van die fabrieke by die see. Veronderstel dis 'n mooi . . . met vuurrooi naels . . . wat kreun van geluk by die standbeeld van Cecil John Rhodes.

Hier is 'n vergete Kaapse buskaartjie in die linker- boonste sak. Dis vuil-groen en verkleur deur sweet.

Daar is skollies op die tweede verdieping van die bus. Daar is 'n onder-wyser, 'n huisvrou van Rondebosch, 'n afgetrede amptenaar met 'n sirkus-uniform. Hy prewel terwyl hy sy pyp afkou. "Of course, of course, of course." Iets stink regs agter. Moenie spuug nie, maar iemand het gespuug. 'n Groen snotkol presies in die pad van jou voet. Daar is 'n Slamaaier wat by Mekka was. Hy gril langs die Marokkaanse mamma. Daar is Daisy de Melker, Gerrie Brand, Johannes van der Walt, die vrou van die Volksraads-lid en Piet van Niekerk doctorandus. Daar is 'n doos piesangs en *Die Burger* en die vergete buskaartjie. Xi 2451. In. In. Out. 20-14.28-22. 600 2. Dog. Child. En heimwee.

'n Onbekende filmster wys haar been op die verhoog in die sand terwyl die orkes speel. Yipp-e-e-e-e-e! En Phe-e-e-e-ewt! Steek jou hand in jou broeksak.

'n Seepglad see en drie gekelderde skepe. Ek onthou die wrakke by die Kaap toe hulle die hawegebied drooggelê het. Die een by Soutrivier het behoort aan 'n Oos-Indiese Seevaartmaatskappy. Deur die werking van Jesus Christus is ek nie vasgekeer, gevang en weggestuur na die POW Camp in Milano nie.

"Pas op vir die booby," sê Bill nadat hy die pen alreeds opgetel het. Parker 51. Bennie Sondergaert het byvoorbeeld die ketting getrek en in die niet verdwyn.

Die venster in die slaapkamer rammel. Thelma draai om en gee 'n slaap-sug. Haar rug is skerp.

Waar was ek?

Soekend in hierdie duisternis van herinnering.

Bill wys 'n portret van Lila by Nemi.

"Ken haar van kleins af," sê Bill. "Polio gehad. Volkome herstel. Sy het in die laaste tyd vir my begin skryf en wolsokkies ook gestuur. Myle te groot."

Ons het die wolsokkies se punte afgesny en oor ons hande getrek.

"Ek sal jou eendag voorstel aan Thelma. Boesemvriendinne. Ek trou met Lila en jy trou met Thelma. Wie weet?"

Maar nou is die fortezza die belangrikste. Dit staan bo-op die heuwel, bokant die wingerde – reëlreg bruin mure groeiend uit die krans. Daar is Ilex-bome op die bastions. Die stof slaan in sandsambrele aan weerskante op. Voetjie vir voetjie onder die reënboog deur. Die fortezza is die enigste statiese voorwerp in die chaos. Duim vir duim. Bruin granietmure in die donderstorm. Bome van Christus wat waai in die oorlogswind.

Blitsstreep.

Kan niks hoor nie. Niks hoor nie . . .

Fee faai fou fam, I smell the . . .

"Los my, Bill!"

Bill trek aan die seer arm. Trek en trek.

BILL!

Voel niks meer nie. Sien niks meer nie.

'n Perfekte sirkel. Die gaatjie in die skulp. 'n Man met 'n pet skuins oor sy oë skree in die donker.

"Colet," sê Thelma slaap-gesteurd. "In hemelsnaam, Colet. Dit is al amper oggend en ek het nog nie 'n oog toegemaak nie."

Doodstil lê. Versigtig die sweet afvee. En tog is die kamer koud.

Die fosforwysters van sy polshorlosie wys amper vieruur. Hy voel met sy vingers aan die groef van die streep langs sy wang. Die arm is styf van al die stil lê. Is dit verbeelding, of het hy dit hoër as skouerhoogte gelig?

Hy is op die punt om weer te probeer, maar dink meteens aan Thelma en lê roerloos.

Die nursie met die wit gesig en rooi lippe steek die sigaret aan. Sy neem self eers vier teue voordat sy dit tussen sy lippe sit. Haar breë heupe, die aanloklike kom waaroor die styfpassende uniform rimpel, hier digby sy gesig langs die bed. Die ritme van haar Ierse spraak.

Sonskyn deur die vensters.

Die man regs se naam is Jack. Die een links Peter.

(Gesels oor die nursie met die wit gesig. Sleep haar van bed tot bed.)

'n Eienaardig gedagtebeeld een oggend, met die son op die vloer voor die bed. 'n Vrou speel op 'n spinet en sing 'n spooklied. 'n Swaannek. Wit albasteborste met blou are . . .

Triesterige dae meteens en 'n verlange na 'n kaggel, 'n koppie kakao en die geur van brandende heidebossies op die plaas. Die see en wind sing agter die duine.

Opslaanbeddens op 'n balkon. Blou Italiaanse lug. Briewe van Suzanne. Drie op 'n slag.

– Pappie is siek.

– Verlang baie na jou.

– Die skok van jou skielike besluit sonder om ons vooraf te laat weet.

– Onthou, Colet, waar jy ook al mag wees, om jou warm aan te trek.

Besoek van Bill op krukke.

"Wat makeer? Jou enkel verswik?"

Gerugte van orals. 'n Hele Armada. Die grootste inval van alle tye.

Wandelings deur slingerende strate.

HITLER IS DOOD!

Hy klim saggies uit die bed, voel na sy japon agter die deur en tas sy weg deur die gang tot by die lig in die sitkamer. 'n Pakkie sigarette lê op een van die tafeltjies en hy leun teen die kaggel terwyl hy begin rook. Die muurhorlosie wys halfvyf. Agter die ruite blink alreeds die eerste môrelig. Die eerste paar teue brand sy lippe en hy druk die sigaret dood terwyl hy doelloos deur die kamer stap. Hy voel meteens rustig en baie alleen. Dis asof hy afgesluit is van die res van die wêreld. Sulke oomblikke is skaars. Hy voel moeg maar vars. Sy gedagtes is kristalhelder en spook teen die moegheid.

By een van die kaste leun hy sy hoof teen die hout en trek onwillekeurig 'n laai oop. Onder die spinnerakke en 'n web van stof lê 'n pak foto's. Met die foto's soos 'n waaier in sy hand gesprei, gaan lê hy op die rusbank.

Colet van Velden, tien jaar oud. Little Lord Fauntleroy in 'n matroospakkie. Liewe klein engeltjie witter as sneeu. Jou sondes word eers volgende jaar opgeskrywe. (Blanko-sieletjie fladder na die vloer.)

Marie du Toit. Hy bring dit tot teenaan sy oë. Marie! Marie! Die lamplig, die klikkende breinaalde, die boek voor haar oop . . . Marie in die bed, die gesig teen die kussing. Hy maak sy oë toe en wag tevergeefs. Marie spiraaldraai na die vloer en land bo-op Little Lord Fauntleroy.

Drie vergrotings. (Twee daarvan is swakker en word in die buitenste duisternis uitgewerp.) Hardeblad. Agt by ses. Die troue: strooijonker, strooimeisie, Bill en Lila. 'n Jaar gelede en hemel! Kan 'n mens so baie in 'n jaar se tyd verander? Hy hou dit teen sy slaap. Margate. Die sesde kamer as mens die gang afstap. Thelma is 'n volkome blondine. Haar bene is bruin en glad in die kortbroekie. "Versigtig, Colet." Grys oë en gitswart wimpers. Die eerste ontdekking, die enigste ontdekker, van die verborge moesie. Blink tande. Sy glimlag met haar tandvleis ook. Oulik. Slank vingers. Die gevoel as sy my hemde tussen haar sysagte onderklere inpak.

Heel laaste, laaste foto van jongman met veel belofte. Ons het almal een van Anne Fischer. Die drama van lig, skaduwee, profiel en oë na benede gerig. (Waaraan het ek gedink? Dit was 'n sonnige dag. Wanneer? Voor.) Lig van bo op die gladde, jeugdige vel.

Hy voel skewemond aan die litteken en loop na die spieël teen die muur. Hy skakel die fel lig aan en kyk na die harde weerkaatsing.

Weg is die glans in die hare, fyn-belynd is die vel waaroor die rooi streep soos 'n sweepslag vlam.

Skakel die lig gou af – ál die ligte. Lê met sy arm agter sy kop op die rusbank, turend na die lig deur die venster. Voel die slaap ten lange laaste kom. Einde van die lange nag. Dink vir laas aan Theuns en Suzanne. Onderdruk onmiddellik die skuldgevoel. Verhard jou hart. Theuns is dood aan kanker. (Asemhaling langsamer, pynlike luiheid van voorslaap tree in.) Wat gebeur het, moet gebeur. Daar is geen keer aan nie. Hoor Theuns se stem: die geweldige veroordeling, die toenemende verbittering. Theuns is dood aan kanker van die siel.

Slaapverstyfde liggaam in die naderende dag; hand omhoog om die hou te vel; droomgefolterd terwyl die rumoer in die strate met die rumoer in die strate met véraf gerommel begin. Die goue landskap, die blou lug, die son syfer deur die mis in die kraterholte van die berg. Op die heuwel: vaalgrys, muur-omringd, saalkleedjie op die marmer, gemerk maar onver-nietigbaar, die dorpie oorhellend na benede waar die groen woud . . .

Die paleise-terrasse, afspoelend . . .

Imen, Emin, Meni, Nemi . . .

Die vertoiingde bas, die glinsterende bajonet, vuur en draaiende stof.

Oogverblindend, bliksembestraald.

Rooi streep, sweepslag, merk van Kain.

Asemhaling, diep, diep, diep in vaste kernslaap.

Mmmmmmmmmmmmmmmm – deur sy half oop lippe.

Hoog bo die woud en die meer. Blinkende staf in sy hand. Heerser.

HOOFSTUK III
Vroeë oggend

Daar is 'n helder lig in sy oë. Hy staan styf van die rusbank op en loop na die badkamer. (Dis snaaks. Dis altyd jou eerste gedagte: water kan reinig.) Hy draai die warmwaterkraan oop. Deur die venster sien hy die oggendkoerant voor die deur. Hy voel die helder son wat elke oomblik warmer word terwyl hy die koerant optel en in die staat af kyk. 'n Mens sou nooit gesê het dat dit vannag so koel was nie. Stel jou voor: 'n koue Nuwejaarsdag. Die slaapkamer is op 'n skrefie oop. Thelma slaap nog vas – die slaap van die regverdiges. Die gordyne is toe. Daar is 'n slaapskemering waarin sy met haar rug teen 'n kussing, haar arms slaphangend van die bed af, lê.

Hy sit die kastrol water op die stoof en draai twee klikkies met die knoppie. Die stoof begin krakend sing. Weer na die badkamer. Die water in die bad is té warm en hy draai die koue en die warm kraan in teenoorgestelde rigtings. Terug in die kombuis wag hy half-sittend op die tafel vir die water om te kook. Hy vee met sy hand oor sy moeë oë. Alles lyk dof.

Hy maak die koerant oop met lang vingers wat bewe, met 'n middelvinger deur die omslag wat terselfdertyd die hoofbladsy skeur.

Daar is toetse met 'n atoombom in die Bikini-Atol. Die krag in 'n ertjiekorreltjie . . .

Profetiese woorde van 'n fisika-onderwyser op skool. Genoeg om 'n skip oor die oseaan te dryf. Klein mannetjie met wit maanhare. Agnostikus. Bynaam Blou Piet. Blou Piet getroud met Blou Anna, dogter van die prinsipaal. Drie klein blouseltjies.

Die koffieketel sing en hy lig die deksel.

Skildery van Watt deur Buss. Sy mamma staan vir hom en kyk. Passer en potlood op die tafel. Nancyboy. Portret van Watt deur Lawrence. Lyk soos George Washington.

Hy brand sy hand en 'n stomende streep water skiet rakelings by sy been verby.

'n Teelepeltjie Nescafé, kookwater en drie lepels suiker maak 'n koppie koffie. In die badkamer loop die bad oor. Die vervlakste spieël langs die bad. Hy trek sy maag in. Die sny oor die arm . . .

Toegespoel deur die heerlike hitte dink hy aan Lila Luna Lee, I'll so and so you from here to e-terni-teeee.

Hy tel die koerant met die punte van sy nat vingers van die stoel af op en deurweek die kant van die bladsy ongeag voornemens en voorsorg. Dit vergaan in 'n sagte pappery.

Hamiltons klop Villagers met 'n beurt . . . Ongekende koue Nuwejaarsdag, stad vol bibberende besoekers . . . Werking van die atoombom?

Die koffie is lou en hy sluk dit gou in.

Agteroor spelend met sy hande in die water, vroetelend met sy tone aan die kraan . . .

Dowwe pyn agter sy kop. God, ek voel sleg.

Moet daardie boek van Connolly weer lees. *Enemies of Promise*. *The Charlock's Shade*. Die "pram" in die gang. Die allenige hotelkamertjie. Met Lila Luna Lee. Wed sy dans in die badkamer as sy alleen is. Da-da-dadum-dum! Die beste vriendin van my beste vriend in die beste bed van die beste hotel by die beste strand.

Die water is koud.

Druppend op die mat: Ek lyk soos die Sjah van Persië in my japon. "Alahu Illah Akbar!"

Thelma en Lila soos die puntjie van Everest teenoor die krater in Vesuvius.

Begin skeer. Vel teer. Lemmetjie stomp. Sukkel maar aan.

Ek kon nie Rebecca kry nie, toe trou ek met Lea. Skiet Bill, vermoor Thelma, vlug oor die woestyn op my wit Arabier met Lila in vleuelgewaad op sy vurige maanhaarnek . . .

Snytjie langs die sny op sy wang.

Theuns het gesterf aan . . .

Hemel, ek is alreeds laat!

Die blou pak, die wit hemp, die polkadot-das. Thelma slaap nog die slaap van die regverdiges.

Hy gaan by die agterdeur uit, verby die tamatiebedding, haakskuif-sukkel aan die stram skuifdeur, en ry die son tegemoet.

Dis alleen ek, die gekwelde-des-geestes, wat in die donker ure van die nag vroetel en met swart vlekke voor my oë by die hekkie uitry.

Toe maar, Thelma, ek sal die vis onthou, en die brood. Ek sal die brode en die visse vermenigvuldig sodat duisende van ons daaraan tot voldoening kan eet.

En hier is die park.

Hy ry meteens stadiger verby die plekkie waar hy as kind gespeel het en kyk op sy horlosie. Daar is tyd om stil te hou, met die wiele van die motor styf teen die sypaadjie – die lug 'n vroeë-môre blou.

Klein, sielsalig klein, as mens nou daarna kyk. 'n Lappie aarde wat net aan jou behoort het, bevolk deur reuse, dwergies, seuntjies en dogtertjies en 'n kwaai parky; 'n plek wat jy nooit heeltemal sal vergeet nie.

Ek ry elke dag hier verby, my verbeelding is elke keer in die verbyvaart geprikkel, maar dis die eerste keer dat ek dit werklik van naderby beskou.

Dáár is die skoppelmaai waarmee ek tot teen die berge geswaai het; die wipplank met die klein meisietjie met die groen oë aan die anderkant, die holtes daargindse tye gevorm deur haar en my voete; die akkerbome teen die tralies, die mandjie om die stam, die vanillaroomys, die afgelekte papiertjie wat wegwaai met die wind; die plek by die hek waar Theuns en Suzanne vir my gewag het, sekere dae – die lig in hulle oë as hulle my uitken tussen die ander. Theuns se groot hand uitgestrek na myne, die warmte daarvan, sy glimlag, die wagtende jare wat moet voldoen aan hulle drome:

(Hy klim uit die motor, loop tot by die hek, buk neer, vryf aan die grond – blinkende korreltjies kleef aan sy hand. 'n Infinitesimale gedeelte het miskien oorgebly.)

– die paal met die kettings en die ringe waarom swaaiend, duiseligswaaiend, ons die jare verbyswaai – al om die meipaal, die nuwe lentes tegemoet. Dit staan nog daar, heelbó, bly nog in die hoek van sy oë as hy wegry in die toenemende verkeer, verby die ingang van die Kompanjiestuin waar die skoenpoetser ál met Adderleystraat afkyk, tot by die parkeerplek langs die spoor.

'n Nuwejaarsoen vir Flossy, die witkoptikstertjie. Sy leersak lê op die tafel en dit word meteens warm. Hy trek sy baadjie uit, sny die eerste brief oop, knipoog vir Flossy en begin dikteer totdat Julius Johnson, breed-welvarend, goedig-glimlaggend, die beste wense van sy personeel aanhorend, inkom en sê: "Gelukkige Nuwejaar, Flossy. Gelukkige Nuwejaar, Colet."

HOOFSTUK IV
Oggend

Thelma bel om te sê dat sy 'n telegram van Suzanne gekry het, dat Suzanne die volgende dag met die sneltrein kom. Sy kla oor die onverwagtheid van die besoek; daar is 'n tikkie ergernis in haar stem en sy doen geen moeite om dit weg te steek nie. "Jou mammie kon ons gerus vroeër laat weet het." Hy het skaars die gehoorbuis terug op die mik geplaas toe Julius Johnson hom sy kantoor inroep.

"Sit daar, Colet," sê hy en wys na 'n stoel. Hy is 'n geweldige groot man met 'n kolossale gesig waarop 'n netwerk van spiertjies sy oomblikke van erns en opgewektheid buite alle verhouding vergroot. Hy domineer sy gesprekke met 'n reusehand wat soos 'n metronoom op die maat van sy woorde beweeg terwyl hy praat. Hy is op die oomblik in 'n minsame, peinsende bui.

"Colet, dinge ontwikkel vinniger as wat ek verwag het. Kyk rond en wat vind jy?" Hy kan skaars wag om self die antwoord te gee. "Paddastoel-industrieë. Dis tipies naoorlogs." Hy kyk by die venster uit waar die ysterraamwerk van 'n nuwe gebou in die halfklaarstadium net sowel 'n beeld van aftakeling kon wees. "Ons sal meer mense in die veld moet stuur." Hy steek 'n sigaret aan en vergeet om een vir Colet aan te bied. "Dink aan al die mense. Dink aan al daardie duisende stippeltjies koopkrag." (Verwysende na die stippeltjies op die straat vanuit die vyfde verdieping.) "Die enigste manier om hulle te bereik, is adverteer en nogmaals adverteer. Skep by hulle die idee dat ons in die Eeu van Plastiek leef; dat alle toekomstige voorwerpe van plastiek sal wees."

Regoor Colet hang 'n modelplakkaat teen die muur, 'n replika van baie langs die paaie; kolossale baniere by die ingange van dorpe, opdringerig voor die oë van die reisiger, spookagtig gloeiend met fosforletters in die nag: "JOHNSON'S PLASTIC BLINDS."

Julius Johnson merk op dat Colet nie rook nie en skuif die sigarette nader. "Balkan Sobranie," sê hy en leun agteroor in sy stoel. Dan buk hy meteens vorentoe en haal 'n pakkie met klein wasbedekte vuurhoutjies uit sy laai. Dit brand met 'n groot vlam aan die miniatuurstokkie as hy dit aansteek. Hy hou dit omhoog en kyk na die was wat begin afdrup. "Fabriche Fiammiferi ed Affini, Milano." Die vuurhoutjie brand meteens sy hand en hy laat dit in die asbakkie val. Colet het alreeds sy sigaret aangesteek toe Julius Johnson die volgende een aan die brand het. "Let op geringe dingetjies," sê Julius Johnson. "Die man wat die eerste keer 'n speld gebuig het, het 'n fortuin gemaak."

Hy stoot die laai toe en kyk na Colet met groot, swaar oë.

"Waar was ons?"

"Die eeu van plastiek," sê Colet.

"Lees jy tydskrifte? Ek het gisteraand 'n artikel in 'n Amerikaanse blad gelees. Dit het gegaan oor die rol van glas in die fabriek van die toekoms. Die mens wil vry wees, buite wees. Maar ek het gedink aan ons sonlig in Suid-Afrika en dadelik besef: té veel son, té veel lig."

Hy loer triomfantlik na Colet.

"Het jy gekyk na die gebou wat hulle hier oorkant oprig? Na die raamwerk? Die geweldige vensters? Dis aanduidend van wat orals gebeur." Die tempo van die metronoom versnel. "Maar hier is té veel son, té veel lig."

Hy trek meteens die laai oop en haal 'n plan van die provinsie uit. Sy bewegings gee die indruk van ekonomiese doeltreffendheid. Met Colet gebukkend oor sy skouer beskou hulle die area.

"Konsentreer op die kleiner plekke," sê Julius Johnson. "Dis braak terrein. Ek wil hê dat jy die propagandaveldtog moet uitwerk en die agente hergroepeer."

Die horlosie teen die muur slaan elfuur; vyf oor elf sit Colet by die tafel in die hoek van die kafee waar die meisie hom sy gereelde koppie Turkse koffie bring. Haar reukwater is bedwelmend saam met die hitte van haar liggaam. Daar is nog spore van die vorige aand se tooisel op haar gesig en die nadraai van aangename herinnerings in haar oë. Sy glimlag, wens hom 'n gelukkige Nuwejaar toe en loop met 'n vietse lyfie selfbewus na die toonbank terwyl hy haar agternakyk. Met dieselfde oogopslag sien hy die vrou in die deur. Daar is iets prikkelend-bekends aan haar oujongnooiensagtige voorkoms: die nette baadjiepak, die cameo aan die kraag.

"Marie!" sê hy meteens hardop, en wink vir haar. Eers digby die tafel herken sy hom, maar sy is nog onseker van haarself. Terwyl sy plaasneem, en daarna, kyk sy lank na hom.

"Colet," sê sy, "Colet, ek sou jou nooit herken het nie."

Hy voel aan die sny op sy wang met gemengde gewaarwordings. Die een oomblik is hy trots op sy manlikheid – sy wêreld van ondervinding; die volgende oomblik vol heimwee oor sy skielik verdwene jeug.

"Colet," herhaal sy, "ek sou jou nooit herken het nie." Haar oë neem ernstig waar en draal oor sy gesig, die plek op sy wang. Sy vroetel meteens aan haar mou, sukkel om die sakdoekie uit te kry en probeer die trane keer met haar bekende deftige gebaartjies.

"Colet," sê sy, alle beheer oor haarself verlore, "Colet, wat het hulle met jou gedoen?"

Hier is vir die eerste keer suiwer leed, ietsie van sy eie gemis, sy eie gevoel van verlange en vernietiging. Hy sien haar soos hy haar laas gesien het: die uiteindelike onversoenbaarheid van ouderdom en impotente jeug, die kontras waarteen hulle gevoel vir mekaar so 'n besondere eienskap gekry het; en nou, meteens, is alles gelykgemaak, die verskil in jare weg-gevryf.

Sy droog haar trane af en hou aan met gesels asof sy nie gehuil het nie, maar hulle herinnerings aan die verlede bly net onder die oppervlakte so-dat hulle gedurig onderlangs waarneem of die een of die ander een dit nie miskien met 'n woord of gebaar te voorskyn sal bring nie.

"Hoe gaan dit met Suzanne, Colet?"

"Goed. Sy kom môre vir ons kuier."

"Ek sal haar graag weer wil sien," sê Marie. Sy aarsel 'n oomblikkie: "'Ons'. Wie is 'ons', Colet?"

"My vrou. Haar naam is Thelma. Het jy nie geweet dat ek getroud is nie?"

Sy glimlag meteens, met volkome selfvertroue. "Colet," sê sy. "Hoe gaaf! Ek het dit nie geweet nie."

Daarna drink hulle elkeen nog 'n koppie koffie. "Dis heerlik," sê sy. "Die beste Turkse koffie in die stad." Sy vertel hom dat sy vanaf die eerste kwartaal van die jaar in een van die meisieskole in die stad gaan skoolhou. "Nee," sê sy toe hy haar vra. "Nooit getroud nie." Dit lyk asof die gesprek daarna begin doodloop want die stiltes, deurspek met 'n onsekere glimlag oor en weer, word al hoe langer. Toe hulle later op die punt is om van die tafel af op te staan, sê sy meteens: "Ek het gehoor van jou pappie se dood, Colet. Dit was terwyl jy in die Noorde was, nie waar nie?"

Sy skud haar kop en kyk na die mense in die kafee.

"Ek het so baie van hom gehou. Hy was so 'n vriendelike man." Nou weer na Colet, reg in sy oë. "Hy was so 'n vriendelike man, weet jy, Colet?" Onsiende. "Die familieplaas, al sy planne. Maar ek dink hy kon nie heeltemal besluit wat jy moes doen nie. Ek dink hy wou saam met jou, langsaam, dinge uitwerk. En toe is hy so ontydig dood."

Daar is geen uitdrukking op sy gesig nie, geen aanduiding nie.

"Het jy hom gesien? Ek bedoel, kort voor sy dood?"

"Ek het hom nooit gesien nie," sê Colet. "Ek is skielik weg. Ek het net vir hom 'n kort briefie geskryf nadat ek aangesluit het."

Sy skud haar kop. "Dis waar, jy het só skielik verdwyn." Op hierdie oomblik, gedagtig aan hulle laaste saamwees, bloos sy meteens en lyk onaantreklik in haar verleentheid. Met heelwat moed sê sy: "Jy het net so skielik van my af weggegaan, Colet."

Buite op die sypaadjie gee hulle mekaar die hand. "Ek hoop ek sien jou gou weer."

"Dis moontlik, Colet," sê sy ernstig. Dan loop sy weg, die rokkie styf gespan om haar bene.

Toe hy terug op kantoor kom, wens hy meteens dat hy langer met haar gesels het.

HOOFSTUK V
Misteltak en viooltjies

Colet sit saam met Bill aan hulle gereelde tafel digby die venster.

"Here," sê Bill, "het ek babelas vanmôre!" Hy kyk na die menu, sit dit meteens neer en neem 'n lang teug uit sy glas water. Hy het half geskeer en sterk stoppels blou baard prikkel die rand van sy boordjie. "Het ek jou vertel dat ek na Johannesburg verplaas is?" Hy kyk na Colet, maar vind geen reaksie nie.

Hulle eet in stilte klaar en wag vir die laaste paar minute om verby te gaan, trekkend aan hulle sigarette.

"Ek sien vanmôre iemand," sê Colet, "wat ek vir jare nie gesien het nie. 'n Goewernante van my. Het ek jou ooit van haar vertel?" Hy maak klaar om te vertel, maar word gekeer deur Bill se opgehewe hand: groot, pofferagtig, met vierkantige naels en die breë punte van stomp vingers.

"Deur die hele woestyn. Elke bleddie oomblik daarvan. Elke bleddie randy leuen."

Is dit moontlik? Maar hy herinner hom skielik: sy was 'n samestelling, in al sy vertellings, van almal; van al sy herinnerings en verlangens. "Ek het haar vandag weer gesien."

'n Oomblikkie later gaan Bill weg en laat hom alleen, dralende oor sy koffie. Bill kom meteens terug en steek sy kop by die deur in. "Lila en ek kom vanaand kuier."

Daar is nou 'n hittegolf na die koue van gister. Sy hemp kleef teen sy lyf en sy boordjie skaaf. 'n Maleier met 'n blommekarretjie kom verby en loer by die venster in met swart waarnemende ogies. Hy vroetel in die bak, hou 'n misteltak omhoog, vroetel weer en omklem 'n digte bos viooltjies met sy ander hand. "Blomme, master, vir die madam," sê hy met 'n skewe glimlag wat twee geel oogtande wys. Met sy gemerkte vel, sy pet skuins oor sy linkeroog en sy een oog half toe, bly hy gebukkend staan en skep 'n rare prentjie agter die ruit.

Colet kry meteens 'n ingewing en haal drie sjielings uit sy sak. "As jy dit na hierdie adres bring," (hy skryf iets op 'n stukkie papier) "dan, as jy môre weer hier aankom, nog drie vir jou moeite."

"Trust Tamboer, master, trust Tamboer," sê Tamboer oogknippend konspiratories en glip die geld in sy broeksak met sakkeroller-behendigheid.

Colet glimlag terwyl hy sy koppie leeg drink. Die tyd is verstreke, maar hy leun terug in sy stoel en steek nog 'n sigaret aan. Lawwigheid laasnag: al sy gedagtes . . . Hy sou graag met Bill daaroor wou gesels het. Nee! Stories en oppervlakkige herinnerings is gangbaar; die nagmerries, die swetende kwellings is iets van jou eie wat jy wegsteek. Jy dra dit saam met jou vir die res van jou lewe. Julius Johnson se opdrag. Die moontlikheid van vergoeding . . . Hy moet dit vanaand vir Thelma in die bed vertel. Moontlikheid dan van verdere vergoeding. Ysberg. Dink aan Suzanne. Dink aan die park. Vae verlange. Dink aan Theuns. Daar is geen einde aan die argumente ter beskerming van myself nie. Vernietigend elkeen teen hom. Bytende meegevoel. Skud dit af. Waarvan het ek vanmôre gedroom? Hy sukkel om dit weer op te roep, laat vaar sy pogings en staan traag van die tafel af op. Terwyl hy lui-lui terug na die kantoor stap, steek die warm son klambrandend bokant sy kop en word sy hemp waternat van die sweet.

Die konstabel, in die middel van die straat, wys met sy wit handskoene. Hy draai die stop- en gaanbordjie met die punte van sy vingers. Die busse donder nader en wag vir die magneties-getrokke menigtes om hulle buike te vul. 'n Mooi meisie kyk onbelangstellend na Colet. Daar is geen wolk oor Tafelberg nie.

Onder die teer vloei die Heerengracht stilweg. Daar is seker honderde riooltonnels en myle gekleurde elektriese drade. Hoe ingewikkeld is alles nie! Die koerantverkopertjies lees die *Guardian*. Bleddie Pinkoes. 'n Meisie is besig om 'n swart kleed skuins oor die venster van Garlicks te drapeer. Sy het groot wolsokkies oor haar skoene aan. Haar lippe is dik en rooi. As sy buig, trek die een kant van haar rok op sodat mens haar onderrok kan sien. Die houtmannekyn is kaal en kyk stokstyf, kaalkop na die straat – met 'n lustige houtbeen na vore. Aan die onderent van Adderleystraat was 'n slangpark. Ek wonder wat daarvan geword het? Ek onthou die luislang. Mensdom! Was hy groot! Soos die buiteband van 'n motor – so dik, met sy gevoellose ogies en sy verskriklike bek.

Flossy sê (op kantoor) dat Julius Johnson na hom gesoek het.

HOOFSTUK VI
Middag

Colet sit met 'n kaart voor hom op die tafel oopgesprei. Daar is 'n netwerk van blokkies wat Julius Johnson spesiaal laat inkleur het. Die blokkies en die kleure stel die verskillende streke voor sodat hulle maklik van mekaar onderskei kan word. Stellenbosch is rooi, die Paarl groen, Wellington blou, Caledon geel, Swellendam bruin, die Strand vertikaal rooi, Ceres horisontaal groen. Onderaan is 'n indeks waar die name van die agente ingevul moet word.

Colet neem 'n potlood en vul Jack Fourie se naam vir Stellenbosch in.

Flossy is besig om koeverte toe te lak. Haar sybokkiehare val oor haar oë en sy kou met uitstaande tandjies aan oranjerooi lippe. Af en toe staar sy ingedagte voor haar uit. Die hakke van haar bruinerige sykouse is skuins gedraai oor haar enkels. Sy skop meteens haar regterskoen met haar linkervoet af en buk vooroor, met haar een skouer op die tafel, om die kous reg te trek.

Colet vorder vinniger met die name. Oorweeg dit goed. Slaap vanaand daaroor (sê Julius Johnson Siener). Vistablik or die land. Die reus word wakker. Fabrieke en skemahuise. Oornag: pop! pop! pop! Woonstelle, strandoorde, townships. Groei, lewe, mannekrag.

Hy voel meteens moeg en stut sy ken met sy vuis; met sy regterhand tik hy die potlood op die kaart. Dit laat 'n paar kolletjies op die verf na wat die patroon ontsier. Hy leun vooroor en probeer besluit hoe om dit uit te vee. Daar kan niks aan gedoen word nie en hy leun meteens terug, drink 'n glas lou water uit die kraffie en sluk twee aspirines sonder om dit eers te kou. Daarna, agteroor op die stoel, nadenkende, lettende op die aangroeiende skaduwees in die kamer, ontspan hy heeltemal.

Iemand klop meteens aan die deur en maak dit terselfdertyd oop. 'n

Lang man met 'n asvaal gesig en sagte blou oë steek sy kop by die kamer in en kom dan onrustig binne. Op daardie selfde oomblik verskyn Julius Johnson heldersiende vanuit sy kantoor.

"A! Mnr. Doepels!" sê hy.

Hy plaas sy arm om die man se skouer, trek hom eers nader en druk hom dan saggies vorentoe asof hy 'n produk ten toon stel. "Mnr. Doepels – mnr. Van Velden, my tikster. Ek het mnr. Doepels gekry om ons te help met die nuwe veldtog." Hy glimlag meteens. "Mnr. Doepels was in diens van die Verne Uitgewersmaatskappy, maar ek het daarin geslaag om mnr. Doepels te oorreed om sy dienste tot ons beskikking te stel."

"Welkom, mnr. Doepels," sê Colet.

Doepels, nog steeds omarmd, verdwyn saam met Julius Johnson in die byekorf van kantore. Flossy bly in die middel van die vertrek staan: haar ferm borsies uitdagend onder die trui, haar stewige beentjies 'n kontrapunt wat die ewewig bewaar.

"Ek hou nie van hom nie," sê sy intuïtief. "Hy gee my die creeps."

Julius Johnson en Doepels kom terug; hierdie keer los van mekaar. "Mnr. Doepels," sê Julius Johnson, "het my so pas meegedeel dat hy deeltyds aan sy B.A.-graad in die sielkunde werk. Ek dink mnr. Doepels se ondernemings-gees is bewonderenswaardig." Hy maak 'n vae gebaar in die rigting van Colet en Flossy. "Maak u tuis, mnr. Doepels."

Doepels word deur Colet en Flossy geïnstalleer in 'n donker kantoortjie waaruit hy soos 'n kaartman herverskyn sodra Julius Johnson die deur agter hom toegemaak het.

"Mnr. Johnson vertel vir my dat jy met 'n kaart besig is," sê hy vir Colet.

Colet oorhandig die kaart aan hom. Doepels kyk aandagtig daarna, dan krap hy met sy pinkie op die plekkie waar Colet met die potlood die mer-kies gemaak het en vou dit op. "Mnr. Johnson het jou so pas meegedeel dat ek aan my B.A.-graad in die sielkunde werk." Hy wag skaars vir kom-mentaar en gaan eenkant op Colet se lessenaar sit. "Sielkunde is seker een van die belangrikste aspekte van publisiteit en publisiteit is seker die steun-pilaar van enige besigheid. Dis net jammer dat so min mense dit besef." Hy soek in die kamer rond, sien 'n kraffie en neem 'n slukkie. "Die klerke by Verne is seker die onbeskofste in die stad. Dit sal moeilik vir jou wees om hulle naywer te besef omdat jy natuurlik in die bevoorregte posisie was om jou graad aan 'n universiteit te gekry het."

"Ek het nooit klaargemaak nie," sê Colet.

Doepels se gesig verhelder. "Ek moet tot laat in die nag werk nadat ek my gedurende die dag afgesloof het. Mens sou dink dis aanbevelenswaardig om jou kwalifikasies te vermeerder en sodoende jou posisie te verbeter. Maar dit is nie die geval nie." Hy bly vir 'n lang ruk stil met sy grief, dan kyk hy meteens na Colet. "Daar was allerhande stories oor my by Verne." Hy pers sy lippe saam en trek sy skouers op. "Ek verwag dit hier ook." Hy staan op om te loop. "Maar die lewe is eenvoudig so."

Doepels kom met 'n boodskap van Julius Johnson dat Colet die propagandaveldtog aan hom moet verduidelik. Terwyl Colet praat, kyk Doepels by die venster uit na die gebou wat buitekant opgerig word. Na 'n rukkie staan hy op en trek die plastiekblinding op en af. Daarna trek hy die ander koord en eksperimenteer met die ligeffekte. Toe hy dit tot sy bevrediging gestel het, gaan sit hy weer, sy elmboë op die tafel en sy kop in die palms van sy hande gestut. Toe Colet alles breedvoerig klaar verduidelik het, vind hy dat Johny Doepels onderwyl geluidloos aan die slaap geraak het.

Voor die kantoor sluit, kom Julius Johnson na Colet. "Vergeet om dit te noem – 'n geringe bevordering is natuurlik ingesluit." Hy stop Colet se dankbetuigings met 'n opgehewe, plat hand, vroetel tussen die papiere in sy tas en haal die kaart te voorskyn. Hy sien meteens die kolletjie op die verf. "Die vent is skaars hier en hy het nou al die kaart bemors." Hy krap daaraan met sy duimnael en slaag daarin om dit aansienlik groter te maak. "Ek sien jy het Jack Fourie vir Stellenbosch gekies."

"Ek was saam met hom in die leër," sê Colet. "Skakeloffisier. Een van die bestes wat daar was."

"Sal hy blindings kan verkoop?" vra Julius Johnson.

HOOFSTUK VII
Die kroeg om die draai

Colet onthou om vir sy vrou, Thelma, brood en vis te koop. Die vis koop hy by die viswinkel in Langstraat. Kreef en tongvis. Daar is ook harders, snoek, geelbek, mossels, oesters, stokvis, kippers en haring. Dit lê glinsterend op wit teëls. Die bediendes het wit oorbaadjies aan en ruik na ál die visse. Hulle draai die vis wat hy koop in wit papier toe. Die bakker het, behalwe vars brood, ook mosbolletjies, karringmelkbeskuit en rosyntjiekoek. Jy dra die gevoel van oorvloed saam met jou.

Toe hy die pakkies in die motor sit, tik Bill hom op die skouer en wys met sy duim. Hulle loop na die kroegie om die draai, skuif-stoot om 'n plek langs die toonbank te kry en bestel elkeen 'n whisky en soda. Daar is krismisrose teen die mure. Onder hulle voete lê wit seesand in 'n sinkvoortjie vir stompies en spoeg. Die gedruis klink rustig, gemoedelik en tevrede. Die immerswaaiende swaaideur is 'n teken van welvarendheid. 'n Vrou met reusagtige borste vee die toonbank skoon en kyk bysiende deur 'n dik bril.

Bill herken vir John Little in die verte en waai vir hom met 'n opgevoude koerant. "Kon vandag nie op dreef kom nie." Hy rol die whisky rond in sy glas.

"Ek het bevordering gekry," sê Colet. "Uit die bloute."

"Gaaf," sê Bill. "Gaaf."

Hulle drink nog iets om dit te vier.

Die koerant, half oopgevou op die toonbank, wys 'n enkele woord: RUSSE.

"Hulle sal bars voor hulle my weer daar kry," sê Bill.

Colet kyk op sy horlosie.

"'n Snaakse ding het vandag gebeur," sê Bill. "Lila het blomme van iemand gekry. Gevra of dit nie ek is nie." Hy skud sy kop, wag vir kommentaar, maar vergeet daarvan as vyf bergklimmers in die deur verskyn en populêr, vrolik groetend, opgeneem word in die halwe kring. (Roete no. 2, roete no. 3. Daar was 'n digte mis by Seemansrots. Rainbow Crag. Milner Peak. Wat van Castle Rock?)

"Kan nie verstaan watter plesier hulle daarin vind nie," sê Bill met die glasie op pad na sy mond. "Voetjie vir voetjie. Handjie vir handjie." Hy druk die glasie teen sy lippe en loer na die bergklimmers oor die rand daarvan, voordat hy sy kop agteroorgooi en die finale drinkersteug neem.

"Ek onthou Towerkop," sê Colet. "Bokant Ladismith. As mens in die dorpie staan, dan kyk jy op na die piek so blou soos die lug. Die kindermeid wat my opgepas het, het my vertel dat daar hekse woon."

Bill knik sy kop en leun met sy elmboë op die toonbank.

"Haar naam was Sara," sê Colet. "Daar was orals hekse en Slamaaiers wat toor."

'n Laaste vinnige drankie.

"Paarlklip en Gordonsrots. Ken dit," sê Bill. "Ek was eenkeer daar en het in die gleuf afgekyk. Daar waar die pa die seun moes skiet om hom uit sy marteling te verlos. Kan maklik gebeur. Hoe sal mens ooit iemand lewend daaruit kry? Maar ek glo die storie nie. Die Kaap is vol stories. Honderde."

Hulle kyk gelyktydig na die horlosie teen die muur en verlaat die kroegie – swygsaam stappend na hulle motors. Hulle verwys na die herontmoeting later in die aand. Daar is 'n kalifavertoning in die ontspanningsaal.

Nog 'n halfuur, dink Colet, om by die see 'n draai te maak.

Die Citroen loop seepglad, sweef oor die pad en stop met skuiwende voorwiele in die sand.

Agter lê die stad, die kolossale berg, die kleure wat elke oomblik verander. Op Leeukop is 'n kolom rook. Twee hange is alreeds verbrand in die verlede – ál die silwerbome en heide. Daar is geleentheid vir nog meer brande – die laaste oorblyfsels. Dan nuwe geboue in plek van die oues. Utiliteitsgedrogte en sierstene. Platane in plaas van eike; hulle groei gouer. Daar is alreeds sprake van 'n nuwe uitleg op die herwonne gebied. 'n Parkie hier en 'n parkie daar. Verskuiwing van 'n standbeeld; opruiming van ou koopmanshuise. UL-bazaars met 'n self-help basement. 'n Nuwe bioskoop met baie kleure en moderne ontwerpe – Spierwit lavs en koekies deodorant. Tot só ver van die see dan steel ons van die berg.

Ek het al vergeet waar die ou pier was . . .

Wég is die verdonkerde strate, die motors met gleufies-oë. Weg is die cabby aan die onderent van Adderleystraat. Verlate is die palmbome.

Maar onveranderlik die branders teen die rotse. Dieselfde swartes in die sproei; dieselfde verdwynende paar wat swig voor die gety.

Heerlikste tyd hierdie . . . Daar is iets in die skemering, iets onveranderliks – 'n direkte verband met alle skemerings in die verlede.

Die see word swarter. Die horison smelt weg. Naderende gewoonteheimwee verdwyn halfgebore.

'n Stilte skielik: tussen twee rye branders – in sy gedagtes, in sy waarnemings.

Die begin van die vraag: Wie, waarom, waarnatoe?

'n Seuntjie loop voor die motor verby, trek met sy vinger 'n streep op die modderskerm, sien hom meteens, spring verskrik terug, gaan staan brutaal met nou ogies, steek sy hand uit vir 'n pennie.

Hy verdwyn in die rigting van die teerstraat: flentermannetjie rats soos 'n rot tussen die karre.

Ek kan nie 'n vat op dinge kry nie. Daar is geen oortuiging nie, geen intense afkeer nie.

'n Geweldige brander meteens. Dit slaan teen die seemuur en plas teen die motor. In die bruisende maling doem iets ronds en swart op, dobberend op die skuim.

Bul van Poseidon!

Hy skakel meteens die motor aan en ry weg. Hy dink aan Marie in Adderleystraat – haar dun enkels en nou rokkie. Wat sou haar adres wees? Déúr neonligte en verkeersligte. Die strate word kleiner; daar is skaduwees aan weerskante. Die parkie is donker.

Daardie Maleier, wat om die hoek van die straat stap en by die groentebelaaide kafee ingaan, se naam is Tamboer.

HOOFSTUK VIII
Tuiskoms en tussenoomblik

THELMA

(Verskyn in die deur, vrywend aan die voorskoot, haar gesig blink, haar
hare deurmekaar. Sy hou haar wang vir hom. Hy soen dit en ruik die kos.)

Het jy die vis gebring, Colet?

COLET

Die vis en die brood.

THELMA

Ek lyk ellendig.

(Pratend deur die sitkamer, skuif 'n portret teen die muur reg op pad
na die rusbank.)

Ek het nie tyd om te sit nie.

(Vryf die plooie uit haar rok en gaan sit tog.)

Bill en Lila kom vanaand kuier. Ek is so moeg. Wie gaan jou mammie
môreoggend haal? Ek skat ek sal dit self maar moet doen.

(Agteroor op die stoel – dramaties moeg. Sy sit meteens regop.)

Colet, maar jy het mos gisteraand op die rusbank geslaap!

COLET

Ek kon nie aan die slaap raak nie.

THELMA

(Skud haar kop.)

Ek weet. Jy het my ook uit die slaap gehou.

(Staan weer op.)

Ek sal nou weer moet gaan. Daar is nie eintlik 'n wonderlike ete nie.
(Die toon van haar stem verloën wat sy sê.)
Hoe het dit op kantoor gegaan?

COLET

Goed. Ek het verhoging gekry.

THELMA

Colet! Hoe gaaf. Hoeveel?

COLET

(Trek sy skouers op.)

THELMA

Ek moet dit vir Lila vertel.
(Die koerant lê op die tafel. Die laaitjie met die portrette en die foto's is nog half oop. Hy is té lui om te lees, té lui om te beweeg en voel alreeds vaak.)

THELMA

(Verskyn weer in die deur.)
Colet, ek is so bly.

(GEWETE?)

(Aarselend)
Ek bedoel, dat jy so goed in jou werk doen.
(Sy kom meteens nader en soen hom. Sy bly nog 'n rukkie en gaan dan weer terug na die kombuis toe.)
(BELOFTE?)

COLET

(Begin lees.)
Prikkeling van vrees en verbeelding. Nuwe woord – onmiddellik vergete. Verbygaande ingewing, suiwer gedagte vervaal met ontleding; vlymskerp nuanse gedoem tot vormloosheid. Toenemende luiheid; in weerwil van voornemens kragteloos in die Erebus van dooie gedagtes. Wat is hierdie dofheid? Ek onthou dit, jare gelede, 'n wolk oor my, newels wat tergend die blou lug deurlaat voordat hulle alles uitwis. Angswekkend soms, meestal 'n kalme hawe waarin ek myself skuilhou. Maar nou . . .

'n worsteling teen hierdie muur wat keer alhoewel dit geen substansie het nie.

THELMA

THELMA

Colet! Die mense sal netnou hier wees. Skakel solank die stoeplig aan.

(Die lig brand en laat die palmbome groot, reusagtig lyk. Dit steek gate in die struike en verhef die heining tot twee maal sy grootte.)

(Daar is styfgepakte boekdele in die boekrak. Hy neem een en blaai met lang vingers lusteloos deur die blaaie.)

THELMA

Kom hulle?

(Haar stem, vanuit die kamer, verdof deur die toe deur.)

(Boek in hand. Luisterend. Daar is geen beweging op die beweginglose stoep nie. Hy kyk sonder belangstelling af na die dowwe bruin band.)

Publius Vergilius Maro . . .

(Die tevergeefse ure in die warm klaskamer. Brood in die lessenaar.)

Ingewing!

(Hy beroep hom op sortes vergilianae. Hy slaan die boek oop en huiwer met sy wysvinger oor die vloek van Dido toe hy Lila se stem meteens van die tuinhekkie af hoor.)

Lila kom eerste in die kamer, haar gesig opgelief na die lig, haar tande skitterend, haar hare blinkswart teen haar wit voorhoof, haar hele intog 'n triomf. Colet neem impulsief haar uitgestrekte hand in syne en soen haar op die wang. "Is ons laat?" vra sy en kyk na die boek in sy hand. "Vergilius! Ek het my Latyn vergeet . . ." Die laaste gedeelte van haar sin word oordreun deur Bill se basstem. Colet gee vir Lila 'n sjerrie, 'n whisky vir Bill en roep: "Thelma, hulle is hier!"

"Ek het vanmiddag 'n misteltak van iemand ontvang, maar ek weet nie van wie nie," sê Lila.

" 'n Misteltak, vanmiddag?"

"En 'n bossie viooltjies van 'n Maleier."

Colet gooi yswater in sy glasie en kyk deur die groot vensters na die tuin. Die ligte van 'n verbygaande motor versilwer die na patroon gevormde struike en laat die vier dennebome soos kersbome brand.

Bill tel die Luger van die kaggel af op en speel daarmee. Hy mik na die lig, trek die sneller. Klik! klink dit. Hy glimlag en hou sy leë glasie vir Colet. "Zib-bib," sê hy. "Moedersmelk."

Thelma kom eers ongemerk, later bemerk, die sitkamer binne met haar grys oë gevestig op 'n onbekende kol op die geblomde tapyt. Haar blonde hare is kortgeknip, daar is 'n paar sproete oor haar neus, die vorm van haar ledemate wys duidelik onder die nuwelengte-rok as sy loop. Sy glimlag vir haar gaste met haar gedagtes verdeel tussen die kos in die kombuis en Colet se ma wat môre kom kuier. Sy soen vir Lila en hou haar wang vir Bill. Colet gooi vir haar 'n koeldrank in 'n glas, wiggel-waggel met die vuil-bruin stroop na haar toe en mors as hy dit in haar hande plaas.

Lila vertel haar van die blomme. "Lila, wie kan dit wees?" vra sy, haar verbeelding geprikkel, 'n sweempie van afguns weggesteek onder die oppervlakte.

Bill vertoon die eerste tekens van wrewel. Met 'n harige hand plaas hy die Luger terug op die kaggel, sy enorme ken blou teen die lig, die glasie verberg deur dik vingers.

Colet snuit sy neus en kyk in die sakdoek. Druppeltjies bloed. Hy snuit weer. Fyn rooi draadjies. Die ewige hitte. Hy druk met sy wysvinger aan die kant van sy neus en voel die speldeprikkeltjies in die holte. Hy kyk na Lila wat met gekruiste bene nou op die rusbank langs Thelma sit, die rok hoog opgetrek vanweë die posisie wat sy ingeneem het. Die skeefgedraaide kous. Die donkerte verder. Met sy sakdoek in sy hand gefrommel, vee hy die sweetdruppels van sy voorkop weg.

"Het jy gehoor, Bill," roep Lila opgewonde, "dat Colet verhoging gekry het?" Aan Colet: "Vertel ons, Colet."

Dit betaal nie om ernstig te wees nie. Maak liewers van alles 'n klug. Hy vertel van die gekleurde kaarte, die name, die taak.

"Ek sien," sê Bill, "dat Hamiltons vir Villagers geklop het." Hy kan skaars sy verveeldheid verberg.

Thelma verdwyn in die rigting van die kombuis. Na 'n rukkie tinkel 'n klokkie in die verte en beweeg hulle saam na die eetkamer. Die tafel is belaai en die silwer blink romanties in die lig van twee enkele kerse in die middel. Hoender, dink Colet. Vis vir môre. Thelma plaas die gaste en geniet die oomblik.

Maar die gesprekke is traag. Bill lyk warm en moedeloos, Lila passief en afgetrokke, en na 'n rukkie raak Thelma ingedagte soos iemand wie se aandag op iets anders gevestig is. Die gelui van die telefoon onderbreek die begin van nog 'n poging tot 'n gesprek en Thelma kom terug met 'n boodskap dat daar 'n dringende oproep vir Bill van sy baas is. "Here," sê Bill. "Hierdie tyd van die aand." Maar daar is geen keer aan nie. Hy moet dadelik gaan. "Ek wonder of dit nie in verband met jou verplasing is nie," sê Lila. Bill trek sy skouers op en vra vir Colet of hy Lila later sal huis toe neem. Nadat hy weg is, is dit asof daar nuwe lewe in die geselskap kom, maar dit is meestal aan die kant van Thelma en Lila – allerhande bespiegelings oor Bill se verplasing.

Hulle besluit om na die ete die kalifavertoning in die ontspanningsaal by te woon. Gedurende die pouse koop Colet vir die vrouens 'n doos Black Magic in die foyer. By die tuiskoms drink hulle 'n laaste koppie yskoffie langs die singende yskas.

Lila en Colet ry sonder om te praat in die donker motor. Die hoofligte swaai verby die hekke van die parkie, skiet die straattonnel af en word dowwer in die middestad. Hy ry stadiger toe hulle op die Seepuntpad kom. By die see aarsel hy eers en swaai dan die motor vlak langs die seemuur in. Hulle sit stil en kyk na die mense wat voor hulle verbystap en na 'n paartjie wat ingehaak oor die muur leun en na die donker waters kyk.

Mouillepunt se mishoring blaas. 'n Wind kom van die see af op en dra die geur van soutwater, bamboes, seegras en dooie skulpe. Die woonstelle se ligte brand almal, die vensters verkleur deur toe gordyne. In die tuin van een van die hotels speel 'n orkes.

Daar is iets in die lug. Dit kom met die soutbries, wink met die liggies om die hawe. Iets van die verlede; 'n tastende hand uit die mis.

"Ek onthou," sê Lila en Colet tegelyk en swyg dan saam voor die onsegbare gevoel. Die Vliegende Hollander vaar voor hulle verby; die seile gespan in die wind; die fosforglans; skatbelaaide koopvaardy.

Swaaiende rokke in die hoteltuin, musiek (die ritme van die laaste wals), glimmerende jeug . . .

Ek speel, 'n klein seuntjie, in die sand. Op my vel blink die sandkorreltjies soos miniatuurdiamantjies. (Seesand is fyn skulpies vergruis tot poeier.) Gisteraand het ons kinders saam op kermisbeddens geslaap. In die oggend vroeg baai ons in die see. Een môre, na 'n storm, het die seeskuim ses voet dik oor die baai gekom en ons lywe, ons koppe verswelg as ons skreeuend, laggend daarin verdwyn. Klein Marie Louw het in 'n stroom beland en om Hangklip verdwyn in die bedekte golf.

Ek speel, 'n klein dogtertjie, by die inham waar die rivier in die see vloei. Daar is 'n grot wat sleg ruik. Ons woel en vroetel tussen die wande waar dit donker is en val met nat lyfies plat waar die water deursyfer. As mens 'n gaatjie in die grond grawe (daar), dan borrel die water op.

Ek baklei met 'n seuntjie groter as ek. Hy druk my gesig in die water, lê my vas teen die aarde.

Ek het 'n baaibroekie met frilletjies van onder soos 'n rokkie. Die wit haartjies op my bene blink soos goud in die son. Ons hardloop met vet beentjies deur die smeersel op die sand.

Daar is 'n span weeshuiskinders in blou. Gelid na die see; gelid na die kamp. Déúr ons bont klomp in 'n pylreguit ry.

Lamplig en grootmensgesprekke.

Die ou motor val vas in die modder.

Marie Louw (verdrink by Hangklip) teken 'n hart op die sand. Ek trek 'n pyltjie daardeur, bevlerk dit met strepies. Die wind waai dit weg. Die wind waai dit weg.

Naby Seepunt het 'n rioolpyp in die see geloop, 'n swart teerbesmeerde tonnel, geheimsinnige verbinding met die onderwêreld.

Suzanne en Theuns gaan sien die *Green Erskine Case* in die Alhambra. Sara is weg. Die lig brand. Op die vloer lê vier smokies.

Lila se boek is die beste, die skoonste, die mooiste.

"Sit in die voorste bank, Lila. Agter trek die seuntjies jou hare."

Êrens slaan 'n horlosie twaalfuur met weergalmende hale. Die ruising van die see is oorweldigend met die inkomende gety. Lila se lippe lyk swart-rooi in die donkerte van die motor. Daar is holtes waar haar oë is.

'n Konstabel kom verby en tik teen die toe ruit, frons, maar hervat sy platvoetige stap tot by die paartjie wat meteens vinnig wegloop.

Colet skakel die motor aan en ry stadig verby die stil hotel waar die dansvloer leeg is, die gekleurde ligte uitgedoof en boorpoeier wegwaai met die wind. In Fresnaye, by 'n huis met 'n welig-groeiende grenadellaheining, hou hy stil. Bokant die deur hang die misteltak, die wit bessies gloeiend in die donker. Haar lippe is sag en koud soos die see maar daar is voetstappe in die gang en die misteltak verdwyn in die lig.

Vinnig terug met die bergpad langs. Die sitkamerlig brand in die venster. Hy vergeet om dit af te skakel op pad na die kamer waar Thelma alreeds slaap en hy moet teruggaan deur die gang, sy tone opgekrul oor die koue vloer.

'n Halfuur later word Thelma wakker en gee haar beloning, slaapwarm, somnambulisties oorgegee, op die Edblo-matras, onder een klam laken vanweë die hitte.

HOOFSTUK IX

Suzanne van Velden lê op 'n blou bed in 'n eersteklas-kompartement van 'n sneltrein wat teen sewentig myl per uur beweeg. Af en toe ruk die wa en laat haar bekommerd voel. In die handsak onder die bank het sy 'n boek vir Colet, 'n stel Leerdam-glase vir Thelma en vir albei droëwors en biltong van die plaas.

Sy wonder of Thelma al 'n kind verwag. Die eerstes kom gewoonlik gou – gouer as wat 'n mens dink. Sal sy maklik kinders kry? Haar heupies is so nou.

Die trein fluit lank en skril. Die klank van die wiele verander. Iets suis ritmies by die venster verby. Sy skakel die bedliggie langs die kussing af. Bó, teen die dak, gloei 'n groene: sag op die oë.

Sy hou nie van die manier waarop Thelma aantrek nie. So min verbeelding. Die goue kettinkie met die kruisie om haar nek. Gekoop by een of ander juwelier. Die katoog-seëlring. En die armband met die naam Thelma in krulletters daarop gegraveer. En die huis in Tamboerskloof is kleinburgerlik. Daardie geblomde tapyte! Die blommetjies vierkantig en reëlmatig in die koperpot op die tafeltjie in die hoek . . .

Trüde Robinson sê sy ken die Jordaans. Daar is 'n oom van Thelma in Valkenburg. Nee! Dis verkeerd. Hulle word nie meer na Valkenburg toe gestuur nie. Wat is die naam van die plek nou weer?

Die groen liggie wink.

'n Plek met groen dakke.

As Colet nie so haastig was nie. Hy is té jonk vir groot besluite, maar hy neem dit sonder om aan die gevolge te dink.

Sy sien Colet in sy matroospakkie langs Theuns en voel 'n branderigheid agter haar ooglede. Sy lê stil en geniet die warmte daarvan: die klammigheid wat aangroei en saamgevat word in 'n soutdruppel wat stadigaan afrol, vassteek en sprei om die hoek van haar mond. Sy strek slank, wit

217

arms agter haar kop uit, bring haar hande saam en vertooing haar vingers van leed.

Die verlede is onherroeplik verby, maar dit is pynigend-heerlik om terug te gaan, gebeurtenisse te verander en die toekoms te herskep.

Daar is Colet in haar arms; die eentand-glimlag, die vorming van die kleur in sy oë, die val-val stappies na haar uitgestrekte arms, die vrypostigheid wat die eerste aanduiding van 'n onafhanklike persoonlikheid is.

(Die trane vloei nie meer nie, haar posisie bly onveranderd.)

Vroeg al die eerste aanduiding: hy luister na haar en Theuns met 'n vriendelike, mooi, onberispelike masker . . .

Toe hy op universiteit was, het hy een aand saam met haar en Theuns geëet. Dit was gedurende die oorlog. In 'n hotel by die see. Daar was iets in die atmosfeer. Sy kon hom nie vind nie. Wat was dit? 'n Kwellende besef, terwyl hulle gesels en terwyl oppervlakkig niks verander het nie, dat hulle vanuit twee wêrelde na mekaar kyk met wedersydse onbegrip.

(Die trein gaan deur 'n tonnel. Sy kan dit voel en ruik: 'n bedompigheid, 'n stinkende rokerigheid, 'n toenemende intensiteit.)

Daar is 'n fyngevoeligheid en wondbaarheid omtrent Colet wat net sy besef. Het hy ooit haar meegevoel agtergekom? Hy het eendag haar hand geneem toe hulle tussen die universiteitsgeboue gestap het en Theuns besig was om te praat oor die belangrikheid van sukses met jou studies. Theuns kon soms 'n bietjie . . .

(Gevoel van ontrouheid teenoor die vergoddelikte herinnering.)

Die vreemde invloede en die gees in die Kaap. Watter wapens het hy gehad, alleen daar in die vreemde wêreld.

Die trein ruk en kantel-kantel om 'n draai.

Iemand stap in die gangetjie af en gryp aan die kant van 'n oop venster om sy ewewig te herwin. Hy sien die maanligbespoelde, verbyglyende landskap, geniet dit totdat die toneel saai word en is op die punt om verder te loop toe hy die binnekant van 'n kompartement deur 'n glasluik gewaar. Sy oë raak geleidelik gewoond aan die groen buitelyne van die voorwerpe binne. Hy sien eers die arms van 'n vrou en dan haar gesig: 'n groen wasbeeld. Dit betower hom in so 'n mate dat hy sy gesig tot teenaan die ruit bring.

Suzanne sit meteens regop.

As ek op hierdie of daardie oomblik anders opgetree het . . . Wat het presies gebeur? Met watter oomblik van ongevoeligheid het ons die pas begin verloor?

Sy leun met haar rug teen die opgevoude kussings en begin haar arms met room smeer. Sy vryf dit met haar duim en voorvingers in met lang, egalige hale. 'n Gehekelde jakkie is om haar skouers getrek. Haar nagrok is van sagte, deurskynende materiaal.

As Theuns nog gelewe het.

'n Glimlag verskyn op haar gesig terwyl sy terugdink aan 'n partytjie toe hulle twee tot daglig gedans het. Colet veilig tuis by Marie du Toit. Wat sou van haar geword het? – 'n Jong meisie wat alreeds in daardie stadium tekens getoon het van oujongnooienskap. Daar is iets wat hulle anders maak. 'n Oorpresiesheid, miskien; 'n maagdelike afsydigheid en vrees vir die lewe.

Die trein fluit lank en treurig; snel die nag in.

Sy plak pommade op haar gesig en vryf die plooie sag.

Daar is 'n foto van Thelma en Colet by die see. 'n Mooi figuurtjie: slank soos 'n merrievulletjie, borsies soos bystekies. Sy lees nie, sy stel nie belang in iets besonders nie. Pynlik-skoon, getrou aan alledaagse roetines, gesteld op haar liggaam.

Die man in die gang leun met sy rug teen die venster van waar hy, self onsigbaar, binne-in die kompartement kan kyk. Soms loer hy oor sy skouer na die heuwels wat begin toeneem al na gelang die trein slingerend die groot bergreeks nader; die magtige berg, 'n hompige, swart skaduwee wat lê en wag. Dan kyk hy weer na die bewegings van die groen vrou. Hoe oud sou sy wees? Dis moeilik om vas te stel, maar daar is iets wat aandui (in haar bewegings – 'n doeltreffendheid en 'n luiheid) dat sy nie té jonk is nie. Dis 'n prikkelende toneel en dit hou sy belangstelling.

Suzanne lê en luister na die wiele klikkend oor die voeë in die spoorstawe.

Thelma en Theuns. Sy kan sien hoe Thelma op die rand van sy stoel sou sit, met haar arms om sy nek – die liefderike, nette, voorbeeldige skoondogter. Sy sou sy pantoffels vir hom aangedra het, geluister het na hom asof hy die grootste wyshede verkondig. Presiesheid (waarvan hy altyd gepraat het), ordelikheid, netheid, beliggaam in sy tweede kind.

'n Onsamehangendheid in haar gedagtes.

Sy en Colet; Thelma en Theuns – 'n gepaste groepering.

Sy sien 'n toneel waar Colet na Theuns aangehardloop kom, iets sê, uitbundig word – die volgende oomblik verbrysel deur vermanings. Soos sy self in haar eie jeug.

Hoe ver sou hulle nou van die Kaap af wees? En wat is dit! Die donderende eggo. Dis die berg, en luister na die geluid van saamgeperste wind teen die vensters, die geluide wat in die ruimtes verdwyn en skielik teen kranse terugslaan. Dis die berg en daar is iets meesleurends in die snelheid van die trein; dit gaan deur jou hele lyf, asof dit jy self is, asof die snelheid die produk is van jou eie bewegings.

Sou Colet sonder hulle toestemming aangesluit het as hy geweet het van Theuns se siekte? Dis die vraag wat sy en Theuns . . .

Sy voel meteens vaak, gehipnotiseer deur die getik van die wiele. Tik, gaan dit. Tik-tik, tik-tak, tik-tik.

Dr. Van Niekerk. Familiedokter. Vet mannetjie met rustige magie. Die dok-tertjie met die sagte, bruin ogies vel die vonnis met egte meegevoel. Hulle moet natuurlik gehard wees uit die aard van hulle professie. Elkeen het histrioniese talente – om te reageer soos normale simpatieke vriende. Hoe sou hulle voel teenoor hulle eie mense?

Sy is meteens helder wakker. Die trein ry té vinnig. Sy kan voel hoe die swaartekrag na eenkant toe verskuif om die draai.

Die man in die gang rol weg ál met die tralies langs en verloor die vrou uit die oog. Hy mompel en skuif terug. Dit duur 'n hele tyd voordat sy oë weer gewoond raak aan die groen lig.

Suzanne lê en luister na die geluide: die gekraak van die wa, die flui-tende wind by die ruit, die stampe wat van onbepaalde rigtings kom. Die kompartement met daardie kenmerkende reuk. Op die rak kan sy dofweg haar wit handsakkie sien. Sy luister na die weerklank buitekant en besluit dat hulle nou bo-op die berg moet wees, die eggo's word al hoe minder. Sy staan meteens op, spookagtig in haar wit nagklere, en maak die venster oop.

Daar vér onder lê die vallei. Waters blink in die maanlig. Die stroom slinger en kronkel saam met die bewegings van die trein. 'n Wit bordjie vlie verby. Rook teen 'n rotswand. Warm stoom. Oorverdowend die gefluit. En dan is daar stilte as die draai begin met die slapende vallei duisende voet na benede.

Weer begin die gekantel. Die man klou aan die venster om nie weg te skuif nie – getref deur die gedaante, duideliker nou. Hy beur teen die be-weging wat dreig om te sterk vir hom te word; hy klou totdat sy kneukels wit word. Met onweerstaanbare krag word sy vingers een vir een losgetrek en sien hy vir laas hoedat sy omdraai voordat hy sy ewewig verloor. Die gangetjie word 'n steil helling waarteen hy afgly. Die wind suis by sy ore verby. 'n Deur vlieg oop en blaas, soos uit 'n oond, warm kole op hom af. Die hout en staal disintegreer voordat hy die geluid hoor. Hy sien die streep groen lig as die luikgat se venstertjie breek, hy sien die vrou onbelemmerd, haar oë op hom gerig, toe 'n gesplete balk met 'n skerp punt hom deurboor en teen die vloer vaspen.

HOOFSTUK X

Suzanne van Velden is met 'n ambulans vanaf die toneel van die ramp na Kaapstad vervoer, waar sy onder die sorg van dr. Johansen geplaas is in kamer 46 van die hospitaal bokant die park. Die park word in die aande gesluit oor die aanrandings wat in die verlede daar plaasgevind het, maar is bedags een van die plesierigste plekke in die Kaap vanweë die sang van duisende voëltjies in die duisternis van bome wat met inmekaargeweefde takke skaduwees bied oor helderkleurige banke. Die hospitaal is 'n wit drieverdiepinggebou met drie rye vensters, ruikend na eter as mens die blink gange afstap – verby die genommerde kamers en die bondels, bondels blomme voor die deure (die blomme gebruik suurstof en gee CO_2 af in die nag) – waar die verpleegstertjies met hulle styfpassende uniforms jou 'n helder glimlag met kleurlose lippe gee en met 'n nette lyfie eerste instap, die venster groter oopmaak, die kussing glad vryf en sê: "Besoekers! Ons eerste besoekers is hier! Waar sal ons die blomme sit?" Die kaart teen die voetenent van die bed optel en met geplooide voorkoppie daarna kyk, dit terughang, die toneel gadeslaan. "Nie té lank bly nie!" Swaaiend uitstap met ferme boudjies (die lint wuiwend om die hoek van die deur) en die besoekers (Thelma en Colet) verslae laat voor die vreemde beeld van Suzanne – asvaal-grys, haar hoof skuins teen die kussing, haar asemhaling hortend, die hele toekoms duister. Suzanne later met 'n wit hand reikend na Colet; Thelma by die koppenent, trane in haar oe. Wat doen mens? Wat sê jy? "Waar is my goed, Colet? In die handsak op die boonste rak ietsie vir jou en Thelma." Bleek-blou ooglede wat sluit met lang waspop-wimpers. "Sien die vallei in die maanlig, toe die slag gehoor en word hier wakker. Gedink aan Theuns en julle almal; met die slag gedink aan Theuns en julle almal." Om die kosyn 'n kruipplant met groen blaartjies waarbinne rooi aartjies. Wit-blou die lug agter. Héél agter, die berg. Stilte. En haar asemhaling? Is sy weg? Moet mens met haar praat? Kom die nursie en sê: "Sy is baie uitgeput van die skok. Dis beter dat julle later weer kom." Wie is die dokter? Dr. Johansen. Kan op die oomblik nie gevind word nie. Een van die beste dokters in die Kaap. Sodra julle weer kom, sal ons alle besonderhede hê. Begelei tot by die trap, die trap af, aarselend by die kantoor, swygsaam in die motor terug na die huis. Colet sê: "Een van ons agente, Jack Fourie, was ook in die trein." Die telefoon lui, Julius Johnson verneem na mev. Van Velden se welstand, klik sy tong, spreek die hoop uit dat dit nie té ernstig sal blyk te wees nie, vertel vir Colet dat hulle 'n berig ontvang het dat Jack Fourie in die ramp dood is, sy bors deurboor deur 'n balk. Lila bel om te vra hoe dit gaan, sê dat sy en Bill dadelik oorkom. Die groepie 'n rukkie later in die sitkamer vergader. Lila se hand 'n bietjie langer in syne, haar swart oë ernstig. Bill onthou vir Jack Fourie. Een van die bestes. Lila troos: "Indien dit baie ernstig was, sou hulle jou reeds laat weet het." Eienaardig hierdie dooie gevoel wat jou beetpak. Voel hulpeloos soos 'n kind. Anders as op die slagveld, asof die ramp van dood hier groter afmetings aanneem. Jammerlik die beeld van Suzanne. Ek voel soos daardie middag toe Suzanne-hulle weg was en ek alleen in die skemer kamer tussen haar klere rondgedwaal het met die eerste aanduiding van die verganklikheid van alles. Die opeenhoping van verwyte; voornemens om die onverskilligheid van die afgelope paar jaar ongedaan te maak deur 'n laaste bewys van liefde. Wat sal ek vir haar sê? Wat kan ek doen? Die vier saam terug na die hospitaal, slaag nou daarin om die dokter in die hande te kry: dr. Johansen, slank, deftig, afsydig. Van die bene by die heupe beseer. Behandeling eers, miskien 'n operasie later. Die tyd sal leer. Haar toestand is bevredigend, so goed as wat verwag kan word onder omstandighede. Spesialis, afgetrokke, verwyderd van die familiebetrekkinge, eintlik nie van hom verwag om rol van trooster te speel nie, roep die suster, knik onpersoonlik, die volgende oomblik verdwene. "Bleddie bastard," brom Bill, heel laaste in die furtiewe tou wat in die kamer verdwyn. "Eintlik té veel besoekers," glimlag die matrone vir Bill, haar oë op sy forse lyf. "Nie té lank bly nie." Kyk op haar manspolshorlosie. Verdwyn. "Bill en Lila," fluister Suzanne. "So baie van julle gehoor." Kyk na Colet, probeer glimlag. (Die bome teen die berg, die duik waar Leeukop begin. Nou met haar praat, die regte woorde, die aanduiding in die stem. Miswolk wat neersak. Gekleurde gate in die newels. Wat moet ek sê? Hipnoties die wyse waarop die mis, die wolke. Hoe moet ek dit sê) "Mam!" Té sag. Skaars 'n fluistering, of het hy gepraat? Keer hom meteens na haar, vind haar oë gerig op Lila. Lila, nie Thelma nie, digby die bed, haar hand in Suzanne s'n. Bill met 'n sigaret. Mag hy dit opsteek of nie? Sweet effens. Sy boordjie té nou. Thelma aan die voetenent. Klein snikkies in haar sakdoekie, dye drukkend teen die wit ledekant. "Tyd om! Tyd verstreke! Tyd! Tyd!" Die matrone. Dieselfde nette verpleegstertjie agterna. Haar een hand oor Suzanne se voorkop, trekkend aan die kombers met die ander. Simpatiek aan Lila: "Een van die dae beter. Moenie bekommer nie." In gelid uit. Suzanne in diepe koma. "Inspuiting," fluister die matrone vir Bill, druk aan sy arm.

Skaars by die huis lui die telefoon. "Mev. Van Velden? Marie du Toit. Hoe gaan dit met Suzanne van Velden? Watter hospitaal? Sal soontoe bel."

"Wie is Marie du Toit?" vra Thelma vir Colet.

HOOFSTUK XI

Toe Colet die volgende môre op kantoor kom, het Julius Johnson nog nie sy verskyning gemaak nie, maar Flossy kom hom tegemoet met ineengekrimpte meegevoel. Later sê sy: "Is dit nie vreeslik van Jack Fourie nie?"

Doepels kom uit die waskamer met 'n handdoek oor sy arm. Hy lyk vars soos iemand wat so pas geskeer het. "Hallo, Van Velden," sê hy en swaai die handdoek soos 'n mantel. Met sy vry hand druk hy Colet s'n ferm en stewig. "Jammer om te hoor van jou moeder." In sy blou oë is al die mee-gevoel wat flou, blou oë kan gee. Hy gaan by die lessenaar sit en druk met sy palms op die blink oppervlakte. "Arme Jack Fourie. Watter eienaardige manier om te sterf. Soos 'n skoenlapper op 'n versamelaar se kaart." Daar is nog 'n paar druppels water op sy gesig en dit drup traag af tot op sy hemp. "Waar die dood sonder waarskuwing kom, skep dit soms interes-sante situasies." Hy kyk meteens na Flossy. "'n Vriend van my is byvoor-beeld op sy huweliksaand oorlede. Sy vrou is in die gestig en vertel vir almal dat sy giftig is."

Toe Flossy die kamer uitgaan, maak hy 'n kas oop en haal 'n bottel en twee glase te voorskyn. Hy vul die glase en gee een vir Colet. "Prosit," sê hy. "Dit sal jou goed doen." Hy vul sy eie glas onmiddellik nadat hy dit met een teug geledig het. Dan kyk hy na die deur wat Flossy hard agter haar toegeklap het. "Sy hou nie van my nie. Ek het dit gemerk die eerste dag toe ek hier gekom het." Hy bly 'n rukkie stil. "Ken jy Julius Johnson al lank?"

"Van na die oorlog," sê Colet. "Ek het hier begin werk toe ek terugge-kom het."

"'n Eienaardige kêrel. Hy maak so 'n taak van alles. Ek kan nie sê dat ek baie van hom hou nie. 'n Bietjie oorweldigend."

Hulle hoor meteens Julius Johnson se stem in die kamer langsaan. Colet knik vir Johny Doepels en hulle gaan soontoe. By die deur haal

Johny Doepels 'n kam uit, trek dit deur sy hare en vernietig die spore van 'n paadjie wat daar was.

"Hoe gaan dit met jou moeder?" vra Julius Johnson vir Colet en wag kopskeef om die verwagte gerusstelling te hoor. "Nou, in verband met die veldtog. Ek het sekere veranderings aangebring en van die agente verskuif." Hy kyk vlugtig op. "Jack Fourie se dood." Hy kyk weer na die plan en verduidelik. "Die volgende taak is 'n deeglike opname van al die nywerhede, private wonings en geboue, behalwe openbare geboue, in elke gebied. Nie alleen bestaande geboue nie, maar ook geboue wat opgerig word. Bel die agente, beplan die veldtog met hulle, bespreek die aard van die reklame volgens die oorwegende behoefte van elke area."

"My kop draai," sê Doepels toe hulle buite kom. "Is hy nie vermoeiend nie?" Hy trek die laai oop.

"Nie nou nie, dankie," sê Colet. Hy vind dat hy, vir 'n tydjie altans, van Suzanne vergeet het.

Toe teetyd aanbreek, klop Doepels aan Colet se deur. "Gee jy om as ek met jou saamgaan?" Doepels is baie ingenome met die kafee. "Ek hou van die atmosfeer hier," sê hy en kyk in die kamer rond met 'n blik wat waardeer, maar wat op dieselfde oomblik goedig veroordeel. "Eintlik is ek nie arbeidsaam nie, maar ek het grenselose ambisie. Daarom werk ek vir 'n graad." Colet merk op dat sy blou oë op 'n eienaardige wyse by tye uitdrukkingloos is – soos 'n dier s'n. "As ek net kontant in die hande kan kry . . ." Hy beur effens op. "As ek byvoorbeeld die sleutel van Julius Johnson se brandkas in die hande kan kry . . . Hoeveel kontant dink jy sou hy daarin hou? Driehonderd, vierhonderd pond? Hy is die tipe wat dit sal doen. Dit gee hulle 'n gevoel van sekuriteit." Hy drink sy koffie klaar en leun agteroor in sy stoel. "Ek was gisteraand by 'n boksgeveg in die Groentemarksaal. Ouderdom en ervaring teen jeug en spoed. Entellus teen Dares. Maar hierdie keer het jeug gewen – soos dit hoort."

Dis meteens asof Colet deur 'n mistigheid na Johny Doepels kyk. Ietsie van sy droom kom terug – eerder by wyse van gevoel as beelde. Dit smelt saam met die bekommernis oor Suzanne en bly oor as 'n dowwe drukking agter in sy kop. Maar terselfdertyd het Johny Doepels 'n kalmerende effek op hom.

Doepels is op die punt om verder op sy gesprek uit te brei toe hy meteens oor Colet se skouer kyk en terselfdertyd opstaan. "Daar is 'n vrou wat na ons tafel toe kom." Hy loop alreeds. "Ek dink ek sal nou gaan, sien jou later weer." Hy verdwyn met 'n lendelam lyf tussen die mense deur en kyk nie eens na Marie as hy by haar verbyskuur nie.

226

Colet trek vir haar 'n stoel nader.

Marie du Toit, anders aangetrek as gewoonlik (jeugdiger) hou haar hande onder die tafel, vestig haar blik op Colet se mond en weier om na die merk op sy wang te kyk. Sy het die vorige nag nie geslaap nie en kort-kort gehuil. Sy het elke oomblik van die verlede herleef, die tevergeefsheid gevoel, toegegee, en uiteindelik die herontwaking van haar liefde vir hom onbeskaamd erken. Sy kyk meteens op en voel 'n sagte warmte deur haar hele lyf gaan. Alles aan hom: die merk, die arm wat effens styf is, het 'n bykomende aantrekkingskrag en prikkel iets in haar. Sy let op hoe inge-dagte hy sit, die pynigende afsydigheid van sy houding, die verandering in sy persoonlikheid. Sy ken hom nie meer nie, maar is verlief met 'n onver-staanbare kombinasie van herinneringe en vars indrukke.

"Ek was vanmôre by jou mammie. Hulle sê sy vorder goed. Sy was bly om my te sien. Ons het heelwat gesels . . ."

– Hou haar dop terwyl sy praat. Nie soos gister nie. Lyk vanmôre moeg en oud. Kringe om haar oë. Strepies wit in haar hare.

Gesig geswel, vel dof en oor-opgemaak. Die rok pas haar nie: te frillerig, die kleure té helder. Baie na aan die oorgangstydperk. Laaste oplewing, dan die krimpende tog middeljarigheid in. Arme Marie. Ek het gister by die see na haar verlang; verlang nou na die see en Lila. Snaaks dat Suzanne Lila se hand vasgehou het by die bed. Die krisis verby: watter betekenis het Suzanne nog? As ek in haar oë kyk, sien ek iets, vind ek 'n begrip. Dit verdwyn as ons praat.

Op Marie se skouers Muminn en Huginn. ". . . toe ons in die aande gestap het. Onthou jy nog hoe mooi die son in die aand ondergegaan het op die plaas? Ek sal nooit daardie piekniek vergeet wat ons twee op Steen-bras gehou het nie: die rooi waterval, die varings en die rit langs die see." Bloesend: hy moet iets onthou, moet nog iets van daardie gevoel in hom-self dra, sy en my eerste.

Dis meteens stil in die kafee. Die koppies is leeg. Engeltjies vlie verby.

– Ek is moeg en ek weet nie wat om te doen nie. My belangstelling is weg. Daar was 'n tyd toe ek dinge anders gevoel het: 'n geestelike fisieke gevoel; fyn waarnemings met pyn; uitbundige ontdekkings.

Iemand skree in die straat. Voetgangers hardloop. Die meisie agter die toonbank rek haar nek en glimlag. Die deur verdonker voor 'n groep wat binnekom.

"Ek sal een van die dae vir julle kom kuier," sê Marie, regop, geblomd, haar hand uitgesteek. "Ek sal baie graag jou vrou wil ontmoet."

Dis waar, haar bene is nog mooi. Dit verander nie met ouderdom nie. *Vide* al die filmsterre en die vrouens by Elsa Maxwell.

'n Prettige handjieswaai vanaf die sypaadjie.

Té laat vir 'n man, amper té laat vir wat sy nodig het.

Hy glimlag op pad na die kantoor.

"'n Parade," sê Julius Johnson. "'n Parade deur Stellenbosch." Hy vestig sy blik op Colet en Doepels vir entoesiastiese beaming. "'n Amerikaanse metode. 'n Bietjie luisterrykheid, nie waar nie? Ietsie wat die aandag van die mense op ons produk sal vestig." Hy loop heen en weer: 'n on-bewuste (miskien bewuste) nabootsing van die industriële tycoon. Hy gaan staan meteens met 'n blink gedagte, lig sy vinger en kyk vanaf die blindingvenster geïllumineerd na hulle. "Ons kies 'n koningin. 'n Lands-wye wedstryd. Soos daardie Stellenbosse lentekoninginne. 'n Paar vlotte en 'n blaasorkes. Op 'n Saterdagmôre wanneer al die . . ." Hy sink weg in planvormende gedagtes.

"Wat dink u daarvan, mnr. Doepels?"

Doepels, langwerpig, huiwerig-prewelend, soekende na 'n gepaste ant-woord, kom orent, gooi sy skaduwee rietskraal oor die vloer en beweeg sy hand oneffektief.

"Laat dit aan julle oor," sê Julius Johnson en wink met 'n breë hand vir hulle om te gaan terwyl hy hom verdiep in 'n stapel briewe uit die mandjie gemerk: "Inkomende Pos".

HOOFSTUK XII

Besoekure tussen sewe en agt en Suzanne tenger en bleek, kyk vanaf die spierwit bed in die spierwit kamer na hulle met 'n glimlag wat haar pyn dapper verberg en hulle ongemaklik-bekommerd in 'n halfmaangroep gissend om haar laat. Bill, Lila, Thelma en Colet. "Ek is só bly dat jy gekom het," sê sy spesiaal vir Lila, glimlag vir Colet, knik vir Thelma. Haar koors is hoër (maar dit is gewoonlik so hierdie tyd van die aand), die pyne toenemend, haar hoop op beterskap in volle vertroue op die Heer, volkome. Gordyne roer in die ligte windjie; agter die oop venster stemme van mense op die terrein. In die kamer langsaan lê 'n vrou op sterwe. Daardie mense wat so pas by die deur verbygestap het (die man en die twee seuntjies met blou matroosbroekies), doen heel moontlik vanaand hulle laaste besoek. Die matrone is só gaaf. Geringe takies, haar vriendelike glimlag, die lawwe grappies. Die nagverpleegster is ongeduldig en onbeskof. Sou mens haar by die owerheid kan aanmeld? (Fluister iets vir Lila. Lila hoofskuddend.) Dr. Johansen uiters bekwaam. Die vertroue wat hy inboesem. Edinburgh en Leiden. Verfynd. Slank, bleek, gewyd aan sy taak. Stemme in die gang. Wit gesiggie in die deur. Professionele glimlag. Dis sy – daardie nagverpleegster. Mens lui en lui en lui. Die tipes! Maar sommige van hulle. Daar is vrugte by die bed. Het julle nie lus vir 'n piesang of 'n pynappel nie? Soek tog na 'n mes. Colet dra nooit 'n mes nie. Dié Colet! Bill het een. Kerf aan die pynappel, verdeel dit in bros, sappige happe. Is dit nie heerlik nie? Colet sweet as hy pynappel eet. Kyk hoe sweet hy! Sekere sure wat nie met sy gestel saamgaan nie. Druiwe, iemand? Groot swartes in die raffiamandjie. Lila sit op die kant van die bed en gesels onhoorbaar met Suzanne. Swaaiende, mooi, balletdanseresbene. Band tussen Lila en Suzanne. Kyk met swart oë. Herinnering aan die vorige aand langs die see. Band tussen Colet en Lila. Bill eet die een helfte van die pynappel alleen op. Thelma kyk na haar fyn polshorlosie met die goue wysters en sewentien juwele wat stofdig en waterdig is; wen dit op, stryk haar rok glad; proe een groot swart korrel met saamgeperste lippe.

Geur van druiwe, geur van asyn, geur van blomme wat nou in die gang staan, geur van appels, piesangs, poeier, reukwater, dettol en gcoliede vloere. Colet! Colet! Colet! Ligte in die strate, die tiara om die baai, die rooi-groen-blou belletjies-liggies by die pier. Koms van 'n prins. Orkeste, danspartye, motorkarre op die bergpas – as jy onder staan so groot soos jou duim se nael (hou dit voor jou gesig.) Wie klop daar aan die venster? Suzanne! Suzanne! Ek is so bang! Iets ritsel in die grenadellaheining, die wind ruk die voordeur en huil deur die sleutelgat. Dis die skepe van die vreemde lande vér oor die see wat die kieme bring waaraan die mense by die duisende sterf. Bring uit julle dooies! skree hulle, sê Sara, en die karre klater in die nag deur die strate. Dis die rotte wat met die kabeltoue langs vanuit die skeepsruim pesbelaaid tot op die kaai hardloop en in die stad verdwyn. Dood in rioolvore met bloederigheid aan hulle fyn snoetneusies. Pokkies begin só: jeukende blasies en jy sterf of lewe met 'n perskepitvel. Ek het dit! Ek het dit! Vertel vir Suzanne, Sara! Waterpokkies, lag die dokter en waarsku moenie krap nie. Buitekant die venster 'n boom wat groen skaduwees gooi. Die soet-suur reuk van gebarste oorryp vye, die meisietjie in die erf langsaan wat deur die blare loer. Ystertoestel aan haar been. Lila Luna Lee se gesig digby Suzanne s'n oor die kussing. Groot, swart oë. Die warmte daarvan. Ligpuntjies prikkel herinnerings. Kan dit wees? Glimlag Suzanne, kyk op na Lila, kyk saam met haar na hom. Bill sit op Theuns se plek op die stoel langs die bed. Stap met Theuns in die straat, koop 'n koerant, lees die gekleurde prentjiebyvoegsels. Sy groot, sterk hand. Stap met Theuns op die plaas verby die granaatheining. Persephone en Aidoneus – terwyl die vet, rooi, blinkende pitte verdwyn en jou hande pers vlek. Pas op! Pas op vir jou klere! Theuns in die stoel met 'n oopgevoude koerant; agter die stuur van die motor met die speekwiele; in die geselskap van mans terwyl die glasies rinkel; met sy hand om Suzanne se lyf. Maak die deur van die slaapkamer oop, word uitgejaag. Hoor julle een nag in die kamer langsaan. Wrede, haatlike monsters! Skielik is hy grys. Bill steek 'n sigaret aan, blaas die rook selfbewus in die rigting van die oop deur. 'n Stuka lyk soos 'n sprinkaan. Alles is uitgewis. Ek lig my hand en daar is 'n swaar, somber leegheid waar Theuns was. Dit is laat. "Ons kom môreaand weer," sê Lila.

"Het julle ooit in Tamboerskloof gewoon toe jy klein was?" vra Colet vir Lila. Sy skud haar hoof. Die toeval is ydel.

HOOFSTUK XIII

Daar is nog sewe aande oor. Soms gaan Colet alleen, maar meestal gaan hy saam met Bill en Lila. Thelma bly drie keer weg. Suzanne sit al regop in die bed en lei die geselskap. Sy kry dit reg om 'n atmosfeer van brose deftigheid te skep.

Bedags skyn die son deur die venster op die wit bed. Die voëltjies sing in die bome tussen die breë subtropiese blare wat kol-kol donker en lig is. Daar is 'n paar boeke langs die bed op die bedkassie; die tydskrifte lê besaai op die mat en aan die voetenent. Agter haar rug is drie kussings regop gestapel.

Daar is gedurig kinderagtige gesprekkies met wit uniforms. Hoe voel ons vanmôre? Die dokter sê een van die dae. Ons is so moeg. Die pasiënt in kamer 99 is só lastig. My man werk snags en ek bedags. Dis 'n wonder dat ons kinders het.

'n Sluimerslaap en 'n dromerige stilte as jy wakker word en luiweg wonder waar jy is. Jy onthou soms die maanligkloof en die vuurvonke, maar dit word bleek met die son. Dis meestal net die luie herstel; die on-sekere toekoms, 'n bron van luie bespiegeling; die on-durf-sê-bare behae in die aandag op hierdie gebreekte liggaam gevestig. Die skerp pyn word 'n wisselende agtergrond, beheerbaar met wit pilletjies: die orkes wat jy met gevoel dirigeer.

In hierdie wêreld kom Marie du Toit gereeld elke môre – met haar twee soorte rokkies: die stroewes en die geblomdes; met die welriekende sak-doekie altyd byderhand: in die armband, in haar bors, in haar mou, in die sakkie op haar regterheup. Altyd eerbiedig: Mevrou. Gesprekkies oor die verlede – Theuns en almal wat hulle saam geken het. Later, onvermydelik, oor Colet. Is hy gelukkig? Trane dan van beide. Iets in hom het verander. Die wrede, wrede oorlog. Mekaar té peilend, té versigtig om iets te open-baar: die twee vrouens, elke oggend.

Die laaste Sondag is daar 'n kerkdiens oor die radio. Vir elke verpleegster is daar 'n doos sjokolade. Haar klere is alreeds ingepak en die blomme onder die ander pasiënte verdeel. Sal hulle haar die volgende môre na die motor dra of sal hulle 'n draagbaar gebruik? Colet vertel vir haar, terwyl die ander alreeds uit die kamer is, dat hy vir haar 'n rolstoel gekry het om te gebruik totdat sy weer kan loop.

Vir die eerste keer bars sy voor hom in trane uit en maak die laaste aand een van donker verdriet.

Die volgende môre kom Lila en Thelma haar met die motor haal. (Colet en Bill is alreeds op kantoor.) Twee mansverpleërs dra haar die trappe af. 'n Klein skaar besoekers kyk nuuskierig toe, die lig verblindend in hulle oë. Die hitte, alreeds teen daardie vroeë uur, dui aan dat dit 'n warm dag sal wees.

HOOFSTUK XIV

Toe Colet een oggend op kantoor kom, sien hy dat Doepels 'n swart oog-
klappie aanhet wat aan sy gesig 'n besonder uitdagende voorkoms ver-
leen. Terwyl sy oorblywende oog ewe jammerlik in Colet se rigting blink,
vertel hy hom dat daar 'n splint in gekom het en dat die dokter nie oortuig
is dat die oog weer sal genees nie. "En boonop het ek nog 'n verkoue,"
sê hy terwyl hy met 'n lang voorvinger aan sy neus tik. "Ek hoop net dit
gaan nie na my bors toe nie. Dis iets wat mens moeilik hierdie tyd van die jaar
afskud." Hy lê agteroor op die stoel uitgestrek terwyl hy praat en staar by
die venster uit. Meteens beur hy op, soos gewoonlik, asof diep binne hom
'n wel is met eie getye van daling en styging. "Die Stellenbosch-plan van
Julius Johnson interesseer my baie. Het jy al iets daaromtrent gedoen?"
Hy wag nie op 'n antwoord nie en gaan voort. "Ek het laasnag die hele tyd
daaraan gelê en dink. Ál die omliggende dorpe neem deel, 'n mooi meisie
uit elkeen, elke vlot in die vorm van 'n skip met 'n tamaai papier-mâché-
blinding as 'n seil." Hy staan op, deurkruis die kamer en trek aan die oog-
klappie met sy duim sodat dit met 'n klapgeluidjie terugspring. "Dink aan
al die bote . . ." Hy bly meteens stil, asof iets hom byval, en gaan dan op
die lessenaar sit met sy een been heen en weer swaaiend. "In verband met
wat ek jou nou die môre vertel het . . . Jy weet, my voornemens om van
Julius Johnson se geld te bekom. Dit was natuurlik alles kletspraatjies."
Hy buk effens vooroor, vestig sy vurige oog vorsend op Colet, en sak dan
tevrede terug. "Dink jy Julius Johnson sal my 'n kantoor gee waar die lig
beter is?"

Dieselfde middag nog ruil hy en Flossy kantore om op Julius Johnson
se instruksies. Onmiddellik daarna kom Flossy verontwaardig na Colet.

"Stel jou voor," sê sy. "En hy is maar nog net 'n paar dae hier. Wat sien
die oubaas in hom?" Sy gaan voor die spieël staan om haar hare te kam.
Ten spyte van drie haarspelde tussen saamgeperste lippe kry sy dit vrou-

likerwys nog reg om te praat. "Vertrou jy hom? Ek vertrou hom nie. Julle sal almal nog die dag berou."

Sy sluit aldus Colet ook in en verlaat die kamer met 'n parmantige swaai.

Dis laat in die middag en Doepels verskyn snuiwend by Colet se lessenaar. "Ek het dit reggekry," sê hy en loer seëvierend in die rigting van sy ou kantoor waar Flossy se beursie alreeds op die tafel lê terwyl sy die laaste briewe van die dag toelak en verseël. "Dis werklik donker daar," sê hy tevrede. "Het jy lus om saam met my vir 'n wandeling langs die see te gaan?"

Terwyl hulle na die strandgebied ry, vra Doepels vir Colet hoe dit met Suzanne, sy moeder, gaan. "Jack Fourie, jou moeder en ek," sê hy. "Binne 'n ommesientjie in graadverskillende ongelukke. Is dit nie eienaardig nie? 'n Paar harde slae, die lewe skakel oor in 'n ander versnelling, bereik 'n kalme eentonigheid, en dan weer . . .

Die see is kalm en stil en baie blou. Prentjieagtig in die verte vertrek 'n groot passasiersboot van een van die rederye op pad na Southampton. Hulle stap oor die los sand en gaan op een van die rotse sit.

Doepels is meteens die een-oog-matroos met uitgestrekte arms. "Ek was orals, by al die strande. En altyd vertrek daar 'n boot. Dan dink ek: as ék nou daarop was, met die diep see voor, op pad na . . ." Hy skud sy kop. "Waarnatoe?" Hy tel meteens 'n skulp op, draai dit om en om tussen sy vingers, hou dit teen die son, bewonder die perlemoenkleur aan die rand, en gooi dit skuiwend oor die water weg. "Waar ons ook al kom, ons is oral gedoem tot rots-omringde poeletjies. Om en om. Altyd teen die wande. Dan kom daar 'n brander en ons is in die volgende poeletjie! Heerlik! Dan weer . . ." Hy wys sirkelvormig met sy vinger, sy een oog groot. "Agter lê die groot oseaan. Tog, sommige van die visse en seediere bly hulle hele stinkende lewe in dieselfde kol. En daar is ander. Is dit palings? En watter nog? Duisende myle om te broei êrens aan een van die noordelike kuste, en die bleddie fools keer altyd terug. Maar ek is soos die ander, ek weier om te bly. Eendag, wie weet? Eendag glip ek oor die laaste rotspoeletjie."

Die boot word kleiner en sak weg teen die horison. 'n Seemeeu vlieg verby, sy pootjies styfgespanne na agter, sy vlerkies roerloos-klappend, roerloos-klappend, sy skor stem weerklinkend oor die stil water.

"Het jy geweet dat ek die taal van voëls kan verstaan?"

Colet glimlag. "As jy die taal van voëls kan verstaan, wat sê hy nou?"

Johny Doepels gaan deur al die houdings van iemand wat luister. "Woonstelgeboue soos krismiskoeke op Seepunt, Johnson se blindings in elke venster, laaie vol indekskaarte, krioelende menigtes op hierdie strand wat leeg is, gedissiplineerde chaos."

"Ek het net één wens," sê Colet.

"En wat is dit?" vra Johny Doepels.

"Dat ek dood moet wees voor dit gebeur."

Die skor stem van 'n tweede seevoël, sy vlerke 'n benediksie oor die water. Johny Doepels kyk meteens na Colet met 'n oog en 'n swart klappie asof hy gelyktydig in twee wêrelde kan sien. Hy staan op en hulle loop stadig terug na die motor.

"Waar woon jy?" vra Colet en volg sy aanduidings deur nou straatjies tot in 'n buurt wat eers deftig was en nou vervalle geword het – waar die bruinmense pikaresk en onkeerbaar inskuif. "Dis nie ver van my af nie," sê Colet. "Jy moet my eendag besoek."

Doepels dralend, traag om afskeid te neem, sy hande op die deur. "Daardie meisie, die een wat nou die môre in die kafee ingekom het . . ."

"Marie du Toit," sê Colet. "'n Vriendin van my van baie jare gelede."

Doepels knik sy kop ernstig en bring sy hande na sy voorhoof. Die volgende oomblik loop hy vinnig weg, rég in die pad van 'n fiets en rol 'n paar keer om as gevolg van die krag van die botsing. Toe hy opstaan (in die kring van verbygangers wat uit die niet vergader het), staan hy eers vir 'n lang ruk op sy een been. Daarna toets hy versigtig die ander een.

"Dis my knie," sê hy.

Die omstanders se gevoelens loop hoog teen die man wat op die fiets was. 'n Oubaas keer hom na Colet en sê: "Die fiets het natuurlik aan die kant van sy blinde oog gekom. Die volk ry regtig onverskillig. Mens behoort die vuilgoed aan te gee." Die klappie op Doepels se oog het 'n groot indruk gemaak. Die oubaas het tien kinders waarvan een buitemuurs aan sy B.A. werk, en die een van sewentien betrap is dat hy met 'n mooi Maleiermeisie geslaap het. Die man se naam is Tamboer en hy het alreeds met fiets en al tussen die menigtes verdwyn.

Doepels se knie wou nie genees nie. Die eerste week het hy met krukke na die kantoor toe gekom. Daarna het hy vir hom 'n kierie aangeskaf. Flossy kon sy manier van loop presies namaak. Sy het van koolpapier 'n oogklappie gesny en dit oor haar een oog gehou. Daarna het sy 'n sambreel geneem en sukkelend oor die vloer gekruie. Wat werklik snaaks was, was die uitdrukking van selfbejammering wat sy dan op haar gesig gekry het. Eendag het Doepels op die toneel afgekom. Hy het teen die muur geleun en alles stilswyend aanskou. Toe het hy sy kierie teen die muur geplaas en daarsonder weggestap. Halfpad na sy kantoor het hy geval en sy arm gebreek.

Flossy het 'n teorie omtrent Doepels se oog en sy vertel dit aan Colet.

Colet ken mos die plek by die see waar alleen vrouens toegelaat word. Hulle swem daar agter die betonmuur tussen die rotse sonder klere: kaal, vet, maer; slank en benerige nimfe in die koue blou rotspoele. Sy, Flossy, was ook al daar. Dis heerlik om die son op jou lyf te voel, en daarna die koue water teen jou warm vel. As hulle klaar geswem het, sit hulle in groepies rond, kam hulle hare en laat dit droog word in die seewind. Hy, Doepels, stap gewoonlik in die middag daar verby op sy gereelde wandelings langs die see. Sy het hom al daar gesien. Op die sementmuur staan in wit geskryf: Die een wat loer se oë sal uitval.

HOOFSTUK XV

'n Vaal huis met 'n groen veranda, 'n klimopheining en 'n enkele palm-boom bekring met wit ronde klippies op die grasperk. Vier reusagtige dennebome, skuinsleunend na die see, word gedruk deur die brullende suidoos wat oor die berg kom, die strate vee, papiere aanjaag, rokke lig, hoede vergader en die menigte klouend aan lamppale laat hang. Agter die huis donder die berg, die magtige wolk krombuigend daaroor, gletseragtig kruipend in die skeure. Drie seuntjies staan in die teerstraat, hulle gesig-gies opgehef, hulle ekstatiese ogies gerig na die berg. 'n Hinkende dwerg-vroutjie kruie stroomop teen die wind met haar krom neus digby die teer. Sy sukkel oor die straat tot by die tuinhekkie en loer deur die tralies na die stoep waar Suzanne op haar rystoel sit.

"Maak asof julle haar nie sien nie," sê Thelma.

"Kan 'n mens nie iets vir haar stuur nie? Haar miskien vra om na die kombuis te kom nie?" vra Suzanne.

'n Beweging van Thelma, 'n krom voorvinger, en almal se aandag word gevestig op die spektakel – die moeisame gang deur die hekkie, lángs die paadjie, óm die hoek. Thelma mompel as sy weer na binne moet gaan.

"Elke Saterdag," sê Colet.

Daar is trane in Suzanne se oë.

"Dit ontstel haar," fluister Lila en neem Suzanne se hand in hare.

Met Suzanne tronend in die middel en Colet en Lila aan weerskante op verdwergde stoele, luister hulle na die tierende wind, hulle gedagtes, uit die gesamentlike gedagtegang gewan, in drie rigtings versprei.

Pyn met herinnerings by Lila as sy terugdink aan die ystertoestel om haar been, die mank-geloop, die stadige herstel. Pyn wat trek deur Su-zanne se hele lyf. (Netnou sal sy dit nie meer kan hou nie. Die pilletjies in die handsakkie op die tafel. Oor 'n rukkie sal sy daarom vra.) "Colet," wysende na die handsakkie. "Maak dit oop en in die linkerhoek." Gewoond daaraan, kry dit onmiddellik, die silwerdosie. Veg teen dofheid en magteloosheid. Wag vir die pyn in die hart en die brein. Dit is die teken.

Die dwergvroutjie, sukkelend terug, verskyn om die muur en strompel windaf langs die paadjie tot by die hekkie, waar sy omdraai en eers na die mense op die stoep en dan na die berg kyk – haar gesig in die wind, die wolk tegemoet. Sy verdwyn meteens, skimagtig, in die straat.

"Elke Saterdag," sê Thelma vanuit die deur. "'n Koppie tee en 'n mosbolletjie." Daar is iets in haar hand. "Sy het hierdie kruie gegee. As 'n mens dit twee uur lank in die water kook en dit drink, verlig dit alle pyn." Sy glimlag en gooi dit weg. (Té laat Suzanne se grypende hand.) Dit verdwyn in die wind. Opgedroogde krummeltjies.

Lila staan meteens op. "Ek moet iemand in die stad ontmoet."

"Ek stap saam met jou," sê Colet.

"Nie te laat wees nie, Colet," sê Thelma en stoot alreeds die rystoel in die rigting van die deur. Sy draai om na Lila en soen haar sonder om haar hande van die stoel af weg te neem.

'n Trae gebaar van Suzanne deur die vaak wat toeneem met die verdwynende pyn.

Ingehaak, terugremmend teen die wind wat hulle aanjaag, stap Colet en Lila na die plek van hulle bestemming. Té bewus van mekaar, hulle bewegings té na aan mekaar om iets belangriks te sê. Net: voel die wind! Kyk na die bome! Netnou vlie ons oor die stad!

'n Draai by die kroegie en hy kry daar vir Bill wat hom vertel dat sy verplasing na Johannesburg van die baan is. "Dan sal jy die optog kan sien," sê Colet. Hy vertel hom van die Stellenbosse plan en ook van Doepels. Hy beskryf hom as 'n mal man, maar . . .

"Teleurgesteld. Voel lus om dronk te word," sê Bill. "Ek sou volgende maand gegaan het."

Hulle word dronk. Sing Lili Marlene. Vind Johnny Little. Vind ander. Daar is 'n klavier in die hoek. Die skraal, bleek mannetjie kan speel. Rooi Kruis. Hulle sing. "Praise the Lord and pass the ammunition", hulle sing. "I'm so tired that I can sleep", "Victory roll" en "Moonlight becomes you". Ook "Mamma".

Iemand onthou Johan Goosen en sê ja, hy was 'n bastard. Hulle onthou die geval van die Stukas en die komposhoop. Drie was in die affêre betrokke waar die tuisgemaakte bom op die Italiaanse hoofkwartier afgegooi is. (Maar deesdae sê almal hulle was by.) Iemand sê dat daar wurms in die sigarette was wat ons gekry het. Hulle stry oor hoe dit gemaak is.

Die groep word hoe later hoe groter.

"Wat is die naam van die hotel in Firenze nou weer? Excelsior. Jy sal dit deesdae nie ken nie. Pure toeriste."

Daar is 'n groot, sterk vent. Sy hemp bars eintlik oop, so sterk is hy. Hy gesels al om die rand van die gesprekke. Hy kan die naam van sy divisie, die generaal, en selfs sy peloton nie onthou nie. Maar hy onthou 'n bloody swine, Willie Rumpelstein, wat hom uit die slaap uit gehou het omdat hy so geskree het.

Daar is een "wat nie wil praat nie"; een wat eenkant staan, saamdrink en afsydig-superieur glimlag: een wat 'n dêm ordentlike Kraut onthou wat brood verniet ingesmokkel het (hy gaan nog aan hom skryf – óf hom eendag besoek); een wat 'n sestonvragmotor onder die invloed van vino skeermesskerp presies tussen twee ander ingetrek het drie-uur in die oggend; een wat saam met Uys in 'n kamp was, ontsnap het en drie dêm jaar in 'n wingerd gewerk het (hulle ken almal sy vet Italiaanse vrou); daar is een wat Ernest Hemingway in Parys ontmoet het – hy noem hom Pappa.

Hulle noem die vrou met die reusagtige borste, die veënde vrou van die nette toonbank, Mamma. Sy onthou die boys wat sy gedurende die oorlog bedien het. Sy drink iets saam, word dronk, vertel 'n storie van 'n eensame luitenant. Sy sien weer die verdonkerde strate, die hotelkamers met ál die uniforms, 'n dronkgeveg in –, die drie groot bote in die hawe, die matrose wat die bierwa omkeer, die vrouens se broeke aftrek en die klein Austin op die sypaadjie lig.

Colet, dronk ook, hinkend tussen die Ou Kaap (Mamma se herinne- rings), Bill & Kie en die fortezza.

Maar hy onthou nou die beste homself voor Theuns se –. Dan Marie. Meteens Marie. Waar bly sy? (Wat sal Thelma sê? Suzanne sê?)

Bill wiegend oor na hom toe.

"Is dit jy wat vir Lila blomme gestuur het?"

"Ja."

Die milligram-weegskaal. Op en neer wiegend.

Glimlag Bill.

Lafaard? Blind?

Blind.

Luidrugtigheid. Die meeste het al verdwyn. Dié wat agterbly, sal môre jammer wees.

Meteens word alles saai.

Almal met wit boordjies aan verlaat die partytjie.

Dink aan alle moontlike verskonings in die Citroen. Suzanne slaap al. Thelma sal wag.

Ry amper 'n man raak, by die kafee, op die hoek in Tamboerskloof.

Dis die Maleier, Tamboer, wat hollend verdwyn om die draai.

Sê Thelma: Skaam jy jou nie!

Sweef die wêreld. (Die wind het gaan lê. Die badkamerkraan drup. Drup! gaan dit. Drup! Drup! drup! drup!)

– Dat jy, terwyl jou moeder siek is . . . op so 'n oomblik . . . terwyl ek my moet afsloof . . .

Wie bly oor van almal wat ek geken het? Johan Fourie (dood); Tom Greenshields, Goldsworthy, Jannie Wessels, Piepie v. d. Riet (neergestort, drie dae in die woestyn gedwaal, homself geskiet – waarmee? Ek dink hulle dra 35's); Jackson, Numi, Karremaker, Earp, Verster, Sylverton, Fatty Smolowitz en Josef Kriel.

Nie weer 'n lange nag nie. Thelma slaap nou. Sy sweet. As ek my been teen hare bring, teen haar kaal dye, sweet ons saam – vroetel sy onrustig rond. Die matras het knoppe. Deurgelê en deurgestamp. Maak my oë toe. Uit die hoeke reënboogkleure.

Ek is só moeg. Ek is só moeg.

Ek het lus vir 'n sigaret.

Waar is die wind? Ek wens die wind waai weer. Dan slaap ek.

Stilte. Grafstilte.

Die vliegtuig wat opstyg: die wiele wat telkens nog grondvat.

Droom ek nou? Môre sal ek vergeet.

Ek stap alleen. Salvador Dali-landskap. 'n Pan (gebarste vloer) verdwynende in oneindigheid. Langwerpige skaduwees langs my. Rekmikke, pale, gerypte bome, torings. Lang maantreë. Musiek? hemi-demi-semiquavers. A-hooooo! A-haaaaaa! Branding van die see. Skuimwater lekkend op 'n vérre strand.

En skielik! Voor my! 'n Reusestandbeeld (groter as Maria Theresia in Wenen), 'n sittende figuur. Vuurvonk-strale uit die oë! Hande omhoog! Gegote yster. Marmerfondament. Op 'n leë plein. Verdwene in die wolke.

– Sis dit:

ONHEIL! EUWEL! KWAAD! SONDE!

Bars oop die hemele!

Verdoemenis.

Sien Theuns, salige gesig, deemoedig na benede.

Rus, my seun.

HOOFSTUK XVI

'n Eensame figuur stap langs die hawemuur. Hy is klam van die sout sproei-reën, verwaaid 'n ruk gelede deur die wind, 'n wrak van die wind nadat die wind gaan lê het. Die donkerte neem toe en 'n tiara van diamante met robyne tussenin vorm om die baai. Met sy staf in sy een hand tik hy teen die betonmuur terwyl hy stap.

Die nuuskierige oë van 'n haastige verbyganger, X, is op hom gerig. 'n Eienaardige man. Hoe oud sou hy wees? (X word agtervolg deur die een-oog-man met die kierie.) Jonk? Oud? Sy lengte! Dit neem toe in X se gedagtes, word rysig, so hoog soos die berg. Of was dit sy skaduwee? X ontmoet 'n meisie wat vir hom wag en vergeet van die lang man.

Die reuk van die see prikkel die enorme neus.

Johny Doepels! Johny Doepels! Johny Doepels!

Dis tyd dat jy in die huis moet wees, outjie.

Johny Doepels! Johny Doepels! Johny Doepels!

Hinkend, mank, voort op sy lamlendige tog kruis hy die straat en bestyg die teerpad na die heuwel. Twee paaie kruis en 'n hond huil in die verte. Hy beëindig sy tog voor 'n drieverdieping-woonstelgebou. Op die derde vloer klop hy aan 'n deur en maak dit oop sodra hy 'n vrouestem hoor. Die deur swaai stadig oop en wys haar met haar hand voor haar mond, 'n kreet on-derdrukkend, in die verste hoek van die kamer. Sy lang treë voer hom stadig-vinnig nader en bring haar figuur duideliker binne die perke van sy een oog.

"Johny Doepels," sê hy. "'n Vriend van Colet."

Sy maak 'n woordelose gebaar na die rusbank en gaan self op 'n stoel 'n entjie daarvandaan sit. Sy vreesverdrywende hulpeloosheid (die bene spinnekopagtig met knopperige knieë in die lug) laat haar meteens glimlag.

Nou onthou ek, sê sy. In die kafee. Jy was net besig om weg te gaan toe ek ingekom het. Sy glimlag weer. My naam is Marie du Toit. Dan word sy meteens ernstig. Maar hoe het jy die plek gekry? Colet weet nie waar ek woon nie. Nadenkend, volg sy nie die vraag op as hy dit met swye beantwoord nie. Onverhoeds betrap, sê sy dat sy eers vir hulle tee sal maak en gaan, op pad na die kombuis, by haar slaapkamer in waar sy 'n ander rokkie oorgooi en twee rooi strepe oor haar lippe trek.

Alleen gelaat in die vertrek, snuif Johny Doepels die intieme warmte van die bedompige vertrekkie met welbehae in.

Hoekom doen ek dit? dink sy 'n paar uur later as sy besef dat sy die hele tyd besig was om van Colet en die verlede te praat en, soos aan niemand tevore nie, alles te vertel. Behalwe dit, natuurlik. Te laat! Sy wei oor die tweede gedeelte, die hede, uit om die effek van die eerste te verminder. Voor sy haarself kan keer (deur wat sy laat deurskemer – sekerlik nie gemis deur die man met die een oog wat binne en buite waarneem nie), ook haar gevoel van die oomblik. Ook hier besluit sy om alles te bieg en huil in haar sakdoekie.

Wat kan sy doen?

Vasgevang deur omstandighede, waaroor jy beheer het, maar wat jy nie kan beheer nie omdat jy nie die moed, energie of helderheid in jouself het nie, sê Johny Doepels, kan daar niks aan gedoen word nie. Gedryf tot die uiterste toe, kan jy wel, maar selfs dan is dit nog 'n vorm van omstandigheid (gedryf deur) wat jou handeling bepaal en jou verder verstrik – nie die produk van eie, onafhanklike besluit nie. Wat om te doen? Wag tot die totaal van drif en omstandigheid hulleself uitgeput het, wag tot veranderde omstandighede in die verandering 'n uitweg bied. Niks is konstant nie. Emosie, gevoel, het 'n begin en 'n einde. Omstandighede wissel met die dag en die nag.

Hy sien haar onbegrip voor sy duistere redevoering en verduidelik dit vir haar met één woord: Wag! Daarna, veilig in die intieme vertrekkie, aangespoor deur die gedagte van mededoë van medelyer, vertel Johny Doepels haar van homself. Die vervolging orals. Soekende simpatie totdat sy, behep met haarself en haar eie probleme, só ongeduldig word dat sy allerhande gebare van verveeldheid maak.

Met sy vertrek (die lang figuur in die deur) en onmiddellik daarna, verwyt sy haarself en stap driftig die vertrek op en neer. Verskriklike vent! Wat sou haar besiel het!

Marie! Marie! – Die stem in haar as sy agter die boekrak die Oude Meestermedisyne uithaal omdat sy flouerig voel.

Marie! Marie! telkens daarna.

Maar spoedig is sy en Colet en haar verbeelding driftig, gelukkig, tevrede saam in die kamer.

HOOFSTUK XVII

"Julius Johnson se veldtog gryp my verbeelding aan," sê Colet vir Lila. Hulle het mekaar in die stad gekry en loop nou met die hoofstraat af. "'n Ruk gelede sou ek daaroor gelag het, maar nou . . ." Hy maak 'n oneffektiewe, hulpelose gebaar.

Lila se sagte treë. Selfs met hoë hakke. Hoe doen sy dit? Die syrok streel haar bene. 'n Halwe pas agter haar, sien hy die bokant van haar kop (so klein is sy). Haar gedagtes. Gedruis van die stad. Maak sy oë toe, struikel amper. Hoor dit: ál die motors, busse, voetstappe, hamerslae aan die nuwe gebou, één geluid. Oombliklik weg – besig om sy vroeëre gedagtegang te voltooi, dit vir haar, sodra sy reageer, te formuleer. Wagtende.

'n Beweging van haar hoof, sywaarts, asof sy luister, miskien na iets langs haar kyk, miskien wag dat hy gelyk met haar moet kom.

"23 September. Dit was Johny Doepels se voorstel. 'n Magiese dag. Beide hy en Julius Johnson sien meer in die optog as ek – méér as net die vlotte en mooi meisies, die kleurigheid – en meer as die publisiteit daaragter. Dis asof die dag self, met alles wat gebeur soos ons dit beplan, 'n groter doel dien. Hulle sê nie so nie, maar ek voel dit en dit het my ook aangesteek. Mens verloor, weet jy, naderhand alle gevoel vir waarde as jy lank genoeg op iets konsentreer. Ek bedoel, die intensiteit van jou aandag gee dit 'n waarde buite alle verhoudings, herskep dit tot iets nuuts en van meer en wyer betekenis."

'n Glimlag net vir hom: halfpad-begrypend, maar warm en aanmoedigend. 'n Oomblik aarselend voor 'n winkelvenster. Swart en wit draperings. 'n Enkele aandrok. Haute couture. Vér buite bereik, wensprikkelend. Bakkerskar met oop deur. Die geur van vars brood. Lila se hand sag op sy arm. Verder die straat af. Daar is geen einde aan hierdie straat nie. As jy lank genoeg aanhou, bestyg jy die loopplank van 'n rooi-en-wit passasiersboot wat vanmiddag om halfvier vertrek.

Begin van kommunikasie tussen hulle twee: in hulle bewegings, wag-
tende op voltooiing as hulle ander mediums kan vind. Woorde. Die stemme
van mense. Die verenigde geluid. In die massadreuning op hierdie oom-
blik, soos 'n netwerk van spiertjies, 'n duisend verbindings. Maar ek, nou
digby Lila, kan nie een enkele woord. Miskien in die groottotaal van wat
ons sê, ons bewegings saam, die stad om ons. Tik-tik-tik, die kierie van 'n
ou man om die draai (maak plek vir hom, die aarde behoort aan die ver-
minktes). Die man in die venster wat aan 'n horlosie werk. (Wie en waar
is sy vrou en kinders?) Die spoegkolle op die sypaadjies, die koerant met
die pennies daarop, die skollie om die draai . . . Hoor en sien dit saam. Op
hierdie oomblik (die geskreeu van 'n motor se remme) wat flits daar deur
haar brein? Magteloos.

Druk met sy hand op haar hand, voel hoe haar vingers stywer aan sy
arm vasklem.

Wat? Iets skakel. Die warm gevoel, hier binne, óók in haar. Maar wat
meer? Ek durf nie vra nie. Die onbeholpenheid van my woorde, die on-
middellike verbreking van die band in die poging om daarlangs 'n direkte
kommunikasie te vind. Maar tog, êrens in die wildernis, is daar iets. 'n
Fosforglans. Dit gee nie lig nie. Dis net daar. Verdryf vir 'n oomblik die
buitenste skil van my alleenheid.

Wag op die hoek totdat die robot groen wys. Stap saam met die stroom.
Dis amper die einde van die straat. Tensy ons op die boot wil klim. Dis ook
die einde van die wandeling want Bill, van vêraf, sien hulle eerste, waai
met sy koerant en verdryf alles met 'n vriendelike glimlag.

Alleen weer. Meer as ooit. Wat help dit alles? Het ek nie, destyds, hoeveel
jare gelede? besluit dat alles eers vernietig moet word en dat ek in myself
die antwoord sal kry nie?

Soos altyd, na die see. Dieselfde terrein oor en oor. Op 'n rots by Kamps-
baai. Daar is geen aanduiding in die bekende tonele nie, maar in hierdie
gedruis kan ek vloek en huil soos ek wil.

Bulder teen die see ál die vloeke. Agter my lê die stad in puin. Suzanne
hou wag oor die troon. Die Heerser is dood. Die jong Vors, dapper en fier,
gemerk deur edele wonde is . . .

Die trane op my wange is koud. Skree so hard as wat ek kan. Skree teen
die branders – en niemand kan my hoor nie.

Die lui vissersboot wat nog 'n maal sy nette ingooi voordat hy inkom.
Dit wieg op die deining daaragter. Fris vissermanne met hare op hulle bors-
te en ankers op hulle arms. Rum vanaand. Robbeneiland in die mis. Nie

meer melaatses nie. Sara vrot in haar graf op die buurplaas. Dood van vuilsiekte. Dik, vet meid. Voos gelewe. Weg is sy! Ek wens ek het meer na haar geluister. Wat was die name van haar ghietses? Wat het hulle gesê?

Huil maar, Colet. (Die stem in homself áán homself.) 'n Bietjie sout by al die sout. Op 'n harde, skurwe rots. Niemand sal weet nie. Jy hoef nie te verduidelik nie. So hard as jy kan. (Jou stemmetjie verlore.) So swak en klein as wat jy lus het om te wees. Daar is geen vereistes van betaamlikheid wat teen jou druk nie. As die drukking weggeneem word, bars jy uitmekaar.

Beheer. Volkome beheer. 'n Soen van Thelma. Vis vir ete. Thelma gaan self die skottelgoed was. Rina het nie gekom nie. Tersyde: stel jou voor, wan- neer mens hulle die meeste nodig het! Hopelose gebaar. Vet aan haar neus. Gehawend en vitterig onder die las van 'n vergrote huishouding. Raas die kraan. Raas harder en harder om meganies haar protes aan te teken.

Suzanne en Colet alleen in die sitkamer. Haar oë vals-begrypend op hom. Breiwerk in haar hande.

Vroeg na bed. Vroeg na bed.

Opstaan om Suzanne se pilletjies te kry. Hoe kón sy dit vergeet het?

Thelma huil in die bed.

Wat is my leed in vergelyking met hare? Ek huil by die see, sy huil in die bed. Volkome wedersydse onbegrip. Maar ons is saam in die wildernis.

Sy arm om haar. Word afgeskud.

'n Rukkie later sy hand in hare. Bedarende snikke.

"Ek wil weggaan, Colet."

Waarnatoe? Hoe?

As ek probeer, miskien . . .

Nat wang teen syne.

'n Soen.

'n Herhaling van 'n paar aande gelede. Elementêrste kommunikasie. Oorspronklike verdowingsmiddel.

Weer 'n lange nag. Vir Suzanne en Colet.

Suzanne kan amper sterf van pyn. Sy skakel die lig aan. Skakel dit af en dan weer aan. Die Here straf my. Soekend in die verlede. Hier? Daar? Vind sondes, almal verkeerdes. Maar op die oomblik veredel. Wat is lyding? Ly- ding veredel. Groter genot ken niemand nie.

Colet dink aan Julius Johnson se plan.

Vergeet alles behalwe: bote met seile van papier-mâché; 'n optog wat verdwyn in oneindigheid.

HOOFSTUK XVIII

Julius Johnson, met Flossy soos 'n blonde skaduwee agter hom, spreek Colet en Johny Doepels toe.

By wyse van inleiding, sê hy: "Ek het besluit op 'n vergadering. Ek het myself afgevra wat die doel van die optog is." Hy kyk vraend na Colet en Doepels en keer hom sywaarts na Flossy met sy een hand aan sy baadjiekraag. "Dis gerig op die publiek – om hulle belangstelling aan te wakker en hulle nuuskierigheid te prikkel. Hou 'n optog en almal is daar. Dit raak iets in hulle. Dis simbolies van iets." Hy het 'n bruin pak aan en staan ferm en regop. Hy blink vanmôre in kleremakersperfektheid. Aan sy pinkie is 'n groot swart steen in 'n goue ring. Dit blink in die lig as hy sy hand ophef. "Dink aan die kerk. Gewoonlik halfleeg. Nagmaal, dooptye, kerkfeeste – en die sale is vol." Sy gesig is glad geskeer deur die haarkapper op die hoek, en verdof met wit talk. "Deur die tye: gedag-terigtings, grys van ouderdom, maar stel dit dramaties voor en dit word aktueel." Hy lig sy wysvinger, die goedversorgde produk van Billa, die brunet-naelpoetsertjie, in 'n blink, wysgerige gebaar. "Geen rewolusie sonder die val van die Bastille nie; geen besef van die atoombom voordat Hirosjima nie eers uitgewis is nie. Hulle is soos kinders. OS is 'n otjie en 'n slang." Hy stap op en neer. Hy het die vorige nag daaraan gedink en lê vanmôre beleid neer. "Nou. Die kindermassa. 'n Klomp buitestaanders neem deel aan die optog. Dit het geen betekenis nie. 'n Oomblik van selfgelding. MAAR . . ." Vorsend na Colet en Doepels. "Laat die hele optog bestaan uit lede van die firma, hulle vriende, familie en kennisse, en dis iets meer. Dis 'n EENHEID. Die res val in en volg spontaan die eenheid wat voorafgaan."

Johny Doepels knik en beaam dit woordeliks. Met groot entoesiasme noem hy die aard van die optog: die skepe en die strydwaens; mooi meisies in klassieke kostuums.

"Vurige perde!" sê Julius Johnson, "om die strydwaens te trek" – weg-gevoer deur Johny Doepels se beeld.

"Geen perde nie," sê Colet. "Onbeheerbaar en gevaarlik."

Hulle besluit dat die aandrywing meganies sal wees.

HOOFSTUK XIX

Marie du Toit besluit om by die huis in Tamboerskloof te gaan kuier. Sy weifel tussen die oggend, middag of aand en kies dan die oggend, betyds vir elfuur-tee. Blou lug en vars oggendkleure – dis die onskuldigste uur van die dag. Met 'n ligte somersrokkie, cologne van Cologne en breërandhoed verlaat sy haar woonstel. Sy dra in die laaste tyd 'n groen sonbril en skuil agter die anonimiteit wat dit verleen. Sy en haar geheim is veilig verberg in daardie groen-swart wêreld. Sy neem waar asof weggesteek agter breë groen blare waar niemand haar kan sien nie. Dit het 'n omgekeerde uitwerking na buite (stappende nou vrolik deur die straat na die bushalte). Dis nie die mense wat sagter word en verander nie, dis syself wat verander. Hulle is in werklikheid meer as ooit ontbloot, diamanthelder in vergrote reliëf. Omge-keerd: sy self lê agter die bril gekrul, moeilik waarneembaar. Let op hulle rustelose oë (op die bus nou) as hulle na haar kyk: die begriplose waarne-ming. Die sagte ruitspieël bevestig dit. Wie is daardie vrou? Dit is 'n tipe wat 'n mens nadenkend laat. (Haarself bewonderend deur die groen glase in die vliegbespatte, vingergemerkte ruit.) Ook as sy in die oggend uit die bed uit opstaan, in haar gekreukelde nagrok, kyk sy gereeld na haarself in die spieël wat weggesteek is in die vérste hoek van die kamer. Sy word altyd gevlei deur die véraf, vervalste weerkaatsing en was nog nooit ontmoedig deur die werklikheid van die blink-heldere beeld wat die een by die venster sal gee nie. Dis 'n verbond met die duiwel, maar met 'n onverklaarbare gevoel dat jy in die drieledige wêreld bestem is om die goddelike uitsondering te wees.

Die stampende bus, die wisselende tonele binne en buite, die snorkende stilhou, die dronke, klouende uittrede – en weg is die dieselmonster om die draai.

Die nommer is reg, maar is dit die plek – daardie huisie met die geroeste dak en die enkele palmboom agter die klimopheining? Sy kyk op. Die berg, ylblou, verdwyn asemrowend in die yler, blouer lug. 'n Geklop aan die deur en daar is voetstappe in die gang. Dis sy, dis Thelma! 'n Seunsfiguur en koringkleurige hare. Mens sien hulle op volbloedperde (vaal rybroeke) en langs die see, bruingebrand op strande.

"My naam is Marie du Toit. Ek is 'n vriendin van Suzanne van Velden," sê sy.

Die vier vrouens sit in die sitkamer wat op die oomblik nog koel is en eers later in die dag warm sal word. Suzanne oorheers almal op haar rystoel. Die son maak edelgesteentes deur die blindinggaatjies: 'n robyn op die glasbak, diamante op silwer, 'n opaal deur 'n skrefie. Deur Marie se sonbril is almal en alles saamgevat soos in daardie outydse ronde spieëls.

"Ek kan dit nie verstaan nie," sê Suzanne. "Hoe kan mens dit stel? Lydende aan, amper gepla deur die optog." Haar flitsende hande beweeg die naalde behendig deur die aangroeiende, onbepaalde wolvoorwerp.

"Ken julle Johny Doepels?" vra Marie. "Daardie vriend van Colet? Hulle is saam daarin betrokke."

Johny Doepels? Johny Doepels? Dis 'n bekende naam. Maar niemand, behalwe Marie, het hom nog gesien nie.

"'n Lang, maer, half-blinde man. Ek kan hom nie presies plaas nie. Hy . . . ontstel mens," sê Marie.

"Sou Colet nie, ek bedoel, betrokke wees . . .?" – van Suzanne, haar breiwerk stil.

Gekonsentreerde aandag.

"Sou Colet nie betrokke wees . . . Ek bedoel, wie is Julius Johnson presies en watter soort besigheid het hy?"

Thelma kom onmiddellik tot die verdediging om haar eie te beskerm. "Dis 'n bekende besigheid in die stad. Colet het so pas verhoging gekry. 'n Hele propagandaveldtog rus op sy skouers. Sy baas, Julius Johnson, is uiters tevrede met hom."

Rina, die mooi mulattin, bring die tee in. Sy loop met volkome grasieuse balans ten spyte van die swaar skinkbord. Haar dun, sweerbevlekte enkels flits oor die geblomde tapyt. Om haar mond is 'n selfbewuste, effens eie en brutale glimlag. Sy plaas die koppies en die teepot presies in die middel van die blink tafeltjie, betas dit met 'n bruin hand (die binnekant daarvan van 'n ligter kleur) en verdwyn dan tango-agtig.

Lila verdedig ook die veldtog. Sy beskryf dit soos sy van Colet gehoor het, maar is onsuksesvol voor die priemende vrae: Wat is die doel daarvan? Is

dit nie 'n bietjie belaglik nie? Wie sal ooit daaraan deelneem? Watter mei-
sies, tensy hulle genoeg betaal – en watter tipes dan? En word daar nie 'n
bietjie té veel bohaai daaroor gemaak nie? – Ál die besware van Suzanne.

Lila vertel van die plan dat staflede, familie en vriende daaraan sal deel-
neem en krimp weg voor Suzanne se luidrugtige, spottende veroordeling.

Hulle drink elkeen nog 'n tweede koppie tee.

Marie kyk na Lila, let op haar oë en word getref deur haar gitswart,
gladgekamde hare; haar jaloesie getemper deur bewondering. Kyk hoe
gee sy Suzanne se pille aan; die gewoontebehendigheid, die té subtiele
flirtasie, die offer van pille op die altaar? Sy kyk na Suzanne. Sou sy nog
in staat wees? Haar bewegende hande, die trek om haar mond, die wyse
waarop sy oorgeneem het, die stil kalmte wat so gevaarlik is. Sou sy? 'n
Herinnering meteens ('n prentjie van die verlede agter die donker bril),
die mag van Suzanne se persoonlikheid, die houvas op Colet. En Thelma.
Dis 'n ongewone tipe. Niemand, selfs Colet, het daar enige houvas nie.
Daar is geen swakhede nie. Daar is geen plek waar jy jou dolk kan steek
nie. Sy beskou haar noukeuriger. Daar is altyd die moontlikheid van . . .
onder daardie plat magie . . . die verbinding van selle. In hierdie stadium
is daar nog geen aanduiding nie. Maar selfs daardie platborsvroumense,
die Lesbiese vreemdes, kan . . . Ysig-rillend stel sy haarself voor hoedat sy
en Colet, gebind deur die bande van die huwelik, dit oor en oor voltrek
totdat, op 'n magiese oomblik, die kontak geskied en die natuur sy gang
gaan . . .

Die oggendure gaan verby en die hitte neem toe. Die meisie met die flit-
sende enkels berei alreeds die kos voor. Die geur daarvan kom van die
kombuis en Thelma verdwyn stelselmatig. Marie staan meteens op om af-
skeid te neem. Vir 'n oomblik is sy onseker, maar dan soen sy almal.

Sy wandel van die bushalte tot by die kruispad waar haar hond huil
('n wit-en-swart foksterriër-brakkie met hangore, sy snoet na bowe; huil
en huil terwyl sy die deur oopmaak en in die veiligheid van haar kamer
ontspan soos iemand wat baie moeg is).

"'n Gewese goewernante van Colet," verduidelik Suzanne. "Baie jare by
ons gebly. Nooit getroud nie alhoewel sy nogal aantreklik is . . . was."

"Sonbril in die huis," sê Lila. "Dra sy dit orals?"

Suzanne, haar hande meteens stil, haar breiwerk roerloos, oorweeg dit.

"Ek wonder of sy nie drink nie."

Die ete is alreeds op die tafel. Suzanne se stoel word aangeskuif, die plank oor die armleuning geplaas en haar bord, messe en vurke daarop gesit.

"Hoekom is jy so stil, Thelma?" vra Lila en ontvang 'n glimlag van Thelma – 'n sekere eienskap daaraan só opmerklik dat dit haar meteens nadenkend laat.

Die bedompige hitte oor die stad is ondraaglik. Daar is geen lug van die see nie. Die temperatuur van die water styg al hoër. Die tropiese plante in die Tuine gooi diep, groen skaduwees.

Die laatmiddag is lank en uitgerek. Die bedompigheid neem toe ten spyte van 'n ligte windjie wat intussen opgekom het.

Dis 'n sinnelike warm aand. Ál die vensters is oop. Die maan is groot en rooi en helder.

'n Mansfiguur ses duim hoog, 'n poppie van klei, word langsaam gevorm deur vingers wat al hoe lomper word. Dis selfopgelegde psigoterapie. 'n Bietjie klei hier en daar en dit staan voltooid op die houtvoetstukkie. Marie du Toit lê terug in haar stoel voor die tafel en vee met haar hand oor haar voorhoof. Die stil kamer . . . Haar voetstappe klink sag op die mat as sy moedeloos rondloop; dit klink harder as sy 'n koppie tee gaan maak in die wit-geteëlde Amerikaanse kombuisie. Sy kyk na die maan, neurie 'n deuntjie en maak 'n paar passies op die vloer. Sy sit meteens die koppie op die tafel langs die beeldjie neer. Die ondraaglike, moedbenemende hitte. Die ondraagliker alleenheid. Sy loop na die boekrak, haal 'n boek uit en blaai lusteloos daarin rond. Dan haal sy met 'n oor-onverskillige gebaar die medisyne uit, vul die koppie halfpad en gooi van die koudgeworde teewater by.

Die ander soort warmte.

Suzanne, Lila en Thelma . . .

Met die tweede, derde, vierde koppie weer Colet. Gesels met hom. Sien hom duidelik in haar gedagtes, beweeg hom na wens en wil. Trek die toutjie, beweeg die marionet. Sien die poppie in die verte onder die lig – swewend. Gesels daarmee. Colet! Colet! Sweef-stap nader, stort haar hart uit, sak moedeloos op die stoel neer, haar hare oor haar oë, haar kop in haar hande. Kom suf orent, sien die verspotte kleifiguurtjie, gryp meteens die messie en steek driftig-lomp daarna. Kantel-kantel die poppie en val plat agteroor, een been nog op die staandertjie, 'n snyplekkie waar die hart sou gewees het. Kyk lank daarna. Huil 'n bietjie in 'n oomblik van trae nugterwording. Tel meteens die messie op ('n oomblik van vrees) ontbloot

haar bors, druk met die messie op haar hart. Harder en harder – haar lig-
gaam ongevoelig, ekstaties. Harder en harder. Die heerlike selfkastyding,
die oomblik van waarheid as die pyn begin; vreesbevange-roerloos as die
eerste druppeltjies bloed begin kom (slegs 'n velprikkeltjie) en met rooi
strepies deur die wit voutjies begin loop. Kyk na die mespuntjie, die rooi
klammigheid. Offermessie. Asof sy musiek van Arkadië hoor . . .

Haar keel meteens droog. Sluk die koppie leeg. Verstik. Terugkeer van
die onderwyseressie. Laaste gebaar: smeer die bloed aan die snyplekkie op
die poppie. 'n Sentimentele traan. So het ons as kinders gemaak: die kous-
poppies, en dan steek ons die naalde deur om ons vyand dood te maak. Die
meidjie en ek onder 'n eikeboom.

Die bottel is leeg. Marie voel vaak en naar. Stryd tussen naarheid en
vaakheid. Sy gaan voor die oop venster staan, in die trek van die geringe
windjie. 'n Rukkie later skakel sy die lig af, trek die stoel voor die venster
en val tastend daarin. Sy kyk na die maan. Afgeteken teen die lig daarvan,
raak sy aan die slaap.

HOOFSTUK XX

Julius Johnson is ongeduldig oor die skynbare tamheid waarmee daar met die veldtog gevorder word.

Is daar miskien 'n gebrek aan belangstelling?

Beide Colet en Doepels paai hom. Die opnames (sy eerste bevel) van die industrie en die huise deur die agente is so pas klaar. Die omsendbriewe in verband met die optog is alreeds uitgestuur. Die datum is bepaal vir 23 September.

"Ek dink," sê Julius Johnson, "dat julle self persoonlik . . ."

Volgende week dan, besluit Colet en Doepels.

Bill en Colet in hulle kroegie vyfuur in die middag. Die gelese koerant lê gekrenkel, bevlek, slordig opgevou. Mamma vee en vee – voel asof sy die hele verlede wil wegvee, maar 'n taai kolletjie bly agter. (Drambuie. Iemand die vorige aand. Jong joernalis.) Mamma se krismisrose vergaan, lyk bros en papieragtig, kleurloos.

"Soe! Mamma!"

Bill vee aan sy voorkop. Net hy kan waag (ongestraf) om haar hierdie tyd van die dag Mamma te noem.

Maar Mamma hou van haar "boys". Veral van Gorilla-Bill. 'n Toonbeeld. Sy het hulle in matroospakke gesien; met berets; in Skotse rokkies; in groen uniforms met silwer vlerke. Hulle lag hard, drink hard, veg hard. Al is dit nie waar nie: dis die beeld. Sy onthou 'n rolprent wat sy gesien het. Sy het al haar gorillas lief.

Colet dink: Bill word vet. Ek hou nie van die wilde dasse en die uitspattige baadjies wat hy deesdae dra nie. As hy by my kom, met sy produk, sal ek dit koop? Oorweeg dit. Besluit ja. Ons is almal soos Mamma. Aanbid hulle op Nuweland, skree vir hulle: "Vermoor die Russiese Leeu in die Groentemarksaal!"

Bill neem Mamma se beringde, beaarde hand in syne. "Gee my 'n soen, Mamma." Soen vir Mamma.

Dink terug. Geen lange nagdrome nie. Helder. In Firenze. Chez Mois. Hy en Bill by 'n tafeltjie teen die muur. 'n Bottel Frascato. Betaal hoeveel duisend lire daarvoor? Dans met die gipsy, dans met die onskuldige, stoute dogter, dans met die lelike een. Gaan soek die toilet (die trap op, die eerste draai regs). Die meisies was hulle bene in die wasbakke. Kyk nie eens op nie. Hulle rokke hoog opgetrek. Tot bó. Bill wil daaraan vat. Wit bene om aan gevat te word. Keer hom halfhartig. Vat Bill. Koue swart oë. Nie eens 'n hand wat keer nie, maar ta-taaaaaaa, ta-taaaa! Iets in Italiaans. Kan maar net raai. Vloekwoorde in elke taal. Terug by die tafel. Nog 'n paar duisend lire. Twee meisies nou by hulle. Netnou het hulle gedans. Deurtrekkertjies en puisies. (Gooi hulle net die rok oor as hulle by jou kom sit?) Bill sien 'n Amerikaanse majoor met die Kaukasiese ster van die aand. 'n Paar tafels van hulle af. Ooghare soos Madame Butterfly. Lippe soos die Madonna. Rok van suiwer goud. Godin van die Krim. Colet keer tevergeefs. Steier Bill oor. Gekreukelde tenkkorps-uniform. Vra vir 'n dans. Geamuseerde glimlag. Kry dit. Eis die volgende een, en die volgende een. Breekpunt. "Damn you, soldier!" Wat? Gevaarlike Suid-Afrikaanse gorilla. Harige vuis. (Laas die haker in die skrum geslaan.) Bloed. Tauriese offerande voor haar glimlag. MP's. Bill in die "hot box". Hangover in die "hot box".

Bill soen Mamma met saamgeperste lippe. Mamma was heel moontlik 'n Madam. Sy hou van haar gorillas. Gorillas lê in Tripoli, plaas die mantel oor Haile Selassie, verkoop olieprodukte aan florerende boere.

Die eerste ontmoeting van Doepels en Bill; Doepels en Mamma.

Colet het hom (Doepels) voor die deur sien verbystap, uitgehardloop en hom ingeroep.

Die snuiwende, half-blinde, mank Doepels, 'n heterogene voorwerp in die selektiewe kroegie – sy arm nog steeds in 'n verband, die doek met 'n groot knoop agter sy nek vasgemaak. Eers word Mamma aan hom voorgestel. Sy gee haar vet hand in 'n klam greep aan sy linkerhand, haar ogies vernou van bejammering, haar selfvertroue geskok deur die forse verminkte wat oor die toonbank leun en met 'n vurige oog haar blik slangagtig vashou. "Wat help dit alles?" vra Doepels, sy vry arm swaaiend. "Wat help al ons herinnerings? Horries-voorwerpe – vlermuise teen die mure. Oor 'n paar jaar sny die vergrote straat oor hierdie toonbank, verdwyn die kroegie saam met die ou stadhuis onder die teer. Die helde kry sakkies onder hulle oë, speel boepens-swaar met hulle kinders; vergader saam met middeljarige oorblyfsels in die nuwe plek om die draai, verlore onder die abstrakte tekening teen die muur – peinsend oor die 64 miljoen dollar-vraag." Hy drink rooiwyn soos water en vestig sy aandag op swaar, swart Bill wat met apiesrooi oë na hom kyk. "Baie van jou gehoor. Ek hoor jy wil weggaan."

Bill fronsend, vraend na Colet.

Glimlag Colet.

Gooi Doepels die laaste paar druppeltjies uit die bottel in sy glas. "Toe maar, jy sal gaan." Drie bewegings van die adamsappel en dan vir Colet: "Daaraan gedink: nie alleen bote nie, maar vergulde strydwaens. Sou Marie, dink jy? En Thelma?"

"Ek kan hulle vra," sê Colet.

Doepels, sy bottel leeg, verdwyn sonder om te betaal, verswelg deur die bergklimmers wat hulle rugsakke sweet-swaar neersit en vyf bottels koue bier vra.

"Ek dink die vent is mal," sê Bill, beaam deur Mamma wat vyandig na die teerstraat vlak by haar deur kyk.

Die bergklimmers herklim al die pieke en laat Bill en Colet 'n allenige tweemanskap met twee whiskies en twee opgevoude, gekreukelde koerante.

'n Rukkie later sluit John Little by hulle aan.

Julius Johnson bestuur sy nuwe swartmarkmotor in die rigting van Stellenbosch. Hy ry stadiger as hy sy advertensie sien en loer na sy fris vrou, Herna, wat, blind vir wat hy sien, die snelheidsmeter dophou. Op die Kaapse Vlakte, in sy gedagtes, op die wit sand, rys sy fabrieke. Die skoorstene wys lang vingers teen die pieke. Die rook verdwyn in die wolke. Hy (en Herna) sit op die stoep van 'n nagemaakte Kaaps-Hollandse huis (£24,000). Die son gaan onder. Die huis het allerhande moderne geriewe: swart geteëlde badkamer, 'n biljartkamer en 'n minnesangersgalery. Die tralies langs die trappe is in die vorm van musieknote: "Bless this house". Hy self staan voor die haard: fluweelbaadjie, briarpyp en 'n kelkie port in sy hand. Daar is takbokhorings, 'n skildery van Reynolds en 'n portret van Julius Johnson I teen die muur.

"Ry stadiger, Julius," sê Herna.

En stadig kruie die groot Cadillac terug. Vinstert-hardegat na die pieke. Ûrrelneus na die Kaap. Terug na die huis in Rondebosch – met die sierstene.

"Sal jy?" vra Colet vir Thelma. "Ons het maar net aan die moontlikheid gedink."

In die kamer. Thelma besig om uit te trek: haar slank bene halfpad in die pype van die slaappak. Aarsel sy, trek die broek op, beweeg voor die spieël, gasel-agtig.

"In 'n vergulde strydwa," sê Colet.

HOOFSTUK XXI

Johny Doepels en Colet ry na Stellenbosch om verlof van die stadsraad te kry om die terrein te beplan. Hulle ja oor die Kaapse Vlakte, verby die wit sand en die Port Jacksonbome. "Ek hoor dat jy eens op 'n tyd geskryf het. Wat het daarvan geword?" vra Johny Doepels. Hy wag nie op 'n antwoord nie en kyk na die verbyflitsende bome en die groot asbespype wat langs die pad gelê word om die gulsige stad te verbind met helder, koel bergwater. "En nou? Waaroor sal jy skryf? Mens skryf uit frustrasie. Maar frustrasie maak soms dat jy nie kan skryf nie." Hy skud sy kop. "Daardie vriend van jou, Bill. Gaan ons hom ook vra om deel te neem? En sy meisie, Lila. Wat van haar?"

Colet draai links na Stellenbosch. Die pad regs gaan na die Strand. Die eerste eikebome. 'n Reusagtige advertensie van Julius Johnson waai wuiwend in die wind. Meerlust se begraafplaas en dan die wit gewelhuis. Helderberg in die verte: die opgehewe gesig in die blou lug. (Dis die ken, die mond, die neus en die voorkop.) Die lang reguit pad in die wynvallei. Toenemende vaart voor die naderende berg. "Colet," sê Johny Doepels (wind in sy oë, sy stem oor die gedruis, die ruite oop), "onthou net dit: wat jy ook al besluit, wat ook al gebeur, troos jou daaraan: die poort van die hel is terselfdertyd die poort tot die lewe."

Colet kyk verbaas na Johny Doepels: die spektakel langs hom, vrywend aan sy gesonde oog waarin iets gewaai het, in sy ander hand 'n flessie waaruit hy al vir die laaste halfuur gereelde slukkies neem.

"Die terugkeer na die oorsprong is die suiwerste pyn," sê Johny Doepels hopeloos dronk. Die motor jaag huilend die wind in. Johny Doepels drink totdat die rooiwyn aan weerskante van sy mond uitloop. "Onthou die patroon. Die syfer is vier."

Colet trap die petrol dieper in en klief met die vaartuig deur die windmuur, met die dronk man langs hom en sy gedagtes holdersterbolder soos die gebreekte wind.

Met sy hande saamgevou in sy kiaathoutkantoor, luisterend, peinsend; met 'n frons op sy voorhoof en priemende vrae; na 'n stil misterie van wik en weeg, besluit die stadsklerk bevestigend en lig sy pen omhoog om 'n skets van die roete te maak: vanaf Dorpstraat se onderent tot links by die eenrigting, die hoofweg op na die Laan, links tot by die park, Victoriastraat af en terug na die Laan – 'n sirkel of vierkant, teen die klok.

"Rigting van dood en geboorte," fluister Johny Doepels geheel en al blind.

"Probeer Eye-gene," sê die stadsklerk en bied sy botteltjie aan wat hy, self 'n lyer, altyd in die boonste laaitjie van sy lessenaar hou.

"Dit bring verligting," sê Johny Doepels, "maar ek kan nog steeds nie sien nie." 'n Rukkie later. "Nou skemer dit deur, maar alles is nog baie dof."

"En die datum?" vra die stadsklerk.

"Die 23ste September," sê Johny Doepels. "Presies die ekwinoks."

Terug na die Kaap met 'n ander roete, met 'n pad wat polkadraaie deur die wingerde maak.

"Daardie stokke met die vlamrooi blare is die Pontakdruif," sê Johny Doepels. "Dit maak die beste rooiwyn in die Kaap."

Colet hou by die huis in Tamboerskloof stil en nooi Johny Doepels in. Hulle vind Suzanne op die stoep met die heksevroutjie voor haar: 'n halwe brood, 'n pakkie tee en 'n tiensjielingnoot in ruil vir 'n handjievol kruie in 'n sakdoek geknoop. Die vroutjie skarrel weg toe sy Colet en Johny Doepels sien, raak in die tuinhekkie verstrik deur die strik in haar rok, beur soos 'n vasgekeerde diertjie totdat die rok meteens meegee en nog 'n rok van onder te voorskyn kom, en verdwyn dan met 'n horrelgalop agter die vier sipresse. Dit laat Suzanne in 'n uitbundige lagbui, heen en weer wiegend op haar stoel.

"Haar naam is Jambe," sê Suzanne. "Sy sê dat hierdie krummeltjies my weer sal laat loop."

Daar is 'n trek van wrewel op Colet se gesig as hy sy hand uitgesteek hou om die poeier van haar te neem; hy word nors as sy weier om dit vir hom te gee.

"Probeer dit gerus," sê Johny Doepels. "As jou geloof groot genoeg is . . ."

"Mnr. Doepels," sê Colet.

Suzanne vestig haar koringblomblou oë op hom en gooi die heksevrou in die rigting van die heining weg. Lila en Thelma verskyn op die stoep, getrek deur die stemme, en, terwyl Colet tevergeefs probeer keer, vermorsel hulle Johny Doepels, heel beskaafd, gesamentlik.

HOOFSTUK XXII

Die maande golf verby, die hitte neem toe, neem dan af en die eerste aanduiding van herfs lê in die blare wat opkrul en kleurig-ryp word: oorheersend geel-groen met visgraat-aartjies asof hulle sekere spoorelemente kortkom en 'n universele siekte alles beetgepak het. Die nadrag-vrugte verloor hulle smaak, krimp aan die bome, val met 'n dowwe geluid en ontbind suurryp op die grond. Die swaeltjies se neste trek los teen die sink; 'n tak verander van kleur en substansie en breek meteens as 'n mens daaraan raak. Wyn gis in groot vate; 'n skimagtige voorwerp verskyn op die oppervlak; 'n hele lêer word suur – 'n ander bereik 'n onbeskryflike verfyndheid. Die boere braak hulle lande: ploeg dit, eg dit, volg die kontoerwalle. Die ghwano wag in die skure, die planters is geghries en bes moontlik reggemaak. God gee dat die trekker nog hierdie saaityd hou.

Julius Johnson (Flossy aan sy sy) donder entoesiasme in Colet en Johny Doepels.'n Hele gedeelte van sy fabriek werk al aan die bote en sierwaens. Papier-mâché en papier-mâché; goue verf en goue verf.

"Asseblief, Thelma," – van Colet. Thelma, onverstaanbaar, dans in die kamer rond, smeer haar gesig wit met pommade en gryns na Colet. (Iets in haar wat lewe; amper onmerkbaar, maar tog daar.) Ontwyk, meer as eers, al sy toenaderings, slaan haar naels in sy lyf as hy aan haar raak. Luister soms, maar ontvlug hom op die laaste oomblik.

Julius Johnson gaan kuier vir Suzanne, buig deftig, grootmaag, balanseer die ligte koppie tee behendig met sy linkerhand, vertel haar van die optog, wen haar vertroue.

Lila word genader om deel te neem, aanvaar dit belangeloos-bereid.

Bill, sy verplasing van die baan, willig in, bespreek dit met Mamma.

Marie verneem eers na die ander twee vrouens.

Flossie vorm saam met nege ander medetiksters 'n groep, droom vlinderagtig.

Langer nagte. Onmerkbaar eers, merkbaar later. Sesuur en dis skemer. Sesuur en dis donker. Lieflike herfsdae. Herfswinde en die blaartjies seil die ruimtes in; word getol op 'n dwarrelwind. Sterfte as beweging; bewegende skemering voor statiese donkerte.

Die geur van ontbinding.

Die geur van kruisement as Colet die klein verkrimpte blaartjies tussen sy vingers stukkend vryf.

Suzanne en Lila, onafskeidbaar, sprakeloos op die stoep van die huis in Tamboerskloof, kyk na die sterwende gewasse, na die stad wat in homself keer – homself bedek met die kombers van sy rokende skoorstene.

Marie by hulle. 'n Gereelde besoeker. Soms ook Thelma. Afgetrokke. Colet ook. Uitgeslote.

Af en toe, as Colet Marie huis toe neem, word haar oë warm en dring sy teen hom aan.

Lila, pynigend-aantreklik, seil weg voor sy uitgestrekte hande.

Wat is dit wat alles meteens verander?

Jou tevergeefse soektog.

Die verandering vind voor jou oë plaas. 'n Glimlag verander, 'n kontak verdwyn, 'n situasie word vreemd, begrip word onbegrip, harmonie disharmonie, belang belangeloosheid.

Weltschmerz se seekatkloue.

Droom Lila in haar kamer met die kantgordyne. Droom dat sy weggevoer word op 'n wit bul met horings wat nege voet span. Óór die see, óór berge en valleie. Droom dat sy aftuimel en verdwyn in 'n skeur in die berg. Sien dan die beeld van Suzanne: wit vrou met uitgestrekte hande. 'n Stralekrans om haar hoof.

Ek het Suzanne nog nooit sien loop nie, dink sy toe sy wakker word. Stel haar voor hoe Suzanne sou lyk as sy loop. Keer terug tot die sittende figuur op die stoel. Soos die standbeeld van Victoria. Die sittende vrou.

Een sonnige middag besluit Marie om vir Lila te gaan kuier. 'n Flou sonnetjie wat nie baie hitte nie, maar 'n bleek lig verskaf. Weggesteek nog steeds in die grot van haar donker bril.

Sy klop aan die deur, herhaal die geklop, kyk na haar horlosie en sien dat dit drie-uur is. Sondagmiddagslapie, besluit sy helaas, maar die bediendetjie het alreeds die deur oopgemaak en lei haar in.

Sitkamer en eetkamer en kamer. Stinkhouttafel langs stinkhoutbuffet; 'n halfpad-toegetrekte gordyn en 'n rusbank met twee stoele.

Aarselend die bediendetjie.

Die madam (aanduidend die deur in die gang) slaap nog.

Sal later weer kom; of liewers, 'n boodskap dat ek hier was.

Verdwyn die bediendetjie verlig na haar ghiets in die kombuis, latende Marie alleen op pad uit.

Hoor meteens iets uit die kamer. Aarsel. Bring haar oor teen die dun paneel. Bloos selfbeskuldigend.

Ritmiese gekraak van.

Hoor die ononderdrukte kreet. Strompel haastig, angsbevange, uit.

In die sonlig. Vang 'n fladderende blaartjie in haar hare. Broei gloeiend in haar kamer. Kyk na haar horlosie en strek haar hand uit na die boekrak, na die . . . maar besluit, nee, en gaan kuier vir Suzanne, wat alreeds van haar middagslapie op die rystoel wakker geword het.

Die eerste snerpende koue. Onverwags, téén alle weervoorspellings. Daarna die reën op die geploegde, gesnyde en gesaaide lande. Sydruppels sywaarts deur die wind gestoot oor die bruin turfheuwels.

HOOFSTUK XXIII

Marie het die eerste die gerug gehoor en dit onmiddellik aan Suzanne vertel: dat Bill weggaan.

Dit word later deur Colet ook beaam: een van daardie haastige, onverstaanbare besluite van bó. Weg, sonder 'n geleentheid om die afskeid dramaties te maak.

Suzanne is heimlik verlig. (Bill is in die pad.) Sy oorweeg dit om Colet te oorreed dat Lila by hulle moet kom woon – 'n gedagte wat al lank reeds by haar opgekom het. Sy bel stilletjies vir Lila, maar 'n vreemde stem gee antwoord. April fool! Lila is weg. Saam met Bill?

Glimlag van Thelma.

Marie kry haar alleen en vertel haar alles.

Lila! Sy glo dit nie. Lila het seker by haar familie gaan kuier. Sy trek aan die speke van die stoel met gejaagde hande. Thelma! Colet! Sy bespreek dit vrugteloos met Thelma en word later teen haar sin oortuig deur Marie. Maar aan enigeen wat wil luister, sê sy: "Lila is teen haar sin weg. Sou sy my nie laat weet het as dit nie so was nie?" Later sê sy: "'n Onskuldige jong meisie verlei in hierdie sondige stad. En geen ouers om haar te beskerm nie."

Sy probeer almal oorreed om iets te doen en stuit teen 'n ongevoelige muur. Sy voel haar magteloosheid erger as ooit en huil van verdriet en woede. Sy weier om te eet en laat Thelma radeloos. Soms sit sy alleen in die donker en weier, masochisties, om haar pilletjies te drink. Dit hou nege dae lank aan totdat die pyn haar oorweldig.

Een aand vind Colet haar besig om een van Jambe se heksemengsels te drink. ('n Vuil vloeistof met groen opdrifsels teen die rand van die beker – louwarm en bitter soos gal.)

Haar persoonlikheid domineer almal en affekteer selfs die mense wat toevallig daar kom.

Die hele tyd ry-dwalend in die huis.

Onderhoud met dr. Johansen. Die fisieke gevolge van die ongeluk nie die belangrikste nie. Daar is duidelike tekens van organiese verbetering. Nou 'n funksionele stadium ingetree. So 'n fiksasie is nie onbekend nie. Pas op vir té veel aandag. Adres van neuroloog.

Een van die koudste winters. Reën, mis, koue en sneeu op Matroosberg. Bome donker verdwaasde gedaantes teen die berg; swaar takke deurme-kaar gekruis. Die dennebome is pikswart. Welige gras en groeisels teen die stamme. Druppende halms. Reusagtige branders wat betonmure wegruk en 'n skip laat strand vlak onder die vuurtoring by Mouillepunt. Misho-rings grom oor die stad. Robbeneiland is onherkenbaar deur die mis. Die geboue word eers asvaal en verkleur dan met mos en watersyferings. Die grond is deúrweek, oórweek. Trekkers brul magteloos en verdwyn halfwiel in die aarde.
"Dis asof die hele natuur treur," sê Suzanne.

Daar is 'n verandering in haar. Sy word meteens stil en het op haar gesig 'n uitdrukking van gevaarlike, kalme gelatenheid. Sy gesels met niemand nie en reageer op geen prikkeling nie. 'n Volkome uitsluiting van almal.

Soms gesels sy met Marie. Sy vertel van haar drome. Sy droom van varke, spelonke, water en goue koetse.
Een nag word sy met 'n gil wakker. (Colet en Thelma in aller yl na haar kamer.) Iemand het haar verkrag.
Vir dae aaneen hou sy vol daarmee.
(Dr. Brink, neuroloog, knik begrypend, verneem na haar drome en voer 'n onderhoud met Marie.)
Sy deel Marie mee dat sy 'n kind verwag.

Dit reën 'n volle maand aanmekaar en die bergriviere oorstroom hulle walle. Een van die bergpasse tuimel in en sluit vir 'n volle week die Boland van die binneland af.
Daar lê takke oor die teerpaaie.

Suzanne herstel eensklaps volkome. Sy maak selfs grappies oor die wyse waarop sy geyl het. Sy is kalm en rustig en begin belang stel wat in die huis aangaan.

Sy vra Thelma of sy nie die geblomde tapyt uit die sitkamer sal verskuif na een van die slaapkamers nie. Sonder dat hulle daarvan weet, koop sy self 'n ander een (per telefoon) en laat dit in die sitkamer bring. Almal stem saam dat dit 'n verbetering is.

Die pyne het afgeneem, maar sy skryf dit daaraan toe dat sy al aan pyn gewoond geraak het.

Johny Doepels en Colet word deur Julius Johnson aangespoor om harder te werk. Sy fabrieke werk volstoom. Papier-mâché en goue verf.

Johny Doepels lê 'n tekening van 'n outentieke strydwa aan Julius Johnson voor en 'n hele reeks word vernietig omdat hulle in een of ander opsig nie daarmee ooreenstem nie.

"Ek het nog nooit so 'n perfeksionis gesien nie," sê Johny Doepels.

Selfs Flossy word onmisbaar. Sy en 'n groep medetiksters is besig om aan kostuums te werk. Sy stel aan Julius Johnson voor dat hulle 'n dansparty moet hou op die vooraand van die optog. Dit dra sy onmiddellike goedkeuring weg.

Johny Doepels, oorentoesiasties, lê ook tekeninge voor van Griekse kostuums (gekleurd en pragtig uitgevoer). Julius Johnson swaai sy arm, roep vir Flossy en sy en die ander vlinders moet weer van vooraf spin.

"Ek haat hom," sê sy vir Colet. "Ons sal die ander rokke dan maar op die partytjie dra," voeg sy nadenkend by.

Marie ontmoet eendag vir Colet in die kafee. (Waar sy al die laaste halfuur wag.)

"Is jy baie moeg?" vra sy.

"Dis al die werk," sê hy.

"There is no business like show business," sê sy en lag self oor haar grappie.

Later vra sy: "As jy moet wens vir iets, enigiets, wat sou dit wees?" – Wagtende op sy antwoord (hopende: die verlede, die ou dae in die Kaap, die verbetering na kennis van wat gebeur het.)

"Ek wens dat Bill en . . . dat Bill moet terug wees."

"Wie weet," sê Marie, haar hartjie verskeur. "Wie weet."

Die aand in die kamer loop sy heen en weer met haar probleempie. Die stryd in haar sieletjie. Die Oude Meester verander die probleempie in 'n Griekse drama. Sy kyk by die venster uit, luister na die see, kyk na die maan. Die leeuin veg teen die lammertjie.

Sy kom tot 'n besluit en word naar op die matjie in haar badkamer.

Toegewikkel in 'n donskombers bring Suzanne die koue, grys dae deur op die gedeelte van die stoep wat met 'n wit muur beskerm is, waar die flou son een keer op 'n dag deur outydse gekleurde vensters 'n bietjie gekleurde lig en hitte deurlaat.

Met Thelma gesels sy oor Lila – tower 'n legendariese beeld op: 'n reine, bedreigde vrouefiguur. Sy hoor in die nag haar voetstappe in die gang, haar stem in die kamer langsaan, die ruising van haar rok in die skemerte. Lila word heilig (Suzanne se enigste afwyking) – origens is haar belangstelling in die huis en alles om haar intenser as eers. Dis asof die siekte en die komplikasies haar 'n groter reg verleen het om haar eie stempel af te druk.

Die rangskikking in die sitkamer verander: Colet se Luger verdwyn bo die kaggel; sy doen self die blommerangskikkings; meubels van Binnehuis vervang die ou stel. (Sy betaal self daarvoor.) Die katels word verkoop en divans in die plek daarvan gebring. Thelma se slaapkamer, haar enigste heiligdom, word die rommeloord van baie wat uitgewerp is. Suzanne oortuig vir Colet dat die huis se dak 'n ander kleur verdien, besluit op 'n donkergrys. Dwarsdeur die winter 'n stelselmatige vernuwingskuur.

As Colet van die werk af terugkom, die laaste uurtjie voor ete, terwyl Thelma in die kombuis of in haar slaapkamer is, het sy hom vir haarself.

Vasgepen voor haar stoel, luister hy.

Thelma is 'n goeie kind.

(Vergelykings met Lila; ontken onmiddellik enige vergelyking daarna.)

Suggesties soos waterdruppels: altyd op dieselfde plek. Wag tydsaam, geduldig, vir die stalaktiete om te groei.

Gesels met hom oor moederliefde; hou haar Bybel byderhand. Stuur terug na sy kinderdae, vertel staaltjies wat hy self vergeet het, poog om heimwee te wek, bind die bande van babaskap.

(Colet versterk homself met drie whiskies by Mamma.)

Colet kyk na haar blou oë terwyl sy praat. Let op haar hande. Sien haar skraal skouers, vervalle in die blou, duur rok. Haar glimlag, haar vermanings, haar pogings om.

Vernietig haar (in homself) met beterwete. Word gestuit deur 'n sin wat 'n diepe waarheid bevat.

Wisselende meegevoel, veragting, selfkritiek, onmag.

Die lewe is nie wit of swart nie, maar grys.

Kry Flossy een môre voordat die ander opdaag, alleen in die kantoortjie. Plaas sy arm om haar lyf. Soen haar spelerig, toe ernstig.

Flossy gee haarself losbandig oor; huppel soos 'n jong bokkie in sy arms; spoeg bietjies-bietjies as sy hom terugsoen.

Vind die dominee een middag by Suzanne. Drink saam met hulle tee. Die dominee is 'n jonger broer van eerwaarde Olivier wat hom destyds gedoop het. Bid vir Suzanne. Bid vir Suzanne met betraande oë. Bid met gevleuelde sinne en rustige stem.

Herrys die wit kerk met die grys toring.

Vinger na bo.

Monoliet (heidens) in Afrika (heidens) in 'n klein dorpie (Van Velden) waar Colet (Van Velden) sy jeug . . .

En die houvas van Suzanne is onmiddellik daarna vaster. Sy smee die bande met herinnerings.

Een keer kom Thelma op hulle af. (Drie koppies kakao op die skink-bord.) Beeld (vlugtig) van Maria, die diensmeisie. – Die loshangende rok, die ekstra-jaart toegewing om die geheim te bedek.

Hy voel die beweging een nag toe hy sy hand op haar maag bring. Sy word wakker, klem sy hand vas, druk dit dan meteens opsy.

Por en por en por Suzanne. Sal Colet nie met Thelma praat dat sy (heel diplomaties) liewers 'n ander uitrusting . . .?

Thelma gespe haar magie in. Praat vir drie dae nie met Colet nie. Laat die stringe los met 'n sug: rooi hale om haar lyf.

Lê met haar rug na hom.

Haar vel roer as hy daaraan raak.

Daar is gerugte dat Bill en Lila getroud is. Die gerugte het die gebeurtenis voorafgegaan. 'n Tyd daarna kry elkeen 'n kort briefie wat die gebeurtenis bevestig. Stil, voor 'n magistraat in Johannesburg.

Ietsie van Bill nou in Lila. Weg is Lila en gesamentlike herinnerings. Deur, op 'n skrefie oop, tóé, gegrendel. Dood, soos Sara. Dood soos sy jeug.

Was die deur ooit oop?

In die huis: Suzanne, Thelma en Marie. (Marie nou 'n gereelde besoeker.) By die werk: Julius Johnson, Flossy, Johny Doepels en die aangroeiende optog. By Mamma se kroegie: Mamma, Johnny Little, die bergklimmers en die middeljarige krygsmanne.

Ná Weltschmerz kom totale onverskilligheid. Onverskilligheid bereik ook 'n versadigingspunt. Die pendule swaai en die optog word belangriker as ooit, groei aan in sy verbeelding, spook in sy drome. Hy is die regter-hand van Julius Johnson in die beplanning. Saam met hulle, hinkend maar ywerig, Johny Doepels: mank, hulpeloos sonder sy kierie, bykans volkome blind – die oorblywende oog pêrelagtig, sy regterarm styf en nutteloos, sy studies vergete.

"Wat is dit wat die optog so belangrik maak?" vra Colet eendag vir Johny Doepels.

Julius Johnson gee self die antwoord in een van sy opbeurende praatjies.

"Ons staan in die teken van die tyd. Korporatiewe optrede! Ons is almal lede van 'n bepaalde liggaam; die liggaam tree op as 'n eenheid, onafhanklik van die onderdele. Die liggaam, op sy beurt, is weer deel van 'n groter eenheid. Die groter eenheid deel van nog 'n groter eenheid."

Donderende entoesiasme, trekkend aan die blinding in sy kantoor terwyl hy praat.

"Hou die eenheid gesond, laat dit glad funksioneer. Geordendheid, voorafbeplanning, soos met die uitleg van nuwe stede. Doeltreffendheid. Ons ly vandag onder die kronkelgangetjies van swak beplanning. Die toekoms beteken simmetriese betonbane, betongeboue, ekonomiese gebruikmaking van ruimte. 'n Nuwe tydperk: 'n tydperk van gerief en sekuriteit." Vroetel met die blinding. "Johnson se blindings: proses van intensiewe navorsing, produk van gesonde oorleg. Ligter as 'n veertjie, sterker as die hortjies van die verlede, bekombaar vir almal, vervangbaar deur 'n stelsel van inruiling, aanpasbaar deur 'n reeks van opsionele kleure. Nou: hoe meer vensters, hoe meer blindings; hoe meer blindings, hoe goedkoper die blindings; hoe goedkoper die blindings, hoe meer mense kan dit hê; hoe meer mense, hoe noodsakliker die beplanning van geboue; hoe beter die geboue, hoe gelukkiger die mense; hoe gelukkiger die mens, hoe groter die produksie . . . Op ál die terreine van die lewe. Later minder werksure. Later . . ."

Profeet met blindings in sy hand. (In sy entoesiasme dit van die venster afgetrek.)

Wys na Flossy wat voor die tikmasjien sit.

Glimlag Flossy.

Sy dink aan die partytjie en aan die optog.

"Die optog 'n demonstrasie," sê Julius Johnson, plaas die afgetrekte blinding netjies op die tafel. "'n Demonstrasie en 'n teken van die nuwe lewe."

Daar is gerugte . . . 'n Vriendin van 'n vriendin van 'n vriendin vertel dat Lila baie verander het. Hulle sê sy kam haar hare nou glad en styf oor haar hoof, haar wenkbroue in dun strepies, die oogskaduwees is groen, haar lippe twee strakke, rooi strepe. Sy is 'n populêre gasvrou, neem die leiding onder haar groep in die stad.

Suzanne sien daarin allerhande implikasies: 'n bevestiging van wat sy voorspel het. Dit maak haar verdriet dieper en stiller.

Eendag merk Colet met 'n skok van verbasing op, toe hy die eerste kastai-ingblaartjies in die Tuine sien, dat die lente aangebreek het.

HOOFSTUK XXIV

Johny Doepels en Colet stap tussen die bome in die Tuine. Johny Doepels voer 'n eekhorinkie grondboontjies.

Hulle drink tee en leun lekker lui terug in die lendelam stoele, warm in die son wat uit 'n blou lug tussen twee reusebome op hulle skyn.

"Dis eienaardig hoe ongemerk die lente by ons aanbreek," sê Johny Doepels. "Dis 'n sagte, geleidelike verwisseling."

Hy kyk na Colet met sy een oog: 'n vriendelike, blinkende pêrel.

"Hoe voel jy, boetie?" vra hy.

– En skrik Colet.

"Oor sewentien dae," sê Johny Doepels.

"Ek voel," sê Colet, "soos 'n mens voel oor 'n groot gebeurtenis, wanneer alles voltooi is en jy dan stil sit en weier om iets te doen uit vrees dat nog 'n taak die patroon sal bederf."

Toe Colet by die huis kom, roep Suzanne hom onheilspellend-kalm haar kamer in. Sy wys hom om die deur toe te maak. Sy vroetel met haar hande soos van ouds, luister in die rigting van die deur.

"Dis in verband met Thelma . . ."

Nors, kop-na-benede, afgeslote.

"Ek weet dit klink asof ek my met julle persoonlike verhouding inmeng . . . maar dis nie my bedoeling nie. Verstaan my goed, Colet."

Stilte streep verby.

". . . dis 'n kwessie van jou manlikheid, jou vermoë om gesag te handhaaf. Die man is die hoof van die huis."

Theuns.

"Vanmiddag het Thelma teen my sin, jou sin, ek is seker, die rusbank, wat ons uitgegooi het, sélf eiehandig, terug in die sitkamer geskuif. In háár toestand . . . En naar geword, en haarself in die kamer opgesluit."

Keer vir Colet.

"Alles is nou reg. Volkome in orde. Niks het gebeur nie. Ek het nie met haar geraas nie. Sy is nou in die kombuis, besig met die ete."

Haar hand op sy arm.

"Ek probeer my bes, Colet. In my swakheid."

Dosie met pilletjies.

Vurig.

"Maar sy luister nie, Colet. Dis asof . . ."

Daag hom uit met onbevreesde oë.

"Dis asof sy nie omgee nie."

Toe Colet opstaan: "Asof sy nie omgee wat met die kind gebeur nie."

Wie is ek?

Wat is ek?

'n Wind kom op. Suis deur die sleutelgate. (Maanblomme in 'n tuin.)

'n Fluistering op die dag.

Reën?

Loer deur die half oop venster.

Die lug is yskoud-swart. Die sterre blink kliphard.

'n Week gaan verby tussen twee etes. Hoender en wyn, hoeder en wyn.

Tien dae en Thelma peusel-proe aan haar soutlose dieet. Suzanne, vanaf haar rystoel, sit haar mes en vurk meteens neer en kyk na Colet. "Begin julle optog nie oor tien dae nie?"

Colet wandel deur die stad, sien 'n groep Amerikaanse toeriste van die Caronia. Hulle kyk na die berg, neem kiekies, films en kleuropnames.

Marie skryf 'n lang brief aan Lila. Sy verklap die "geheim" dat Thelma 'n kind verwag; sy vertel van Suzanne se verlange na haar; sy beskryf hoe mooi die Kaap lyk met die aanbreek van die lente.

"Kan julle nie betyds vir die fees kom nie?" skryf sy.

Sy sit op die sand by Seepunt, die skryfblok op haar skoot, haar rug teen die muur.

Sy vertel van Colet.

"Hy het in die laaste tyd baie stiller geword."

Dan beëindig sy die brief met 'n herhaling van die voorstel dat hulle moet kom.

Daar is trane in haar oë. Daar is iets met haarself in die laaste tyd verkeerd. Sy het geen beheer oor haar emosies nie – word makliker gevoer tot trane. Sy het alreeds besluit dat sy teen die einde van die jaar sal weggaan.

In die waters voor haar speel 'n dolfyn.

Waarheen sal sy gaan? Waarheen gaan 'n oujongnooi?

In die verte sien sy Johny Doepels aankom.

Sy sak teen die muur af, trek die sonhoed oor haar donker bril, buig haar hoof na benede en loer angsbevange na die lang, lamlendige figuur wat slingerend oor die swaar sand doelloos die strand af beweeg.

Sewe dae.

Flossy pas die voltooide rok voor die spieël aan, draai om, loer oor haar skouer, tuit haar lippe, lag tevrede.

Ses dae.

"Daar is nege dansplekke wat die moeite werd is in die stad, volgens wat ek verneem uit betroubare bron," sê Johny Doepels vir Colet. "By watter een sal ek bespreek?"

"Wat van Mamma?" vra Colet. "Sy kan ons 'n ete gee in die boonste vertrek, en dan kan ons die partytjie in die kelder hou."

Vyf dae.

Thelma, tot almal se verbasing, besluit dat sy aan die optog sal deelneem nadat sy die rokke gesien het.

Uit die bloute, onverwags, begin van vrees. Dit sypel in. Word met oomblikke só aktueel dat Colet dit deur sy hele lyf voel gaan. In die gelid van vrees 'n onverstaanbare gevoel – asof hy tot 'n besluit gekom het sonder dat hy die besluit kan formuleer. Met selfanalise: agter die vrees en die besluit 'n bodem van verset.

Klipharde verset. Graniet waarteen alles weerkaats.

Verset wat hy gevoel het toe hy 'n kind was. Sinloos. Onvolwasse. Verset onverstaanbaar soos die weiering om 'n deur toe te maak, afsprake na te kom, pligte te vervul. Maar verset sonder die verbygaande kenmerk van jeugverset.

Verset teen Julius Johnson.

Verset teen die groeiende stad.

Verset teen die gewapendebeton-gebou om die hoek.

Verset teen alle liggame.

Verset teen die gewapendebeton-gebou om die hoek.

Verset teen Bill, die helde en Mamma. (Verset teen toekomstige helde.)

Verset teen sy eie ontwikkeling – vermoeid deur die vrae, die soektog.

Verset teen opskrifte in die koerante: die verbygaande toneel.

Verset teen die probleme wat hulleself oplos en nie oplos nie: die draadwerk van misverstand, probleem, vals begrip, oplossing, misverstand, probleem . . .

Verset teen volwassenheid.

Verset teen die regte en die goeie.

Verset teen die nuwe lewe.

Verset teen sekuriteit.

Verset teen blindings, yskaste en radio's in elke huis.

Verset teen krisisse.

Verset teen die openbare welsyn.

Verset teen pligte, planne en permissie.

Verset teen snelheid, groter produksie, doeltreffendheid.

Verset teen huise: subekonomies, publieke werke, rehabilitasie, stads-beplanning, townships en lokasies.

Verset teen pamflette, koerante, vorms, seëls, registrasies, paspoorte, visums, fotograwe, ingemaakte kos, ontwaterde vrugte, halfsoet wyn, luid-sprekers, openbare dienste, maatskaplike dienste, sosiale werkers.

Verset teen toeriste, grootwildjagters, white hunters, sonbrille, kortbroeke, fluweelbroeke, nylonhemde.

Verset teen tydskrifte, bioskope, rugbywedstryde, klopse en kalifaverto-nings.

Verset teen ontwikkeling, beskawing, die rede, die verligte mensheid.

Verset en verset en verset – en Colet word die oggend van die negen-tiende September wakker, herstel van sy droom en besef dat dit die vierde dag voor die optog is.

Hy kyk na die patrone teen die muurpapier (Thelma in die kombuis) en gaan na die telefoon. Hy bel die eerste beskikbare hotel en bespreek vir hom 'n kamer. Hy vertel vir Thelma, wat die vertrek binnekom, dat hy daar sal bly tot ná die optog.

"Ek sal baie besig wees," sê hy. "Dit sal nader aan die fabriek wees en my meer vrye tyd gee."

Hy soen vir Thelma en Suzanne en kyk terug na sy huis toe hy wegry.

HOOFSTUK XXV

Die eensame hotelkamertjie. Die gevoel van vryheid.

Vryheid tussen verbleikte mure, vryheid voor 'n outydse wasbak en erde-kruik, vryheid tussen al die nietige voorwerpe: die snippermandjie tussen die twee beddens, die spieëltafel met sy geskiedenis deur vergete sigarette geskryf in swart strokies, die bedkassie met die twee swaar afoor-potjies, die Bybel gelaat deur die Gideoniete.

Gooi oop die venster!

Die uitsig is 'n vaal muur met ses bruin vensters. In die gangetjie onder is 'n sinkafdak waaruit 'n wasvrou met sisrokstêre-na-bowe handjiesvol steenkool in 'n swart sak krap.

Na bowe! Die blou lug! 'n Lieflike marinestrepie tussen twee dakke met 'n goddelike verfkwas.

Heerlike angs van toenemende gewaarwording.

Die vloer kraak. Daar is stemme in die kamer langsaan.

Lenteson op die vloer. Die kamer het 'n geur van sy eie. Dit bestaan uit vloerwaks, vernis, mottegif en nartjieskille in die vuilgoedmandjie.

Wit bedsprei, sagte bed as mens daarop gaan sit.

Argentynse miertjies, swart bloedselletjies van 'n geheimsinnige liggaam, stol in 'n gitswart vlek om 'n taai kolletjie op die tafel; herstel die wond uit 'n onuitputlike bron as hy ses met sy duim dooddruk.

Porseleinlampskerm, weerkaatsing van die ruit en blou lug teen die wande daarvan. Tik met sy vinger daaraan. Kinetiese skildery.

Ek sal nooit hierdie kamer vergeet nie.

Iemand het sy pantoffels onder die bed vergeet – bruines met opkrul-tone. Nommer nege. Is dit die man wie se baardstoppels nog teen die ruwe wand van die waskom kleef? Hy drink nou 'n koppie tee met 'n mooi meisie in die stad. Vanmiddag gaan hulle langs die see ry. Hulle ontdek die lente agter 'n suikerkan op die duine. Die sandkorreltjies aan hulle klere sal die herinnering vir 'n tydjie bewaar.

Die ligkol op die vloer word groter. Daar is stemme van kinders in die gang. Die stemme beweeg van deur tot deur; borrel deur die boonste luik; verdwyn aan die onderent van die gang.

In hierdie waarneming lê 'n geheim. Die lewe is. Sit stil in die son op die bed en voel dit. (Soos jare gelede op 'n warm sementstoep met jou oë verblind deur die sonlig; met Sara se stem vanuit die kombuis; met Sara se snotneus-vroegkind besig om 'n miskruier met sy hak dood te draai; met die geur van verbrande pampoenkoekies deur die venster; met die krummeltjies van 'n gesteelde pakkie aarbei-jellie op jou tong.)

Strek homself luiweg op die bed uit.

Dink terug aan wat-was-haar-naam-nou-weer? in Shediva el Berker. Haar rokkie hang in die klerekas. Sy drink brandewyn uit 'n tandeborselglasie. Sy ruik na asyn.

Asyn? Klein dogtertjies was hulle hare met asyn. Die onbekende dogtertjie jare gelede onder 'n peerboom langs die watersloot by die dam. Die koster se swart nommer tiens gaan drie duim van ons neuse verby, maar hy sien ons nie.

Ons moet nie gesien word nie. Dis die geheim. Meer as dit: hulle kan ons nie sien nie. Ons verdwyn agter 'n stoel, agter 'n rusbank, agter 'n boomstam, in die water in die swembad – en hulle kan ons nie sien nie. Dis die lewe. Die lewe is. Daar is duisende gangetjies in die doolhowe waarin hulle ons tevergeefs soek.

'n Warmte in sy bors. 'n Prelude. Iets is besig om te vorm.

Beelde van Julius Johnson, Suzanne, Thelma en ander werp 'n versperring. Vernietig hulle; keer hulle onderstebo en ontneem hulle hul waardigheid. Julius Johnson loop op sy hande na die latrine en trek die ketting met sy groottoon.

En tog, as hy die ketting trek, is hy die naaste aan die stroom.

Beeld van byekoek en heuning wat uitloop uit die stroewe patroon. Ek onthou die patroon wat ek op skool moes teken: dit loop met 'n punt na bo en na onder, driehoek op driehoek wat ek nooit kon beëindig nie – vul die bladsy, laat jou onbevredig. Gaap. Weg daarmee! Gons liewer met die bye weg en suig die waters uit 'n miskoekie.

Lomerig. Sluimer weg. Word wakker, hoor homself prewel na onbekende droom: "Nee! Nee! Nee!"

Word helder wakker met verset.

Ek weier en ek weier en ek weier en ek sê altyd nee en nogmaals NEE!

Trek sy das reg, sit regop op die bed.

Krap die vrou met die sisrok nog die kole in?

Loop na die venster, kyk uit, hang oor die bruin kosyn.

Die vrou met die sisrok sit op die sak steenkool en koggel die "house-boy" met die netjiese blink-blou uniform.

"Ai-a-a-a-a!"

Bewondering – maar onthou om sy kop betyds weg te ruk.

Die ghong sal nou enige oomblik vir ete lui. Ek is honger. Werklik honger. 'n Diepgevestigde hongerte.

Sien vir die eerste keer dat die bed 'n outydse katel is. Uitstekend! Watter lieflike, gods-ongehoorde hotel is dit nie!

Die katel het blink knoppies. Koperknoppies.

Skroef drie los, steek dit in sy sak.

Die bed is sag.

Veerbed?

Kyk.

Edblo-matras.

Lê terug, vestig sy blik op die twee groot knoppe aan weerskante van die styl.

Húlle kan nie afgedraai word nie. Net so min as wat jy 'n peerboom by sy wortels kan uittrek en die boom tot jou beskerming kan gebruik in 'n helder verligte sitkamer waar die mooi meisie met honger oë, haar bene styf teen mekaar, gedagtig aan welvoeglikheid, op die rusbank sit.

Stilte.

Stilte deur die hele hotel.

Mcteens vlam die son deur die venster reg in sy oë. Die goue stroom.

Hilaria!

En weergalm die ghong. Sag, harder, HARD, en sag.

Op pad na die eetkamer, 'n Strauss-wals uit 'n sitkamertjie by die trappe. Da-dam, da-dam, da-dam! Gly met die traptralies af, land lig met sy voete op die sagte mat.

Verbaasde uitdrukkings op die gesigte van man en vrou wat net om die draai kom. Deftige heer en dame.

Verdedig sy vryheid met 'n blik wat nie wyk nie.

Regsomkeer! (Die agterkant van konserwatisme is belaglik. Selfs die stroefste kleding kan dit nie verberg nie. Die sisrokstêre bokant die swart steenkool is onelegant maar onbeskaamd. Die lewe is.)

Die smaaklose hotelkos – verbrand, verwater en versterk met dertig bottels tamatiesous en worcestersous op dertig tafels.

Die kinders eet in 'n kamertjie langsaan. Hoor hulle gelag en gehuil. Die geheim lê in die skeiding.

Sonlig deur al die vensters. Bespoel moeë gesigte, gooi sy goud vir die swyne.

Pligsgetrouheid in elke korrekte tafelmaniertjie; 'n leuen in elke glimlag; drogredenasies in die vals lig van hulle kennis. Maar agter, onder die oppervlakte, die grootste gedeelte van die ysberg – laat hulle yskoud word van vrees.

Op die stoep krimp 'n man dubbel van lag, brul sy plesier.

Colet herken vir Johnny Little, drink saam met hom koffie, herbeleef Alamein.

Maagmaat nou groter as sy borsmaat; fyn rooi aartjies op sy vet wange. Wil 'n lewenspolis aan Colet verkoop.

Onbeskaamd. Jolig, vet en positief. Oorwin alles met jak-jak-geluide. (Ly aan sy hart alleen in sy kamer.) Oorwin sy gedoemde liggaam waardeur die lewe vinnig jaag.

Sout van die aarde.

Lentemiddagwandeling in die straat, verby die standbeeld van Louis-krygsman-staatsman-Botha. Duiwe-minagting vir alle staatsmanne.

Oorblyfsels van die half-versteende boomstam waar die slawe eeue gelede bemark is. Goed, kwaad, onbenullig: die tyd skep nasionale monumente, skommel goed en kwaad soos 'n goëlaar.

Op die straathoek speel 'n af-arm verminkte 'n grammofoon, wen dit met sy toon op as hy Colet sien aankom. "War veteran" en 'n sjieling in die hoed. Eerste oorlog. Onromantiese spoke. (Ons s'n word met behulp van kunsledemate en onderrig behoorlik in die maatskappy teruggebring.)

Twee stringe motors in nou straatjie verkeerd geparkeer. Nou straatjies produk van swak beplanning.

God behoede die oortreders!

Vet swartvrou verkoop heide aan vet witvrou. Deftig geklede man betas alles, maar koop niks nie.

Vind sy plesier in aanraking, haal die vloek van vrye genot op sy hals.

"So 'n m. . . Hy kyk net elke dag, maar koop nooit."

Eentand Sara-glimlag vir Colet.

Speld die bossie viooltjies aan sy baadjiekraag.

Geur van blomme; blou-blou lug en warm son.

God behoede die stad!

Mooi meisies in die son. Elkeen 'n maagd in ligte rokkie. Die nag is vér.

Op die Parade bak die chroom van die Yankee-motors handverbrandend warm.

Die flessie van geslypte glas is eg-antiek, kos drie pond, twee pond, een-pond-vir-meneer.

Swart boepensseuntjie word naar voor 'n vrugtestalletjie: gooi suurvy-gies, grenadellas en piesangs op. Maleier-eienaar van vrugtestal verhef sy arms in bid-jou-aan-gebaar. Stugge, swart mamma (so pas uit die reservaat) kou aan 'n sny brood, kyk uitdrukkingloos na die spatsels op haar nuwe kombers.

Bruin sedeprediker stap ses tree noord, ses tree suid; hou sy Bybel om-hoog, sy kop na benede.

"KOM NA CHRISTUS!"

Straatfotograaf ignoreer Colet, neem twee meisies af.

Sagte blou Tafelberg met dennemantel.

Masjiengeweerskote van elektriese stampers teen raamwerk van nuwe gebou.

Die laaste cabby droom in die son.

Elke oomblik van die grootste belang. Staan stil, haal diep asem, voel die prikkeling van binne.

In die Tuine, onder 'n eikeboom, op 'n bank, langs sagte, verbode groen gras, raak saggies, liggies, soos 'n kind, aan die slaap.

In blou water op die rug van 'n silwervis. Fonteintjies met kabouterman-netjies. Kind met dolfyn en waterspuit. Naakte standbeeld van held met uitgestrekte arms. Gewonde leeu met swerm bye om sy wond en Golden Syrup. Haasbekdogtertjie sing Witter as Sneeu. Christus in krip; Christus aan kruis. Suurvygies, botterblommetjies, tweedoorsturksvye, spekboom, skilpaddop, maanlig op berge, groen koringlande, die pofadder om die suikerkan is 'n stuk droë hout, diereskedels op die duine, skulp op die wa-ter, Kleinduimpie word deur 'n koei uitgemis en red sy ouers, warm aarde, uit sy groottoon groei 'n druiwetak.

"Die hele middag vir jou gesoek," sê Johny Doepels, glimlag vol mede-doë, sy een oog warm en vol liefde.

Skemer alreeds gedaal. Die Tuine is donker. In die stad gloei nog die rooi laatmiddaglig.

"By die hotel gewees en verneem van 'n man met die naam van John Little dat jy vroeg al daar weg is. Siek man, John Little. Ek dink nie hy het lank om te . . ."

Ontsettende vrees. Die sonlig – en skielik die skemering. Colet vryf met die agterkant van sy hand deur sy oë.

Glimlag Johny Doepels.

"Kom ons gaan iets by Mamma drink."

Mamma vryf nog steeds oor haar blink toonbank. Knik vir Johny Doepels. (Alles vergewe. Het hy nie haar plek bespreek vir 'n ete en 'n dansparty nie?)

"Kom in!" sê sy plesierig, "voordat die teerstraat deur die toonbank gaan."

Vyf bergklimmers tintel, gloei van die middag se klim.

Vars stompies steek kruis en dwars in die beenwit seesand. Die swaaideure swaai aanhoudend oop en toe. Elkeen dra sy koerant soos 'n toegangskaart. Dit word donker en die stad se ligte brand.

Rooiwyn en whisky.

"Op die toekoms!"

Mamma hervul goedig.

Johny Doepels plaas sy hand op Colet se skouer, maak 'n gebaar as hy iets wil sê, stort die rooiwyn op sy boordjie.

Iemand leun oor na hom toe.

"Jou raak geskeer?"

Uitbundige lagbui van Mamma.

John Little jak-jak in die deur. Whisky.

Verwelkoming in die groep van ander krygsmanne: Jan van Aarde en Peter von Waltzleben. Whisky.

Toetrede van Tiekie Wilson, Danie Louw en Peter Brooks. Whisky vir die stryders.

Whisky vir almal. Whisky op die optog. Whisky op die toekoms.

Whisky op sy nugter maag en Colet gaan na die Gentlemen, bewonder wasig Mamma se outydse geblomde latrine en sien vir die eerste keer 'n deur wat hy nog nooit opgelet het nie. Dit gaan krakend oop op 'n agterplaas.

Mufreuk. Nou gangetjie. Leun teen die deur, momentum na buite. Sterre bokant die nou skrefie tussen die dakke. Stamp sy hand nerf-af teen die rofkasmuur. Struikel oor 'n afleivoortjie. Beland in 'n agterplaas. Vind 'n hekkie wat lei na 'n portaal. Stap onder 'n dowwe lig tot by drie trappies. Verskyn in 'n systraatjie. Volg die systraatjie en beland in 'n groter straat. Die ligte tol. Gaan in by 'n swaaideur.

"Whaddaday!" sê die kroegman. (Sy gesig 'n stuk lewer, bloubottelsakkies onder sy oë.)

Halfmaantoonbank. Die koper onder jou voete. Ses matrose: HMS Voodoo. Pansy-alkoholis, sy waterige vernietig-my-oë op Colet. Jeugmisdadiger met geel das, breë skouers en maanhare. Twee toordokters in die hoek met 'n bottel sout.

Godverlate plek.

"Whacko Jones died in action in Sister Street," sê die een matroos vir die ander een.

Swaaideur oop en toe. Taai.

Helder ligte in die straat. Hollywood op twee hoeke. Pers ligte: Alan Ladd. Groen ligte: Rita Hayworth.

Vier mol-akkoorde van 'n horlosie om die eerste kwartier aan te dui. Uit 'n kelderkamer, langs die sypaadjies, tinkel-tonkel van 'n klavier. Tico-tico. Voetegeklap van jollers. Griek verkoop pynappels, piesangs, appels, mango's, avokadopere en Camels. Agterplaas met geparkeerde motors, skerp blik van witjasbewaarder. Choppe Sticke die Chinese kafee. (Die wit deur is toe.)

By die dokke blaas 'n vragboot, dra met die geluid ontelbare hartverskeurende herinnerings.

Blink spoorlyn in die elektriese lig. Man in uniform met rooi vlaggie kyk in die duisternis van rook en stomende loko's. Sneltrein na die noorde vertrek om halftien van platform drie. Die eetsalon is alreeds toe.

Terug na Mamma.

Vind Johny Doepels, Tiekie Wilson, Danie Louw, Peter Brooks en Jan van Aarde, Peter von Waltzleben is alreeds weg.

Warm en geborge in Mamma se kroegie.

"Twee en 'n half uur voor middernag," sê Johny Doepels, stoot vir Colet 'n whisky nader.

Tiekie en John Little vertel beurtelings stories van ondervindings in bordele.

"Glo dit nie," fluister Johny Doepels. "Die Afrikaners het hulle gewoonlik in die pubs opgetel."

"Macchi 202 skiet met sy halfduimlope twee strepe vuur langs my."

"Beste wond is in die gat. Neem minstens twee maande om te genees."

Driekwartier verby.

Mamma gee vir elkeen 'n Havana-sigaar.

Die ligte is besonder helder. Dit brand jou oë. As jy hulle toemaak, skiet rooi, groen, blou en geel strale teen jou ooglede.

Vrouelid van die Heilsleër kom in, skud haar bussie, ontvang alles tesame een pond twee en ses.

Almal spot vir John Little. Hy het (rumgevuld) op 'n loopgraaf gestaan en sing by Sidi Barani, gedurende een van die grootste bombardemente.

"Wat het jy nou weer gesing?" vra Tiekie Wilson.

"Ah, sweet mystery of life," sê Johnny Little, sy gesig bloedrooi, sy maag enorm, sy asemhaling swaar.

Halfuur verby. Peter Brooks en twee ander verlaat die geselskap om hulle vroue, die bioskoop so pas uit, op die hoek langs die Waldorf te kry.

Nog vyf vol minute verby en John Little stort olifantagtig op die vloer neer.

Daar is 'n oomblik stilte voordat hulle nader kom en hom op een van die banke teen die muur help.

Mamma lyk gesteurd. Sy leef nou in die teenwoordige tyd.

Johny Doepels staan regop, sy hand op Johnny Little se pols, elektriese lig in sy een oog. "Ek is bevrees," sê hy.

Wat staan 'n respektabele kroegeienares te doen as een van haar kliënte om kwart voor elf ewe goedsmoeds sterf?

"Ek dink julle moet hom huis toe neem," sê sy.

Sy kyk na die enorme figuur op die bank, steek haar hand grillerig uit en druk teen sy skouer. "Toe nou!" sê sy.

Johny Doepels en Colet probeer John Little optel. Hulle beur en beur aan sy skouers en aan sy bene. Sy rug sleep op die vloer. Halfpad na die deur sit hulle hom neer. Koue, lewelose kolos, gesig teen die vloer, seekoeirondings na bo.

Tiekie Wilson en die ander het intussen die kroegie verlaat.

Meteens kreun John Little, skud sy kop en sukkel orent. Hy vra sleeptong, maar deftig, om verskoning en slinger die kroegie uit.

Mamma besluit om haar plekkie vir die aand toe te maak. Sy verduidelik dat sy baie moeg is.

John Little staan massief en roerloos buitekant op die sypaadjie, sy gesig opgehef na die stad. Dan stort hy stadig in duie en sterf onselfsugtig alleen in niemandsland.

Daar is trane in Mamma se oë as die ambulans hom kom haal. Kroegvriende kyk hoed in die hand na die verdwynende motor. Vry van verantwoordelikheid, voel hulle diep getref deur die heengaan van hulle kameraad en vriend.

"Hy was 'n gentleman en sonder vrees," sê Tiekie Wilson, wat teruggekeer het. Hy vertel vir 'n vreemdeling die storie van "Ah, sweet mystery of life".

Mamma verander van voorneme, besluit om haar kroegie oop te hou. Die partytjie gaan voort, die getalle word meer – aangevul deur die buitestaanders wat die voorval gesien het.

John Little se hoed lê nog op die stoel. Almal word dronker met die nagwaak. Mamma tel die hoed op en hang dit aan die kapstok, besluit om dit vir altyd daar te laat hang. 'n Klub word gevorm: 'n onderneming dat die hoede van die lede daar sal bly hang as hulle tyd aanbreek.

Presies om elfuur maak Mamma die kroegie toe.

Afskeid van drie krygsmanne.

Afskeid van Johny Doepels by die bushalte. Johny Doepels traag om te gaan. Druk Colet se hand oor en oor. Sukkel om woorde te vind, maak 'n hopelose gebaar. Laaste beeld van hom, sy lang gesig wat troon oor die ander, sy verdrietige oog.

HOOFSTUK XXVI

By die hotel 'n boodskap. Skakel die nommer in Tamboerskloof. Thelma antwoord: "Ek het vroeg vanmiddag al gebel. Waar was jy al die tyd?"

Stilte.

"Colet, een van ons twee sal moet gaan. Jou mammie of ek. Ek kan dit nie meer hou nie."

Drie minute. Sy lui meteens af.

Raserny.

Hotelkamertjie meteens klein en bedrukkend. Vryheidslokaal 'n tronk. Lentenagwandeling.

Seebries heerlik teen sy warm hoof. Die stad rek hom uit, verdoof party ligte, gaan na bed soos 'n insomnialyer. Onbekende straatjie teen die berg uit. 'n Vergete parkie met tralies en eikebome. Nog 'n straatjie, steil helling, donker huise aan weerskante. Terugblik nou en dan. Vergesig op die stad. Verder en verder óm draaie en dan by kruispad – volkome verdwaald. Yl-hoofdig meteens. Draai en draai alles. Gaan sit op die sypaadjie. Sy kop in sy hande. 'n Hond snuffel aan sy voete. Skurwe, vertoiingde vel en hare. Lek aan sy been, verdwyn stert tussen die bene met eerste verwildering. 'n Duiseligheid. Klippete-kloppete – Clydesdale-merrie voor spierwitte melkkar. In die dieretuin brul 'n leeu. Dan stilte.

Beeld van sonskyn in die kamer, beeld van John Little alleen op die sypaadjie. Word vervul met yskoue vrees. Begin sweet langs sy neus en op sy voorkop. 'n Besef skemer deur, stuur koue rillings teen sy lyf af. Voel vasgepen waar hy sit, voel dat die aarde hom vassuig, roep woordeloos tevergeefs na alle bronne van hulp. Maak sy oë oop, sien deur sy ooglede meteens swewende drieledige dronkbeeld van vrouefiguur die straat afkom. Nader, ál nader. Drie skimme uit die nag. Erger vrees, vrees soos hy nog nooit gevoel het nie. (Sy kop agteroor, sy oë groot gerek om die beelde te verban – tevergeefs.) Deur sy dik tong nie in staat om 'n enkele geluid te maak nie. Vasgepen voor die wit tergemina, triceps, triformis onheil-spellend deur die wasige straat.

Hy sukkel orent, struikel val-val blindelings voort. Uit reserwe-energie put hy krag, bars met toe oë verby, slinger heen en weer tussen die bome. By terugblik, die figuur (nou enkel) na hom gekeer, en hoor hy 'n stem.

Sy naam. Duidelik.

"Colet! Colet!"

(Een nag in die kamer. Een nag in die kamer. Die stem.)

Voort, ál met die steil straat teen die berg op. Bo-op die bult (vér onder nog steeds die figuur) kies hy die bos langs die pad, kom uiteindelik tot bedaring op die sagte blad van dennenaalde.

Dis donker daar. Hoe verder hy gaan, hoe donkerder word dit. Die sagte blad wankel hom heen en weer, slinger hom meteens plat langs die stam van 'n boom. Klam aarde. Mufreuk. Naaldeprikkelings teen sy wang. Jong dennebol in die holte van sy hand vasgegryp – voel soos die ronding van 'n vrou se bors.

Die stilte in die bos. Die skuinste van die helling. Die gladde denneblad. Sukkel om orent te kom, word glyend neergetrek. Iets breek. Iets binne hom. Vlymskerp mes sny die tou en alles tuimel. Draai op sy rug. Sien vier harde, blink silwer sterre.

Stil kalmte. Afwagting.

Wind suis deur die dennenaalde (water oor gladde klippers in 'n voor? Branders tussen rotse? Bergstroom wat druis tussen varings langs Mon-tagu-pas?)

Kalmte wat alles oorheers, alle vrees verdryf.

Gevoel van vryheid soos die oggend, maar anders. Gevoel van loswik-keling – ontdoen van bande, ontdoen van vriende, ontdoen van vyande. Net hy self. Luister vir die stem in die stilte.

Klam aarde dring deur sy lyf, laat hom hoes.

Kyk op en sien slank denneboom pylreguit na die sterre.

As ek net die krag het . . .

Voel met sy hand teen die boomstam. Die bas krummel af, die gom kleef. Hy slaan sy hande om die stam, lig homself drie voet met brekende spiere gedraai tot ysterharde knoppe. Skop met sy enkel vas (pyn). Skuur sy omhelsende arms teen die stam op, vorder 'n voet. (Sy dun arm hoër as skouerhoogte gelig.) Voet en pyn vir voet en pyn hoër en hoër. 'n Tak breek. Red homself. Verloor ses duim. Wag 'n oomblik om krag te herwin, dan hoër en hoër – makliker namate die takke meer word. Wurmagtig krul hy tot héél bo – en rus in triomf.

Dáár lê die stad. Lieflike stad met gekleurde ligte langs die swart see. Troon wiegend met die wind oor alles. Agter: die eindelose berg. Agter die eindelose berg, die eindelose lug en sterre.

Hoe suiwer is hierdie gevoel van vryheid nie!

Die wind word feller: vanuit die bergskeure turbines kragstroom teen die bome. Hilaria! Swaai heen en weer, heen en weer! Sien see, ligte, berge en sterre; see, ligte, berge en sterre.

Kruin van gevoel, kruin van begrip – maar meteens breek die tak en tuimel hy af en af en af. Naalde steek sy gesig stukkend. Stamme slaan met brute geweld. Af en af en af – en dan skielik 'n einde.

Die ligte van die stad is nog daar: die uitsig onbelemmerd.

Warmte by sy lende. Heerlike klimaks!

Na 'n rukkie animal triste.

Hy kan nie roer nie. Dennetakswaard tussen sy bene; bloedpunt by sy middellyf. (Hoe het Johny Doepels van Jack Fourie gesê? Soos 'n skoenlapper op die kaart van 'n versamelaar.)

Warm druppels langs sy been af. Winde wat huil deur die dennenaalde. Luiweg heen en weer as selfs die boom roer.

Gevoel van triomf.

Gevoel van berusting.

Gevoel van volbringing.

Dis die laaste. Verlate (die alleenheid en vrees); misplaas (my misbruikte talente); kind van wysheid (Ek is, die Lewe is).

Onder lê die stad: wreed, ongevoelig; vol erbarming en mededoë – deus terrenus!

Voel flou.

– Beeld van myself met die haasbekmeisie, beeld waar die magteloosheid oor my kom, beeld: ek is nou, en daar is geen keer nie.

Hergeboorte van pyn in sy binneste. Trane in sy oë. Pyn by aanskouing.

Vuilheid is vol geure. Rioolvore is helder strome. Sygangetjies en agterstrate vol kleur en warm lewe. Die rook, die roet, die verroeste dakke, die bonte mengelmoes, die spoegkolle, die kaaiwater, die skollies, die verminktes, die skuim en die uitgeworpenes – almal deel van die goue stroom. Stroom wat terugvloei na sy oorsprong.

Stilte.

Besef van die betekenis van die druppels teen sy been, die aangroeiende stroom.

Steek 'n sigaret aan. Een vuurhoutjie en drie sigarette oor. Dit werk nooit gelyk uit nie, daar is geen patroon nie.

Rustig-wiegend met die uitputtende warmte wat van onder af opstyg. Lui beweging van die dik stam; luier as die stroom teen sy bene. Sink met die beweging na benede. Stadige, onkeerbare proses. In 'n tonnel na onder. Spiraalbeweging na die onbekende kern.

Dan weer roerloos.

Wit gesigte: Suzanne, Lila, Thelma en Marie. Moeder Suzanne, Moeder Lila, Moeder Thelma, Moeder Marie.

Gesigte opwaarts uit die duister – verder terug.

Moeder Agnes, Moeder Brunhilde, Moeder Maria en Moeder Sylvia.

Name vergete, gesigte half-bekend, borrel uit.

Moeder van die peerboom, Moeder van die hoenderhok, Moeder van die suurvygies en die botterblommetjies, Moeder van Shediva el Berker.

Rus in hierdie insinking. Duisternis alom.

Op 'n dam water dryf 'n lelie. Die blom vou oop en gee geboorte aan 'n kind.

Sag en sag en sag ingetrek deur die dennenaalde, vaster gewoel in die denneboom.

Gesig van Theuns. Één met Theuns. Volkome meegevoel in die finale omhelsing.

Één met almal wat ek geken het. Met Bill, met Johan, met Willem, met John Little, met Jack Fourie, met Johny Doepels en al die naamloses.

Één met die aarde. Met die grotte daaronder. Met die swart houtskool.

Yskoue stilte.

– Ek self teen die verdwene stad 'n klein stippeltjie; ek self 'n reus wyds-been oor die hawe.

Speel albaster met die hemel en die hel. Skiet met die ghoen die glassy binne die kring, land in die hemel; mis met die glassy, land in die hel. (On-bekende hand kul en plaas die glassy ook in die kring.)

Nog steeds stilte.

Daar is 'n warm son wat aan die slaap sus. Slaap in die warm son.

Verbysnellende ure en skielik toeters, klokke en fluite wat maan om te doen. Doen en ly deur dade. Bid, kerm, vloek – en wip as Jan Pierewiet onder die sisrok skop.

Hopelose vrae. Die oplossing is vals.

Dink! Die oplossing is nog steeds vals.

Die wind is weg. Bokant my kop vier groot sterre. Vlammende strale-krans van die maan daarom.

Gevoel van beweging – oorgehaal, orals.

Proloog voor beweging.

Vergewe: my vriende
            rede
            die beter lewe.
Begin van beweging.
Gaan, sonder hoedanighede, met gevoel.
Inkantasie.
Ek sien 'n blom, 'n pêrel, 'n beker, die seun van 'n heks, 'n blas Chinees met 'n goue kroon, Sara se kind, Agnes se bene, die hen wat 'n goue eier lê, 'n ladybird, kwepers en . . . ál die kleure! Wolke en wolke!
Begin van spiraal in die bek van die beuel.
Brontosaurus op die rug van 'n groter monster en 'n groter monster – wip deur die kring binne die ring van 'n oneindige mosaïek.
Einde van beweging.
Oomblik van volmaakte eensaamheid.
Oomblik van skreiendste verdriet.
Vorming van 'n suiwer, grootse begrip. Die Lewe is, ek is.
– En dan volkome vrede.

HOOFSTUK XXVII

Klein seuntjie, gedoop Pietie Gouws, agt jaar gelede in die Groote Kerk, enigste produk van die huwelik tussen Jan en Mamie Gouws, vernoem na sy oupa, derde in standerd drie in die Groot Laerskool, stap met sy rekkie dié sonnige lentemôre en skiet vuurspuwende drake tussen die denne-bome. Oorverdowend is die gedreun van die dieselbus teen die steil straat by hulle huis, skril klink die klokkie die oggendlug in, stil staan die bus met keelskoonmaakgeluide.

Pietie piepie teen die stam van 'n boom, steek sy pinkie in die gom en proe daaraan. Pietie sien 'n eekhorinkie, gryp sy rekkie, mik met konsentra-sie en grootse gedagtes en skiet mis dat die klippie so gons deur die takke. Wég is die eekhorinkie, vernietig sy drome, maar die wond herstel by herin-nering aan die geluid van brekende takkies. Klippie vir klippie in die takke – geheimsinnige gekraak in die donker oerwoud.

Skiet en skiet Pietie klippie vir klippie in die donker takke; omring deur varings en aronskelke, wiegend op dennenaalde, omring deur geluide en geure van vars grond.

Pietie word moeg, stil sy magteloosheid in lui gedagtes, gaan lê met sy hande agter sy kop.

Pietie sien die oë van 'n man deur die takke na hom loer.

Beeld van loerende oë onuitwisbaar vir die res van sy lewe.

Vlug huilend, skreeuend na sy aie en haar ghiets, Tamboer, by die wit wasgoedlyn in die agterplaas.

Stoet van nuuskieriges tot by die wit ambulans. (Kan slegs tot aan die kant van dic bos kom.) Dennenaalde op die vloer van die ambulans. Verpleër staan ingedagte met viooltjie-knoopsgatruiker in sy hand, gooi dit agterna voordat die deure toeklap.

Stoet van belangstellendes by Woltemade nommer drie. Optog van Julius Johnson in rougewaad. Julius Johnson, Herna en Suzanne in die swart Cadillac. Thelma en Marie in die groen Citroen. Johny Doepels en personeel in vaal Chevs van die firma. Flossy en haar motte in helderkleurige Amerikaanse glaskaste.

Eerwaarde Olivier, gas van sy jonger broer in die stad, bewend van ouderdom op die arm van sy bloedverwant, lei die diens met krakende stem.

Herinnering aan doopdag 1921.

Pikant.

Hiërofant by misterie van doop en dood dieselfde.

Pikant.

Teks Psalm 119 vers 9 in verlede tyd.

Pikant.

Dit is 'n pikante, stil, wolkelose lentedag.

Lyding van Suzanne, lyding van Thelma, lyding van Marie.

Drie-verenigd deur verdriet.

Blou see, helder sonlig, swart rotse.

Die vissersbote, na die nag se vangs, lê op die wit sand by die hoogwatermerk. Die vissers slaap in die skaduwees van hulle bootjies, hulle nette opgerol, die visse self (vars, met die geur van die see) op viskarretjies deur die stad versprei.

Bliktrompette deur die strate – weemoedige trompetgeluid.

Trompetgeluid onder die venster by die huis in Tamboerskloof.

Suzanne word wakker, herken die geluid. Haar oë vul met trane. Herinnering aan die dae toe sy 'n jong vrou was, toe Colet in die kinderkamer gelê en slaap het. Sy wil opstaan, maar besef, soos keer op keer, dat sy magteloos is.

Thelma hoor dit, in haar slaap, gooi haar arm om die ander kussing van die dubbelbed.

Weemoedige bliktrompet verby die kruispaaie by die drieverdiepingwoonstelgebou en Marie, haar kop seer en dik, gepla deur die poppie met die snyplekkie oor die hart, druk haar hande oor haar ore om die geluid af te weer.

Lila hoor dit, as sy en Bill uit die stasiegebou kom in Adderleystraat (die loko stomend teen die buffers). Sy kyk na die helder berg, ruik die blomme van die blommevroue.

Bliktrompet by Rondebosch en Herna Johnson lui die klokkie, beveel die houseboy om van die vis te koop.

"Snoek," sê Julius Johnson, sy arms gevou om die kombers (hare op sy bors). Hy dink aan vars snoek, aan die optog oor twee dae, word vervul met 'n magtige welbehae.

Flossy hoor dit, lag oor die lawwe geluid, dink aan Colet, verban haar opgeruimdheid.

Trompet, en Pietie Gouws jaag op 'n blesperd deur Camelot, Guinevere in sy arms, sy harnas blinkend in die son.

Bliktrompet vlak by Johny Doepels se kamervenster. Blinde, mank, lam Johny Doepels hoor die trompet, gooi die vensters oop, kyk onsiende verby die man, Tamboer (met 'n glinsterende geelvis omhoog langs sy karretjie in die teerstraat), na die see en rus dan sy hoof in die palms van sy hande. Sy lyf ruk van verdriet. Die gawe om te sien; die vloek van kennis . . .

Bliktrompet vir almal in die stad.

En gretig koop almal van die eerste groot vangs van die seisoen.

HOOFSTUK XXVIII

Nabetragting.

Marie vertel dat sy haar verbeel dat sy Colet twee aande gelede gesien het. Maar dit kon iemand anders gewees het, want die man het weggeloop toe sy sy naam genoem het.

(Marie se lewe tot oorlopens toe vol. Verbode geluk. Geluk wat sy voel, maar nie durf erken nie. Marie, vol herinnerings, dra Colet in haarself tot uitsluiting van almal. Die dooie Colet nou die eiendom van almal; háár Colet uitsluitlik haar eie. NIEMAND het Colet werklik geken nie. Ek het Colet geken. Herleef Colet. Proe hom. Colet by die lamp. Colet op die stoep – sy wrede lippe. Colet langs die rooi waterval – die jong lyf visglad, spartelend. Colet verdrietig. Colet op dansmaat. Colet wreed. Colet ongevoelig. Colet vermink. Colet en Oude Meester. Colet vir haarself. Colet in sy graf deur haar hand. 'n Grootse liefde. Bewaar die poppie. Colet vir die res van my lewe.)

Gelukkige Marie. Swanger Marie. Swanger met Colet in ál die dae wat hopeloos sou gewees het.

Thelma onthou die telefoonoproep. Verwyt? (Voel die roering.) Kalm, realistiese Thelma.

Erken dit: hom nooit geken nie; hy my nooit geken nie. Dra Colet, Colette jr. Voel naar. Mamma 'n laspos. Verwag haar arendsoë op: die eerste bad, die voedings, die gewig, die kleding.

Herinnering aan die roetine van troue. (Deurskemering van heimwee.) Herinnering aan die koop van die sitkamerstel, die slaapkamerstel, die rangskikking van die meubels. (Nou anders.) Herinnering aan partytjies, bioskope, sjampanje langs die see gedurende wittebroodsdae, die eerste verhoging, geselskap van Bill en Lila, gesamentlike uittog na een of ander plek. (Nou anders.)

Herinnering ook: die verstyfde liggaam. Beamptes van begrafnisonderneming beperk sluit die stram oë, kam die hare, druk die kake, klee die kadawer in spierwitte mantel. Is dit Colet? – Waspop met verwantskapstrekke. (Trane nou. Trane by die beeld van lyk in kis, hond in sneeu, kat in straat, mossie in geut.)

Onthou Colet met boek in hand, Luger op kaggel, hare deurmekaar. Stop beeld daar soos in huweliksfoto.

Begin die volgende ry aweregs, in die son, op die gewese sitkamerstoel, voor die venster, in die slaapkamer.

Julius Johnson voor sy personeel.

Pertinente vraag: moet die optog uitgestel word?

Wag en vind geen reaksie nie. Wag langer en Johny Doepels interpreteer die wens van almal: "Ek dink Colet sou dit gewens het dat die optog moet voortgaan."

Knik Julius Johnson sy swaar hoof soos 'n reusepop. Vang die bal met breë, bevoegde hande.

En die partytjie? (Ongeformuleerd van Flossy en vlinders.)

"Ook die partytjie," gaan Johny Doepels voort. "In een van ons laaste gesprekke het hy dit genoem."

Colet iemand wat geen vyande gehad het nie. Colet met die sagte hart. Colet wat kon begryp. Colet met insig. Colet wat lekker kon lag. Colet wat die lewe geniet het: vyand van swaarmoedigheid. Colet 'n hoekie in die hart van almal.

Staaltjies van Colet. In die kroegie by Mamma. Hang Colet se hoed langs dié van Johnny Little. Colet die krygsman. Staaltjies vir Mamma van haar helde.

Lila huil. Teruggekeer en niks sal ooit heeltemal dieselfde wees nie.

Suzanne dra haar verdriet met waardigheid. Dit verskil van ander vorms van verdriet. Diepgaande, maar met 'n vertroostende besef dat dit haar onveranderlike lot is.

Kennis word gegee dat die partytjie en die optog nie uitgestel is nie. Almal sal daar wees – ter wille van Colet.

Mamma bel vir Johny Doepels.

Broodskaarste. Hy weet. Wat kan sy doen? Dis onmoontlik om 'n volledige ete voor te sit. Die vis was vroeg al uitverkoop.

"Vrugte en wyn," sê Johny Doepels.

"Ek kan geen appels te koop kry nie," sê Mamma.

"Enige ander soort vrugte."

"Skaapvleis is ook onbekombaar."

"Beesvleis," sê Johny Doepels.

So 'n partytjie is iets nuuts vir Mamma. Die clientèle is vreemd. Die aard daarvan sonder presedent.

Twee van Mamma se kelners help Suzanne uit die motor, vestig haar in die rystoel, en bring haar tot binne-in die versierde kamer waar Mamma met groot gebaar verwelkom. Mamma, uitspattig in 'n rooi aandrok met stringe pêrels om haar nek, viooltjies in haar hare, Oosterse armbande om haar vet arms geryg.

Op die platformpie val lede van 'n klein orkessie gepas (op instruksie van Julius Johnson, hy en Herna alreeds daar) weg met Valse Triste.

Suzanne op ereplek in die middel.

Aankoms van die personeellede, hulle families, vriende en kennisse – lede van die optog. Behoorlik verwelkom in Mamma se kroegie versier vir die geleentheid: in die hoek 'n dennetak vol ballonne, linte en liggies. Teen die muur 'n klimopplant (vasgedruk met duimdrukkers). 'n Lang tafel met allerhande vrugte en vleisgeregte (behalwe appels, brood en vis).

Almal styf en formeel. Glimlagte van Julius Johnson en Herna onpartydig van kant tot kant. Almal kyk na Suzanne, bewonder haar moed. 'n Groot gebaar.

Die vertrek word stiller. (Behalwe Flossy en haar vlinders wat vir Johny Doepels kyk en giggel.)

Pynlike oomblikke vir Mamma. Sy verkies haar partytjies anders. Ken net een raad, wink vir die kelners.

Sjampanje vir almal. (Behalwe Johny Doepels wat hou by rooiwyn.)

Die orkes slaan oor na Waldteufel.

Beweeglikheid tree in en Mamma glimlag breed as sy die eerste tekens herken.

Gevoel van welbehae (sy kelkie hervul) by Julius Johnson en hy kies met perfekte tydsberekening 'n verbygaande stilte uit.

"Vriende, lede van die optog en . . ." keer hom na Suzanne.

Oortref homself. Die optog. Die betekenis. Die idee syne, maar aan sy regterhand Colet. Saam gewerk, geleef daarvoor. Gesterf. (Oorwerk. Tragiese ongeluk op die vooraand van verwesenliking.)

Gesterf waarvoor?

Die nuwe lewe. Die nuwe wêreld. Simbolies van durf en krag, die onkeerbare stroom. Sien die stad in nuwe gedaante, die welsynstad. Die gelukkige hawe vir *almal* – júlle. Niemand geken, soos Colet, só besiel met die nuwe lewe; 'n baken van lig in die helder ligte wat die weg aandui. Neem deel! Geniet! En onthou: Colet!

Almal staan op. (Op bevel van Julius Johnson.)

Ter nagedagtenis.

Klink die glasies.

Die toekoms!

Meer sjampanje. (Op bevel van Mamma.)

Alles losser. Dis anders as ander partytjies.

Drink op Colet, drink op die optog, drink op die lente!

Triomf vir Marie wat 'n bottel Oude Meester ontdek het.

Triomf vir die orkes, gevoer deur Johny Doepels, wat begin waag. Soet jazz maak sy verskyning.

Mamma laat haarself geld. Dis bekende terrein. 'n Laggie hier, 'n knypie daar. 'n Prop spring feestelik tussen haar vet vingers uit.

·   Steeds toenemende uitbundigheid.

Groter triomf vir die orkes. Improvisasie op improvisasie. Gershwin, Arthur Schwartz en heel vroeë New Orleans. Daar's 'n Dizzy Gillespie by die trompet. Ekstase! Stamp al jou sorge weg, die dag van môre hou nog veel meer in.

Hulle daal na benede, na Mamma se kelderkamer. Tergend trek Flossy se vlinders die mans agter hulle aan. Grys middeljarige wolwe huil die blues en karnuffel. Die dans begin.

Flossy trippel, word weggevoer op 'n ritteldans deur Snowy Whitehead, agent vir Ceres; word gevolg deur die ander.

Marie, gevul met Oude Meester, meesteres van haarself (Colet haar eie), omring deur 'n dronk kring van trawante, begin 'n gemeenskaplike dans. Die kring word groter, aangedryf deur simbale, trompette en tromme. Hand om die lyf. Drie maal die walsmaat drie, en drie passies na vorentoe; drie maal die walsmaat drie na regs, en die kring beweeg na links. 'n Ritmiese, bewegende sirkel, óm en óm, en óm en óm. Johny Doepels eensklaps in die middel. Hyself nie 'n danser nie (mank) – alles 'n bewegende waas (half-blind), dirigeer die dans met sy vrye arm.

Die orkes, weggevoer deur die uitbundigheid, behep met hulleself, word uitbundiger. Trompet na die dak – lang, asemberowende, uitputtende note; vibrerende simbale en rommel van tromme.

Ruwe spel in donker hoeke.

Flossy en haar vlinders se vlerkies sleep gehawend, kom terug uit die skaduwees vir nog meer.

Mamma (wat 'n partytjie!) sing en dans, laat die proppe klap, losgewoel met stewige vingers.

Tyd vir ruwer spel.

Brynn wys vir Jan van Graan (agent vir Kaapstad) 'n jagtersmes wat hy by een van Langa se swartes afgeneem het. ('n Storie daaraan verbonde.) Hoe skerp is dit? Voel met die duim. Joe van Wyngaard van Robertson ('n vlinder langs hom) trek dit oor sy palm, kloof dit oop sonder dat hy dit werklik bedoel het. (Joe van Wyngaard held in sy kring.) Pieter Bloem van die Pêrel gaan verder en sny ligweg oor sy arm (ter wille van sy vlinder), Gwionn Jones van Bellville . . .

Flossy gril as sy die bloed sien, roep om hulp by Mamma. Mamma kom met verbande.

Julius Johnson, Herna en Suzanne (in die boonste kamer) hoor die rumoer en sê: "Die jong klomp geniet dit." Gesels oor die optog.

Verlepte viooltjies in Mamma se hare. Haar armbande rinkel as sy die bloed met verbande stol.

Blink mes, blinkend in die lig, grootste aantrekkingskrag.

Johnny Howitt sien blink mes, donker oë, ligte hare, neem dit spelerig, maak gebaar van keel-af sny (keer haar hande) vlam dit heen en weer, droog dit met lomp gebaar, sny sy lende.

Mamma!

Orkes, ongevoelig, gevoelig, blaas, tonkel en drom-drom-drom. Jam session. Vergeet die ander. Slaan die tromme. Wa-wa die trompet. Dans die res. Sny die mes.

Mamma!

Groteske speletjie. Soek die mes, soek Mamma, vind dit, vind haar, kom met verbande.

Tyd vir groter sotterny.

Johny Doepels (drie bottels rooiwyn) stort sy bord kos by die tromme. Terwyl die tromspeler onverpoosd voortslaan, eet hy die kos uit die trom, gooi wyn in 'n simbaal, drink daaruit, klap 'n klappete-klap daarop as dit leeggedrink is.

JULIUS JOHNSON SE STEM VAN BO.

Einde van die partytjie.

Chaos en dan orde. Mans en vrouens en die laasgevormde pare verdwyn.

Flossy kyk na die agent van De Doorns.

Sy lag met haastandjies.

Die lentelug is vars. Die geur van blomme (blomme in haar hare). Die orkeslede pak hulle instrumente in. Behalwe die tromspeler, wat op die toonbank, teen die mure, en op die skouers van sy makkers, wat hom by die deur uithelp, die ritme onverpoosd voortslaan.

HOOFSTUK XXIX

Oprakeling van almal as die lentedag breek: lug met gevoel, lig wat die aarde doudruppel-vars openbaar, vee die nagevoel van die partytjie weg, bewaar die stroom.

Lila verskyn saam met die môreson in Suzanne se kamer. Suzanne maak haar oë oop, word verblind deur die son, oorstelp deur die verwesenliking van haar verlange, sit regop, strek haar arms uit, besef eers ná die omhelsing dat sy kan beweeg.

Towerkrag van die lente, towerkrag van hereniging, towerkrag van Jambe se mengsels. Dink aan Colet, deel Colet met Lila, vind rus in gedeelde gedagtenis.

Stroom motors in die vroeë môre-ure na die Eikestad: déúr die Port Jacksonvlaktes, verby Meerlust, ónder Julius Johnson se wuiwende baniere, óór die brug onder die musiek van die bergstroom op ronde, gladde klippers.

Feestelike groepering op die Braak. Uitspattig, gelukkig, dronk vanmôre van sonskyn. Blou lug oor Papegaaisberg, blou lug oor eike en jong eikeblare, blou lug oor purperwinde rakend aan die bome op Eersterivier, blou lug oor pers pieke, blou lug oor die wingerdlande met wit-groen eerste blare tussen verdraaide knoetse, blou lug oor wit gewelhuise, blou lug oor OK Bazaars, Senitzki, Suikerbossie, Wilgenhof, Harmonie, Monica, Bloemhof, Joerning se Apteek, die Plaza, die Masonic, die Royal, Mostertsdrift, Helshoogte, Jonkershoek, die Kweekskool, Sonop, die Meule, Idasvallei, die Bos, Victoriastraat, Dorpstraat, die hoofgebou, L'Avenir, Stellenvale, Lulama, Santy's en Rosenhof.

Bontc warreling, chaos. Goue strydwaens, papier-mâché-bote met papier-mâché-blindings vir seile.

Bulder Julius Johnson dié lentemôre. Galop Johny Doepels.

Groot tent waar Flossy en vlinders met crêpe-de-chine en georgette, organdie, voile, brokaat en net, rok-oor-kop, nylon panties en slip . . .

(Tent vir haar; tent vir hom. Groot geheim.)

Halsstarrige lede van die optog besoek die Kruithuis, betaal, sien niks.

Sal daar *ooit* orde kom?

Kajuitraad. Julius Johnson, Johny Doepels, Bill.

Volgorde. Wie hier, wie daar? Wie kom kort?

In plek van Colet?

Monsterbaard Bill.

Lila se gesel.

Thelma, Marie.

Flossy en vlinders.

Die tyd word kort.

Wolk oor die Pieke. Verdwyn die wolk, triomfeer die Pieke, nou ligroos-pers.

Tyd stryk verby. Bruin seuntjies wag in Dorpstraat. Professor Neethling het 'n vry periode, besluit om die affêre te sien.

Warboel by die Braak.

Herna suig 'n peperment.

Keer betyds vir Jan van Graan, oorentoesiasties, wat die optog wil be-gin.

Orde! Orde! Orde!

Die nuwe lewe!

Flossy sien Von Waltzleben, volkome Griek, watter lieflike bene! So man-lik! Swaai haar organdie. Stewige enkels in boeredans. Dit kos niks.

Vlinders orals, kleurvol, tergend.

Halftien. Lente. Dêm die Lutherse kerk!

Son op die Braak. Volslae chaos op die Braak.

Gluur Julius Johnson, magteloos, na sy personeellede wat handuit ruk, doen en sê wat hulle wil. (Word desondanks self gedwing om te lag as twee nimfe, uit die tent verskynend, hom om die lyf gryp en, Herna-ongeag, rondomtalie draai.)

En tog, sonder reël of orde, verskyn getransformeerde wesens in 'n aan-groeiende stroom uit die tente, begin spelend en laggend hulle plekke in-neem.

Geleidelik groei die optog aan: die voorste punt alreeds bewegend terwyl die agterstes uit die tente vorm. Wentel die stroom spoedig, her-vorm.

Begin van die optog offisieel aan die onderent van Dorpstraat – onder-deur die boog van eike.

296

Héél voor Julius Johnson en Herna, swart chauffeur, deftig-kruiend in 'n pikswart Cadillac Thunderbolt.

Verby winkel-op-die-hoek, XL-motors, studentelosies met sonnige verandas, ringmure en dakkamers. Breë glimlag met wit perdetande van Blantyre by die petrolpomp.

Chinese dhow, man-o'-war, Drommedaris met papier-mâché-blindings vir seile. Jan van Graan en ander op die dek, glimmende bolywe, messe tussen tande, bloedbevlekte verbande (eg).

Verby die éénweg en die Royal Hotel. Handelsreisiger dink dis studenteoptog, draai sy rug, sluk 'n bier, loer oor die swaaideur.

Eerste goue strydwa. SS op die kant daarvan. Oogverblindend in die son. Bill, die donker Griek, blink band om sy arm, swaard in skede, skild na voor. Indrukwekkende figuur. Sterk, gespierd, gebrand. Donar, Thunar, Thor. In die plek van Colet. Langs hom Lila: beeldskoon, wit gesig en gitswart hare; lang gewaad gedrapeer, sluier in boog bo haar hoof, silwer halfmaan glinster in die son.

Tweede strydwa: Thelma met pyl en boog, Flossy en vlinders met linte alom, palms in hulle hande.

Derde strydwa: Marie. Drie brandende fakkels op drie punte. In spierwit geklee. Kyk strak voor haar uit.

En dan die bonte mengelmoes. Plebs met vrye keuse. Ongelooflik die produk van vryheid. Daar is geen kostuum uitspattig genoeg, geen denkbare kleding, geen versinsel nie, of dit is daar. Hulle dra 'n kolossale banier, swewend soos 'n draak, met die legende wat Julius Johnson op al die paaie aangebring het.

En heel agter, uitstaande, anders, Johny Doepels, halfpad wit, halfpad swart gesmeer, klimop in sy hare, vel oor sy skouers, dennebolsepter in sy hand.

Groot genot van die skare langs die hoofstraat, aangesteek deur die ordelose uitbundigheid van die optog.

Julius Johnson se voorspelling word bewaarheid. Die optog groei aan, verby die stadsaal, verby Suikerbossie, verby die polisiekantoor, links by Harmonie (borrel die meisies uit om aan te sluit) óp met Victoriastraat (die swart chauffeur het verkeerd gedraai) – vind daar die massaskaar van studente en kinders van Idasvallei.

Julius Johnson se optog neem ongekende afmetings aan. Lentekarnaval ongekend in die geskiedenis van Stellenbosch.

Kyk Julius Johnson magteloos-woedend terug deur die agterste ruitjie na die ordeloosheid. Wat het verkeerd gegaan? Sê vir Herna dat Colet, in sy graf, die fiasko gespaar is. Glimlag dapper vir die rasende skare. Wat hét oor die mense gekom?

En, heel agter, Johny Doepels. Tyd om te gaan. Driehonderd pond onder die bokvel. Voel daaraan, huppel.

Voel ook die slag van 'n kluit teen sy lyf. Man, Tamboer, tel 'n tweede een op, mik. Koes Johny Doepels, reg in die pad daarvan. Kluite van jong klomp, lag vir die spektakel. Kluite en kluite en Johny Doepels word koes-koes afgekeer van die res. Klein skare, word aangevul, volg hom. Huppel, koes, sukkel in en uit tussen die eike, kyk terug na die laggend-vervolgen-de gesigte.

Verdwyn Johny Doepels om die draai, agtervolg deur die laaste kluite.

En die optog groei aan, word uitbundiger en uitbundiger. Óp met die straat. Benoude oomblik vir die swart chauffeur as hy die park nader waar die paaie vurk. Kies, hopeloos verdwaal, die een links na Helshoogte.

Áán en áán, luidrugtiger en luidrugtiger, totdat dit gestop word deur Hendrik van Soelen, afgetrede polisieman, verkeerskonstabel in diens van die munisipaliteit – in die middel van die straat, met 'n wit handskoenhand na bó.

Die volgende dag is 'n dag van rus. Almal het dit nodig.

Die dag daarna is Lavatio.

En Suzanne lê vars blomme op die graf van Colet.

DIE MUGU

OPGEDRA AAN MY OUERS

Mugu is 'n eendstertwoord vir "square".

"Square" beteken "a square peg in a round hole".

Die mugu is vasgewortel in die wêreld van Julius Johnson en aanvaar die orde.

Die orde is mugu.

Die suiwer betekenis sou gewees het dat alles behalwe die orde mugu is, maar deur die gril van die woord is die betekenis nou omgekeerd.

Die orde dra in homself die kiem van sy eie ondergang. Dis kenmerkend dat alle bestaande ordes tydelik is. Die hoof van elke alternatiewe regerings-vorm, elke opvolgende diktator, elke moontlike staatsvorm is mugu. Elke reorganisasie skep 'n mugu. Die wese van mugu is ongerymdheid.

Daarom is die mens mugu.

Heimlik soek die mugu altyd die vernietiging van sy muguskap; openlik soek hy begenadiging; ten einde raad is hy bereid om ontvlugting te koop.

Sy ontvlugting neem die vorm aan van: blinde aanpassing by die orde, meskalien, alkohol, marijuana of seks.

Die mugu handhaaf homself egter deur 'n besonder verfynde maso-chisme: selfopgelegde sanksies wat jaar na jaar toeneem. Daardie toestand van genade, ware innerlike vryheid, is vir die mugu haas onbekend.

En nou kom ons by die amusantste eienskap van die mugu, 'n kenmerk van sy teenstrydigheid: dat hy telkens vol idealisme 'n orde omverwerp en onmiddellik daarna 'n nuwe orde skep.

Maar hy bly mugu.

Daarom, VIVA MUGU!

Nie vir lank nie . . .

VIVA MUGU!

Nie vir lank nie . . .

En so gaan dit aan.

"Daar is net één wyse waarop die mugu vernietig kan word: die finale antitese van mugu – 'n onveranderlike mite. Elke mite word gekenmerk deur sy simbole. As die mite ten gronde gaan, disintegreer die simbole en herleef die mugu.

"Want mugu sal die mens bly totdat sy simbole ewig is.

"En sy mite ewig is."

(Juliana Doepels)

"Die wenner van die lotery . . ."

– Met 'n dramatiese radiostem wat verpoos op die kruin van 'n dramatiese aankondiging, met 'n verhoging in toon soos by die toekenning van 'n drie, die val van 'n paaltjie, 'n kort regter van Holt – met 'n stem waar selfs egte entoesiasme oneg voorkom, waar die eise van die netwerk ware gevoel opoffer ter wille van welluidendheid.

"Die wenner van Rondebosch, Kaapstad – GARGANTUA!"

"Tweede van Salisbury, Rhodesië – LAST RECOURSE."

"Derde van Dublin . . ."

– Terwyl die suidooster waai, en die ligte van 'n woonstel oorkant tussen die eikebome bewe, en 'n Triumph oopmaak op 'n gelykstuk, en die gordyne van Binnehuis saamspeel met bewegende abstrakte patrone, en die eikehoutlessenaar se blad ordeloser word, en die Sweedse meubels gehawender, en die tekens van persoonlike smaak vervaal tot alledaagsheid, en 'n kamerstel van 12X12, 10X10 cn 12X12 T-vormig die intieme bestaan van GARGANTUA behels.

Wat beteken GARGANTUA? GARGANTUA beteken groter as die omgewing, groter as die berg, groter as die see, groter as die wêreld van Smogville in *Filmnews*, en die wêreld vereenvoudig in die rubrieke van *Time* en die hele *History of Human Endeavour* in *Life* – GARGANTUA beteken die verlange na totale ontvlugting.

GARGANTUA beteken ook Gysbrecht Edelhart, middeljarigheid, £1 000 per jaar, 'n uitkeringspolis, 'n meisie met uitstaande voortande genaamd Lena Ohlson, lidmaatskap van 'n klub, die Plaza Saterdagaande en voorsitter van 'n leserskring.

Dit beteken ook £50 000. Skielik. Na ongeveer twintig sekondes. Dit beteken £50 000 en dadelik moet alles in heroorweging geneem word. Dit beteken miskende Mammon mct sy gawe van vryheid.

En, meteens, álom die arena, waar die see van gesigte afkyk op die mens en die bees, kom die massa-oordeel, gevestig op eeue van selfveroordeling, selfverkleinering, selfkastyding, selfmiskenning, – kom die oordeel van 'n stoere, soliede falanks van duime na benede.

Gysbrecht het die kaartjie van 'n welsprekende dronkaard in Mamma se kroegie gekoop. Dit gebeur nogal dikwels by Mamma. Sy het 'n spesiale plekkie waar sy sulke ongeklassifiseerde voorwerpe vir haar kliënteel bewaar. Dis 'n kennisgewingbord met lintjies wat kruis en dwars daaroor vleg. Daar is ook 'n paar hakies vir lomper voorwerpe.

Die eerste waaraan Gysbrecht gedink het, was "Waar is die kaartjie?" Daar is so baie gevalle waar 'n valse hoop gevestig word op 'n Chimaera. Toe besluit hy om vir Lena Ohlson te bel. Eers volg daar 'n stilte en dan is haar reaksie soos syne: "Is sy seker, Gysbrecht? Het jy die kaartjie? Het jy mooi gehoor?" Daarna klink sy, beweeg deur vroulike intuïsie, bedees. "Ek is bly vir jou onthalwe, Gysbrecht. Jy verdien die geluk wat jou oorval het."

Die gesprek temper Gysbrecht. Behoorlik gekondisioneer, sien hy daarin bloot haar onselfsugtigheid en onbaatsugtige genot in sy goeie geluk. Heimlik het hy gewens vir 'n spontane, "verkeerde" uitbundigheid. Maar, tereg, het sy hom gestem tot ingetoënheid. Betyds ruk hy hom reg. "Dankie, Lena," sê hy en verban die beelde van bandelose plesier. Party sou dink aan Cadillacs en Jaguars. Danksy Lena, dink hy nou aan versigtigheid.

In 'n later stadium borrel iets in hom. Hy stil dit met 'n stywe dop brandewyn. Daarna gaan hy bed toe en meteens vlie sy gedagtes ekstaties. Hy troos hom daaraan dat dit gelukkig net drome is. Hy geniet die swewende, ontoelaatbare verbeeldingsvlugte, veilig in die wete dat wat in die bed gedoen en gedink word, niemand aangaan nie.

Dis sjampanje, blondines en vioolmusiek. Daar is blou oseane met wit seiljagte wat deur die branders klief. 'n Kafee in Tangiers, 'n roulette-tafel, 'n Calypso-lied, 'n strip-tease in 'n San Francisco-hawekroeg, 'n gesprek met Somerset Maugham in Capri, 'n ete by Ciro's, 'n maskerade in Venesië, 'n flirtasie in Kopenhagen, 'n partytjie vir vier in die Café de Paris, vis by Pruniers, hemde uit Italië, 'n pak klere van Bondstraat, skoene uit Oostenryk, 'n kamera uit Duitsland, 'n intrige met 'n donkeroog Arabiese meisie in die Rue de la Hachette, 'n besoek aan 'n bordeel waar die dokters gereeld elke week 'n gesondheidsertifikaat uitreik, drieduisend boeke waaronder al die bestsellers en die volledige *Thinker Library*, 'n wêreldtoer op die *Suiderkruis*, 'n saffierring gekoop van 'n spleetoog-Sjinees in Hong-kong . . .

Teen die plafon vorm 'n ligkolletjie en 'n skaduweestreep 'n besondere patroon. Hy lê aandagtig daarna en kyk. Soms lyk dit soos die gesig van 'n man, dan van 'n meisie, dan word dit 'n komposisie wat ingewikkelder word namate hy donkerder skaduwees en ander voorwerpe bytrek. Hy geniet elke oomblik. Welbehaaglik strek hy sy arms uit en gaap.

£50 000 belê teen 'n rente van 5 persent. Dit beteken £2 500 per jaar sonder dat daar eens aan die kapitaal geraak word.

Veronderstel hy spandeer die volgende twee jaar 'n bedrag van £20 000. Dit laat £30 000 en teen 'n rente van 5 persent gee dit hom nog £1 500 per jaar vir die res van sy lewe.

Nog beter: £10 000 per jaar vir twee jaar. Daarna 'n inkomste van £1 500 per jaar totdat hy sestig is. Vir die volgende tien jaar 'n inkomste van £3 000 per jaar totdat hy sewentig is. Indien hy langer as dit leef, sal sy huidige uitkeringspolis die laaste paar jaar aanvul.

Nog 'n moontlikheid: 'n inkomste van £4 000 per jaar totdat hy sestig is. Dit laat £10 000, afgesien van die rente. Dit, tesame met die uitkeringspolis, behoort genoeg te wees vir die res van sy lewe.

Dit val hom by dat Lena nie deel van sy planne uitmaak nie. Hy voel skuldig, maar voor hom wag die hele wêreld – die hekke is oop, die paaie strek in alle rigtings die oneindigheid in. Half aan die slaap lê hy nou en kyk na die roerende gordyne waaragter die straatligte skyn. 'n Sagte reëntjie klink meteens op die dak. Hy kan hom voorstel hoe die druppels op die eike-blare vergader, hoe die blare netnou swaar sal word, hoe die water teen die stamme afdrup. Eintlik het ek drie keuses, dink hy terwyl hy luiweg in die warm bed omdraai. Twee uitspattige jare en dan 'n rustige bestaan vir die res van my lewe. In die middel 'n hele lewe van gerief en sekuriteit. Daarteen-oor 'n stille, rustige bestaan en 'n dramatiese, oorvloedige einde.

Drie fasette van Gysbrecht se karakter spook gelukkig teen mekaar. Die aard van sy besluit sal die kwaliteit van sy lewe vir die toekoms bepaal. Kan 'n mens ooit tot die gewone terugkeer na twee glorieryke jare? Kan 'n hele lewe van sekuriteit opweeg teen 'n paar intense, oorvloedige jare? Is 'n dramatiese einde op jou oudag, wanneer jy alleen en sonder vriende is, genoeg om te vergoed vir wat jy verloor het? Hy raak met liriese gedagtes aan die slaap.

Vieruur die môre word hy wakker. Die reën het intussen opgehou. Soms hoor hy nog enkele druppels as die wind die takke roer en dan is hy onseker of dit nie dalk nog reën nie. Half deur die slaap verlang hy na 'n sonnige dag vir sy tog na Mamma se kroegie in die middestad om sy kaartjie te kry. Dit moet 'n *mooi* dag wees en hy sal nie gaan werk nie – sy eerste toegewing aan onverantwoordelikheid, die amptelike aanvaarding van sy vryheid. Mens leef en jou grootste strewe is om vry van bekommernis te lewe. Finansiële kommernisse word weggeneem en skielik bly jy oor met lewe alleen. Wat 'n wonderlike gedagte! Om gratis te lewe . . . om soos 'n kind in die middel van die dag te loop, stil te staan, 'n blom te pluk en sorgeloos om jou heen te kyk sonder daardie gevoel van kommer, van pligsbesef op die agtergrond. Dis 'n vorm van dronkenskap, hierdie suiwer lewe. Jy kan jou loswoel . . .

Gysbrecht Edelhart word weer vaak en slaap spoedig. Die dag breek. Dis 'n lieflike lentemôre. 'n Vars lentemôre waarin hy om nege-uur met 'n gevoel van allemagtige welbehae wakker word.

Op hierdie sonnige môre bestee Gysbrecht Edelhart heelwat aandag aan sy toilet. Eers gooi hy dennegeurige badolie in die water, smeer homself van kop tot tone met seep, was sy hare met sjampoe en lê 'n volle tien minute in die stoom. In teenstelling met sy gewoonte van die verlede, skeer hy homself twee maal presies twee uur nadat hy wakker geword het – gedagtig aan die teorie dat mens se vel gedurende daardie tydperk nog opgehewe is van die slaap. Hy dink daaraan dat dit tekenend van sy nuwe lewe is – dat hy dit nou sal kan bekostig om twee uur te wag. Daarna vryf hy liggies van 'n ongebruikte naskeerpreparaat op sy gesig. Hy kies sy hemp noukeurig en heg 'n paar flambojante mansjetknope aan wat hy 'n tyd gelede as 'n geskenk ontvang het. Sy das is 'n handgemaakte Cravateur, sy pak houtskool-swart, sy sokkies nuut en die skoene suède. Die Seaforth laat hom toe om sy hare anders te kam as gewoonlik: sywaarts, waar hy dit in die verlede agteroor gekam het. 'n Roosknop in sy knoopsgat gee daardie tikkie ietsie wat kortkom.

Met sy hoed in sy hand, welriekend en vars soos 'n lenteblom, stap hy die dag tegemoet.

Wat 'n opgewekte stad is die Kaap nie! Dis die eerste keer dat hy die stad hierdie tyd van die môre met 'n vrye oog beskou. Hy kyk met welbehae na die silwerbome, die proteas en die eike. Selfs die teer is mooi, die kleur daarvan, die blinkerige oppervlak, die kolle-kolle gesmelte stukke waaroor die elektriese drade daarbo allerhande patrone vorm. Daar is niks, niks in die Kaap wat lelik is nie; meteens pas alles volkome in; selfs hierdie droghuis neem iets van die omgewing in en gee 'n bietjie kleur, 'n ongewone hoek, 'n blinkende venster terug. Te midde van die stad en sy liefde wat reik tot die enigste werklike skoonheid, die berg, wat alle mismaaksels weerstaan, stap Gysbrecht Edelhart met vervoering en *lewe* vir die eerste keer na daardie oomblik toe sy vroeë jeug eensklaps verdwyn het. Sonskyn en al die geluide! Sonskyn en die donker skaduwees in die bosse; die meisies met lenterokkies . . . Alles is in perfekte harmonie. Dit is hierdie lewe, hierdie oomblik van uitbundigheid, van skoonheidbeweging, wat maak dat die mens tot op die laaste oomblik teen die dood sal veg.

En die eerste bekende wat hy teëkom, is vader De Metz, 'n Katolieke Duitse missionaris-priestertjie wat al vir die afgelope twaalf jaar Katolisisme met sukses onder die toenemende swartmense, en met minder sukses maar met groter genot onder die blankes, in hierdie Calvinisties-paganistiese land verkondig. Vader De M. is veral populêr onder die Protestante in sy omgewing omdat sy skugtere vriendelikheid, sy bereidheid om 'n jenewer of twee saam te drink, sy korrektheid in alle opsigte waar die meeste uitspattigheid verwag, die algehele afwesigheid van militante veroordeling of bekeringsmanie, hulle 'n gevoel van veiligheid-met-nadenke besorg. Hier is die Kerk van Christus sonder sy angel. En vader De Metz is die eerste om te sê dat dit goed is vir die Katoliek om in 'n Protestantse omgewing te bly; dit maak hom waaksamer ten opsigte van sy eie foute.

Vader De Metz, teen die agtergrond van die heerlike stad, lyk vanmôre soos 'n vrolike, mollige gerubyn. Alles aan hom lyk ringvormig: sy magie, die gestyselde boordjie om sy nek, sy glansende kop, sy figuurtjie.

"A! Gysbrecht!" sê vader De Metz en versnel sy ewigdurende laggie.

"'n Heerlike môre, Vader," sê Gysbrecht en hulle stap saam die lentemôre in.

Met sy geheim borrelend in hom, kan Gysbrecht skaars wag om die nuus mee te deel. Onmiddellik daarna kom sy Bocregewete te voorskyn.

"Vader," sê hy, "vertel my. Is dit verkeerd, is dit sonde? Ek bedoel as ek hierdie geld aanwend net ter wille van myself? Kleef daar 'n sonde aan die wyse waarop ek hierdie geld gekry het?"

Vader De Metz hef sy seeblou ogies na die violetblou lug, volg die elektriese drade, raak verlore in 'n kontemplasie van die blou berg – en keer meteens terug na Gysbrecht Edelhart, wagtende vir hom om voort te gaan, meer van homself te openbaar, homself te verstrik in 'n valsheid. Hy wag geduldig, terwyl hulle tot stilstand kom en terwyl 'n groot bus met gekleurde advertensies op die sye hulle gesprek met dieselrook en Vesuvius-geluide uitwis.

In die stilte na die verdwyning, sê Gysbrecht: "Het ek byvoorbeeld die reg, Vader, om die geld net op myself te spandeer, dit aan te wend slegs vir my eie geluk?"

Vader De Metz se wit boordjie vang die sonlig, blink verblindend soos 'n wit muur. "Het jy ouers wat lewe? 'n Vrou? Kinders? Afhanklikes?" vra hy wiegend op sy hakke, sy gesig naby Gysbrecht s'n, sonskyn agter sy oë, die tempering van 'n dialektiese beterwete soos 'n skaars-sienbare skaduwee op die agtergrond.

"Nee," sê Gysbrecht. Wat presies is die status van Lena? "Nee," besluit hy. "Nee, Vader. Ek is heeltemal alleen."

Lente en sonlig en die eksotiese omgewing oorheers.

"Ex justitia," sê vader De Metz, "is jy verplig teenoor jou afhanklikes, jou naasbestaandes, dié wat in jou diens is. Dis 'n gewetensplig, 'n kardinale plig. Teenoor die res is jou verpligting ex caritate. As jy met die ander wil deel, is jy vry om dit te doen. As jy jouself wil ophef, is dit jou reg om dit te doen. Daar is geen wet wat ons verplig om arm heiliges te wees nie."

Hulle stap swygsaam voort. Verby 'n viswinkel, verby 'n kafee, verby 'n eikeboom wat soos 'n sterwende olifant disintegreer, verby die uitgedoofde blou lanternlig van die polisiekantoor.

"En, as ek van die geld aan die Kerk wil gee, Vader?" Sy gewete weier om gestil te word. Maar hy glimlag nou. Die gesprek raak hom nie meer persoonlik nie; hy speel nou sinies met sy milddadigheidsgevoel.

Vader De Metz lag uitspattig oor 'n groep verbygangers. Hulle kyk ge-amuseerd na hom: na sy swart pak, sy boordjie, die tekens van sy orde.

"Die kerk sal sê," sê vader De Metz, "as jy wil gee, gee! Dis nie net die weduwee se penning wat aangeneem word nie."

Hulle neem laggend van mekaar afskeid. Vader De Metz verdwyn vrolik om die draai. 'n Voëltjie sing tussen die blare. Gysbrecht haal sy sakboekie uit en skryf:

The Convent of the Sacred Heart – £100.

Onmiddellik daarna skryf Gysbrecht: NG Kerk – £100.

In 'n geringe mate het sy gewete hom gepla; die grootste rede was eintlik 'n vloedgolf van nostalgiese herinnerings wat hom meteens beetgepak het. Hy voel soos 'n Protestant moet voel as hy in die Quai d'Orsay meteens op dr. Kirk se Presbiteriaanse kerk afkom. Dis 'n terugverlange na familiebanke, die doop van Hansie, Grietjie en Wilhelm, groen jellie by die kerksaal, ge-selsies met bloujurk-weeshuisdogters op die gras terwyl die grootmense Nagmaal gebruik, die dominee se vrou se orrelspel, die kerktoring teen die vaal Karookoppie.

Hy begin van voor af planne beraam terwyl hy aanstap. Hoekom nie onmiddellik, by die eerste toeristeburo, sy plek op 'n boot bespreek nie? Hy probeer daaraan dink waar hy so 'n plek gesien het: dis 'n venster met die model van 'n skip en foto's van vreemde lande aan weerskante. Eers na 'n rukkie voel hy meteens opgewonde toe hy besef dat dit nie net 'n droombeeld is nie, maar 'n werklikheid. Sodra hy die plek sien, sal hy daar ingaan en sy plek bespreek. Sy reis het alreeds begin.

Die robot wys rooi en hy stap in die rigting van die groen lig oor die straat. Die volgende oomblik verander die lig en kan hy die ander hoek ook oorkruis. Die apteek op die hoek se glasdeur is oop; walms wat bestaan uit 'n duisend-en-een geure kom warm en gerusstellend tot by hom. Dit is die gevoel wat hy kry: 'n gevoel van gerustheid en sekuriteit, anders as by 'n hospitaal byvoorbeeld – dis asof hierdie witgeklede pilsmouse met hulle intieme houding van alwetendheid, met die oplossing in die vorm van die voltooide, regte preparaat altyd byderhand, nader aan jou is as al die dok-ters, beter agter die skerms kan sien, groter mededoë met jou het.

Naasaan is 'n kafee. Naasaan die kafee is 'n viswinkel. Naasaan die viswinkel is 'n tiekiewinkel . . . Met sy lui-stappie gaan hy met opmerk-same oë by almal verby totdat hy vir die eerste keer 'n klein ingedrukte geboutjie opmerk wat hy nog nooit vantevore gesien het nie. Die boonste kamers is skynbaar 'n woongedeelte, want blou gordyntjies hang besker-mend agter die vensters. Hier en daar kan hy 'n gedeelte van die voor-werpe binne die vertrekke sien: 'n hangkas, 'n muurkas, 'n blompot op 'n tafel, die styl van 'n bed. Wat egter die meeste sy belangstelling wek, is 'n kennisgewingbord van hout waarop in geel letters die volgende geskryf is: "Juliana Doepels. Fortuinverteller volgens die Cheiro-metode." Waarom nie? dink hy en gaan onmiddellik by die gebou in. Aan die onderent van 'n donker gangetjie kom hy op 'n deur af waar 'n soortgelyke kennisgewing teen die glas aangebring is. Hy het skaars geklop toe Juliana Doepels die deur oopmaak en hom binnelei.

Sy is 'n lang, skraal vrou met nou heupe en groot voete; daar is iets manliks aan haar voorkoms en die wyse waarop sy hom aan sy arm neem en begelei na 'n stoel. Op die skerp brug van haar neus rus 'n groot, donker bril met 'n swart raam. Gysbrecht het die indruk van iemand wat aan 'n maskerade deelneem: haar rok hang aan haar lyf asof dit 'n toga is, haar bos hare lyk soos 'n pruik, haar houding is ondeund-geheimsinnig. Toe hy op die stoel sit, trek sy die gordyn van die venster oop en hulle kyk meteens op die agterplaas uit, vás teen 'n verweerde, verkleurde muur. "Gee my jou hand," sê sy. "Nee, jou regterhand. Die een links toon sekere eienskappe waarmee jy gebore is; die een regs toon jou ontwikkeling." Kelkvormig neem sy sy regterhand in hare, gryp meteens sy vingers vas en buig hulle agteroor. "Vingers wyd uitmekaar. Jy is geneig om té vrygewig te wees. Waak daarteen." Sy streel sy vingers. "Mooi hande. Die hande van 'n filosoof en denker." Sy vryf oor die palm van sy hand. "Vroeg ge-emansipeerd. Kyk, hier waar jou noodlotslyn uit jou lewenslyn uitkom. Is jou ouers vroeg dood? Ek het so gedink." Sy maak die spasie tussen sy wysvinger en sy middelvinger wyer. "Ongetroud." Sy kyk meteens reg in sy oë. Al wat Gysbrecht kan sien, is twee vergrootglase waaragter twee enorme blou oë skyn, dof en wit soos iemand wat blind is, wit-blou oogappels swemmend in soutwater. "'n Groot geluk het jou getref." Sy konsentreer op sy hand. Sy konsentreer langer en langer. Meteens staan sy op, trek die gordyn, hul die vertrek in 'n skaduwee waarin sy spookagtig rondbeweeg en maak die deur oop. Vér agter kom die rumoer van die straat en kan hulle die verkeer sien beweeg. Sy gryp hom meteens aan die arm. "Luister!" sê sy. "Luister na my!" Dan bly sy stil en skud haar groteske kop heen en weer. "Maar julle luister nooit nie. Luister julle ooit? Gaan!" sê sy. "Gaan!" Gysbrecht, met pompende houe in sy rug, word deur haar die gangetjie af gestoot. Sy slaan die deur hard agter hom toe en slaan in die proses haar hare in die kosyn vas. Sy maak die deur weer oop, die pruik hang aan 'n paar fyn draadjies en plaf dan neer op die vloer. "As jy *wil* luister," sê sy, "klim op jou boot en gaan vir altyd weg. Maar sal jy, jou klein snotneusgodjie? Sal jy? Luister julle ooit?" Sy stap heen en weer in die gang, gryp Gysbrecht weer aan die arm en trek hom nader. Agter haar vergrootglase bekyk sy hom op en neer, noukeurig, vorsend. "Miskien," sê sy, "miskien. As jy net nie . . ." Dan verander sy van plan en maak die deur weer oop. "Dis julle negatiewe klein Hamlets, julle nikswerd klein veertjies. Poef! En weg is julle! Wat soek julle hier? Mislike klein pionne! Sagte martelaartjies huilende op julle kruisies! Kan julle luister? Klein, geblomde, welriekende, middelklasnabootsel van Menoeceus met jou gewetetjie en roepingsplig. LUISTER JULLE SOORT OOIT?" Sy druk hom weer by die deur uit. Maar voordat sy die deur toeslaan, loer sy deur die opening, haar bril op die punt van haar neus. Meteens haal sy die bril af en vee met die agterkant van haar hand oor haar oë. Gysbrecht sien hoe die trane oor haar wange loop. Sy huil ongestoord in die skaduwee, nog steeds gereed om die deur toe te slaan. "Jy het nie die vermoë nie," huil sy. "Sorg liewers vir jouself. Die stad sal lank na jou bestaan terwyl jy heilig in jou graffie vrot." Meteens skree sy: "ONNOSEL! Daag hulle uit! Kan jy nie? Daag hulle uit en luister na my! O-o-o-o!" En meteens smyt sy die deur hard toe en Gysbrecht verskyn asvaal, gehawend en ontstemd op die sypaadjie. George se kafee is net langsaan. Hy besluit om daar in te gaan en 'n koppie koffie te drink. Toe hy by een van die tafeltjies plaasneem, val dit hom by dat hy haar nie betaal het nie.

Hy haal sy sakboekie uit, oorweeg dit en skryf:

Juliana Doepels, fortuinverteller: 2/6.

George Ghiberti se kafee is kant en wal met sy ware gevul. Lekkergoed, groente, vrugte, rookgoed, toiletartikels en koeldranke vind in elke hoekie, houer, rak en plat oppervlak 'n tydelike tuiste. Die geur van die vrugte oorheers, die kleur van die etikette val die oë aan, die gedruis van die bruismelk en koffiemasjiene vergesel die gesprekke.

Terwyl hy wag vir sy koffie om koud te word, koop Gysbrecht een van die koerante. Daar is verslae van moorde, verkragting en enige denkbare vorm van menslike lyding. 'n Moordenaar het in die tronk sy Heer gevind. Met sentimentele hoogdrawendheid dra hy sy laaste deeltjie by tot publieke sensasie voordat hy oor vier dae soos die nuwe held sal sterf.

George Ghiberti help sy leerlingtoonbankklerk wat met pynlike presiesheid 'n halfpond pepermentsjokolade vir 'n klant afweeg. Hy sien vir Gysbrecht en waai vir hom.

"My God! My God!" skryf die moordenaar en elke sin, elke gedagte word deur liriese aasvoëls tot kartel-beheerde kolomme uitgebrei om onder die hoof van vet opskrifte die walglike monsterpubliek tot oorlopens toe te versadig. Watter soort mens is dié, wat so sterf, werklik? dink Gysbrecht. Wie is hulle agter daardie na patroon gevormde beelde wat vir ons aptyt opgedis word?

Hy lees ook: "Daar is 'n geneesmiddel vir alkoholiste gevind. Die enigste nadeel daaraan verbonde is dat dit die persoon òf impotent laat òf die liggaam permanent belas met 'n onaangename reuk."

Agter die toonbank het Lolita haar verskyning gemaak en help die klerkie met slank, elegante vingers om die sjokolade in 'n dosie te sit. Haar skarlaken-lak en wit glimlag vernietig hom tot 'n puisiepienk pappery en George glimlag meteens met soveel sonskyn dat sy Suid-Italiaanse gesig soos 'n baken gloei.

Daar is 'n foto: die sterwende gesig van 'n nar – sy gesig vertrek, belynd en stukkend voor die graf van sy kind. Langsaan is 'n prikkelpop, haar rok net duskant onwelvoeglikheid gelig. Haar gesig lyk soos al die ander, gegiet in die algemene patroon. Langsaan het die redakteur in die inleidingskolom geskryf: "Die lelies is daar. Ons is dankbaar daarvoor. Maar die brand-nekels is ook daar. Idealisme en kultuur is nie by die grootste gedeelte van die publiek die enigste werklikheid nie. Daar is ook die rioolpoele, die harde waarheid. *Die Klarinet* sal nie terugdeins nie . . ."

George het sy koffie saamgebring en sywaarts op die stoel reg voor Gys-brecht plaasgeneem.

"Uitstekende koerant," sê hy. "Beste verkoper van almal." Hy blaas eers en begin stadig slurp.

"Ken jy 'n Juliana Doepels hier langsaan?" vra Gysbrecht.

"So mal soos 'n haas. So mal soos 'n haas en niemand weet waar sy vandaan kom nie. Het sy jou fortuin vertel? Het sy jou weggejaag? Sy doen dit af en toe, maar origens lag sy soos 'n hiëna. Dink jy sy dra 'n pruik? Sul-ke hare kan nie op 'n mens groei nie. Op 'n beer ja, op 'n wildehond, maar nie op 'n mens nie. Ek dink sy is 'n heks en boonop het sy die malochio."

Hy maak 'n vlugtige kruisbeweging en loer na Lolita, wat teen die rak leun. Sy skud haar hoof en rek haarself soos 'n jong roofdier uit.

"Sy het my rond en bont gepluk en uitgejaag," sê Gysbrecht en kyk na George se veelkleurige onderbaadjie. "Sy het my by die deur uitgestoot." Die skok van die gebeurtenis het alreeds verflou en die herinnering bly oor as 'n voorwerp vir dralende, nimmereindigende bespiegeling. "En sy dra 'n pruik. Ek het dit gesien. Die pruik het in die deur vasgehaak en afgeruk." En nou beperk hy sy blik tot die perlemoenknope: die loodregte ry uitspattigheid wat skommelend beweeg met George se erotiese asemhaling. "Maar sy was nie kaalkop nie." Hy voer sy gedagtes terug na die donker kamer en probeer uit 'n oorblufte waarneming helder beelde oproep: 'n gladde hoof met reguit haartjies soos 'n man s'n, 'n spookkop gedomineer deur 'n groot bril, die teruggeplaaste pruik skeef en dwars soos 'n Davy Crocket-mus.

"Sy kom elke môre presies om tienuur hier in en dan koop sy 'n blikkie vis, 'n pak beskuit, suiker, koffie en tamatiesous. Dis alles op skuld en sy betaal nooit 'n pennie nie. En dink jy ek kan haar wegjaag? Vra vir Lolita. Sy raas soos 'n viswyf."

Meteens word dit stil in die kafee. Gysbrecht, George, Lolita, die kler-kie – almal soutpilare voor hierdie verbreking in die ritme. Hulle kyk voor hulle uit, roerloos met vrygelate gedagtes. Dis asof die klankbaan van 'n film afgebreek en alle kontak beëindig het om opeens met 'n skel gedruis te hervat as die deur vinnig oopgestoot word en 'n jongman met 'n eendstertkapsel, gevolg deur sy sheila, die kamer binnekom. Hy dren-tel tot by die sagtebladboekkraampie en tol die raam met sy voorvinger sodat die boeke soos 'n mallemeule in die rondte draai.

314

Oor die veelkleurige carousel kyk hy aggressief na die mense by die tafeltjies, gesteurd deur die stilte wat hy nou self verbreek het, ongemaklik oor die leegheid wat dreig om homself ook in te sluk. "Lotta mugu's," sê hy en kyk van die een na die ander totdat hy Gysbrecht se oë vang en dan bots hulle: die grys-blou skerpskuttersoë en die sagte bloues. Dis 'n een-sydige tweestryd, 'n aktiewe bedreiging wat skadeloos gemaak word deur onskuld.

Meteens giggel die sheila. Die eendstert tol die boeke al hoe vinniger. Lolita kom orent en agter die beskerming van haar skoonheid roep sy: "Psssst! Boss, whaddja want, hey?"

"Dis die Boss," fluister George. "Jy moet nie so lank na hom kyk nie, hy sal moeilikheid maak."

"Hy is skaars agtien," sê Gysbrecht en bedwing homself met moeite om nie na die toonbank te kyk nie, waar die Boss met Lolita speel terwyl die sheila twee kleure naelpolitoer teen die lig hou.

"Dink jy dit maak enige verskil?" vra George. "Hy is reg om te baklei al roer jy net 'n pinkie." Daar is 'n goedige glimlag spesiaal vir die Boss op sy gesig, want die kafee wat die hoofkwartier van die groep word, is verseker van 'n klein fortuintjie. Maar daar is ook twee groefies tussen sy oë as hy dink dat Lolita haar versoeningsrol oordryf. Lolita wat drie jaar na mekaar eerste gekom het in skoonheidswedstryde, wat deur die jare George se swaar toenaderings en Santa Ghiberti, sy vet vrou, se argwaan gedurig vermy – sy wat nou décolleté in haar rooi rok, haar liggaam geliefkoos deur kant-onderklere, soos 'n priesteres heers in George se sodatempel en jaarliks nagemaakte pelse, blink armbande en katoog-oorkrabbers sonder weer-diens op die altaar van die falliese moeder ontvang en met hekse-insig hom dryf tot op die randjie van onvermoëndheid. En Lolita wat nou met 'n spottende glimlag toekyk as die Boss, met sy sheila aan sy sy, stadig tussen die tafeltjies voortdrentel en meteens by George gaan staan.

"Say, George, who's the square?"

"A palooka from Dakoota," sê George met sy kafeekennis van die keur-bendetaal.

Die Boss beskou vir Gysbrecht.

"Wanna play, mugu?" vra hy en skiet met sy duim teen Gysbrecht se voorkop. Hy hou sy gespierde hand voor sy oë, 'n lenige geelslang gereed om te pik, slank vingers waaraan die olie van die MG Midget nog kleef.

Onder die plafon begin 'n waaier meteens werk – 'n groot vlerk wat sta-dig begin draai en dan onsigbaar word as die snelheid toeneem. Almal hou op met praat. Daar is geen einde vir Gysbrecht aan die stilte in homself nie, geen hulp in die nuuskierige waarneming alom nie.

Asof die situasie haar verveel, draai die sheila om en loop met swaaiende rondings in haar slenterbroekie na die blêrkas. Sy gooi 'n sikspens in die gleufie, iets rammel in die pagode en Elvis Presley begin uit 'n ander wêreld, in 'n ander taal, met 'n ander ritme, sing. Stadig roer die sheila op die ruk-maat, effense bewegings soos van iemand wat mymer, en dan tol sy meteens in die rondte sodat haar bloes vlerke onder haar arms maak, sodat die bande van 'n swart brassière aan weerskante wys – en meteens hou sy op.

"Aw! C'mon, Boss. Let's go."

Sy kom terug en neem sy arm; haar oë donker, haar mond skelrooi, haar hare drenkelingstyl oor haar skouers.

"Aw! C'mon, Boss. Let's beat it."

Die Boss draai sy rug op Gysbrecht asof hy alle belangstelling in hom verloor het en die twee slenter kouend die deur uit. Die agterkant van haar bloes hang oor die slenterbroek, haar tom-toms maak skaars 'n geluid op die vloer. Sy lyk klein langs die Boss; klein langs sy ses voet twee senings en bene. Elvis se stem volg hulle: "Love me tender" tot by die bloedrooi Midget, "Lu-v-e-e m-e-a t-end-a-a-e" terwyl die aangejaagde motor sy en hulle uitdaging brul en soos 'n helspreeu in die verkeer verdwyn.

"Jeeezzz!" sê George. Hy en Gysbrecht kyk met wedersydse verleentheid na mekaar. "Jeeezzz!" sê George weer.

"Waar kry hulle die geld vandaan?" vra Gysbrecht, net om iets te sê, net om weg te kom van al die aandag wat van orals op hom gerig is.

"Drank, dagga en diefstal," sê George.

Toe dink Gysbrecht meteens aan sy £50 000 en in 'n impulsiewe oomblik vertel hy George daarvan.

"Vyftigduisend pond!" George lig sy hande, sprakeloos voor die enormiteit van die som geld. Hy soek iemand om die nuus mee te deel en wink vir Lolita. Agter die klerkie, verby die hoek van die toonbank, kom sy nou – volkome bewus van die mans wat opkyk, met haar hoof omhoog, haar rok vlamrooi, haar hande rustende op die een stoel na die ander, haar weggedroogde regterbeen soos 'n vibrerende stukkie staal wat willoos in alle rigtings beweeg as dit met elke tweede passie 'n geringe gedeelte van haar gewig moet dra. Gysbrecht en die ander wat nie van haar gebrek geweet het nie, trek hulle asems op van ontsteltenis voor hierdie wrange waarskuwing dat almal weerloos voor die noodlot is. Maar daar is niks anders as toewyding in die wyse waarop George meteens opspring en haar aan die arm neem nie, sy vingers vroetelend aan haar lyf, 'n bedekte liefkosing waar sy hande ook al raak.

"Mnr. Edelhart het so pas £50 000 op die lotery gewen," sê hy.

Lolita glimlag. Haar been is onder die tafel weggesteek en sy is weer die priesteres wat in staat is om 'n man se siel te verfrommel.

"Mnr. Edelhart," sê sy langsaam. "Mnr. Edelhart, ek is só thrilled."

Haar tande glinster in die raamwerk van haar lippe. Sy kruis haar gesonde been oor die ander been, die rok skuif op om die bobeen te toon, 'n suggestie van valletjies hoër op, en sy swaai die oorblywende bate, wat haar soveel punte besorg het, liggies op en af terwyl haar tone in die sandale krul: vyf drakebloednaeltjies perfek gemanikuur soos haar naels. Meteens plaas sy haar hand op Gysbrecht se arm.

"Mnr. Edelhart," sê sy. "Ek is *so* thrilled."

George se klerkie verdrink meteens onder 'n vloedgolf van klandisie en hy staan op om te gaan help. "£50 000," sê hy. Sy gesig gloei, die ringe blink aan sy vingers, en hy knipoog vir Gysbrecht as Lolita met behendige tydsberekening sy hand van haar been af wegklap.

Intussen het Lolita ernstig geword. Dis asof haar gesigsuitdrukkings langsaam gevorm word, asof die verandering van binne en buite nie gelyktydig plaasvind nie.

Met moeite dwing Gysbrecht sy aandag weg van die borste wat gul aan hom blootgestel word terwyl sy oor die tafel leun, en kyk na haar oë wat so blou is soos daardie blou wat hy as kind in verfdosies gesien het. Onderaan is geskryf "blou" en dit is die mooiste blou wat daar is.

"Fifty one, fifty two, fifty three . . ." hoor hy haar sê. "Ek was drie jaar Beauty Queen, en nou . . ." Sy leun meteens skuins in die stoel en bring haar verweerde been te voorskyn. Sy buk af, haar hare val duiselingwekkend oor haar skouers en sy vryf aan die been totdat die verrimpelde vel glad en wit word en dan kyk sy op. Iets in Gysbrecht se gesig tref haar en sy steek meteens albei haar bene langs mekaar uit. Die kontras is grotesk.

"Hoe het dit gebeur?" vra Gysbrecht.

"Dis die scooter," sê sy.

Vanaf die toonbank is George se oë op hulle gerig.

"Ek het op die scooter gery en toe was die teer nat." Die poeier is egalig oor haar vel versprei, die lipverf met professionele behendigheid aangebring. "Toe gly die voorwiel weg en toe val ek. En toe word ek in die hospitaal wakker. En toe is my been stukkend en dit wou nie regkom nie." Haar oë is groot onder die maskara-swart wimpers. Sy speel met die rok, laat dit weer terugval na 'n vlugtige verdere blootstelling van deur die son verbronsde rondings en sê: "Ek hoop nie u dink dat dit as gevolg van u geld is dat ek met u hieroor praat nie." Sy sit regop, die masker van welvoeglikheid eienaardig onvanpas, en dan vernietig sy dit met 'n briljante glimlag.

"Kan daar iets aan gedoen word?" vra Gysbrecht en let op hoe dapper sy vir hom glimlag. Die onooglike been is weer onder die tafel en die tikkie selfbejammering word deur haar skoonheid gered van banaliteit.

"Die dokters in die Kaap sê dat daar niks aan gedoen kan word nie, maar dis natuurlik moontlik dat hulle in Amerika operasies uitvoer wat nie hier bekend is nie." Sy sien vir George aankom. "En dan het hulle ook iets wat jy om jou bene kan laat giet – dis 'n soort rubber en dit lyk net soos jou vel." Op pad na die tafel word George deur iemand voorgekeer. "Kyk," fluister sy, "kan u nie vanmiddag by my aankom nie? Of enige tyd? Ek het foto's van daardie rubberbene. Sal u onthou, of moet ek dit neerskryf? Die adres is Tudor Court, kamer 7, Navy Road." Sy is alreeds besig om op te staan as George sy wandeling hervat. Sy kyk reg in Gysbrecht se oë. "Ek dink ek sal *enigiets* vir iemand doen wat my sal help."

Terwyl George gaan sit, begin sy haar terugtog. Agter die warm oë hier voor hom, agter die digte bos swart hare, bewegende van links na regs, sien Gysbrecht haar. Sy loop stadig en slaag daarin om deur die langsaamheid van haar bewegings die mankheid tot 'n minimum te beperk, die struikelende passies 'n eienskap van weifeling te gee en die indruk te skep dat sy bloot luiweg en planloos voortbeweeg. Die intense konsentrasie waarmee sy dit uitvoer, verbloem sy deur 'n woordjie hier en 'n woordjie daar met die mense by die tafeltjies te wissel. Eers as sy tussen die gedrom agter die toonbank kom, en sy halflyf agter die oppervlakte daarvan verdwyn, kom sy tot haar reg en is die illusie kompleet.

"Dink daaraan," sê George, "mens sou verwag dat sy slacks of so iets sou dra om haar mank been weg te steek, maar sy doen dit nie. En weet jy hoekom? Sy weier om slacks te dra omdat sy glo dat haar gesonde been sal vergoed vir die ander een. Sy sê dat die slacks die mooi been sal bedek; sy sê dat as mense haar gesonde been sien, hulle sal weet watter mooi bene sy moes gehad het." Hy steek 'n sigaret aan en loer deur die rook na Gysbrecht. "Stel jou voor! Kan 'n mens só dom wees?" In die stilte wat volg, flikker sy ogies van intense waarneming oor hierdie onskadelike, vaal mannetjie wat vanmôre so blink met al daardie geld. Hy trek 'n diep teug, bol sy kieste vol rook en verduister sy gesig in die ontlading. "Ek is bereid om baie geld op haar te spandeer as dit sal help. Vra vir haar. Vra vir haar of ek nie enigiets sal doen nie, *mits* dit haar sal genees. Maar daar kan *niks* aan gedoen word nie. Ek het met die dokters gepraat en hulle sê almal so. Wat wil sy meer hê? Hier het sy 'n goeie werk, ons sorg almal goed vir haar; sy is soos 'n kind vir Santa, almal het haar lief."

Dis die crux, dink Gysbrecht. Anders het sy al lankal met iemand soos die Boss op die Midget weggevaar. Vir 'n kortstondige oomblik kry hy vir George jammer – George met sy magie, sy vet handjies, die donker gesig wat effens sweterig is, die besondere drange en frustrasies weggesteek agter die pluime.

"Mnr. Edelhart," sê George, "sal u omgee as ek u waarsku?"

Gysbrecht maak 'n gebaar.

"Ek sou baie versigtig wees vir almal wat met voorstelle kom." Hy bring sy hoof nader en pers sy lippe saam. "Laat my toe om eerlik met u te wees. Wees versigtig." Hy plaas sy een hand op Gysbrecht se arm en druk met die ander hand die stompie in 'n asbakkie dood. Dis asof hy in Gysbrecht se gesig die tekens van 'n verwagte reaksie soek. "Kyk, Lolita het voor my grootgeword. Ek weet hoe maklik sy seergemaak kan word. Sy is nou met haar lot versoen. Dit het nie maklik gegaan nie." Hy neem sy hand weg, kyk nogmaals vinnig na Gysbrecht, en lag sonder dat sy oë meedoen.

Toe Gysbrecht opstaan, aarsel hy 'n oomblik en kom dan self orent. "As enigiemand misbruik van haar sou maak . . ." Hy klop Gysbrecht op die skouer. Sy opgewektheid kan kwalik 'n aangroeiende onvriendelikheid verberg. "Onthou net wat ek van Lolita gesê het," fluister hy terwyl hy sy gesig weer nader bring. Hy lig sy hand om Gysbrecht weer op die skouer te klop, maar sy aandag word deur 'n hernieude samedromming by die toonbank getrek en, aldus aangespoor deur die kenmerkende pligsbesef van alle kafee-eienaars, verlaat hy Gysbrecht nadat hy van plan verander en hom 'n stywe knyp in die ribbekas gegee het.

Met 'n hand wat bewe (dis die eerste keer dat hy in terme van vier syfers dink) skryf Gysbrecht in sy sakboekie: "Lolita Jones – £3 000 vir rubberbene en behandeling." Hy vou die boekie toe en loer na George, wat drie klante tegelyk bedien. Dit sal die bastard leer, dink hy terwyl hy by die gedrang aansluit.

Op pad na die deur probeer hy sy eie sinnelike gedagtes wegdink. By die deur draai hy om en wuif vir Lolita, wat stralend vanaf die lekkergoed hom toelag. George gooi die kleingeld hard op die toonbank neer en Gysbrecht slaag daarin om homself te oortuig en die Panorama-kafee met 'n vroom gevoel te verlaat.

Toe Gysbrecht buite kom, verblind die son hom en is hy nie seker of dit Juliana Doepels is wat hy gesien het of nie. Hy het egter die indruk van 'n lang figuur, gebukkend en effens furtief, sluipend met lang kattreë op die oorkantste sypaadjie – 'n bewegende silhoeët teen 'n sinkplaatheining wat 'n leë erf van die straat verberg. In haar hand het sy 'n ronde voorwerp wat aan 'n hingseltjie hang. Dis onherkenbaar op daardie afstand en onherkenbaarder in daardie flitsoomblik toe hy met die son in sy oë die beeld van haar gekry het. Die volgende oomblik is sy weg.

Die toneel voor hom dra by tot 'n gevoel van onwerklikheid. Die posisie van die son is só dat alles in duidelike perspektief kom, maar ook terselfdertyd 'n vals indruk laat. Want alles lyk mooier en op 'n eienaardige wyse dramaties. Neem byvoorbeeld daardie kerkie en die bome wat skipvormig teen die skuinste troon. Dis asof die blare, die stamme, die klip self, kan bars van lewe. Hy steek die straat oor en leun teen die tralies wat in die betonmuurtjie vasgemessel is. Dis snaaks, mens kyk na die bome in parke, hulle wek emosies, maar jy kan hulle later nie identifiseer nie. Daar is natuurlik die heilige eike, die groen akkers met priestermussies wat tussen die opkrulblare meer na vrugte lyk as enige vrug, en vet kastaiingbome met sappige blare, en magnolias met wit blomme wat lyk asof hulle uit 'n somershuis kom, en jakarandas wat met kantige blaartjies swaar trosse pers blomme kontrasteer, en Chinese papierbome met verweerde basse waarvan die rafels wegwaai in die wind. Daar is nog drie bome, maar wat noem mens hulle?

Hy keer 'n verbyganger. "Watter soort boom, what kind of tree is that?"

"Now," sê die verbyganger, "now, I really wouldn't know, old chap."

Daar is grafte tussen die gras: afgesplinterde engele met fabrieksgesigte, gebreekte pilare en grou stene met "in memory of". Daar is bulte in die grond asof die dooies met 'n magtige asemhaling die sooie breek; daar is weggesinkte lagies beton asof die dooies die stryd gewonne gee en afdaal na die hel.

En daar is 'n tering-maer man met gelapte maars en stoppelgesig besig om blaartjies en takkies puntenerig met sy besem weg te vee. Hy vee blaartjie vir blaartjie (Watter konsentrasie! Watter toespitsing!) op 'n hopie, parkeer sy besem, ruim op met die holtes van sy hande en gooi alles in die groen, ronde, witgeletterde vuilgoedblik. Elke oggend, dink Gysbrecht, presies om agtuur, verskyn hy (behalwe Sondae). Hy loop eers die parkie deur, sien herinnerings in skaduwees onder struike, in boomstamme, in simmetriese paadjies. Hy trek 'n geriffelde tuinslang oor 'n blomrand, sandverskuiwend tot by 'n bedding, hy draai die kraan oop en kyk hoe die stroom water opgesluk word deur die swart grond. Versadiging volg en 'n dammetjie vorm. Hy verwyder die spuitende punt na sy geliefkoosde struik en laat dit toe om die walletjie te oorstroom met milder gawe. Alles hier is die skepping van sy hande, gesteun deur kerkfondse. Dis beheerbaar, klein en intiem. (Ek gaan vir my 'n parkie koop, dink Gysbrecht. Ek gaan vir my 'n parkie koop met my £50 000.)

Die man kyk op en sien vir Gysbrecht. Vyandig let hy op hierdie moontlike indringer. Hy snuit sy neus met duim en wysvinger, skiet 'n streep in die blare, bliksem Gysbrecht met twee skerp blou oë en sê: "Dis verbode."

Gysbrecht los onmiddellik die tralies waaraan hy vasgehou het.

Die man sit sy besem neer en wink vir Gysbrecht. Hulle stap saam aan weerskante van die tralies tot by 'n kennisgewing voor die ingang. Daarop staan geskryf: "Dis verbode vir lede van die publiek om van die paadjies af te dwaal."

Gysbrecht glimlag en skud sy kop. Die man oorweeg die situasie vir 'n oomblik en sê: "Jy kan inkom as jy by my bly."

Gysbrecht gaan by die ysterhekkie in en sluit by hom aan in die skaduwees van die donker, onbekende boom.

"Watter soort boom is dit?" vra Gysbrecht.

Die man kyk in die takke op, in die blaarbedekte, droomvervullende ruigtes. Hy krap aan die stam, skop met sy skoen in die grond om die klammigheid te toets en sê: "Dis die grootste in die hele Kaap."

Saam kyk hulle, toegevou in die koel skemerte, na die miljarde blaartjies.

"Ek gee dit elke Saterdagmôre water," sê die man. "En dan spit ek voëltjiemis by die wortels in." Hy kyk stip na Gysbrecht. "Weinig mense glo aan voëltjiemis, maar ek glo vas daaraan." Hy word vuriger soos alle vuriges wat hulle eie teorieë oor en oor propageer. "Hoekom dink jy groei die bome in die wildernis hoog? Hoekom dink jy is God se bome groter as die mens s'n? Dis al die voëltjies van die natuur – hulle sit by hulle duisende in die takke en bemes, met permissie gesê, die wortels."

Dis warm en stil in die kerktuin wat deur hierdie man in 'n parkie omgeskep is. Die geordendheid van sy gedagtes volgens eie logika word weerspieël in die uitleg van die grasperke, die struike, die blomme en die fynighede. Maar die bome oorheers; die hele tuin gee die indruk dat dit só uitgelê is om die geweldigheid van die bome te aksentueer.

"Die kennisgewing verbied mens nie om in die tuin te kom nie," sê Gysbrecht. "Mens mag net nie buite die paadjies gaan nie."

"Dis verbode," sê die man asof hy met 'n kind praat. "Maar jy kan saam met my gaan as jy lus het."

Saam kronkel en wentel die twee al met die paadjies langs. Die geur van die nat grond en die skaduwees verdryf die stad, al hoor jy die rumoer veertig tree daarvandaan. Daar is was-wit magnolias, die geur ligtelik in die wind; en 'n kwynende Pride of India ondanks voëltjiemis; die kanferfoelie en katjiepiering; en, onverwags, 'n adamsvy. En daar is die grond. Dis sag en geurig; grond wat altyd klam gehou word, wat nooit toegelaat word om enige tekens van droogte te toon nie.

Meteens staan die man stil.

"Soms sê hulle die waterrekening is té hoog. Soms sny hulle die water af." Meteens lag hy.

"Maar dan verwelk alles so vinnig dat Vader die heel eerste is om te sê: 'Maar hoekom is die bome so verwelk?' Dan gee hulle my die water wat ek nodig het," – laggend oor die sluheid in sy malheid.

"As ek geld het, plant ek 'n kremetart. Weet jy hoeveel gelling water dit in sy stam hou?"

"Sal 'n kremetart in die Kaap groei?" vra Gysbrecht. "Kry jy dit as 'n saadjie of 'n steggie en waar kry jy dit vandaan?"

"Mens *koop* 'n kremetart," sê die man.

Dis stil en eensaam in die tuin en daar is baie donker hoekies waar kinders deur die man verbied is om te speel. 'n Kraan wat drup langs 'n kolletjie varing, wag tevergeefs. So ook die donker kamertjies wat bougain-villeas teen die heining maak. So ook die sagte gras onder die eikeboom.

Gysbrecht verlaat die parkie terwyl die man goedig glimlag omdat die water al weer oorloop. Hy haal sy sakboekie uit en skryf: "Vir die man in die tuin: £100 vir voëlmis, water en 'n kremetart."

Op die sypaadjie kry hy vader De Metz.

"A!" sê vader De Metz. "Ek sien jy was by ons kerkie in. Het jy die vensters gesien? Ek het die glas spesiaal uit Frankryk bestel."

"Ek het nooit die vensters opgelet nie," sê Gysbrecht. "Maar daardie tuinier . . ."

"Hy het die liefde," sê vader De Metz. "Hy is soos 'n kind en hy het die liefde. Maar ek sal jou graag die glas wil wys. Ongelukkig het ek nie tyd nie. Ek moet by George Ghiberti aangaan. Ken jy hom? George het die kafee hier regoor die straat. Dis presies veertig tree van die kerk af."

"Veertig tree heen en veertig tree weer," sê Gysbrecht. "Is dit goed vir George of is dit goed vir die kerk?"

Vader De Metz lag vrolik in die sonlig en skuifel wuiwend oor die straat verby 'n geel bus en verby 'n 1948-Ford bestuur deur 'n leier van die African National Congress.

Al met die straat af.

Dis 'n lang straat wat tot in die middestad lei; verandas, bioskope, fabrieke, garages, winkels, kafees, haarkappers en wat nog meer getuig aan weerskante van ál die aktiwiteite van die saamgehoopte mensdom. Een oomblik voel Gysbrecht dit onsimpatiek, hierdie warboel van gejaagde, swoegende lewe; die volgende oomblik voel hy deel daarvan en is die tekens van lewe self 'n gerusstelling. Eintlik hang dit van jou lewer af, dink hy terwyl hy in die massa verdwyn. Miskien ook die klimaat, dink hy op 'n leë sypaadjie voor 'n dubbelverdiepinghuis wat soos 'n geraamte verval in 'n groot rankbegroeide erf en, omring deur ontbindende glorie, wag om vervang te word deur woonstelle. Eintlik raak 'n mens eers werklik van jou omgewing bewus as jy tydsaam, soos ek nou, voortdrentel. Hy kyk op sy horlosie. Daar is baie tyd oor.

Gysbrecht staan opsy vir 'n meisie met 'n rok aan waarvan die patrone bestaan uit gekleurde advertensies van Cinzano-Martini; 'n meisie so skraal dat dit lyk asof sy wegwaai met die wind, 'n meisie met 'n rose-en-perske-gelaatskleur – té veel rose en té veel perske en sy lyk na Gysbrecht se niggie, 'n lelike meisie met oninteressante ledemate en 'n grief teen die lewe.

Af en af met die straat. Daar is amper 'n ritme in die wyse waarop die mense in sy pad afneem en toeneem. Eintlik is ek nou die vrye ongebondene, 'n heterogene voorwerp, dink Gysbrecht. Eintlik moet daar 'n gevoel van vyandigheid teenoor my wees. Die massa haat 'n vreemde liggaam: dit word òf vernietig òf verwerk om in die patroon te pas.

Maar pas op! Is dit eendsterte met hulle blou jeans, ritssluiters, geel kouse, bont hemde en wilde hare wat nou daar aankom? Nie na hulle kyk nie! Hulle geel oë is die wagters wat die square uitken en vermorsel. Kyk na die grond, hou jou so onopsigtelik as moontlik. Miskien 'n vinnige blik op die laaste oomblik. My liewe tog, hulle is kinders! – Daardie puisievelletjies; die gesigte nog in die proses van vorming buite alle verhouding tot hulle lywe; die effense opgehewenheid wat later sal verstrak en verplooi in volwassenheid. Twee lidjies van die enigste beskikbare corps in hierdie saai en gelykmatige gemeenskap, die vakbond van die jeug, die uitspattige, verbeeldinglose uniformpies, die gesamentlike poging om anders te wees en in die gesamentlikheid van die poging die verydeling van die oorspronklike strewe. Hulle is nou weg en dit is waar: die natuur haat die vreemde liggaam, versamel selfs die afgewyktes in één groep en skakel hulle in. Daar is nooit 'n enkele eendstert nie.

Gysbrecht ril asof hy koud kry en loop vinniger.

JULIUS JOHNSON (EDMS.) BPK. 'n Geweldige kennisgewing doem bokant 'n oop ruimte op. Maar iemand het met groen verf 'n onegalige streep dwarsdeur die naam getrek, so hoog as wat die hand kan reik. Dis 'n powere poging, want die advertensie is minstens dertig voet hoog, die boonste gedeelte bestaande uit plastiekblindings wat in die nag deur neons verlig word. 'n Masjientjie laat telkens ander kleurblindings oop en toe vou. Dis 'n magtige advertensie en het al 'n bekende baken geword. Die groen streep deur die naam bedek slegs 'n klein gedeeltetjie van die oppervlakte, maar slaag tog daarin om buitengewoon onooglik te lyk.

Wie kon dit gedoen het? dink Gysbrecht en hy gaan 'n entjie daarvandaan staan om nie deur verbygangers as aandadig beskou te word nie.

Onder op die grond staan die verfkannetjie met die meeste van die verf en die kwas nog daarin asof die boosdoener die hopeloosheid van sy taak besef het. Dit word verdwerg deur die kennisgewing, maar bly tog 'n geringe uitdaginkie.

"Siss, oh siss, what a shame!"

"Behoort sulke vandale op te sluit."

– elkeen wat verbykom, magteloos in die afkeur wat straal uit hulle gesigte en gebare; 'n bonte groep wat nou deur heilige verontwaardiging saamgebind word.

"O sies," sê Gysbrecht ook vir 'n man met 'n swart baadjie waarop 'n rooi leeu pryk en ondervind die genot van gesamentlike veroordeling met 'n lid van 'n eksklusiewe klub.

En dan, na 'n halfuur (hy het baie tyd tot sy beskikking) word die veroordelende groep kleiner en kleiner. Die verf droog in die son. 'n Enkele nuuskierige kyk op. Die meeste sien dit nie meer raak nie. Die strepie verf word betekenisloos, word een met die verbode spoegkolle op vloere, met stukke papier langs vuilgoedblikke, met verwaarloosde kennisgewings. Dit pas in by die patroon wat aan sulke onordelikheid ook 'n patroon gee.

"Dis seker eendsterte," sê 'n laaste verbyganger en Gysbrecht bly alleen oor met sy verontwaardiging.

Dan koel hy ook af. Hy leun teen 'n paal en kyk na die kennisgewing, die produk van vindingryke advertensie. Al die kleure, die plastiese materiaal, die netwerk van meganiese vaardigheid prikkel sy belangstelling. Hy kyk lank daarna met die grootste bewondering – en meteens word dit saai; saaier as enigiets wat hy nog gesien het; die gevoel van saaiheid wat jy kry by die aanskouing van bioskoopadvertensies, by die aanhoor van reklameliedjies op Springbokradio, by die aanblik van daardie chroomstoeltjies in 'n kafee, die blêrkaste, die koffiemasjiene, die netjies afgewerkte krulletjies en draaitjies . . . Die son is warm en daar is niemand in die nabyheid nie. Gysbrecht kyk eers op en af, dan loop hy vinnig vorentoe, tel die kwas op en trek nog 'n streep loodreg deur die advertensie.

Hy gooi die verfblik neer en stap vinnig weg sonder om die produk van sy bydrae te sien. Terwyl hy oorkant die straat tussen 'n bondel mense verdwyn, oorweldig 'n gevoel van vrees hom. Wat het hy makeer? dink hy. Wat op aarde gaan aan? Hy hoor alreeds die geraas van 'n polisiefluitjie, hy sien in sy gedagtes die veroordelende gesigte op hom gerig. Maar, as daar na 'n rukkie niks gebeur nie, voel hy anders. Iets kriewel binne sy bors. Hy voel meteens opgewek en gevaarlik vry. Pas op! Pas op! waarsku hy homself halfhartig en soek 'n toevlug by die eerste die beste kafee.

Hy skrik as hy iemand hoor roep: "Mnr. Edelhart!"

Dis Juliana Doepels en sy sit eenkant in 'n hoek soos 'n aasvoël oor 'n koppie swart koffie. Hy stap nader en gaan by haar sit nadat sy met 'n beweging van haar hoof in die rigting van 'n leë stoel beduie het.

"Jy het vergeet om my hand met silwer te kruis," sê sy.

Gysbrecht voel in sy sak en haal 'n handvol kleingeld uit. Sy neem dit sonder om daarna te kyk.

"Bestel vir jou 'n koppie koffie en anchovy-toebroodjies vir ons albei." Nadat die meisie die bestelling afgehandel het, en hulle klaar geëet het, blaai sy deur die koerant wat hy van George se kafee af saamgebring het. Kort-kort snuif sy, ritsel die blaaie met toenemende driftigheid en gooi die koerant eenkant op die vloer neer. "Dis die oortreders wat beskerm moet word. Red hulle kinders, vrouens, broers en verwante. Hang die snuffelaars wat met hulle telefotolense geniaal ellende dramatiseer." Sy loer na Gysbrecht onderdeur haar swaar, donker wenkbroue en lag meteens hard en uitspattig. "Dink jy jy kan die gevolge dra, mannetjie? Sien jy werklik kans?" Sy steek haar kloue uit, gryp sy hand en krap 'n stukkie van die groen verf met die punte van haar naels af. As sy nog meer kolle ontdek,

325

vroetel sy in haar handsakkie en haal 'n mansakdoek te voorskyn, 'n groot witte welig gevlek met groen. Daarna 'n klein botteltjie terpentyn. "Jy ken nie eens die eerste beginsels nie," sê sy en gooi eers van die terpentyn op sy hand voordat sy die laaste oorblyfsels van die verf met haar sakdoek afvee. Nadat sy alles noukeurig weggepak het, lig sy haar koppie koffie omhoog, stort 'n bietjie daarvan op die tafel en kraai so hard dat almal in die kafee kan hoor: "Op die dood, ondergang, vernietiging en algehele uitwissing van Julius Johnson!"

Daarna drink hulle die koffie klaar en loop saam die deur uit, die straat af, haar hand met 'n staalgreep om sy arm. Haar tred is heelwat langer as syne sodat hulle onegalig en skommelend voortbeweeg.

"Ken jy vir Julius Johnson?" vra Gysbrecht na 'n rukkie, taamlik uit-asem voor hierdie vinnige en doellose wandeling.

Sy gaan meteens staan.

"Kyk," sê sy, "ek haat Julius Johnson, sy fabrieke, sy blindings en sy advertensies." Sy wys die straat op. "Ek haat al die kafees en winkels en busse en motors. Ek haat die hele stad met al die mense wat daarin woon. Ek verafsku die hele wêreld soos dit vandag is." Sy steek 'n klou uit in die rigting van 'n verbyganger wat skrikbevange vassteek. Sy strek haarself uit, die roofvoëlfiguur, asof sy oor die hele stad wil troon. "Ek is met die-selfde haat, woede, angs en rusteloosheid as julle almal vervul. Maar ek weier om my daarby neer te lê en soos 'n lam my lot te aanvaar." Sy gaan skielik op 'n bank sit en trek hom langs haar neer. "Dink jy ek is mal? Dink jy dat daar niemand soos ek in die wêreld bestaan nie? As jy vir iemand van my vertel, sal hy sê: 'So een is 'n karikatuur en bestaan nie werklik nie.' Kyk, ek sal jou wys." Meteens spring sy op en skree so hard as wat sy kan: "CARTHAGO DELENDA EST!" 'n Paar verbygangers kyk na haar, aarsel, kyk weer terug en stap aan. "Sien jy?" sê sy. "Let op hulle reaksie." Sy loop tot in die middel van die straat en skree weer: "IS JULLE OË OOP? KEN JULLESELF!" 'n Paar motors swaai by haar verby, 'n klompie mense gaan staan en glimlag. 'n Konstabel verskyn. Hulle gesels 'n oomblikkie en dan stap sy gemoedelik saam met hom terug tot by Gysbrecht. "Alles in orde, konstabel," hoor hy haar sê. "Alles is verby, en nou kan jy maar weer die regulasies bewaak."

Die polisieman kyk na Gysbrecht, lig sy skouers, wys na sy kop en laat haar weer alleen.

"Dit," sê Juliana, "is net om vir jou te wys hoe maklik dit is. Waarvoor is jy bang, kleintjie? Onthou, hulle reëltjies beteken eintlik niks nie. Het jy al daardie optogte teen apartheid in die strate gesien? Of enige ander vorm van optog? Soms word hulle gekeer, soms sit hulle 'n rukkie in die tronk." Sy maak 'n afwerende gebaar. "Môre is alles verby. Luister, kleintjie. Ek het net soveel reg as enigeen van hulle; net soveel reg as enige vakbond, sekte of liggaam. Ek is my eie liggaam, hierdie (sy wys na haar kop en skuif die pruik) is my eie organisasie. Ek het die reg om te lewe, te protesteer, te haat en te verguis soos ek wil."

Sy gaan weer sit, gemaklik agteroor op die bank, haar oë half toe, geheel en al ontspanne en rustig.

"Die mens het sy drang tot lewe verloor," sê sy. "Hy het hom al só verkneg aan sy superstruktuur dat hy geen fut meer oor het nie. Die enkeling het totaal verdwyn. Die paar wat oorbly, is gerieflikheidshalwe mal, ongebalanseerd of wanaangepas. Dit is hoekom hulle my my gang laat gaan. As ek enigsins 'n bedreiging was, as die gevaar bestaan het dat ek hulle werklik kon bevry, sou hulle my al lankal in die tronk gegooi het."

"Wat sou gebeur het," vra Gysbrecht opeens, "as jy in 'n staat soos Rusland gebly het? Sou die polisieman jou laat gaan het?"

"As daar genoeg van ons was," sê Juliana, "sou hy opgetree het. Daar was 'n tyd toe hulle niks kon gedoen het nie. Daar was 'n tyd toe niemand 'n ideaal of 'n idee kon keer nie. Maar daardie tyd is verby. Die redding lê by die malles. Ek bedoel 'n mal een hier en 'n mal een daar. Hoe gaan jy miljoen enkele malles keer wat telkens die onvoorspelbare doen?"

Hulle word bewus van die hitte en sit en gaap soos twee kraaie in die son. Minute sterf en nie een praat nie. Reg voor hulle is 'n struik omring deur traliewerk; een van die dae sal dit blomme dra. Wit skoenlappers vleg deur die blare en land op die knoppies. Twee swart vroue loop verby.

"Waar is die bus?"

"Op die Pereid," sê die een.

"Ek wil hê dat jy aan iets moet dink," sê Juliana. "Dink aan die gelukkigste oomblik in jou lewe, en vertel my daarvan."

"Dis 'n sonnige straat," sê Gysbrecht. "Daar is palmbome en 'n paar huise met groot tuine aan weerskante. Nou en dan gaan daar 'n spaaider verby. In een van die spaaiders sit 'n vrou met blomme in haar hare. Kinders swaai op skoppelmaaie in die skaduwees. Ek lê op my rug tussen die dennenaalde en die wolke dryf verby."

"Waar was dit?" vra Juliana.

Meteens oorweldig 'n vrees vir Gysbrecht. Dis asof sy bors toetrek sodat hy nie kan asem kry nie. Hy kyk na Juliana, maar dit lyk asof sy slaap.

"Ek weet nie," sê Gysbrecht. "Ek weet nie waar dit is nie en ek kan niks onthou nie."

'n Motor skiet verby. Op die kant daarvan is geskryf: "Hot Rod. Co-Pilot. China Town. Don't laugh, your daughter might be inside."

"Daar is ook 'n badkamer met groen mure en 'n ysterbed met gekrulde pote. Die waters is rooi soos dit van die berge af kom, gekleur deur plante. Dit maak die mooiste musiek as dit oor die ronde klippers in die voortjies kabbel. Daar is grenadellabome oor die heinings en gevaarlike krappe wat hulle kleintjies in beursies bêre. Maar, pas op, pas op vir die knypers – hulle boog deur die lug . . ."

Dit word steeds warmer; die bome vergaan. Dis meteens stil. Dis asof die natuur met hitte veroordeel. Dan donder die volgende stroom motors verby en Juliana gaap.

"Sal dit nie beter wees om te soek na die palmbome en die waters en daardie straat nie?" vra Juliana.

"Mens het jou verpligtings," sê Gysbrecht Edelhart.

Juliana loer onder swaar ooglede na hom. "Arme ou kleintjie," sê sy.

"Ek het netnou vreeslik alleen gevoel," sê Gysbrecht impulsief. "Ek het vreeslik alleen en bang gevoel."

Hy kyk na Juliana. Dit lyk asof sy slaap.

"Jou verlangens is tevergeefs en alles is onherroeplik," sê Gysbrecht.

As Juliana nie antwoord nie, tel hy weer die koerant op en kyk onsiende daarna. Na 'n rukkie begin hy lees. 'n Vrou kla dat sy nie soseer beswaar maak teen die dra van slenterbroekies nie, as dat dit so styf trek om die anus. Dit gee aan die meisietjies 'n "trollopy" voorkoms.

Hy lees: In Swaziland is gedeeltes van die liggaam, insluitende die tone, van die slagoffer tesame met die vleis van 'n swart bok en 'n wit haan in 'n kleipot gekook. Die mengsel is deur almal geproe en die rook ingeadem om die donkerte van onkunde te verdryf. Daarop is na die vier hoeke van die aarde gespuug. Gevra hoekom hulle aan die seremonie deelgeneem het, is geantwoord dat dit gedoen is om hulle te reinig, sodat hulle liggame nie bederf word deur die moord nie – anders word hulle kranksinnig.

Keer geestelike kwelling! Kalmeer jouself sonder om jou sinne te ver-dof! Gebruik *Rus*, die veilige middel deur talle dokters aanbeveel.

Klein Jannewarie Adams het hom netjies aangetrek, 'n geel kam deur sy swart kroese getrek en homself versuip in 'n seekoegat by Kaaimansdrif op Rust en Vrede.

Só het hulle oor die straat gestrek: 'n seun en 'n meisie, 'n seun en 'n meisie, sjantoeng aan die meersy, en met al die kleure van die reënboog 'n motor tot stilstand gedwing. "Chicken!" het hulle geskree toe die motor stop.

"Julle het 'n goeie pak slae nodig," sê landdros Visagie. "Dis wodka en fietse en onkuisheid oweral. Ek gaan 'n voorbeeld van julle maak . . ."

"Wat is 'n hipster?" vra die staatsaanklaer.

" 'n Hipster is iemand wat weet," sê die eendstert.

"En 'n square?"

" 'n Square is 'n mugu," sê die eendstert. "Hy weet nie."

"Wat weet 'n hipster wat 'n square nie weet nie?" vra die staatsaanklaer. (Gelag in die hof.)

"Boy, what a drag," sê die eendstert.

Anna Lindstrohm, die gifmoordenares, netjies in 'n blou kostuum aangetrek, word sigbaar bleek as sy die vonnis hoor. Daar is 'n beroering in die hof. Haar suster het in 'n onderhoud aan die verslaggewers vertel dat Anna sag van geaardheid en lief vir diere was. "Eendag sal haar onskuld bewys word," sê sy. "Hy was in 'n koma, die slaap van die dood, en Anna het dag en nag langs hom gewaak."

"Wat is die samestelling van buskruit?" vra Juliana meteens.

"Salpeter, swawel en houtskool."

"Salpeter, swawel en houtskool. Dis maklik om te onthou," sê sy en staan op en loop weg sonder om een keer na Gysbrecht terug te kyk.

Dis versengend warm. Daar is 'n waas teen die berg. Die kabelkarretjie word 'n stippeltjie en verdwyn teen die piek. Gysbrecht lê agteroor op die bank en kyk bo-oor die kruin na die lug. Wit straaltjies skiet deur die blou en hy maak sy oë toe. Dan maak hy hulle weer oop. Reg voor hom lees hy: "Fox First for Furniture". Toe sluimer hy in en word na 'n rukkie wakker. "I don't like a wop," sê 'n verbygaande seun vir 'n ander een. Gysbrecht kyk hulle agterna. In die ketelpypbroeke lyk hulle soos twee daddylong-leg-spinnekoppe. Nee, besluit hy, hulle is nie eendsterte nie; die ware eendstert se klere lyk gehawender, sy houding miniatuur manliker – soos 'n dwerg wat té groot geword het.

Onmiddellik raak hy weer aan die slaap. Toe hy wakker word, voel hy nie te lekker nie. Hy sien ook dat dit al taamlik laat is en die doel van sy wandeling word belangriker. "Ek sal moet opskud," sê hy vir homself. 'n Bus hou voor hom stil en hy klim in en gaan héél bo, héél voor sit. Daarvandaan het hy 'n ongewone gesig op die stad.

Bo teen die helling gryns die hospitaal met honderde vensters 'n verwelkoming vir al die siekes, verminktes en slagoffers van die stad se gewelddadigheid. En kyk! Dis die eerste keer dat hy dit opmerk: reg onder die hospitaal is 'n kerkhof. Deur daardie openings spoel die lyke oor en verstyf in grafte.

Dit is bloedig warm in die bus.

(Die sensasie is hitte. Watter herinnerings het Juliana by hom opgeroep? Waar is al daardie plekke? *Hy lees graag. Ek dink hy lees te veel.* Die sensasie is hitte, die lokaal is 'n druppende kraan en groot plante wat diep skaduwees gooi. Die voorwerp is Mammie wat vir Pappie sê: "Hy lees graag. Ek dink hy lees te veel." Pappie het bankrot gegaan omdat hy vir familie borg gestaan het. Dit neutraliseer die skande. Dis ook 'n ewige waarskuwing. Hierin lê verstoke 'n hele middelklasmoraliteit. So lank as wat jy lewe, sal dit jou agtervolg: die bedreiging van lees, die gevaar van finansiële ondergang.)

Die bus stop, die hele boonste gedeelte beur vorentoe en sak dan terug.

Gysbrecht kan nou ál met die rye van die kerkhof op sien. Die paadjies is soos strate, maar die grafstene is onreëlmatig: barokversiersels wat op 'n jazzmaat in alle rigtings neig. Boemps! Weg is die bus. Die daklyne spring op en af en stort in duie by 'n oop erf waar Sammy Smallstein sy Used Car Centre gemaak het. Die 1955-Chev lyk behoorlik in orde. Hoeveel saagsels sou daar in die ratkas wees? Stop en woep, woep! Bernies Bargain Basement, Johnson's Plastic Blinds . . .

(En daarnaas: die beloning vir ondergang, die edelheid van hardwerkende armoede. Pappie is 'n arm slagter en 'n groot man in die kerk. Vlytigheid is die toonbeeld van Mammie. Sy werk in 'n halfdonker kamer, dra sisrokke en aanvaar die lewe met gewyde erns. Aan jou, klein Gysbrecht, word die taak opgedra om eendag almal te versorg en deur jou ywer sekuriteit te skep. Daar is 'n eenvoud en doelgerigtheid in hierdie filosofie; dit het 'n vat hier diep binne jouself. *Dit is die heel grootste taak in die lewe.* Niks sal ooit verander nie; die wêreld sal altyd dieselfde bly; sekere beginsels is onaantasbaar. Vorentoe sal altyd 'n wêreld wees waar 'n jongman in 'n netjiese swart pak klere sy taak getrou volbring en die uiteindelike bevrediging van gevestigheid, Christelikheid, en sekerheid as deelgenoot sal hê.)

"Middestad!" Tieng! Clip! En weg waai die kaartjie by die venster uit.

Die bus staan. Die kondukteur stamp twee keer met sy voet en weg vaar die bus.

'n Deftig geklede swartman, 'n produk van Fort Hare, bied 'n vyfpondnoot vir die kondukteur aan en luister met 'n pikswart, roerlose gesig na die protes. Dis vyf pond, dis syne en daar is geen wetboekreël wat oortree word nie. Uitdrukkingloos kyk hy na die gesukkel om uit die leertas die note te kry, gevoelloos luister hy na die musiek terwyl 'n duisternis tiekies en sikspense opgehoop word, traag hou hy sy hande dubbel om die skatkis van kleinmunt te ontvang. Maar eers, voordat hy loop, hou die kondukteur die noot teen die lig om die watermerk te sien. Twee swart oë kyk onemosioneel na hom. Swart oë teen 'n swart vel kan geen uitdrukking toon nie.

(Maar geleidelik deur die jare, die saaiheid wat alles vernietig en 'n wolkskerm oor die verlede plaas. Sweedse meubels, abstrakte patrone in gordyne, word simbole van uiteindelike steriliteit. "Jy lees te veel" word 'n waarheid. Jy word oud en sterf soos 'n volgevrete os. Watter beelde is deur Juliana se vraag opgeroep? Wie is ek? Ken ek die wêreld waarin ek leef? Toe ek gewerk het, was ek blind. Noudat ek op pad is na die £50 000, begin ek te veel sien. Ek verlang met 'n brandende pyn hier in my binneste na iets wat ek nie weet wat dit is nie en na 'n gevoel wat ek nie kan herroep nie.)

Great Show Delicatessen.

Copson's Arms. Lion Beer.

Gysbrecht voel meteens dors en lui die klokkie. Hy steier uit en moet 'n halwe blok terugstap om die kroeg presies om twaalfuur binne te gaan.

Hierdie plek is baie groter as Mamma s'n. Die hout is blink gevryf, die bottels glansend, die twee kelners vol selfvertroue en professionele geneentheid soos dit hoort in 'n plek wat goed bestuur word. Daar is ses mans op die ronde kroegstoeltjies. Twee van hulle is kenbaar dronk. Die een het 'n geslepe uitdrukking op sy gesig en is besig om sy vriend se hand in syne te hou. Die ander een ruk sy hand weg.

"Wag, wag," sê die listige een. "Ek wil net kyk."

'n Gedeelte van die dronkmansaandag is op Gysbrecht gerig en hy durf nie direk na hulle kyk nie, maar na 'n rukkie sien hy dat dit eintlik die duim van die een is wat beskou word. Die nael daarvan is blou geswel, halfpad afgesweer en opgehewe.

Een van die kelners kyk onrustig na hulle. Hy draai hom om na sy maat en sê iets sydelings uit die hoek van sy mond. Die deur gaan oop en 'n man van ses voet vier kom binne. Hy het 'n baret op en as hy praat, is dit duidelik dat hy 'n Hollander is.

"Morning, Mr Querido," sê die kelner.

"Morning, Jack," sê mnr. Querido. Sy oë flits deur die kamer en hy kyk vlak voor hom op die toonbank. Hy suig die lug deur sy lippe in en lyk effens selfbewus. 'n Groot bierbeker word voor hom geplaas, skuimend tot oorlopens toe vol. Daarna 'n brandewyn in 'n klein glasie langsaan. Hy kyk twee keer rond, na Gysbrecht en na die dronkes, en dan tel hy die klein glasie in sy enorme hande op, rol die vloeistof rond, ruik kennersgewyse daaraan, en sluk dit weg. Onmiddellik daarna neem hy 'n diep teug uit die bierbeker. Sy adamsappel gaan op en af. Hy rek hom uit en kyk na die kelner.

"My vragmotor het gebreek," sê hy. "Dit het my vyftig pond gekos om te laat regmaak."

"Alles breek deesdae," sê die kelner. "Hulle maak nie meer die goed om te hou nie."

Die een dronke het die ander een aan die arm.

"Kyk, ou man," sê hy. "Ek beloof jou ek sal niks doen nie."

Die ander een loer in die kamer rond. Sy oë val op Gysbrecht. Hy lag en skud sy kop, en hou albei sy hande agter sy rug.

"Trust jy my nie?" Sy maat soek aandag by Gysbrecht. "Hy trust my nie," sê hy.

Die kelner sê: "Mr Querido?"

Mnr. Querido knik en sy bierglas word weer volgemaak.

"Wat het geword van julle maître d'hôtel?" vra mnr. Querido. "Ek het sy naam vergeet."

Die kelner lyk ongemaklik. Hy vee voor hom op die toonbank en frons.

"Wat noem julle dit nou weer in Afrikaans?" Mnr. Querido sit sy hand op sy voorkop en bedek die helfte van sy gesig. Hy kyk meteens na 'n mannetjie langs hom, 'n stil figuurtjie met 'n asvaal gesiggie en 'n drankie waaroor hy al die laaste halfuur draal.

Die mannetjie lyk ongelukkig.

"Hoofkelner," sê hy tentatief.

"Head waiter," sê die kelner. Hy skud sy kop. "Hy is nie meer hier nie."

"Wat was sy naam nou weer?" vra mnr. Querido.

"Mr Johansen," sê die kelner.

Mnr. Querido skud sy kop langsaam op en af.

"Hy het 'n uitstekende kennis van wyne," sê mnr. Querido.

"Perde," sê die kelner. Hy wys met sy hand asof hy note uitdeel. "Perde was sy ondergang."

Gysbrecht het so pas sy tweede glas bier klaar gedrink. 'n Kroeg is 'n rustige plek, dink hy. Dis een van die rustigste plekke in die wêreld. Die bier laat hom opgewek voel. Hy dink meteens aan Lolita. Hy sien haar in sy gedagtes, half ontklee, haar gesonde been na vore, haar oë groot, haar mond rooi en warm. Hy voel in sy sak en kry 'n tiekie. In die hoek is 'n telefoon. Maar eers moet hy die nommer kry. Dit duur net 'n rukkie en dan vind hy dit: Ghiberti, Panorama Kafee. Gelukkig gee Lolita antwoord. Sy weet eers nie wie hy is nie en hy moet sy naam oor en oor herhaal. Edelhart, E-D-E-L-H-A-R-T. Dan onthou sy. *So, so* thrilled! Of sy sal omgee as hy vanaand daar aankom. Net so vir 'n heen-en-weertjie. Eintlik in verband met wat hulle vroeër vanmôre oor gesels het. Vanmôre? Ja, of sy kan onthou . . . rubberbene. Rubberbene!? O, rubberbene! 'n Eer, werklik 'n plesier om hom te ontvang. Het hy die adres? Lieflik, 'Bye, now! – en beeld van Lolita, haar arms gevou om haar bene, been, haar mond effens oop, haar hare oor haar skouers.

Terug by die toonbank bestel hy nog 'n bier.

Mnr. Querido is besig om aantekenings op sy sigaretdosie te maak.

"Kyk, ou maat," sê die een dronke, "ek *beloof* jou ek sal niks doen nie. Net kyk."

Hy neem die ewe-vereelte hand in syne, lig die nael versigtig met die

punt van sy voorvinger op – en ruk dit meteens met 'n geweldige bewe-
ging af.

Die ander een se gesig word swart, daar volg 'n oomblik van onsekere,
gevaarlike stilte – dan lag hy. Hy ondersoek die duim.

"Kyk," sê hy, "die nuwe nael het al begin groei."

Die listige een slaan hom hard op die skouer.

"Het jy gedink ek sou dit nie doen nie?" Hy lag hardop oor sy netjiese
stukkie werk. "Maar ek het geweet ek sou jou kry, ou man."

Die een met die versweerde duim lyk baie verlig.

"Kyk," sê hy, "ek het nie eens meer die bandage nodig nie."

Hulle slaan mekaar oor en weer op die skouer en lag hard en gelukkig
saam. Hulle drink hulle glasies leeg. Die dronker een loop na die venster,
loer bo-oor die ysglas en skree deur die opening – "Ons kom nou!" Hy keer
dan terug na die toonbank en sê vir die kelner: "Nog twee, ou maat."

'n Rooierige vloeistof word ingegooi.

(Ek moes vir Lena ook gebel het. Ek is dit verskuldig aan haar. Ek moet
nie noudat ek al die geld het, van haar vergeet nie. Liewe, geduldige Lena.
Betroubare, rustige Lena. Dáár is volkome sekuriteit. Ek sal vir Lena bel
sodra ek hierdie bier klaar gedrink het.)

"Nog nooit soveel reën in die binneland gesien nie," sê mnr. Querido.
"Ek was laas week in Transvaal."

Die kelner vee voor Gysbrecht en neem sy leë bierbottel weg nadat hy
dit eers skuins gehou het.

"Hy het 'n uitstekende kennis van wyne," sê mnr. Querido. "Die maître
d'hôtel." Hy hou sy kop skeef. "Die head waiter."

"Hy is nou weg," sê die kelner.

Mnr. Querido is op die punt om nog iets te sê, maar bedink hom op die
laaste oomblik en sluk reusagtig aan sy bier.

Die kelner is self groot en fris, maar hy is geïmponeer deur mnr. Que-
rido se lengte. Hy is van opinie dat mnr. Querido seker 'n goeie slotvoor-
speler sou uitmaak. Net jammer hy is 'n immigrant. Hy stel miskien slegs
in sokker belang.

"Het u al ooit rugby gespeel, Mr Querido?"

"Pluimbal is eintlik my spel," sê mnr. Querido.

"En sokker miskien?"

"Sokker ook," sê mnr. Querido en lyk effens verbaas.

Vyftigduisend pond, dink Gysbrecht. Die enormiteit van die som tref
hom van nuuts af. Ek is 'n ryk man, dink hy. Hy sien homself in die spieël:
die beeld is goed, hy lyk besonder sjarmant en netjies in sy donker pak klere.

334

Die kelner leun meteens vorentoe.

"Sien u daardie man, Mr Querido?" Hy beweeg sy kop sonder om in daardie rigting te kyk.

Mnr. Querido is nie skaam om te kyk nie.

"Die een met die groot gesig," sê die kelner. "Die een met die breë kakebeen?"

Mnr. Querido vind hom.

"Hy was drie jaar in 'n Russiese kamp," sê die kelner "Vorkuta."

"So," sê mnr. Querido. Hy haal diep asem. "Ek was ook in 'n kamp gewees," sê hy. "In Oostenryk."

Die kelner was gedurende die oorlog pro-Duits en hy knik met saamgeperste lippe.

"Kampe is 'n wrede affêre," sê hy. Sy gesig verhelder meteens. "My moeder was in 'n konsentrasiekamp gedurende die Engelse oorlog."

"Dis so lank gelede," sê mnr. Querido.

"Ek is daar gebore," sê die kelner.

(Hoekom voel ek nie nou meer alleen nie? Hoekom het Juliana Doepels my so ontstel? Wat het sy teen die lewe? Ek dink ek het my deeltjie bygedra en binne my vermoë iets bereik. Die gedagtes van die jeug is vol fantasieë; die wêreld is nooit presies soos jy jou voorstel dat dit sal wees nie. Die vyftigduisend pond behoort geen verskil te maak nie. Ex caritate hier en ex caritate daar, 'n reis miskien en vir die res 'n rustige kalme aanvaarding van die lewe. Welbehae, rus en vrede . . .)

Gysbrecht bestel nog 'n bier.

Die twee dronkes is besig om op die vloer rond te soek na die nael wat afgeruk is.

"Ek wil dit saamneem," sê die een.

"'n Soewenier," sê die listige een.

Na 'n rukkie kry hulle dit en verlaat die kroegie. Almal kan deur die boonste ruit sien hoe hulle na die oorkant van die straat loop. 'n Regte slorriemeisie met mooi bene en 'n lelike vel word deur hulle gesamentlik omarm.

"Netnou sal hulle baklei," sê die kelner. "Hulle is van vroeg af hier. Vandat die pub oopgemaak het."

Hy loer weer.

"Hulle sal nog baklei oor daardie meisie."

Die vaal mannetjie, die Duitser wat in 'n kamp was en nog iemand anders, verlaat die kroeg. Drie kom by. 'n Allenige figuur in die hoek staan op en stoot die deur oop.

"Neem iets saam met my," sê mnr. Querido. Hy kyk na die kelner.

"Nie vir my nie," sê die kelner. "Nie terwyl ek op diens is nie."

"Wat het hulle gedrink?" vra Gysbrecht opeens.

Die kelner bring sy gesig nader.

"Wat het hulle gedrink?" vra Gysbrecht.

"Port en bitters," sê die kelner. "Hulle drink altyd port en bitters."

"Verbeel jou," sê mnr. Querido. Hy ruik aan die brandewyn en rol dit rond in sy glas.

Iemand klop op die toonbank en die kelner haas hom soontoe.

"Morning, Mr Johnson," sê hy.

Mnr. Querido kyk lank na die kelner en dan na Gysbrecht.

"Ek wonder soms," sê hy, "of julle werklik besef hoe die laaste oorlog was. Ek bedoel julle . . . wat so ver buite die gevegsterrein was."

"Net koerantberigte," sê Gysbrecht.

"Mens moes self daar gewees het om te besef," sê mnr. Querido.

As die kelner weer by hulle aansluit, verander hy die gesprek.

(Onsekerheid is die barometeraanduiding dat jy nie pas nie. Oorgawe, eenwording, aanpassing is die sleutel tot rus en kalmte. Selfs die grootste rebelle, die eendsterte is nie alleen nie. Jy moet so gou as moontlik jou enkelingskap prysgee en verdwyn anders word jy voëlvry verklaar en moet jy die ondraaglike verantwoordelikheid van jou vryheid alleen probeer dra. Juliana Doepels is so mal soos 'n haas en sy jaag agter skimme.)

". . . as ek al die water sien, dan dink ek aan Holland. Maar ons het weer té veel."

"Ek kan dit goed glo, Mr Querido."

"Het jy geweet," vra mnr. Querido, "dat daar 'n uitstraling van water kom?" Hy kyk na Gysbrecht en die kelner, van die een na die ander. "Water het 'n onheilige invloed op jou liggaam as jy jou op die kruising van die are bevind."

Die kelner luister aandagtig.

"Ek glo heeltemal daaraan," sê hy. "Aan waterwysers."

"As jou bed byvoorbeeld," sê mnr. Querido, "bokant so 'n kruising staan, kan jy byvoorbeeld aan rumatiek ly sonder om die werklike oorsaak van jou siekte te weet."

"'n Oom van my," sê die kelner, "het met 'n stokkie water aangewys op plekke waar almal gesê het dat daar geen water te kry is nie."

Mnr. Querido knik sy hoof goedkeurend.

"Ek weet ook," sê die kelner, "van gevalle waar waterwysers, ek bedoel

336

mense wat gevoelig is vir water, lyke kon vind wat in die dieptes verdwyn het."

Mnr. Querido bring meteens sy wysvinger na sy lippe, kyk met uitpeuloë na weerskante, wieg sy hoof heen en weer, klap sy vingers teen mekaar en hef sy oë op na die uitgedoofde neonlig bokant sy kop.

Die kelner bring vir die tweede keer sy gesig naby Gysbrecht.

"Ek dink Mr Querido is een van hulle."

Mnr. Querido hoor alles aan maar hou hom afsydig. Sy mond plooi met 'n glimlag van onuitspreeklike wysheid. Dan sê hy:

"Dis snaaks. Ek bedoel dat ons daar so baie water het en julle hier so min."

"So is die ou wêreld maar," sê die kelner.

Mnr. Querido vra vir Gysbrecht of hy 'n drankie saam met hom sal neem en herhaal sy vorige uitnodiging tot die kelner.

"Miskien so 'n vinnige enetjie, Mr Querido."

Die kelner vul vir homself ook 'n glasie en sluk die brandewyn vinnig weg terwyl hy met sy rug teen die rak langs die telefoon staan.

Mnr. Querido se hande is om sy glasie gekelk en hy kyk gemoedelik in die vertrek rond.

(Dis eenuur en dis alreeds laat. Maar Mamma kan wag en die kaartjie kan wag. Iets gloei hier binne my bors en my maag. Hoekom sal ek daardie verlore oomblikke probeer terugbring? Luister na die stemme, hoor die waaiers. Die lewe is warm en vol energie hier om my. Vanmiddag speel hulle krieket op Nuweland, spring paal in die Pêrel en jaag met fietse na die Strand. Die see krioel van swemmers. Paddamanne gly geruisloos tussen die riwwe. Seekatte wag tussen die rotse. Daar is vars kreef vir 2/6. Die films draai in die bioskope. Die kabelkarretjies gaan op en af teen Tafelberg. Die bote wag in die hawens. Eendsterte is onskuldig en ruk-en-rol hulle tydelike uitdagings. Miskien bedoel Juliana: Lewe en lewe en lewe! Dan het sy reg. Sjampanje vonkel, seeskaatse klief die skuimende branders en ons almal jaag in dolle vaart op die strand. Die seesand strek vir myle en verdwyn in die verte langs Christian's Beach. Langsaan is Muizenberg. Dis ruk-en-rol na regs, en stilte na links. Agter smoor en bars die stad. Nou en dan kom 'n haai, sy vinne bo die water, sy saaglemtande gereed om te gryp – maar dis alles gerugte. Dis 'n tornyn en dis onskuldig. Lolita lê op 'n wit sandduin, haar pragtige been driehoekig na die see, die hekselig in haar oë . . .)

"Ek het netnou gesê 'ons'," sê mnr. Querido.

"Mr Querido?" Die kelner kom weer nader.

"Ek het netnou gesê 'by ons is daar té veel water'. Eintlik het ek bedoel in Holland is daar té veel water. Ek het gekom om hierdie land my tuiste te maak. Dis 'n mooi en sonnige land."

"Dis seker so, Mr Querido," sê die kelner. "Was Mr Querido al by Magoebaskloof en in die Wildernis?"

"Nee," sê mnr. Querido. "Maar ek ken die Kaap."

"Die Kaap is 'n mooi plek," sê die kelner.

(Stel dit so: ek het my plig gedoen en iets bereik. Ek het my entoesiasme verloor en daardie fyn prikkeling van ware lewensvreugde. Maar ek het sekuriteit gevind. Daar is Lolita om die vlammetjie aan te blaas en môre is daar Lena om na terug te keer. *Ek is tevrede.* Wat help dit om die orde teen te gaan en jou eie rus te verstoor?)

"Dis 'n lieflike land," sê mnr. Querido. "Net jammer dat almal so verdeeld is." Hy sluk aan sy brandewyn en frons na die kelner. "Politiek," verduidelik hy.

Die kelner begin meteens die toonbank afvee.

"Politiek is 'n vloek, Mr Querido. Dit verdeel die mense."

"Presies," sê mnr. Querido. "Neem byvoorbeeld ons twee. Ek was in 'n Duitse kamp en jy in 'n Engelse kamp."

"Ek is gebore in 'n Engelse kamp," sê die kelner.

"Presies," sê mnr. Querido. "Ons was albei in kampe en gedurende die oorlog het ons anders gedink, maar ons baklei nie met mekaar nie. Ons bly goeie vriende, nie waar nie?"

"Presies, Mr Querido," sê die kelner.

"As ons almal saam kan staan, sal dit 'n groot land word hierdie." Mnr. Querido lig sy hand met 'n wysgerige gebaar. "Ons moet net nie aan politiek dink nie." Hulle verval in 'n eenstemmige stilte.

"Wie moet dan aan politiek dink?" vra Gysbrecht.

Hulle kyk na hom waar hy met die laaste bietjie bier in sy glas speel: die verfynde, effens verwyfde mannetjie met die groot roos in sy knoopsgat. Mnr. Querido kyk na hom met sy volmaangesig. Die kelner is besig om sy tande met 'n vuurhoutjie skoon te maak.

"Politiek is vir die politici," sê mnr. Querido.

Die kelner glimlag, maar nie vriendelik nie.

Mnr. Querido bestel nog drie drankies.

"Kyk na die koerante," sê mnr. Querido. "Die een sê só, die ander sê só . . ."

(In een stadium het alles opgehou. Die lewe is presies een-en-twintig jaar; die res is nabetragting, 'n opgepofte antiklimaks; 'n tydperk van die grootste bydrae vir die gemeenskap, maar die aanvang van 'n lang uitgerekte sterfbed vir jouself. Hier sit ek, Gysbrecht Edelhart. In terme van almal behalwe myself is my lewe volkome.)

"En dan is daar die kleurkwessie," sê mnr. Querido. "Ek glo daaraan dat niemand wat maar 'n kort tydjie in die land is, sy opinie durf uitspreek nie."

"So baie doen dit," sê die kelner. "Hulle kom hier, dan gaan kuier hulle in Johannesburg en vir die reënkoningin en dan skryf hulle boeke." Hy het weer sy drankie vinnig agter die telefoon weggesluk en leun met albei elmboë op die toonbank. Soms kyk hy heen en weer, maar al die klante is besig.

"Aan die ander kant weer," sê mnr. Querido, "vra mens jouself af of jy nie by wyse van oorleg en samespreking meer sou reggekry het nie." Hy beskou weer die plafon. "Ek bedoel, hou dit uit die politiek. Ek bedoel, as buitestaander is dit my oordeel."

Die kelner snuit sy neus, frommel sy sakdoek op en skuif dit in sy hempsmou.

"Ek stem saam, Mr Querido. Ek het altyd gesê skiet die donders."

(Kyk na hierdie hande: die are wat dikker geword het, die rimpeltjies, die eerste teken van 'n inkrimping wat van nou af sal toeneem. Watter voorwerp van antiklimaks is die liggaam nie! Na een-en-twintig die vorming van die dramatiese wrak, die powere voltooiing teen die einde, die verrotte disintegrasie as alles verby is. Die uitnodiging van Lolita is 'n brandende uitnodiging tot lewe – vyf minute van ekstatiese illusie. En daarna, die kaartjie by Mamma: £50 000 van bobbejaankliere . . .)

Oorkant teen die muur loop 'n groot spinnekop.

"Maar, daarteenoor," sê mnr. Querido, "dink ek aan die ondervinding wat ons in Indië gehad het. Wat het al ons raadplegings vir ons gehelp? Daar is Hattema, 'n gentleman, maar hulle kies Soekarno en skop ons almal uit."

Gysbrecht tel die bottels. Daar is presies ewe veel op die rakke. Noilly Prat, Armagnac en Hennessy. Maar daardie bottels is vol. Die jenewer is die leegste. Daar is meer brandewynbottels, elkeen is half. As jy hulle dus bymekaar tel, oortref hulle die jenewer wat gebruik word. Daar is ook 'n bottel anys waarvan slegs 'n kwart van die inhoud oor is.

"O, my nooi is in 'n nartjie," begin Gysbrecht sing.

"My ouma in kaneel,

daar's iemand . . . iemand in anys . . ."

"Wat word van die wêreld?" vra mnr. Querido. "Wat word van die wêreld? Wat kan ons doen? Jy probeer jou bes, jy leef soos 'n beskaafde mens, maar alles gaan tot niet." Hy rus sy hoof in sy hande en wieg heen en weer.

"Daar's 'n vrou in elke geur . . ."

Die kelner bedwing sy lag met moeite. Hy draai om, met wydgestrekte arms, gekruisig teen die rak met bottels.

Iemand, in die hoek van die kroeg, lag ook. Dis mnr. Julius Johnson. Hy is saam met 'n vriend en dié moes iets snaaks gesê het, want hy bulder sy opgeruimdheid uit asof hy daarvan ontslae wil raak.

"Jy sê vir hulle: Julle is net soos ons, julle het dieselfde sentrale senuweestelsel, dieselfde brein, bloed en liggaam. Net die kleur van die vel verskil. Maar in jou binneste voel jy, vra jy jouself af: sal hulle jou volgens dieselfde reëls ook 'n kans gee?"

"Anys laat my dink aan ou manne op Riversdal," sê Gysbrecht. "Hulle hou van anys omdat dit soet is. Dit proe na siekte. Dit geur die asem en vrywaar hulle van verwyte. Ou manne is gewoonlik onvas op hulle voete, hulle gesprekke is gewoonlik onsamehangend."

(Ek het nartjies bó in die nartjieboom geëet, ek het Daphné se broekie afgetrek, sy het by die kerkhof kaal gedans, ons het in 'n seekoegat geswem, ons het lieflik gedroom oor groot valshede, genot gehad van 'n liggaam wat vry was van pyn, geslaap soos die dooies, 'n orde gevoel wat essensiële vryheid toelaat, vir een-en-twintig jaar die illusie geglo.)

"Ek haat ook niemand nie," sê mnr. Querido. "En dan kom ek 'n bruinman teë en hy haat ook niemand nie. Kan u my sê, mnr. . . . ."

"Edelhart," sê Gysbrecht. "Gysbrecht Edelhart."

"Kan u my sê, mnr. Edelhart, hoekom ons sonder haat teenoor mekaar, mekaar nogtans vrees?"

"Die enkeling is altyd bevrees," sê Gysbrecht. "Die enkeling is altyd bevrees, want hy weet nooit wat die groep kan doen nie."

(Nou praat ek soos Juliana Doepels.)

Mnr. Querido het sy elmboë van die toonbank afgeneem. Met groot waardigheid steek hy 'n sigaret aan.

"Die enkeling is deel van die groep," sê mnr. Querido.

Langs Gysbrecht neem 'n vet man plaas. Die kelner vra hom wat hy wil hê.

"'n Mellou-woed, ou maatjie."

Hy het 'n swart blazer aan. Op die sak pryk die wapen van 'n bekende rugbyklub. ('n Paar jaar gelede was hy voorsitter, verder terug 'n breier, en nog verder terug self 'n speler: 'n sterk slot, 'n sterk man met die verskoning van jeug en krag om sy swakhede te verberg.)

"Ek vertrou nie eens my eie mense as hulle in 'n groep is nie," sê Gysbrecht. "Hoe sal ek nog die ander kan vertrou?"

"Dis die liefde wat tel," sê mnr. Querido. "Ek het dit gelees en dis waar. Ek haat niemand nie."

"Ek het liefde sowel as haat vir die enkeling," sê Gysbrecht met swaar beslistheid. "Ek het nie haat of liefde vir die groep nie."

Die gewese rugbyspeler bestel 'n steak-en-kidney pie. Hy kruie dit met worcestersous.

"Hoe lyk dit met jou, ou maatjie?" vra hy vir die kelner.

Die kelner weier.

"Nog 'n Mellou-woed, ou maatjie," en hy word alleen gelaat en vergeet as hy die volgende oomblik die trae ure van die middag tegemoet moet gaan.

Mnr. Querido blaas die rook die kamer in. Hy huiwer op 'n grootse gedagte, plooi sy mond om dit te uiter en voel meteens 'n behoefte op dieselfde tyd as wat Gysbrecht dit voel. Hulle verlaat die kamer onvoetevas op dieselfde oomblik. Alleen, omring deur liederlike geskrifte teen die mure, openbaar mnr. Querido sy swakheid en maak 'n voorstel aan Gysbrecht. Gysbrecht weier sprakeloos en hulle herverskyn by die toonbank soos medepligtiges.

(Vrede en welbehae.)

Die kelner word 'n spinnekop wat 'n web span. Hy gooi en gooi vir een en die ander. Hy gee sy heelhartige aandag en onttrek hom op die laaste oomblik. Dartelend beweeg hy van glasie tot glasie, laat die nektar loop, knoop 'n gesprekkie aan, begin 'n vriendskap, gee sy hele persoonlikheid, sy opinie en sy berekende oordeel – en weg is hy! 'n Middelmatige mannetjie, tydloos volgens die denke van almal, 'n stukkie mensheid met lokale wysheid.

"Presies, Mr Querido," sê hy.

"En," sê mnr. Querido, "ná mens alles deeglik oorweeg het, die goed en die kwaad, dan voel jy dat daar net één uitweg is: laat alles aan die Voorsienigheid oor." Hy staan meteens op, grotesk-groot in die kamer, gebaarvol voor hierdie, sy dramatiese uittrede. "As ons almal saamstaan, sal dit 'n groot land word hierdie." Hy gee vir die kelner sy hand en ook aan Gysbrecht. 'n Stewige, manlike druk.

By die deur staan hy opsy vir die twee dronkes wat weer teruggekeer het. Hulle gesels nog steeds oor die nael.

"Net een ruk," sê die een, "en weg is dit."

Buitekant kry mnr. Querido die meisie. Almal kan die toneel deur die ruitglas sien. Daar is 'n glimlag op haar gesig. Sy leun teen 'n lamppaal, haar mooi bene na vore gestrek, haar rok styf gespan, 'n piesang in die een hand, 'n tros druiwe in die ander – 'n oorweldigende geur van *The Night is Daring* in die nabyheid.

'n Bruin seuntjie tel mnr. Querido se stompie op; hy bied hom 'n hele pakkie sigarette aan. Die son het meteens deur die wolke gekom en skiet sy strale by die deur in. Almal sien mnr. Querido se vyftonvragmotor teen die sypaadjie. Al om die bak staan in geel geskryf: J. P. Querido, Carrier, Cartage Contractor, Passenger Service, Building Contractor, Engineer.

Die spieël by die deur wys alles: mnr. Querido op die boonste trap van sy vragmotor. Sy gesig rooi en glimmend. Hy kyk na die son en glimlag. Dan kyk hy na die mense in die straat. Meteens steek hy sy hande uit asof hy die wêreld wil omhels, dan klim hy flink in en met dieselrook en gedreun begin die motor draai. Die robot wys groen en met donderende geraas ry hy by 'n bus verby.

Dis asof die kroeg donkerder word. En die hele wêreld is donker. Asof op 'n balletmaat beweeg almal, hulle gesigte geel en groen. Die vloeistof stort van bo, 'n blinkende straal. Die glase ontvang dit. Dit verdwyn en meteens is daar musiek. "Rock a bye baby"; "Baby I don't care!" Regoor sit mnr. Julius Johnson, plaasvervanger vir mnr. Querido, ewe groot, ewe sterk. Sy plesier bereik die toppunt van uitbundigheid.

"Mr Querido is 'n groot man," sê die kelner vir Gysbrecht terwyl hy die glasies hervul.

Die dawerende gelag van mnr. Johnson bereik hulle. Die kelner wip sy aandag soontoe. In daardie rigting het hy ewe veel respek.

"Dis Julius Johnson," sê hy asof die naam geen bekendstelling nodig het nie.

"Hound dog!" sing Elvis the P.

Ruk-en-rol deur die kroeg – niemand ontsnap dit nie. Ruk-en-rol is die waarheid en die res is vals.

En dan volg die nuus. Die rebelle in Indonesië het 'n mate van sukses. Michael Todd het gesterf in 'n vliegtuigongeluk in Suid-Amerika. Arme Elizabeth Taylor. Haar verdriet in technicolor.

Op hierdie oomblik, bepaal deur die Voorsienigheid waarvan Querido, J. P., Cartage Contractor, gepraat het, kom Z. S. Cazuldski, die Boss, gekleed in sy smalpyp-klinknaelbroek, ritssluiters by sakke, gulp en band, die kroeg binne.

Rooi duiwel in die groen hel. Hy bestel wodka en tamatiesap. "One Bloody Mary." En hy rook seker nou marijuana. Hy het so pas sy moll gebraai. Sy bende ry op bromponies. Hulle vertrap die ander . . . bup, bup . . . Groot Meester van die Dragons . . . bup, bup . . . Hy luister . . . bup, bup . . . Is dit Tommy Steele of Teddy Malone? "Who is a square?

Baby, I don't care . . ." . . . huuuuuh . . . Baby, bubby, bubbbbbbb . . .

Maar die Boss sit stil en drink drie, vier Bloody Mary's na mekaar. Elvis the P. is strictly for the birds.

Julius Johnson bulder nog steeds na die dak. Maar die nuwe groot man is belangriker vir dié wat hom ken. Hou die Bloody Mary's gereed, draai die volume harder. Die kroegman-spinnekop, heerser van die bekende web, is nou self 'n bloedlose, powere, deurskynende insek.

"Ek sê," sê Julius Johnson, oningewyde square. "Is die musiek nie te hard nie?"

"Leave it like that," sê die Boss.

Die kroegman-insek vergaan van besluiteloosheid.

Die Boss, blitsvinnig soos alleen die jeug blitsvinnig kan wees, gryp hom aan die baadjiekrae en ruk hom halfpad oor die vriendelike dronkmans-oppervlakte – die helletafel van demonrum.

"Leave it on," sê die Boss.

Meteens hou almal op met praat. Maar niemand dra 'n mes, 'n rewol-wer of 'n fietsketting in 'n kroeg nie. Daarbenewens is die twee dronkes, die enigste armes en die enigste gespierdes, té dronk om iets te doen. Die ander, maagspiere deur tyd en welvarendheid verslap, is gewillig in gees maar magteloos in vlees en verlore sonder die sanksie van die gereg.

"Ramshackle daddy!" – Don Lang en sy ensemble oor die radio.

"Wa'! Wa'!" ontwaak die twee dronkes en kom met ongegronde entoe-siasme nader.

Die Boss laat die kroegman soos 'n vrot velletjie val. Sy hand is agter sy nek, agter die kraag van sy leerbaadjie, en die volgende oomblik skiet dit vorentoe, eers na regs en dan na links. Op die wang van elkeen van die dronkes vorm twee rooi duisendpote, en kom verbasing voor pyn as hulle verslae, volkome hulpeloos staan.

En die Boss wag met die fietsketting, 'n bebloede pendulum wat die sekondes tel.

Bup, bup . . . Ruk vorentoe, ruk agtertoe.

Niemand, niemand kan keer nie.

Die Boss sien vir Gysbrecht Edelhart, herken hom met gevaarlike wel-behae, neem hom saggies aan die arm, amper strelend, en lei hom uit.

"Hound dog!" sing Elvis.

Die bottels gryns met glastande teen die rakke en 'n omgestampte water-beker huil trane op die vloer.

Niemand lig 'n hand om Gysbrecht te help nie. Hy het ook so gedwee die Boss gevolg dat daar selfs 'n mate van onsekerheid oor die verwantskap tussen die twee was. In elk geval het hulle hul eers om die twee dronkes geskaar wat luidrugtiger as ooit die nuwe wonde ten toon stel.

As iets gebeur, sal ek om hulp roep, besluit Gysbrecht. Reg voor die deur staan die bloedrooi Midget langs die sypaadjie. Die sheila kyk vanaf die sitplek met groot oë, geaksentueer deur blou strepe op die lede daarvan, eers na hom en toe na die Boss. 'n Horlosie in die verte slaan twee-uur en onmiddellik daarna skud iets soos 'n geweldige ontploffing die stad. Dis asof Gysbrecht op daardie oomblik sy selfbeheersing herwin, want hy ruk meteens los en drafloop by die Boss verby. 'n Entjie verder verslap hy sy pas en probeer so ongeërg as moontlik aanstap asof niks gebeur het nie, veilig in die wete dat hy niks tussen al die mense te vrees het nie.

Meteens hoor hy die Boss fluit, maar hy steur hom nie daaraan nie. Die Midget kruie stadig by hom verby en hou 'n entjie vorentoe stil. Die Boss gryp hom meteens aan die arm en bondel hom langs die sheila in. "Help!" skree Gysbrecht en trek slegs die verbaasde aandag van die verbygangers. Die Midget brul en skiet weg deur die verkeer. Teen sy sy voel Gysbrecht iets skerps soos 'n speldeprikkeling; uit die hoek van sy oog sien hy iets blink waar die Boss se hand op sy knie rus. Langs die Boss en die sheila, half agteroorgetrek weens die helling van die sitplek, vasgesuig teen die leuning vanweë die toenemende spoed, beweeg hy nou na die middestad, en dan meteens weg van die middestad, volkome uit sy koers.

Nie een praat nie. Die gedreun van die motor, die gedruis van die wind, die swenking in volle vaart na links en na regs skep 'n eie wêreld. Dis belaglik om by 'n oorgang of op 'n hoek van 'n straat bloot 'n paar treë van mense te wees en volkome magteloos te let hoe hulle jou slegs verbygaande aandag gee. Eenkeer kyk iemand reg in sy oë, maar daar is myle tussen hulle. Dis hierdie speldeprikkeling in sy sy wat sekerder as enige tronk hom afskei van die res.

Wat kan mens doen? dink Gysbrecht. Dis asof alle vrees na 'n tyd verdwyn het en jy slegs met die probleem oorbly. Jy kry dit naderhand reg om heeltemal onemosioneel oor hierdie probleem na te dink. As daar werklike geweld in een of ander stadium teen jou gebruik sal word, is dit beter om die gebeurtenis te verhaas deur een of ander onmiddellike optrede, of is dit beter om te wag met die hoop dat een of ander iets intussen sal plaasvind wat die afloop van gebeure 'n ander wending sal gee? In sulke omstandighede is dit miskien makliker om die opskorting te aanvaar en die verantwoordelikheid van 'n regte of verkeerde besluit uit te stel. Dit help ook nie om in hierdie stadium aan toekomstige optredes te dink as jy nie die vaagste idee het watter vorm toekomstige handeling sal aanneem nie. Die beste is om jou in jou lot te berus en die aangroeiende gevoel van paniekerigheid teen te gaan deur alles om jou waar te neem en aan ander dinge te dink.

Gelukkig is die besef van fisieke eiewaarde op die ouderdom van vyftig aan die afneem.

Omdat hy weens die gebrek aan ruimte half skuins moet sit, is hy verplig om gedurig na die sheila te kyk en sou hy nie sy blik van haar kon afhou nie tensy hy sy oë soos 'n kameleon na die kante toe draai. Hy kan hom nie herinner dat hy al ooit tevore so digby 'n meisie moes sit en haar so mikroskopies van naby kon beskou nie. Sy kop voel dof van die bier, voorwerpe het 'n neiging om wasig by die buitelyne te word en 'n gedeelte van sy persoonlikheid is verlam.

Eers probeer hy vasstel hoe oud sy is, maar vind dit moeilik om te bepaal onder die masker van poeier, maskara, blou oogskaduwee en 'n bleek lipverf wat op 'n eienaardige wyse, teen die agtergrond van 'n bruingebrande vel, haar die voorkoms van 'n negatief gee. Daar is geen spoor van 'n besondere uitdrukking op haar gesig nie, maar as sy af en toe vir die Boss iets sê en glimlag, dan word hy getref deur haar mond en tande. Haar tande is sterk en gesond en dis asof haar mond (die wyse waarop haar vol lippe krul en die onderlip veral uitgestoot word) 'n soort sinnelike uitdaging inhou en homself, die waarnemer, met 'n gevoel van afsku vervul weens die vulgariteit wat inherent daaraan is, maar hom ook terselfdertyd op 'n aardse wyse prikkel. Waar 'n meisie se mond gewoonlik slegs aanduidings inhou van dit wat sy graag sou wou verberg, is die geval hier dat sy niks wil verberg nie; en miskien is dit juis daarom dat haar mond hom teenstrydiglik irriteer en stimuleer.

Maar, om vas te stel hoe oud sy is. Al die tekens van rypheid, wat onmiskenbaar by 'n volwasse vrou is, is by haar aanwesig en tog is daar iets wat nie pas nie. Hy kry die gevoel van 'n disharmonie tussen haar voorkoms en iets wat agter die voorkoms lê. Miskien sou daar 'n aanduiding gewees het in die fermheid, 'n atletiese stewigheid in haar bou en in die algehele afwesigheid van selfs die geringste tekens van plooitjies of rimpels op haar gesig. Maar dis geen sekere norm nie, want dit is 'n grasie wat in sommige gevalle oor 'n lang tydperk strek. Eenkeer het haar bloesie onder hom ingeskuif sodat hy homself moes oplig om haar in staat te stel om dit uit te trek. Daar was iets in die beweging wat hom aan 'n dogtertjie laat dink het: 'n onverskillige, onselfbewuste beweging.

En toe besef hy: dis die makaber-samestelling; die spontaneïteit, die direktheid, die argelose selfvertroue, die naïwiteit van 'n kind wat besit geneem het van 'n vervolwasse liggaam en sonder enige subtiliteit die liggaam gebruik. En nou, met hierdie wete, kan hy beter oordeel, kan hy alles wat misleidend is, afstroop en oordeel hy haar nie ouer as omtrent vyftien jaar nie. Hy sien nou in haar ook al die meisietjies met die verweerde klinknaelbroekies langs die strande, die skraal, uitdagende gesiggies, die slentergangetjies, die ogies half toe, die mondjies oop, die gereedheid om enige oomblik in enige vervoering te raak. Nabokov se duiwelskind – enfant charmante et fourbe. Maar hier is die demonkind sonder haar maagdelike voorkoms, die geheim van haar onweerstaanbare aantrekkingskrag onhandig aan die hele wêreld blootgestel en aldus, die illusie vernietig, 'n voorwerp van walging.

Kameleonagtig vanweë sy posisie, sien Gysbrecht ook dat die Boss teen 'n snelheid van negentig myl per uur voortjaag. Die wiele sing oor die teerpad, Kenilworth se resiesbaan is 'n wit streep langs die kant en hy weet intuïtief waarnatoe hulle gaan. Met skuiwende wiele verlaat hulle die grond en stop sidderend op die sand voor die see.

Christian's Beach. Verlate voor die berg, onvanpas langs die stad, slegs 'n enkele motor in die verte – 'n geskikte plek om jou onbekende lot tegemoet te gaan. Die koerante is vol van sulke ontvoerings; en tog voel mens dat om, te midde van al die geraffineerde wreedhede van hierdie eeu, 'n slagoffer van die rebellie van die jeug te wees, ook maar een van die verwikkelde vorms van hedendaagse lyding is.

Terwyl die Boss hom wys om uit te klim en hy dit doen, dink hy aan Lolita, George, Querido, die tuinier, Juliana en al die ander van sy wêreld en kry hy meteens 'n beangste gevoel dat hy langs hierdie twee jongmense in teenwoordigheid van 'n spesie is waarvan hy, ten spyte van sy jeugherinnerings, geen kennis dra nie. Hoe is dit moontlik, dink hy terwyl hy sukkelend uitklim, en belaglik vanweë die nadraai van sy dronkenskap wegsteier, dat hulle tussen ons grootword sonder dat ons weet wat hulle dink en hoe hulle voel? En tog (strompelend nou, beteuterd, gekreukeld, tot vlak voor die motor), en tog is dit asof ek in die ruk-en-pluk die ekstase, die sinnelike vryheid begryp . . .

"Looks like a f . . . rabbit to me," sê die Boss wat intussen op die enjinkap geklim het en met die mes, waarvan die lem outomaties kan oopspring, sy naels skoonmaak.

Die meisie bly nog steeds in die motor sit en kyk na die see asof sy dit vir die eerste keer sien, en dan kyk sy na Gysbrecht met presies dieselfde uitdrukking op haar gesig.

"He's a mugu, but he's cute," sê sy. "Smaak jy my, mugu?"

Agter druis die see op die laagwatermerk, 'n rustige geluid. 'n Sterkerige bries maak Gysbrecht onvas op sy voete in die los sand. Hy merk vir die eerste keer op dat die sheila nie dieselfde meisie is wat hy die môre in George se kafee gesien het nie. Bokant die motor is die berg, mooier as ooit, en 'n mistigheid is liggies besig om die kruine te streel.

Die Boss kyk op sy horlosie en Gysbrecht sien dat 'n paar blou vlerke op sy pols getatoeëer is. Die sheila kyk na die straat se kant toe en dan weer na die see. 'n Onweerstaanbare verlange na sy bed en sy drome kom oor Gysbrecht. Hy voel hoe sy oë vol trane word en hy vee dit met die agterkant van sy hand weg.

"Lookit the mugu, he's cryin'," sê die sheila. Haar oë, groen en geel, blinkend in die son, werklik mooi en intens agter die maskara, is op Gysbrecht gerig. "Lookit the mugu, Boss, he's chicken."

Sy klim uit die motor – 'n slank, fyn figuurtjie in 'n geel denimklinknaelbroekie met 'n bloesie wat oorhang. Sy gaan langs die Boss sit en leun met haar elmboog op sy skouer. Haar een been swaai heen en weer; langs die kante, waar die pype oop is, kan Gysbrecht die fyn, goue haartjies sien blink. Met sy ander self, wat die eienaardige dualisme van hier en nie-hiernie veroorsaak, dink hy aan meisies, jare gelede gedurende sy jeug, langs strande: dieselfde slanke voorkoms, dieselfde gevoel dat hulle onbereikbaar is, dieselfde besef van agterliggende wreedheid en totale gevoelloosheid. Maar tog as hy nou daaraan terugdink, dan was die gebrek in homself: as hy die voorkoms, die selfvertroue en die sjarme van die Boss gehad het, sou hulle ooreenkomstig bekombaarder, swakker en minder formidabel gewees het. Daar is 'n gedurige verskuiwing op die gevoelsbaan in direkte verhouding tot jou selfvertroue.

Hy kyk meteens op. Hy sien die Boss is besig aan die laaste nael, die mes groot, maar beweeglik in sy hande; en langs hom die sheila, die geverfde pop in die maskerade, en meteens word hy vervul met 'n gevoel van vrees soos vroeër die môre. Hy is alleen. Die mugu het geen kommunikasie – geen taal waarmee hy tot hulle kan deurdring nie en geen norm wat hulle begryp nie. Hy is alleen soos hulle alleen is; twee lewensvorme op verskillende vlakke: hý die lid van 'n beskawing wat tot niet gaan, húlle die wandelende, dansende finale ontbinding, die eksotiese fynproewers terwyl die simbole disintegreer – die ekstatiese hipsters wat in die lugleegte binne die gemeenskap, die horisonne álom tot oorlopens toe gevul, ál die grense bereik, konsekwent die enigste oorblywende waarheid gehoorsaam: GO MAN, GO! GET WITH IT! GONE!

Hy lig meteens sy arm asof hy iets wil sê en laat dit dan sak. Wat help dit? Wat help dit alles? Die rede het sy perk bereik.

"Lookit Boss," sê die sheila. "Dig that crazy mugu!"

Die Boss knip die mes toe, druk aan die veer en laat die lem weer uitspring. Dit blink in die son, vang die strale en gee flitsende staalglanse terug. Die windjie van die seekant af word sterker, ruk die motor en sprei die fyn sandjies teen die metaal. Dan kyk die Boss meteens op.

'n Oorstelpende lawaai vervul die leë strand: die tweeslaggeluid van bromponies en motorfietse, die vurige perde van helderkleurige kabouters wat met hulle Dolls en Dragons agterop, hande agter die rug, die rendezvous met Boss Eros nakom. Roomkleurige Vespas, Lambrettas en Heinkels: skerms soos die vlerke van aasvoëls; swart, vet wiele mal-skuiwend oor die sand; bokspringende bronco's wat soos perde vassteek en met 'n laaste gebrul tot stilstand kom. Dan klim hulle een na die ander af; lenige, gespierde mannetjies met uitdagende kuiwe, met sybaarde aan weerskante van aggressiewe gesigte wat, belas met hare en jeugdige rondheid, té swaar vir selfs daardie bop-gespierde lywe lyk – klim hulle vol opgekropte energie, saam met hulle slick chicks, een na die ander, van die strydrosse af. Maar die sand is los en die ponies, blinkgevryf en liefdevol versorg, kantel van die staandertjies en val meteens met plafgeluide op die sagte sand – die modderskerms in eenderse patrone na bo, die oliegemengde petrol uit die vergassers druppend op die voetplate en dan stadig syferend in klein donker plassies na benede.

Teen die agtergrond van die stil see, die verlate strand en die allenige motor in die verte, vergader hulle om die Boss, Gysbrecht en die sheila, kwetterend soos gevaarlike vinke, die woorde meestal eenlettergrepig, die intonasie plat en nasaal.

"Wanna rip him with the gomey, Boss?"

"Want me to work him over, Boss?"

Maar, beskerm deur die Boss se afsydigheid, is Gysbrecht vir die oomblik veilig in die gevaarlike sirkel. Die Boss speel nog steeds met sy mes, skiet dit die lug in, vang dit op sy gewrig, rol dit oor sy vingers en laat dit met 'n oogverblindende beweging tot in sy palm kantel en met 'n metaalgeluid oopspring. Dan knip hy dit toe, sit dit in sy binnesak terug en beskou sy malende horde met dieselfde onemosionele onverskilligheid as wat hy vir Gysbrecht voorhou.

Meteens gryp hy die sheila om die lyf, druk haar teen hom aan, knabbel aan haar nek onderkant die poniestert sodat sy giggelend na vore beur, haar balans verloor en hom saamtrek tot op die grond waar hulle in 'n spartelende hoop rondrol. Hulle rol tot aan Gysbrecht se voete sodat hy direk op hulle afkyk. Die Boss se gesig, sy vroetelende hande, laat Gysbrecht twyfel oor die aard van die spelerigheid. Soms lyk dit na die natuurlike uitgelatenheid van jongmense; die volgende oomblik is daar 'n intensiteit wat hom, die volwasse oningewyde, in verleentheid na die ander laat kyk. Maar daar is geen verandering in hulle houding nie, net die gedurige uitroepe wat onderwyl aanhou:

"Hey, you naughty gal, what you doing?"

"O Maaa, look!"

En dan hou die speletjie meteens op. Die sheila knoop haar bloes met die een hand toe terwyl sy met haar elmboog op die grond leun. Haar bruingebrande vel steek warm tussen haar bloes en die slenterbroekie uit. Toe die laaste twee knopies die swart bra bedek, vryf sy aan haar magie en kyk na Gysbrecht, 'n spottende lig in haar oë. Die Boss lê vollengte op sy rug in die sand, sy hande agter sy kop gevou.

Daar is weer een van daardie kenmerkende tussenposes wat een gebeurtenis van die ander skei en elke nuwe handeling 'n eienskap van willekeurigheid gee. Dit lyk asof almal vir 'n oomblik van Gysbrecht vergeet het. Iemand wys na 'n voël wat in die lug draai, 'n albatros wat helikoptersirkels oor die toneel maak, en meteens kom die Boss regop in 'n sittende posisie, sy oë regoor Gysbrecht se kniekoppe.

Hulle volg die vlug van die voël en dan, asof op 'n gegewe teken, word almal stil.

Met 'n stadige, doelbewuste beweging van sy arm, klap die Boss Gysbrecht se voete onder hom uit.

Roerloos kyk almal nou na die figuurtjie wat soos 'n kaartmannetjie kantel, eers op sy een skouer grondvat, en dan op sy gesig val. Hy rol twee keer om en eindig op sy rug met bene in die lug, sy broek opgeskuif, die blou sokkiehouers blootgestel, die swart suède-skoene gespikkel met wit sand. Dan plaf ook die bene neer en lê hy vollengte op die sand uit-gestrek.

In die verte het twee mense, 'n man en 'n vrou, uit die motor geklim en is hulle nou besig om al met die strand af te wandel.

Die Boss kom stadig orent, sy een knie op die sand, die ander been krom. Sy bene warrel en die volgende oomblik staan hy atleties-wie-gend, dan stil, oor Gysbrecht, sy gesig in die rigting van Muizenberg, sy oë gerig op die seevoël wat meteens op 'n stuk aas afduik, dit oppik en voëlvry wegskiet, die vlerke skuins met die aarde, die vlug teen 'n hoek van vyf-en-veertig grade opwaarts in die rigting van die blou horison. Bo-oor Gysbrecht getroon, die Boss, met sy oë gerig op die albatros, die twee broekspype met 'n hoek na die spits waar hulle kulmineer in die gulp, die gulp versier met twee goue draadjies vertikaal-parallel geryg tot waar hulle verdwyn onder die leerbaadjie, die leerbaadjie vasgegespe met ewe-blink ritssluiters tot halfpad oor die geel hemp, die geel hemp vasgeheg met blink knopies van perlemoen om vir die res die haarlose bors te ontbloot waaroor 'n kettinkie heen en weer swaai. Die Boss se gesig opgehef in die lug; die jong gesig, sonder 'n sweem van gevoel, arendagtig teen die blou; sy grys moordenaarsoë op iets in die verte – op 'n voël in vrye vlug – en dan op Gysbrecht.

Sonder deernis en sonder vrees kyk hulle na mekaar. Daar is geen ver-soening nie, die offerande is noodsaaklik, die kastyding is onvermydelik. Die stem van die markies uit die vérre verlede eggo álom. EK IS! ONS IS!

In volkome stilte sien almal hoe die been teruggetrek word, die buiging, die hak na bo, die samespanning van spiere, die oomblik van dreigende bewegingloosheid – en dan sak die Boss se skoen weg in Gysbrecht se mid-derif en reinig hom. Sy oggendete, die koffie, die bier, die gesoute aartap-pelskyfies, borrel uit sy mond. En bitter gal prikkel sy tong.

(Die man en die vrou het al só naby gekom dat hulle die figure, maar nie die gebeurtenis nie, kan onderskei. Die vrou wys vir die man die brom-ponies op die sand. "Dis eendsterte," sê die man en vrees en woede neem besit van sy hart. "Ek kan nie verstaan wat in die wêreld aangaan nie," sê die vrou. "In ons tyd was dit nie so nie, was dit?" Sy is omtrent vyf-en-dertig jaar oud en dra benewelde herinnerings van 'n oorlog en oorlogsuit-spattigheid in hotelle langs die see. "Ek bedoel," sê sy, "in ons tyd het ons wel snaakse dinge gedoen, ons was nie juis engeltjies nie, maar ons was nie sadiste nie, was ons?" Hulle stap ongemerk stadiger hoe nader hulle aan die groep kom.)

Drie van die hipsters volg die voorbeeld van die Boss en skop die mugu. Hulle buk af om die uitdrukking op sy gesig te sien.

"Get with it," sê die Boss.

Hulle pluk Gysbrecht orent, klap hom heen en weer deur die gesig en laat hom weer val. Met elke skop skuif sy lyf 'n entjie van die oorspronklike posisie af en maak patroonlose sleepsels in die sand. Die liggaam self neem allerhande vorms aan as dit onwillekeurig op elke aanslag reageer – dit beweeg altyd in die rigting van die voorwerp wat kasty: die lyf krul om die voet, die kop hang oor die vuis.

Op 'n teken van die Boss hou almal op en staan in 'n kring om die mugu. Die Boss keer Gysbrecht se gesig, wat skuins op die sand gedraai is, met die punt van sy skoen na bo en tik aan sy ken.

"The mugu is gone," sê die sheila. Sy kyk geïnteresseerd na Gysbrecht wat met geslote oë passief op die naat van sy rug lê. Sy gesig is gevlek, sy asemhaling is swaar. Sy dasspeld is afgeruk en sy hemp is halfpad uit sy broek getrek. Hy lyk effens na 'n rondloper wat sy roes langs die strand afslaap.

Die man en die vrou is nou na genoeg om te sien wat aangaan. Die oomblik vereis dat hulle iets moet doen. Al wat hulle kan doen, is om stil te staan en te wag. Die eendsterte draai om en kyk na hulle.

"On your way," sê die Boss.

"Die man het seergekry," sê die vrou.

"That's a class sheila," sê een van die eendsterte. "You smaak to . . . honey?"

Die man word rooi in die gesig. Hy is sterk gebou en in normale omstandighede nie onbewus van sy krag nie.

"You smaak to hit out?" vra die Boss. "I'm easy."

Die vrou trek die man aan sy arm. "Hulle is te veel," sê sy.

"Kom ons loop." Sy fluister iets in sy oor. Hulle kyk na die bromponies.

As hulle op die punt is om verder te gaan, keer die Boss hulle, sy "flipper" ongeërg in sy hand.

"I'd hate to see that jalopy of yours if you take our numbers, baby." Hy praat met die vrou en ignoreer die man. Hy staan digby haar en bekyk haar op en af. Sy het 'n blou rok aan. Een van die ander sê: "On the blue, man." Nog een sê: "If you squeal, it's going to come out real bad." 'n Derde herhaal sy uitnodiging en maak 'n onkuise gebaar.

Sy skud haar kop en stap aan. Toe die man by die Boss verbykom, steek die Boss sy voet uit en die man struikel onelegant in die sand. Hy sukkel om sy balans te herwin. Daar is 'n desperate uitdrukking op sy gesig, maar die stryd is reeds gewonne. Een van die eendsterte maak bokspringe voor hulle. "Cry, baby, cry!" sing hy, ruk oordrewe en val plat op die sand van waar hy soos 'n stout hondjie na hulle loer. Sy ouderdom is omtrent twaalf en sy ouer broer is ook in die groep.

Die twee stap in stilte aan. Hulle pas is effens vinniger. Hulle verhouding tot mekaar sal nooit weer presies dieselfde wees nie. Hy moes iets gedoen het, maar sy weet nie wat nie.

"Wat kan ons doen?" vra sy.

"Die polisie op Muizenberg vertel," sê hy.

"Hulle sal ons motor stukkend steek," sê sy. "Hulle sal ons in die aand voorlê. Hulle is sonder rede. Daar is niks aan hulle te doen nie."

"As ons gou maak en die nommers van die bromponies aan die polisie gee, kan hulle nog iets doen."

"Ek sal nooit veilig voel nie," sê sy.

Op haar aandrang het hulle van sy plan afgesien en heelwat later met 'n ompad na hulle motor teruggekeer. Twee van die bande was stukkend gesny. Terwyl hulle na die naaste garage gestap het, het hulle stry gekry. Daar was ook sand in die verkoeler en seewater in die petroltenk. Die lugdraad van die radio en 'n sonbril, wat op die kussing gelê het, is verwyder. Aan 'n vriendin het sy 'n paar dae later vertroulik gesê: "Henry is gaaf, maar ek voel dat ek in moeilike omstandighede nie op hom kan staatmaak nie." Sy het eenkeer die Boss in Adderleystraat raakgeloop. Ten spyte van sy kleredrag, het sy gedink, is hy nogal aantreklik. Maar die Boss het haar nie herken nie.

Henry het, op sy beurt, alles aan 'n vriend vertel. "Wat kon ek doen?" het hy gevra. Hy het allerhande verdere verskonings aangevoer en gesê: "Die man was natuurlik een van die bende. Hy moes een of ander reël oortree het. Het jy in die koerante gesien: op een van daardie eendstert-onluste was 'n ouerige man met 'n trui waarop geskryf was: 'GO, MAN, GO!'?"

En so het hulle vir Gysbrecht aangetrek, 'n geel trui met die woorde, GO, MAN, GO! in groot, swart letters op die voorkant en die agterkant daarvan geskryf. Sy baadjie het die eiendom van die Terrible Kid geword, wat dit op sy beurt weer vir die bedrag van drie ghienies verkoop het. Hulle het alle belangstelling in die mugu verloor en in groepies op die strand gelê en wag vir die skemer. Gysbrecht, nog half bewusteloos, het in 'n diepe slaap verval.

Toe hy 'n uur of wat later wakker word, sien hy dat hulle nog op die strand speel. Party dra meisies op hulle skouers terwyl hulle op en af langs die vlak water stap. 'n Ander groep het 'n bal wat hulle heen en weer met plankspane slaan. Verskeie paartjies lê in allerhande intieme posisies rond, hulle bene deurmekaar gevleg, wange teen die sand, lippe op mekaar. Oor 'n duin verdwyn 'n paar, oor 'n ander duin kom 'n paar terug. Die seuns lyk bruingebrand en gespierd in hulle swembroeke, die meisies benerig en ongevormd. Sonder die eendstertdrag, die toppunt van jeugdige fikshcid – lenig, taai en in daardie tussenstadium van volkome gesondheid waar die eise van die liggaam tot 'n minimum beperk is. Sonder hulle uniforms lyk hulle ook onskadelik, is hulle bloot jongmense en skep by die volwasse waarnemer 'n brandende verlange na iets wat vir ewig verby is.

So, dink Gysbrecht, het ons ook met meisietjies langs die strande gelê – miskien onopsigteliker, miskien onder die indruk dat ons onopsigtelik was; só het ons ook agter die duine verdwyn en met 'n blos op ons wange te-ruggekeer. Hy vee die hare uit sy oë, rek sy bene uit en sien vir die eerste keer die trui wat hy aanhet. Tevergeefs soek hy rond na sy baadjie. Herin-nerings aan die voorafgaande gebeure kom terug, maar die vrees het ver-dwyn en hy lê weer met sy wang teen die sand. Hy voel asof hy reeds een of ander inisiasie deurgemaak het, dat die ergste verby is, dat die offer vol-bring is en dat hy, wat die Boss en sy groep betref, 'n nuttelose voorwerp is. Dit is rustig so op die strand met die stemme van die jongmense en die gedruis van die see op die agtergrond. Hy hoor hulle lag en 'n jeugverlange oorweldig hom. Die tyd het alles verbloem, die onaangenaamhede wegge-tower. Hy kom al hoe nader aan daardie dinge waarvan Juliana vertel het.

Herinnerings deur die jare stileer jeug en gee dit 'n deurlopende eienskap wat miskien vals is. Maar tog is hy nou nader as ooit daaraan.

'n Entjie van hom af lê die sheila en braai in die son. Sy het onverstoord gelet hoe die Boss, 'n rukkie gelede, met iemand anders agter die duine verdwyn het. Sy lê in die sand wat nog warm is, gestut op haar elmboë, haar lyf, bikini-ontbloot, amper seksloos, maar taai, ferm en vol aardse vermoë om hetsy die ruk-dans of liefde met perfekte beheer te beoefen. Sy kan met haar bedrieglike dun armpies die MG teen 'n maksimum-snelheid om 'n draai bestuur – volkome oorgegee aan 'n diepe, persoonlike ritme van haar eie.

Sy sien dat hy na haar kyk, glimlag en verval weer in 'n houding van liggaamlike selfbesinning. Dis asof sy alle belangstelling in hom verloor en die gebeurtenis van flussies vergeet het. Dit wek by hom daardie koue gevoel van die uitgeslotene. Hulle stel natuurlik nie daarin belang om hom hardhandig te skep na hulle patroon nie, dink hy. Die geweld, die Boss se kastydende skoen, is nie 'n noodsaaklike inisiasie nie (dit besef hy nou); dis 'n bevryding vir hulleself. Hy sit meteens regop. Die mugu word nie gehaat nie, want ten grondslag van haat lê jaloesie. Hulle wil weg wees. GONE! (Gysbrecht met sy elmboë agter sy rug gestut, sien hoe die Boss en die Terrible Kid reg teenoor mekaar vlak by die water staan.) Weg van die square-wêreld. Maar die horisonne is tot oorlopens toe gevul. Wat kan jy doen? Wat kan jy anders doen as met ru, uittartende geweld jou identiteit bewys?

Meteens word Gysbrecht vervul met 'n allesomvattende liefde vir hierdie klein monsters. Hy glimlag as hy aan sy vyftigduisend pond dink. Hy glimlag ook oor sy ontvlugtingsdrome van die vorige nag. Kan die mugu, lid van die square-gemeenskap, selfs met al die geld tot sy beskikking, ooit sy vryheid koop?

Die Boss het nou 'n aggressiewe houding teenoor die Terrible Kid aangeneem. Iets is duidelik op die spel. Dis iets wat spoedig, hardhandig miskien, maar met finaliteit afgehandel sal word.

Gysbrecht steek 'n sigaret aan. Hulle lyk van hier af soos kinders; hulle argumente het daardie kenmerkende tydelike heftigheid. Maar is hulle kinders? Hy kry meteens lus om met een van hulle te praat: met die sheila, die Boss of die Terrible Kid. Maar tussenin lê 'n beskaafde wildernis. "To be hep" is 'n toestand, 'n lewenswyse, 'n aktiwiteit wat in die plek van leë woorde gekom het.

Hy glimlag vir haar; sy rol nader en rus haar ken in haar hande.

"Wanna talk to me, mugu?" Sy herhaal dit met presies dieselfde stembuiging. "Wanna talk to me, mugu?"

"Ek onthou 'n meisie met die naam van Daphné," sê Gysbrecht. "Dit was jare gelede. Daphné en 'n grafkelder en maanblomme oor 'n wit muur. Dit was laatmiddag, soos nou, en die grootmense sit 'n myl daarvandaan onder 'n eikeboom en gesels."

"Keep on talking, mugu," sê die sheila. "Gee, but you're cute."

"'Die kinders het gaan stap,' sê die grootmense. Daphné het al haar klere uitgetrek om 'die sonlig te voel'. Na 'n rukkie keer ons terug, 'n blos op ons wange – warm, ontspanne, gesuiwer. Daphné gaan na binne om tee te maak; ek gesels vrolik en uitgelate met die familie."

"You were a boy," sê die sheila. "Imagine you a small boy. A cute little small boy." Sy tel 'n handvol sand op en laat dit deur haar vingers, oor haar arms tot op haar lyf gly.

"Die trotse oë van die ouers: die *liewe* kinders, die jeugdige onskuld, die karakters (lank reeds gevorm), wat wag om gevorm te word."

"Lookit the Boss and the Kid," sê die sheila.

Die Terrible Kid het 'n sonbril op en 'n stiletto-dun radiolugdraad in sy hand. Hy swaai dit heen en weer sodat dit al fluitend die sonlig oogverblindend vang. Digby Gysbrecht tol hy meteens in die rondte sodat die gefluit oorgaan in 'n aanhoudende gedruis. Die Boss kom nader en neem dit af.

"Wheeeee!" sê die sheila.

"In die aand, terwyl almal slaap, glip ek en Daphné uit ons kamers en ontmoet twee, vier, agt ander. Die slapende dorp is ons prooi. Dis die Charleston en die Black Bottom in 'n kersligkamertjie voor 'n grammofoon met 'n beuel soos 'n morning glory. Lekker Kaapse wyn en 'n stoute sigaret. Iemand het sy ouers se two-seater Essex gesteel. *Veertig* myl per uur op die Kaapse pad! 'Show me the way to go home, I'm tired and I wanna go to bed . . .'"

"I've had a little drink too much," sê die sheila. "And it's gone straight to my head."

"By die spoorwegoorgang mis ons die ongesiene trein met drie agstes van 'n duim. Die duiwel het sy kinders lief!"

Die sheila lê op haar rug en beweeg haar bene heen en weer.

"Listen to the mugu," sê sy.

"Teen dagbreek is Daphné in die bed, in die laaste bed, voor die son op-kom en dit warmer en warmer word en almal presies om halftien ('Julle laatslapers!') wakker word, betyds om te swem in die dam agter die huis. Daphné lees van Bessy Bunter en Sally in die *Schoolgirl*. Grey Friars, geheime gange, dope fiends in Hongkong. Harry is die held."

"Readin', readin', readin'," sê die sheila.

"Maar nou," sê Gysbrecht, "lyk al my eie herinnerings so onvanpas, so naïef, so onskuldig. En jy verstaan nie 'n woord wat ek gesê het nie."

"Daphné, Daphné, Daphné," sê die sheila. "I know a Daphné but she's in the bin. Daphné's in the bin."

"Dis die verskil," sê Gysbrecht. "Ons het met die Charleston en die vurige ou Essex geweet dat alles tydelik is, dat daar 'n entjie verder 'n veilige hawe is waarin ons almal (die simbole is nog suiwer) in een of ander stadium tot rus sal kom. Ons was nooit bevrees dat ons sou verdwyn nie."

"Real cool, man. Real cool," sê die sheila. "Listen to the mugu. Dig that man!"

"Ons het dit nie geweet nie, maar die veilige hawe was ook 'n illusie. En julle is vervloek met kennis. Julle weet dit diep binne julleself."

"Yea, man! Yea, man!" sê die sheila.

"Dis net dat julle werklikheidsbesef té vroeg gekom het," sê Gysbrecht, "en julle kan niks daaraan doen nie."

"Amen! Yea, man! Yea, man!" sê die sheila.

Sy het nou nader aan Gysbrecht gerol en is besig om haar brassière los te maak.

Ongemerk het dit donkerder geword en meteens is dit donker as die ligte by die Muizenberg-paviljoen kruis en dwars begin brand. Die wind dra die tempo van die ruk-musiek.

Die seuns en die meisies word in 'n oogwenk weer eendsterte; skaamteloos, maar natuurlik, verwissel hulle. Daar is 'n oomblik van onskuld en dan 'n oomblik van wulpsheid. Dis die kombinasie wat so verwarrend is, dink Gysbrecht terwyl hy daarop let hoe die sheila langs hom haar baaikostuum aftrek, die sekslose borsies ontbloot en die bloes oor haar maag toeknoop. Die volgende oomblik word hy weer omring deur die bende. Hierdie keer is daar 'n verandering in hulle houding. Hulle kyk nuuskierig na hom asof hulle sy vermaaklikheidswaarde probeer vasstel.

En innig verwelkom Gysbrecht dit. Hy is bereid om die hofnar te word, solank as wat hulle hom net nie ignoreer nie. Nog nooit het hy so 'n verlange gehad om nie uitgesluit te wees nie. Hier is iets wat hy aanvoel, maar nie begryp nie; asof 'n onbekende lewe op 'n ander vlak plaasvind, sigbaar maar verborge in sy eksklusiwiteit, dinamies en uitbundig maar grotesk in die wyse waarop dit teenoor die buitewêreld geopenbaar word. Hy kyk na die jong klomp om hom, maar dit lyk asof hulle al weer van hom vergeet het. Uit die verte, verwronge oor daardie distansie, kom nog steeds die ruk-maat en een van die sheilas tol meteens in die rondte op die los sand.

Beweging gaan deur die groep, asof hulle op een of ander kenteken rea-
geer – 'n rustelose aktiwiteit terwyl hulle nader staan.

Die Boss het die ligte van sy Midget aangeskakel en is besig om 'n siga-
ret te rol uit 'n mengsel van fyn blaartjies, saadjies en tabak. Hy en die
ander het skaars begin rook, toe die sheila sê: "Give the mugu a whiff."

Gedwee neem Gysbrecht die sigaret en kry sy eerste smaak van dagga.
Die uitwerking is nie onmiddellik nie, maar toe dit plaasvind, ontplof sy
gewone standaarde in wat hulle vir hom beskryf as die "jolly feeling".

Die kastyding afgehandel, is Gysbrecht nou 'n soort gelukbringer van
die groep, 'n onwerklike teenwoordigheid wat op die ingewing van die
oomblik saamgeneem of agtergelaat sal word. En as hy dink aan hulle
sadistiese aanslag op sy liggaam, voel hyself versoen met elke kneusplek,
boetvaardig gelukkig oor elke letsel. In daardie stadium beskou hy homself
as deel genoeg van hulle om ongevraag en uit eie beweging langs die sheila
in die Midget te klim. En vir die eerste keer lag die Boss – daardie hiëna-
lag van die Dragons wat spoedig deur almal opgeneem word en bo-oor die
gebrom van die ponies weerklink – die rebellekreet wat aan die vertrek in
die rigting van die paviljoen 'n gevoel van toenemende ekstase verskaf.

Gysbrecht is die spesiale eiendom van die sheila. Sy kruip teen hom aan
en rus met haar kop teen sy skouer terwyl die Boss die optog lei. Oor die
sand skuif hulle tot op die teerpad en van daar met swierige vaartversnel-
lings en uitspattige draaie tot by die parkeerplek voor die paviljoen. Luid-
rugtig hou hulle stil, klim af en beweeg as één groep tot by die dansplek
waar die mense oor die tralies hang om die nuutste manifestasies te sien.

"Duckies-wat-grab" is in beheer van die vloer. 'n Toegewyde klein krul-
bol bedien die hi-fi. 'n Hele reeks amateurs met gekleurde sterte na bo, met
stampende voete en intense konsentrasie, probeer elkeen op eie wyse die
ruk-maat interpreteer. Die Boss en sy groep (met Gysbrecht GO, MAN, GO!
in die middel) vergader by die ingang. Met kennersoë kyk hulle deur die
klomp. Die Kobras is nie daar nie. Niemand is daar nie.

Sodra hulle op die vloer kom, neem hulle oor, die Boss heel eerste. Hy
ruk met sy skouers as hy dans, beheers soos 'n vuisvegter. Die ander dans
aan die kant; die Boss en sy groep in die middel. Vir die eerste keer word
die dans professioneel. Die ander kyk met afgunstige belangstelling toe. 'n
Hele paar Dead End Kids word by aanskouing van die Boss en sy bende
gebore. Hulle loer na hulle ouers en die ander wat van buite af toekyk,
sien die squares en word vervul met 'n verlange om weg te wees. Hulle is
nog jonk genoeg. Bliksemsnel vind die verandering plaas en niks sal hulle
meer keer nie.

Die musiek wissel alleen van tempo.

"Dig that rhythm, gal; push that crazy hoof . . ."

Rooi naels stroop smal bewegende heupe.

"Go mad, boy . . .! Go mad! Boy!"

"Paralysed!"

"*Poor* boy! *Poor* boy!"

"Hey you!"

"I don't care if the world don't smile."

En chaka-chaka-chaka!

Een eienskap van die ruk-lied (dink Gysbrecht, alleen teen die tralies, vol moed in 'n rose-daggawêreld) – dit is nie sentimenteel nie.

Mr Frantic. "Ain't I cool!"

"Let's have a wonderful time!"

Almal klap hande. Die Boss gryp sy sheila, gooi sesh – dans die kwêla.

(Hulle verdwyn agter die paviljoen en kom terug.)

Die Terrible Kid doen die bunny hug met die sheila. Hulle is ewe groot. Maar die Terrible Kid het sy waarde bewys. (Verdwyn hy en die sheila. Die Boss se sheila is 'n class sheila.)

Alles vind voor almal plaas. Die ouers met trotse ouer-oë kyk blind, soos die square alleen blind kan wees, na die jongmense. Voor hulle oë dans die kinders van hulle weg. Dis iets om oor te lag; 'n verbygaande fase; môre het almal daarvan vergeet.

Die sheila kom by Gysbrecht en maak 'n voorstel. Sy tweede van die dag. Sprakeloos weier Gysbrecht weer.

Op die vloer het die Boss en die Terrible Kid in 'n argument gewikkel geraak. Die Kid is op die oomblik nog nie 'n bedreiging nie, maar die Boss hou hom dop.

Die sheila is nie tevrede nie. Sy neem Gysbrecht aan die arm en lei hom weg. Hulle stap saam op die teerpad, verby die badhuisies. Voor 'n kafee gaan sy staan. Sy koop 'n tydskrif, hy betaal daarvoor. *What Hollywood Kisses have done to Liz. Hollywood Rebels.* Binnekant 'n Coke vir twee. Haar kouse is 'n shocking-pink, haar bene uitgestrek op die oorkantse stoel. Terwyl sy die Coke drink, haar wange ingehol en skaduloos in die neonligte, onder die gedruis van bruismelk en die geraas van kinders wat springmielies by die toonbank koop terwyl hulle gesoute grondboontjies en geel roomys eet, merk hy op hoe spookagtig sy lyk – heksagtig amper, haar ware persoonlikheid smakeloos doodgeverf. Doodgelukkig, hier vanaf haar wêreld, volkome weggesteek agter die doodgewone, kyk sy na hom met warm oë. Buitekant, lei sy hom na die strand. Jare gelede het hy eenkeer daar geswem – tot diep in die see. Onder die pilare van die paviljoen bied sy haarself aan. 'n Klein menade deur die nag geskep; weg van die ligte, gereinig deur die see; gereed om iets van haar eie ekstase, vryheid en verkwikkende uitbundigheid te gee.

Maar hoe kan 'n square, hoe kan 'n mugu . . .?

En dit is die tragedie, dink hy toe hy haar lusteloos volg na die paviljoen. Veronderstel dat ons almal die vryheid gehad het, veronderstel die vryheid was volkome en vry van kodes . . .

Hy kyk na die vet vrouens om die ring. Hulle vet, deur-konvensie-gestrakke gesigte volg die uitspattigheid en weerspieël hulle diepe behae in elke wenteling. Dis net hulle oë wat die verlange verraai. Hulle woon in woonstelle met huurkoop-meubels en daar is potplante op die klein balkonnetjies. Die ferrobetontronk vul die hele erf behalwe vir 'n klein grasperkie aan die voorkant waar niemand mag kom nie. In die agterplaas, by die garages, groei drie akkerbome. Tussen die takke is 'n spinnerak van lugdrade om hulle radio's te voed. Die vrouens is bedek met nagemaakte juwele en hulle hare is in eenderse fyn krulletjies gedraai; die mans bêre hulle bier in die yskas en torring in hulle vrye tyd aan klein kontinentale motortjies. Die wildehaar-seuns ry op blink motorfietse, die poniestert-dogters op bromponies. Op die kaggel is 'n geluidlose horlosie wat die minute met koperknoppe regsom en linksom afdraai. In die winter kuier hulle by familie in die binneland as die man verlof kry. Tydskrifte, comics en filmboeke lê in die sit-eetkamer rondgestrooi. Hulle bly jonk en luister saam met die kinders na trefferdeuntjies op Springbokradio. In die asvaal byekorf, in die doolhowe tussen die grou heuningkoeke borrel hulle in en uit op die teer en sement. Dis net die berg en die see wat 'n uitkoms bied, maar stadigaan groei die betongewasse om die voortvlugtiges onverbiddelik te verswelg.

Té oud, té afgemat om self te ruk-en-rol, kyk hulle nou half veroordelend na die uitbundigheid voor hulle. As squares is hulle gedoem om gevangenes van die struktuur te wees; as hipsters is daar 'n geleentheid om in 'n wilde, selfvernietigende orgasme 'n uitvlug in die liggaam te soek. Maar jou liggaam moet jonk, soepel en heel wees om die kastyding te dra. Daarom, self gefrustreerd, maar aangespoor deur gerugte, wag hulle vir tekens van afwykings en eendstertmoleste om hulle eie vergeefse verlangens te wreek, soek hulle met wellustige oë na die eerste spore van ongerymdheid om hulle veroordeling te voed, staan hulle gereed om die blaam op ander kinders, ander ouers, die hele menslike lot te werp. Soos arende is hulle uit die hoogtes gereed om op die aas te duik. Met heerlike selfkastyding skiet hulle neer: "Dis ons skuld! Die skuld van die ouers!" (Ander ouers.) "Dis ons liefdelose kinders!" (Ander kinders.) "Dis die neweprodukte van 'n nuwe dwingelandy." (Geskep deur magte buite ons beheer.)

Afgunstig kyk hulle na die jong klomp, met en sonder ouers – na die opgekropte energie wat uiting vind in die ruk-maat, met verlange na die stroom wat die walle oorstroom en grondverspoelingslote deur die saaie, troostelose aarde maak.

Ruk-ruk skiet die veelkleurige rondings na bo; rol-rol die dorstige bekkens in die rondte; stamp-stamp die gomlastieksole in 'n ritmiese kode op die vloer; in-en-uit, sywaarts en vorentoe, die soepele lywe met 'n sidderende oorgawe – ál in die rondte die ketelpypbroeke en die rokkies van die fyn nymphets sodat slanke bene tot heel bo ontbloot en allerhande rococofrillighede vertoon word. Op hulle gesigte is 'n uitdrukking van gewyde konsentrasie, verhelder deur 'n glimlag wat van nêrens kom nie en net so skielik verdwyn. Onbewus van mekaar terwyl hulle dans, al-tollend in die rondte om met perfekte tydsberekening mekaar te vind en weer te los – 'n reeks van enkele orgiastiese vóórspele voordat hulle netnou uit die oë van almal verdwyn om 'n ongevoelige kulminasie in die donker te vind.

Want daar is geen liefde nie.

Geen sentimentaliteit nie.

Maar 'n eenvoud en miskien 'n waarheid weggesteek in die afwykings.

Gysbrecht sien met diepe leed hoe sy sheila verdwyn saam met die Terrible Kid. Sy kyk na hom, glimlag en wuif. Gekondisioneer deur 'n ander leefwyse, is hy verslae voor hierdie gevoelloosheid; ten spyte van sy onlangse insig, emosioneel nie in staat om sy gevoelens aan te pas by sy nuwe begrip nie.

Die stadsvaders en -moeders kyk oplettend en onsiende toe. Die ure gaan verby en dan gebeur dit.

Buitekant, onder die ligte, het die Boss en die Terrible Kid besluit om die eeu-oue geskil van leierskap behoorlik af te maak. Alleen die amateurs bly oor op die vloer; die bende het 'n kring om die twee gemaak waar hulle 'n ballet van hulle eie uitvoer. Die lang messe lyk lomp in hulle hande ten spyte van die behendigheid waarmee hulle skerm. Kleurryk in hul patetiese uniformpies soos twee seuns wat in hul eie verbeeldingswêreld met rubbermesse die misteriespel van goed teen kwaad herlei tot cops-and-robbers.

Die dans het opgehou. Die plaat, vergete, op die draaitafel, verskaf nog hoogs getrou die agtergrondmusiek: "Love me tender!" Die stemme van die vrouens kweel hulle genot en eindig met 'n klimaksgil. Die mans, rusteloos voor die aangroeiende kring kabouters, brom hulle antisipasie.

'n Enkele polisieman verskyn op die toneel, maar die hand van die gereg word weggeklap. Dit gaan hom nie aan nie: daar is iets wat tussen die twee uitgemaak moet word. Die gereg is mugu en onbevoeg.

'n Fluitjie blaas. Die Kobras was in telepatiese verbinding en verskyn om die hoek. Een van die toeskouers wil tussenbei tree. Die situasie ontplof en 'n algemene geveg begin. In die maling ontstaan daar 'n onverklaarbare vakuum waarbinne Gysbrecht, GO, MAN, GO!, homself bevind. 'n Man sien in Gysbrecht 'n voorwerp waarop hy sy magteloosheid kan wreek en slaan hom met 'n gebalde werkersvuis reg tussen die oë dat sy bril so spat. Terwyl hy om en om rol, GO, MAN, GO! – GO, MAN, GO!, wreek almal wat hul self-gebonde ag, hulle op hierdie toonbeeld van die afgewykte. Hulle pluk hom orent en voer hom penregop in hernieude gedrang tot op die buitekring. Daar verloor hulle hom en Gysbrecht bevind hom in 'n systraatjie, naby die Boss se motor, in teenwoordigheid van die Boss, die Terrible Kid en die sheila. Met dieselfde uitdrukking op haar gesig as wanneer sy dans, die in-tense, fatalistiese konsentrasie, kyk sy hoe die twee in die halfdonker die geveg noodgedwonge tot 'n einde bring. Dis die Terrible Kid wat die eerste steek inkry en die Boss bloeiend op die sypaadjie laat.

Die rumoer het in 'n ander rigting beweeg en in die skielike stilte, in die dowwe lig, kyk hulle na mekaar. Hulle sien Gysbrecht, die bloedbevlek-te waarnemer, teen die muur leun. Die Boss lê stil soos hy op die strand gelê het, sy gesig gehef na die betekenislose lug. Die Terrible Kid lyk vir 'n oomblik klein, alleen en vreesbevange, dan wieg hy meteens die bok-serdans op die holte van sy voete.

"C'mon, Kid!" hoor Gysbrecht haar sê. Dit herinner hom aan iets wat hy die oggend gehoor het, maar hy kan nie konsentreer nie. Klouend teen die muur, strompel hy aan, óm die hoek, ál met die vuil, nou straatjie langs. Dit voel vir hom soos ure dat hy in 'n half-beswyming loop. Dan hoor hy meteens die gebrul van die MG Midget. Hy sien die Terrible Kid agter die wiel, die sheila langs hom; hy sien onder 'n straatlig die Kid se gesig – 'n klein mannetjie met 'n tydlose gesig, 'n gesig wasbleek in die artifisiële lig, 'n gesig waarop jeug nog nie toegelaat het dat losbandigheid, haat, liefde, woede, ontnugtering, ambisie en leed enige merke kon maak nie, die blanko gesig van die toekoms.

Die volgende oomblik voel hy die genadeslag, wonder hy of dit die sheila is, sien hy hoe die MG die straat op verdwyn met die twee voëlvry fi-guurtjies, hoor hy die gebrul van die masjien in die rigting van die stad en sak die duisternis op hom toe.

DIE MUGU VAN BINNE

Drie duim van my oë bruin roeskolle teen ingeduikte groenswart afgeskil-
ferde letters; ek kan hulle meet – een twee drie – met die bolit van my
duim, maar die letters is té groot en ek moet my kop lig om hulle te lees
(dis pynlik) KEEP YOUR CITY CLEAN! die C is weg; piesangskille, grenadel-
las, swart korsies van witbrood, en 'n koerant wat ruik na vis, aartappel-
skille, leë sigaretdosies, só borrel dit onder die skewe deksel uit en stort
oor die sypaadjie; dis 'n luidspreker, hierdie koue teerbedekte oppervlakte;
wat is onder? 'n laag beton miskien of granietblokke en verder onder 'n
rivier wat uitgemessel is en êrens na die see vloei, ál die ou riviere, ál die ou
spruite vasgevang in tonnels; hulle bestaan nie meer nie, weg is hulle, weg
is die stroompies, weg is die sonlig, donker is die grotte; dis hol natuurlik,
die hele stad is hol van onder, 'n spelonk met elektriese drade, rioolvore
en nog verder af heel moontlik allerhande geraamtes van Hottentotte en
HOIK-skeepvaarders, rus hulle siele! 'n klankbord wat al die geluide van
die stad na my bring, die lewendes en die dooies, voetstappe, rubberwiele,
perdepote; karwiele, gholfskoene, tom-toms, fyn hakkies, pit-pit-pit slof-
fies en kaalvoete haastig op pad na God-weet-waar; ek is só moeg, my lyf
is só seer, ek het nie lus nie en al het ek lus, kan ek nie opstaan nie, die
geluide hou aan en die sekondes gaan verby en word minute en ure en
miskien dae, maar ek het nie lus nie en sal vir ewig hier bly, solank as wat
hulle my hier laat – ek, vyf voet tien duim van middeljarige vleis, bene,
bloed en gees, maar waar is die gees? is dit ook horisontaal hier op die
grond? gebonde aan die liggaam? of los van die liggaam? – 'n onsigbare
maat wat lossies saambeweeg en gedurig kommentaar lewer en as die lig-
gaam ingee, die oë toegaan, meteens sy kans waarneem en wegvlug en
vry en onafhanklik ronddwaal om nou en dan met die eerste teken van
lewe terug te kom en op die kadawer te wag en item vir item te bespreek
en aldoende te vermaan, te spot, te verwyt, aan te moedig, op te hemel, te
vertroos, te vlei, te simpatiseer, te verbloem, te torring, te neul, te verag en
wat nog meer? of is dit miskien een van 'n hele reeks vreemde persoon-
likhede wat wissel van liggaam tot liggaam namate die werking van die

ingewande, hart, longe, niere goed, middelmatig of sleg is en aldus, getrou aan die toestand van die oomblik, sy besondere aard openbaar? of is dit 'n super-ego, 'n skim wat altyd 'n tree na vore die halsstarrige liggaam probeer saamsleep en ewig ontevrede tot die dood toe daarmee bly? of miskien slegs met die dood werklik één word met die liggaam en berus saam met die kadawer? MAAR soos ek nou voel en soos ek nou vas glo, is die liggaam niks en slegs bloed, vleis en bene wat toevallig die gees gevange hou en hom gesond of ongesond, beskadig of heel, in 'n meerdere of mindere mate voed om vanaf die oomblik van konsepsie in die skoot soos 'n suurdeeg te laat groei, totdat dit naderhand 'n besondere vorm aanneem: ek, Gysbrecht Edelhart, my liewe liewe gees wat onversadigbaar op my teer en gedurig probeer wegkom van die onvolmaakte beeld van God; O! om *weg* te kom van die ydele tiran wat homself gedurig beskerm; O! maar my gees maak van allerhande onderduimshede gebruik om die liggaam te mislei, dit kasty die liggaam in die geheim deur hom attent te maak op al die reëls vir sy beskerming en dan opeens, in 'n ongesiene oomblik, gryp dit die vryheid om later terug te keer en te pynig en te paai met jobsvertroosting, soos nou my gees daar op die vuilgoedblik besig is om skynheilig oor my te waak en sy afwesigheid te regverdig deur tevergeefse vrae wie? wie? wie? en wie praat nou en wie spreek nou 'n oordeel uit oor die gees behalwe hy self, die tweegesig-masochis? MAAR één feit is seker: die stout kobold met sy skewe hoedjie en ondeunde gesiggie en hierdie loodswaar liggaam op die teerblad uitgestrek en die derde onbekende wat tesame ek is, ons almal saam is nou vasgesuig teen die aarde, deel van die stad, met al sy ligte, sy wolkekrabbers, sy hele miernesstruktuur, sy hele chaotiese bestaan en ons kan nie wegkom nie, ons kan nie wegkom nie en te midde van die pyn, die haat, die jaloesie, die bitterheid, die kastyding, slegs hoop – ex caritate ex caritate – op die liefde die liefde; so sien ek dit nou deur die hele wêreld straal, daardie liefde, die liefde wat oor alles troon en vryheid insluit en gebondenheid en die strewe om weg te kom van vryheid en gebondenheid; ek het hulle almal lief: die geles, die wittes, die bruines, die albino's, die gesondes, die siekes, die malles, die gebalanseerdes, die Protestante, die Katolieke, die sadiste, die masochiste, die gedrogte, die verwronges, die heles, die gebreektes, die armes, die arme rykes, die heersers, die werkers, die bohémiens, die stadsvaders, die owerhede, die onderdane en almal wat tevrede is en ontevrede is, die regverdiges en die gespuis soos Christus hulle liefgehad het, MAAR ek wil die vryheid hê om hulle lief te hê om selfs die duiwel lief te hê; laat die mensdom begaan en die goed en die kwaad gedurig met liefde stry, een teen die ander, elkeen volgens sy eie norme, dan wen die goed, dan wen die kwaad en wentel ons almal van die een na die ander; LAAT ONS ONS UITBUNDIG OORGEE aan alles, die hele malse lewe, want was daar ooit 'n tyd van goed of kwaad dat die mens nie gely het nie? laat ons dan *uitbundig* ly in voorspoed en ellende en as jy jouself afvra of alles die moeite werd is *uitbundig* antwoord, *dit is! dit is! dit is!* die moeite werd . . .

Die lewe was interessant. Die dood sal interessant wees.

Wat gebeur het, moes gebeur.

Nee! Nee! Nee! Ek is nie tevrede nie, ek is bereid om die liefde in al sy vorms te aanvaar.

SELFS nou siek, halfdood, moeg en siek, voel ek werklik gesuiwer en voel dit asof ek weer onder 'n denneboom op die grond lê en kyk na die drywende wolke en voel ek soos daardie dag toe ek deur die grou vensters gekyk het na die reën en daardie keer toe ek vir die eerste keer die sneeu gesien het – klein sagte vlokkies wat in hierdie wêreld maar selde kom, só fyn en lig dat dit mens streel en so min dat dit skaars die grond bedek, en O! daardie dag toe ek in die motreën langs die Strand geswem het en die groen waters my nie wou los nie en ek al die stemme hoor roep het en dan ook die warmte van my kamer een wintersaand met 'n boek in my hand terwyl die radio speel en daardie keer toe 'n meisietjie vir my geglimlag het sonder rede; sy was só mooi! lieflike, lieflike dinge en 'n oomblik van stilte toe alles in my rustig was en 'n nag onder die sterre op 'n kafmied en werkers wat Krismisliedere op die plaas sing en 'n Maleierhuis teen die berg en wilde heide in die mis by Jonkershoek en die doppies buitekant die wynery en 'n soen van Daphné jare gelede . . .

HOE kan mens die lewe anders beskou as 'n patroonlose stroom in-drukke wat planloos kom en gaan, want as ek nou goed daaroor nadink, is daar werklik geen plan nie; wie is ek dan? wie is ons almal? ons gaan almal aloha op dieselfde stroom, ons dobber bymekaar verby, maar die einde sal seker zalig zijn; laat hulle almal kom, hier op die sypaadjie by die blik verby, die hele sous, die groot gelid van al my waarnemings, waai vir hulle; kom! kom! kom! laat ek julle sien. Dis 'n blondine met 'n effens los broekie en bruingebrande bene op die dek van 'n skip en 'n handelsrei-siger wat in 'n kroeg 'n rympie oor 'n onsedelike dominee maak en 'n jongman en sy onbevrugte jongvrou wat in die kamer van sy skoonouers deur die venster kyk en 'n bruin seuntjie met 'n strooihoed op wat deur 'n huurmotor raakgery is en 'n vet wit seuntjie wat deur die toe ruit lag en 'n bedelaar met 'n horrelvoet wat na sy voet wys en stompies en tiekies kollekteer en vanmiddag bokant die hoogwatermerk gaan lê en slaap en 'n dogtertjie op 'n grootmenspartytjie wat haar pa probeer na-aap en te midde van 'n yskoue stilte in die middel van die vloer tevergeefs uitroep: "sing saam met my! . . ." "Is sy nie bederf nie?" fluister hulle almal en skok haar tot algehele seksuele gevoelloosheid vir die toekoms; pas op vir hulle! duld hulle! die blink wit lig in die oë van al die half malles wat tussen ons beweeg en die meisietjie langs my in die trein wat 'n *Personality Picture Story* lees en 'n ou man onder die eikeboom in Nuweland wat kaas en toe-broodjies met sy oorblywende voortande eet en 'n man op die Parade wat sy laaste ses sjielings vir 'n Bybel betaal en slegs sy retoerkaartjie oorhou en die traktaatjies wat hy onder ontwortelde Zoeloes uitdeel en sy bruin kartonhandsakkie en sy selfbewuste gehawendheid en ydele selfopgelegde armoede en sy roepingsbesef en sy vaste geloof dat hy in die hemel sal kom en sy vrou wat die orige skimmel toebroodjies aan 'n seuntjie uitdeel wat dit halfhartig vat en oor sy skouer gooi en daardie meisie wat selfmoord gepleeg het In Lewe het sy gediggies gemaak In Lewe 'n selfgeïllustreerde boekie privaat laat druk en die bundeltjie vir haar vriende gegee In Lewe haar man en vriende ontstel met haar sombere hopelose skoonheid, hoe dramaties en tragies was haar dood nie! ons kyk almal na die selfportret teen die muur sic transit gloria mundi; "This is sheer robbery" sê die jong-man, woedend ter wille van sy meisie toe hulle hom verkeerde kleingeld by die kaartjieskantoor uitdeel "I want to see the manager" voor die prent uit die dertigerjare en Rudy Vallee sing "Lord have mercy on such as we". daar's 'n blinde man wat nooit dankie sê as mens iets vir hom gee nie, daar's 'n ketting om sy nek en BLIND MAN in Italiaanse kursief en mei-sietjies met rokkies à la gamine en parke waar kleinhuisies die enigste beskutting is en waar al die geheime uitnodigings teen die mure geskryf word en die vieslikste woorde in groot, swart letters respektabel word en kennisgewingborde by eetplekke met die legende "Make the other per-son feel important" en 'n gifmoordenaar in die hooggeregshof wat gedurig glimlag en die toonbeeld van verfyndheid is en swierige winkels in die middestad met roltrappe en eenvoudig duisende verskillende soorte speel-goed vir kinders en grootmense en tee en kreef en 'n highball in die Café Royal en 'n preek van Billy Graham oor die radio – hy skiet feite oor die eter soos 'n masjiengeweer wat stotter en bruinmense wat Afrikaans praat en bruinmense wat weier om Afrikaans te praat en blankes met 'n skuld-gevoel en blankes wat nie 'n dêm omgee nie en 'n dans in die stardust en fornikasie op strande, in die veld, agter duine, in huise, in parke, teen die berg, by standbeelde, in kompartemente, in huurmotors, in hotelkamers, in huise van ontug, onder bome, in grotte, in tente, op vloere, in badkamers, op tafels en moorde, selfmoorde, verkragtings, seduksie, ontvoerings, aanrandings, aborsie, owerspel, bloedskande, rituele moorde, dreigemente, diplomatieke notas, grootskaalse onteiening, stakings, uitwissing van klasse en ordes, ontworteldes, gaskamers, kampe, Pavlov-eksperimente. O! O! O! die wêreld van gister, vandag en môre en tussen alles en almal ek en jy en die Boss en Lolita en George en vader De Metz en die tuinman en Querido en die Terrible Kid en die sheila; waar is hulle nou, die arme twee bloedjies op die MG? jaag hulle nog in die stad rond totdat hulle moeg is of totdat die gereg hulle inhaal? of jaag hulle immeraltyd soos die Wandelende Jood op soek na 'n einde? en ons almal doen alles in die naam van liefde, daar is niemand wat nie die liefde voel nie, want sonder die liefde kan ons nie bestaan nie.

Nou is ek baie moeg en bereid om dood te gaan.

Maar al is jy baie moeg en bereid om dood te gaan en die dood is nie daar nie, sal jy nie gaan nie.

EN KYK! 'n pikswart Rolls-Royce in hierdie straatjie en die man agter die stuur sien my, hou stil en klim uit en staan bo-oor my in sy onberispe-like pak klere; groot filantroop miskien wat sy hoertjie so pas om die draai afgelaai het. "Foei tog . . . Hoe voel jy . . . kan jy roer? moet ek 'n dokter kry?" en sy sagte stem streel my saam met sy hande wat liggies my lede-mate bevoel, terwyl hy my stadig in 'n sittende posisie bring GO, MAN, GO! en sy oë vernou van belangstelling. "A! Ek het die lawaai hier gehoor. Het julle 'n geveg gehad? Sal jy saam met my kom?" die lollipop en snaaks, noudat ek die wil daartoe het, kan ek beweeg, kan ek selfs met sy hulp tot agter in die motor klim – die sagte sitplekke! Sjjjjjj . . . gaan dit as die bank agteroorsak en daar is geen geluid van die motor, geen geluid van die stad nie, heen en weer op na die berg se kant toe ry ons in volkome stilte en ons is voor sy huis met die wit ringmuur en daar is seker 'n swembad en 'n tennisbaan en by die voordeur gaan ons in tot by 'n weelderige kamer met 'n sagte mat en hy vee my gesig met 'n vadoek en droog dit met 'n swart handdoek af en kan ek sonder hulp loop? ek kan, en het ek lus vir 'n bad?; badsout, swart teëls, warm en koue water; die hitte trek die pyn uit my liggaam en ek sien myself – wat 'n voëlverskrikker! in die spieël 'n kaal mannetjie met 'n effense magie en 'n lang baard en 'n sny oor die kop en 'n blou oog – is dit die gesig van 'n gentleman? 'n man met £50 000? lag vir die grap en hou die grap vol; wat sal ek aantrek behalwe my klere daar oor die stoel: die swart broek, die suède-skoene, die hemp, die das en die GO, MAN, GO! en ontmoet my gasheer buitekant; sy oë vlam van antisipasie; hy lei my na die sitkamer met die ingeboude drankkas teen die muur; hy aarsel 'n oomblik en gooi dan slegs 'n heel klein brandewyntjie in die glas. "Drink, dit sal jou goed doen. Maar net één, hoor! Jou toestand is nie van die beste nie. Sit daar en vertel my alles en wees op my erewoord verseker dat niks van wat ons hier sal praat ooit verder as die kamer sal gaan nie en dat jy enige oomblik volkome vry is om te vertrek. Maar, bo alles, dit: glo in my innige belangstelling en begeerte om jou te help."

"Ek was in 'n ongeluk betrokke en sal weldra, nadat ek u behoorlik bedank het, weer op pad wees."

"Mooi, mooi," sê hy, "kort en bondig soos dit hoort, vervul met die kenmerkende valse trots, maar waarnatoe sal jy gaan? Die nag lê nog voor."

"My woonstel is in Rondebosch, en, as u so goed sal wees om 'n huurmotor vir my te bestel, sal ek u ewig dankbaar bly."

"Pragtig, pragtig," sê hy, "getrou volgens patroon. Ek hou van jou persoonlikheid en sal, indien jy gewillig is, wel 'n tasbare vorm van jou dank wil sien." Die Lollipop!

"En dit is?"

"Dat jy," sê hy, "'n oomblikkie vertoef en my alles omtrent jouself vertel." So dan is dit klaar en sal spoedig afgehandel word met satiriese hoogdrawendheid; goed, goed, goed, die waarheid en niks behalwe die waarheid nie, van mugu tot mugu.

DIE MUGU VAN BUITE

"My naam is Gysbrecht Edelhart. Ek is gebore in 'n plaashuis in die distrik Riversdal. My vader, rus sy siel, was 'n boer en het bankrot gegaan nadat hy vir vriende en familie borg gestaan het. My skoolonderrig het ek eers in 'n plaasskool en later in die dorpskool ontvang. Die familie het na die dorp getrek alwaar 'n slagtery begin is. Ons het in 'n groot groen huis gewoon op die hoek van twee strate, waarvan ek die name vergeet het. As kind was ek nie 'n briljante leerling nie, maar het darem daarin geslaag om my matriek te voltooi. My herinnerings aan my jeug is fragmentaries, maar ek onthou sekere voorwerpe en insidente goed. Ek onthou tamatieplante in my moeder se tuin, twee versoolde buitebande in die garage, 'n klerepop op die solder, 'n lang sipresboom en 'n dogtertjie met die naam Hester. Daarbenewens onthou ek die slagtery self, die kafee oorkant die hoek waar ek besonder lekker suurklontjies gekoop het. Bo alles onthou ek my vader en moeder, maar ek kan nie met sekerheid sê watter soort mense hulle was nie. Wat ek my wel kan herinner, is dat my vader 'n groot maag ontwikkel het nadat hy die slagtery begin het. Hy het gedurende werksure 'n breë voorskoot met horisontale blou strepe gedra, welke voorskoot agter sy rug vasgebind is. Die voortande van my vader was met goud bekroon. Hy was ouderling in die kerk, maar het, ten spyte van 'n gewyde lewe, daarvan gehou om elke aand by die onderste hotel saam met sy makkers alkoholiese drank te nuttig. Op die ouderdom van vyf-en-vyftig is my vader aan hartverlamming oorlede terwyl hy besig was om 'n biefstuk te sny en het, aldus, in die tuig gesterf. My moeder het as kleremaakster daarin geslaag om huis en haard aan die gang te hou totdat die Swart Maaier haar voor die naaimasjien kom haal het. Eweso het sy by wyse van spreke met die hand aan die ploeg gesterf. Sy was 'n stil, klein vroutjie en ek kan niks van haar onthou nie behalwe die warmte van haar sisbedekte skoot en die draderigheid van haar oogpêrels. Sy het gesterf aan longontsteking wat 'n populêre oorsaak van dood in daardie dae was.

"Met die dood van my ouers is ek alleen op die wêreld gelaat. En dit laat my nou ook in die verbygaan dink aan 'n vertaling van 'n Franse boek wat ek gelees het: *Alleen op die wêreld*. Dit was my geliefkoosde boek en dit sal my miskien in die omstandighede verskoon word dat ek my alleenheid 'n bietjie gedramatiseer het. Aldus alleen gelaat, was ek té oud vir 'n weeshuis en té kleurloos in my weë en wandel om na 'n verbeteringskool gestuur te word. Deur die bystand van die plaaslike armesorg het ek werk gekry as winkelbediende waar ek teen 'n salaris van agt pond per maand negosie verkoop het. Van vroeg al 'n ywerige leser, het my ambisie onderwyl gevoed geraak en by my 'n verlange gewek tot groter dinge. Ek het spaarsaam gelewe en my geld getrou weggesit. Deur my vlytigheid het ek al gou 'n verhoging van £2 10s. per maand gekry.

"Maar miskien is dit nie van onbelang nie dat ek iets van my wandel en weë as jongman in die dorpie vertel. Ek was 'n steunpilaar in die plaaslike debatsvereniging en het, as sekretaris, dikwels die joernaal opgestel en onder groot waardering voorgelees. Ek het my eerste spaargeld belê in 'n swart pak klere van goeie snit en het, al moet ek dit nou self sê, heel flink gelyk. Nou moet ek erken dat klasseverskille in ons land nie 'n groot rol speel nie – behalwe, soos mens goed kan begryp, wat die huwelik betref. Aldoende het ek heelwat gawe jong vriende, ook van welgestelde ouers uit die omgewing, ontmoet en vrolik saam met hulle verkeer. Cupido het my ook spoedig met sy staffie geraak en die voorwerp van my attensies was 'n maagdelike jong meisie uit 'n ryk huis. Haar naam verswyg ek en ek sal haar vervolgens Daphné noem. Steeds aangenaam is my herinnerings aan die dae toe Daphné en ek in die tuin van hulle huis gestap het. Voor my gees sien ek, en in my gedagtes hoor ek nog die gesing van kanaries in die volière en ruik ek die katjiepierings en verlustig ek my in die pers skaduwees van die bougainvilleas. Vanweë my posisie was 'n huwelik buite die kwessie, maar dit het ons nie verhinder om mekaar innig lief te hê nie. Een lieflike maanligaand is ons liefde bekroon en het ek twee maande daarna besluit, aangevuur deur my ambisie, om my posisie in 'n groot stad soos die Kaap te verbeter.

"Hoe goed onthou ek nog die Kaap van destyds! Graag sou ek 'n beskrywing wil gee van die ou pier, die Tivoli, die trems, die Parade, die vismark, die Alhambra en die skepe in die hawe! Maar tyd is my vyand. Dit was 'n leefwyse wat in hierdie atoomeeu moeilik te begryp is. Ek het my werk as klerk in 'n groot klerewinkel voortgesit en kan vandag daarmee spog dat ek hoof van my afdeling is. Dit is heel eienaardig dat ek alles tot in die fynste besonderhede kan onthou tot op die ouderdom van dertig jaar. Daarna het die dae om een of ander rede blitssnel verbygevlieg. Intussen het twee oorloë plaasgevind, maar ek sal nie daarna verwys nie, nie wetende wat u politieke opinies is nie.

"Hoe kan ek my lewe in die Kaap beskryf? Ek is bevrees dat dit maar 'n alte vaal tafereel sal oplewer! Ek is 'n ywerige leser, ietwat van 'n boekwurm, en miskien verklaar dit waarom ek so weinig aan buite-aktiwiteite deelgeneem het. Ek luister egter elke Saterdagaand na die stadsorkes en het gedurende die afgelope tien jaar bevriend geraak met 'n meisie genaamd Lena Ohlson. Die fynproewer sou haar miskien nie beeldskoon noem nie, maar sy behels in haar persoon die meeste van die deugde. 'n Mate van afgematheid en geestelike vermoeienis in die afgelope jare verhinder my egter om hierdie verhouding verder as platonies te bring. Ek woon in 'n aangename woonstel in Rondebosch en vlei myself dat ek dit smaakvol ingerig het volgens die Sweedse styl, alhoewel ek verneem dat gemelde styl haas besig is om uit die mode te raak. Gedurende die afgelope ses jaar koop ek gereeld 'n kaartjie in die Ierse lotery en gisteraand het ek verneem dat ek die bedrag van £50 000 gewen het.

"Soos u deeglik kan begryp, het dit as 'n groot verrassing vir my gekom en is ek sedert vanmôre op pad om my kaartjie af te haal waar ek dit in die middestad gelaat het. Ons noem die plek Mamma se Kroegie en ek moet eerlik sê dat ek nie die vaagste idee het wat die plek se naam werklik is nie. Dit is dus gebiedend noodsaaklik dat ek dit persoonlik daar moet afhaal. Gedurende my wandeling het ek heelwat interessante persone ont moet, onder meer 'n vrou genaamd Juliana Doepels. Dra u miskien kennis van haar? Nie? 'n Merkwaardige vrou met, as ek dit só kan noem, sekere anargistiese idees. Verder het ek ook 'n sekere tuinier raakgeloop wat sy voorneme uitgespreek het om 'n kremetart in die Kaap te plant, die sukses van welke projek ek hoogs betwyfel. Ek het onder meer die geleentheid gehad om in die verbygaan met my ou vriend, vader De Metz, 'n gesprek te voer, asook met George Ghiberti, eienaar van die Panorama-kafee. In gemelde kafee het ek 'n beeldskone jong dame ontmoet wat, vrees ek, sekere sinnelike gewaarwordings by my aangewakker het. Hierdie jong dame van uiters betowerende voorkoms het die ongeluk te beurt geval om haar een been permanent, helaas, te beseer in 'n ongeluk waarby 'n bromponie betrokke was. Onder meer het ek ook 'n onaangename ontmoeting gehad met 'n eendstertleier wat die feit gewreek het dat ek ingedagte, verseker ek u, na hom gestaar het. Daaropvolgens het ek 'n entjie op 'n bus na my bestemming gery toe die hitte 'n dors by my aangewakker het, welke dors ek in 'n sekere kroeg gaan les het. Ongewoond soos ek is om teen daardie vroeë uur van alkoholiese drank gebruik te maak, het ek my tyd verspeel, maar nietemin verdere persoonlikhede gewaar en ontmoet, te wete: die kelner wat die drank bedien ('n persoon van onberispelike vermoë), 'n Hollandse karweier genaamd mnr. Querido, twee dronk handearbeiders wat klaarblyklik onder die invloed van drank was, 'n sekere mnr. Julius Johnson . . . A! u weet van hom? Soos u tereg sê, die grootste vervaardiger van plastiekblindings in die Suidelike Halfrond. In daardie stadium, om met my relaas voort te gaan, het dieselfde eendstertleier, met wie ek die onsmaaklike ontmoeting vroeër in die oggend gehad het, daar ingekom en 'n stoornis veroorsaak. In my dronkenskap, by wyse van 'n masochistiese boetedoening miskien, wie kan sê? het ek hom gevolg en is ek deur hom en sy eendstertmeisie, onder die cognoscenti bekend as 'n sheila, in hulle sportmotor van Engelse fabrikaat ontvoer. Hulle het my vervoer tot by die strand langs Muizenberg, genaamd, ietwat spottend, Christian's Beach. Daar het ek die slagoffer geword van die eendstertleier, die Boss, en sy bende. Die rede vir sy wraak was skynbaar omdat ek vroeër in die oggend, soos reeds vermeld, na hom gestaar het.

"Wat volg, huiwer ek om selfs aan u, barmhartige Samaritaan, te ver- tel, maar ek voel genoodsaak om dit te doen, al is dit net om aan myself die nodige helderheid te besorg. Terwyl die sheilas ongevoelig toekyk (of was daar 'n verborge selfbevrediging in die wyse waarop hulle noulettend na my gekyk het?), het eers die Boss en daarna die bende my hardhan- dig toegetakel op 'n wyse wat ek nie anders as sadisties kan beskryf nie. Twee verbygangers, 'n man en 'n meisie, was verstaanbaar bevrees om tussenbei te tree. Na 'n tydperk het ek my bewussyn verloor en eers na 'n paar uur bygekom, op welke oomblik ek die bende gevind het besig om sorgeloos in die see te swem, deel te neem aan allerhande kinderlike speletjies en sekere dade agter die duine te verrig wat, vrees ek, nie van 'n welvoeglike aard is nie. In 'n sekere stadium is aan my 'n sigaret gegee om te rook, die inhoud waarvan ongetwyfeld nie onverwant aan dagga is nie, met die gevolg dat ek, onder die invloed van 'n opgewekte, roekelose aandoening, uit vrye wil weer by hulle aangesluit het om in die paviljoen van Muizenberg 'n ruk-en-roldans by te woon. In een stadium het die gemelde sheila van die Boss 'n sekere voorstel aan my gedoen, welke voorstel ek huiwerig van die hand gewys het. Daarna het 'n geveg tussen die Boss en een van sy bende, genaamd die Terrible Kid, ontstaan. In die geveg het ek onwillekeurig betrokke geraak. Maar ek het vergeet om te vertel hoe ek aan hierdie gewaad gekom het. Terwyl ek bewusteloos was, het iemand my baadjie verwyder en hierdie trui vir my aangetrek. Aldus gekleed, het een van die volwasse toeskouers my dus vir een van die bende aangesien en te lyf gegaan. In 'n sekere stadium in die geveg het ek by 'n systraatjie geland waar die Boss en die Terrible Kid hulle geskil met messe afgemaak het. Die Boss het die onderspit gedelf en die Terrible Kid het, volgens die gewoonte van die bende, die Boss se sheila en sy voertuig oorgeneem. Omdat ek 'n toeskouer van hierdie finale gebeure was, het iemand, die sheila soos ek vermoed, my met 'n voorwerp ('n fietsketting) oor die gesig geslaan.

"Aldus het u my gevind, en ek sal dit hoog waardeer indien u, hetsy met u motor of met 'n huurmotor, my by my woonstel in Rondebosch besorg, van waar ek môreoggend weer my tog na die middestad sal onderneem om my loterykaartjie te bekom."

Die Barmhartige Samaritaan, 'n man van ongeveer dieselfde ouderdom as Gysbrecht, deftig geklee in 'n maroenkleurige slenterbaadjie, met 'n gesig wat mens assosieer met 'n patrisiër-agtergrond, sy hare keurig versorg, sy vel fyn en sonder letsels, sy oë skerp met ietsie meer as gewone skerpsinnigheid in die wyse waarop dit noulettend waarneem, sy hande sag soos 'n vrou s'n, puntig en slank, sy vingers soos dié van 'n pianis, effens senuweeagtig maar presies en elegant in beweging, sy stem mooi gemoduleer tot die regte toonhoogte van beskaafdheid, in alle opsigte die produk van wellewendheid, kyk met droefheid, teleurstelling en ongeduld na Gysbrecht – en sê: "Ek is bitter teleurgesteld.

"Jou anachronistiese naam weerspieël terselfdertyd die vergesogtheid van jou storie. Was dit nie vir die erns van my gevoel teenoor jou nie, sou ek die ironie in jou versinsels waardeer het; maar afgesien daarvan, het ek nie baie geduld met die tradisionele opgevoede boemelaar wat konserwatisme uittart met sy beskaafde verlede nie. Soos alle amateurs maak 'karakters' die fout om hulle sonderlingheid oormatig te dramatiseer. Daar is niks so morbied nie as die vrywillige uitgeworpene wat sy verlede by wyse van kontras voorhou; dis 'n onsubtiele vorm van selfverheerliking op dieselfde peil as gewone ekshibisionisme. Die onwaarskynlikheid van jou storie kan één van twee dinge beteken: dis òf 'n weerspieëling van jou gevoel van minagting teenoor myself op onbekookte wyse uitgedruk òf 'n vervelige naïwiteit aan jou kant – welke laaste miskien die waarskynlikste is. Om die waarheid te sê, die woorde GO, MAN, GO! op jou trui het eintlik my belangstelling gaande gemaak. Ek het in jou een van daardie volwassenes gesien wat hulleself met die eendsterte identifiseer. Ek het 'n seun wat onder daardie groep beweeg. Ons verstaan mekaar ewe min as wat ons taal oor en weer vir mekaar verstaanbaar is. Ek het gehoop om iets by jou

377

te leer, iets van hulle denkwyse – uit die mond van 'n volwassene sal dit begrypliker vir my wees.

"Ek het niks gevind nie en beskou jou as 'n besonder walglike voorbeeld van die dryfgoed wat ons strate besaai. Daardie trui van jou is heel moontlik gesteel."

Hierop doen hy 'n voorstel aan Gysbrecht; die derde van die dag, welke voorstel Gysbrecht ook van die hand wys.

"Jy is nie 'n homoseksueel en stellig nie eens 'n narcissis of 'n biseksualis nie. Jou enigste afwyking is verbeeldinglose boemelaarskap met sentimentele nabetragtings. Ek hou nie van jou gesig nie, ek hou nie van jou tipe nie en ek weet nie wat om met jou te doen nie . . . Al wat vir my oorbly, is om jou terug na die plek te neem waar ek jou gevind het."

Die Barmhartige Samaritaan kyk met die grootste afkeer na Gysbrecht.

Op aanvraag het hy sy naam verstrek: M. Cadzulski.

(£1 000 vir M. Cadzulski.)

Met dieselfde Rolls-Royce is Gysbrecht terug na die asblik gebring.

Christian's Beach in die nag. Die maan gee genoeg lig om die sand en die water onderskeibaar te maak. Die wolke dryf weg en 'n silwer toneel strek tot in die verte. Branders klots op die strand; diep uit die onsigbaarheid word hulle deur die wind gehaal om oor die hardgesmeerde sand te buig en met skuimrandjies in fluisterings tot niet te gaan.

Die duine is abstrakte patrone van wit en swart: blink skuinstes teen die maankant; swart afgronde in die rigting van die stad. Enkele bosse verbrokkel die buitelyne, donker figure wat enige oomblik die vorm van dier of 'n mens kan aanneem, huiwerend op die punt van beweging.

Dáár's 'n bos, 'n dier, 'n mens wat roer. Dit beweeg ál met die strand af. Die maan speel met die voorwerp en skep nuwe verskynsels met lig en skaduwee. Dit roep algaande enige vorm in aansyn totdat op die gelykte die mens herkenbaar is: 'n slenterende gestalte as die lig agter 'n drywende wolkie uitkom en alles wit word.

Sy tred is onvas, sy bewegings meganies, sy rigting onbepaalbaar sodat dit enige oomblik verbysterend kan verander. Aan sy een kant is die see: 'n vormlose, hoorbare massa wat 'n onbekende lewe huisves; aan sy ander kant is die stad agter die duine waar 'n ewe onbekende lewe in die gloed van sy ligte bestaan. En tussenin is die repie sand met die figuur, die enigste onvanpaste voorwerp in die patroon. Maar soms, as hy gaan staan, verval hy ook in die patroon en dreun die stad en die see, elkeen op eie wyse, soos 'n masjien.

Gedurigdeur is daar 'n gevoel, ten spyte van die groot harmonie, dat alles tydelik is. Iemand skree, 'n brander slaan teen 'n rots, 'n ontploffing kom van die stad, 'n onbekende geluid word oor die branders gedra. Maar die allesomvattende rustigheid is sterk genoeg om sy heerskappy te handhaaf.

Die figuur kom in sy wandeling allerhande voorwerpe teë: 'n surrealistiese stuk hout, die weerkaatsing van 'n dooie skulp, die grieseligheid van 'n meegewende stuk seebamboes, die verlatenheid van 'n kardoes wat meteens lewe kry en dan skuiwend tot stilstand kom. Op een plek vind hy 'n verlate motor, 'n trogloditiese monster in die maanlig. 'n Enkele skim versper sy pad en verval tot 'n beweginglose skuit as hy nader kom.

Hy skop met sy suède-skoene in die los sand totdat fyn korreltjies aan die veseltjies kleef. Soms staan hy stil en kyk net na die see. 'n Soutigheid hang in die lug; die waters het 'n reuk van hulle eie – 'n kenmerk van ontbinding, maar dit is nie afstootlik nie, dit is eerder prikkelend en jy kan die samestelling nie onderskei nie. In die verte blink 'n lig waar die mis die gesigseinder bedek. Die lig gaan aan en af en kan moontlik 'n vuurtoring, 'n boot of 'n stormlantern wees. Ewe-eens wek dit verlange, is dit gehul in 'n waas van geheimsinnigheid, word dit oneindig dramatieser as die ligte van die stad wat sonder diepte is. Spoedig verdwyn dit en die geheim bly onopgelos.

Die stad is hard, positief en kras; die see vol verlange en sagte dieptes. Die see is vol heimwee en beloftes van romantiese avonture – sy deinende oppervlak vrywaar dit van die verveligheid wat 'n vaste vorm meebring, sy ongepeilde dieptes bewaar die illusie van geheimsinnigheid. Die stad se Argus-oë is sinies van ver, word heuningsoet namate dit die see nader en verval tot sentimentele dromerigheid as dit in die waters weerkaats word. Waar die twee bymekaarkom, oorheers die see, want niks is bestand teen die see nie.

Om 'n draai brand 'n vuur by die rotse. Jong lywe wentel in die buiteskemering, die musiek van 'n grammofoon is skaars hoorbaar. Hy skuur in die donker verby. Die sand loop dood. Branders slaan harder en word in gleuwe opgesuig. Die maanlig maak die weg dreigend en onbegaanbaar en die figuur swenk links, deur 'n Port Jacksonbos, in die rigting van die stad.

Die sand suig sy voete vas, molshope laat hom strompel en vul sy skoene met kriewelrige grond. Daar is kronkelende voetpaadjies en nuwe reuk van ontbinding, dierlik en onaangenaam. 'n Blik versper sy pad en klink dof as hy dit té laat sien en daarteen stamp. Ook hier skuil avontuur, maar dit is banaal. Eenkeer hoor hy iemand aankom en wag roerloos totdat die onsigbare vlak by hom verbybeweeg. Hy sny sy been teen 'n plathangende doringdraad, die paadjie loop dood teen 'n groot bos. Kruppel-kruppel sukkel hy daaromheen totdat hy weer op dieselfde plek uitkom en dan kruip hy onder 'n oorhangende tak in. Net die tak roer, GO, MAN, GO! flits nog enkele kere en dan is daar geen teken van menslike lewe nie. Met die reuk van grond, plante, leë visblikke en die uitwerpsels van mens en dier alom, krul hy teen die stam en kom tot rus. Van naby lui 'n klok. Dit lui met tussenposes van 'n paar minute en hou dan op. Dan sak 'n stilte toe en selfs die windjie hou op met waai. Die lug word kouer en die nag word dieper.

"Waar was jy twaalfuur?"

"En daar was die mooiste materiaal by die OK. Maar ek het nie genoeg geld gehad nie. Ek was 'n sjieling kort en ek kon by niemand 'n sjieling kry nie. Ek steek dit toe by die vrugte in en die man vat my aan my arm. 'Wat het jy daar?' vra hy. Almal kyk en een sê: 'Ek het haar gesien.' Die man het my adres gevat en my laat gaan. Hy het niks by my afgevat nie."

"Waar was jy twaalfuur?"

"Truidjie hoes so in die nag. Ek dink dis TB. Haar hoes is droog en dit hou die hele nag aan. Ek kan nie slaap nie. Haar koppie voel warm. Sy rol rond en rond. Sy is so maer soos 'n kraai en gooi bloed op. Olie Fransie het dieselfde tekens getoon. Ek het nog die kussing waarop sy bloedkolle is. Olie Fransie was 'n engeltjie en was nie gemaak vir die wêreld nie."

"Waar was jy twaalfuur?"

"Die eerwaarde se Skriftuurklasse is nou verander na Woensdae. Ons lees een na die ander. Ek lees die beste. Ek lees die beste in die klas. Daar is nog sekere woorde wat ek altyd vergeet, maar Eerwaarde sê dis net oefening. Mens moet net aanhou dan lees jy alles – en ek bedoel alles. Maar ons mag sekere stukke nie lees nie; dis in die Bybel, maar dis sonde. Ons lees en lees en dan slaan ons die passage oor."

"Waar was jy twaalfuur?"

"Toe hulle die nette intrek, toe wemel dit van die snoek. Die mense het van vér aangehardloop gekom. Die skuit was só vol dat dit amper gecapsize het. Loerie is 'n dronkie vanaand, hy tol al van vroeg af by Bielie-hulle. Loerie het laasweek amper versuip. Hulle moes hom met die vishaak intrek."

"Waar was jy twaalfuur?"

"Klaas het Bes se pram afgebyt."

"Waar was jy twaalfuur?"

"Ek hou my nie met 'n losklong op nie."

"Waar was jy twaalfuur?"

"As jy my rok skeur, betaal jy so wragtig daarvoor."

"Waar was jy twaalfuur?"

"Lennie, ek byt jou gorrel uit . . ."

"Waar was jy . . ."

'n Hond blaf in die verte.

Tamboeryn, die skeeloogkat van anderkant die straat, sluip miaauend oor vuilgoedhope, déúr half oop deure en anderkant by vensters uit, wip op die glasbedekte muur, rasper haar kloue en spring liggies anderkant af. Sy kry 'n visstert en kraak dit weg met haar kop skuins van genot. Stiller beweeg sy voort, verdwyn in die skaduwees, herverskyn in die maanlig. By die bos sis sy, haar hare orent – en skiet soos 'n bliksemstraal weg.

"So 'n f . . . b . . . As ek die s . . . of a b . . . kry, sny ek sy . . . oop en druk die derms in sy . . . af en boor sy oë uit sy oogkaste en sny sy perskeoortjies met 'n bottelstuk af, die . . ."

Die bosse kraak aan weerskante.

"Sakke, sakke vol dagga,
Kanne, kanne vol w-y-n . . ."

Die seksmoordenaar, sy gesig bedek met 'n wit doek, beweeg ál met die paadjie langs. Meteens word sy voetstappe stil.

"Sa-a-a-a-arieeeee! Wa-a-a-a-'s jy, Sa-a-a-a-arie-e-e-e-e! Sa-a-a-a-rie-e-e-e! Ma-goed roe-e-e-ep! Sa-a-a-a-rie-e-e-e-e!" Die wind ruk. Boem-boem! Die blikskottel seil van die sinkdak en plaf op die voetpad.

"Maar jy moet h-u-i-s-toe gaan."
Na Sannie Steyn
Want jy sal die horries kry . . ."

Dwarsdeur die nag leef die bos.

Voor die son opkom, word die wêreld lig – dis asof 'n neonlig agter die berg aangeskakel is. 'n Hoenderhaan kraai, 'n motor sing oor die teerpad, stemme verloor die individualiteit wat hulle in die nag gehad het en word deel van die algemene gedruis. Maar dis nog stil; bewegings het nie die intensiteit wat dit later sal aanneem nie.

Vanuit 'n bos kom 'n arm te voorskyn en val plat op die sand. 'n Rukkie later roer die vingers van die hand wat omgekeerd na die lug wys. Meteens word die arm teruggetrek, die son kom op en 'n pienk lig verkleur die hele omgewing. 'n Bebaarde gesig steek tussen die blare uit; 'n rukkie later materialiseer die man. Gekreukelde swart letters begroet die dag: GO, MAN, GO!

Plakkershuisies in die kaal kolle tussen die bome gooi skerp skaduwees; die vroeë oggendrook van die vure hang laag oor die Port Jackson; die geur daarvan is prikkelend; die bos self is vriendelik en sonder geheime. Die man vind dat hy op die rand van die bos, naby die teerpad is. Hy stap swaar deur die sand en later makliker as hy op vaster grond kom. 'n Bruin seuntjie kyk nuuskierig na hom om die hoek van 'n muur. Later, as hy met die dik polisiesersant oor Sarie praat, sal hy van hierdie man vertel; maar omdat hy nie kan lees nie, sal hy nie die woorde, GO, MAN, GO! kan aanhaal nie. Die naaste waaraan hy sal kom, is GOD en dan sal almal lag en sê hy is kens.

Die man lyk soos 'n regte boemelaar terwyl hy koers kies in die rigting van die Kaap. Sy suède-skoene lyk nou na velskoene; dit maak plafgeluide op die teer. Sy treë is onegalig asof hy nog nie behoorlik die ritme van sy pas bepaal het nie; later gaan dit beter en beweeg hy vinniger. 'n Enkele verbyganger op 'n fiets kyk nuuskierig na hom, na die sny op sy slaap waar die droë bloed 'n breë swart streep gelaat het, na sy hare wat wild orent staan, na die sonderlinge legende op sy trui. Maar hy steur hom nie aan hulle nie, hy kyk net voor hom op die teer en hou op die randjie daarvan asof hy op 'n onsigbare lyn loop.

Toe 'n groentevragmotortjie in die verte met rammelgeluide sy koms aandui, gaan die man staan en lig sy hand lomp met 'n ryloperteken. Die motortjie hou stil, die bruin bestuurder loer verby sy maat en knik met sy hoof in die rigting van die bak. Toe die man tussen die groente inklim, sê die bestuurder: "Watchie tamaties" en wég trek hulle met kras ratgeluide en springbewegings. Tussen kopkole, pampoene, wortels en kissies tamaties kyk die man terug van waar hy gekom het. Hy kyk na die ander motors wat hulle met die toenemende verkeer inhaal, wag vir die teenoorgestelde stroom en dan vinnig verbyskiet. Die man lyk tuis tussen die groente en hy trek nie die aandag wat hy as voetganger getrek het nie. Behalwe vir die man langs die bestuurder: hy loer kort-kort deur die agterste ruitjie, sê nou en dan iets vir sy maat en dan lag hulle ge-luidloos met tandelose monde oor die onhoorbare grap. Die minute vlieg verby, die myle verdwyn agter die wiele, Mowbray word agtergelaat en die digte bome van Rondebosch begin. Deur die blare skiet die strale van die son en maak allerhande patrone op die motortjie – in een stadium gaan hulle by 'n bus verby en die man klop angstig aan die ruitjie. Hulle laai hom af en hy gaan by 'n woonstel in. Om die draai rol 'n kopkool af en vergaan met 'n grieselige knarsgeluid onder die wiele van 'n motor. Die vragmotortjie hou stil en die twee mans klim af. Hulle ondersoek eers die tamatiekissies en dan skuif hulle die koolkoppe verder terug. Daar was nog een wat op die punt was om af te val.

Hy wandel deur sy eie woonstel soos 'n vreemdeling. Met die oe van 'n buitestaander soek hy in al die voorwerpe 'n leidraad om die persoon te vind wat hierdie plek bewoon. Elke stoel, kussing, boek en portret teen die muur is 'n spoor.

Die bediende het al die gewone plekke skoongemaak en al die ou plek-ke oorgesien. In die gang hang 'n jas teen die muur en neem die vorm aan van die eienaar: 'n gesiglose onbekende. Die sitkamer is netjies, modern en hartroerend leeg. Hy word meteens só getref deur die gevoel van geraf-fineerde eensaamheid wat hierdie kamer wek dat die trane oor sy wange loop. Hy loop na die venster en trek die gordyne oop: GO, MAN, GO! vir die bruinman wat onder die eikeboom vee en opkyk.

Die bed in die slaapkamer is met dieselfde materiaal as die gordyne oor-getrek. Langs die bed lê 'n *Life, Time* en 'n roman van Mika Valtari.

In die badkamer (wit teëls en blou handdoeke) is sy skeergoed, toiletware, tandeborsel en -pasta netjies in die muurkassie gepak. Die lav se plank is afge-slaan; die airwick-odorono vervul die kamer liggies met 'n antiseptiese reuk.

Dis die tuiste van die mugu, dis die uiteindelike bereiking, die finale sekuriteit, die bydrae tot volslae ekologiese aanpassing, dis die bonus paterfamilias, die goeie dienaar welgedaan, die kulminasie van vyf-en-vyftig jaar se doelgerigtheid.

GO, MAN, GO! blink sy beeld in die spieël.

GO, MAN, GO!

Hy maak 'n koppie tee in die klein kombuisie. Hy drink dit in die sitkamer. Hy merk op dat alle voorwerpe effens wasige buitelyne vertoon. Miskien ly ek aan geringe harsingskudding, dink hy. Miskien verklaar dit hierdie drukking agter in my kop, hierdie beeld wat my nou nie wil verlaat nie.

Ek lê in 'n kamer . . . Die mure is papier-dun. Langsaan gesels mense. Die lig brand flou. Buitekant hoor ek die wiele van spaaiders, die geluide van Whippets, Overlands en Durandts. Die koerante vertel van die groot wêreldtentoonstelling in Londen; die betowerende Crystal Palace. Daar is 'n resep van Boulestin, 'n aankondiging van die dood van Pavlova. Die wetenskaplikes voorspel 'n ongekende welvaart vir die mens. Die beskaafde millennium is voor die deur en ek is twintig jaar oud.

Hy kyk op: die gordyne fladder in die wind, die abstrakte patrone neem nuwe vorms aan.

"Well done, Edelhart, old man. I've mentioned your name to Mr Hicks. Now I don't promise anything, but . . ."

'n Nuwe sitkamerstel, nuwe tydskrifte, 'n gesprek met Lena Ohlson (ek *moet* haar bel), 'n lewenspolis en later miskien 'n middelslagmotortjie.

Daar is ongekende reserwekragte in die mens. Jou tydspan is met 20 jaar verleng. Gloria! Gloria! In Amerika alleen is die jaarlikse verkopings van vitamines opgestoot van 200 000 tot 7 000 000 lb. Gloria! Gloria! Daar is 'n Norman Vincent Peale, 'n Dale Carnegie, om jou te help om jouself te vind. Gloria! Gloria! Glo, en jy kan! Sê vir jouself: "Ek kan! Ek kan! Die lewe is lieflik! Die lewe is wonderlik!" Gloria! Gloria! Die natuur sing! Die stede groei! Die mense se getalle neem toe! Welvarendheid is alom! Ons reik na die sterre! Gloria! Gloria! Gloria!

Dertig jaar nadat ek in daardie kamertjie met die papier-dun mure gelê het en waar is Gysbrecht Edelhart?

In sy gedagtes tel hy die koppie op en gooi dit teen die fladderende gordyn. In werklikheid sit hy dit netjies op die tafeltjie neer, kam sy hare in die badkamer, trek sy baadjie aan en gaan by die deur uit.

Dit is dringend noodsaaklik dat hy die kaartjie by Mamma se kroegie moet kry.

Vanaf die naaste bushalte stap sy nou, Lolita Jones, onbeskryflik mooi, in die sonlig verhelder tot 'n lewende voorblad *Film Show*-skoonheid, wyl die mans asemberoof haar agternakyk en dan meteens wegkyk, want hoe durf skoonheid kruppelend voortbeweeg? Kruppel vrouens het belynde, versukkelde gesigte en troon nie met hekseskoonheid op horrelbene nie.

Tot laat in die nag het drie kerse om 'n bottel sjampanje gebrand en het toebroodjies, olywe en kaas verdroog. Wee die een wat die oorsaak van hierdie frustrasie, van hierdie verkleinering, van hierdie uiteindelike miskenning is! Wee die een wat in die pad van 'n allesoorheersende obsessie kom!

En, uit die teenoorgestelde rigting, bestemd deur 'n noodlotstydsberekening, kom Gysbrecht Edelhart (GO, MAN, GO! verberg deur sy toegeknoopte baadjie) haar tegemoet. Twee tree van mekaar vind die kontak plaas. Haar blou oë, haar sagte mond, haar simmetriese gesig word kliphard. Daar is geen ridder om haar te wreek nie. Sy kan net verstyf in kille verontwaardiging, haar gesig na die lug hef asof sy haar wil onttrek aan hierdie aardse dinge en aldus deur bonatuurlike konsentrasie alles om haar bevries met goddelike gevoelloosheid. Sy kry vleuels en verdwyn in die yltes. Sy ignoreer die aarde en die aarde wreek haarself – die kontak met die powere bene word verbreek en alles stort in duie, die hooghartige skoonheid tuimel na benede en val op die harde, skurwe oppervlakte van die sypaadjie. Daar lê sy vasgesuig terwyl sy trane van magteloosheid huil.

Tevergeefs probeer Gysbrecht haar ophelp. Sy stoot sy hande weg en huil hardop terwyl haar hare oor haar oë val. 'n Groepie mans kom verby, oordeel oppervlakkig en hoor die roepstem van ridderlikheid. Hulle storm op Gysbrecht af en klap hom weg. Versigtig tel hulle haar op en steun teder die pragtige figuur tesame. 'n Knewel van 'n man neem dit op homself om die wraak te volbring. Met logge stoomrollerhoue slaan hy Gysbrecht se een oog tot 'n blou pappery: 'n hou vir suiwerheid in hierdie morele verwarring, 'n hou vir eenvoud in hierdie kompleksiteit.

Dan neem hulle haar weg, die kosbare kleinood, terwyl die lam lustig alleen op die sypaadjie bloei.

En só vind Juliana Doepels hom.

Vanmôre lyk sy soos 'n aasvoël, want sy het 'n mantel oor haar skouers wat bak swaai as sy draf-haastig nader kom. Eintlik soos 'n aasvoël met 'n geknipte vlerk omdat sy haar een arm in 'n band dra. Miskien soos 'n aasvoël wat onder die koeëls deurgeloop het aangesien haar ooghare en die boonste gedeelte van die pruik verskroei is. Soos 'n komieklike roofvoël gaan sy staan en beskou Gysbrecht met haar hoof skuins gedraai.

"Foei tog," sê sy en vee die bloed van sy gesig af.

Sy baadjie se knoop het afgeruk en sy sien die letters. Sy neem hom aan sy arm en saam stap hulle in die rigting van die middestad.

Na 'n rukkie kom hulle by Julius Johnson se voorstedelike fabriek – 'n tak van die groot besigheid by Paardeneiland. Dis 'n imposante, lelike gebou van geel sierstene. Die ingang was versier met twee nagemaakte Doriese suile, maar hulle lê nou in stukke en lyk effens na die ruïnes van 'n Griekse tempel. Dit moes 'n geweldige ontploffing gewees het wat die skade veroorsaak het, maar die resultaat is nie in verhouding tot die verbranding nie. Die redding van die gebou het juis daarin gelê dat die aangesig vals was, dat die suile nie 'n inherente deel uitgemaak het van die konstruksie nie. 'n Reeks messelaars is alreeds besig om die débris te verwyder en die skade te herstel. 'n Ander groep maak ook van die geleentheid gebruik om die gebou met 'n nuwe kleurskema nog onoogliker te maak.

Juliana en Gysbrecht beskou die aktiwiteite met die grootste belangstelling. Hulle loop tussen die stene en plaveisel rond en stel allerhande vrae aan die werkers. Nadat die ondersoek voltooi is, sê Juliana vir Gysbrecht: "Die lading was verkeerd en die lont was te kort. Ek het amper self in die slag gebly. Miskien is dit beter dat ek met iemand gesels wat 'n sertifikaat het."

Net soos die vorige dag, is dit warm. Maar van die see se kant af kom 'n koel luggie wat die hitte draaglik maak. Die twee trek meer as die gewone belangstelling hierdie sonnige môre, terwyl hulle soos twee wrakke op 'n oseaan aansukkel. Maar Juliana is buitengewoon gesellig en opgewek.

"Is dit nie 'n heerlike dag nie? Dáár is die mooiste en die grootste rubberboom wat ek nog gesien het."

"So, dan is dit 'n rubberboom," sê Gysbrecht.

Die tuinier kyk van sy spuit af op en loer deur die tralies. Hy waai meteens vir Gysbrecht en maak allerhande gebare.

"Hulle het weer die water afgesluit," sê hy toe hulle by hom gaan staan. "Dis die langste wat hulle dit nog ooit afgesluit het. En weet jy hoekom?" Hy wys na 'n groot gat in die grond 'n entjie van hom af – 'n ware donga wat gevul is met 'n pap modder. "Dis omdat hulle so onwetenskaplik is. Hulle weet nie hoe mens 'n boom plant nie. Hulle dink mens sit net die plantjie in die grond en dis klaar. Stel jou voor!" Sy verontwaardiging ken geen perke nie. "Mens maak 'n gat in die grond, mens maak dit vol met water en dan gooi jy altyd 'n bietjie grond by en hou so aan totdat die gat vol is. Daarna gooi jy voëltjiemis in en roer alles deurmekaar. So hou jy vir 'n paar dae aan. En jy maak die gat volgens die grootte van die boom. Dink jy mens kan 'n kremetart in 'n gaatjie plant? Die kremetart is een van die grootste bome wat daar is, dis een van die dikste bome op aarde." Hy gluur na sy uitgrawing 'n entjie daarvandaan.

"Het jy al 'n kremetart gekry?" vra Gysbrecht.

Die man luister nie. Hy het vlugtig in die rondte gekyk en is nou besig om die gat weer vol water te spuit terwyl hy kort-kort oor sy skouer loer.

"Dink jy dat 'n kremetart in die Kaap kan groei?" vra Gysbrecht vir Juliana toe hulle hulle wandeling hervat.

"As dit moontlik is, sal dit jare neem," sê Juliana.

Daar is groot aktiwiteit by George se kafee.

"Ek sou nie daar ingaan as ek jy is nie," sê Juliana. 'n Rukkie later sê sy: "Ek gaan vanmiddag 'n toespraak op die Parade hou." En dan: "Eintlik is ek 'n vox clamantis ex deserto. Ek weet dat niemand luister nie, maar ek protesteer ten minste. En jy, wat gaan jy doen? Gaan jy na my luister?" Sy tik met 'n lang vinger op die GO, MAN, GO! "Die held, wat jy in gedagte het, sal nooit terugkeer nie. Lyding is vandag té algemeen, die drama van die kruishout het sy verbeeldingsprikkeling verloor, daar sterf té veel gyselaartjies in selletjies dwarsdeur die wêreld."

Hulle kry vader De Metz langs die pad. Hy sluit gesellig by hulle aan en maak asof hy nie bewus is van die twee se voorkoms nie.

"Die heidin, die lam en die priester," sê Juliana en pluk 'n roos wat oor 'n heining hang. Sy ruik daaraan en hef haar gesig op na die son. Haar bril blink soos 'n soeklig en sy haal diep en lustig asem.

"Ek sien in die koerant," sê vader De Metz, "dat daar gisteraand 'n geveg tussen eendsterte in Muizenberg was. Nou, is dit nie tekenend dat jeugmisdaad minder in Katolieke lande is nie? Ek het die syfers." Hy haal 'n papiertjie uit sy binnesak en lees: "Italië 2%, Frankryk 7%, België 12%, Duitsland 15%, Engeland 15%, VSA 35%." Hy glimlag vrolik. "Ek wil nie onnodig vergelykings tref nie, maar die syfers spreek vir hulleself." Hy vou die papiertjie op en plaas dit in sy sak terug. "Die rede is," sê hy, "dat die vaderlike gesag besig is om te verdwyn. Ons glo in die gesag van die Kerk. Die Kerk glo in die gesag van die vader in die huisgesin." Hy dink 'n oomblik na. "En dan praat ons nog nie van al die seksuele afwykings wat in die matriargale staat voorkom nie." Sy bewering bewys, verlaat hy hulle met 'n priestersglim en sluit hom by 'n ander verbyganger aan.

"Kom, ek wil vir jou iets wys," sê Juliana en stap vinniger.

'n Lawaai kom uit die verte en groei aan tot 'n oorverdowende crescendo. 'n Bloedrooi MG Midget, die uitlaatpyp oop, jaag by hulle verby. Agter die stuurwiel krimp 'n klein figuurtjie; langs hom, haar hare gesprei in die wind, 'n geverfde klein meisie.

Steeds stap die twee aan. Die son vorder op sy baan en dan wys Juliana vir Gysbrecht 'n geboutjie met 'n groen deurtjie en groot glasvensters waaragter 'n vergulde kop, frenologies ingedeel, presies in die middel op 'n groen fluweeldoek geplaas is. Teen die wande is in allerhande kleure die volgende geskryf: "Prof. Julius D. – the man with the mystic power – phrenologist, psychologist, graphologist, psychiatrist, spiritualist, telepathist, psychotherapist, marriage counsellor, talent spotter, career adviser, horoscope interpreter, globe gazer, palmist, medium, poltergeist exterminator and psychoanalyst. The man with the weird power. For sale: a piano, a complete golfing set and fishing rod."

"Wag 'n oomblikkie, en dan kom jy in," sê Juliana Doepels.

Sy verdwyn deur die deur. 'n Rukkie later volg Gysbrecht haar. Die eerste kamer is groot met 'n enkele meubelstuk daarin, 'n rusbank waarop twee Maleiermeisies, hulle koppe dig teen mekaar, vreesbevange sit en wag. Die mure is bedek met verskeie kleure klatergoud, gerangskik in allerhande verblindende patrone. 'n Chinese lantern hang presies in die middel van die plafon. 'n Monnikedeurtjie in die hoek lei na die volgende vertrek. Gysbrecht gaan in en vind Juliana Doepels, geklee soos 'n man, agter 'n lessenaar. 'n Deur gaan oop en 'n gamine met swart oë kyk brutaal na Gysbrecht.

"Tee of koffie?" vra Juliana.

"Niks nie, dankie," sê Gysbrecht.

Die gamine steek haar pinkie in haar neus, leun teen die muur en skop met haar hak agter haar vas sodat haar wit bobeen ten volle blootgestel word.

"Voertsek!" sê Juliana en die gamine verdwyn. "Skryf vir my enige probleem wat jy het, op daardie stukkie papier neer."

Sy trek 'n ou Remington-tikmasjien nader en plaas 'n blanko foliopapier agter die roller terwyl Gysbrecht al sy probleme tot een vraag probeer kristalliseer – en sy het alreeds begin tik toe hy in sy ronde, effens vroulike handskrif, alles herlei tot die Faustiaanse vraag:

"Hoe om sy siel van hierdie swaar te ontlas."

Sy val die sleutelbord uitbundig aan en rits haar hoof heen en weer na elke reël. Soms skryf sy in rooi, soms skryf sy in swart. Party reëls onder-streep sy. Toe sy klaar is, ruk sy die bladsy uit, vou dit versigtig op en gee dit aan Gysbrecht.

"Jou vraag is reeds hierin beantwoord," sê sy, staan op en begelei hom na die deur.

Die twee Maleiertjies kom skoorvoetend nader, Juliana skakel die lig af en op haar tafel begin 'n groen glasbal met 'n fosforglans in die donker gloei. Sy wys vir hulle om binne te gaan en maak die deur agter hulle toe. Hulle angskrete kan duidelik van binne gehoor word en dan die stem van die gamine: "Tee of koffie?"

Voordat Gysbrecht in die straat kom, waar die son by wyse van kontras baie helder skyn, tik Juliana hom op die skouer.

"Thank you for your kind donation."

Gysbrecht haal 'n pond uit en gee dit vir haar. Dit verdwyn in die omgewing van haar bors.

"Nog iets," sê sy. "Dink jy dat ek vader De Metz kan oorreed om 'n Swart Mis vir my te lei?"

"Ek dink dit is hoog onwaarskynlik," sê Gysbrecht.

"Ek dink die grootste probleem is om 'n maagd in die hande te kry," sê Juliana.

Toe Gysbrecht, alleen en op pad, die papier oopvou, vind hy die volgende in rooi en swart, in kursief en in blokletters geskryf, die hele bladsy vol: GO, MAN, GO! GO, MAN, GO!

Die oggend-woeligheid is in volle gang. Daar is orals musiek, want die dag is heerlik en die lug is vars. Die stad maak homself op drie maniere kenbaar: geluide, geure en intieme taferele teen die asemberowende dekor van die berg. Vlak langs Gysbrecht is 'n tuiewinkel, sommige ware agter die vuil glas herinnerend aan 'n tydperk wat verby is; nuwer ware aanduidend van 'n era wat begin en voorlê – masjiengefabriseerde namaaksels van handgewerkte curio's met allerhande Boesman- en ander inheemse motiewe daarop aange-bring. Dit lyk donker, intiem en geheimsinnig; 'n plek vir toeriste om hier in die buitewyke te "ontdek"; 'n omgewing met koelies, Indiërs, Slamaaiers, Maleiers, Armeniërs, Assiriërs, Jode, Boere, Afrikaners en Engelse om die "kosmopolitiese" atmosfeer te verskaf; raserige grammofone, groentekar-retjies en skreeuende kinders om die "agterbuurt" te kenmerk. Die eienaar staan in die deur van sy winkel en kyk onbelangstellend by Gysbrecht verby, want vir die eerste keer in sy lewe pas Gysbrecht met sy lang baard by hierdie omgewing in. Die man het sy baadjie uitgetrek en sy blou kruisbande, dacronhemp en "Swank"-mansjetknope blootgestel. Hy draai om en sy breë heupe pas presies in die smal deurtjie.

Daar is 'n smaller straatjie wat met 'n sterk helling teen die berg op beweeg; die teer is nat van onbekende vloeistowwe, die oppervlak bestrooi met alle moontlike uitwerpsels, die straatjie self vry van enige voertuig. Ou Kaapse huisies, vermom deur verandas, sukkel op en af aan weerskante en word verdwerg deur 'n groot fabriek met baksteenbruin mure en loodomsoomde glas. Om 'n volgende hoek is 'n restaurant vir die kenner, 'n Indiese kafee wat soms in die nag na 'n dansparty besoek word vir kerrie en avontuur.

By 'n garage, opgejazz deur 'n futuristies argitektoniese ontwerp, staan 'n kolossale vragmotor tot die maksimum-hoogte gelaai. 'n Bruinman in uniform is besig om diesoline in te gooi en 'n ander een om die drukking van die bande na te sien. Soos 'n vet, kloekende hoender beweeg Querido ál om sy voertuig en let noukeurig op of die valve-koppies deeglik aangedraai word, of die verkoeler se dekseltjie reg pas, of die olie presies op die vol-merk is. Hy sien vir Gysbrecht en herken hom dadelik. Hy steek sy hand uit en omklem Gysbrecht s'n in 'n ysere greep – groot, rooi, vereelte pote wat vingers verfrommel.

"Wat dink jy van haar?" vra hy en staan 'n entjie terug. Hy skop met sy hak in die grond, klap 'n bietjie stof van sy broek af en staan dan 'n entjie verder terug. Hy sien meteens 'n geringe duikie in die modderskerm en bekruip dit angstig. 'n Paar veë met die sakdoek om dit behoorlik bloot te lê en hy skud sy hoof verdrietig.

"Wie kon dit gedoen het?"

Toe merk Gysbrecht vir die eerste keer op dat dit 'n nuwe vragmotor is, groter as die vorige een.

"'n *Agt*-tonner," sê Querido.

Vir 'n oomblik, in die son, lyk hy en die vragmotor ewe groot. Sy gesig is rooi en hy ruik na whisky en rook.

"Ek het haar vanmôre gekry. Vanmiddag vertrek ek na Bloemfontein. Dis 'n lang rit."

Maar hy lyk nie soos iemand wat swarigheid in die rit sien nie.

Nadat hy vir die brandstof betaal het en weer vir Gysbrecht gegroet het, skakel hy die motor aan en luister eers ernstig en dan met 'n glimlag na die geklop van die dieselenjin. Versigtig, o so versigtig! trek hy weg na die

vérre Noorde. Vóór hom lê 'n bergpas en dan myle en myle van vaal Ka-
roo-woestyn, en 'n droë alles-vernietigende son, en groen grasvlaktes, en
'n onmeetlike wit-blou lug, en klein dorpies met 'n enkele kerktoring, en
talle kroeë waar onbekende kamerade wag – 'n heel nuwe ontdekkings-
reis in hierdie sy nuwe vaderland.

'n Entjie verder is 'n parkie, die soveelste plek van rus wat Gysbrecht
met mesmeriserende krag lok tot by 'n bankie onder 'n palmboom. En weg
is die stad en slegs die berg steek bokant die bome uit. Hier is geen tuinier
nie, maar alles lyk netjies. Die paadjies is besaai met rooi, graniet-glinste-
rende grond. Verder, ál in die skaduwees, sit mense in hulleself gekeer.
Daar is 'n diensmeisie met 'n stootwaentjie wat sy heen en weer wieg en
in die proses haarself sowel as die baba aan die slaap sus. En 'n ou man met
'n koerant oor sy gesig, broeiend in die son, vér weg verlore in oor en oor
gedrome drome. En vlak by Gysbrecht, 'n meisie met 'n kopdoek om haar
hoof, met vol lippe geskarlaken tot 'n sinnelike orgaan, met groen oë wat
slegs in staat is om na één voorwerp op 'n slag te kyk en nou op Gysbrecht
gerig is, 'n meisie met 'n blou satynrok aan waaronder haar bene, oorme-
kaar gekruis, heen en weer beweeg en die indruk skep dat van haar middel
tot benede die belangrikste terrein van lewe is.

Vir die eerste keer kom Gysbrecht tot stilstand. Hy voel meteens al sy
pyne: die oog, half toegeswel wat aangenaam rustig voortpyn, 'n styfheid
in sy skouers, 'n tamheid in sy bene en 'n dowwe drukking by sy slape.
Nou verkies hy dit so – hy is bewus van sy liggaam, dis asof 'n kontra-prik-
keling hom gedurig daarop attent maak dat *hy* bestaan, dat alles van buite
via homself waargeneem word. Al is die buitegebeure ook hoe belangrik,
die pyn as 'n kenmerkende ondertoon bevestig sy identiteit. "Jou grootste
angs is die vrees dat jy sal verdwyn," dink hy.

Die parkie is 'n hele wêreld met eie patrone. Die banksitters is die be-
volking, en alreeds is daar die verwantskap soortgelyk aan dié wat jy voel
as jy saam met iemand op 'n skip of 'n trein reis. Die meisie van die bewe-
gende bene en groen oë swaai haar arms agter haar rug en lek haar lippe
af. Meteens snuif sy, skielik word 'n skaduwee verdryf en slaan sy aan die
brand in die sonlig. Heetwarm lyk dit asof haar buitelyne beweeg en sy op
die punt is om weg te sweef.

(Warm son, sinnelike plante, erotiese waters. Daphné van die gewel-
huis – volière – rosetuin – biljarttafel-in-die-voorhuis en eiendom in die
dorp. 'n Vriendskap, mooi, onskuldig, tydelik, met die silwerskoon kler-
kie kan niemand skade aandoen nie. Elkeen ken sy plek. Maar, natuur-
lik, daar is sonskyn en kanaries en warm dae wanneer groen skaduwees

alles onuithoubaar maak. Daar is 'n donderslag in die son en grond naby jou gesig – warm grond, klam van die rooi waters, beskadu deur varkies-blomblare – Daar is ook 'n ekstase wat die kerk, pligsgetrouheid en sis-rokke in skerwe laat spat. Daar is 'n oomblik van besef en die groot stad roep. Daar is 'n *wonderlike* lewe wat voorlê.

Maar geleidelik deur die jare . . .

"Edelhart, old man . . ." beteken slegs die vermoë om 'n nuwe Austin aan te skaf.)

Brand op die munisipale brandstapel gemerk *Blankes Alleen,* brand nou hierdie Jeanne d'Arc met 'n rookwolk soos 'n tafelkleed oor die blou berg, met die see álom en die veraste Karoo smeulend agter die gesigseinder. 'n Blou satynrok wat met vlammende golwings beweeg, skarlaken lippe wat gryns van erotiese pyn, wit bene wat wieg op die maat van die verbran-ding, kaal dye wat hulle SOS-kode flits, 'n swart satyn-halfbroekie met frillerige kantjies wat roep om hulp. Die groen oë gekleur en gevorm deur 'n vergete vermenging van Boer, Boer, Brit, Jood en Javaan sien hulle skroeiende uitnodiging ál met die gruispaadjie langs, en sy lag meteens hardop in banale ekstase.

En hy dink: In een stadium het alles opgehou. Is daar nog tyd?

Die seine van oorkant is 'n brandende uitnodiging tot lewe. Hy vroetel onrustig rond, is op die punt om op te staan en verslap weer in die warm son.

Selfbetragting is selfbejammering, selfbesef beland jou in 'n doolhof, die waarheid is morbied, verset is nuttelose rebelsheid, jeugherinnerings is leë fantasie, om weg te kom, is 'n skim.

'n Motor dreun mal en uitspattig in die verte.

Waar is die Terrible Kid en waar is die sheila?

'n Geweldige verlange spoor hom aan tot kort duskant beweging.

Dit word warmer en hy knoop sy baadjie toe.

GO, MAN, GO!

Hoekom nie?

GO, MAN, GO! GO, MAN, GO! Al bedek hy die woorde met die baadjie, pols dit op sy bors, stoot dit teen sy rug.

Hy beur teen die stroom en sien die brandende vrou voor hom. Hy kan dwarsdeur die blou satyn sien, ál die buitelyne van die aangebode ware, die groot mond, die goue tande, die giftige tong, die spoeg en die bewe-gende borste.

En hy hoor die stem, as sy opstaan en nader gaan – die stem wat kraak van onplaasbare aksente: "You a sailor, honey?"

"You a sailor, honey? Bet you jumped ship. Mind if I sit down? Gee, it's warm.

"Now, take that guy, Bill Swede. He used to jump ship. You know him? Bill Boyd Swede, but they call him Big Bill. Big as a bull. Boy, is he big! Fights in every port and every pub. Treats the girls like dirt. But not this Baby. Bet your life. I used to tell him: 'Now, listen Bill. Not with this Baby. If you want it, you ask for it. You don't take it. I give it *when* I wanta and to whom I wanta. No guy is gonna . . .' Say, honey, do you feel alright? My! Your eye! It's terribly swollen. Who beat you up? Gee! You do look a wreck.

"Sure you don't know Big Bill – served on the HMS Voodoo during the war. Boy, used to have some real keen times. Gave me a dozen nylons once. And they reported him missing twice. That's a fact. But nobody kills Big Bill. You *must* know him, honey. Most everybody knows him.

"Say, you don't talk much, do you?

"Say, how about a bite to eat? There's Nick's round the corner. Mixed grill for 2/6. And soup.

"I like it in the park. The sun is real good for a girl. Yes – across the road. Now, honey . . . Watch out! That car! MG Midget. Sa-a-a-ay! Lookit that kid go! Now, I would like a car like that. A real smasher! No, not there. Benny is a crook. Nick's round the corner. That table, the one against the wall. I usually sit there where I can watch the people. I like watching the people, don't you?

"Now, this was real good. Good old Nick!

"Say, a boy does not ask a girl her age. Come off it, honey! Now, you look at me and you tell me. Twenty . . .! That'll be the day!

"Now, you work it out. I was twenty during the war. You work it out. Boy, we had some real good times! Used to dance at Suikerbossie. Remember those salties and Tommy's with the queer pants? Came right down to their knees. And those boys from down under. Boy, what a balls-up! They really wiped their asses on the town. And those marines. A bloody lot of pansies. A lot of queers. Momma's boys. Gimme Big Bill any time. Sure you don't know him? C'mon, boy. Tell me. What ship you jumped? Cross my heart and hope to die.

"Say, you wanta come up to my room? Come up for a drink? You're welcome, honey. You know, you're the first guy I've seen that leaves a tip for the waitress. They leave them for waiters in a hotel but never for the waitresses. Funny. Bill tells me they never leave tips for barmen at the counter. That so? Bill says they ask them for a drink, but they never leave tips. Queer.

"Yeah, this is the place. Welcome home! Gee, but the room is musty. I'll open the window. I've got to keep it locked up. They're the most gawd awful lot of thieves you've ever seen. That woman opposite – she pinched a full bottle of brandy the other day. And the men she goes with. The worst! Real bums from the onderdorp. Yeah, the curtains are mine. And the carpet. Paid *seven* quid for it. The bathroom is down the passage. First turn left. Say, honey . . . A kiss before you go. Mmmmmmmmm!

"A stiff one, hey? Dop and damwater. That OK with you? Brandy settles your stomach, I always say. Good old brandy! Skol! Bill taught me that. Skol! It means the same as 'Skin off your nose'. Oh, take off your coat. Take it easy! My! GO, MAN, GO! I get the meaning, honey. GO, MAN, GO! You're a real sport. I bet you jumped ship though. You got that salty look. Say, I forgot. What's your name? Gysbrecht . . . Surely that's Afrikaans! Now, I can speak it but I find it hard. It sort of twists my tongue. Tot siens . . . alles vahn da besta . . . My mother was Afrikaans. She came from the Karoo. We used to go to the farm when I was a kid. Real boere-lewe! Those sheep and lands and braaivleis and boerewors! But you know, when the sun went down I felt real morbid. Those kersliggies and cold nights. I used to cry like hell. And they get up when the ice is still on the water. Used to walk on the ice. Cross my heart. Just like in Europe. Ever been in Europe, honey? No? But I want to go. Real livin' there, Bill tells me. Comes from whatsaname . . . Norway. No, Sweden. All the girls are blonde. Bill's blonde but he's got dark eyes. You know the type.

"One for the road? I'll join you. Thanks for the meal. Say, let's sit on the bed. Real close. The light hurts my eyes. Got to see the doctor. But I'm healthy otherwise. Not like others I can mention. Keep your body clean. I see him, Dr Hirscowaitz, every month. A standing appointment. He looks at me from top to bottom – most curious fellow I know. He visits me often. He's a nice guy but he got some queer ideas. Boy, and I know the queer ones. The stories I can tell . . .

"Sure, honey. Go ahead. Mmmmmmmmm! You kiss nicely. Mmmmmmmmm! That's even better! Say, do you mind? I'll take this off. It's so warm and I don't want to spoil my dress. Glad you like it. It's really a lovely blue. And feel the material. Yes, black, I prefer black undies. Lovely, isn't it? Feel it . . . Sa-a-a-ay!

"No, these nylons are not from Bill. Bought it myself. Flesh coloured. I like it best. My, another ladder. It must have been the bench in the park. Aw, gee!

"Boy, you've never seen a woman undressing? Take a good look, honey.

I know my legs are white – I had the most beautiful tan last summer. I'll have a good one this summer too. As a matter of fact, I'm going to the Strand tomorrow. Sure, go ahead. You can feel my legs all you want to. Smooth, huh? I've got no hairs on my legs at all, not a single one. Some girls shave and they become all bristly. Sure, lie down. Put your arm around me. Go-o-o-od. Anything you say, honey. Now, steady, boy? Gently man. Sure I'll teach you all you want to know. Little mother, that's me. Little mother. Shhh, Baby. There, there. Mmmmmmmm.

"Sleepy, honey? Sure, I'll keep on talking. What you wanta hear? They all ask that. Everyone of them. Every single one. Of course it's rude. Sure. I forgive you. My name? Fancy asking my name. I mean, you know me q-u-i-t-e well, real well and you only ask my name now. Theresa. Ah! Like it? They call me Tessy, those that know me well. Or Tess. Mostly Tess. You wanta know a secret? I was married. Yes. Good and solidly married to a snivelling bastard when I was eighteen. Died up North. Sure he gave his life, but he was a bastard anyhow. He used to get drunk and hit me with a bottle. See this mark? No, that one. I fell against a chair. I've got a child too. James. James Smith. The most common name in the telephone book. I read it the other day – I mean about the name Smith. There are pages and pages of all kinds of Smiths. You know what they did? They took him away. That blinking woman from Social Welfare. I had to nurse the baby, look after it, through whooping cough, measles and what you have, and the moment he was well and old enough they took him away. Appeared in a court. They took him away, my Jimmy, and they sent him to . . . You know, honey, I forgot the place. Used to know it quite well. I visited him too. It's a big place. It looks like a school. There are just hundreds of brats running around. And who looks after them? Tell me. There's no love like a mother's love.

"Jimmy'll take care of me one day. Sure he will. You know I bought him a rubber ball the other day. It's there in the corner. Behind the curtain. As soon as I find out the name of the place I'll take him the ball so that he can play with it. Little things like that. A mother remembers little things like that. Neglect and cruelty, they said. Do you think I'm cruel? For Christ sake I bought him a ball! I bet he's going to be big one day. Like Bill. He'll show the bastards. He'll knock them silly.

"I'm going to send him to the Navy. Have you seen those Middies? Boy, they're smart. Going to be all dressed in white, you know, with the cap under his arm. Everything at the double. Straight as a poker. Then there are all sorts of ceremonies where the parents can go to. I'll take Big Bill when he's here. Lots of marching and bands and things. And then Jimmy'll have a girl. Bet she'll be a blonde. Those honey-blondes. In a white frock. And he'll write letters from Madeira and all those places. And Hong Kong and the Canaries and he'll bring me a frock with all sorts of laces and trimmings and he'll buy me a flat at Sea Point, one of those big ones. And when his ship comes in I'll be on the docks, you know where that fat woman sings.

"Say, honey . . . you're a bit heavy. Honey! Are you asleep? Huh? Are you listening? Sure, yes. I'm talking about a ball, yes. A big blue one. Behind that curtain. A big blue one for him to play with. Yes, right behind the curtain. And this very afternoon I'm going to take it to him. I'll remember the name of the place. I'll give him the ball and he'll play with it. Yeah, a big big beautiful ball . . ."

Sy tweede busrit sedert hy sy wandeling begin het, en hy nader nou die Parade. Van heel bo sien hy die saamgedromde verkeer, die skilpaddakke van die motors, die stadhuis, die palmbome en die Kasteel. Aan die sy-kant van die stasie klim hy af en ruik die Parade. So lank as wat hy leef, sal hy hierdie reuk onthou, hierdie besondere sintuiglike waarneming waarin die stad tydloos is, waarin die hele verlede met al sy gevoelsnuan-ses nog bestaan en waarin, ten spyte van nuwe geboue en nuwe leefwyses, ietsie van die vroeëre romantiek onvernietigbaar behoue bly. En wat is dit presies?

Hy haal diep asem, hierdie boemelaarsfiguur, en kyk op na die berg. Bo-kant die Parade, bokant die stad verrys die enorme stuk kwarts en ontvlug die huise en die dennebosse tot drieduisend-vyfhonderd voet in die lug. 'n Wit waterval boog oor die kruine en hang oor die stad van waar fabrieksrook, gefabriseerde mis, opstyg en die natuurwonder halfpad ontmoet. Agter fluit die treine, verder terug kom die hawegeluide, alom dreun die Parade – ruik die Parade na alles tesame: piesangs, pynappels, kruie, blomme, see, mis, teer, kerrie, wierook, osone, seebamboes, vrot vis, bergwaterpoele, moeras, diesel, steenkool, druiwe, dennebolle, heide, armoede, rykdom en mense van alle rasse, kleure en kulture. Hier in sy Paradehart klop die stadslewe anders as in enige ander stad, dreun en dreun dit sy eie bekoring.

Binne Gysbrecht tamboer verlange en hoop hom tot duiseligheid – mis-tieke figure, gebeurtenisse en legendes uit die verlede, en die wonder van transformasie wat mag voorlê. In die middestad is Mamma se kroegie met die kaartjie, agter lê die hawe en wag die groot lynbote. Vlak by hom flen-ter die skimme van halfvergete herinnerings, van 'n tyd wat verby is, van die ware geluk wat bestaan uit herinnerings, flenter ook die voorspooksels van nuwe avonture, van groter geluk wat bestaan in hoop. Dis 'n duiseling-wekkende kombinasie hier in homself op die Parade.

Ek het geslaap by 'n Kaapse hoer en is deel van die stad, dink hy en stap sy ompad, deur die Parade, sy geduldige bestemming tegemoet.

Hy hoor die skreeuende wiele en is net betyds om weg te spring as die rooi Midget rakelings by hom verbyskuur, tussen die geparkeerde motors deur, anderkant uit, verlore in die verkeer. Die klein sheila se hare glinster in die namiddagson, die Terrible Kid in sy leerbaadjie boggel soos 'n apie agter die stuurwiel. Hulle laat Gysbrecht alleen, met sy hande omhoog van skrik en verlange.

Meteens gryp iemand hom aan die arm: 'n groot man met 'n rooi snor en 'n pankop wat die son weerkaats.

"Kom in!" sê hy. "Sewe-en-ses vir 'n foto deur 'n ekspert; 'n aandenking vir 'n geliefde vriend, vriendin."

Sy oë, afgesien van die twee kolletjies blou, so rooi soos sy hare, skitter vlak by Gysbrecht se gesig.

"Waar is ons môre, ek en jy? Kom hierdie oomblik ooit weer terug? Selfs nou is jy 'n paar sekondes ouer, het 'n aartjie vernou, is die hartspiere 'n fraksie swakker. Haas jou! Gryp die tyd! Isoleer die verbyflitsende oomblik in die magiese lens!"

Hy trek Gysbrecht in 'n stalletjie en plaas hom reg voor 'n houtkamera op 'n platformpie teen 'n Victoriaanse agtergrond van verweerde groen gordyne en 'n ingeskilderde Chippendale-tafeltjie en -stoel. Hy verdwyn onder die swart doek en word deel van die monster wat met 'n groot glas-oog Gysbrecht beskou, dit in 'n sewentigste gedeelte van 'n sekonde knip en die beeld verewig. 'n Ruk later, na oorhandiging van sewe-en-ses, sien Gysbrecht homself, GO, MAN, GO! duidelik op sy bors, sy gekastyde gesig eienaardig onrespektabel teen die stroewe agtergrond, sy een hand op die stoel, sy houding soos dié van 'n man wat op die horison verskyn en op die punt is om voort te beweeg – die toonbeeld van die hawelose mugu.

Ontstemd dwaal hy onsiende verby die boekstalletjies, onwillekeurig in die rigting van die uitgang. 'n Hele blok potplante, blomme en boompies versper sy weg. Reg voor hom staan 'n man met groot sorg in 'n verbleikte blou pak geklee, sy broekspype van onder vasgeheg deur fietsknypers, 'n splinternuwe hoed vierkantig op sy kop. Hy is besig om na 'n boompie in 'n verroeste blikkie te kyk. Dis 'n boompie met 'n sambreelvormige kroon en keurboomagtige blaartjies. Gysbrecht herken die tuinier en groet hom.

"Dis my middag af," sê die tuinier. "Maar miskien gaan ek nie terug nie. Trap op my tone en ek is 'n moeilike man."

Hy kyk na Gysbrecht, gereed om sy grief op hom ook oor te dra.

"Hulle het my beveel om die gat toe te gooi. Hulle het net gekyk en gesê: 'Gooi toe die gat'." Sy verontwaardiging sprei fyn straaltjies spoeg en pruimtwak oor die plante. "Kyk, ek het nie tyd vir dom mense nie. As hulle my soek, sal hulle my kry."

Hy buk meteens vooroor en streel die boompie met sy voorvinger – 'n grasieuse beweging vir 'n hand so vuil en vertrek deur jig.

Die verkoper staan nader en sê: "Sipuana speciosa. Spotgoedkoop vir £1 10s."

Die tuinier haal sy beursie uit en uit die beursie 'n tiensjielingnoot. Die hempsak lewer nog 'n tiensjielingnoot, 'n toegeknoopte sakdoek sewe-en-ses in die vorm van sjielings, sikspense, pennies en halfpennies. Sonder om 'n woord te sê, sit Gysbrecht 'n halfkroon by.

Toe die verkoper hulle verlaat het om 'n ander klant te bedien, terwyl die tuinier die boompie in die potjie liefderik omarm, glimlag hy vir Gysbrecht, wink hom nader en fluister: "Die arme drommel weet dit net nie – dis 'n kremetart."

"Hoe weet jy?" vra Gysbrecht. "Hoe weet jy dat dit 'n kremetart is en nie 'n sipuana nie."

"Het jy al 'n kremetart gesien?" vra die tuinier.

"Ja. In Transvaal. Daar is duisende van hulle en hulle lyk nie so nie."

"Het jy al 'n *klein* kremetartboompie gesien?" vra die tuinier onverstoord.

"Nee," sê Gysbrecht. "Nog nie 'n heel kleintjie nie."

"Kyk," sê die tuinier, "hoe lank dink jy sukkel ek al om 'n kremetart in die hande te kry? Jare al. Dink jy ek het nog nie 'n kremetart in boeke gesien nie? Dink jy ek weet nie al teen hierdie tyd hoe dit lyk nie? Wie dink jy ken 'n kremetart beter: jy of ek? Is jy miskien 'n tuinier?"

"Nee," sê Gysbrecht.

"En wat is jou nering, as ek mag vra?"

"Ek werk in 'n winkel," sê Gysbrecht.

Die tuinier glimlag en ag dit nie nodig om te antwoord nie. Hulle stap saam tot by die uitgang, die sipuana 'n entjie na vore gehou – die kosbaarste sipuana in die hele Kaap.

Voordat hulle van mekaar afskeid neem, fluister die tuinier nog eens: "Vannag plant ek die kremetart, en dan gooi ek die gat toe." Hy lag hardop. "Wat kan hulle doen? Wat kan hulle sê? Die gat is toegegooi" – en 'n oomblikkie later wis die onpersoonlike verkeer sy gestalte uit die oog uit.

By een van die kraampies verkoop iemand 'n halfdosyn piesangs aan Gysbrecht, 'n entjie verder kry hy 'n oorgeblewe oggendkoerant. Terwyl hy die piesangs eet en die skille sorgvuldig in die vuilgoedmandjie by die elektriese paal gooi, sit hy en lees. Die eendstertgeveg by Muizenberg is 'n voorbladberig. Van die verwonding van die Boss is daar geen melding nie, maar wel van 'n middeljarige man met 'n trui waarop GO, MAN, GO! staan.

Gysbrecht knoop sy baadjie toe, eet die laaste piesang op en gooi die kardoes en die koerant in die vuilgoedmandjie. Hy is op die punt om direk na Mamma se kroegie te loop, toe hy 'n lawaai agter hom hoor.

Op 'n seepkissie het Juliana Doepels, omring deur die Parademengelmoes, haar toespraak begin. Die kring om haar word groter namate nuuskieriges bykom en spoedig deelneem aan die honende tussenwerpsels en goedige gejou. Sy het haar spesiaal vir hierdie geleentheid verklee en lyk sprekend op Sister Carrie met haar outydse swart rok.

"Ek het 'n studie van alles gemaak," skreeu sy. "Ek het die saak van al kante bekyk en tot die slotsom gekom dat in die lig van julle teenswoordige denke julle nooit sal verander nie. Elkeen van julle is 'n klein tronkie wat die gees gevange hou en Julius Johnson en sy soort is die bewaarders. In die aand gaan julle slaap, in die oggend staan julle op, gedurende die dag werk julle sonder gevoel en toewyding. Julle sit in chroomkafees en sien Hollywoodmatinees op Saterdae. Party van julle drink sjerrie en dans die kwêla; die ander ooreet hulle aan vleis en geelrys en bewaar die valse sedes. Julle teel soos konyne aan en siektes roei julle nie eens meer uit nie."

"That is Juliana Doepels," sê iemand langs Gysbrecht. "She's as mad as a hatter."

"Julle word nie uitgeroei nie, want julle is self 'n siekte. Julle versprei soos kieme en besmet die aarde. Lank leef die atoombom! Lank leef radioaktiwiteit! Mag julle spoedig uitbrand en die aarde in vrede laat."

"Brand jouself!" skree iemand.

"Toe julle minder was, toe daar ruimte was, het die natuur oorheers en was julle grappig, pateties, kleurryk en selfs indrukwekkend. Maar nou is julle 'n vloek, 'n onkruid wat dreig om die wêreld in te neem. Julle teer op alles – op die hele natuur. Julle vrye wil is verstomp. Julle is slagoffers van 'n illusie en so blind soos vlermuise. Julius Johnson is die hoofvlermuis, bewaarder van die orde, die skerp kop van die doellose piramide. Vervloek is julle! Ek, Juliana Doepels, beaam die vloek wat alreeds op julle rus!"

"Vervloek jouself, Juliana Doepels!" skree iemand.

"By elkeen van julle mag nog miskien die kiem van teenstand, die laaste flikkering van die oorspronklike trots wees. Maar krap 'n bietjie, stel die eis, en julle kollektiewe patroontjies kruip uit, gryp die liggaam en draf saam met die miljoene miere rigtingloos en vernietigend oor die moeë aarde. Lank leef julle sedes! Lank mag julle die sedes verkrag met vroom gesigte! Lank leef julle liefde sodat selfs die kinders in verset kom en met selfbespotting, selfkastyding, aangetrek soos narre, die noodlot kortpad tegemoetgaan! Lank leef die orde wat julle verander het van 'n middel vir selfbeskerming tot 'n tronk vir almal! Lank leef vryheid wat julle in 'n spotwoord omgeskep het! Lank leef die held wat julle tot julle ewebeeld afgetakel het! Lank leef die God wat julle van voor af kruisig!"

"Kruisig jouself, Juliana!" skree 'n klein mannetjie langs Gysbrecht.

Hy is besig om 'n mango te eet en sy gesig is besoedel met die pappery van lekkerkry. Sy hoed is agteroor op sy kop en hy leun effens vorentoe in 'n vergeefse poging om die druppels van sy baadjiekraag af te weer. Sy dik, vet vrou rook 'n sigaret, dit hang tussen haar lippe; af en toe haal sy dit met haar duim en voorvinger uit en blaas die rook in die rigting van die toenemende menigte. Sy sien vir Gysbrecht en beskou hom met laer-middelklas-brutaliteit, sy bemerk die woorde op sy trui en verander haar houding. Sy plooi haar lippe – die bolip bedek met swart haartjies, die pap onderlip soos 'n roosknop gevou. Geel tande, gestop met goud, gryns in sy rigting; bruin oë, wat die enigste oorblyfsels is van 'n vergange boerse skoonheid, isoleer hulleself met 'n warm gloed in die strak, gevoellose, uit-gestrykte gesig. Sy wys met trots na haar mannetjie en haar satynbedekte maag, vergroot deur die geboorte van ses kinders en daaglikse koffie en je-newer, skud van uitgelate plesier. Sy en haar mannetjie het die hele môre hulle tyd in die Forum-kafeebioskoop deurgebring. Vanmiddag gaan hulle na Elvis Presley in die Ritz kyk. Juliana Doepels, hier op die Parade, oor-brug twee helftes van 'n volkome Saterdag; dis 'n vol dag, warm en heerlik om te lewe. Hulle, sy en haar mannetjie, het 'n week gelede dertig pond gewen op Pick a Box. Haar mannetjie is 'n regte kapokhaantjie – hy werk, staak en vervul sy pligte soos iemand dubbel sy lengte. Die lewe is goed.

"Kruisig jouself, Juliana!" skree sy en knipoog vir Gysbrecht.

Sy is die moeder van die Terrible Kid.

"Julle het jul gode doodgemaak en julle helde vernietig!" skree Juliana. "Jul gode is vervang deur julle valse rede; jul helde is gekondisioneer tot lagwekkende afwykings. Lank leef julle 'n dekade langer! Lank tart julle chroomtempels die goeie smaak! Lank lag julle met gefabriseerde gesigte en verfraaide psiges!"

"Lank leef Juliana Doepels, sy is beter as Jerry Lewis!" skree die vader van die Terrible Kid, tot groot vermaak van sy vrou wat met skor geluide en wiegende lyf tred hou met die vermaak.

"Droogtes, vloed, hongersnood en ellende het julle bedreig in die verlede. Atoombomme, waterstofbomme en algehele vernietiging bedreig julle nou. Môre vrek julle soos vlieë, diep onder die indruk van julle heldhaftigheid. Cinerama-helde sal julle gefingeerde heldedom op silwerdoeke vervals;

met trane in julle oë en vol sieklike sentimentaliteit sal julle voortmarsjeer en in die put verdwyn! Luister na my! Sonder 'n lewende mite, sonder 'n simbool, gaan julle ten gronde en disintegreer saam met julle saaie konstruksies. Met julle rede het julle die wortels afgesny; soos miere dwaal julle selfvernietigend rond omdat die koningin dood is."

Juliana Doepels dans op die punte van haar slenterskoene. Sy is die toonbeeld van vervoering, verhelder deur die middagson, gedra deur die spottende uitbundigheid van die skare.

"Luister na my! Vernietig die orde! Hoop op die ongenoemde minderheid wat hulle rug op die makrokosmos sal draai en in die mikrokosmos van die psige met die waarheid herbore sal word. Luister dan na die nuwe profete en red julleself! Vernietig die valse orde en soek die ware simbole. Aanvaar die risiko van die skeppende proses . . ."

– en die pit van die mango, gegooi deur die vader van die Terrible Kid, tref Juliana Doepels op haar neus.

Agter Gysbrecht Edelhart lag iemand met 'n swaar stem, dis Julius Johnson, ses voet vier van welvarendheid, wat omring deur 'n groepie trawante die toneel aanskou. Getrou aan die orde, het hy 'n kissie tamaties van 'n Indiër gekoop, en hy wys dit vir die vader van die Terrible Kid. Die mannetjie gooi 'n tamatie met onverbeterlike behendigheid en tref Juliana Doepels op die voorhoof. Die bloed van haar neus en die sap van die tamatie vorm twee kleure rooi. Die lagwekkendheid van die spektakel tref die skare. Hulle gryp die tamaties, klou dit met grypende hande, en besaai Juliana met 'n vlieënde pappery. Dit tref ook dié wat aan die ander kant staan, en vergelding volg. Spoedig word die lug van die Parade verdonker met vlieënde groente en vrugte.

Die moeder van die Terrible Kid is besig om haar mannetjie tot uitbundigheid aan te moedig. Sy lyfie tol in die rondte soos hy die tamaties met alle krag slinger. Gysbrecht word in die maalstroom tot teenaan die moeder van die Terrible Kid gedruk. Toe hy struikel, gooi sy haar vet arms uit en gryp hom om die lyf. Jenewer en tabak blaas in sy gesig. 'n Tamatie tref haar en sy vee haar gesig teen syne af. Hulle word vaster teen mekaar gestoot en in die proses voel hy hoe sy hom uit eie wil teen haar opfrommel. Haar goue tande flits hier by die hoek van sy een oog en die volgende oomblik druk sy haar nat mond teen sy wang. Nog tamaties tref hulle en die sous en pappery besoedel hulle saam. Dieragtige geluidjies roggel by sy oor, haar bewegende midderif vou soos 'n ballon om hom en die stroop van die vrugte sypel in terwyl hulle 'n taaie, spartelende, drukkende eenheid vorm. Nou is sy besig om sy oor te byt, die volgende oomblik slaan sy haar tande in sy wang weg. Hulle beweeg, gedruk deur die stroom, van plek tot plek en dan val hulle. Ander struikel oor hulle, 'n polisieman gryp Gysbrecht aan die kraag van sy nek en pluk hom uit. 'n Stok tref hom in die midderif en hy krul inmekaar. Die volgende oomblik word hy hande-viervoet in die Black Meraai gesmyt. Ander volg en as die ruimte gevul is, word die deur toegeswaai en verdwyn hulle vinnig uit die middestad op pad na die polisiekantoor.

Hulle is almal tesame tien as hulle voor 'n skraal, besnorde sersantjie verskyn. Ses word ontslaan en Gysbrecht en drie tipiese boemelaars bly oor. Die boemelaars word sonder seremonie in 'n sel weggepak totdat 'n aanklag binne vier-en-twintig uur bedink sou word. Die sersant en twee polisiemanne het Gysbrecht alleen in die aanklagkantoor en beskou hom met belangstelling.

"Ken jy die queer, Jimmy?" vra die sersant.

Jimmy trek sy skouers op.

Gysbrecht se baadjie is aan flarde en lê eenkant op 'n bank. Sy rooi-bevlekte trui met die GO, MAN, GO! verskaf heelwat genot.

"In die mix-up het hy 'n ouvrou probeer rape, sarge," sê Jimmy.

"Ek het mos gesê hy's 'n queer," sê die sersant.

"Gisteraand in Muizenberg . . ." sê Jimmy.

"Dieselfde man?" Die sersant kyk met hernieude belangstelling na Gys-brecht. Almal kyk na hom asof hy tot 'n vreemde spesie behoort.

"'n Fighter, nè?"

Een van die polisie pomp Gysbrecht in die ribbes.

"Hy's 'n queer," sê die sersant. "Ek het mos gesê hy is 'n queer."

Gysbrecht se naam word gevra en hy moet dit spel: GYSBRECHT E-D-E-L-H-A-R-T.

"Edelhart!" sê die sersant. "Nou, stel jou voor! Edelhart en hy word aangekla . . . Waarvoor sal ons hom aankla, Jimmy?"

"Verstoring van die vrede, poging tot verkragting, openbare geweldple-ging."

"Edelhart!" Die sersant skud sy kop. "Kan jy jou die koerantberig voor-stel, Jimmy?"

Die telefoon lui, die sersant tel dit op en skuif dit onder sy ken in terwyl hy notas op 'n stukkie papier maak. Meteens verbreed sy glimlag. Hy leun in sy stoel terug en vryf sy hande tesame.

"Ken jy ene George Ghiberti van die Panorama-kafee?"

Gysbrecht wil praat, maar die sersant keer hom.

"En ken jy ene Lolita Jones van dieselfde adres?"

403

Die sersant rig hom tot Jimmy.

"Die man word jou so wragtig daarvan beskuldig dat hy vanmôre 'n meisie met die naam van Lolita Jones in Rondebosch aangerand het. Daar is drie getuies en dis die einste Raspoetin wat hier voor ons staan."

Jimmy fluit deur sy lippe en hy en die sersant kyk hierdie keer met nuwe respek na Gysbrecht. Die sersant bied hom selfs 'n sigaret aan en Jimmy steek dit op.

"Hy is 'n psycho," sê Jimmy.

Die sersant leun terug en haal 'n lêer agter sy rug uit 'n laai uit. Hy vou dit versigtig oop en begin noukeurig 'n vorm invul.

Die kantoortjie ruik na vernis. Dit ruik ook effens muwwerig en 'n paar enkele vlieë gons by Gysbrecht se kop verby. Buitekant hoor hy twee kinders lag en dan die getoeter van motors.

Jimmy leun teen die vensterbank en is besig om sy naels skoon te maak. Agter sy kop is die lug blou, maar dynserig. Die top van 'n enkele sipres, op 'n laer vlak, wys soos 'n bewegende vinger eers regs en dan links. Gysbrecht voel moeër en vaker as ooit tevore en verlang na sy bed. Hy probeer luiweg sy gevoelens ontleed, maar vind niks: geen protes, geen geregverdigde toorn, geen verset of watter reaksie ook al nie.

Die sersant is op die punt om hom iets te vra, toe daar 'n lawaai van die deur se kant af kom. Gysbrecht kyk op en sien vir Querido, reusagtig in die klein kamertjie, sy hande geboeid en twee konstabels langs hom. Querido herken dadelik vir Gysbrecht en wys sy geboeide hande in 'n hopelose gebaar.

"Sotterny!" skree hy. "Absolute sotterny!"

"Adriaan Querido," sê een van die konstabels. "Nalatige bestuur van 'n vragmotor, moontlik onder invloed van drank, 'resisting an officer'."

"Absolute sotterny!" sê Querido. "Daar was hierdie klonkie. Hy gee my die 'slow walk'. Hy loop stadig voor die lorrie net toe ek wegry . . ."

"Hy ruik soos 'n kantien," sê die konstabel.

"Toe ek uitklim," sê Querido, "toe hardloop die vuilgoed weg. Hoe kon hy seergekry het as hy weghardloop? En hierdie konstabel . . ." Querido wys na die konstabel langs hom. "Hy klim in die lorrie en breek amper die ratte soos hy dit in trurat gooi. Absoluut geen gevoel vir masjinerie nie. Hy reverse terug soos 'n besetene en stamp my hele modderskerm stukkend teen 'n lamppaal."

"Net 'n skrapie," sê die konstabel.

"'n Skrapie!" Querido hou sy geboeide hande omhoog. "Hy reverse soos 'n besetene, stamp die modderskerm stukkend en verskuif die hele vrag.

En ek moet môre in Bloemfontein wees en oormôre in Johannesburg."

"Ek moes die lorrie uit die verkeer kry," sê die konstabel. "Daar is skaars 'n skrapie aan die modderskerm. Toe pluk die vent my uit die sitplek en slaan my."

"Sotterny!" skree Querido.

"Ruik soos 'n kantien," sê die konstabel.

Dit neem 'n tydjie om Querido tot bedaring te bring. Die sersant besluit om Querido 'n looptoets te gee. Hulle trek 'n streep op die vloer en Querido, geboeide hande en al, loop op die streep met perfekte beheer.

"Aanranding van 'n konstabel in die uitvoering van sy plig is 'n ernstige saak," sê die sersant, sigbaar teleurgesteld.

Hulle besluit om Querido opgesluit te hou totdat die klag teen hom geformuleer word. Dit kos twee om hom uit die kamer te lei terwyl sy bliksemskigte oor almal donder. By die deur gaan hy meteens staan, kalm, waardig en ingetoë.

"Ek doen 'n beroep op u, sersant, om toe te sien dat my vragmotor behoorlik versorg word."

"Watter balls-up het jy nou aangevang?" vra die sersant vir die konstabel, toe Querido uitgelei is.

"Christ, sarge," sê die konstabel, "dit was net 'n skrapie. Ek het nie die lamppaal gesien nie."

Daar is 'n oomblik stilte en die sersant kyk na Gysbrecht. Hierdie keer is daar geen geskerts nie.

"Ek sien julle ken mekaar," sê hy. "Ek dink dis tyd dat jy 'n bietjie uit sirkulasie geplaas word, boeta. Dink jy ons het tyd vir julle soort? Ons werk ons bedonderd. Terwyl julle slaap, moet my manne in Langa en Distrik Ses julle vuilwerk doen. Die shebeens, fietskettings, messe, pangas, skollies, seksmoordenaars . . . wat het van die affêre in Muizenberg geword, Jimmy?"

"Ons het die skedel gekook," sê Jimmy. "Ons moet nog 'n verklaring van Sarie se ouers kry. Dr. Sulski wil die skedel sien voor ons dit wegstuur."

"Seksmoordenaars, boewe, diewe en die skorriemorrie van die stad, terwyl julle snags tussen die vere lê," sê die sersant. "En as ons iets doen, dan is die koerante vol. Dink jy dis plesierig om 'n cop te wees? Dink jy dis plesierig as die koerante jou gedurig as 'n boosaardige aap voorstel?"

Gysbrecht kyk in stilte na die sersant, Jimmy en die ander polisieman wat intussen teruggekom het. Hulle hare is volgens die polisieregulasies kort aan die kante geskeer. Al drie dra fyn snorretjies. Hulle uniforms laat hulle netjies en formidabel lyk. Daar is 'n besondere uitdrukking in hulle oë: skerp, sinies en tog effens hulpeloos. Hier is 'n ander orde, dink hy; 'n gilde met eie reëls. Ontneem hulle hulle uniforms en hulle verdwyn in die stroom: vaal, patroonlose mannetjies in klere wat té styf aan hulle sit.

Die sersant knik en Jimmy lei vir Gysbrecht na 'n selletjie aan die agterkant van die gebou. Hy bied hom eers 'n sigaret aan voordat hy die deur grendel. En vir die eerste keer in sy lewe is Gysbrecht opgesluit.

Mense sal hulle altyd uitken, dink Gysbrecht, aan hulle oë. Hulle sal nooit van daardie uitdrukking in hulle oë ontslae raak nie. Hulle word natuurlik van vroeg af gekondisioneer om uiteindelik gevoelloos te wees. Ons is almal potensiële misdadigers; hulle is die Eumenides met fyn snorretjies.

Gysbrecht betree eers sy sel. Hy ondersoek die venstertjie, die sterk deur, die bank en die plafon. Alles is funksioneel en eenvoudig en dit het 'n eienaardig gerusstellende effek op hom. Hier is net plek vir basiese feite; dis 'n kamer waarin mens bly. Jy eet, slaap en dink hier. Dis die eenvoudigste vorm van bestaan en is op die oomblik glad nie onaantreklik nie.

Gysbrecht Edelhart, gebore uit die vrou Suzanne Edelhart; verwek deur Johannes Edelhart, gewese boer en slagter; afstammeling van Gysbrecht Edelhart sr., boer in Riversdal, voorheen van die Boland; verder terug 'n netwerk van interrelasies behoorlik bewaar in die argiewe; almal spruitend van een enkele man, Gysbrecht Eedelhart (met twee e's) en een vrou, Sara du Toit, soos opgegee in Colenbrander se *De Afkomst der Boeren*. In die direkte linie, boere – eers wingerd, dan graan. Mens kan jou die eenvoud van die lewe in die Kaap voorstel, 'n eenvoud waar kwaad kwaad is en goed goed. Die brandende son en arbeidsadel op wingerdlande en op koringvelde. Die paring deur die jare geheilig deur die kerk, die geboorte van skreeuende spruitsels in kamers met geelhoutplafonne op katels met veermatrasse langs flikkerende vetkerse. Lewe en dood met en sonder lyding. Ambisie volgens gebaande kanale. Bereiking, frustrasie en berusting. 'n Geheiligde orde. Verbeeldingloos maar suiwer.

Alles eindig nou hier in 'n sel; eenvoudig, vierkantig soos dit hoort.

Dis 'n negatiewe bereiking, 'n terugkeer uit die verbrokkelde, futlose, ruggraatlose gemeenskap van die laaste dekade.

Met volkome vrede in sy hart raak Gysbrecht aan die slaap in sy sel.

Gysbrecht het drie besoeke ontvang. Die eerste was vader De Metz. Jimmy het die deur oopgesluit en die sonnige priestertjie in die sel gelaat wat nou al die grouheid van skemer begin toon het. Vader De Metz het eenkant op die bank gaan sit en Gysbrecht met vonkelende ogies aanskou.

"Die aanklag teen jou is nog nie geformuleer nie, maar ek verneem dat jy dit reggekry het om 'n hele reeks oortredings in 'n besondere kort tydjie te begaan."

"Juliana Doepels . . ." begin Gysbrecht, maar vader De Metz keer hom.

"Ek het reeds met Juliana gepraat en sy het my hierheen gestuur. Blykbaar is jy, volgens haar, volkome onskuldig."

Hy steek 'n sigaret aan en kyk in die sel rond. Teen hierdie tyd van die middag lyk alles strak en onverbiddelik.

"Miskien word jy gestraf vir die sondes van jou voorvaders. Miskien word jy gestraf vir die sondes waarvan jy alleen in jou hart weet, alhoewel dit miskien, teologies gesproke, nie so suiwer is nie. Daar is geen bronne wat staaf dat die misdadiger of sondaar juis in lewe die ware vergelding sal ondervind nie. Ek ken, byvoorbeeld, 'n hele aantal skurke wat in die grootste vrede en geluk hier op *aarde*, let wel, lewe." Hy krap met sy vinger teen die muur en toets die sterkte van die plaveisel. Dis asof hy vir die oomblik van Gysbrecht vergeet het, want hy kyk in die vertrekkie rond soos iemand wat na iets soek. Dan herroep hy sy aandag uit die donker hoekies. "Dis selfs moontlik dat jy jouself hier vind weens 'n vadsigheid van gees. Dit is die plig van die mens om op sy regte aan te dring en sy dignitas te bewaar. Maar, aan die ander kant, is dit soms so moeilik om te onderskei tussen trots en nederigheid. Ydelheid openbaar homself in soveel vorms. Ek het 'n suspisie, slegs 'n suspisie, hoor! dat jou nederigheid niks meer inhou as luiheid nie. Maar miskien het ek verkeerd "

Hy druk sy sigaret dood en loop in die sel rond soos Gysbrecht vroeër gedoen het. Die sel wek by hom ook herinnerings, maar hy noem hulle nie.

"Maar, om terug te keer tot Juliana Doepels," sê hy toe hy weer gaan sit. "Eintlik sou 'n mens sê dat sy deur die duiwel besete is. Aan die ander kant is die weë van God wonderlik en soms onbegryplik. Het jy mooi geluister na haar toespraak? Weet jy van haar bomaanslae op Julius Johnson? En tog is daar 'n sprankeltjie van waarheid in wat sy verkondig. Die mite moet herstel word anders gaan die mens ten gronde. Die mite is daar, die kerk het dit getrou deur die eeue bewaar, maar die mens het dit in die afgelope dekades ontken en pluk die vrugte van angs en ontworteling." In hierdie stadium is daar iets van Juliana Doepels in hom, 'n soortgelyke erns herlei tot sy besondere oortuiging. "Die mite is 'n ewige, onveranderlike waarheid en ons is met blindheid geslaan. Valse mites in Rusland, vroeër in Duitsland en Italië, selfs nou, te midde van ons, in die verheerliking van die rede, lei ons al verder op die dwaalspoor. In daardie mate het Juliana reg, maar sy misken die oplossing wat voor die deur lê."

"Juliana is 'n goeie mens," sê Gysbrecht.

"Miskien is sy," sê vader De Metz. "Maar sy verkondig die waarheid met die tong van die duiwel."

Vader De Metz bied vir Gysbrecht 'n volle pakkie vyftig sigarette aan en ook 'n pakkie lekkergoed.

"Soms het mens op die onverklaarbaarste tye lus vir soetigheid," sê hy. "En ek spreek van ondervinding."

Gysbrecht vind dat dit waar is en prop sy kieste vol. Hy verneem na Lolita se welstand en hoor dat George Ghiberti 'n fonds geloods het om haar na die Mayo-kliniek te stuur. Een van die koerante voer die veldtog en 'n berig daaroor het alreeds in die betrokke aandkoerant verskyn.

(£3 000 van 'n weldoener, besluit Gysbrecht.)

Daarna neem vader De Metz afskeid en laat Gysbrecht alleen in die selletjie wat nou donker geword het. Die lig kan alleen van buite aangeskakel word en Jimmy het skynbaar vergeet om dit te doen. Daar is geen angs soos die angs wat donkerte wek wat jy nie self kan verdryf nie. Gysbrecht is op die punt om met sy vuiste teen die deur te slaan, toe die lig meteens aangaan.

En nou is die selletjie 'n heel ander plek: dis 'n intieme, warm uithoekie, met die gevoel van sekuriteit wat 'n kamertjie jou gee as jy in 'n huis vol mense daarin gaan, die lig aanskakel, die deur toemaak en vir die eerste keer volkome afgesonder is. Maar dis 'n illusie, want 'n halfuur daarna gaan die deur oop en word Julius Johnson deur 'n respekvolle Jimmy ingelei. Hy het 'n stoel saamgebring en sluit klaarblyklik nie die deur nie as hy dit saggies agter hom toetrek terwyl hy uitgaan.

Julius Johnson het seker nog nooit meer na die Dickensiaanse kapitalis gelyk nie; sy nette pak, die vlekkelose wit hemp, die swart jas met die vilt-kraag, die Bondstraat-hoed en die handskoene wat hy nou versigtig uittrek en in sy sak steek. Sy naels is nog steeds 'n triomf vir Billa, sy naelpoet-sertjie, sy blou baard is vir die tweede keer die dag geskeer en sy hare is skuins oor sy kop gekam om die kaal plek te bedek. Hy ruik effens na Eau de Cologne en hy kyk onder swaar, swart wenkbroue belangstellend in die sel rond. Dan, as hy op die stoel plaasgeneem het, sy hoed op die tafeltjie geplaas het, beskou hy Gysbrecht met dieselfde erns.

"Dis in verband met Juliana Doepels," sê hy. "Daardie verdomde vrou hoort in Valkenburg. Gistermiddag amper een van my geboue vernietig, verf deur my advertensies getrek, mense by die Parade opgesweep en die polisie sê hulle is magteloos. Geen bewys, vryheid van spraak."

Hy klap na 'n denkbeeldige vlieg, klem sy vuis en maak sy hand stadig oop. Dis asof 'n vlieg met verfrommelde vlerkies uitkruip en na die plafon spiraal.

"Ek is die laaste een wat beswaar maak teen vryheid van spraak," sê Ju-lius Johnson, sy gesig na die plafon gehef. "Het self aandele in 'n koerant. Reg van die publiek om te weet wat aangaan. Voorkom korrupsie, beskerm vryheid. Heilige erfenis van die revolusie. Maar moet waak teen die gevaar van reaksionêre. Juliana Doepels behoort in 'n gestig ter beskerming van haarself en die publiek. Vriendin van jou?"

Hierdie keer kyk hy direk na Gysbrecht.

"Ja," sê Gysbrecht.

"Dan is jy raad aan haar verskuldig ter wille van haar eie welsyn."

Hy haal sy handskoene uit sy sak, trek hulle aan en trek hulle weer uit.

"Kan nie begryp waarteen sy protesteer nie. Volkome ondenkbaar. Beleef vandag die gelukkige huwelik tussen privaatinisiatief en beheer deur die staat, die mense self. Staan op die drumpel van organiese beplan-ning, gelyke aandeel in die nuwe rykdomme van die wetenskap, basiese sekuriteit en algemene opheffing. Het self 'n geringe aandeel daarin en voel trots. Wat wil sy hê, Juliana Doepels? Nonkonformistiese chaos." Hy steek 'n sigaret aan en aarsel 'n oomblik voordat hy Gysbrecht ook 'n Balkan So-branie aanbied. "Wil 'n voorspelling waag. Juliana Doepels en al die ander reaksionêre is ongebalanseerde toonbeelde van die laaste stuiptrekkings van 'n verbygaande tydperk. Wanaangepaste, ruggraatlose minderheid."

Hy rook rustig voort, elmboog op die tafel, ken in die hand. Hy beskou die selletjie met weersinnige nuuskierigheid. Eenkeer krap hy ook aan die vernis en vee sy vingers onmiddellik daarna met sy sakdoek af. Die enkele lig hang onder 'n gekraakte porseleinhouer. Die gloeilampie self is vliegbemerk en speel met die skaduwees terwyl dit liggies heen en weer swaai.

"In ons midde is diegene," sê hy onheilspellend, "wat, gevul met 'n perverse pessimisme, hulle eie swartgalligheid oor ons braak. Intense behae word daarin geskep om blind te wees vir wat bereik is en met nihilistiese siening die mens op 'n geestelike ashoop te soek." Hy druk die sigaret dood. "Juliana Doepels," verduidelik hy. Hy leun vorentoe, sy oë flikker berekenend oor Gysbrecht en hy haal 'n papiertjie uit sy sak. Oor 'n paar dae sal hy 'n toespraak hou voor die Vereniging ter Bevordering van Positiewe Denke.

"Nog nooit was die mens welvarender nie, nog nooit was die skim van armoede en uitbuiting verder uit die gesigveld gejaag nie, nog nooit was struikelblokke vir die enkeling so uit die weg geruim om na die beste van sy vermoë sy deel te kry van die skatte van hierdie aarde nie!"

Hy staan op en stap in die kamertjie rond. Sy swaar gestalte vul die vertrekkie en verdonker die lig. Met Gysbrecht geboë in 'n hoekie, vir die oomblik vergete, en met die formidabele figuur rusteloos in die nou ruimte, lyk hulle na twee samesweerders in 'n selletjie.

"Die tyd van uiterstes is verby," sê Julius Johnson vir sy toekomstige gehoor. "Die verafgoding van individuele vryheid met sy miskenning van die enkeling se verpligting teenoor die gemeenskap is iets van die verlede. Ons is besig om 'n gesonde, ewewigtige stelsel op te bou." Sy gesig is nou teen die muur, sy rug na Gysbrecht, sy stem verheerlik tussen vier mure. "'n Stelsel waar die goeie sedes beskerm word, 'n stelsel waar 'n nugtere benadering tot die kuns, lewe en kultuur heers; 'n gemeenskap waar elke lid 'n positiewe funksie vervul en met dissipline sy regte uitoefen sowel as sy pligte nakom; 'n tydperk wat in die geskiedenis bekend sal staan as die hoogste bereiking van die mens: sy volkome aanpassing hier op aarde." Hy draai meteens om, vervoerd deur retoriese uitgelatenheid. "Laat ons afsien van die swartgalligheid en die lewe blymoedig aanvaar. Laat ons deur behoorlike, verligte opvoeding die jeug doen verstaan dat hulle volwaardige lede van 'n goed georganiseerde maatskappy is. Laat die goeie burger in die eendstert herbore word!"

Hy beweeg nader aan Gysbrecht, die gloeilampie agter sy kop, bekrans met lig.

"Laat ons deur die pers kennis dra van alles wat gebeur, laat elke publikasie van 'n afwyking uit die gesonde patroon 'n vingerwysing wees, laat elke skrywer van 'n boek en elke skilder van 'n skildery en elke beeldhouer deur sy beeld, sy goddelike funksie voor oë hou!"

– Nader aan Gysbrecht, 'n swart engel met uitgestrekte arms.

"Sien die mens as deel van 'n patroon, ingeweef soos figure op 'n kolossale tapisserie. Laat ons gedurig tesame aan daardie tapisserie weef, laat *niemand* die patroon bederf nie, laat ons die los draadjies uittrek, en dit met geduld en liefde, hardhandig waar nodig, weer in die patroon terugwerk."

Nader en nader, en dan die pouse voor die finale.

"Laat ons ons vrywaar van anargie en die afgedwaalde skape terug na die trop bring om ordelik op die graslande van die aarde se milde gawe te wei."

Stip teen die muur kyk Julius Johnson en dan word hy bewus van Gysbrecht Edelhart, twee moeë blou oë uit 'n gepynigde gesig na hom opgehef, 'n klein bondeltjie daar vér onder by sy voete.

Stadig vou hy die papiertjie op, plaas dit in sy sak terug, haal sy handskoene uit en trek hulle aan.

"Eintlik nie gekom om filosofiese diskoers te hou nie," sê hy kortaf, "maar om jou te vra om Juliana Doepels, ter wille van haarself, te oorreed haar manewales te laat vaar."

"Juliana sal nie na my luister nie," sê Gysbrecht.

"Crux van die moeilikheid," sê Julius Johnson. "Hulle soort luister nooit. Daarom alternatief in gedagte. Wil jou vra, onbaatsugtig, my op hoogte te hou van al haar aktiwiteite. Bereid jou te vergoed, maar jou eintlik gevra, nie ter wille van vergoeding nie, maar ook ter wille van jou eie veiligheid."

Daarna sit hy sy hoed vierkantig op sy hoof, piets 'n paar stoffies van sy arm af en loop by die deur uit. Die selletjie word meteens groter, die lig helderder – en dan weer kleiner en dowwer.

Langsaam staan Gysbrecht op en na 'n rukkie gaan hy weer sit.

'n Halfuur van volkome stilte gaan verby en meteens weerklink daar stemme in die gang.

Juliana stoot self die deur oop en klap dit in die gesig van Jimmy toe. Sy stap met haar mantel fladderend soos 'n vlermuis in die selletjie rond, beskou die mure, die plafon en loer dan deur die nou venstertjie.

"Ek sal hier versmoor," sê sy. "Van alle diere is die mens die minste bestem om afgesonder te word. Maar, aan die ander kant, is dit die vryheid van sy gees wat hom in staat stel om sy afsondering te oorkom en selfs afsondering te kies om die vryheid van sy gees te bewys." Sy gaan voor Gysbrecht sit en skuif haar pruik reg. "Ek dink byvoorbeeld aan vader De Metz. Het jy geweet dat hy eens 'n Trappis was? Dit was jare gelede, en hy kon die toets nie deurstaan nie. Maar wat help dit alles? Kyk na Mindszenty. Dis nou finaal bewys dat met behulp van Pavlov die laaste vorm van die held verwyder is. As jy die mens se gees kan uitwas, dan leef ons in die tydperk van die wasvrou."

Gysbrecht kyk na Juliana Doepels, na haar valke-gesig en arendsoë, na haar klere soos verwaaide vere en die kloue wat haar hande is. Nêrens in daardie belynde, fanatiese gesig sien hy iets wat hom gerusstel nie, nêrens is daar iets wat hom gerusstel soos in die swaar, verantwoordelike persoonlikheid van Julius Johnson nie. Maar sy wek by hom 'n verlange en herskep daardie gevoel wat hy jare gelede gekry het toe hy op Riversdal besluit het om na die stad te trek. Sy is, as tipe, vir hom totaal onbekend – maar tog is daar iets bekends. Iets van sy verlore jeug, iets sonderlings en sonder patroon.

"Was Julius Johnson by jou?" vra sy. "Dink jy nie hy is die aartsvyand nie?" Sy bring haar gesig nader en hy sien die fyn aartjies op haar wange.

Die deur gaan oop. Jimmy loer in en maak dit weer toe.

"Ek is nie soseer vir die gewone man bang nie," sê Juliana Doepels, "dis die middelslagman wat gevaarlik is. Dis die man wat die wet en orde handhaaf wat die grootste bedreiging vir die vryheid is. En hoe kan jy teen die orde veg? Dis 'n bron van sekuriteit."

Sy neem die pakkie sigarette wat vader De Metz vir Gysbrecht gelaat het, steek een aan en sit die pakkie in haar handsak.

"Het Julius Johnson jou gevra om hom te help? Let op, hulle sal jou vanaand vrylaat. Arme bloedjies! Die simbool van die beskawing is die ordelike optog, vryheid van morele verantwoordelikheid, die illusie van algemene welvaart. Dink jy dit is die tydperk van die Gewone Man, die Klein Man? Dis die tweede illusie. Nederigheid is die aangesig van hierdie tirannie. Het jy opgelet hoe skaam die heersers is vir hulle superioriteit, hoe hulle 'n kultus maak van eenvoud en nederigheid? Het jy al gesien hoe die magtige koerante hulle geldingsdrang wegsteek agter 'n identifikasie met die Man in die Straat, hulle sinisme agter die morbiede nuuskierigheid van die Gewone Burger, hulle ambisie agter die aftakeling van die Grotes? Daar is geen plek vir die Groot Man nie; die Klein Man is 'n gefabriseerde skim."

Sy staan meteens op en loop na die deur, dan draai sy om.

"Gysbrecht Edelhart. Die held van die twintigste eeu. Die verheerliking van swakheid, die ophemeling van eenvoud, die verlustiging in negatiwiteit, die veredeling van selfbejammering."

Sy frons en skuif die pruik agteroor sodat haar voorkop meteens groter word en spierwit in die lig gloei.

"Wil jy hulle veg, kleintjie? Sluit by hulle aan. Rysmier hulle van binne. Gebruik hul eie geslepenheid om hulle tot 'n val te bring."

En sy laat die deur agter haar oop, laat Jimmy styf teen die muur skuur as sy by hom verbystap sonder om pad te gee, en tel 'n pakkie vuurhoutjies van die sersant se lessenaar op voordat sy die gebou uitgaan.

Gysbrecht is weer alleen gelaat in sy selletjie. In die kamertjie spook nog die woorde van sy drie besoekers. Hy voel meteens baie klein en verlate, asof die hele wêreld van hom vergeet het – asof hy, van weinig betekenis, afgesonder is terwyl die masjien voortdreun, 'n ratjie wat eers herstel en later gebruik sal word. Nou lyk die selletjie soos 'n loket vir ongeklassifiseerde goedere. Hy veg teen die toenemende angs en die spookbeelde wat sy senuwees orals projekteer: die blink, bruin vernis wat een oomblik lewensloos is en die volgende oomblik wemel van monsters, die tafeltjie wat roerloos staan en dan skielik in die lig en skaduwee van die bewegende lampie begin sweef, die deur wat soms lyk asof dit oop is en die volgende oomblik toeswaai, die stiltes en die skielike geraas van onbepaalde rigtings. Maar toe hy op die punt is om ineen te stort, verneem hy dat hy vrygelaat is.

Al die aanklagte van publieke geweldpleging is teruggetrek. Net een aanklag sou afhang van die partye self: dié van aanranding op Lolita Jones. Maar dit sou daarop berus of genoegsame getuienis teen hom gevind kan word.

Querido is ook vrygelaat nadat die aanklag van "resisting an officer" behoorlik geformuleer is.

Jimmy se laaste woorde aan die sersant was (toe die twee aangehoudenes elkeen hulle onderskeie rigtings ingeslaan het): "Het jy al ooit soveel malles bymekaar gesien?"

Die ligte het alreeds begin brand, en die naglewe begin, toe Gysbrecht Edelhart homself op vrye voet in die middestad bevind.

En die stad is in die nag indrukwekkend. Fosforesserende ligte, kras neonkleure, die gloed van fabrieke, die flikkering van die haweligte, die winkelvensters met hulle skyn van wellewendheid dramatiseer alle tegniese ontwikkeling – verskerp die gevoel dat die enkeling nietig is voor die grootse opset, dat lewensdrama universeel is, dat persoonlike probleme verdwyn in die groot, sinnelike, oorweldigende stroom. Ek is deel van die stad, besluit Gysbrecht en slenter verblind die neonkosmos tegemoet.

Daar is 'n dinamiese krag wat alles aan die gang hou, en wie is ek?

Vir 'n kortstondige oomblik voel hy gelukkig. Daar is geen gevoel van verantwoordelikheid wat aan hom knaag nie.

Meteens voel hy honger. Die hongerte vreet aan sy ingewande. Hy het genoeg geld om voldoende kos te koop. Schluss! Veilig en geborge voel hy in die geweldige orde wat hom kos gee, sy sinne prikkel met gekleurde ligte, sy sensasielus bevredig met luidrugtige berigte in 'n koerant wat hy van 'n Maleierseuntjie gekoop het.

Lank lewe die orde!

Hy sien die moeder van die Terrible Kid op die hoek van die straat voor die Colosseum. Sy is gevul met mango's, gesoute grondboontjies, aartappelskyfies en steak and eggs vir 4/6. Sy en haar man staan héél voor in die tou teen 'n erotiese groen skadubeeld van Ava Gardner. Drie dronk matrose slinger uit 'n kroeg regoor die straat. Die verkeer word beheer deur onverbiddelike robots.

Die moeder van die Terrible Kid sien hom en stamp aan haar mannetjie. Hulle lag en trek gesigte vir hom. Die tou beweeg en hulle verdwyn in die chroompaleis.

Rooi, geel, groen en pers – ál die ligte strek so vér die oog kan sien. Kopligte van motors streep in twee rye verby. Daarbinne is groepe van vier op pad na hulle huise, teaters, eetplekke en afsprake. Die nag raas, die lewe gloei kunsmatig, dis 'n oomblik van vryheid en ondraaglike eensaamheid.

Koorsagtig kruie almal heen en weer en soek ontvlugting. Die stad is 'n miernes wat gebreek is – uit tonneltjies borrel die inwoners skynbaar doelloos in en uit. Dis só anders as in die dag: daar is niemand wat ontspan nie; hulle ondergaan hulle plesier; selfs die dralende enkeling het die voorkoms van iemand wat wag op iets om te gebeur.

Ook Gysbrecht, daar op die hoek van die straat, huiwer op die punt van beweging. Maar waarnatoe?

Hy sien homself meteens in die spieël van 'n winkel. Die lig is van agter en verhelder die buitelyne van sy figuur. Lank staan hy na homself en kyk. Gysbrecht Edelhart, die held van die era, die negatiewe persoon, die aartsaanpasser vervolmaak. Geen wonder dat Julius Johnson dadelik in hom een van sy skepsels gesien het nie, geen wonder dat Juliana hom alleen bruikbaar vind om van binne, listig, in die donker, in skaduwees haar werk te doen nie. Hy word vervul met 'n toenemende selfveragting. En dit is die wreedste, dink hy. As jou gevoel vir eiewaarde weggeneem is, wat bly dan oor?

En waarnatoe?

Die kaartjie by Mamma! Die bootreis, die blou see, die vreemde stede, die heerlike avontuur!

Maar in één stadium sal hulle my inhaal: die Johnsons en die Julianas, die orde en die verset, die oorgawe en die drang om weg te breek.

Alom raas en raas die stad. Die spieël wys die klein mannetjie met die verkreukelde trui. Die swart woorde spot hom terug as die lig daarop val: GO, MAN, GO! GO, MAN, GO!

Hy het sy baadjie in die polisiekantoor vergeet. Hy sit sy hande op sy bors en probeer die woorde bedek, maar telkens steek daar 'n gedeelte uit, soms GO, soms MAN, dan weer GO. Hy laat sy hande moedeloos val en die letters skitter GO, MAN, GO! Hy steek sy hand in sy broeksak vir sigarette en dan val dit hom by dat Juliana hulle saamgevat het. 'n Vierkantige voorwerp maak sy vingers seer, hy haal dit uit en vind sy sakboekie. Hoe sou dit daar gekom het?

Onder die straatlig blaai hy dit deur en lees:

The Convent of the Sacred Heart	£100		
NG Kerk	100		
Juliana Doepels, fortuinverteller	0	2s.	6d.
Lolita Jones vir rubberbene en behandeling	3000		
Vir voëlmis, water en 'n kremetart	100		
M. Cadzulski	1000		
Van 'n weldoener	3000		
	£7 300	2s.	6d.

Hy steek dit in sy broeksak terug en slenter die straat af. Telkens gaan hy by 'n winkelvenster staan en kyk met professionele waarneming hoe die lente-rangskikkings vorder. In een stadium kom hy by sy eie winkel uit. Hier van buite lyk alles half vreemd. Hy bring sy gesig teen die ruit en draai dan moedeloos om.

Waarnatoe?

Af en af, en by die hawe hoor hy die see.

Terug, en 'n kafee met groen en rooi ligte, koffiemasjiene met chroom-handvatsels, driehoekige maroenkleurige stoele en 'n cappuccino. Daar is hout teen die mure, 'n rooi materiaal vasgedruk deur kruisstrepe van eike-hout, en ronde spieëls wat elke toneeltjie in miniatuur vaslê. Warm, rustig en beskaafd druis dit hier. Italiaanse kelners met swart oë en donker kuiwe skep 'n kontinentale atmosfeer. Die koppie is leeg en waarnatoe?

In die straat loop hy verby 'n man met 'n sweer onder die oog.

By 'n musiekwinkel hang 'n langspeelplaat in 'n houer met 'n surrea-listiese buiteblad teen 'n fluweeldoek. Reg voor 'n foto van 'n vrou met 'n breë stert wat presies op 'n trom pas. "A drum is a woman."

A drum is a woman!

Dit is pouse en almal borrel uit 'n bioskoop. In die gedrang kom ge-sigte tot 'n paar duim van joune, gesigte tot alle moontlike kombina-sies gevorm deur inteling en kruisteling: hoë wangbene en spleet-oë, ronde oë en plat gesigte, bultende puisiegesigte, aknee-druppende velle en olyfkleurige velle, 'n enkele skoonheid wat jy met pyn en verlange in jou hart aanskou, ru, seks-sinnelike, onbeskryflike losgelate samestellings van lippe, oë, tande en tonge. Apteek-bereide geure meng met natuur-like reuke en geure. Mens wens dat hulle daar en dan op die nagemaakte marmervloere op 'n vegtende hoop ineen wil stort en in 'n morsige chaos tot niet wil gaan.

Tussen die geboue kan mens geen sterre sien nie. Elektriese drade span 'n web oor die straat.

'n Graaf word in die land gesteek en 'n sooi omgekeer: swart grond waaruit erdwurms peul. En daar is die geur van die aarde . . .

In een van die vensters van 'n kunswinkel het die ontwerper so pas be-gin. Daar is hande teen die muur: geel en bruin. 'n Negergesig in houtskool aan die regterkant. Op die vloer 'n skaakbord van swart en wit verf. Teen een wand 'n karnaval en dansende narre, half-klaar.

Alle moontlike kleure in 'n proses van beeldevorming. Half-gebore be-wegings, gevange oomblikke . . .

Op 'n piazza langs die blou Middellandse See in 'n klein stranddorpie dans die helderkleurige mans en vrouens 'n volksdans. Wyn van die seisoen word by vrolike tafeltjies gedrink. 'n . . .

Julius Johnson vs. Juliana Doepels. Orde, chaos, orde, chaos. Tronk, bevryding, tronk, bevryding. Elke minuut, elke sekonde word iemand gebore. Wie is ek, jy, hy, sy? Wie is verantwoordelik vir die orde, chaos, orde, chaos! Staan, loop, staan, loop. Bind saam, vlug, bind saam, vlug, bind saam, vlug.

Vat 'n klip, gooi die venster stukkend!

Gee die klipgooier by die polisie aan!

Verkrag haar!

Blaas die fluitjie!

Ons eet in die oggend Post Toasties, in die middag boud, slaai, aartappels en sous, in die aand avokadopere, brood, botter en kaas. Ons kan ook in die oggend gebakte eiers en spek eet, rys en frikkadelle in die middag en iets spesiaals vir die aand, miskien bobotie.

Die radio speel aanmekaar.

Ek het 'n pyn hier êrens in my midderif.

Seil op die luukse-boot na een van die tropiese strande en kyk hoe die Hawaiiese meisies met wentelende lywe aloa-o dans. Die berggod is kwaad en blaas lawa met donderende geweld die lug in. 'n Orkaan kom oor die see. Die interessante man, die mooi intellektuele meisie drink saam port en koffie en ons gesels in 'n marmerpaleis.

'n Middelslagmotortjie kos £700 en gaan 40 myl per gelling. Die remme is goed. Die maksimum-snelheid is 70 myl per uur. Die hele familie kan gerieflik in. Termyne kan gereël word. Sondae kan ons na die Strand, Muizenberg, die Punt, Kampsbaai of Caledon ry. Mammie pak padkos in en ons braai die vleis onder die dennebome. MAAR: (OP LAS) Weens die gevaar van veld- en bergbrande, word die publiek versoek om slegs op aangeduide plekke vuur te maak. Weens die drukke verkeer word motoriste versoek om alternatiewe roetes te volg. Piekniekplekke is behoorlik op bepaalde plekke ingerig. Van die publiek word verwag om behoorlik gekleed in die openbaar te verskyn. Vyfuur moet ons terug wees. Pappie is môre weer op kantoor. Leentjie het haar broekie natgemaak. Die huis ruik bedompig. Ons sal maar vanaand 'n ligte ete nuttig.

Is u bereid om te gaan?

ARE YOU PREPARED TO GO?

Ligtoringpamflette en daar is 'n vriendelike glimlag vir elkeen.

In Rondebosch wag die kamer. In die eetkamer knaag die ou man met sy een tand aan die lendestuk.

En die meisie staan op, vee haar hand deur haar donker hare, en bestyg die marmertrappe met langsame grasie. Buitekant op die terras word 'n laaste sigaret gerook, tussen die palms, in die maanlig met die skuimende see daaronder. In die verte gaan 'n skip verby. In die binnehof speel 'n sigeuner-orkes.

"For Chris' sake, can't you look where ye're goin'?"

Spyskaart/menu: Vis en mosterdsous/Gold fish and mayonnaise
      Lamb cutlets/lamvleis-kotelette

"Gysbrecht Edelhart, old man . . ."

Argumente pro en argumente contra.

Die onderwysstelsel.

Verkiesing van stadsraadslede. Provinsiale verkiesings. Apartheid, integrasie. 'n Gesellige tuinparty. Die toestand in die agterbuurtes.

"Stel u belang in 'n netjiese voorstedelike huis?"

Hongaarse vlugtelinge, vlugtelinge uit Oos-Duitsland, 'n opstand in Pole, chaos in die Midde-Ooste, gespanne atmosfeer in Ciprus, blokkade van Quemoy, Algerynse protes . . .

Die lig word afgeskakel. Die warm tropiese nag. Wentelende, geparfumeerde lywe. Suiwer ekstase in die sagste bed.

Kom ons stel dit so: veronderstel ek weier om enige verantwoordelikheid te aanvaar, aldus my klein gewetetjie uit die gemeenskaplike gewete te onttrek. Die wêreld gaan aan. Alle ivoortorings is tydelik, maar jy kan gedurig daaraan las. £50 000 se laswerk.

Daar is *geen* helde nie.

Die gewone man, wat sy plig doen, is net so ontbeerlik as die lafaard. Geskiedenis behoort tot die verlede. Beoordeling en veroordeling is bloot akademies na 'n duisend jaar.

Met die donker, intelligente meisie aan jou sy besoek jy die Pitti-paleis, die Bardello, die Santa Maria de la Fiore. Op die hang van Fiesole kies julle die mooi villa met die olyfbome in die tuin. Daar het iemand 'n beeld van Apollo opgegrawe. Die waters van die Arno is lui en jy laat die bootjie ál met die stroom langs dryf. Op die Ponte Vecchio koop die meisie 'n seldsame duur armband, julle eet 'n heerlike Florentynse biefstuk by Pappa Bruno, dolce's by daardie kafee op die plein en drink Chianti in die môreson. In een van die kerke is 'n seldsame fresko wat jy en die intelligente meisie tesame ontdek het. Dis 'n tussenoomblik wat jy probeer verewig, waar jy al jou energie aan die illusie wy.

En so verruil ek my liefde, ontkom ek die vraag, verraai ek die stad, vervul ek die aanmaning op my bors.

Gysbrecht vind dat hy presies om die blok gestap het en nou by dieselfde winkel voor sy eie beeld in die spieël te staan kom.

Hy beskou homself noukeurig. Eenkeer vee hy met sy hand op die plek waar die wasem van sy asemhaling die ruit dof gemaak het. Sy ewebeeld kyk met veragting terug en hy draai sy rug op homself.

Dis asof hy nou met groter fermheid en doelgerigtheid sy wandeling hervat. Dis 'n flink boemelaar wat ál met die straat afstap, verby die winkelvensters, óór die hoek, die draai na links. Vanaf 'n toring slaan een van die horlosies die uur en die geluid klink op 'n eienaardige wyse gedemp. Op pad ontmoet hy die twee dronkes wat hy die vorige dag gesien het. Om die vinger van die een is 'n verband. Die slorriemeisie stap 'n paar treë agter hulle. In elke hand het sy 'n papierkardoesie. Sy lyk moeg en vuil en die hakke van haar skoene is deurgetrap. Sy kyk na Gysbrecht met groot geel oë.

Regoor die straat is Mamma se kroegie. Die lig vanaf die venster val op die sypaadjie en die swaaideur gaan oop en toe.

Dis die eindpunt, die punt van "bereiking".

Vinnig steek hy die straat oor.

Mamma se kroegie is hipermodern, soos Mamma self. Gedurende die oorlog en daarna was dit die bymekaarkomplek van krygsmanne: 'n rustige plekkie met paneelbeslaande mure, krismisrose, seesand, leunstoele en 'n beminlike gehawendheid. En tussen almal, Mamma met haar paisleyrok, swaaiende oorbelle en reusagtige boesem, altyd bereid om te luister na avonture in verre lande, na die ontnugterende terugkeer, die skakerings van probleme – die mater dolorosa wat die heengaan van Johnny Little, Colet van Velden, Pieter Brooks en Tiekie Wilson verewig het in 'n kapstok waar die oorledenes se hoede sal bly hang solank as wat die kroegie bestaan.

Maar die helde het ouer geword, die kroegie welvarender en Mamma vietser. Terracotta-mure met abstrakte patrone van gietyster het die paneel-werk vervang. Pilare van nagemaakte mosaïek blink tussen asimmetriese tafeltjies; rooi, groen en blou glas teen die wande reflekteer die lig op op-pervlaktes versier met primitiewe ontwerpe; silindriese swart lampskerms hang van 'n plafon wat bestaan uit driehoekige patrone. Mamma self, in-gegord, opgeverf, dieetbeperk, galabekleed, heers oor 'n ander kliënteel met meer ingetoë sjarme. Die hoede van die afgestorwe krygsmanne hang nog in 'n glasbeskermde alkoof, maar die klub bestaan nie meer nie.

Hier, hopeloos onvanpas in sy eendstertdrag, verskyn Gysbrecht Edel-hart en bestel 'n whisky en soda alvorens hy na 'n gepaste tydsverloop om die kaartjie sal vra. Reg voor hom, agter tussen die bottels, is die bord bedek met die papiertjies kruis en dwars deur die lintjies gesteek.

Drie langsame teue en die vloeistof vervul hom met warmte. 'n Hoof-knik vir Mamma en sy staan nader om met 'n glimlag sy versoek aan te hoor. "'n Paar maande gelede, 'n kaartjie met my naam daarop, vir veilige bewaring, daar oorkant teen die bord." Tydsaam haal sy dit af en begin deur die papiere blaai. Af en toe kyk sy op maar verraai vir geen oomblik haar verbasing oor sy voorkoms nie. Die een hopie op die toonbank word groter, die ander hopie kleiner. Netnou, netnou . . .

Gysbrecht Edelhart word voorgestel aan Baronessa d'Annucio, graaf Von Waltz-leben en dr. Niemeyer, die groot vriend van Jung. Daar is 'n villa op Capri te kry teen 'n redelike prys; die kamers is so groot soos sale, vanaf die balkonnetjies het mens 'n wonderlike uitsig oor die baai, die sirocco is lastig, die water is skaars, die toeriste is nie oor te spreek nie, maar dis die eiland van Norman Douglas en die Baron kan die storie van die veertig leeus nog goed onthou. Die mooi, donker, intelligente meisie glimlag vir hom. Positano, Capri, Ibiza, Majorca – een plek is so goed soos die ander.

Mamma glimlag, bedien eers iemand en kom terug. Die een hopie het verdwyn.

"Dit kom daarvan," sê sy, "as mens só haastig is. Ek sal maar weer van voor af begin. Is jy seker? Wanneer was dit? Twee maande gelede? Dit moet tussen hierdie papiere wees." Sy skink vir Gysbrecht nog 'n drankie in en begin die papiertjies weer van voor af deurgaan.

"Dit was in 'n koevert," sê Gysbrecht. "Met my naam daarop."

En so soek die mugu's.

In 'n bed met blou lakens en die geur van parfuum. Haar blonde hoof op die kussing, haar lippe klam, haar oë gesluier deur swart wimpers, die deurskynende nylon-nagrok waardeur die vorm van haar roselyf sigbaar is, die rondings van haar borste.

George Ghiberti, op die punt om die lig af te skakel, sy wellustige ogies klein en warm, en hy vertel haar van die reis na Amerika, die fonds wat alreeds duisend pond oorskry.

Die lig word geknip en in die duister is dit moeilik om die aard van haar ontliggaamde kreet te bepaal. Is dit ekstase, of walging of 'n blote refleks?

Dis moeilik om vas te stel en dit is nie van baie belang nie.

MAAR – Sal sy eendag kan loop? Die publiek sal haar vordering met die grootste belangstelling volg. Lees *Die Klarinet* en volg die Lotgevalle van die Skoonheid, wat Julle, liewe Lesers, 'n Tweede Kans gegee het. Vanaf haar Bed reik sy haar hand na Julle en sê met Betraande oë: "Baie dankie, Liewe Lesers van *Die Klarinet*!"

"Ek kan dit nie begryp nie," sê Mamma. "Is dít miskien die koevert?"

"Nee," sê Gysbrecht.

"Dan weet ek nie," sê Mamma. Meteens val dit haar by. "Natuurlik! Ons het verlede maand alles gebêre omdat die bord te vol geword het."

Sy trek die laai oop en haal 'n hele arm vol papiere uit. Die proses begin van voor af aan.

"Ek stem saam mnr. Edelhart," sê die Baron. "Die wêreld het verander en daar

kan niks aan gedoen word nie. Lewenswyse, 'n hele begrip van wellewendheid. Maar ek is 'n ou man en ek hou daarvan om na die see te sit en kyk."

– "Ek dra herinnerings van 'n plek," sê Gysbrecht Edelhart. "Maar ek kan dit nie plaas nie. Daar is palmbome, sonnige strate en waters wat kabbel."

"Dit klink soos Madeira," sê die Baron.

"Kom ons bly in Madeira," sê die donker meisie.

"Dis nie Madeira, of Capri, of Positano of een van daardie plekke nie," sê dr. Niemeyer.

Die masjinerie dreun en baar honderdduisende *Klarinette*: Die stem van die mens, die Stem van God!

Daar is die foto van 'n vrou wat in 'n oomblik van volslae oorwinning haar stoeiheld toejuig. Haar oë vertrek sodat die swart iris teen die agtergrond van die wit oogappel met sataniese vurigheid gluur. Haar hande, in 'n klapbeweging, lyk soos X-straalfoto's van die gebeente. Die spiertjies in haar keel trek die strottehoof saam. Haar mond is rond, haar tong teruggetrek, haar kop agteroor. Daar is geen ekstase wat daarmee vergelyk kan word nie, behalwe seksuele ekstase.

"Onder hierdie klomp is dit nie. Daarvan is ek seker," sê Mamma en sit die een hoop papiere in die laai terug. Sy bedien iemand met die naam van Fox Brink, kom terug en begin met die volgende stapel. Agter een van die pilare begin 'n Nat King Cole sing en die kelners beweeg behendig met hulle skinkborde tussen die gedrang.

Honderdduisende *Klarinette* met Die Stem van die mens, Die Stem van God!

Tienderjariges het 'n nuwe verslaafdheid ontdek. Dit het eintlik by swart kinders begin en is nou deur blanke seuns en meisies oorgeneem. Hulle noem dit "Toff's Dope". Die bedoeling is om bensien in te asem totdat jy dronk is. Al wat die buitestaander kan ruik, is bensien en bensien het die onskuld van die kombuis.

Daar is 'n foto van 'n eendstertmeisie op 'n heuwel, die eendsterthoof van 'n eendstert op haar skoot. Haar rokkie is hoog opgetrek. As dit nie was dat allerhande konfytblikkies om hulle rondgelê het, die betongeboue die agtergrond uitmaak, die omgewing die gevoel wek van steriele verlatenheid nie, sou dit 'n mooi foto gewees het. As daar bome was, heide, 'n see, berge of koringlande, sou mens sentimenteel daaroor gevoel het.

"Hart," sê Mamma, "nee, dis nie hierdie een nie."

En nog steeds soek die mugu's.

Om 'n kremetart in die Kaap te laat groei, om met kerkfondse jou eie paradys te bou, om met jou besimpelde brein jou eie verwronge orde te skep – daarin lê die kiem van wordende simbole.

Die lenteson skyn helder uit die blou lug. Die see is glad en kalm. Al die plante is nat, die bloeisels kom uit die kaal takke, die rubberboom gooi diep skaduwees, die donker hoekies in die tuin word dieper. Een van die dae sal dit snikwarm wees en sal die voëls in die digte takke sing, die sonbesies gons, en heerlike Sondagmiddagslaap saggies oor jou kom.

In die middel van die tuin sal 'n groot kremetart staan.

"Dis 'n saamgestelde herinnering wat almal van ons het," sê dr. Niemeyer.

"Ons sal aanhou totdat ons die plek kry," sê die donker meisie en haak by Gysbrecht in.

"En nou moet ek weer van voor af begin," sê Mamma. "Ek behoort 'n lêer aan te hou vir al hierdie papiere."

"Wat sal gebeur?" vra Gysbrecht, "as mens 'n lotery wen en jy het die kaartjie verloor? Sal hulle jou nog uitbetaal?"

"Wel . . ." sê Mamma en sy begin met hernieude energie die stapeltjie deurgaan. "Wel . . ."

Die Stem van die mens, die Stem van God.

Daar is ook twee kolomme in beslag geneem deur sterrewiggelaars. Daar is twee kolomme gewy aan godsdiens. Asook 'n opname deur 'n komitee uitgevoer: dat die jeug weier om te lees.

'n Sekere polisiehoof beloof dat eendsterte in die toekoms kortgevat sal word. 'n Seun van twaalf het onder die invloed van wodka 'n paar motors gesteel. In die hof blameer hy sy ouers en die ouers word deur die landdros tereggewys.

Daar is advertensies vir vals borste, vals kuite en vals wimpers. Asook 'n indrukwekkende masjien wat sproete verwyder en 'n sekere room wat die vel volkome verjong ten spyte van die gevaar van kanker.

Daar is 'n raaiwedstryd met 'n prysgeld van £500, 'n lang, gewigtige artikel deur die redakteur oor filmsterre en 'n veroordeelde seksmoordenaar. Daar is ook 'n paar kolomme gewy aan die nabetragtings van 'n beul, 'n grafgrawer en sosiale werksters. Die taferele is roerend en vol grepies uit tipies menslike situasies.

En die mugu's soek nog steeds.

Vanaf Laingsburg ry mens meer as 'n honderd myl deur die primitiewe landskap van die Karoo. Die berge lyk soos voorwêreldse monsters, dit lyk asof daar geen lewe kan bestaan tussen die dooie klip en die asvaal bossies nie. Die hitte is bykans onuithoubaar, jou keel is droog, die stof waai in jou oë, die lug is amper wit so blou is dit. Maar hierdie wêreld het 'n eienaardige bekoring. Dis pragtig om die kerktoring te sien as jy oor die heuwel kom, die bome tussen die Karoo-huisies, die patroon van die lokasie.

In jou groot liggaam is daar uitbundige energie. Jy hou van die land met sy wydheid en al sy moontlikhede. Maar daardie geweldige dinamiek in jou kan enige oomblik 'n verkeerde spoortjie volg en die vloedwaters kan 'n diep skeur laat.

Ekstase is gevaarlik. Die wêreld van die mugu is volgens 'n streng patroon. Dit het 'n afkeer van uitbundigheid.

"Ek wonder," sê Mamma en sit die tweede hopie papiere terug in die laaitjie. "Ek wonder," sê sy en begin met die derde hopie. "Hulle het natuurlik die naam en adres van die persoon. Hy sal natuurlik sy identiteit moet bewys."

"En dan is daar die kwessie van tyd," sê Gysbrecht. "Moet die geld nie binne 'n sekere tyd opgeëis word nie?"

"Is dit miskien 'n loterykaartjie wat jy hier gelaat het?" vra Mamma.

Gysbrecht vertel haar van die prys wat hy gewen het.

Terwyl die mugu wag.

Is dit belangrik om haar voorkoms te beskryf: haar oninteressante figuur, haar uitstaande voortande, haar mooi grys oë, die alledaagsheid van haar gees, die getrouheid van haar tipe aan die middelklaspatroon? Is haar lot minder of meer belangrik as die ander? Word daar ooit geskryf oor die goeie, ordentlike, bekwame, verbeeldinglose, alledaagse, oninteressante persoon?

Sy is die stiefkind van die skrywer, die bolwerk van die samelewing.

Sy is alleen van belang waar sy sonder enige dramatiese of lagwekkende eienskappe sit en wag en droom oor die motortjie vir £700, oor 'n dogtertjie met die naam van Leentjie, plesierritjies elke Sondag, 'n huisie in een van die voorstede, en 'n voorbeeldige bestaan met 'n goeie man van edel hart.

Die vlerk van tragedie ritsel naby haar en verstoor haar slegs in daardie mate wat alledaagsheid vatbaar is vir tragedie.

"Madame," sê dr. Niemeyer met 'n geringe buiging, "ek dink mnr. Edelhart is die gelukkigste man in die wêreld."

"Ek dink hy is die liefste man in die hele wêreld," sê die meisie.

Die Stem van die mens, die Stem van God.

Melding word gemaak van naakte dansery deur jeugdiges, maar die interessantste situasie is gedoem tot saaiheid weens die klinies-joernalistieke styl van die beriggewer. Daar is ook antwoorde van dokters oor allerhande intieme vrae. Dit wek 'n verlange na ware pornografie. En daar is 'n foto van respektabele filmsterre en skoonheidskoninginne van onder na bo geneem.

Die saal is donker en die sitplekke sag. Modernistiese versiersels skep 'n atmosfeer van onpersoonlike luukse. Soos alle chroompaleise is die argitektuur vals: met die eerste oogopslag oorweldig die toon van die struktuur jou, alles lyk weelderig en duur – maar as jy dit van digterby beskou en daaraan krap, krummel en flenter dit weg. Namate dit ouer word, toon dit 'n gehawendheid soortgelyk aan 'n lelike vrou wat deur die jare haar gebrek aan welgevormdheid met kosmetiek kon bedek. Na 'n tyd word die vernis al hoe dikker en die kleure skriller sodat jy naderhand alle kontak met die ondergrond verloor en voor 'n vergulde, monsteragtige gedrog te staan kom. Want in daardie stadium word dit nie meer ouer nie, behoort dit tot geen tydperk nie en verloor dit geen karakter nie. Dit wek ook geen sentimentele gevoel nie. As dit môre, oormôre gesloop word, is daar geen beweging om die struktuur in stand te hou nie; almal spekuleer oor die nuwe plek en is onmiddellik bereid om hulle affiliasies oor te plaas.

En tog vervul hierdie sterflike struktuur 'n funksie van sy eie, soortgelyk aan motors en ander masjinerie. Die geheim is om te weet wanneer om hulle te vernietig alvorens die onderhoudskoste té groot word. Daar is geen waardes wat hierdie vernuwing in die wiele ry nie en 'n tydloosheid bestaan miskien in die gereelde patroonvaste vormverandering.

Maar die betekenis van hierdie plekke vir die mugu moet nie onderskat word nie. Vergete in die donker, met die gekleurde ontvlugtingsbeelde op die doek en die storie presies ingestel op die begripsveld van die mugu, is die saaie lot, die meganiese leefwyse en die beklemmende wildernis van die gees. Die vader en moeder van die Terrible Kid word deur die vaderlike hand van Julius Johnson behoorlik beskerm.

Wat help dit om groot te wees wanneer jy deur die noodlot oorweldig word, om as 'n vry man ten gronde te gaan en om heldhaftig te wees in jou vermoë om te ly as jy lyding self kan uitskakel? Vir geestelike ontvlugting is daar die chroompaleise, vir verdwene helde is daar moordenaars, filmsterre en menslike stories opgedis deur sinies-bekwame joernaliste.

Saam sit die vader en die moeder van die Terrible Kid in die donker.

"Vyftigduisend pond!" herhaal Mamma almal se verbasing en sy kry Alfonso, die kelner, om haar te help om die orige stapeltjies deur te gaan.

Maar eers word 'n bottel egte Franse sjampanje oopgemaak.

"Ons behoort nie te begin drink voordat ons die kaartjie gekry het nie," sê Mamma. "Maar, as jy dit hier gelaat het, moet dit êrens tussen die papiere wees."

Vox populi, vox dei.

Daar is foto's van drie sportmanne: 'n Boer, 'n Jood en 'n Engelsman. Elke gesig is tipies; dis alleen domheid en verbeeldingloosheid wat hulle gemeenskaplik het.

Daar is 'n artikel oor rock-'n-roll en 'n oproep van angstige ouers: "Kom huis toe, Annie."

Indien geboorte gegee word aan babas na artifisiële inseminasie – is owerspel gepleeg of nie? Regsgeleerdes, sosioloë en sielkundiges dra vaaghede in die vorm van wedervrae by. Kapsels van eendsterte word bespreek.

Daar is foto's van agt voortvlugtige moordenaars. Al die gesigte toon persoonlikheid, en toon ook angs en vertwyfeling. Hulle lyk almal vaagweg bekend.

'n Dansorkes en 'n meisie is ontvoer. 'n Verslaggewer is beseer.

Foto's van kleiner bikini's; berigte van bekkenmassering.

Eers was daar 'n nuusprent en daarna aankondigings van komende films. Gedurende pouse het hulle 'n vinnige drankie in die hotel gemaak. Daarna het die hoofprent begin. Hand aan hand vergeet hulle tesame – hande wat naderhand begin sweet, 'n erotiese prikkeling in die sweterigheid sodat hy met moeite sy arm agter om die stoel bring en kort-kort met sy duim en voorvinger aan die rolle vet op haar skouer knyp terwyl hulle bene styf teen mekaar druk.

Maar vannag . . .

"Ek is bevrees," sê Mamma, "onder hierdie papiere is dit definitief nie," en sy bondel alles in die laaitjie terug.

Die sjampanje word ál kouer in die ys-gevulde emmertjie. Alfonso staan effens terug en kyk na Mamma. Mamma frons in die rigting van die rak, haal drie bottels af en voel met haar hand. Sy haal 'n paar stowwerige koeverte te voorskyn.

Vannag takel asma haar, slegte spysvertering hom . . . Wag miskien liggaamlike vergelding in die vorm van kanker en trombose . . . tydelik opgeskort deur middel van die wetenskap . . . Maar wag ook 'n oomblik van alleenheid . . .

WEG MET ALLEENHEID!

'n Oomblik wanneer jy voor die vreemde beeld van jouself kom . . .

DRUIS, STAD! BLAKER MET JOU LIGTE DIE SKYN VAN SEKURITEIT!

En wanneer die waarheid onvermydelik is . . .

SIERSTEEN-HOSPITALE; BETONINRIGTINGS MET KOBALTBOMME!

Want, as jy sterf, sterf jy alleen, omring deur . . .

KLAARBEREIDE KOS IN SELLOFAANPAKKIES, MET VERGETELHEID IN MA-SJIENGEDRUKTE MILTONETABLETTE, OPGESMUK MET VALSTANDE, GLASOË, KUNSMATIGE BENE EN GESIGTE HERSTEL DEUR PLASTIESE SNYKUNDE. LE-WER, GAL, HART EN LONGE AAN DIE GANG GEHOU DEUR DIE VERBLIN-DENDE NAALD . . .

Ek en ek . . .

O, BARMHARTIGHEID, GENADE EN DEERNIS OOR DIEGENE SOOS ONS . . .!

Ek en ek, Vader en Moeder . . .

HEILIGE ORGANE DEUR DIE STAAT BESKERM.

Vader en moeder van die Terrible Kid.

"Ek dink ek het dit," sê Mamma en oorhandig die koevert aan Gysbrecht. Met bewende vingers maak hy dit oop.

Man, vrou of hermafrodiet? 'n Afwyking is sy beslis, maar dan kom die vraag by jou op of dit van enige belang is. As 'n studie van diep psigolo-giese, kliniese en sosiologiese aspekte van die afwyking van die normale patroon is dit miskien van betekenis, maar die skrywer is altyd in gevaar as hy die hulp van die psigiatrie en verwante studies inroep. Andersom is dit van groter belang: die psigiater of sosioloog kan meer van die skrywer leer.

Ten spyte van alle simboliek en bewuste en selfs onbewuste opdieping van die onbekende substratum, is die funksie van die skrywer eintlik die studie van die oppervlak. Neem byvoorbeeld suiwer die voorkoms van Ju-liana Doepels: die groteske samestelling hetsy in ledemate of in kleding. Dis alles van belang en dis veral haar oë agter die vergrootglase wat op die duur die langste in jou gedagtes bly. Hulle is groot en grys en uiteindelik vol deernis nadat hulle die hele gamma van emosies weerspieël het.

"GARGANTUA," lees Gysbrecht en voel lam van blydskap.

Mamma maak die sjampanjebottel oop, skiet die prop oor haar kliën-teel en gooi die glasies vol.

"Jou gesondheid en goeie geluk, mnr. Edelhart," sê sy met 'n stem wat sy alleen vir haar welvarender gaste hou.

"Die liefste man op aarde," sê die donker meisie en kyk vyandig na 'n blondine wat oor haar skouer na Gysbrecht loer.

'n Bloedrooi sportmotortjie flits by die bioskoop verby en stop in een van die systraatjies. Die sheila en die Terrible Kid bly roerloos sit. Na 'n rukkie klim hulle uit, sonder om die deure oop te maak: lang bene oor die deurtjies, tom-toms op die teer, slenterpassies vol bravade in die rigting van die kafee. Hulle verskyn skaduloos in die wit lig van die neons, gly sywaarts op die stoeltjies en leun oor die linoleumbedekte oppervlak van die toonbank. Twee Cokes, twee sigarette en 'n sikspens vir die pagode. Die "soda jerk", sy bepuisiede gesig bokant sy spierwit uniform, beweeg weg van hulle en dan terug. "Waar's die Boss?" 'n Glimlag met geel tande en 'n groepie skuif nader. 'n Gevaarlike oomblik, 'n oomblik vol herinnerings aan die Boss en dan 'n beslissing.

"Wel, lekkes, Kiddy Boy. Jy's my china."

Swart oë, wit lippe, nou heupies en 'n effense beweging. Duplikaat van die sheila.

"Meet my new china. This is my new china, Kiddy Boy."

"Wel, lekkes, Kiddy Boy. Bek 'n girl 'n skuif."

Nog 'n sheila – een soos die ander een. 'n Nuwe Boss word gebore.

"Azoo, my blah!"

Die stem van die mens, die Stem van God.

Daar is 'n foto van 'n lyk in 'n woonstel. Die meubels is modern, die mat van muur tot muur. In die een hoek is 'n boekrak, in die ander hoek 'n tafeltjie met 'n paar glasies en 'n bottel daarop. Die voorhoof van die slagoffer is gerimpeld, die krulle in sy gepleisterde hare nog op hulle plek, die das effentjies skeef. Eenkant staan kolonel Stuart, die baasspeurder. Hy het 'n pyp in sy mond en lyk alwetend. 'n Gevoel van verlatenheid kom oor jou as jy daarna kyk, ten spyte van al die tekens van materiële welvaart.

"Dit sal my plesier verskaf," sê Gysbrecht, "indien almal in hierdie inrigting 'n glasie sjampanje met my sal drink."

Mamma stuur vir Alfonso en die ander kelners. Vanaf die tafeltjies kyk die mense nuuskierig na Gysbrecht, sy sonderlinge drag, die eienaardige keuse van die Noodlot, en lig hulle glasies. Iemand sing "For he's a jolly good fellow".

Twee dronkes slaan Gysbrecht op die skouer. 'n Groepie mans met verdagte bybedoelings skuif nader, maar Mamma keer hulle.

"En wat gaan jy met al die geld maak, mnr. Edelhart?" vra Mamma.

Onthou dan net haar oë. By haar is dit nie soos by Julius Johnson wat deur die swaar voortreflikheid van sy voorkoms 'n gevoel van sekuriteit oordra nie, of soos by die tuinier wat by jou die meegevoel vir onskadelike malheid skep, of soos by Lolita Jones wat op 'n blote fisieke vlak plesier verskaf, of soos by al die ander wat op verskillende lae 'n besondere resonans wek nie. Juliana Doepels het die oë van 'n mistikus en almal wat hulleself geroepe voel om 'n waarheid te verkondig.

" 'n Eer," sê Somerset Maugham. "Inderdaad 'n eer."

"Sat, ou, dis vir die birds." En die plaat word omgeruil.

Die sheila ruk en trek haar naels oor haar bene, oor haar heupe en kreun. Daar is grimering op die oogbanke, maar nie op die wange nie. Die voorste haarlokke het wit-getinte strepe.

"Ek sal nie weet waar om begin nie," sê Mamma.

"Ek het klaar besluit," sê Gysbrecht en voel aan sy bors waar die letters brand.

"Solank jy net versigtig is," sê Mamma.

"Gotta jemmie?" vra die eendstert. "Wel lekkes, boy, square up with your china . . ."

"Wat 'n heerlike aand," sê die Baron. "Sal u en Madame my die plesier aandoen . . .?"

Maar soos alle sonderlinges het sy 'n onverstaanbare funksie en word sy alleen deur haar sonderlingheid onthou. Uiteraard moet sy 'n anargis wees, want die gewone patroon is nie haar patroon nie. Mens kan jouself net afvra of sy en sulkes ooit werklik glo dat hulle wel die ou patroon kan vernietig (soos dit vernietig *moet* word) om plek te maak vir die nuwe patroon.

Die antwoord is "ja". Daar is niks so oortuigend as die vox clamantis ex deserto nie.

Die premis is: as die oue moet plek maak vir die nuwe, is dit logies dat die oue so spoedig moontlik met wortel en tak verwyder word.

Dan is daar nog die vraag of dit nodig is dat jy met so 'n veldtog 'n idee moet hê van die nuwe.

Die antwoord is "nee". Indien jy die presiese aard van die hergeboorte kon bepaal, dan was hergeboorte nie nodig nie, dan was alles herleibaar tot matematiese wette.

Mamma vonkel soos haar eie sjampanje. Kort-kort sê sy vir Gysbrecht: "As dit maar ek was!"

Die klomp bondel in die Midget en met rasende vaart trek die Terrible Kid weg. Vanaand gaan hulle weer "chicken" speel. Eers jaag hulle aan die verkeerde kant van die pad. 'n Motor kom uit die teenoorgestelde rigting en swaai heen en weer uit pure besluiteloosheid. Die twee skraap byme- kaar verby: die Midget nog steeds aan die regterkant van die pad, die ander motor half op die sypaadjie.

"CHICKEN!" skree hulle.

Onthou Juliana se oë: niemand beskik oor groter deernis as die anargis nie. Dis nie die oë van iemand wat plesier daarin skep om lyding te sien nie. Dis die oë van iemand wat lyding beter as enigiemand anders ken.

"'n Finale ronde," sê Mamma, "met die komplimente van die personeel en myself!"

Die Stem van die mens, die Stem van God.

Die Prediker skryf in sy rubriek: "En tog is die wildernis nie lelik nie. Die woestyn is altyd mooi. Met 'n magiese aanraking herskep die mens die wildernis tot 'n paradys." Daar is 'n foto van homself en sy laggende fami- lie. Hy skryf voorts: "Hoe meer ek die mens gadeslaan, hoe wonderliker kom hy voor."

En sy argumente klink oortuigend.

Die Midget stuur in dolle vaart op die sypaadjie af. 'n Man met 'n fiets staan vreesbevange roerloos, dan tuimel hy agteroor. Die motor skuif op vier wiele, mis die man en die fiets met 'n breuk van 'n duim. Dit kos per- fekte beheer en tydsberekening.

"CHICKEN!"

"Baie dankie," sê Gysbrecht. "En nou sal ek moet gaan. Nogmaals dank. Tot siens, Mamma." Hulle het al daardie stadium bereik. "Tot siens, Alfon- so. Tot siens, Ludwig. Tot siens, Cappie. Tot siens, Tony. Tot siens, Jackson." En nog steeds kom die vriende by.

'n Geringe blykie van waardering word by wyse van 'n promesse aan Mamma gegee.

"'n Vorstelike gebaar," sê Mamma. "'n Finale heildronk." Sy gee 'n teken vir die orkessie agter die pilaar.

"For he's a jolly good fellow –
And so sa-y all of us,
And so sa-y all of u-s!"
(Happy birthday, little Jimmy! Happy birthday, little boy!
Cheer up, little sonny, your Mamma's gotta toy.
A ball as light'sa feather, a ball as blue'sa sky

– But don't you worry, little mugu, your Mamma's gotta die.)

"Met trots en beskeidenheid, gedagtig aan geleenthede gebied en gebruik tot heil van die maatskappy, dienswillig die uwe, Julius Johnson . . ."

"Watchie Caspers!"

"Vervaardiger van plastiekblindings, kandidaat tydens die komende stadsraadsverkiesing, aandeelhouer in *Die Klarinet*, lid van die Kamer van Koophandel, administrateur van verskeie fondse ter beskerming en algemene opheffing van minderbevoorregtes, trustee van die selfgestigte fonds vir jaarlikse vakansie- en ontspanningsfasiliteite vir die werker, Sekretaris van die Sosialistiese Party, lid van die beplanningskomitee vir beter behuising . . ."

Juliana is besig om die grootste bom te maak wat sy nog ooit gemaak het. Sy het die regte formule in die hande gekry en vermenigvuldig elke bestanddeel na willekeur om die potensialiteit te vergroot.

"Tot siens, Jack. Tot siens, Lennie. Tot siens, Suzanne. Tot siens, Henry."

"Kerkraadslid, lid van die Hospitaalraad, lid van die Verfraaiingskomitee, lid van die Vereniging vir die Verspreiding van die Beter Boek, lid van die Kultuurraad, lid van die waaksaamheidskomitee oor die Lot van die Ontstamde Bantoe, Friend of the Coloured People's Union, lid van die Vrye Voedingsfonds, lid van die beplanningstudiegroep, direkteur van diverse maatskappye, erelid van verskeie anonieme organisasies ter bevordering van die algemene welsyn."

"Met vertroue sien ek die toekoms tegemoet!"

"For he's a jolly good fellow,
And so sa-y all of us!"

Hierdie keer sal die hele fabriek in flenters lê en miskien die grootste gedeelte van Kaapstad. Sy sal ook 'n Swart Mis hou (indien sy 'n maagd in die hande kan kry) en al die bose geeste loslaat. Energieker as ooit sal sy haar vloek uitspreek.

"Tot siens, Mamma. Tot siens, almal! Tot siens, Francois, Jan en Ingrid. Tot siens, Marjorie! Hasta la vista, al my vriende! Chin-chin, mes amis!"

En die son daal oor die see. Die ligte van Napels blink in die verte. Sy het 'n nousluitende swart aandrok aan en haar hoof is op sy skouer. In die marmersaal beweeg die pare met statige deftigheid.

"Vergeet alles," sê sy, "môre soek ons na die plek met die kabbelende stroompies en die palms langs die see."

"Down her, Kiddy Boy. Give it to her, Kiddy Boy."

En die motortjie huil in die nag met sy vrag Dolls, Dragons, Slick Chicks en Hipsters. Die Terrible Kid kan skaars bykom, maar hy trap die petrol al hoe dieper in. Hulle hare waai in die wind, hulle oë soek die mugu in die leë straat.

Vinniger en vinniger draai die wiele en "Oh, *look!*" juig die sheila, want reg voor hulle, in die middel van die pad, loop die mugu met homself en praat. In die ligte van die motor blink die letters op sy bors. Hy hoor die gedruis, sien die voertuig en gaan meteens staan. Almal word stil soos hulle konsentreer, die Terrible Kid klem die stuurwiel al hoe stywer. Dit sal 'n kwessie van 'n paar sekondes wees, 'n polsbeweging op die laaste oomblik, die finale toets van tydsberekening en durf. Hulle buk laer en krimp ineen van spanning. Die wind waai deur hulle hare, waai die verrotte lug van die stad weg, waai die bloed terug in hulle bleek wange onder die verf. Dis geel hemde en blou rokkies, en rooi kouse en swart broeke, en kopdoeke en leerbaadjies, en helder rokkies en lang baadjies.

Soos gekleurde tooisels hang hulle aan weerskante uit, soos 'n koeël uit die stad kom hulle, hang hulle en kom hulle, die vreemde kinders, gereed om op die laaste oomblik hulle uitbundige oordeel te vel.

Op die straat, in sy bespotlike trui, lê die mugu en huil. Hy huil oor homself, oor die hele wêreld, oor die aard van die menslike lot. Maar meestendeels huil hy oor die vernietiging van sy illusies.

"CHICKEN!" kom die stemme aan die onderent van die straat.

"CHICKEN!" word dit deur die wind gedra.

"CHICKEN!" as hy stadig opstaan en met wankelende treë die oordeel beskaam.

Terug kan hy nie gaan nie, stil kan hy nie staan nie.

"VIVA!" dan as hy sy wandeling hervat.

"VIVA!" as sy tred fermer word.

"VIVA! VIVA! MUGU!"

www.ingramcontent.com/pod-product-compliance
Lightning Source LLC
Chambersburg PA
CBHW021843010726
47493CB00005B/1528